united
p.c.

Alle Rechte der Verbreitung, auch durch Film, Funk und Fernsehen, fotomechanische Wiedergabe, Tonträger, elektronische Datenträger und auszugsweisen Nachdruck, sind vorbehalten.

Für den Inhalt und die Korrektur zeichnet der Autor verantwortlich.

© 2023 united p. c. Verlag

Gedruckt in der Europäischen Union auf umweltfreundlichem, chlor- und säurefrei gebleichtem Papier.

www.united-pc.eu

Christian Panosch

DanSaan

I Suche

*Möge Sariques
dich immer beschützen*

PROLOG

Cadar hämmerte mit all seiner Kraft auf das glühende Eisen ein, doch er mühte sich vergeblich ab, es ließ sich nicht formen, widerstand seiner Kraft und seiner Kunstfertigkeit.
„Bei Sarianas, es lässt sich nicht schmieden!" Voller Zorn packte der Schmied das Stück Metall erneut mit seiner Zange und drückte es ins Feuer: „Hokrim, arbeite schneller, erzeuge einen Sturm, wir brauchen die heißeste Glut, die je von einer Esse erzeugt wurde!"
Doch es nützte nichts. Obwohl sich der Helfer bis an die Grenzen seiner Kraft - die nicht gering war, da er dem Alten Volk angehörte - abmühte, musste sich Cadar geschlagen geben, seine Handwerkskunst schien am Ende, das widerspenstige Werkstück wollte seine Form nicht annehmen.
„Wir müssen tiefer hinein!", drang es vom Eingang herüber.
„Ich vermutete es schon!"
Ein weiterer Norogai näherte sich dem Schmied. „Nur im fließenden Feuer finden wir die nötige Hitze, um den Sternenstaub zu schmieden."
„Das fließende Feuer im Herzen Foramars! Lasst uns jetzt gleich aufbrechen!" Gepackt von der Vorstellung, endlich seinem Ziel näher zu kommen, ergriff Cadar seinen Lendenschurz, den Kopfschutz mit dem langen Nackenleder und seine Werkzeuge, Hämmer, Zangen und den widerspenstigen Brocken Metall.
„Worauf warten wir?"
Cadar war schon einige Male im Herzen Foramars gewesen, aber bisher war es ihm noch nie in den Sinn gekommen, dort zu arbeiten. Die Hitze war an diesem Ort kaum zu ertragen, aber jetzt, in diesem Moment der Entscheidung erschien es ihm völlig selbstverständlich, den Weg dorthin anzutreten.

Seite an Seite mit den beiden Norogai, stieg er zuerst den Berg bis an den Fuß der schroff aufragenden Felswände hinan und dann wieder die unzähligen gewundenen Treppen in die Tiefe hinab, schwer atmend, anfangs durch die dünner werdende Luft und dann von dem erhitzten Atem des Berges im Inneren des Gesteins. Der Schmied hatte sein Zeitgefühl längst verloren, als sie ihre Fackeln auf dem Weg zurückließen, denn rötliches Licht erhellte den Gang, dem sie in die Tiefe folgten. Er wurde breiter und höher und plötzlich wälzte sich vor ihnen ein gleißend glühender Strom träge dahin.
„Wir sind am Ziel!"
Einige Zeit waren die drei Männer noch damit beschäftigt, einen geeigneten Ort zum Schmieden zu finden, denn zuerst fanden sie keinen Felsbrocken, der die Schläge eines Schmiedehammers aushalten konnte Doch dann endlich wälzten sie einen gewaltigen Stein in die Nähe des Feuerstroms und Cadar ergriff das Werkstück mit seiner längsten Zange.
„Warte Schmied, noch ist es nicht an der Zeit!"
Gabalrik und Hokrim, packten ihre Rucksäcke aus. Cadar hatte sich bisher noch nicht die Frage gestellt, was die beiden wohl mitgeschleppt haben mochten, zu sehr hatte ihn der Gedanke an dieses besondere Metall, aus dem er ein Schwert – das Schwert - zu schmieden gedachte, beschäftigt.
Hokrim, der kleinere seiner beiden Begleiter, zeichnete mit einem Stück Kohle einen Kreis auf den unregelmäßigen, felsigen Untergrund, den er an seiner Außenseite mit fremdartigen Symbolen versah. Als die Arbeit beendet war, trat er zurück, überprüfte sein Werk genau, als ob er keinen Fehler machen dürfe, besserte ein Zeichen nach und stellte abschließend schwarze Kerzen ringsum auf.

„Das Eisen wurde von den Göttern gesandt, wir dürfen jetzt nichts verabsäumen, das Ritual muss eingehalten werden. Hat Dana es dir nicht erzählt?"
Cadars Konzentration verflog für einige Augenblicke. „Nein, hat sie nicht. Mir erzählt sowieso keiner etwas. Immer heißt es nur: ‚Cadar tu dies', ‚Cadar tu das', und ich schufte dann eben und tue, was sie eben gerade wollte."
„Sie hat dir nichts mitgegeben, bevor du dich heute zur Schmiede aufgemacht hast?"
„Na, sie hat mir meinen Proviantbeutel mitgegeben, wie immer."
Er langte in seinen Sack. Essen und sein Trinkbeutel, wie immer, nein, es befand sich noch etwas drinnen, ein zusammengerolltes Stück Leder. Er zog es heraus und öffnete es vorsichtig.
„Eine Zeichnung von einem Schwert, einem Schwert mit einer Klinge wie aus Flammen? So etwas kann ich aber nicht schmieden, unmöglich! Mit einem solchen Schwert könnte auch niemand kämpfen, es wäre keine ausgewogene Waffe!"
Gabalrik war in der Zwischenzeit zu ihnen an den Runenkreis getreten und reichte Cadar eine uralte Schwertscheide. Zum Erstaunen des Schmiedes musste sie einmal ein solch einzigartiges geflammtes Schwert, eben eines wie das auf der Zeichnung, geschützt haben.
„Gabalrik, ich habe so etwas noch nie gesehen, ich habe niemals von einer solchen Waffe gehört, woher stammt sie?"
„Ihr Nordländer habt eure Vergangenheit vergessen, ihr wisst nichts mehr davon. Wir vom Alten Volk aber haben unsere Geschichten weitererzählt. Ich bin ein Hekai-Nor meines Volkes. Ich bin bereit. Du bist bereit. Lass uns jetzt beginnen!"
Mit großen Augen starrte der Schmied den Norogai an. Dessen untersetzter, kräftiger Körper war über und über mit Tätowie-

rungen bedeckt, was er erst jetzt, da Gabalrik nackt neben ihm stand, erkennen konnte. In dem glutroten Licht der Lava war seine Erscheinung fremd und unheimlich und Cadar fragte sich, was ihn eigentlich bewogen hatte, sich auf das Vorhaben der Norogai einzulassen. Er war kein ängstlicher Mann, aber trotz der unglaublichen Hitze jagten Schauer über seinen Rücken.

Hokrim holte kleine schwarze Steintafeln aus seinem Rucksack und platzierte sie scheinbar willkürlich zwischen den Kohlezeichen. Mit einem Blick teilte er Gabalrik mit, dass seine Arbeit beendet war. Dieser stellte sich daraufhin an den Rand des Kreises, schloss die Augen und begann unverständliche Silben zu intonieren.

„Ich glaube, du solltest jetzt anfangen!", ermahnte Hokrim den Schmied.

„Ja!"

Cadar hatte schon manches Schwert geschmiedet, aber diesmal würde es unter anderen Bedingungen geschehen, er wagte es nicht, wie sonst Sarianas laut um gutes Gelingen zu bitten, denn er wusste nicht, welche Mächte noch an dieser Prozedur beteiligt sein würden. Das Verhalten der Norogai befremdete ihn zutiefst und welche Rolle seine Frau Dana in dieser Geschichte spielte, war für ihn überhaupt undurchschaubar.

Doch was sollte es. Er war nicht so weit gegangen, um jetzt noch aufzugeben. Er packte das fremde Metall erneut und steckte es tief in die Lava hinein. Im Feuerbett begann es sich nun langsam, sehr langsam doch zu verformen. Alle Einschlüsse, die es verunreinigt haben mochten, verschwanden.

„Man erhitze den Stahl, bis er die Farbe des Mondes annimmt, wenn er sich an einem Mittsommerabend rüstet, seine Reise über den Himmel anzutreten."

Cadar begann, in seinem gewohnten Rhythmus zu arbeiten, in den sich Hokrim nach den ersten Schlägen vollendet einfügte. Wie gewaltige Donner fuhren die Hämmer herab, wieder und wieder. Es war, als ob das Herz des Berges selbst zu schlagen begonnen hätte. Kein Gedanke trübte des Schmiedes Sinn, es gab nur ihn, das Feuer, das Metall und die beiden rußgeschwärzten Hämmer, die in einem unaufhörlichen Auf und Ab den Sternenstaub breitschlugen, falteten, dehnten, wieder falteten, schweißten und schmiedeten bis mehrere tausend Lagen Stahl die Grundlage für ein vollkommenes Schwert bildeten. Cadar hörte nicht mehr die fremdartigen Gesänge Gabalriks, die gemeinsam mit den Werkzeugen die Geburt der Waffe besangen und er achtete nicht mehr darauf, dass Schweiß und Wasserdampf sein Werk von Neuem verunreinigen könnten. Er war der Hammer, der den Flammenstahl schmiedete, bis…
„Genug, es ist genug für heute, hör auf!"
Hokrim brüllte dicht neben dem rechten Ohr des Schmiedes, aber es schien, als ob die Überwindung aufzuhören größer war als die Anstrengung, weiter den schweren Hammer auf- und abzubewegen. Erst nach und nach war Cadar in der Lage seinen Rhythmus zu verlangsamen und erschöpft sank er auf seine Knie. Hokrim packte die entstandene Stahlstange in eine Hülle aus Lehm, Sand und Holzkohle und legte sie ins Zentrum des Kreises.
„Komm, wir gehen nach oben!"
„Aber es ist noch nicht vollendet!"
„Ich weiß. Es braucht Zeit. Es werden noch zwei weitere Nächte bei der Entstehung vergehen, aber du musst dich jetzt ausruhen. Komm!"
Auch Gabalrik, schien am Ende seiner Kräfte, als hätte er ebenfalls Stunden an der Esse des Berges verbracht. Als sie sich nach oben geschleppt hatten, wurde es bereits hell.

Und so stiegen sie noch zweimal hinab, Cadar, Hokrim und Gabalrik und endlich war es vollbracht. Ein Schwert mit geflammter Klinge, ein Zweihänder war geschaffen worden, nur einem außergewöhnlichen Krieger würde es möglich sein, diese Waffe zu führen. Stolz hielt es Cadar seinen Gefährten entgegen.

„Ein Letztes ist noch zu tun, begleitet mich", forderte er, nun die Führung der drei übernehmend, „wir müssen noch auf die Gletscherzunge hinauf, unbedingt! Dort erst kann das Schwert vollendet werden."

Mit der rohen Waffe in der Hand stieg er hoch, den Gang entlang und zur Höhle hinaus. Und dann noch an den Rand des Gletschers.

"Der Sternenstahl wird kein Schärfen der Klinge mehr zulassen. Es muss uns jetzt gelingen, die Schneide zu formen. Ich kann mir kein Werkzeug vorstellen, dass das Schwert danach noch weiterbearbeiten kann."

Er entfachte mit dem Holz und der Kohle, die sie heraufgetragen hatten, erneut ein Feuer und erhitzte die Waffe ein letztes Mal.

„Und dies hier ist mein Geheimnis."

Er packte das heiße Metall am Griff, schliff ein letztes Mal an der Klinge und rammte sie mit aller Kraft in das ewige Eis. Jedem anderen hätte die heiße Gischt, die ihm entgegenschoss, die Haut versengt, aber seine Haut war die eines Schmiedes, ledrig und unempfindlich.

„Härter als jedes andere, wir sind fertig."

Langsam löste er das Schwert aus dem Eis, schwang es wie ein geübter Kämpfer und nahm das Recht des Schmiedes in Anspruch, indem er rief: "Flammar, dein Name sei Flammar!"

I. KORSAAN

1 Lardan

Dichte Rauchschwaden zogen durch das Dorf. Einige Hütten brannten noch, von den meisten waren allerdings nur noch die Grundmauern übriggeblieben. Der schreckliche Gestank, der die Luft verpestete, stammte von den angekohlten Leichen der Dorfbewohner, die den Kampf nicht überlebt hatten. Die neuen Herren waren schon eingezogen, kriechende, krabbelnde, laufende und fliegende Aasfresser hatten sich zum Festmahl versammelt. Diesmal mussten sie nicht um irgendwelche Reste balgen. Keine Raufereien um die Gedärme waren notwendig, niemand musste seine Beute verteidigen, der Tisch war überreich gedeckt.
Lardan versuchte seine Augen zu öffnen. Sie waren zugeschwollen und mit Blut und Dreck verklebt. Mit steifen Fingern rieb er sie frei. Ein stechender Schmerz in seinem linken Bein ließ ihn hochfahren. Nur ein schwarzer Schatten, der von seiner Bewegung erschreckt aufflatterte, war für ihn erkennbar.
Ein großer Kar, dachte der Junge, *so schnell soll er mich aber nicht kriegen!"*
Lardan kannte die Redensart ‚Er ist so geduldig wie ein Kar'. Die geflügelten Aasfresser, die meist als Einzelgänger im Gebirge hausten, kamen nur selten in von Menschen bewohnte Gebiete, aber sie waren den Dorfbewohnern nicht unbekannt. Stundenlang konnten sie dem Sterben eines Opfers beiwohnen und erst bei völliger Hilflosigkeit taten sie sich an ihm gütlich.
Lardan fühlte sich noch nicht bereit, dem Kar als Nahrung zu dienen. Den Schmerz im Bein ignorierend, schleppte er sich langsam zum Brunnen auf der Mitte des Platzes, von dem er sich nur wenige Längen entfernt fand, griff tief in den Eimer,

in dem sich noch ein Rest Wasser befand und wusch sich die Augen aus, um endlich besser sehen zu können. Er benetzte sein Stirnband mit Wasser und befreite Gesicht und Hände vom getrockneten Blut, das ihn reichlich bedeckte. Woher stammte nur all das Blut? In Lardans Kopf formten sich undeutliche Bilder von fremden Kriegern, Entsetzen und seinem . . . Vater, ja er erinnerte sich an seinen Vater, Cadar, wie er blutüberströmt vor ihm zusammengebrochen war. Lardan hatte ihn auffangen wollen, doch der wuchtige Mann hatte ihn mit sich zu Boden gerissen.
„Der Bergclan, der Daim des Bergclans, er darf es nicht bekommen, Lardan, das Schwert, du... du musst es holen, was rede ich da, du bist noch ein Junge. Es ist, ... in der anderen Schmiede, . . . mein Sohn....", hatte er noch hervorgebracht und dann hatte Lardan nur noch einen stechenden Schmerz gefühlt und die Welt war um ihn herum versunken.
Mit klarer werdendem Blick und der Erinnerung an das, was er nicht zu denken wagte, sah er um sich. Cadar lag mit starr nach oben gerichtetem Blick neben der Stelle, an der Lardan aufgewacht war. Bragor, der Nachbar aus dem Nebenhaus und Sora, die Dorfälteste, Breorn, Rendri, Keto - alle, alle waren tot.
Nur ich lebe noch, dachte der Junge mit zugeschnürter Kehle. *Ich habe Glück gehabt.* Und er konnte darüber nicht froh sein, dass er verschont geblieben war. Er merkte nicht, dass sich aus seinen Augen ein Tränenstrom ergoss. Um ihn herum versammelten sich die Kare, einstweilen noch in angemessener Entfernung.
Sie bevorzugen alles, was noch nicht ganz tot ist, schoss es ihm durchs Gehirn. Mit einer Mischung aus Angst und Wut griff er nach einem Stein, um nach dem nächsten Vogel zu

werfen. Jetzt erst merkte er, dass der dumpfe Schmerz, den er fühlte, von einer Wunde an der linken Hüfte herrührte.

„Sarianas!"

Vorsichtig versuchte er die festgeklebte Hose von seiner Seite zu lösen. Als der tiefe Schnitt und das verkrustete Blut sichtbar wurden, wurde ihm wieder schwarz vor den Augen. Seine Sinne schwanden erneut und nur die Angst davor, dass sich die Kare bei lebendigem Leib über ihn hermachen würden, ließ ihn seine letzten Kräfte zusammennehmen.

Wo wohl seine Mutter und Kirana lägen?

Plötzlich hörte er von der Seite der Schmiede her Geräusche.

Sie sind noch da, schoss es ihm durch den Sinn.

Er versuchte, sich hinter dem Brunnen zu verbergen und ließ sich hinter Cadars Leiche fallen. In einiger Entfernung konnte er durch die letzten Rauchschwaden schemenhaft Reiter erkennen. Oder waren es nur Trugbilder? Spielten ihm seine Sinne einen Streich?

Es sind die Wächter der Großen Halle!

Ein eiskalter Schauer durchfuhr ihn. Seine Mutter hatte ihm oft die Mythen und Legenden seines Volkes erzählt. Eine handelte davon, was einem Mann nach seinem Tod widerfahren würde. Die Seele verließ den Körper und gelangte zum Tor der Großen Halle. Dort entschieden dann die Wächter, ob der Eintritt gewährt wurde, oder ob man zurückmusste, um neue Aufgaben zu bewältigen. Nur bei außergewöhnlichen Kriegern kamen sie selbst zu den Gefallenen, um ihnen die Ehre ihres Geleites zu erweisen.

Mit aufgerissenen Augen nahm Lardan all seine Kraft zusammen, denn er wollte den Wächtern, die zwar sicher nicht wegen ihm kamen, aufrecht begegnen. Er wusste, er konnte noch keine großen Taten vorweisen, aber er war ja auch noch ein Kind. Die großen, schwarzen Kare hüpften zur Seite und flatterten davon, es schien, als wollten sie ihm als Ehrengarde auf dem letzten Weg dienen. Nun drehte sich doch wieder das schwarze Nichts in seinem Kopf.

„Wir sind zu spät. Wir haben sie im Stich gelassen. Sucht, ob ihr sie vielleicht doch noch findet!"
„Seid aber vorsichtig, das Gemetzel ist noch nicht lange her. Vielleicht sind noch Plünderer im Dorf."
„Die haben aber ganze Arbeit geleistet."
„Sh'Suriin, nein, seht her, nicht ganz!"
Eine der Reiterinnen stieg von ihrem mächtigen Danaer. Zu ihren Füßen schrie der Junge laut auf und starrte sie blicklos an. Erstaunt bückte sie sich zu ihm, berührte ihn beruhigend, untersuchte ihn, hob ihn dann überraschend sanft auf und legte ihn dann quer über den breiten Rücken ihres Danaers.
„Lirah, was machst du?"
Voll Erstaunen fragte Karah, die Anführerin der Truppe. „Er ist ein Junge!"
„Aber er ist verletzt", entgegnete sie.
„Wenn wir ihn nicht mitnehmen, werden ihn die Kare bei lebendigem Leib auffressen."
„Dann töte ihn. Wir können keine verwundeten Kinder mitnehmen, wozu auch?"
„Aber schau doch Karah, ich glaube, es ist ihr Junge."
Karah drehte sich um und hob Lardans Kopf.
„Hm, ein Nordländer mit schwarzem Haar und Danas Augen."
„Ich glaube wirklich, er ist ihr Sohn. Wir können ihn nicht zurücklassen!"
Einige Kriegerinnen, die auf Befehl Karahs das Dorf durchsucht hatten, kehrten auf den Platz zurück und wandten sich an ihre Anführerin.

„Niemand ist hier mehr am Leben. Auch Dana nicht. Sie liegt hinter dem Haus dort drüben."
Karah versuchte ihre Betroffenheit nicht zu zeigen und nach einem tiefen Atemzug sagte sie: „Also gut, nehmen wir ihn mit. Vielleicht überlebt er ja. Du, Lirah, kümmerst dich um ihn. Kein Wort über seine Mutter. Kommt brechen wir auf, hier können wir nichts mehr tun. Lasst uns zum KorSaan zurückreiten!"

Die Reise mit den Frauen war für den Jungen zu Anfang äußerst beschwerlich. Lirah hatte zwar die Wunden Lardans gesäubert und verbunden und flößte ihm zur Linderung seiner Schmerzen ein bitteres Gebräu aus Wurzeln und Blättern ein, das schrecklich schmeckte, doch half es nicht gegen die grauenhaften Bilder, die ihn in seinen Fieberträumen heimsuchten. Kirana, seine kleine Schwester, lief weinend durch das Dorf, sein Vater fragte streng, warum Lardan nicht besser auf sie geachtet hätte, sein Vater, dem der Schädel von einer Bergclanaxt gespalten worden war und der ihn von Wunden übersät vom Boden herauf streng anblickte. Die Wächter der Großen Halle tauchten am Horizont auf - und er schrie vor Entsetzen.
Die ersten drei Tage und Nächte war Lardan in dem fiebrigen Schlaf gefangen und Lirah, die allmählich Zuneigung zu dem kleinen Jungen fasste, musste erleben, wie es war, sich um das Leben eines Anvertrauten zu sorgen und wich Tag und Nacht nicht von seiner Seite.
Am Morgen des dritten Tages schreckte Lardan aus seinen Alpträumen hoch.
„Wo bin ich, wer seid ihr, durfte ich in die Halle eintreten?"
Mit zusammengebissenen Zähnen presste Lardan seine Fragen heraus. Er zitterte vor Kälte und Entsetzen am ganzen Körper.

Erst Lirah, die trotz seines Erschreckens froh war, dass er überhaupt wieder erwacht war, konnte ihn mit ihren sanften Worten und Gesten etwas beruhigen.

„Mein kleiner Mann, es ehrt mich zwar sehr, dass du uns für die Wächter der Großen Halle hieltest, ich glaube so nennt ihr sie doch, oder? Aber wir sind nur ein kleiner Trupp Kriegerinnen der DanSaan. Aber sag, hast du einen Namen?"

Lardan, der aus seinen Fieberträumen noch nicht ganz in die Welt des Wachseins übergetreten war und nicht wusste, wie ihm geschah, versuchte sich aufzurichten. Der Schmerz, den er nach wie vor in seiner Seite verspürte, ließ ihn aber in seiner Bewegung innehalten. Angesichts der Kriegerin, die ihm gegenübersaß, versuchte er aber sich nichts anmerken zu lassen und biss die Zähne zusammen. Diese Kriegerin hatte ihn „kleiner Mann" genannt, das ließ ihn etwas Mut fassen. Vielleicht war er doch noch nicht in die jenseitige Welt eingetreten. Er hätte auch nicht gedacht, dass man dort so hungrig und durstig sein würde. Und diese Frauen schienen nicht zu den Angreifern zu gehören, die die Bewohner seines Dorfes niedergemacht hatten. Wieso hätten sie sonst ausgerechnet ihn am Leben lassen sollen. Er entschloss sich also, erst einmal mit der Frau zu sprechen.

„Lardan, ich heiße Lardan, Sohn des Schmiedes Cadar und seiner Frau Dana."

Er versuchte mit letzter Kraft die Gestik und den Ausdruck seines Vaters nachzuahmen, dann sank der Junge wieder auf seine Decke zurück. Er sah nicht mehr, wie Lirah eine Augenbraue hob und einen vielsagenden Blick zu der Anführerin hinübersandte.

An diesem Morgen zog die Truppe nicht weiter. Karah schickte einige Kriegerinnen aus, um zu jagen und Lirah und Lardan hockten am Feuer. Lirah antwortete geduldig auf alle seine

Fragen und langsam wurde ihm bewusst, dass er Mutter und Vater und all die anderen Angehörigen seines Dorfes nicht mehr wieder sehen würde. Am meisten würde er seine Schwester Kirana vermissen. Ihm war immer aufgetragen worden, auf sie zu achten und aufzupassen. Er hatte es nicht geschafft! Lardan konnte sich jetzt nicht mehr zusammenreißen und er begann zu schluchzen und weinte seine ganze Einsamkeit heraus. Lirah flößte ihm erneut ein paar der bittern Tropfen ein und schloss ihn fest in ihre Arme. Schon bald fiel er erneut in einen unruhigen Schlaf voller böser Träume.

2 Lirah

Das geschäftige Treiben der DanSaan ließ Lardan aus dem Schlaf hochfahren. Der Schmerz in seiner Hüfte erinnerte ihn sofort wieder an seine Lage. Auch verhieß der grau verhangene Morgen nichts Gutes für einen verwaisten Jungen unter lauter fremden Frauen.
„Komm Lardan, steh auf, unser Heimweg ist jetzt auch dein Heimweg."
Lirah schüttelte ihn sanft an der Schulter und half ihm beim Aufstehen.
„Kannst du heute selbst reiten?"
Sie führte ihn zu einem noch nicht ganz ausgewachsenen Danaer, der am Rand des Lagers angepflockt stand und auf ihn zu warten schien.
Natürlich konnte Lardan reiten, aber er hatte noch nie auf einem so prächtigen Tier gesessen. Der Anblick des hochbeinigen schwarzen Fohlens ließ Lardan für einen Augenblick alle seine Wunden vergessen. Er hatte noch nie ein Pferd gesehen, das so dicht behaarte Fesseln und eine so wilde, strähnige Mähne hatte.

„Du meinst auf diesem Pferd, ich?"
„Kein Pferd, kleiner Mann, das ist eine Danaerstute, die wir zur Ausbildung mitgenommen haben. Wir züchten sie schon seit Menschengedenken. Sie haben besondere Eigenschaften im Kampf, sind ausdauernd und schnell und wenn sie dich als Gefährten anerkannt haben, dann hast du für immer eine treue Freundin gefunden. Sie wird dann nicht mehr bereit sein, irgendjemand anderen zu tragen. Sie heißt Narka und ist gerade erwachsen genug, von dir geritten zu werden. Sei gut zu ihr und kümmere dich um sie. Füttere sie und bürste am Abend ihr Fell. Zeig ihr deine Zuneigung und sie wird dich nicht im Stich lassen."
Lardan, dessen Mund ebenso weit aufgerissen war wie seine Augen, stammelte nur: „Du meinst, ich darf..."
„Ja, komm, versuche es, wir haben dir die Steigbügel gekürzt und Narka hat versprochen, sorgsam mit dir umzugehen, am Anfang jedenfalls."
Lirah half Lardan in den Sattel. Narka schien es recht zu sein, einen Reiter zu tragen und ließ sich sein Gewicht gefallen. Die Kriegerinnen der DanSaan stiegen ebenfalls auf und in Zweierreihen begannen sie langsam den bewaldeten Aufstieg über den Lukantion und die Blauen Berge.
Der Nebel schien sich in den Ästen der hohen Bäume festzukrallen, es begann leicht zu nieseln. Lardan zog sich die Kapuze seines Umhangs tief in das Gesicht, Narka schritt gemächlich im hinteren Teil des Zugs und trottete den anderen nach. Es bereitete ihm keine Schwierigkeiten, sich bei diesem Tempo auf ihrem Rücken zu halten, im Gegenteil, nachdem ihn seine Wunde bei dieser Art der Fortbewegung kaum behinderte, begann er sich zu langweilen. In seiner Vorstellung sah er eine weite Ebene, die er auf Narkas Rücken wie der Wind durchquerte. Hätten sie doch etwas schneller reiten können!

Doch der unwegsame Pfad erlaubte keine raschere Art der Fortbewegung.
Nach zwei äußerst geruhsamen Tagen stockte der Trupp und Unruhe schien sich unter den Kriegerinnen breitzumachen, obwohl Lardan nicht deutlich erkennen konnte, was eigentlich los war. Lirah ritt zu ihm und kramte dabei in ihrer Satteltasche.
„Hier, nimm!"
Sie reichte dem Jungen einen Gürtel, an dem in einer Scheide ein schwerer Dolch steckte.
„Karah hat einen Trupp von Clanleuten ausgemacht, etwa eine halbe Reitstunde von hier entfernt. Wir können ihm nicht ausweichen. Wenn sie es nicht vorziehen, uns aus dem Weg zu gehen, wird es wird zum Kampf kommen. Du brauchst keine Angst haben, du wirst nicht in Gefahr geraten. Der Dolch ist nur für alle Fälle, man kann ja nie wissen. Und außerdem passt er gut zu dir."
Lardan wusste nicht, wie ihm zumute sein sollte. Einerseits hatte er ein mulmiges Gefühl wegen der Feinde, andererseits hätte ihm Dana, seine Mutter niemals erlaubt, einen solch schweren, scharfen Dolch zu tragen. Voller Stolz befestigte er Gürtel und Scheide und balancierte den Dolch, wie es sein Vater immer getan hatte, wenn er bei einer neu geschmiedeten Waffe ausprobierte, wie sie ihm in der Hand lag. Aus dem Augenwinkel bemerkte er Lirahs amüsierten Blick und steckte den Dolch schnell wieder zurück.
Als Lardan seine Aufmerksamkeit wieder auf seine Begleiterinnen lenkte, bemerkte er die konzentrierte Aufmerksamkeit, die in der gesamten Truppe herrschte. Karah sprach halblaut für ihn unverständliche Worte und zu seinem Erstaunen reagierten alle Reiterinnen in einer bestimmten Art und Weise.

Sie veränderten ihre Positionen in der Marschlinie, neben ihm reihten sich links und rechts zwei Frauen ein.
„Ich habe keine Angst, ihr braucht mich nicht zu beschützen."
Voll Stolz griff Lardan an den Griff seines neuen Dolches. Die Kriegerinnen warfen ihm gutmütige Blicke zu und lächelten ihn an. Danach allerdings schenkten sie ihm keine weitere Aufmerksamkeit mehr, sondern beobachteten mit scharfem Blick die Umgebung und das weitere Geschehen. Der Trupp trabte inzwischen weiter, als ahnte man nichts von einem bevorstehenden Angriff.
Die werden doch nicht einfach gradewegs in den Hinterhalt hineinreiten wollen!
Die Vorgehensweise gefiel ihm nicht besonders, ihm war die Sache ganz und gar nicht geheuer. Ganz wie von selbst wurde der Abstand zwischen ihm und seinen beiden Begleiterinnen hin zum restlichen Trupp immer größer. Alle seine Versuche Narka anzutreiben und aufzuschließen, blieben erfolglos, sein Reittier zeigte sich zum ersten Mal an diesem Tag unverständig und weigerte sich ihm zu gehorchen. Lardan rutschte schon vor Ungeduld auf Narkas Rücken hin und her. Die Kriegerin links von ihm deutete ihm, zwar immer noch freundlich, aber doch unmissverständlich, dass er mit dem Unsinn aufhören und sich beherrschen sollte, sie zeigte ihm unverhohlen ihre Ungeduld und blickte angestrengt nach vorne.
Der Weg wurde jetzt etwas breiter und zwischen den Bäumen, die sich schon merklich lichteten, ragten vereinzelt Felsblöcke hervor.
Plötzlich nahm die Anspannung im Trupp zu. Lardan nahm sich fest vor, sich nicht als Last zu erweisen. Trotzdem rieselte ihm ein kalter Schauer über den Rücken. Es war ihm, als könnte er die Bedrohung unmittelbar spüren. Er wollte seinen Begleiterinnen einen warnenden Blick zuwerfen, da brachen

hinter den Felsen mehrere Männer hervor, die sich mit lautem Gebrüll auf sie stürzten.

Karah rief wieder für ihn unverständliche Befehle und einige DanSaan gaben ihren Danaern die Sporen. Gleichzeitig deckten die übrigen die Flanken links und rechts. Eine von Lardans Begleiterinnen sprang ab und packte Narkas Zügel. Die zweite, - kaum, dass er wusste, wie ihm geschah - zog ihn vom Reittier und zerrte ihn mit Schwung hinter einem Felsen in Deckung. Lardan konnte einen Aufschrei nicht unterdrücken, als er auf die verletzte Hüfte aufschlug.

„Bleib hier und rühre dich nicht", war alles was sie sagte, bevor sie ihre Aufmerksamkeit wieder dem Kampfgeschehen zuwandte.

Trotzdem drehte sich Lardan um und spähte vorsichtig hinter seinem Schutz hervor. Das Gefecht war voll im Gange. Die Gegner waren sichtlich von der Reaktion der DanSaan überrascht worden. Noch nie hatte Lardan jemanden gesehen, der in einer ähnlichen Art und Weise kämpfte, wie diese Kriegerinnen – nicht, dass er schon viele Kämpfe gesehen hätte - aber die Angreifer anscheinend auch nicht. Die DanSaan waren in allen Belangen überlegen, sie waren schneller, wendiger, geschickter, tödlicher. Keiner der Wegelagerer schien auch nur den Funken einer Chance zu haben. Und alle, die endlich bemerkten, dass sie unterlegen waren und fliehen wollten, wurden eine leichte Beute der beiden Bogenschützinnen, die keinen Pfeil verschwendeten.

Plötzlich klirrten auch hinter ihm die Waffen. Eine seiner Beschützerinnen hatte einen Flüchtenden gestellt. Nach einem kurzen Schlagabtausch war der Kampf entschieden. Der Kämpfer verlor sein Schwert, auch blutete er schon aus vielen kleinen Wunden. Lardan hörte zu seinem Erstaunen, wie der Mann darum bat, doch schnell getötet zu werden. Aber noch größer war seine Verwunderung, als die DanSaan dem Strauchdieb sein Schwert wieder zurückwarf und rief: „Kämpfe weiter!"

Der Mann raffte sich auf und mit seiner letzten Kraft und dem Mute der Verzweiflung hieb er auf die Kriegerin ein. Den ersten beiden Schlägen wich sie gewandt aus, den dritten parierte sie, so als ob sie sagen wollte, dass es jetzt doch genug sei.

Wie eine Katze, die mit einer verwundeten Maus spielt, kam es Lardan in den Sinn.

Die ersten Hiebe konnte der verwundete Bandit noch irgendwie abwehren, dann aber war sein Ende gekommen. Ein schnelles, unerwartetes Manöver, und der blanke Stahl der Kriegerin bohrte sich tief in die Brust des Mannes.

Voll tiefer Verachtung stemmte sie ihr linkes Bein gegen den Körper, um ihr Schwert leichter aus der Wunde herausziehen zu können. Erschrocken und entsetzt wich Lardan von der Grausamkeit und Kaltblütigkeit der Kriegerin – ihr Name war Iseh - ein paar Schritte zurück. Aber dann begannen ihn die Fähigkeiten dieser Frau zu faszinieren.

Sie war so überlegen. Vielleicht kann ich das auch lernen, diese Art zu kämpfen, dachte er.

Er blickte sich nach den anderen um. Das Gemetzel hatte schon sein Ende gefunden.

Die Frauen untersuchten die Leichen der Banditen, die nichts von Wert bei sich getragen hatten, schleppten sie auf einen Haufen und bedeckten sie mit Zweigen und Ästen. Dann bestiegen alle ihre Danaer und, als ob nichts gewesen wäre, ritten sie weiter. Lardan sah noch, wie die letzte in der Reihe ein paar unverständliche Worte gegen den Himmel rief. Wie es schien, hatte keine der Kriegerinnen mehr als einen Kratzer davongetragen.

Am Mittag des nächsten Tages wurde der Aufstieg immer beschwerlicher. Die Baumgrenze war schon weit unter ihnen, immer wieder mussten sie absteigen und die Danaer an den Zügeln führen. Unter einem vorspringenden Felsen schlugen sie das Nachtlager auf. Lardan kümmerte sich um Narka. Anfangs noch unbeholfen untersuchte er ihre Hufe und bürstete Fell und Mähne. Der warme Geruch des Tieres und die Arbeit, die er mit ihm hatte, halfen ihm, seine Gedanken von blutenden Körpern und klirrenden Waffen, die auf wehrlose Kinder einschlugen, abzulenken und langsam Ruhe in sein Herz einkehren zu lassen. Er beobachtete vom Rand des Lagers aus, wie die Kriegerinnen den Platz angenehm gestalteten. Ein kleines, rauchloses Feuer wurde angezündet, gerade so groß. dass man Tee kochen konnte, Decken wurden ausgelegt, wer befreundet war, legte sich nebeneinander und leise Gespräche waren zu hören. Das Ungeschick der Gegner vom vorigen Tage wurde noch einmal belacht und der so offensichtlich beeindruckte Lardan belächelt, aber nicht so, dass er sich schämen musste. Als alle Tiere versorgt und alle Menschen satt waren, bereitete Lirah Lardan noch seinen Schlafplatz an ihrer Seite, gab ihm eine Decke und erschöpft fielen ihm von einem Augenblick zum anderen die Augen zu. Gerade konnte er sich noch fragen, warum ausschließlich Frauen dieser Patrouille angehörten und wo die Männer der DanSaan wohl sein mochten. Kriegerinnen waren nichts Außergewöhnliches, aber meist ritten doch eher Männer in den Kampf. Wie immer seit der Zerstörung seines Dorfes und der Ermordung seiner Familie schlief er unruhig, träumte schlecht und war froh, als die Nacht vorüber war.
Mit Sonnenaufgang kehrte Leben in das Lager zurück. Fröstelnd streckte der Junge die steifen Gliedmaßen. Lirah half

ihm seine Sachen zu packen, kontrollierte seinen Verband, steckte ihm ein paar Früchte in seine Taschen und half ihm auf Narka aufzusteigen.
In den nächsten Tagen hatte Lardan ausreichend Gelegenheit, seine Retterinnen besser kennen zu lernen. Lirah, die ihn gefunden hatte, versuchte ihn, so gut es ging, von seinem Schicksal abzulenken. Sie machte ihn auf die Eigenheiten und Besonderheiten Narkas aufmerksam und lehrte ihn die Reithilfen, auf die die junge Stute reagierte. Abends, wenn Ruhe eintrat und ihn seine Erinnerungen überfielen, nahm sie den Jungen in ihre Arme und hielt ihn einfach fest. Obwohl er es eigentlich mit seinen zehn Jahren nicht mehr sehr schätzte, umarmt zu werden, tröstete es ihn dennoch.

"Heute Abend sind wir zu Hause."
Mit den Worten versuchte Lirah den immer traurig wirkenden Lardan etwas aufzuheitern. Wortlos gab er Narka die Hilfen, um sich einzureihen und langsam begann der letzte Aufstieg.
Nach, Hause, nach Hause, dachte Lardan, *mit jedem Tagesritt entferne ich mich weiter von zu Hause. Was wird nur mit mir werden?*
Verzagt dachte er daran, dass er vielleicht nie mehr die Berge sehen würde, die sein Dorf umrahmten, die Kleine Sichel, die es vor den kalten Westwinden beschützt hatte und die höchste Erhebung dieser Gebirgskette, Foramar, der alles überragte. Einmal sogar hatte er seinen Vater zu der Schmiede im Inneren des Berges begleitet, den Blasebalg getreten und das heiße Eisen für ihn festgehalten. Niemand konnte mit dem Feuer des Berges so umgehen wie Cadar, sein Vater.
Und wie war es wohl seiner Mutter ergangen, die stets beschäftigt war und doch viel Zeit für Kirana und ihn erübrigen

konnte und die er über alles geliebt hatte, wenn ihm auch sein Vater näher gestanden war.
Und was war mit Kirana passiert? Die Gedanken an seine Schwester hatte er bisher kaum zugelassen. Ihn überfiel es mit voller Macht, dass er es gewesen war, der auf sie hätte achten sollen, als der Überfall stattfand. So oft hatten sie gestritten und gerauft und er hatte dann meistens am nächsten Tag bei Dana bleiben und ihr bei der Hausarbeit helfen müssen, was er eigentlich gar nicht so ungern getan hatte, als er es nach außen hin vorgegeben hatte. Er wünschte, er hätte Kirana bei dem Angriff einfach gepackt und in den Wald getragen. Aber an diesem Tag hatten ihn die Wettkämpfe mit seinen Freunden hatten völlig beansprucht, Rendri und er hatten gerade ihre Pfeile abgeschossen und wollten nachsehen gehen, wer besser geschossen hatte und so hatten sie die Angreifer zu spät bemerkt.
„Lardan, schau!"
Aus seinen Gedanken aufgeschreckt wischte er sich seine Tränen aus den Augen.
Sie hatten den Pass erklommen und die Berge gaben den Blick auf die Ebene von Saan frei. Lardan stellte sich ein vollkommen neuer, unvertrauter Anblick dar, der ihn einerseits faszinierte und andererseits sich unbehaglich fühlen ließ. Diese unendliche Weite war ihm fremd.
„Ich kann nicht erkennen, wo der Himmel anfängt!" Lardan zeigte fragend mit einem Arm gegen Osten.
„Das ist die See von SaanDara. Aber so nah ist das Meer nicht. Du siehst nur eine Luftspiegelung. Aber der silbrig schlängelnde Fluss da unten ist nah, es ist der Dar, er mündet bei SaanDara, der größten Stadt der Ebene", gab ihm Lirah Auskunft.

Lardan hatte noch nie so weit sehen können. Der friedliche Eindruck und die majestätische Ruhe der Grassteppe unter dem Wind, der Wellen in die hohen Halme blies, ließen ihn erneut seine trüben Gedanken vergessen.

„Lardan, sieh dort, unsere Heimstätte". Erst jetzt sah er den mächtigen Berg, der im nordwestlichen Teil der Ebene emporragte.

Im Osten und Süden von zwei Flüssen umschlossen war der KorSaan, wie man ihn nannte, der alleinige Herrscher der Saanebene.

„Ich kann nichts erkennen. Das ist nur ein hoher Felsen. Wo lebt ihr dort?" „Strenge deine Augen an, kleiner Mann, sieh genau auf die etwas helleren Punkte unterhalb der Bergspitze."

Und tatsächlich konnte Lardan, wenn er ganz genau schaute, Festungsanlagen erkennen, unterschiedliche Gebäude, aber so an das Gestein geschmiegt, dass sie sich kaum von den Felsen abhoben.

„Ein halber Tagesritt, dann sind wir dort."

Langsam, mit Karah an der Spitze, begannen sie den letzten Abstieg.

„Lardan, halte die Zügel jetzt so kurz wie möglich und gib Narka nicht nach", riet ihm Lirah „sonst geht sie hier schon mit dir durch, sie weiß, wo sie daheim ist!"

Genauso wie die Reiterinnen wurden auch die Danaer immer ungeduldiger, die Heimstätte endlich zu erreichen. Und alle miteinander warteten schon auf den Moment, wenn sie die Ebene erreichen würden, um endlich die Zügel loslassen zu können und auf der graswachsenen Steppe gegen Süden zu jagen.

3 UrSai

Die Monde wechselten schnell. Lardans Wunden waren längst verheilt, die körperlichen schneller als die seelischen und die DanSaan ließen es ihm an nichts fehlen. Er hatte keine bestimmte Aufgabe, wurde aber überall, wo er gerade auftauchte, eingespannt. Meistens hatte er in der Küche auszuhelfen oder irgendwelche Botschaften zu überbringen. Die Frauen, besonders Lirah, in deren Obhut er auch auf dem KorSaan geblieben war, achteten darauf, dass er beschäftigt blieb. Auch wenn ihm das nicht immer behagte, hatte es doch den Vorteil, dass er nicht allzu viel zum Nachdenken über sich und seine Familie kam. Und er musste viel Zeit darauf verwenden, sich auszudenken, wie er um manche seiner Aufgaben herumkommen konnte. Worum er sich allerdings nie herumdrückte, war die Arbeit in den Ställen, bei den mächtigen Danaern. Dort striegelte er ihre silbrig leuchtenden Mähnen, bürstete ihre Felle oder brachte ihnen Futter. Und wenn ihn die Traurigkeit übermannte, er seine Familie und Freunde vermisste, dann legte er sich zu Narka ins Heu, die dann sorgsam über Lardans Schlaf wachte. So war es kein Wunder, dass er ihr immer besondere Leckerbissen zukommen ließ und sich eine tiefe Beziehung zwischen ihnen beiden entwickelte.

Eines Abends sagte Lirah vor dem Schlafengehen: „Du möchtest doch in unseren Künsten ausgebildet werden. Nun, morgen geht es los. Im Morgengrauen."
Nach diesen für Lardan äußerst unzureichenden Worten wickelte sie sich in ihre Decke und schlief ein. Ein aufgeregter Junge blieb wach zurück, dessen Geist sich auf einen ungeahnten Höhenflug begab. Er sah sich schon als großen Krieger, der nicht nur den Kampf mit den Waffen der Außenwelt beherrschte, sondern auch den mit dem Meragh und den waffen-

losen Kampf nach der Art der DanSaan. Als einen Krieger, der zurück in sein Dorf ritt, die längst erkaltete Spur der Mörder seiner Familie aufnahm und furchtbare Rache übte. Jeden einzelnen Mörder wollte er sich vornehmen, und wenn das nicht möglich sein sollte, würde er es mit allen gemeinsam aufnehmen und sie besiegen.

Von solchen Gedanken erfüllt, war es Lardan natürlich nicht mehr möglich, in den Schlaf zu finden und er beschloss noch einmal nach Narka zu sehen und ihr von seinen Plänen zu erzählen. Er erhob sich leise von seinem Lager, um Lirah nicht auf sich aufmerksam zu machen und schlich ins Freie. Fahles Mondlicht ergoss sich über den Innenhof der Festung, der jetzt menschenleer war, während es hier am Tag vor Betriebsamkeit nur so wimmelte. Lardan, der nach der Zeit, die er schon auf dem KorSaan lebte, den Weg zu den Ställen blind gefunden hätte, fühlte sich in seine erwählte Rolle des Rächers ein und hielt sich in den Schatten der Gebäude, um etwaigen Feinden kein Ziel zu bieten. Die Zwischenräume überwand er mit wenigen schnellen Sätzen oder auf allen Vieren. So tollte er auf dem Weg zu seinem Danaer herum, völlig auf sich selbst konzentriert, bis er nach einer eleganten Schulterrolle von hinten gepackt und gegen eine Wand gedrängt wurde.

„Gib auf, sonst wirst du es bereuen!", zischte es hinter dem zu Tode erschrockenen Jungen.

Lardan brachte nur ein unverständliches Ächzen zwischen den Zähnen hervor. Der eiserne Griff lockerte sich, er wurde freigelassen. Zusammengeduckt drehte er sich um und starrte in ein spöttisch grinsendes Gesicht, das zu UrSai gehörte, einem um einige Jahre älteren Jungen, mit dem er bisher kaum zu tun gehabt hatte. *Eigenartig*, dachte Lardan, und es wurde ihm zum ersten Mal so richtig bewusst, dass es außer ihm und UrSai keine Jungen geschweige denn Männer im Kloster gab.

Wir sollten Freunde sein.
„Kleine Kinder gehören in der Nacht ins Bett und dürften sich nicht im Finsteren herumtreiben!" UrSai weidete sich an der Verlegenheit des Kleineren und rieb damit noch Salz in Lardans Wunde, der sich bis vor wenigen Augenblicken unbesiegbar und unverwundbar gefühlt hatte, und der sich nun schrecklich schämte, beim Ausleben seiner Träume von einem Zeugen erwischt worden zu sein.
„Schon gut! Ich werde Lirah nicht erzählen, was du nach dem Schlafengehen noch so alles treibst, aber deine Ausbildung lässt noch zu wünschen übrig. Was willst du überhaupt noch heraußen? Du bist Lardan, nicht wahr? Endlich habe ich dich einmal allein erwischt. Damit hätte ich gar nicht gerechnet. Sie lassen uns nicht zusammenkommen. Immer hatten sie eine Beschäftigung für mich, wenn ich dich beschnuppern wollte. Aber normalerweise ist ja auch immer nur einer von uns auf einmal hier."
Lardan, der mit diesem Wortschwall, der auf ihn einprasselte, überhaupt nichts anfangen konnte und der den Schock von vorhin erst noch überwinden musste, brachte nur hervor: „Ich war auf dem Weg zu meinem Danaer. Kommst du mit in den Stall? Dort können wir besser reden."
Er war also einer von nur zwei Jungen, die hier im Kloster der DanSaan ausgebildet wurden. Bisher war es ihm nicht so richtig aufgefallen, wahrscheinlich weil auch in seinem Heimatdorf die Kinder meist mit den Frauen zusammen waren, zumindest bis sie ein gewisses Alter erreicht hatten. Und es stimmte: Immer, wenn er den anderen auch nur von der Ferne gesehen hatte, war er mit einer Mannigfaltigkeit von Aufgaben davon abgelenkt worden, sich mit ihm bekannt zu machen und darüber nachzudenken, warum ausgerechnet er und UrSai hier leben durften. Denn dass die DanSaan ohne Männer lebten,

Frauen unter sich, die ihre Söhne von den Vätern aufziehen ließen, wo immer diese auch zu Hause waren, wusste Lardan bereits. Er hatte immer angenommen, dass kein halb ermordetes Kind von ihnen liegengelassen würde und es für selbstverständlich gehalten, dass sie sich um ihn kümmerten. Außerdem war er der erklärte Liebling Lirahs. UrSai war einige Jahre älter als er, und in der Ausbildung, die Lardan erst beginnen sollte, schon weit fortgeschritten.

4 Lardan

Schon bald nach seiner Ankunft hatte Lardan angefangen, eine Karte vom Kloster und der Hochebene anzufertigen, alle Plätze, Gassen, Häuser und die oft weitläufigen Flächen dazwischen einzuzeichnen, denn es gab sehr enge Gässchen, von denen immer wieder noch kleinere abzweigten und Lardan fiel es dann immer sehr schwer, aus dem Labyrinth wieder an einen Ort zu gelangen, den er kannte.
Das Zeichnen hatte er von Dana, seiner Mutter gelernt. Soweit sein Erinnerungsvermögen zurückreichte, hatte er, wenn seine Mutter etwas geschrieben, aufgezeichnet oder skizziert hatte, ebenfalls ein Stück Pergament und eine angespitztes Stück Kohle von ihr bekommen. Und ab und zu führte sie seine Hand oder erklärte ihm die unterschiedlichen Schriftzeichen. Aber am meisten interessierten Lardan die vielen Karten und Zeichnungen, die seine Mutter von unterschiedlichen Höhlen gemacht hatte. Aber er hatte es überhaupt nicht verstanden, dass Dana oft stundenlang über fremdartigen Schriftzeichen brütete, immer wieder aus ledernen Rollen anderes Pergament hervorholte, für ihn wirres Zeug murmelte wie "Ja das muss es sein", oder "Das ist ja unglaublich" und dabei die langen

dunklen Haare aus ihrem Gesicht strich. Ihm war auch nicht klar, wann und wo seine Mutter all diese vielen Aufzeichnungen gemacht oder woher sie sie hatte, aber er merkte, dass ihr diese Dinge sehr wichtig waren.

Es dauerte gar nicht lange, da hatte Lardan schon einen großen Teil des Klosters genauestens aufgezeichnet. So fand er auch bald heraus, dass es geheime Verstecke, vergessene Gänge und Orte gab. Zumindest traf er dort niemals eine der Dan-Saan.

Ein Teil des Klosters war ihm verwehrt. Es gab einen Ort im östlichen inneren Zirkel der verwinkelten kleinen Stadt, da hatte ihn noch keine Aufgabe hingeführt. Die Mauern waren da um einiges höher als die umgebenden Häuser und eine große zweiflügelige Tür bildete den Eingang. Dieses Tor war so groß, dass darin noch eine normale Tür eingelassen war, durch die die Kriegerinnen ein- und ausgingen. Oftmals drangen von dort eigenartige Laute an sein Ohr und seine Neugier stieg.

Der älteste Teil des Klosters war nur sehr mühsam zu erreichen, denn er führte über unzählige steile Stufen ganz zum Fuß des Berges, wo sich die Gebäude an den Fels anschmiegten. Hier war auch der schwindelerregend hohe Turm, der die Hochebene beherrschte. Der Großteil des Klosters war durch drei bis vier Schritt hohe halbkreisförmige Mauern, die in unterschiedlichen Abständen zueinander errichtet worden waren, gegliedert. Und wenn man auf dem innersten Ring stand, konnte man sehen, wie aus allen Richtungen die Wege und Stufen sternenförmig zum Halbkreis, der den Turm umgab, zusammenliefen. Hier entsprang auch eine Quelle aus dem Berg, die in einer unterirdischen Kaverne gefasst wurde, von wo das Wasser mit Hilfe von Rohren zu den unteren Gebäuden geleitet wurde.

Die Gebäude und Häuser waren alle unterschiedlich hoch.

Manche überragten mit einigen Schritten die Mauern oder fügten sich sogar in sie ein. Ab und zu waren zwei Häuser von Dach zu Dach mit einer Hängebrücke verbunden. Die vielen Kamine, von denen jeder anders aussah, gefielen Lardan besonders. In seiner Karte gab er einigen sogar Namen.

Am untersten Ring gab es am meisten Platz und da war auch am meisten los. Dort lagen die Ställe und hier befand sich auch noch die große Küche, in der immer irgendetwas dampfte, brutzelte oder köchelte. Gegenüber lagen da noch die großen Schlafräume der Novizinnen, in denen er, das hatte ihm Lirah unmissverständlich mitgeteilt, absolut nichts zu suchen hatte. Zwischen dem ersten und dem zweiten Mauerring hatten auch noch ein Schmied, ein Zimmerer und einige andere Handwerker ihre Werkstätten.

Und es gab noch eine besondere Werkstatt, die, in der die DanSaan ihre Meraghs herstellten, einen Mauerring höher. Dort schaute Lardan auch immer wieder einmal vorbei, denn diese Räume sahen nicht wie eine der anderen Werkstätten aus, hier war irgendwie alles außergewöhnlich. Es roch ganz besonders gut, alle Wände waren mit Bildern von Meraghs oder Schriftzeichen bemalt, die er sogar zum Teil lesen konnte, sie erinnerten ihn an seine Mutter, die so viel Zeit auf diese Zeichen verwendet hatte. Sehr oft hielt sich Lardan aber in der Schmiede auf. Einerseits erinnerte sie ihn an sein verlorenes Zuhause, an Cadar, seinen Vater, und an die viele Zeit, die er zwischen Amboss und Esse verbracht hatte. Da ihm sein Vater schon viel beigebracht hatte, vor allem wie man sich in einer Schmiede bewegte, ohne dass man sich verletzte oder gefährdete, durfte er Xerko, so hieß der Schmied auf dem KorSaan, schon bald ein wenig zu Hand gehen.

Auch Lirah hatte nichts dagegen, dass er viel Zeit dort verbrachte, im Gegenteil, sie freute sich, dass er mit seinen zwölf

Wintern so viel Geduld, Ausdauer und Interesse am Lernen zeigte.
Aber den anderen Grund, warum Lardan sich dort gerne herumtrieb. Xerko hatte einen Sohn, Kucco, der ein oder zwei Winter jünger war als Lardan. Und die beiden verbrachten viel Zeit miteinander. Kucco freute sich besonders, wenn Lardan Narka holte und die zwei auf ihr auf der Hochebene herumtollten.
Er war sich aber noch nicht bewusst, dass er und UrSai ganz anders behandelt wurden, als die wenigen anderen Kinder, deren Familien auch am KorSaan lebten.

Am liebsten aber beobachtete Lardan die heilige Zeremonie der DanSaan, die täglich, wenn es Jahreszeit und Wetter zuließen, abgehalten wurde, um Sh'Suriin, der Göttin der Weiten Ebenen die Ehre zu erweisen. Lardan mochte zwar auch die monotonen Choräle, die die Novizinnen mit ihren hellen, klaren Stimmen intonierten und die heiligen Riten, die die fortgeschritteneren Ordensschülerinnen ausübten, aber voller Ungeduld wartete er immer auf den Höhepunkt der Zeremonie, den die Meisterinnen mit ihren Meraghs vollführten.
Vier Türme, einer für jede Himmelsrichtung, begrenzten den Heiligen Kreis. In der Mitte aber überragte der Turm der ehrwürdigen Meisterin SanSaar die übrigen. Von dort aus bestimmte die Oberste mit ihren Gesten die Abfolge der rituellen Handlungen. Auf jedem der vier Türme stand eine DanSaan der höchsten Stufe mit ihren Meraghs. Auf ein Zeichen der alten Meisterin verstummten alle. Keinen Laut konnte man vernehmen, nicht die kleinste Regung fand statt. Lardan war jedes Mal wieder so erstaunt, dass ihm der Atem stockte. In diesem kurzen Moment baute sich eine unglaubliche Spannung auf. Den Jungen überfiel jedes Mal ein Schaudern, von

dem er nie sicher war, ob es ihm angenehm oder unangenehm sein sollte. Kurz bevor er es nicht mehr zu ertragen glaubte, brach das erlösende, scheinbare Chaos aus. Ein fast nicht wahrnehmbares, leichtes Kopfnicken der Meisterin genügte, und die Priesterin, die auf dem Westturm stand und wartete, schleuderte ihren ersten Meragh. Im darauffolgenden Moment warfen reihum die anderen. Jede der Frauen hatte zwei Krumme Hölzer. Wie beim Jonglieren warfen sie, wenn ihr Meragh am weitesten von der jeweiligen Werferin entfernt war, den zweiten. Der Kreis, den die Meraghs um ihre Herrin, SanSaar, zogen, durfte nämlich nicht unterbrochen werden.

Die Luft war erfüllt von einem monotonen Brummen und Summen, das auf- und abschwoll, verursacht von den Schwingungen der Krummen Hölzer. Immer wieder blitzte und funkelte es, wenn ein Meragh für einen Augenaufschlag die letzten Sonnenstrahlen reflektierte.

Das Unglaublichste für Lardan war jedoch die Tatsache, dass nie zwei von ihnen zusammenstießen. Wie auf vorgegebenen Bahnen umkreisten sie die Meisterin und kehrten wieder in die Hände der Werferinnen zurück, um erneut auf ihre Reise geschickt zu werden. Lardan war sich sicher, dass es irgendeine geheime Bindung zwischen der Werferin und dem Meragh geben musste. Anders war das Ritual für ihn nicht zu erklären. Nachdem die Priesterinnen ihre Hölzer dreimal um ihre Meisterin hatten kreisen lassen, kam der Höhepunkt und Abschluss der Zeremonie. Die uralte und ergraute SanSaar zog den Heiligen Meistermeragh aus ihrem breiten Rückengurt. Sofort umwob sie die Waffe mit einem silbrig violetten Licht. Er war fast so groß wie eine doppelblättrige Streitaxt und an beiden Seiten waren geheimnisvolle Runen eingraviert. Die alte Meisterin begann nun mit einer durch Mark und Bein gehenden

Stimme die alten Gesänge in monotoner Art und Weise zu intonieren.

„Heyka hem Meragh!"

Lardan glaubte anfänglich, dass SanSaar eine willkürliche, improvisierte Melodie sang, aber nach und nach merkte er, dass alles nach Regeln und Gesetzen ablief, die er nur noch nicht verstand. Niemand außer ihr verstand die alten Runen, doch wussten oder vielmehr ahnten alle Zuseherinnen, dass in diesen Worten ihre Macht, die Macht der DanSaan begründet lag.

Nach dem alten Lied nahm die Meisterin den Meragh mit beiden Händen, flüsterte ein paar Worte und scheinbar ohne jede Kraftanstrengung warf sie das Holz. Ein dumpfes, tiefes, fast unhörbares Brummen folgte seinem Weg, wie es fast bedächtig in einem riesigen Doppelkreis die Luft durchschnitt. Alle Anwesenden sahen ehrfürchtig zu ihm auf, wenn es über sie hinwegflog. Ohne Mühe fing SanSaar den Meistermeragh wieder auf, nachdem er seine Kreise vollendet hatte, und steckte ihn in ihren Rückengurt zurück.

Wie aus einer Art Traum erwachte Lardan wieder und hatte nur zwei Wünsche - ebenfalls zu lernen, wie man den Meragh warf und schnellstens in die Küche zu laufen, um das Essen nicht zu versäumen.

5 Suuna

Am Anfang dachte sich Lardan noch nichts dabei, als ihn Lirah am darauffolgenden Morgen mit zu den Wirtschaftsgebäuden nahm. Die Vorstellung, ein Krieger wie UrSai zu werden erweckte große Begeisterung in ihm, was hätte er darum gegeben, einen Gegner mit einem Handgriff kampfunfähig

machen zu können, wie es der junge Mann mit ihm getan hatte. Seine Euphorie schwand allerdings schnell, als er Suuna, der Küchenmeisterin übergeben wurde, und sich seine Beschützerin mit den Worten „Sei tapfer und mach mir keine Schande!", verabschiedete und ihn dabei sehr seltsam ansah.
Seine neue Ausbildnerin musterte ihn von Kopf bis Fuß, ohne ein Wort zu sagen. Suuna war in der Tat eine eindrucksvolle Frau, von gewaltigem Äußeren, so wie es sich für die Herrin der Küchen gebührte. Gerade als Lardan sich fragte, ob er vielleicht irgendetwas Seltsames an sich hätte, begann sich umzudrehen und schob ihn vor sich her in den Küchengarten.
"Nun, Lardan heißt du? Deine Ausbildung beginnt hier bei uns. Ein Krieger muss die grundlegenden Dinge des Überlebens beherrschen. Dieser Garten obliegt deiner Pflege. Halte ihn frei von Unkraut, kümmere dich darum, dass die Schleimschleicher nicht alles fressen und ernte die Früchte, Wurzeln und was man sonst noch alles verwenden kann, zu seiner rechten Zeit. Wenn du irgendwelche Fragen hast, ich bin in der Küche!"
Als er endlich seine Worte wieder fand und erklären wollte, dass es sich hier um ein Missverständnis handeln müsse und dass hier ja doch wohl nicht das richtige Betätigungsfeld für einen angehenden Helden zu finden wäre, warf ihm Suuna einen der Blicke zu, mit denen sie schon Dutzende von Novizinnen in ihre Schranken gewiesen hatte und die auch bei den ausgebildeten Kriegerinnen noch legendär waren. Alle, die ihnen jemals ausgesetzt gewesen waren, bemühten sich - leider meist vergeblich - Ähnliches zuwege zu bringen, da diese Fähigkeit jede Art von Kritik sofort im Keim zu ersticken vermochte.
Kurz und gut, auch Lardan war Suuna nicht gewachsen, und er befand, dass Früchte ernten, auch Unkraut jäten oder gießen ja

nicht so schlimm war, aber er hasste die dunkelbraunen, fettigglitschigen Schleimschleicher, die es darauf abgesehen hatten, ihm das Leben schwer zu machen.
Natürlich war das aber nicht die einzige Form der Ausbildung, die die DanSaan ihm angedeihen ließen. Neben diesen Aufgaben und Pflichten kamen noch die tägliche Ertüchtigung und das Ausdauertraining. *Endlich*, dachte Lardan, als er einen der Übungsplätze zum ersten Mal betreten durfte – um ihn voller blauer Flecken und todmüde, aber auch sehr stolz am Abend wieder zu verlassen.
Doch die besonderen Übungen der DanSaan blieben ihm noch verwehrt.

6 DanSaan

Alle, die ins Kloster kamen, gingen denselben Weg. Kaum eine kannte ihren Vater, die Erziehung war sehr streng. Schon in der frühen Kindheit begannen die Übungen, einerseits die körperliche Ertüchtigung, andererseits die Beherrschung des Geistes und die Ausübung der religiösen Riten. Die Regeln und Gesetze der DanSaan waren hart und die Strafen manchmal sogar grausam, aber innerhalb des vorgegebenen Kreises konnte man sich frei und ungebunden bewegen.
So konnte eine DanSaan, wenn sie gewisse Prüfungen abgelegt hatte und eine bestimmte Stufe überschritten hatte, so viele Geschlechtspartner haben, wie sie wollte. Sie wusste aber, falls sie schwanger würde, musste sie das Kind im Kloster zur Welt bringen. Gebar die Priesterin ein Mädchen, wurde es im Kloster zu einer DanSaan erzogen. Ein Junge wurde entweder zu einer Amme gebracht, oder die Familie des Vaters zog es auf.

Keine der DanSaan wurde gezwungen, für immer eine DanSaan zu sein. Jede konnte den Orden verlassen, nur durfte sie bei Todesstrafe die heiligen Riten nicht ausüben und keinen Schüler oder Schülerin aufnehmen und ausbilden. Aber es kam äußerst selten vor, dass eine Kriegerin oder Priesterin den Orden verließ und schon gar nicht wegen eines Mannes.
Auch konnte jederzeit eine Frau kommen und bitten aufgenommen zu werden. Wenn sie sich bereit erklärte, sich den Regeln zu unterwerfen und sich den Prüfungen und Proben zu stellen, war sie jederzeit willkommen.
Der erste Schritt der Ausbildung auf dem sich Lardan gerade befand, wurde der Pfad der Beharrlichkeit genannt und sollte die grundsätzliche Eignung einer jeden testen. Die Arbeiten, die ihnen aufgetragen wurden, waren einfach, aber mühsam und anstrengend. Die Novizinnen, mussten in den Ställen, in der Küche und im Garten arbeiten und alle sonstigen Arbeiten bewältigen, die im Kloster anfielen. Diese Zeitspanne konnte ein bis zwei Jahre betragen. Die Entscheidung, ob jemand die Stufe bewältigt hatte, oblag immer einer Meisterin.
Der nächste Schritt wurde auf dem Pfad der Eignung gegangen. Die Novizinnen durchliefen die unterschiedlichsten Stationen, um ihre persönliche Neigung und Vorliebe herauszufinden.
Das konnte ein Handwerk betreffen oder auch die Priesterinnenschaft, die Heil- oder die Kampfkunst, obwohl natürlich alle Mitglieder die besondere Kampfausbildung der DanSaan erhielten, schon um sich in etwaigen Notfällen verteidigen zu können.
Die dritte Stufe hieß der Pfad der Herausforderung. Jede DanSaan durfte eine andere DanSaan der gleichen oder höheren Stufe zu einem Kampf herausfordern, oder wie sie es nannten 'um eine Lektion bitten'. Weiters begann das intensive Trai-

ning mit der speziellen Waffe der DanSaan, dem Meragh, und sie mussten lernen, die eigene Kampfsprache der DanSaan zu verstehen.

Den vierten Pfad, den Pfad des Schattens betraten nur mehr wenige. Durch intensive Meditationsübungen, gepaart mit dem Verzehr bestimmter Kräuter, konnte die DanSaan durch Visionen die Fähigkeit erlangen, Kampfhandlungen eines Gegners vorauszuahnen. Auch mussten sie ihre Rituale studieren und verstehen lernen.

Der fünfte Schritt oder der Pfad der Weissagung war nur mehr denen vorbestimmt, die in den Kreis der Nachfolgerin aufgenommen wurden. Es bedeutete ein Vertiefen aller Künste und Fähigkeiten, um im Falle des Todes der ehrwürdigen Meisterin aus einem Kreis von Anwärterinnen die Fähigste auswählen zu können.

Der letzte Schritt, die höchste Stufe der DanSaan wird der Pfad der Gelassenheit genannt. Es kann immer nur eine ehrwürdige Meisterin geben, und die wird immer SanSaar genannt.

7 Lardan-UrSai

Das abendliche Ritual versäumte Lardan nie, denn die Meraghs verloren ihre Faszination auf den Jungen nicht, wie sie ihre Kreise zogen und immer wieder in die Hände der Werferinnen zurückkehrten.

Andauernd fragte er Lirah, wann auch er endlich ein Krummes Holz werfen dürfe, ob sie es ihm zeigen, ihn lehren könne, wie man den Meragh werfen musste. Doch Lirahs einzige Antwort bestand immer nur aus den Worten: „Habe Geduld, kleiner Lardan, die Zeit ist noch nicht reif."

„Aber UrSai, er trägt schon zwei Meraghs in seinem Rückengurt, und er muss auch nicht mehr Gemüse putzen und Schleimschleicher suchen", platzte es aus ihm heraus, obwohl er wusste, dass ihm dieses Argument nicht helfen würde. In diesem Punkt war Lirah, aber auch jede andere DanSaan, die er darum bat, unerbittlich.

Schon wegen der äußeren Umstände war es einleuchtend, dass Lardan und UrSai Freunde wurden, obwohl es Lardan schon sehr bald bewusst wurde, dass ihre freundschaftliche Beziehung sich vor allem auch deswegen entwickelte, weil es nur wenige andere Jungen zu Auswahl gab, und weil ihre Lebenssituation sehr ähnlich war. Denn nicht nur ihre äußerliche Erscheinung - UrSai war für sein Alter außergewöhnlich groß und kräftig - war sehr unterschiedlich, auch ihre Charaktere und Wesensarten passten nur wenig zusammen. Hätten mehrere Knaben hier gelebt, wären sie sich vielleicht aus dem Weg gegangen. So aber bildeten sie eine Art Zweckgemeinschaft gegen die übermächtigen Frauen, die für sie sorgten und sie wie junge Danaer unter Kontrolle hielten.

Und Lardan sah, dass sich UrSai bei den DanSaan einen gewissen Respekt verschafft hatte, auch wenn er sich oft scheinbar unmöglich benahm. Er war aufbrausend und jähzornig, gehorchte nur, wenn es ihm passte und wagte es sogar Suuna zu widersprechen. Aber er war ein hervorragender Kämpfer, ausdauernd und stark, und obwohl er um einige Jahre älter war als Lardan, und manchmal wegen seiner Erfahrung und Stärke bei den Kampfübungen auf den Kleineren herabsah, brachte er ihm doch manches bei. Er zeigte Lardan manch ein Versteck, einen geheimen Gang und verborgene Plätze, die man in den riesigen alten Gebäuden manchmal finden konnte und die vielen DanSaan nicht bekannt waren. Lardan zeichnete sofort alles sorgfältig und genauestens in seine Karte ein, die sogar

UrSai bewunderte. Immer und immer wieder studierten sie die verzweigten Gänge, um nicht vielleicht doch einen heimlichen Weg zum Schlafraum der Novizinnen zu entdecken.

UrSai wurde immer mehr zu einem Freund. Er war zwar schon etwas älter und in seiner Art ungestümer, und seine Worte sprudelten ohne viel Nachdenken aus seinem Mund, aber er war offen und ehrlich. Und Lardan hatte das Gefühl, dass er viel von ihm lernen konnte.

Lardan hatte mit seiner Narka die Hochebene des Klosters schon sehr oft beritten, immer wieder zog es ihn zum östlichsten Punkt, zur Korbstation, ein gemächlicher Ritt von etwa einer halben Stunde. Aber von dort konnte er das Meer sehen, oder zumindest glaubte er das, die weite Ebene von Saan überblicken und an einem klaren Tag hatte er das Gefühl, als ob er das große, immer brennende Feuer von Gara sehen konnte, das zu Ehren von Sarianas dort immer brannte. Lardan war diese für ihn fast endlose Weite nicht gewohnt, sein Dorf war von Bergen und Bäumen umgeben gewesen.

An einem Morgen kam UrSai schon bei Sonnenaufgang in sein Zimmer.

„Schnell mein Freund, ich habe uns einen Auftrag an Land gezogen, wir dürfen zusammen Patrouille reiten."

Lardan, noch etwas schlaftrunken, fuhr sofort aus seinem Bett hoch.

„Was, was sagst du da, wir zwei, allein? Welche Route?"

Er wusste bereits, dass es mehrere ständige Routen gab, auf denen die DanSaan regelmäßig patrouillierten. Die meisten Patrouillenritte benötigten drei bis fünf Tage, aber es gab auch welche die über eine Woche dauerten.

„Die um die Südspitze des KorSaan, du weißt schon, den Kor entlang bis nach Khalso, dann ein scharfer Galopp bis zur

,Geknickten Ähre', dort können wir übernachten, dann in einem großen Bogen zur Korbstation. Wenn wir wollen, dürfen wir drei Tage ausbleiben, hat Karah zu mir gesagt."
Lardan konnte es fast nicht glauben. Während UrSai erzählte, zog er sich an, stopfte das Notwendigste ungestüm in seine Satteltaschen und gurtete sich seinen langen Dolch um.
„Ich muss noch mit Lirah... „
„Nein, musst du nicht, sie und ein paar andere DanSaan sind heute schon in der Morgendämmerung losgeritten. Muss wohl was ganz Dringendes gewesen sein. Das soll ich dir von Lirah geben."
Seit der Sommersonnenwende hatte Lirah gefunden, dass Lardan nun alt genug sei, eine kleine Kammer in einem Haus am untersten Mauerring zu bewohnen.
Lardan öffnete hastig die kleine Schriftrolle.

,Lardan, ich konnte mich leider von dir nicht mehr verabschieden, ich werde wohl eine Weile weg sein. Es ereigneten sich in den letzten Wochen mehrere Ereignisse, von denen ich dir später erzählen werde, denen wir dringend nachgehen müssen. Ich glaube, du bist bereit für die ersten Aufgaben, halte dich an UrSai, aber sei wachsam und vor allem vorsichtig. Bis bald. Möge Sh'Suriin mit euch reiten. Lirah.'

Dann liefen die beiden zu den Ställen und sattelten ihre Danaer. Lardan brauchte etwas länger, denn er musste seine Narka erst mit Worten und Gesten beruhigen. Er hatte das Gefühl, als ob die junge Stute ebenso aufgeregt sei wie er. Dann gingen sie im Schritt, die Zügel fest angezogen, durch den untersten Torbogen, um wie erlöst über die Hochebene zu galoppieren. Am Hauptturm bei der Brücke mussten sie noch einmal absteigen, um sich im Wachraum abzumelden.
„Zwei große Krieger auf einer Queste, wohin geht's denn?"
Sileah, die fast so groß und gleich alt wie UrSai war, stellte

sich provozierend nah zu ihm hin. UrSai legte seine Hand um ihre Hüfte und versuchte sie zu küssen. Sileah aber drehte sich geschickt aus der Umarmung heraus und war mit ein paar schnellen Schritten bei Lardan, dem sofort die Verlegenheitsröte in das Gesicht schoss, denn Sileah legte ihre beiden Arme auf seine Schultern. „UrSai, du hast mir deinen Freund und Konkurrenten noch gar nicht richtig vorgestellt."
Sileah lächelte verschmilzt zu UrSai hinüber. Lardan wich unabsichtlich ein paar Schritte zurück und stolperte hinterrücks über einen Stuhl.
„Er ist noch ein wenig tollpatschig, aber sonst sieht er ganz nett aus. Pass auf ihn auf UrSai, tust du mir den Gefallen?"
Ohne Lardan weiter zu beachten, trat sie zu einer großen Tischlade und nahm ein dickes Buch heraus. Auf dem Tisch standen ein Fass Tinte und daneben steckten in einem inzwischen blau gefärbten Schwamm mehrere Federkiele mit unterschiedlichem Umfang.
„Also, euer Auftrag ist welche Tour?"
„Die Kor-Korbstationsrunde", antwortete UrSai förmlich.
Lardan bewunderte UrSai, wie er sich aus einem Schäkern und Spielen heraus plötzlich wieder konzentriert und ernst benehmen konnte.
„Wann werdet ihr wieder zurück sein?" fragte Sileah, ohne vom Buch, in dem sie alles niederschrieb, aufzuschauen.
„Spätestens in drei Tagen, gegen Sonnenuntergang."
„Gut, ich werde euch erwarten."
Mit diesen Worten klappte Sileah das Buch wieder zu.
Lardan hatte sich inzwischen auch wieder so unauffällig wie möglich aufgerappelt und stand bei der Tür. UrSai nickte kurz und machte sich auch auf zu gehen.
„UrSai, Lardan, passt auf euch auf, irgendwie liegt eine bedrohliche Stimmung über dem KorSaan, etwas Merkwürdiges

geht vor, und niemand weiß etwas Genaues".
Einige Augenblicke herrschte ein nachdenkliches Schweigen zwischen den Dreien.
„Seid einfach vorsichtig und macht die Tür hinter euch zu."
Die beiden ritten über die steinerne Brücke, die die tiefe Schlucht zwischen der Hochebene und dem angrenzenden Felsmassiv überspannte. Danach führte der Weg, der zwischen vier und acht Fuß breit war, in weiten Serpentinen zur Ebene von Saan hinunter. Sogar in den felsigen Boden hatten sich in der Mitte des Weges zwei tiefe Furchen, von den Rädern der Wägen eingegraben, und bei den Kehren war immer mindestens so viel Platz, dass die Möglichkeit auszuweichen bestand. Nur bei der ersten Kehre, da führte ein breiter Weg zu einer kleineren Ebene, die auf drei Seiten von hohen Felswänden umschlossen war. Dort graste immer eine kleinere Herde vor Danaern, und auch ein kleiner Weiler mit ein paar Stallungen befand sich dort.
Abwärts brauchte man ungefähr eine Stunde, hinauf oft die doppelte Zeit, je nachdem wie müde und ausgelaugt die Reittiere waren.
Obwohl Lardan viele Fragen an UrSai hatte - denn sie hatten längere Zeit nicht die Möglichkeit gehabt, ungestört miteinander zu reden - getraute er sich nicht, ihn sofort mit Fragen zu überhäufen. Lardan bewunderte UrSai immer mehr, denn er hatte den Ruf für sein Alter schon ein guter Kämpfer zu sein, die DanSaan, oder einige zumindest, zollten ihm Respekt, er gehorchte ihnen nicht immer sofort aufs Wort, und was für Lardan das Wichtigste war, er kannte Sileah besser.
‚Er sieht ganz nett aus, pass auf ihn auf', hatte sie gesagt.
Schon als er die junge DanSaan das erste Mal gesehen hatte, hatte er seine Blicke kaum mehr von ihr losreißen können. Ihr sonnengebleichtes langes Haar, ihre dunkelbraunen Augen,

ihre aufrechte, gelassene Haltung hatten ihn so fasziniert, dass sie ihn sogar in seine Träume verfolgten. Ein paar Mal war er schon auf sie aufmerksam geworden, war ihr sogar schon einmal heimlich gefolgt, aber er hatte nicht geglaubt, dass sie ihn auch wahrgenommen hatte, außer wenn sie miteinander trainiert hatten. Ihr geschmeidiger....
Ruckartig wurde Lardan aus seinen Tagträumen gerissen, denn sobald die Danaer die Ebene erreichten, gingen sie in einen wilden Galopp über. Er hatte es bei den anderen DanSaan ebenso beobachtet, es schien, als ob es eine Art Belohnung für die Reittiere war, und so lockerte er schon wie von selbst die Zügel, sobald es der Boden zuließ.
Und fast egal wohin man wollte, man musste immer zuerst zu den zwei Brücken, dort wo der Kor in die Saanda mündete. Es gab dort auch ein kleines Dorf, Khalso. Es wohnten dort beinahe ausschließlich Flößer und Schiffer, die Waren oder Personen nach Goron oder sogar bis nach Khartan den Fluss hinunter transportierten. Lardan war immer sehr von den Häusern in Khalso beeindruckt, denn sie waren alle mehrere Stockwerke hoch auf den beiden Brücken gebaut.
Es herrschte auch immer ein buntes Treiben in Khalso, und obwohl dort nur an die hundert Leute lebten, gab es drei Wirtshäuser, die immer gut besucht waren, denn hier kreuzten sich zwei Handelswege. Alle die nach Norden über die Lukantorkette wollten, mussten hier vorbei, und Händler oder Reisende, die die nördlichste Ost-West Handelsroute von den Wäldern Medurins nach Gara oder Khem gewählt hatten, konnten hier am leichtesten die Flüsse überqueren. Die Saanda bildete auch eine Art Grenze, zwar nirgends festgeschrieben, aber der Einflussbereich der Nomadenstämme, die die Ebene von Saan und das angrenzende südliche Hügelland beherrschten, der endete hier.

Lardan und UrSai machten eine kurze Pause in dem Wirtshaus „Zum tanzenden Treibholz", nicht nur um sich mit stark gewässertem Wein zu erfrischen, sondern auch um vielleicht das eine oder andere Gerücht aufzuschnappen. Lardan war erst einmal hier gewesen, und da Lirah ihm doch geschrieben hatte, er solle von UrSai lernen, so hatte er keine Einwände, als UrSai den Vorschlag machte, hier eine kleine Pause einzulegen.

Sie banden ihre Danaer dort an, wo alle anderen Pferde auch standen, obwohl sie wussten, dass das nicht nötig gewesen wäre. Denn Narka, so wusste Lardan, würde sich vielleicht einen Platz zum Grasen suchen, doch sofort auf seinen Pfiff erscheinen. Aber, so sagte UrSai, es wäre besser, nicht aufzufallen. Es sollte ja nicht sofort für alle erkennbar sein, dass DanSaan zugegen waren. Dieses ‚DanSaan zugegen', so meinte jedenfalls Lardan herausgehört zu haben, hatte UrSai in einem besonderen Tonfall geäußert, fast ein wenig stolz, oder überheblich. Die beiden fühlten sich auf jeden Fall sehr wichtig auf ihrer Mission und wollten alles richtig machen.

Im Wirtshaus passierte nichts Ungewöhnliches, es war randvoll mit Händlern, die nicht alle dieselbe Sprache sprachen und auch nicht dieselbe Hautfarbe hatten. Das allein war für Lardan schon ungewöhnlich genug, um für ihn verdächtig zu erscheinen, aber da UrSai nichts dergleichen tat und es scheinbar für normal hielt, sagte auch Lardan nichts. Aber er staunte nicht schlecht und so richtig wohl war ihm bei der Sache nicht, im Gegenteil, er war sehr erleichtert, als sie wieder ihre Danaer bestiegen und über die Brücke nach Osten ritten.

Der Wirt, den UrSai schon kannte, gab ihnen noch ein paar Briefe für Leute mit, die an der vorgegebenen Route lebten. Die DanSaan mussten oft auch nur mündliche Botschaften überbringen oder ein kleines Paket abliefern. Nur eines war verboten, und das wussten auch alle, es durfte sich niemand der Patrouille anschließen. Aber jeder konnte die DanSaan gegen Bezahlung für die Begleitung einer Karawane anwerben, was eine der Haupteinnahmequellen des Klosters bildete. Es bedeutete Sicherheit für die Leute, die verstreut über die Hügel und Ebenen in kleinen Bauerhöfen wohnten, denn sie wussten, dass in mehr oder weniger regelmäßigen Abständen eine kleine Gruppe von DanSaan kam, um nach dem Rechten zu schauen oder auch medizinische Hilfe anzubieten. Sie wurden eigentlich überall mit Respekt empfangen, bei den scheuen, zurückgezogenen Bauern oft gepaart mit einer misstrauischen Ehrfurcht. Lardan wusste um seine Aufgaben und deshalb hatte er ein wenig die Befürchtung, dass er die Erwartungen der Menschen nicht erfüllen konnte, war er ja noch keine ‚richtige' DanSaan. Er versuchte nur UrSai zu imitieren, denn für ihn hatte der das nötige Selbstbewusstsein und die Ausstrahlung, die Lardan seiner Meinung nach noch fehlte.

„Wie lange lebst du schon auf dem KorSaan?", fragte Lardan.

Aus irgendeinem Grund hatten es beide bisher vermieden, persönliche Dinge miteinander zu bereden, eigentlich wussten sie wenig voneinander.

„Seit ich mich erinnern kann, lebe ich auf diesem Berg. Ich weiß so gut wie nichts über meine Eltern. Meine Zieheltern, bei denen ich meine ersten Lebensjahre verbracht haben soll, leben auf einem Hof in der Ebene vor Gara, dort war ich schon zweimal, aber niemand kann oder will mir etwas über meine richtigen Eltern erzählen."

Nach einer kurzen Pause, in der Lardan das Gefühl hatte, irgendwas würde ihn bedrücken, redete UrSai weiter.

„Aber eines kann ich dir sagen, ich habe zwei wunderhübsche Stiefschwestern, die werde ich dir mal vorstellen, bei Gelegenheit, das ist ein Versprechen."

Er hatte seine Nachdenklichkeit wieder verloren und grinste verschmitzt.
Danach sprachen sie über keine persönlichen Dinge mehr, sondern Lardan erkundigte sich nach der Kampfausbildung, denn UrSai hatte schon einen Meragh im Rückengurt stecken, was Lardan sehr imponierte. Er konnte es gar nicht glauben, als UrSai mit einem Mal seinen Danaer anhielt, abstieg und sein Krummes Holz herauszog.
„Ich zeige es dir einmal, dann darfst du einmal probieren, wenn du willst."
UrSai wusste, dass die letzte Frage eine überflüssige war, denn er konnte sich noch genau daran erinnern, wie begierig er darauf gewesen war, das erste Mal den Meragh werfen zu dürfen.
„Pass auf!"
Er stellte sich genau so hin, wie es ihm seine Lehrmeisterin gezeigt hatte, obwohl er, wenn er allein übte, eine leicht veränderte Körperposition bevorzugte. Dann, ohne ersichtliche Kraftanstrengung, schickte er sein Krummes Holz auf die Reise, und nachdem es einen großen Bogen gezogen hatte, fing es UrSai scheinbar mühelos wieder auf. Dann hielt er es Lardan hin, der inzwischen auch von seiner Narka abgestiegen war.
„Du meinst, ich soll,...... ich darf,.......ich kann das aber nicht."
„Jetzt führ dich nicht so auf, Lirah ist nicht da, es ist ganz leicht."
UrSai schickte sein Holz noch einmal auf eine Runde und streckte es Lardan erneut hin.
Etwas zögerlich, fast ehrfürchtig nahm es Lardan in die Hand.
„Achte auch auf den Winkel, je flacher desto höher, lass den Meragh einfach aus deiner Hand gleiten."
Lardan bemerkte zwar ein leicht süffisantes Grinsen bei UrSai, der ein paar Schritte zurückwich, aber er beachtete es nicht. Er

holte aus und der Meragh glitt durch die Lüfte. Stolz blickte Lardan dem kreisenden Holz nach und riskierte dann einen Blick zu UrSai, dessen leichtes Grinsen schon in ein Gelächter übergegangen war. Er deutete nur mehr mit der Hand nach vorn. Der Meragh tauchte wie aus dem Nichts in Kopfhöhe vor Lardan auf, der nur mehr schützend seine Arme in die Höhe reißen konnte, um das Schlimmste abzuwehren. Dann traf ihn die volle Wucht des Holzes und riss ihn zu Boden.
„Sie werden immer schneller, wenn sie zurückkommen", stammelte UrSai zwischen seinem Lachen hervor.
„Entschuldige bitte, Lardan, aber ich habe bei meinem ersten Wurf auch einen brummenden Schädel abbekommen, aber bei mir schauten fast alle Novizinnen zu."
Lardan hatte sich wieder aufgerappelt, aber sein schmerzverzerrtes Stöhnen war unüberhörbar.
„Zeig mal her, wird wohl nicht so schlimm sein, wie es sich anhört."
UrSai hatte so etwas wie einen Anflug von schlechtem Gewissen.
„Eine kleine Beule über dem rechten Auge und eine blutende Wunde am Kinn."
Die kleine Beule war eine recht ordentliche Beule, die gehöriges Kopfweh verursachte.
„Lirah hat mir geschrieben, ich soll mich an dich halten und von dir lernen, das war wohl meine erste Lektion. Ich hoffe nicht alle deine Unterweisungen sind so schmerzhaft."
Dann musste auch Lardan lachen, obwohl ihm diese Bewegung noch mehr Schmerzen bereitete.
UrSai war erleichtert, als er merkte, dass Lardan ihm den Streich nicht übelnahm.
„Hier hast du deinen Meragh wieder, ich werde wohl lieber allein üben." Lardan band sich ein nasses Tuch um seine Stirn

und dann ritten sie weiter.
Der nächste und übernächste Tag blieb ereignislos, aber waren für Lardan trotzdem sehr spannend, denn er lernte unterschiedliche Leute kennen, überbrachte ein paar Botschaften und lernte, dass er als DanSaan geachtet wurde, obwohl er ab und zu das Gefühl hatte, mit ein wenig Misstrauen oder Argwohn betrachtet zu werden. Aber normalerweise wurden sie überall mit Wohlwollen empfangen. Immer wieder bot man ihnen Essen und Trinken an oder einen Platz zum Übernachten. Aber Lardan und UrSai zogen es vor, unter freiem Himmel zu nächtigen, zumal das Wetter außergewöhnlich warm und schön war.
Sie waren auch schnell vorangekommen, denn schon am zweiten Abend waren sie nur mehr wenige Reitstunden von der Korbstation entfernt. Sie ritten zu einem kleinen Wäldchen, das UrSai schon kannte und schlugen an einem von Wind, Wetter und Blicken geschützten Ort ihr Lager auf. Nachdem sie zuerst ihre Danaer versorgt hatten, machten sie ein kleines, rauchloses Feuer und brieten ihre letzten Würste. Danach, zur Überraschung Lardans, zog UrSai eine kleine Flasche aus seinem Wams, zog den Korken heraus und trank einen großen Schluck. Dann hielt er sie Lardan hin.
„Hab' ich von Suuna, hier trink."
Lardan blickte etwas verwundert.
„Ja, hast ja recht, sie hat mir die Flasche nicht freiwillig gegeben. Aber aus gegorenen Früchten Tränke zubereiten, die es in sich haben, das kann sie." UrSai grinste.
„Komm, einen Zug."
Lardan wollte natürlich keinesfalls als Feigling dastehen und nahm einen tiefen Schluck. Nicht ohne es zu bereuen. Zuerst blieb ihm die Luft weg, dann brannte es wie Höllenfeuer die Kehle hinunter. Aber außer, dass ein paar verstohlene Tränen

seine Wangen hinunterrannen, gab Lardan keinen Laut von sich.

„Das war wohl meine zweite Lektion", keuchte er, „ich glaube, ich muss mal mit Lirah reden, ob du der rechte Umgang für mich bist."

UrSai wollte schon antworten, da fiel ihm Lardan ins Wort: „Darf ich nochmal? Schmeckt ja echt gut, ...nach einer Weile."

So unterhielten, lachten und alberten die beiden noch eine Weile, dann fielen ihnen nicht nur aus Müdigkeit die Augen zu.

Lardan schrak hoch, weil er etwas Feuchtes in seinem Gesicht fühlte – Narkas Nüstern hatten ihn aufgeweckt. Als er zu UrSai etwas sagen wollte, sah er, dass dieser ebenfalls schon wach war und das Zeichen der Kampfsprache der DanSaan für *absolute Stille* machte. Der Mondschein hüllte alles in ein silbrig dämmriges Licht, das hell genug war, auf die Ebene hinauszublicken, aber tiefer in den Wald hinein konnte man nichts erkennen, da herrschte Finsternis. Lardan versuchte, auf alle seine Sinne zu hören und nach einer Weile war ihm, als ob er leise Stimmen vernehmen konnte. Narka und UrSais Danaer hatte sich, so wie es ihnen antrainiert worden war, sich leise in die Finsternis des Waldes zurückgezogen. Lardan konnte sich aber sicher sein, dass ihn Narka nicht aus den Augen lassen würde. Dann, auf ein Zeichen von UrSai, schlichen die beiden ins Unterholz und versteckten sich. Sie versuchten noch, so gut es ging, die Spuren ihres Lagers zu verwischen, aber sogar Lardan war sich sicher, dass ein geübter Spurensucher erkennen konnte, dass sich hier jemand aufgehalten hatte.

Die Anspannung wuchs von Augenblick zu Augenblick. Seinen Dolch wagte er jetzt nicht mehr aus der Scheide zu ziehen, denn er wusste, dass das nicht geräuschlos vonstatten ging.

Seine Augen hatten sich inzwischen an die Dunkelheit gewöhnt, und mit einem Mal hatte er das Gefühl, als ob sich zwei, vielleicht auch drei dunkle, kriechende Gestalten zirka 30 Schritt entfernt aus der Dunkelheit schälten. Ein kurzer Blick zu UrSai bestätigte seine Wahrnehmung. Lardan war sich nicht sicher, ob sein Freund nun versuchen würde, einen Kampf zu vermeiden, oder ob er ihn nicht sogar auf eine bestimmte Art und Weise suchte. Wohl war Lardan bei diesem Gedanken nicht. Natürlich hatte er gehofft, auch einmal den Mördern seiner Familie im Kampf gegenüberzustehen, aber das hier ging ihm ein wenig zu schnell.

Die anderen, so dachte zumindest Lardan, hatten plötzlich innegehalten, so als ob sie gewahr würden, dass sich hier noch jemand versteckt hielt.

Sie wissen ja nicht, wie viele wir sind, kam ihm in den Sinn, dann hörte er auch schon ein kaum wahrnehmbares Flüstern, in einer Sprache, die ihm gut bekannt war.

Bergclan, schoss es ihm durch den Kopf, *was machen Bergclanleute hier in der Ebene?* Danach ging alles sehr schnell. So unvermutet die Fremden aufgetaucht waren, so schnell waren sie auch wieder verschwunden.

Ich werde Narka, wenn wir wieder auf dem KorSaan sind, einen besonderen Leckerbissen suchen, nahm sich Lardan vor, *denn sie hat uns schließlich rechtzeitig geweckt.*

Die beiden DanSaan blieben noch bis zur ersten Morgendämmerung regungslos in ihrem Versteck und erst als sie sicher waren, dass niemand mehr in der Nähe war, riefen sie ihre Danaer.

Die freudige Ausgelassenheit der letzten zwei Tage war verflogen, auch UrSai war klar, dass sie wahrscheinlich nicht weit vor den Toren der Großen Halle gestanden hatten. Sie verschwendeten weder Zeit noch Worte, sondern ritten, so schnell es die Danaer zuließen, zur Korbstation.

Sie konnten schon lange die gewaltige Ostwand der Hochebene sehen, aber die Korbstation befand sich nicht ganz am Fuße der Felswand, sondern zuerst musste eine Geröllhalde, die sich über die Jahrhunderte abgelagert hatte und nur schwer zugänglich war, überwunden werden. Der Weg war natürlich bei weitem nicht so lang und so steil wie beim Westaufgang, aber an gewissen Stellen musste man vom Pferd absteigen und zu Fuß gehen. Die Korbstation selbst war leicht befestigt. Ein Palisadenzaun umgab sie und das Tor wurde links und rechts von einem kleinen Turm überragt. Früher war der untere Posten von zwei bis drei Leuten besetzt, jetzt, seit mehr und mehr von Überfällen auf Planwägen, kleinere Weiler oder von Scharmützeln berichtet wurde, hatten sich die DanSaan entschlossen, die Wache auf zehn bis zwölf Kämpferinnen zu erhöhen.
Es gab zwei Körbe, die gegengleich liefen und sie wurden am oberen Ende von vier Danaern, die in einem großen Drehkreuz eingespannt waren, auf- und abgezogen. Die Körbe waren so groß, dass mehr als ein Dutzend Leute Platz finden konnten oder drei Danaer und ihre Reiter.
Als Lardan und UrSai kurz vor Mittag ankamen, hatten sie Glück, denn ein Korb war gerade unten angekommen. Schnell berichteten sie der Kommandantin ihre Beobachtungen der letzten Nacht, dann gab diese mit einem Seil, das lose neben dem Korb hing, das Signal zum Hinaufziehen. Die Fahrt dauerte bei normalem Tempo und Wetter etwa eine halbe Stunde.
Zur beider Überraschung wartete Sileah schon auf sie. „Hab ich mir gedacht, dass ihr schon etwas früher da seid, hatte so eine Ahnung."
Dann blieb ihr Blick kurz bei Lardan hängen. „Hey Lardan, du siehst ja aus, als hättest du einen Höhlenbären mit bloßen

Händen niedergerungen."
Sie konnte ihr ein wenig schadenfreudiges Lachen jetzt nicht mehr verbergen.
„UrSai, typisch, konntest wohl nicht wiederstehen, ihm die erste Meraghlektion zu erteilen, oder?"
Der Angesprochene zuckte nur mit den Achseln. „Lardan hat mir schon wieder verziehen, oder?"
Dieser wollte am liebsten im Erdboden versinken, so peinlich war ihm die Sache.
„Aber wir haben viel Wichtigeres zu berichten", fuhr UrSai jetzt fort, „schnell bring uns zu einer der Meisterinnen der Schlachten. Ich weiß nicht, wer gerade da ist und wer nicht."
Wieder fiel Lardan auf, dass Sileah und UrSai zwar Scherze treiben konnten, aber sofort wieder den nötigen Ernst aufbrachten, wenn es die Sache erforderte.
Sileah brachte die zwei zu Keelah, einer der angesehensten und höchstrangigen DanSaan. Dort erzählten die beiden, was sie letzte Nacht erlebt hatten, und Lardan hatte das Gefühl, dass Keelah aufmerksam zuhörte, aber ihr Blick immer nachdenklicher wurde.
„Ihr habt Glück gehabt, aber ihr habt auch richtig gehandelt. Ich werde euch bei der ehrwürdigen SanSaar lobend erwähnen. Nun geht, versorgt eure Danaer, lauft zu Suuna und sagt ihr, dass ich euch geschickt habe. Sie soll euch eure Leibspeise richten. Dann ruht euch aus. Ihr habe eure Sache gut gemacht."
Stolz über das Lob taten die beiden wie ihnen geheißen worden war. Lardan merkte jetzt erst so richtig, wie müde er eigentlich war. Und nachdem sie im Stall und bei der Küchenmeisterin gewesen waren, gingen sie zu ihren Zimmern.
„Lardan, Lardan, warte kurz", sagte UrSai bevor sich ihre Wege trennten, „ich muss dir noch was sagen."

UrSai zögerte, es fiel ihm sichtlich schwer, was er Lardan mitteilen wollte.

„Ich meine nur, ich bin froh, dass du auch da bist, ich hoffe, wir werden Freunde."

Dann umarmten sich die beiden und klopften sich gegenseitig auf die Schulter.

Lardan wollte antworten, da unterbrach ihn UrSai: „Sag jetzt nichts, Freund", und nachdem er ein verschmitztes Grinsen aufgesetzt hatte, „und nichts für ungut."

Dann drehte er sich um und lief die Stufen zu seinem Zimmer hinauf.

Lardan wartete noch einen Augenblick, dann machte er sich ebenfalls nach Hause auf.

Und er freute sich, UrSai besser kennengelernt zu haben, aber noch mehr freute er sich, dass Sileah ihn wahrgenommen hatte, obwohl seine Auftritte nicht sehr von Vorteil für ihn gewesen waren. Aber ein Anfang war gemacht.

8 Lardan

Endlich durfte auch Lardan durch das große, zweiflügelige Tor gehen, hinter dem der Übungsplatz, aber auch einer der Ritualplätze lagen. Er hatte natürlich schon am allgemeinen Training der Ertüchtigung teilgenommen, aber durch das große Tor durften nur die treten, die als würdig erachtet wurden, den Pfad der Beharrlichkeit zu beschreiten.

Die DanSaan hatten Generationen über Generationen ihre eigenen Kampftechniken entwickelt. War zuerst nur der waffenlose Kampf und der Umgang mit dem Meragh trainiert worden, so entwickelten sie nach und nach ihre eigenen Methoden im Schwertkampf und danach in anderen Waffengattungen.

Ihre Art zu kämpfen war nicht auf Kraft ausgelegt, denn sie wussten natürlich, dass sie darin immer den Männern unterlegen sein würden, sondern auf Geschicklichkeit, Schnelligkeit und der Fähigkeit, die Kraft des Gegners so auszunützen, dass sie ihm selbst schadete und nicht den Verteidigern.
Anfangs hatte Lardan den Eindruck, dass die Übungen, die er täglich durchführen musste, nichts mit der Kunst des Kämpfens zu tun hatten, denn es waren meistens monotone Abfolgen von Bewegungen, die, obwohl er sie nach kurzer Zeit beherrschte, immer wieder und wieder üben musste. Und wenn er glaubte, er könne jetzt endlich aufhören, weil er keinen Sinn mehr in den Übungen sah, dann musste er immer noch eine Lektion anhängen.
Aber trotz der zahlreichen blauen Flecken, die er bei jedem Kampftraining abbekam, trotz der Anstrengung und Mühsal biss Lardan die Zähne zusammen und immer, wenn er wieder einmal Staub schlucken musste, erinnerte er sich daran, warum er das alles auf sich nahm. Er wusste, er würde einmal den Feldzug gegen den Bergclan anführen und Rache an dem Tod seiner Eltern und seiner Freunde nehmen. Und es gab noch einen zweiten Grund, warum Lardan keine seiner täglichen Übungen versäumte. Immer wieder, wenn das Training einen Partner verlangte, kam es auch dazu, dass Sileah sein Gegenüber war. Er wusste zwar inzwischen, dass die Übungen mit ihr meistens schmerzhafter als mit anderen waren, aber er genoss den Moment immer wieder - ohne es natürlich zu zeigen - wenn er mit dem Rücken am Boden lag und Sileah sich schwungvoll auf seinen Brustkorb setzte, mit ihren Oberschenkeln die Luft aus seinen Lungen presste und ihn triumphierend angrinste.

9 UrSai – Lardan

UrSai sagte immer: „Lass dich von den Weibern nicht unterkriegen", was Lardan oft in einen nicht geringen Zwiespalt stürzte, denn bei seinem Stand in der Ausbildung musste er sich zwangsläufig immer wieder eine Menge von seinen Lehrmeisterinnen sagen lassen und die gingen nicht immer zimperlich mit ihm um. Anderseits aber wollte er unbedingt vor UrSai sein Gesicht wahren. Und so ging er mit in die Höhlen, als er dazu aufgefordert wurde.

Suuna war wie immer übel gelaunt und UrSai hatte als Strafe nach langer Zeit wieder einmal in der Küche arbeiten müssen, als er Lardan unauffällig beiseite drängte und flüsterte: „Komm, lass uns verschwinden, ich zeige dir einen ganz besonderen Platz. Du wirst es sicherlich nicht bereuen."

„Nein, du siehst doch, in welcher Laune Suuna ist. Wenn wir jetzt abhauen, können wir was erleben, wenn wir zurückkommen."

„Feigling, aber wie du willst. Ich habe draußen Sileah gesehen. Ich werde sie fragen. Sie geht bestimmt mit."

Sileahs Nennung änderte für Lardan alles. Sie war eine der wenigen Kriegerinnen, die bereit war, sich mit den beiden jungen Männern abzugeben und ihm war aufgefallen, dass UrSai alles Mögliche tat, um sie zu beeindrucken. Und Sileah genoss sichtlich UrSais Bemühen. Und Lardan fühlte sich von Sileah sehr angezogen, obwohl sie ihn nie ernst zu nehmen schien.

„Nein, nein, du brauchst sie nicht zu fragen, ich komme schon mit", zwängte Lardan zwischen den Lippen hervor. Sie warteten einen günstigen Moment ab, in dem Suuna mit jemandem anderen schimpfte, und dann stahlen sie sich heimlich davon.

Lardan hatte schon über die Höhlen reden hören, aber er hatte ihnen nie eine besondere Bedeutung beigemessen. Der Eingang war zirka zwei Stunden vom Kloster entfernt, noch auf dem Hochplateau. Doch es war den Novizinnen und so natürlich auch ihnen beiden streng verboten, sie zu betreten. Lardan hatte immer gedacht, dass es zu gefährlich wäre. Einstürzende Gänge und unergründliche schwarze Löcher traten immer wieder in seinen Alpträumen auf. Außerdem kam man nicht gerade zufällig an ihnen vorbei, als dass ihn ein Besuch besonders gereizt hätte.

„UrSai, sollten wir nicht lieber wieder zurückgehen?" Lardan plagte außerdem das schlechte Gewissen.

„Und was sollten wir sagen? Dass wir auf halben Weg zu den Höhlen umgekehrt sind? Glaubst du, das würde die Strafe verringern? Sei kein Feigling. So wirst du nie die Aufmerksamkeit einer der Novizinnen erreichen. Und das willst du doch, oder?"

UrSai hatte Recht. Solange er in der Küche und in den Ställen arbeiten musste, würde Sileah ihn nie interessanter als UrSai finden. Also weiter. Nach einer längeren Zeit des Schweigens erreichten sie schließlich den Eingang. Der Weg wand sich steil in Serpentinen hinunter in eine kleine Schlucht, aber man konnte schon von heroben den schwarzen Schlund sehen, der alles Licht verschluckte.

„Da willst du hinein", schluckte Lardan als sie sich langsam dem Höhleneingang näherten.

„Wollen? Du scherzt wohl. Müssen. Hoffentlich zwar noch nicht so bald. Und du auch. Haben Sie dir das nicht gesagt?" UrSai gewahrte das bleiche Staunen Lardans.

„Was gesagt?"

„Na, dass das der Grund dafür ist, warum du hier bist. Alle Männer, die auf dem KorSaan aufwachsen, müssen früher oder später da hinunter. Ich fürchte, ich bin dem Früher näher als dem Später."

„Aber warum, haben sie dir das gesagt?", fragte Lardan neugierig.

„Nein, noch nicht, aber ich werde es noch rechtzeitig erfahren, da bin ich mir absolut sicher. Komm jetzt, lass uns hineingehen."

Lardan zog seinen Dolch und langsam und vorsichtig, möglichst ohne ein Geräusch zu verursachen, stiegen sie hinunter. Gleich beim Eingang lagen an einem geschützten Platz zahlreiche Fackeln. UrSai nahm zwei, zündete sie an und reichte eine Lardan. „So jetzt kann es losgehen."

Ein kalter Hauch blies ihnen entgegen. Immer wieder blieben sie stehen und verharrten regungslos, weil sie glaubten irgendein Geräusch gehört zu haben.

„Komm jetzt, wir sind weit genug, lass uns zurückgehen!", flüsterte Lardan.

„Nein, nur noch ein paar Schritte, ich kenne den Weg, ich war schon öfter hier."

UrSai folgte einem nach rechts abzweigenden Gang und beleuchtete mit seiner Fackel eine Wand.

„Siehst du, hier, überall diese Zeichen. Die Wände sind voll davon. Ich kann sie aber nicht lesen. Muss irgendeine alte Sprache sein."

Lardan staunte nicht schlecht. Die Höhlenwände waren übersät mit unverständlichen Bildern und Runen.

„Ich. . ., ich kenne einige. Einige kommen mir bekannt vor. Ich habe sie schon irgendwo gesehen."

„Wo, denk nach! Denk nach". UrSai packte Lardan bei den Schultern und schüttelte ihn durch. „Du kannst mir vielleicht das Leben retten".

„Das Leben retten? Ich dir? Hör auf mit dem Unsinn, warum sollte ich dir das Leben retten können?

„Ich habe dir zuerst, als ich dir von der Höhle erzählte und dass wir da hinuntermüssen, nicht alles gesagt. Es ist noch keiner von uns aus der Höhle zurückgekommen."
„Was erzählst du da?"
„Ich weiß es selbst nicht ganz genau, aber ich bin so oft ich kann hier, irgendetwas zieht mich hierher, so als ob mich jemand rufen würde. Immer wieder an der Schwelle des Schlafes dringt mein Name aus den Tiefen zu mir. Hast du das auch schon einmal erlebt?"
Lardan bemerkte, wie sich plötzlich Schweißperlen auf UrSais Stirn bildeten und seine Stimme unnatürlich zitterte.
„Ich will so viel wie möglich herauszufinden. Und du kannst mir jetzt helfen und dir selbst natürlich auch."
„Lass mich überlegen."
Lardan begann, die Runen und Zeichen zu untersuchen. Mit der einen Hand hielt er seine Fackel an die feuchte Höhlenwand und mit der anderen fuhr er die fremden, seltsamen, aber doch irgendwie bekannten Zeichen nach. Ein eisiger Tropfen löste sich von der Decke und klatschte ihm in den Nacken. Der Schreck ließ ihn aus seiner Versunkenheit hochfahren.
Im selben Moment hörte er ganz in seiner Nähe ein sonderbares Geräusch. Etwas verärgert blickte er zu UrSai und zischte: „Ich soll dir helfen, also hör auf mit dem Unsinn. Ich habe schon genug Angst!"
Im nächsten Augenblick packte UrSai Lardan und schrie: „Weg, nichts wie weg, dort sieh!"
Lardan versuchte irgendetwas zu erkennen, aber die Panik packte ihn und ohne viel zu denken oder zu schauen, rannte er UrSai hinterher. Seine eigene hatte er vor Schreck fallen gelassen und so hetzte er dem Feuerschein von UrSais Fackel nach. Und da passierte es. Lardan stolperte über einen Stein und prallte kopfüber gegen einen Felsen. Ein dumpfer

Schmerz hielt ihn noch kurz bei Sinnen. Er bemerkte, wie Blut sein linkes Auge verklebte und das letzte, was er erkennen konnte war, wie leuchtende Augen immer näherkamen. Dann verlor er das Bewusstsein.
NEIN, KOMM ZU MIIIIR, GEH NICHT FORT.
Lardan hörte ein eigenartiges Schleifen und Stöhnen und jäh durchfuhr ihn ein heller Blitz. Er wurde hin und her gebeutelt und dann war für Augenblicke Stille.
„Lardan, wach auf! Wir haben es geschafft!"
Benommen versuchte sich Lardan wieder aufzurichten, aber sofort begann sich alles zu drehen, und der Inhalt seines Magens triefte über sein zerrissenes Hemd. Langsam fühlte er sich besser und nach und nach wurde aus den verschwommenen Farbflecken wieder die Welt, die er kannte. Erstaunt beobachtete er, wie UrSai versuchte, sein blutrotes Schwert an dem Bein eines ihm unbekannten Tieres abzuwischen. Dann riss dieser sein Hemd in Streifen und verband Lardans blutende Kopfwunde.
„UrSai, was ist passiert? Was ist das für ein Wesen?"
Lardans Stimme überschlug sich und seine Kräfte verließen ihn wieder.
„Yauborg, aber komm steh auf, jetzt, ich kann dich doch nicht den ganzen Weg zurücktragen."
„UrSai, lass mich hier zurück, ich kann nicht mehr."
„Red keinen Unsinn, du hast dir den Kopf angeschlagen und eine blutende Wunde, das ist alles."
UrSai tränkte einen Stoffstreifen mit Wasser und legte ihn um Lardans Schläfe. Allmählich kehrten die Lebensgeister des Jungen zurück.
„Gut, komm hilf mir, ich versuch es noch einmal."

Lardan hängte sich mit seinem rechten Arm über UrSais Schulter, und langsam begannen sie den Weg zurückzuhumpeln.

„UrSai, ich glaube, ich weiß jetzt, wo ich einige der Zeichen schon gesehen habe. Bei uns zu Hause. Ich meine, bei mir zu Hause. Meine Mutter hat einige der Zeichen immer wieder irgendwo aufgebracht, an unseren Hauswänden, in Teppiche gewebt oder auf Lederscheiden gestickt." „Lardan, du redest wirres Zeug, du und deine Familie, ihr seid Nordländer. Wie soll deine Mutter diese Zeichen gekannt haben?"
„Ich weiß nicht, aber ich bin mir sicher."
„Du, UrSai, was ist eigentlich ein Yauborg?"

Es wurde schon dunkel, als sie das Kloster wieder erreichten. Am inneren Tor wachten auch immer einige DanSaan. Früher, in ruhigen Zeiten, war das nicht nötig gewesen, aber seit den Übergriffen des Bergclans auf Siedler und Reisende hielt man es sogar hier heroben für erforderlich, obwohl der Weg herauf so unwegsam war und der KorSaan immer schon als uneinnehmbar galt. Aber die Aufgabe der Wache war unbeliebt und langweilig und meist wurden diejenigen eingeteilt, die gegen irgendeine der vielen Regeln verstoßen hatte.
„Bei Sarianas, wie seht denn ihr aus?"
Nicht nur Lardan, sondern auch UrSai war bedeckt mit halb geronnenem Blut, Schweiß und eingetrocknetem Erbrochenen. Er hatte zwar keine Wunde davongetragen, aber Lardan fast den ganzen Weg zurückgeschleppt.
Eine der Torwachen rief gleich Elessa, der Heilerin.
„Unsere Helden sind zurück, hat euch der Ausflug Spaß gemacht?" Sie erkannte sofort, dass keiner der Abenteurer ernsthaft verletzt war.

„UrSai, ab in den Waschtrog und dann meldest du dich sofort bei deiner Meisterin", befahl Elessa. Lardan nahm sie mit und während sie noch seine Wunde mit Alkohol behandelte und Lardan vor Schmerz die Zähne zusammenbiss, kam Lirah.
„Das habt ihr ja toll hingekriegt. Aus der Küche zu verschwinden, unerlaubterweise, und dann blutbeschmiert und verdreckt zurückzukommen. Was habt ihr euch dabei gedacht?"
Lardan, den der stechende Schmerz beim Reinigen der Wunde wieder zu Sinnen brachte, antwortete nur trotzig: „Du brauchst gar nicht so besorgt tun, ich weiß jetzt, warum ich hier bin. Wann schickt ihr mich hinunter?"
Lirah versuchte sich nichts anmerken zu lassen, aber konnte vor Lardan ihre Betroffenheit nicht ganz verbergen. Sie antwortete aber nicht, sondern bat nur Elessa, ihm ein beruhigendes Mittel zu geben und ihn dann, wenn er wieder munter wurde, zu ihr zu schicken.

Am nächsten Morgen - oder besser - am nächsten Nachmittag schlich ein schuldbewusster Lardan, wie es ihm gesagt worden war, zu Lirah. Er fand sie allerdings nicht in ihrem Zimmer vor, man schickte ihn zum Saal der Versammlung. Zaghaft klopfte er an die Tür und trat ein. Als er aufblickte, fuhr ihm der Schrecken durch und durch. Alle waren sie versammelt, die Meisterinnen, Priesterinnen, Heilerinnen und sogar San-Saar. Neben der ehrwürdigen Meisterin stand Lirah. Lardan hatte einiges erwartet, aber dass sich fast das ganze Kloster hier versammelte, nur weil er einmal etwas Unerlaubtes getan hatte und mit einer blutenden Wunde zurückgekehrt war, das hatte er nicht erwartet.
Eigentlich wollte er umdrehen und sich entschuldigen, dass er nicht hatte stören wollen, aber da hörte er Lirah ihn rufen: „Du bist schon richtig hier, Lardan komm her!"

Er versuchte nun, eine etwas stolzere, würdevollere Haltung einzunehmen. Langsam betrat er den Raum und erst jetzt erst merkte er, dass alle ihren festlichen Ornat trugen. Lirah kam an seine Seite und reichte ihm einen Becher voll mit einer bitteren Flüssigkeit. Ohne das Gesicht zu verziehen oder eine Frage zu stellen, schluckte er sie hinunter.

„Lardan, ich erwarte von dir, dass du den ersten Schritt auf dem Pfad der Beharrlichkeit aufrecht gehst, wie eine DanSaan. Ich, Lirah", und jetzt wandte sie sich wieder den anderen zu, verkünde vor allen, dass Lardan würdig ist, das erste Zeichen der DanSaan zu erhalten."

Sie drehte sich wieder zu dem staunenden Jungen, nahm seine linke Hand und rief mit einer Stimme, die er vorher noch nie von Lirah gehört hatte, tief und rollend: „Cai hedrun sha tak."

Daraufhin stimmten alle gemeinsam einen tiefen Ton an, der einem langsamen Rhythmus gehorchend immer leicht auf und abschwellte. Lardan wusste nicht, wie ihm geschah. Erst als er zwei DanSaan mit verschiedenen Nadeln auf sich zukommen sah, wurde ihm angst und bange. Da merkte er, wie Lirah seine Hand etwas fester packte und sagte: „Blicke auf mich und höre auf den Gesang."

Da spürte er auch schon den ersten Nadelstich in seinem Oberarm und den nächsten und den nächsten. Nach einer Weile sah er nur mehr Lirahs Augen und er konnte die Stimme der ehrwürdigen Meisterin hören, wie sie mit zarter, heller Stimme die Runen des Meraghs rezitierte. Sie fing seinen Geist ein und seltsame Bilder entstanden in seiner Vorstellung.

Er sah einen Brunnen, dessen Tiefe ihm Angst einjagte, einen roten Nebel, der ihn umfing. Seine Mutter, es war seine Mutter oder nein, Kirana? Und er hörte Stimmen, eigenartige Wortfetzen, jetzt fiel er, immer schneller, nein kein Fallen, er flog, er konnte sein Dorf sehen, das Feuer und den Rauch und überall die Toten, nein, nicht alle waren tot dort, das Versteck kannte er gut, eine schnelle Bewegung, dieses Versteck kannten nur er und.........Kiranaaaaa.

Es war still um ihn herum, dunkel, nur der Schein von ein paar Kerzen erhellte den Raum ein wenig. Lardan betrachtete seinen schmerzenden Oberarm. Über dem Ellenbogen war ein schwarzer Kreis eintätowiert worden, der Kreis der Zugehörigkeit. Er war ein DanSaan. Jetzt erst bemerkte er Lirah, die ihm gegenübersaß.
„Es ist vorbei, und du hast mein Herz mit Stolz und Freude erfüllt."
Lardan wusste nicht, was ihm mehr weh tat, sein Kopf, sein Arm oder dieses ungewisse Brennen in seinem Körper.
„Lirah, kennst du das Gefühl, nicht fragen zu können, obwohl man nur aus Fragen besteht. Man möchte so viel wissen, alles wissen, und in einem tief drinnen breitet sich nur eine beunruhigende Leere aus." Lardan seufzte tief: „Es ist eine fremde, eigenartige Welt."
„Ich weiß."
Sie nahm Lardan bei der Hand und sie schritten hinaus. Die Nacht war bereits hereingebrochen, und Lardan wusste, wohin sie ihn führte. Es gab einen Platz, von dem aus man in der Ferne sogar den Schein des Feuers von Gara sehen konnte und bei sternklarer Nacht gab es keinen besseren Ort, die unzähligen Sternbilder zu suchen.
„Womit soll ich anfangen?"

Nachdem der Mond hinter dem KorSaan verschwunden war und Lardan vor Müdigkeit seine Augen nicht mehr offenhalten konnte, begleitete ihn Lirah in sein Zimmer, und Lardan fiel erschöpft auf sein Bett.

„Ich wünsche dir eine gute Nacht", sagte Lirah langsam und verschwand.
Eigenartig, dachte Lardan, so hat sie das noch nie gesagt. Sein Arm schmerzte, und obwohl er todmüde war, wälzte er sich unruhig im Bett hin und her. Zu viel war passiert, alle möglichen Gedanken schwirrten in seinem Kopf herum. Endlich gehörte er nun den DanSaan wirklich an, endlich hatte Lirah ihm von seiner und der Vergangenheit seiner Mutter erzählt. Auch sie hatte den DanSaan angehört, eine Meisterin der Schriften, die viel über die Geschichte des Klosters und von ganz Dunia Undara gewusst hatte. Und die eines Tages beschlossen hatte, dem KorSaan den Rücken zu kehren, um in einem kleinen Dorf einen Schmied zu heiraten und zwei Kinder aufzuziehen.
Meine Mutter, die Zeichen in.........
Doch plötzlich ließ ihn ein leises Knarren an seiner Tür erstarren. Seine Muskeln spannten sich an und seine Sinne schärften sich wie von selbst. Er sah, wie sich der Türknauf langsam drehte und eine dunkle Gestalt in sein Zimmer huschte. Noch bevor Lardan überlegen konnte, was er wohl jetzt am besten tun sollte, hörte er ein leises Flüstern: „Ich weiß, dass du nicht schläfst. Ich bin auserwählt worden, das Ritual zu vollenden."
Mit diesen Worten trat die Figur aus dem dunklen Schatten der Wand in das Halbgrau des Zimmers. Lardan stockte der Atem. Er konnte zwar ihre Umrisse nur schemenhaft sehen, aber das reichte, um zu erkennen, dass sie unter ihrem Umhang völlig nackt war. Er wollte etwas sagen, aber da war sie schon über ihm und legte ihren Zeigefinger auf seinen Mund.
„Pst, keine Worte mehr", flüsterte ihm eine Stimme zu, die ihm zwar vertraut vorkam, aber seine Sinne konzentrierten sich jetzt auf andere Dinge, ihre Rundungen, ihre Nischen, ihre samtige Haut und ihre kleinen, festen Brüste mit den har-

ten Knospen. Durch Lardan strömte ein Schauer der Erregung. Er lag immer noch regungslos und starr auf seinem Bett. Sie öffnete leicht ihre Beine und glitt sanft auf seinem Oberschenkel hin und her. Dann beugte sie sich zu seinem Ohr und flüsterte: „Komm, ich möchte, dass deine Finger mir Lust bereiten."
Fordernd nahm sie Lardans Hand und führte sie zielstrebig ihre Hüften entlang in zu ihrem Tempel der Leidenschaft. Gleichzeitig biss sie ihm zärtlich ins Ohrläppchen und ein leises, tiefes Stöhnen drang Lardan bis ins Mark. Er erfühlte Weiches, Feuchtes und Heißes zugleich. Ermutigt von ihren Anleitungen suchte er mit seinem Mund den ihren und ein Strom der Verzückung brauste über ihn hinweg. Seine Zunge tastete sich nun suchend über ihren sich vor Lust aufbäumenden Körper den sanften Hals entlang bis zur ihren angespannten Brüsten, die sich ihm fordernd entgegenhoben. Als Lardan schon glaubte, seinen Höhepunkt der Lust erreicht zu haben, fing die Unbekannte mit einem einzigen Beckenschwung Lardans steifes Glied ein und ließ es mit einem langsamen Absenken ihrer Hüfte tief zwischen die Schenkel gleiten. Gleichzeitig krallte sie ihre Finger in Lardans Schultern, der, obwohl er innerlich zu zerreißen drohte, fast keinen Laut von sich gab. Das langsame, rhythmische Gleiten und die kreisenden, wohldosierten Bewegungen der Hüften wurden jetzt immer heftiger und rascher. Lardans Erregung steigerte sich in einem Maße, dass er sich nicht mehr zu kontrollieren vermochte, und er merkte, wie sich seine Flüssigkeit in ihren heißen Schoß entlud. Sie warf ihren Kopf nach hinten und presste ihr feuchtheißes Becken dadurch ein letztes Mal nach vor, um dann keuchend und erschöpft ihren Kopf auf Lardans schweißgebadete Schulter zu legen. Für kurze Zeit schienen ihr Herzschlag und ihr Atem in Gleichklang zu verschmelzen.

Im nächsten Augenblick fielen ihm die Augen zu und Lardan glitt sanft und entspannt in das Reich der Träume.

10 Lardan – UrSai

Mehrere Winter kamen und gingen. Lardan und UrSai verbrachten viel Zeit miteinander. Sie ritten oft gemeinsam aus oder meldeten sich zur gleichen Patrouille. Lardan hatte sich inzwischen zu einem geschickten Kämpfer entwickelt, obwohl er es mit UrSais Fertigkeiten im Kampf noch nicht aufnehmen konnte.
Er hatte schon bald, nachdem er die erste Tätowierung erhalten hatte, den Pfad der Eignung abgeschlossen und es zierte nun auch die Klaue des Bergjägers seinen Oberarm. UrSai hatte seine Prüfung als Krieger abgelegt, auf seiner Schulter leuchtete die rote Feder. Er wurde zum Lieblingsschüler von Lynn, der Meisterin der Schlachten und der Befehlshaberin der kämpfenden Truppe.
Nachdem sich Lardan bei jenen Dingen bewährt hatte, die den DanSaan und im speziellen Lirah natürlich wichtig waren, wie Verlässlichkeit, Sorgfalt, Wagemut oder Geschick im Kampf wurde er immer öfter, und meistens zusammen mit UrSai mit diversen Aufgaben beauftragt, ein Gespann mit Waren nach RonDor zu bringen, den jungen Burschen der Umgebung die Grundzüge des Schwertkampfes zu lehren, eine Karawane durch die Wälder von Nevrim nach Medurim zu geleiten. Meistens waren sie eine Gruppe von sieben, acht DanSaan, aber gelegentlich ritten auch nur UrSai und er.
Diesen Abend war Lardan besonders aufgeregt und unruhig. Und obwohl er sich bewusst bald zu Bett gelegt hatte, um morgens ausgeruht aufbrechen zu können, wälzte er sich fahrig und angespannt in seinen Laken. Einerseits war es der Auf-

trag: Denn morgen würden er und UrSai nach Gara reiten, um dort Kehed zu treffen, den Sohn des Statthalters von Gara, Cayza-Kor, um ihn nach Khem zu begleiten. Dort tagte nämlich das zweijährige Treffen der Küstenstädte Gara, Khem, SaanDara und Goron, der Hauptstadt des Fürsten Cubaco und der benachbarten Stämme der Saanebene. Es ging nicht nur darum, die anstehenden Probleme wie Bekämpfung der Piraten oder Fischereirechte zu besprechen, sondern auch darum ausgiebig Feste zu feiern, auf Braut- oder Bräutigamschau zu gehen, die neueste Mode vorzuführen oder sich auf ausgelassenen Feiern zu vergnügen und sich allerlei Freuden und Genüssen hinzugeben. Jedes Mal wurde dieses zehntägige Treffen in einer anderen Stadt abgehalten und dieses Jahr war es eben Khem, das diese Festivität ausrichten durfte. Es bedeutete natürlich ein großes Geschäft für die Bewohner der jeweiligen Stadt, denn nicht nur die Unterkünfte waren restlos belegt und zwar zum doppelten Preis als üblich, es zogen während dieser Zeit zahlreiche Schausteller aus allen vier Himmelsrichtungen in die Stadt, Gaukler und Händler bereicherten die Gassen und Plätze, es war eigentlich ein großer Jahrmarkt.

Eigenartigerweise hatte das Kloster auf dem KorSaan dieses Jahr keine Einladung bekommen, an den offiziellen Gesprächen und Verhandlungen teilzunehmen. Mit Khem war seit einigen Wintern das Verhältnis eher gespannt, der Handel war ganz und gar zum Erliegen gekommen, aber dass Tivona, die Fürstin von Khem, keine Einladung an die SanSaar vom KorSaan schickte, damit hatte niemand gerechnet. So wurde im Rat der DanSaan beratschlagt und debattiert und er kam schließlich zum Schluss, Lardan und UrSai als Begleiter und persönliche Wache Keheds mitzuschicken.

Kehed war einer der offiziellen Abgesandten Garas, der Schwesterstadt von Khem. Mit Gara verbanden die DanSaan schon immer freundschaftliche Beziehungen und zwei der vielen Töchter Cayza-Kors waren sogar DanSaan. Im Gegensatz zu den Kriegerinnen würden Lardan und UrSai nicht auffallen, sie mussten nur ihre Tätowierungen bedeckt halten und ihre Krummen Hölzer zu Hause lassen. Die Aufgabe, die ihnen aufgetragen worden war, war herauszufinden, was hinter den Feindseligkeiten Kehms steckte und natürlich die Augen und Ohren offen zu halten für sonstige, verdächtige Vorkommnisse und Geschehnisse, denn aus allen vier Himmelsrichtungen trafen mehr und mehr beunruhigende Nachrichten ein und SanSaar hatte nicht nur einmal von unheilbringenden Vorboten und Vorzeichen gesprochen und gewarnt.

Es gab aber noch einen zweiten Grund, warum Lardan sich unruhig in seinem Bett hin und her wälzte. Nicht nur die Aufregung über die Abreise beschäftigte ihn, sondern er hatte gesehen, wie UrSai nach den abendlichen Übungen Sileah in ihr Zimmer begleitet hatte und nicht mehr herausgekommen war. Bis lange nach Einbruch der Dunkelheit hatte Lardan in einem Versteck gewartet und beobachtet, ob UrSai nicht doch noch in sein eigenes Quartier zurückkehren würde, er hatte sogar alle möglichen Ausreden in Betracht gezogen, warum er selbst plötzlich bei Sileah auftauchen könnte, aber schlussendlich war er betrübt in seine Kammer gegangen. Die Vorstellung, dass die beiden nun eng umschlungen im Bett lagen oder wahrscheinlich sicher sogar, drückte ihm empfindlich auf den Magen und ließ seinen Körper erschauern.

Lardan war eifersüchtig. Er hatte dieses Gefühl in der Ausprägung und Intensität bisher nicht gekannt. Er konnte sich erinnern, auf seine Schwester eifersüchtig gewesen zu sein, aber das war ganz anders. Aber jetzt? Alle seine Gedanken kreisten nur um das Eine, er wollte etwas, hatte es nicht bekommen, aber ein anderer schon. Und dabei wusste Sileah wahrscheinlich gar nichts von ihrem Glück. Wann hätte er ihr schon seine Gefühle beichten können! So richtig erwischt hatte es ihn ja auch erst letzten Vollmond, als er, nach einer Jagd die Nachhut gebildet hatten. Da hatten sie zum ersten Mal so richtig die Gelegenheit gehabt, für längere Zeit ungestört miteinander zu reden. Und seit diesem Augenblick war er hoffnungslos in Sileah verliebt. Er hatte sogar das Gefühl gehabt, dass Sileah sich absichtlich hatte etwas zurückfallen lassen, um mit ihm ungestört zu sein. Aber das musste er sich wohl eingebildet haben.

Lardan hatte sich schon öfter um sie bemüht, ihr mehr Aufmerksamkeit geschenkt als allen anderen, versucht, immer wieder als ihr Trainingspartner eingeteilt zu werden, aber Sileah nahm ihm entweder mit ihrer offenen, fröhlichen Art über alles Scherze zu machen den Wind aus den Segeln oder es war immer UrSai zugegen, was für Lardan immer damit gleichbedeutend war, den Kürzeren zu ziehen. Natürlich vermutete er auch, dass sie und UrSai immer wieder das Bett miteinander teilten, aber das verhinderte seine Gefühle nicht.

Mit all diesen Gedanken im Kopf fiel Lardan in einen unruhigen Schlaf.

Viel zu früh weckten ihn die ersten Sonnenstrahlen und mit gemischten Gefühlen stieg er aus dem Bett. Einerseits war er ziemlich missmutig, andererseits freute er sich auf die Reise, auf Kehed, Gara und auch auf die gemeinsame Zeit mit UrSai. Schließlich waren sie ja doch Freunde und was konnte dieser schon dafür. Und seine Gefühle für Sileah kannte er ja auch nicht. Also nahm er seine Satteltaschen, die er gestern schon gepackt hatte und ging zum Stall hinunter. Auf dem Weg dorthin verschlang er noch ein paar Früchte, aber so bald in der Früh konnte er sowieso fast nichts essen.

Lardan war sehr überrascht, dass UrSai schon im Stall war und seinen Danaer sattelte. „Hast dich wohl von deiner Freundin nicht verabschieden können", ätzte UrSai in seiner gewohnten Manier.

„Du weißt doch, dass ich in der Früh nie so recht hochkomme, also lass diese blöden Scherze."

„Bist wohl mit dem linken Fuß aufgestanden was, aber deine gereizte Stimmung wird dir heute schon noch vergehen, das verspreche ich dir." UrSai grinste in seiner etwas überheblichen, aber doch liebenswürdigen Art.

„Was meinst du damit?" fragte Lardan.

„Wirst schon sehen, eine Überraschung, ich muss ja noch ein Versprechen bei dir einlösen."

Das hob noch nicht unbedingt Lardans Stimmung, denn UrSais Überraschungen waren schon öfters nach hinten losgegangen. „UrSai, keine Späße heute, du kennst unseren Auftrag, diesmal können wir uns keine Extratouren leisten."

„Ich weiß, ich weiß, war ja nur so daher gesagt, um dich aus deiner miesen Laune herauszureißen."

Während sie redeten, bereiteten beide wie selbstverständlich ihre Danaer vor. Jeder Handgriff saß, jede Bewegung war den zweien schon in Fleisch und Blut übergegangen und nach kurzer Zeit waren sie bereit loszureiten. Lynn schaute kurz vorbei, sammelte ihre Meraghs ein, erinnerte sie noch einmal an die Wichtigkeit des Auftrags und wünschte ihnen alles Gute. Dann gaben Lardan und UrSai ihren Danaern die Zügel frei und sie ritten im Galopp über die Hochebene bis zum Tor in der Westmauer. Natürlich hätten sie auch die Korbstation im äußersten Osten verwenden können, was die Reise verkürzt hätte, aber sie wollten ihren Reittieren die Aufregung ersparen, in dem Korb hunderte Schritte tief abgeseilt zu werden. Außerdem war es für alle Beteiligten ein sehr mühsamer und auch gefährlicher Weg.

Die Serpentinen hinunter mussten sie zwar auch im Schritt gehen, aber die Danaer kannten diesen Weg ganz genau. Lardan wusste, wann seine Narka einen großen Bogen ging oder sie die Seite des Weges wechselte, weil es dort angenehmer war zu gehen.
Diesen Morgen aber waren die beiden Danaer gezwungen, fast immer entlang der Bergseite zu bleiben, weil außergewöhnlich viele Gespanne und Karren den Weg zum KorSaan hinaufzogen. Fast alle waren mit dem ganzen Hab und Gut der Besitzer bepackt, immer wieder lagen alte Frauen und Männer, krank oder auch nur erschöpft auf den Fuhrwerken, ab und zu stöhnte ein Verwundeter vor Schmerzen oder bettelte um Wasser. Lardan und UrSai wussten, dass die Hilfe für diese Leute nicht mehr weit war, vertrösteten sie und ritten so, ohne Beistand zu leisten, an ihnen vorbei.
Lardan konnte immer wieder Wortfetzen aufschnappen, die ihn sehr an sein eigenes Schicksal erinnerten. Unerwarteter Überfall auf ein Dorf, viele waren niedergemacht worden, die unterschiedlichen Bergclans, geeint unter einem Führer. Aber was ihn am meisten wunderte war, dass die Clans scheinbar neuerdings einen anderen Gott als Inthanon anbeten sollten. Auch UrSai war ziemlich beunruhigt, seine gute Laune war auf einmal wie weggeblasen und nachdem sie den Abstieg geschafft und die Brücke bei Khalso passiert hatten, jagten sie aufgewühlt in vollem Galopp durch die mit hohem Gras bewachsene Ebene gegen Osten. Erst als Reiter und Pferde nicht mehr konnten, legten sie ihre erste Rast ein. Schweißgebadet stiegen sie von ihren ebenfalls dampfenden Danaern und legten sich rücklings ins Gras, alle Gliedmaßen von sich streckend.
„Das hat aber gut getan, mir ist, als könnte ich meinen Problemen einfach davonreiten wenn ich den Wind am ganzen

Körper fühle und die geballte Kraft, die gespannten Muskeln und Sehnen meines Pferdes spüre", hechelte UrSai, immer noch außer Atem.
„Ja, mir geht es da ähnlich, es ist so, als ob man eine Last einfach abschütteln könnte", erwiderte Lardan.
Nachdem die Danaer gegrast hatten und Lardan und UrSai wieder zu Atem gekommen waren, ritten sie gemächlicher über die hügelige, grasbewachsene Ebene. Das Wetter war schön, eine leichte Brise wehte ihnen entgegen, die Lardan aber als sehr angenehm empfand, da sie die Hitze zur Mittagszeit etwas erträglicher machte. Sehr lange redeten sie über mehr oder weniger belanglose Dinge, bis Lardan über seinen Schatten sprang und UrSai unvermutet fragte, ob er Sileah liebe. In dem Moment als Lardan die Frage ausgesprochen hatte, bereute er sie auch schon. Wie konnte er nur so töricht sein, aber jetzt durfte er nicht mehr kneifen!
„Ob ich, habe ich richtig gehört, ob ich Sileah liebe?" UrSai wirkte kurz ein wenig verwundert.
„Wie kommst du so plötzlich auf dieses Thema, wir haben noch nie sehr viel über Frauen gesprochen, oder?"

„Ich hab euch ein paar Mal miteinander gesehen, da dachte ich mir, dass ihr vielleicht.."
„Vielleicht was", fiel ihm UrSai ins Wort, seine Gefühle sichtbar etwas aufgewühlt.
„Ob wir miteinander schlafen, so wie Mann und Frau, meinst du das?"
„Ja, äh, nein, äh", UrSais heftige Reaktion verunsicherte Lardan noch mehr und bestärkte ihn in seiner Einsicht, irgendwie das falsche Thema angeschnitten zu haben.
UrSai beugte sich zu ihm hinüber, packte ihn mit der rechten Hand an seinem leinenen Hemd und zog ihn zu sich, so dass

sie sich Auge in Auge anblickten. Die Danaer waren inzwischen stehengeblieben.
„Ich verstehe, du stehst auf sie. Habe ich Recht? Habe ich Recht?" UrSai beutelte Lardan hin und her, so dass dieser vom Pferd fiel. Mit einem Satz saß UrSai auf seiner Brust. Lardan versuchte sich erst gar nicht zu wehren, da er wusste, dass er sowieso unterlegen bleiben würde.
„Eines sage ich dir, lass die Finger von Sileah, sie gehört zu mir, nur zu mir, hörst du?"
UrSai beutelte ihn immer stärker.
„Und wenn du es genau wissen willst, ja, wir schlafen miteinander, hast du verstanden, wir wälzen uns im Bett und haben Spaß zusammen."
Lardan wusste überhaupt nicht, wie ihm geschah und was für eine Lawine er bei UrSai da mit einem Male losgetreten hatte. Ihm war klar, dass UrSai aufbrausend sein konnte, aber so seine Beherrschung zu verlieren hatte ihn Lardan noch nicht gesehen. Doch plötzlich fing dieser fast hysterisch zu lachen an und zog Lardan in die Höhe.
„Wir werden uns doch nicht wegen einer Frau streiten, oder?"
„Nein, nein, aber du...", stotterte Lardan.
„War nicht so gemeint, Kumpel."
UrSai legte Lardan seinen Arm um die Schulter, und sie gingen zu ihren Danaern.
„Sileah ist eine gute Freundin, aber nicht die einzige. Du weißt doch auch, wie es viele der DanSaan halten. Wenn du auch auf Sileah stehst, ist das kein Problem für mich. Ich weiß ja auch, dass dir Iseh gut gefällt, oder? Und weißt du noch, heute früh im Stall habe ich dir eine Überraschung versprochen, da reiten wir jetzt hin."
„Aber UrSai, unser Auftrag, wir müssen schleunigst nach Gara!"

„Jetzt sei kein Spielverderber, ich verspreche dir, du wirst es nicht bereuen, und wenn wir Kehed sagen, warum wir ein wenig später gekommen sind, wird er es sicherlich verstehen. Zumindest hat es Kehed noch nie bereut, dort gewesen zu sein?"
„Du warst mit Kehed schon dort, was ist es denn, jetzt sag schon!"
Inzwischen saßen die beiden wieder auf ihren Danaern, und Lardan bemerkte, dass UrSai einen leichten Bogen nach Norden ritt.
„Ein kleiner Bauernhof, gleich hinter diesem Wäldchen, hab etwas Geduld."
„Ein Bauernhof, wir reiten zu einem Bauernhof?"
Lardan wollte eigentlich nicht mehr mit UrSai streiten, im Gegenteil, er war froh, dass sich die Situation so unvermutet wieder entschärft hatte und so sagte er nichts mehr. Er hoffte nur, dass sie trotz des Umwegs pünktlich in Gara ankommen würden.

Es war, wie UrSai gesagt hatte. Nach einem kurzen Ritt durch einen Wald lag auf der Anhöhe eines kleinen Hügels ein gar nicht so kleiner Bauernhof, der sogar leicht befestigt war. Ringsum waren die Felder teilweise schon abgeerntet, auf einigen anderen neigten die Früchte des Sommers reif ihren Kopf. Ein paar Rinder grasten friedlich in einer eingezäunten Weide, da und dort arbeiteten ein paar Menschen. Die blickten zwar kurz auf, als die beiden daherritten, hoben die Hand zum Gruß, aber sonst schenkten sie ihnen keinerlei Beachtung.
„Woher kennst du dieses Gehöft?" fragte Lardan.
UrSai grinste. „Ich bin hier aufgewachsen."
„Aufgewachsen? Da leben deine Eltern?" Lardan konnte sein Erstaunen nicht verbergen.

„Ich kenne meine Eltern nicht, der Bauer und die Bäuerin hier haben mich aufgezogen, bis sie mich an die DanSaan verschachert haben. Das werde ich ihnen nie verzeihen." UrSai spuckte gleichsam als Bestärkung auf den Boden.
„Ich verstehe nicht, warum sind wir dann hier?"
UrSais Grinsen wurde noch breiter, dann deutete er mit der Hand auf zwei Personen, die hinter dem Hof auf einem Feld arbeiten. „Warte, hab noch einen Augenblick Geduld."
Dann steckte er zwei seiner Finger in den Mund, pfiff dreimal kurz hintereinander und trieb seinen Danaer an. Lardan folgte ihm. Etwas überrascht sah er, wie zwei junge Frauen winkend auf UrSai zuliefen. Geschmeidig glitt dieser von seinem Danaer und nahm beide gleichzeitig in die Arme. Dann drehte er sich um und die Arme um die Schultern der beiden gelegt, schritt auf Lardan zu, der inzwischen auch schon von seiner Narka abgestiegen war.
„Darf ich dir vorstellen, das sind meine Stiefschwestern Corah und Dorah. Dorah, Corah das ist Lardan, mein bester Freund. Er hatte das gleiche Glück wie ich, bei den DanSaan aufgenommen zu werden."
Die jungen Frauen kicherten verlegen, und Lardan streckte ihnen ein wenig abwesend die Hand zum Gruß entgegen. Nicht nur, dass die beiden außergewöhnlich hübsch waren, sie glichen einander wie ein Ei dem anderen. Sie hatten beide dunkle, fast schwarze Augen, lange schwarze Haare, in die viele kleine Zöpfe mit bunten Bändern hineingeflochten waren. Ihr strahlendes Lächeln wurde von dunkelroten, sinnlichen Lippen umrahmt und ihre Kleider, so schien es Lardan, gaben mehr bloße Haut preis als sie verdeckten. Corah nahm Lardans Hand, zog ihn zu sich und strich mit der anderen Hand über seinen Hals. Sie musste sich auf ihre Zehenspitzen stellen, damit sie ihm einen zarten Kuss auf die Wange geben

konnte. Dabei merkte Lardan, wie ihre Brüste seinen Oberkörper leicht berührten und wie eine Flut der Erregung durch seinen Körper strömte. Er versuchte es zwar zu überspielen, aber seine Gesichtsfarbe wechselte und verriet seine Verlegenheit.

„Willkommen Lardan", hauchte Corah ihm ins Ohr, so dass sein ganzer Körper von einem prickelnden Schauer durchzogen wurde.

„Ich hoffe, du wirst dich ebenso wohl fühlen, wie sich UrSai bei seinen seltenen Besuchen immer wohl fühlt. Oder ‚Brüderchen'?"

„Deswegen sind wir ja hier", antwortete UrSai. „Besonders Lardan braucht ein wenig Ablenkung, er hat in letzter Zeit viel durchmachen müssen."

UrSai warf einen eindeutig zweideutigen Blick zu Lardan.

„Und so dachte ich, da wir ja praktisch auf der Durchreise sind, dass du Corah ihn vielleicht etwas von seiner Schwermut befreien könntest." Während sie so redeten, schlenderten sie durch das Feld in Richtung Waldrand. Um die beiden Danaer brauchten sie sich nicht zu kümmern, Lardan und UrSai wussten, dass sie sich immer in Rufnähe befinden würden. Lardan konnte sich sogar sicher sein, dass Narka ihn immer im Auge behielt und so auf ihn aufpasste.

Corah schritt, eingehängt mit Lardan, hinter Dorah und UrSai her und seine anfängliche Schüchternheit war bald wie weggeflogen. Sie sprachen über Belangloses, aber die Art wie Corah mit ihm umging, ihr gewinnendes Lächeln, ihre offene Art zu schäkern, ließen Lardan die letzten Stunden vergessen, er hatte das Gefühl, als ob er die beiden Frauen schon ewig kannte. Er war wie von einer Art Magie umsponnen, umgarnt von der bezaubernden Schönheit von Corah. Lardan achtete nicht darauf, wohin sie gingen, was UrSai und Dorah machten, er empfand es als fast selbstverständlich, dass sie sich auf einem moosigen, von Farnen umgebenen Platz niederließen. Sanft drehte Corah Lardan auf den Rücken und mit einer geschmeidigen Wendung setzte sie auf seinen Schoß. Dann zog sie an einem Band ihrer Bluse und Lardan erblickte ihre prallen, festen Brüste.

Feuchtes Stupsen ließ Lardan hochfahren. Narka! Erschrocken blickte Lardan sich um, es war schon dämmrig und niemand zu sehen. Schlaftrunken rappelte er sich hoch. Nicht weit von ihm entfernt konnte er Schlafgeräusche ausmachen. „UrSai, UrSai, wach auf, es ist schon spät!"
Lardan stolperte zu seinem Freund hinüber, der immer noch laut vor sich hinschlief.
„UrSai, UrSai, komm schon!" Unsanft rüttelte Lardan ihn aus seinem Schlaf.
„Wir kommen zu spät nach Gara, schau, es ist schon bald Morgen." Schlaftrunken erhob sich UrSai, die Müdigkeit aus den Augen reibend. Aber schon Augenblicke später war er wieder Herr seiner Sinne. Er pfiff seinem Danaer und ohne viele Worte zu verlieren warf er sich in den Sattel.
„Du hast Recht, wir müssen uns beeilen, reden können wir, wenn Zeit ist."
Einen Atemzug später saß Lardan auf seiner Narka und die zwei preschten los.
Es waren für ihn viele Fragen offen, aber er wusste, dass jetzt keine Zeit für die Antworten war. Jetzt hieß es so schnell wie möglich nach Gara zu jagen. Sie hatten beinahe die ganze Nacht an diesem schattigen Platz geschlafen, und keine Ahnung, wo die jungen Frauen geblieben waren, aber er wusste, dass sie es wahrscheinlich nicht mehr zum verabredeten Zeitpunkt schaffen konnten.

Schon bald erhellten die ersten Sonnenstrahlen die Ebene und sogar ihre Danaer wurden einmal müde. Lardan und UrSai ritten so schnell und solange sie konnten, rasteten nur, wenn es unbedingt notwendig war, schliefen die nächste Nacht kurz und kamen am späten Nachmittag des folgenden Tages erschöpft in Gara an. Lardan hatte sich eigentlich auf einen Hafenbummel gefreut, die für ihn so furchterregenden, großen Schiffe zu beobachten, wie sie von den muskelbepackten Seeleuten ein- und ausgeladen wurden. Er wollte die große Marktstraße entlangschlendern und in einer der verruchten Kaschemmen ein Bier trinken, er hatte gehofft, ein wenig Zeit für sich zu haben. So aber ritten sie direkt zum Palast, wissend, dass sie einen halben Tag verspätet ankamen. Der Verwalter des Palastes wartete schon sichtlich nervös und aufgeregt beim großen Tor auf die Abgesandten der DanSaan.
„Wo seid ihr denn geblieben, wegen euch ist die Delegation jetzt später abgereist. Ihr wisst doch, welche Spannungen momentan zwischen Gara und Kehm herrschen!"
„Es tut mir leid Talsa, es war ganz und gar meine Schuld. Aber wenn wir sofort weiterreiten, holen wir sie sicherlich noch ein. Der Tross ist langsamer als zwei einzelne Reiter." Es beeindruckte Lardan, wie UrSai so offen bekannte, dass ihr Zuspätkommen sein Fehler war. *Typisch UrSai*, dachte Lardan, *er steht zu seinen Taten*. Er selbst hätte wahrscheinlich versucht, irgendeine Ausflucht, eine Notlüge zu finden.
„Ja, das hoffe ich auch, dass ihr den Tross noch einholen werdet", antwortete Talsa, „und ich will auch gar nicht wissen, was euch aufgehalten hat, aber jetzt kommt zuerst herein, ich sorge dafür, dass eure Danaer versorgt werden, und dass ihr ein heißes Bad nehmt und frische, passende Kleidung anzieht. Danach werde ich euch bei einem ausgiebigen Mahl eure Anweisungen erteilen. So viel Zeit muss sein."

Ohne eine Antwort abzuwarten, winkte Talsa zwei Diener herbei, einer kümmerte sich um die Pferde, ein anderer führte sie zu den Bädern.

Beim Essen erzählte ihnen der Verwalter, dass kürzlich ein Handelsschiff der Stadt Gara von Piraten aufgebracht worden war. Das wäre ja nicht unbedingt etwas Neues gewesen, aber ein Überlebender hatte ein Gespräch mitgehört, in dem der Kapitän der Piraten aus einem Brief von Tivona, der Fürstin von Khem, vorgelesen hatte. Dem Kapitän wurde eine Belohnung für jedes gekaperte Schiff aus Gara versprochen. Talsa holte tief Luft, dann erst sprach er weiter, mit flüsternder Stimme, sichtlich besorgt, als ob jemand anderer noch lauschen würde.

„Persönlich bin ich aber der Meinung, dass hinter diesem Konflikt etwas ganz anderes steckt. Ich habe so ein ungutes Gefühl."

„Was meint ihr damit?", flüsterte jetzt auch UrSai.

„Es hat kurz hintereinander zwei Mordanschläge auf Cayza-Kor gegeben, die zwar vereitelt werden konnten, aber meine Untersuchungen haben ergeben, dass beide Attentäter dieselbe Tätowierung in der linken Handfläche hatten, einen schwarzen Dolch. Keine der bekannten Diebesgilden weder in Gara noch in Khem führen diese Zeichen.

„Habt ihr sie nicht verhört?", fragte Lardan etwas verunsichert.

„Wir hatte leider keine Möglichkeit dazu, sie haben sich sofort bei der Gefangennahme selbst getötet, mit einer Kapsel, gefüllt mit einem tödlichen Gift. Ich kann euch nur sagen, ich bin sehr besorgt, nicht nur um Cayza-Kor, auch um Kehed. Vielleicht ist es sogar gut so, dass ihr hinterher reitet, wer weiß? Mein Gefühl hat mich selten im Stich gelassen und dieses Mal sagt es mir, dass Tivona bei dieser Versammlung irgendetwas

im Schilde führt. Warum wurden dieses Jahr keine offiziellen Vertreter der DanSaan eingeladen? Und soweit ich informiert bin, wurden die Abgesandten aller Städte eindringlich gebeten, diesmal mit weniger Personal anzureisen. Vieles ist nicht stimmig."
Nachdenklich rieb sich Talsa das Kinn.
„Seid also besonders auf der Hut, nicht nur wegen unseres Statthalters und seines Thronfolgers, sondern auch wegen euch selbst. Wenn Tivona dahinterkommt, dass ihr vom KorSaan seid, dann werdet ihr euch in den tiefsten Kerkern von Khem wiederfinden, wenn ihr nicht überhaupt gleich als Fischfutter endet."
Nach dem Essen und nachdem sie die typische Uniform eines Leibwächters erhalten hatten, ruhten sie sich noch eine Weile aus und dann ritten sie nach Süden, in der Hoffnung, den Tross mit Cayza-Kor und Kehed gegen Ende des nächsten Tages einzuholen.
Lardan ging vieles durch den Kopf. Er hatte geglaubt, dass es ein angenehmer Ausflug werden würde, einige Tage reiten, viele verschiedene Leute kennenlernen, Kehed wieder einmal sehen, aber es wurde wieder einmal alles anders, als er es sich gedacht, vorgestellt hatte. UrSais Verhalten hatte sich auch verändert. Nicht, dass es Lardan nicht schon gekannt hätte, UrSai war jetzt konzentriert, seine Sinne immer wachsam, keine Wortgeplänkel über Frauen oder sonstige Reizthemen, sondern sie sprachen höchstens über Talsas Mahnungen, versuchten ihre eigenen Schlüsse zu ziehen, die Situation aus ihrer Sicht zu analysieren. Aus einer Intuition heraus oder weil es ihre Gewohnheit war, vermieden sie wie immer die Hauptstraße und ritten immer ein wenig links oder rechts vom Weg, wenn es das Gelände zuließ.
Lardan ritt nicht das erste Mal nach Kehm, aber er war immer

wieder beeindruckt, wenn sich zur linken Hand ab und zu ein Ausblick auf das blaue Meer eröffnete und weit im Osten schemenhaft verschleiert die beiden Inseln am Horizont flimmerten.
UrSai war von der Schönheit scheinbar unbeeindruckt. Er beobachtete die unmittelbare Umgebung und etwas beunruhigte ihn mehr und mehr, immer öfter stieg er ab, um Spuren zu untersuchen oder er blieb kurz stehen, um herauszufinden, ob ihnen jemand folgte.
Der restliche Tag verging, sie ritten, bis es die Dunkelheit nicht mehr zuließ. An einem geschützten Platz abseits der Straße schlugen sie ihr Nachtlager auf. Lardan wäre es lieber gewesen, eines der vielen Wirtshäuser aufzusuchen, aber UrSai beharrte darauf, ungesehen im Freien zu übernachten.
„Was beunruhigt dich so UrSai? Ich habe nichts Besonderes bemerkt", fragte Lardan.
„Ich bin mir nicht sicher, vielleicht hat mich ja auch nur Talsa verrückt gemacht, aber ich habe das Gefühl, als ob wir einer größeren Gruppe folgen würden und sieh, das habe ich gefunden."
Er zeigte Lardan einen Stein mit einem eingeritzten Symbol.
„Ein geheimes DanSaan Zeichen für Vorsicht", sagte Lardan verdutzt.
„Es kann nur Kehed sein, er weiß, dass wir ihnen folgen, und ich erinnere mich noch genau daran, wie ich ihm dieses Zeichen beigebracht habe ", ergänzte UrSai.
„Etwas stimmt nicht, und das ist auch Kehed aufgefallen."
„Versuchen wir ein paar Stunden zu schlafen, ich glaube, dass wir sicher sind, denn es weiß niemand von unserer Mission und mit der ersten Dämmerung reiten wir weiter."
UrSai nickte kurz und nach einem kargen Mahl legten sich beide schlafen. Obwohl Lardan todmüde war und sein ganzer

Körper vom langen Reiten schmerzte, hatte er einen unruhigen Schlaf. Er wurde immer wieder wach, wälzte sich nervös auf seiner Decke hin und her. Er war richtig erleichtert, als er merkte, dass die Dämmerung einsetzte und sie endlich weiterreiten konnten. Normalerweise war er ja morgens nicht aus dem Bett zu kriegen, aber diesmal brauchte ihn niemand zu wecken.

Nachdem Ursai und er schnell ein paar Früchte verschlungen hatten, ritten sie weiter und diesmal hatte auch Lardan kein Auge mehr für die Schönheit der Landschaft. Sie waren trainierte DanSaan und jetzt handelten sie wie DanSaan. Sie ritten in einem größeren Abstand zueinander, verständigten sich mit Zeichen oder in ihrer Kampfsprache und wichen jeder zufälligen Begegnung aus. Sie waren schon eine ganze Weile unterwegs, bis die ersten Sonnenstrahlen die sanften Hügel streiften. Das kleine Wäldchen, durch das sie gerade ritten, erlaubte zwar keinen freien Blick auf den Himmel, aber Lardan spürte, wie es leicht wärmer wurde. Der Ruf eines Vogels ließ ihn plötzlich erstarren. Ein schnelles Zeichen zu UrSai, der einige Schritt seitlich hinter ihm ritt, und beide glitten lautlos von ihren Danaern, die sich ebenfalls ganz ruhig verhielten. Lardan und UrSai wussten, dass sich die Tiere besser verstecken konnten als sie beide. UrSai robbte zu Lardan.

„Was ist?", flüsterte er.

„Horch!", Lardan deutete nach oben.

UrSai lauschte. „Ich kann nichts Verdächtiges hören."

„Jetzt, da ist es wieder."

„Ein Vogel, wir sind im Wald hier, was ist daran ungewöhnlich?"

„Ja, ein Vogel, aber er ruft seine Kumpels zum Frühstück. Es ist ein Kar!"

UrSai lauschte noch einmal konzentriert.

„Meine Hochachtung Lardan, das wäre mir mit Sicherheit entgangen. Hoffen wir auf ein tierisches Festmahl. Komm, lass es uns untersuchen."

Im Kampfabstand schlichen sie vorwärts. Schon nach einer Weile gab das Wäldchen eine Lichtung preis. Schaudernd blickte Lardan auf ein Schlachtfeld. Überall lagen Tote, Zelte waren zerfetzt, aber es sah so aus, als ob Cayza-Kors Truppe nicht viel Widerstand geleistet hätte. Wahrscheinlich war sie in der Nacht überrascht worden. Obwohl Lardan und UrSai am liebsten sofort in das Lager hineingestürmt wären, um nach Überlebenden und natürlich, um nach Kehed zu suchen, wussten sie, dass sie zuerst sicher gehen mussten, dass niemand von den Angreifern mehr in der Nähe war. Ein Blick genügte und die zwei krochen jeweils in entgegengesetzter Richtung rund ums Lager. Erst als sie sich auf der anderen Seite wieder getroffen und dann noch eine Weile gewartet hatten, betraten sie immer noch sehr vorsichtig, die Lichtung. Jetzt erst erkannten sie das ganze Ausmaß des Massakers. Die Verteidiger hatten nicht den Funken einer Chance gehabt. Einigen war die Kehle durchgeschnitten worden, anderen ragten Pfeile aus dem Rücken. Die Überraschung dürfte trotz Keheds Vorahnungen perfekt gewesen sein. Aber Kehed und seinen Vater fanden sie nicht zwischen den Toten.

„Es waren mit Sicherheit keine Plünderer oder sonstige Straßendiebe", sagte Lardan, „überall liegen noch die Waffen, keiner wurde ausgeraubt."

„Einfache Wegelagerer greifen auch nicht Cayza-Kors Garde an, unsere geliebten Schwestern hätten die Arbeit nicht besser erledigen können, oder?", gab UrSai mit zynischem Unterton zurück.

„Da waren eindeutig Leute am Werk, die das Handwerk des Tötens verstehen, eine gut ausgebildete Truppe und ein ausge-

zeichneter Führer. Sie haben nichts zurückgelassen, das irgendeine Information über sie preisgäbe."
„Oder doch?"
Ein leises Stöhnen etwas abseits unter einem Wagen ließ die beiden DanSaan aufhorchen. Schnell war der Verletzte gefunden. Er lag unter einem der Planwagen. In seiner linken Schulter steckte noch immer ein abgebrochener Pfeilschaft und Lardan konnte sehen, dass der Blutverlust sehr hoch war. Vorsichtig zogen sie den Mann unter dem Wagen hervor und lehnten ihn mit dem Rücken gegen einen Baum, damit sie ihm leichter Wasser in seine trockene Kehle träufeln konnten. Gierig schluckte er es, obwohl es ihm sichtlich Schmerzen bereitete. UrSai schnitt inzwischen vorsichtig sein blutdurchtränktes Hemd auf, um die Wunde besser untersuchen zu können. Immer wieder versuchte der Soldat mit seinen Lippen Worte zu formen, aber außer einem Krächzen und Würgen brachte er nichts hervor. Als Lardan und UrSai die Wunde sahen, genügte ein Blick und sie wussten was zu tun war. UrSai sagte nur knapp: „Ich tue es."
Lardan redete mit beruhigenden Worten auf den Verwundeten ein, tränkte einen Fetzen Stoff mit Wasser, wischte ihm das Blut vom Gesicht und befeuchtetet seine Haut. Dann machte er den Fetzen nochmals triefend nass und steckte ihn dem Mann in den Mund. Begierig begann der daran zu saugen, aber das war nicht der alleinige Sinn und Zweck, vielmehr wollte Lardan verhindern, dass sich der Mann die Zunge abbiss. Denn fast gleichzeitig nahm er ihn in die Arme, zog seinen Oberkörper leicht nach vorn und hielt ihn fest. UrSai hatte inzwischen einen handtellergroßen, flachen Stein genommen und auf ein Zeichen von Lardan hieb er mit aller Wucht auf den herausragenden Schaft des Pfeils, so dass dieser die Schulter durchdrang und die Spitze jetzt aus dem Rücken ragte. Der

Mann schrie und bäumte sich auf vor Schmerz auf, dann fiel er in Ohnmacht. Fachgerecht zog UrSai den Rest der Spitze heraus und dann versorgten sie die Wunde. Die DanSaan legten in ihrer Ausbildung großen Wert auf die Behandlung von Verletzungen, wie man am besten Blutungen stillte und welche Kräuter, Wurzeln oder sonstige Pflanzen Wundbrand verhinderten oder schmerzstillend wirkten. Und es dauerte nicht lange, da kam der Verletzte wieder zu Bewusstsein und nach ein paar Schluck Wasser brachte er seine ersten Worte hervor.

„Danke, ihr müsst UrSai und Lardan sein. Kehed hat von euch gesprochen." Er war noch immer so geschwächt, dass es schien, als ob er erneut das Bewusstsein verlieren würde. Schnell benetzte Lardan seine Stirn und sein Gesicht mit Wasser, und UrSai lehnte ihn vorsichtig etwas aufrechter an den Baumstamm.

„Was ist passiert, reißt euch zusammen, das ist sehr wichtig. Wenn ihr eurem Herrn helfen wollt, dürft Ihr jetzt nicht ohnmächtig werden. Wo sind Kehed und die anderen?"

Lardan sah, wie sehr sich der schwer Verletzte gegen die Schmerzen aufbäumte, wie er versuchte, seinen Geist in dieser Welt zu halten.

„Kehed lebt und Cayza-Kor auch. Sie haben sie weggebracht. Sie hatten dieselben Uniformen an wie wir. Niemandem in Kehm wird es auffallen, dass diese Garde nicht die Garde von Cayza-Kor ist." Dann fiel er wieder in Ohnmacht. Lardan und UrSai blickten sich fragend an: „Verstehst du das? Was hat Tivona vor? Die Herrscherfamilien der beiden Städte sind doch seit jeher eng befreundet."

„Die Frage ist, warum ließen sie Cayza-Kor und Kehed am Leben? Sie brauchen sie noch, sonst lägen sie hier bei den Toten. Aber weshalb?" Die beiden konnten sich keinen Reim darauf machen.

„Finden wir es heraus. Mit uns rechnet niemand. Wenn Kehed und sein Vater noch leben, dann werden wir sie finden." UrSai rief seinen Danaer.
„Und der Verletzte hier, wir können ihn doch nicht einfach so liegen lassen?", meinte Lardan besorgt.
„Doch. Wir haben seine Wunde versorgt, er ist nicht mehr in Lebensgefahr, wir binden noch ein Pferd in seiner Nähe an und hängen eine volle Wasserflasche an seinen Gürtel. Wenn er aufwacht, reitet er sicherlich nach Gara und bei Talsa ist er in guten Händen. Was wir wissen müssen, haben wir erfahren. Kehed wird sich auf uns verlassen."
Lardan wusste, dass UrSai Recht hatte, aber trotzdem hatte er ein ungutes Gefühl dabei, den Verletzten hier zurückzulassen. Er deckte ihn mit einem Umhang zu und stieg dann auf seine Narka, die inzwischen schon auf ihn wartete. Sie hatten zwar eine Aufgabe und ein Ziel, aber wie sie das alles bewerkstelligen sollten, davon hatten sie keine Vorstellung. Sie folgten den Spuren und hofften, dass Kehed ihnen vielleicht ein Zeichen, einen Hinweis hinterlassen würde, so wie er es schon getan hatte.
Der Tag und die folgenden Tage verliefen ereignislos. Wenn sie nicht abseits der Straße ritten, begegneten ihnen viele Menschen, Händler mit ihren Wagen, Reisende und die meisten hatten dasselbe Ziel, Khem. Lardan wurde immer nachdenklicher und schweigsamer, bis UrSai ihn darauf anredete.
„He, Kumpel, ich bin ja auch nicht der Gesprächigste, aber du hast den letzten Tag kein überflüssiges Wort gesprochen. Kopf hoch, wir holen Kehed schon aus der Klemme." UrSai gab Lardan einen leichten Boxer auf den Oberarm.
Lardan seufzte tief. „UrSai, hast du dir schon überlegt, was passiert wäre, wenn wir den Ausflug zu deinen ‚Schwestern' nicht gemacht hätten? Wir lägen jetzt wahrscheinlich auch auf

dieser Lichtung, tot. Glaubst du an Zufälle?"
UrSai wollte sich mit solchen Gedanken nicht verrückt machen. „Hör auf, dir den Kopf zu zermartern für etwas, das du sowieso nicht ändern kannst. Natürlich gibt es Zufälle, wir haben Glück gehabt, so einfach ist das. Du solltest dich darüber freuen, anstatt dir darüber den Kopf zu zerbrechen. Wenn alles vorbei ist und wir wieder auf dem Rückweg zum Kor-Saan sind, nehmen wir Kehed mit und machen unseren kleinen Abstecher noch einmal. Dorah und Corah freuen sich bestimmt."
Lardan wusste nicht, ob er, in Anbetracht der Tatsache, dass Kehed vielleicht sogar schon tot war, wütend auf UrSai sein oder ob er schmunzeln sollte, ob des Versuches von UrSai, ihn aufzuheitern. Schließlich beschloss er, UrSais Bemühen seine Laune aufzuhellen als versöhnliche Geste seines Freundes zu werten.
„Du hast Recht, das Leben ist um vieles leichter, wenn es Zufälle gibt. Über den Rückweg reden wir später."
Immer wieder fragten sie entgegenkommende Reisende, ob ihnen die Garater Abordnung für das bevorstehende Städtetreffen in Khem begegnet sei, und ob sie den Statthalter Cayza-Kor erkannt hätten. Viele erzählten stolz, dass sie den prunkvollen Zug von Reiter und Wagen gesehen hätten und dass sie sehr von den prächtigen Uniformen und den glänzenden Waffen beeindruckt gewesen wären.
„Sie verstecken sich also nicht. Das heißt, sie sind sich ihrer Sache sehr sicher, ein Vorteil für uns."
UrSai überlegte. Lardan beneidete ihn um seine Fähigkeit, logische Schlüsse zu ziehen, die Art, wie er es anstellte ein Problem zu lösen. Er konnte sich sehr gut in die Situation anderer versetzen und so die nächsten Schritte vorhersagen.
„Denk nach Lardan, hilf mir, du bist jetzt Cayza-Kor, warum

tust du alles, was sie von dir verlangen? Sie haben gerade deine besten Soldaten gemeuchelt und jetzt erzählen uns Reisende, dass ihnen Cayza-Kor zugewunken hat."
„Ganz einfach, sie haben meinen Sohn", sprudelte es aus Lardan heraus.
„Was?", brüllte UrSai, „sag das noch einmal."
„Ganz einfach, ich muss tun was sie sagen, denn sie haben meinen Sohn. Sie haben Kehed, schon vergessen?"
UrSai klopfte sich mit der Handfläche auf die Stirn.
„Ich Idiot, Lardan, das ist es. Sie erpressen ihn. Sie werden Kehed in das finsterste Loch werfen, das es in Kehm gibt und Cayza-Kor, auf dessen Meinung die anderen Städte und Städtebünde schon immer viel Wert gelegt haben, wird sagen, was Tivona von ihm verlangt. Das ist gut."
„Was sollte daran gut sein?"
„Sie werden Kehed nicht töten, zumindest so lange nicht, solange das Treffen dauert. Wenigstens haben wir etwas Zeit."

Je näher sie Kehm kamen, desto mehr Leute bevölkerten die Straße. Lardan und UrSai versuchten auch nicht mehr, ungesehen in die Stadt zu kommen, sondern sie ritten mittlerweile in der zu einem langen Zug angewachsenen Menschenmasse. Alle reisten zu den Ereignissen und Festivitäten rund um das jährliche große Treffen an. Es war den DanSaan auch sehr recht, denn so konnten sie alles beobachten und waren trotzdem in der anonymen Menge sicher.
Lardan, der in den weiten Ebenen des Nordens aufgewachsen war, musste sich erst an die vielen Menschen gewöhnen. Er fühlte sich ständig beobachtet und von Stunde zu Stunde unwohler. Es war erst das dritte Mal, dass er in eine so große Stadt wie Khem ritt, noch dazu an einem so festlichen Ereig-

nis. Er kam aus dem Staunen nicht heraus. Sie ritten an Käfigen voll von Tieren vorbei, die er noch nie gesehen hatte, sahen Gaukler, die auf ihren Pferden schon Kostproben ihres Könnens zeigten, indem sie mit ihren Keulen jonglierten, Händler, die mit vollbepackten Wägen voll exotischer Waren zum Marktplatz Kehms unterwegs waren, Menschen, die für Lardan fremd aussahen und ganz andere Kleidung und Waffen als er und UrSai trugen. Dieser schien nicht so sehr beeindruckt zu sein wie Lardan, im Gegenteil, er erklärte ihm, von wo dieser und jener herstammten, und von wo die für Lardan so exotischen Tiere herkamen. Wüstenkrieger aus Shira-al-Shaddad, Händler, die den langen Weg von Kasuso oder Bedugal auf sich genommen hatten, die stolzen Schreiber aus Khartan und viele mehr.

„Die Seeleute von Varal und Nol kannst du sehr leicht von den Seeleuten von Ica unterscheiden. Die aus Varal tragen immer lange Haare zu einem oder mehreren Zöpfen geflochten oder gebunden und sie tragen mehrere Äxte und Beile von unterschiedlicher Größe in ihrem Gürtel, mit denen sie meisterlich umgehen können, das sage ich dir. Die Seefahrer aus Ica jedoch rasieren ihre Köpfe, um sie dann zu tätowieren. Sie tragen einen breiten Ledergürtel quer um ihren Oberkörper, in dem fünf oder sechs Dolche stecken, außer einer Hose meist ihr einziges Kleidungsstück. Und ausnahmslos alle können damit eine Kayunuss treffen, die du zwischen deinem Daumen und Zeigefinger hältst. Und im Nahkampf haben sie eine besondere Eigenart. Sie kämpfen mit einem Dolch in jeder Hand, der links und rechts des Griffes je eine zweischneidige Klinge hat. Ich kann dir sagen, lieber bekämpfe ich einen Schwarm der Schwarzgefiederten Klauengreifer als einen Matrosen aus Ica, der glaubt, man habe ihn oder seine Mutter beleidigt."

UrSai zog sein Hemd auf der rechten Seite hoch. Vom Be-

ckenknochen bis zum Rippenansatz zog sich eine lange Narbe.
„Ich habe nur ein paar Worte mit einer jungen, hübschen Frau in einer Kneipe gewechselt. Wenn das Wetter umschlägt, spüre ich die Narbe immer noch."
„Du brauchst mir keine Schauermärchen erzählen UrSai, ich bin auch so vorsichtig."
Kurz blickte Lardan in die Runde, um sicherzugehen, dass keiner dieser blutrünstigen Glatzköpfe in seiner Nähe war.
„Du kannst einem ja Angst machen."

11 Kejmo

Endlich erreichten sie die Stadt. Schon aus der Entfernung konnte Lardan erkennen, dass sie ein riesiger Moloch war und er wusste, dass sie aufpassen mussten, von dieser Hafenstadt nicht einfach verschluckt und in irgendeiner finsteren Gosse einfach ausgespien zu werden. Unzählige rauchende Kamine und die vielen anderen Feuer hüllten die Stadt in einen dunstig-stickigen Nebel ein. Als sie sich näherten, kam zu dieser feucht schweren Luft noch der Gestank der riesigen Müllberge vor der Stadt.
„Einladend ist diese Stadt ja wirklich nicht", bemerkte Lardan so nebenbei.
„Es muss seit Tagen Windstille herrschen, das verschlimmert die Luft dann zu dieser feuchtwarmen Brühe. Hoffen wir auf eine steife Brise vom Meer, dann wird es wieder erträglicher", erklärte UrSai, der sichtlich ebenfalls Probleme hatte, einen tiefen Atemzug zu machen.
Wie bei Gara gab es keine Befestigungsmauern, die die Stadt umgaben, nur auf dem größten der drei Hügel, an die die Stadt sich anschmiegte und zwischen denen sie sich ausbreitete,

konnte man eine befestigte Wehranlage erkennen. Es gab auch keine Stadtgrenze, an der Wächter kontrollierten, der Übergang war fließend.

Nachdem sie die ersten Müllberge passiert hatten, breiteten sich überall Holzhütten aus, die ein verschachteltes Gewirr von kleinen Straßen und Gassen ergaben. Ab und zu war ein steinernes Haus darunter, vor dem meist ein paar leichtgeschürzte Damen oder Jungen die Passanten zu überreden versuchten, einzutreten. Der Lärm, der aus diesen Häusern herausdröhnte und auch der Geruch, der herausdrang, verrieten Lardan und UrSai, dass es sich meistens um übelste Spelunken handelte, in denen die Dolche locker saßen und der Gast froh sein musste, noch alle Zähne zu haben, wenn er das Lokal stehend oder kriechend wieder verließ. Überall lungerten Bettler herum, meist nur in zerschlissenen Lumpen, die nur notdürftig ihre nässenden Eiterbeulen oder aussätzigen Gliedmaßen bedeckten. Lardan war heilfroh, dass er hoch auf seiner Narka saß und so nicht belästigt wurde, da allein schon die Größe seines Danaers allen Respekt einflößte. Auch diverse Beutelschneider, vor denen ihn Lirah noch vor der Abreise besonders gewarnt hatte, musste er noch nicht fürchten.

Lardan war viel zu sehr mit den unzähligen neuen Eindrücken beschäftigt, sodass er erst nach einer Weile bemerkte, dass er UrSai einfach nur gedankenlos folgte. Der aber schien genau zu wissen, wohin er seinen Danaer führte.

„Wohin reiten wir eigentlich, UrSai?", fragte Lardan, nachdem es ihm bewusst geworden war, dass sie nicht nur willkürlich von einer Gasse in die nächste einbogen.

UrSai wartete, bis Lardan sich neben ihn eingereiht hatte. „Es gibt einen alten Wirt nicht mehr weit von hier, der hat sein Gasthaus an der Westmauer bei dem befestigten Hügel, dem können wir vertrauen. Eine seiner Töchter war eine DanSaan.

Er wird uns weiterhelfen."
Inzwischen ritten sie auch nicht mehr auf einer staubigen Straße, die sich bei Regen in knöcheltiefen Matsch verwandeln würde, sondern auf Pflastersteinen. Die Häuser waren fachwerkartig gebaut und keine heruntergekommenen Buden mehr. Die Leute, die hier verkehrten, trugen saubere Kleider und sie benahmen sich auch nicht mehr so rüpelhaft. Lardan und UrSai ritten leicht bergauf auf der Straße, die direkt zu dem Teil der Stadt führte, in dem hinter einer Mauer die Paläste und Villen der reichen Adeligen und Händler lagen. Kurz vor dem Tor, an dem nun auch Wächter standen, und wo alle, die passieren wollten, genau kontrolliert wurden, bog UrSai links ab und folgte der Straße, die sich der Mauer entlang schlängelte, bis zu einem freundlich aussehenden Haus, über dessen Eingangstür ein großes Schild prangte, auf dem ein Mann mit einer Angel in einem kleinen Boot saß, und der Mond sich in dem See spiegelte. Darunter war in großen Buchstaben ‚Zum Mondfischer' zu lesen.

„Wir sind angekommen", sagte UrSai und stieg sichtlich erleichtert, aber auch ermattet von der langen Reise ab. Auch Lardan war beruhigt, denn zumindest von außen machte dieses Gasthaus den besten Eindruck von allen, an denen sie vorbeigeritten waren. Kaum standen sie wieder auf eigenen Beinen, kam auch schon ein junger, selbstbewusster, blonder, etwas spitzbübischer Stallbursche, der sie willkommen hieß.

„Guten Tag, edle Herren, ich heiße Kejmo. Eure Reittiere sind bei mir in besten Händen. Auch wenn ihr sonst etwas braucht, ich kann euch mit Sicherheit alle Wünsche erfüllen." Er beugte seinen Kopf in einer leicht demütigen Haltung nach vorne, verzog sein Gesicht zu einem breiten Grinsen und streckte seine rechte, geöffnete Hand leicht nach vor. UrSai griff in seine Tasche und schnippte dann mit dem Daumen eine Mün-

ze in die Luft. Schnell schnappte Kejmo diese und wollte die beiden Danaer in den Stall führen, da legte ihm UrSai seine rechte Hand auf die Schulter.
„Warte, Kejmo, eines noch."
Der Bursche versuchte mit einer geschickten Windung dem Griff UrSais zu entkommen und Lardan sah, wie er sich bemühte den Schmerz zu unterdrücken.
„Deine linke Hand! Du hast uns deine rechte entgegengestreckt, ich möchte auch noch deine linke sehen." UrSai verstärkte den Druck, und Kejmo zuckte zusammen. „Warum, edler Herr, seid ihr so grob zu mir? Ich will nur das Beste für euch und eure Tiere."
„UrSai, nenn mich nicht edler Herr, ich bin UrSai und das da drüben ist mein Freund Lardan. Also, öffne deine linke Hand!"
Lardan war erstaunt über UrSais Verhalten und beobachtete neugierig das Geschehen. Zögernd drehte Kejmo seine linke Hand um und öffnete sie. UrSai packte sie und zeigte sie Lardan. Ein kleiner, schwarzer Stern war unter der Daumenwurzel eintätowiert.
„Was hat das zu bedeuten?"
„Was das zu bedeuten hat? Erkläre du es ihm Kejmo!", sagte UrSai.
Noch bevor er etwas sagen konnte, öffnete sich die Tür des Wirtshauses und ein großgewachsener, älterer, hagerer Mann mit langen, grauen Haaren kam heraus.
„Ja, ich weiß, mein Stallbursche ist Mitglied der Diebesgilde vom ‚Schwarzen Stern', aber ich verbürge mich für ihn, euch wird nichts abhandenkommen. Geh und versorge jetzt die Danaer."
„Ja, Vater."
Yugan wartete bis Kejmo mit den Tieren im Stall war und dann sagte er: „Kejmo ist ein guter Junge und obwohl er mich

Vater nennt, bin ich nicht sein Vater, ich habe ihn vor langer Zeit auf der Straße aufgelesen und kümmere mich seither um ihn. Aber ihr müsst UrSai und ...", er zögerte kurz und blickte Lardan an.

„Lardan, ich bin Lardan".

„Ich bin Yugan, der Besitzer und Wirt vom Mondfischer. Kommt herein, ihr seid sicherlich hungrig und durstig. Die Satteltaschen bringt Kejmo auf euer Zimmer."

Sie betraten die Gaststube und setzten sich in eine Ecke des Raumes an einen kleinen Tisch. Yugan bewirtete die beiden, und nachdem sie gegessen und getrunken hatten, gesellte er sich zu ihnen.

„Ich fürchtete schon, dass euch etwas passiert sei, denn ihr wart nicht bei der Garde Cayza-Kors dabei, die heute morgen eingetroffen ist, wie die ehrwürdige SanSaar, ich hoffe es geht ihr gut, mir mitteilen ließ. Wenn ihr nicht bald eingetroffen wärt, hätte ich Kejmo hinausgeschickt, um nachzufragen, wo ihr geblieben wärt."

UrSai blickte sich kurz um und deutete dann Yugan, etwas näher zu rücken.

„Ich will es kurz machen. Die Garde, die ihr heute Morgen gesehen habt, war nicht Cayza-Kors Garde. Die sind alle tot, umgebracht von den Häschern Tivonas. Wir haben uns verspätet und sind den Abgesandten von Gara nachgeritten. Deshalb sind wir dem Massaker entkommen."

Yugan blickte sich jetzt auch um. „Folgt mir, wir gehen in das Hinterzimmer, dort sind wir ungestört."

Hinter einem schweren Vorhang standen noch einmal drei kleine Tische. Dort nahmen alle drei Platz. Yugan wollte, dass Lardan und UrSai nochmals genau alles erzählten, an das sie sich erinnern konnten. Er beharrte auf jeder Kleinigkeit, fragte nach, ließ sie mehrmals dasselbe erzählen.

„"...Talsa, der Verwalter von Cayza-Kors Hof sagte, dass die beiden gedungenen Mörder, die sie noch rechtzeitig abfangen konnten, dasselbe Diebesgildenzeichen hatten, einen schwarzen Dolch", ergänzte Lardan.
Yugan erschrak. „Einen schwarzen Dolch, sagtest du? Wartet." Er pfiff dreimal und schon nach einer kurzen Weile stand Kejmo im Zimmer. UrSai wollte zuerst protestieren, aber dann musste er zugeben, dass sie sowieso Hilfe benötigen würden und Yugan machte auf beide den Eindruck, dass er wusste, was er tat.
„Kejmo, geh zu deinem Gildenmeister und bitte um ein Treffen mit UrSai und Lardan. Wenn er wissen will, warum, sage ihm es geht um den ‚Schwarzen Dolch', das sollte ihn überzeugen. Du erinnerst dich doch sicherlich an Kehed, er war schon einige Male hier." Kejmo nickte.
„Er ist wahrscheinlich im Kerker eingesperrt. Versuch herauszufinden, wo er gefangen gehalten wird. Es ist sehr wichtig."
Ohne weiter nachzufragen verschwand Kejmo so schnell, wie er gekommen war.
Dann erzählte Yugan von den Veränderungen, die ihm schon seit längerer Zeit Unbehagen verursachten. „Zuerst habe ich mir nicht viel gedacht. Sich zu gewissen Tages- oder besser gesagt Nachtzeiten in bestimmten Stadtteilen aufzuhalten, war in Kehm immer schon nicht sehr ratsam, aber die Anzahl der Morde, aber auch Entführungen und Erpressungen haben in einem erschreckenden Maße zugenommen. Der Stadtkommandant wurde kurzerhand abgesetzt und der neue versuchte nur, die Einwohner dahingehend zu beschwichtigen, dass sich zur Zeit der Zusammenkunft der Städte hier einfach viel mehr Gesindel aufhielte und dass sich nach dem Ende der Konferenz alles wieder zum Besseren wenden würde. Aber der Großteil der Einwohner traut dem neuen Stadtkommandanten

nicht. Entführungen von Söhnen und Töchtern der einflussreichen Familien von Kehm sind eigentlich, seit ich hier Wirt bin, noch nie vorgekommen und soweit ich informiert bin, sind zwar alle nach einer gewissen Zeit freigekommen, aber niemand weiß, ob und wie viel Lösegeld sie zahlen mussten und die Familien selbst haben sich in Schweigen gehüllt. Niemand traut sich mehr, etwas zu sagen, alle fürchten sich vor dieser neuen Vereinigung, dessen Namen und Führer niemand kennt, aber man weiß inzwischen, dass sie, wie auch die anderen Diebesgilden, eine Tätowierung tragen, eben einen schwarzen Dolch. Aber noch nie wurde ein Mitglied lebend gefangen. Oder besser der Gefangene lebte nicht lange genug, um ihn verhören zu können. Sie haben sich ausnahmslos, ohne zu zögern, selbst gerichtet."

Yugan tischte erneut ein schmackhaftes Essen auf und sie berieten weiter, wie sie vorgehen sollten. Lardan war sehr ungeduldig, er wollte am liebsten sofort losziehen und Erkundigungen einholen, aber Yugan konnte ihn überzeugen, dass man jetzt nichts überhasten dürfe.

„Warten wir einmal auf Kejmo, ich bin überzeugt, der Gildenmeister wird sicherlich mit euch reden wollen und offensichtlich braucht ihr Hilfe, falls ihr euren Freunden helfen wollt. Aber soviel ich von Kejmo weiß, herrscht unter den Diebesgilden eine ungewöhnliche Unruhe, denn auch sie wissen nicht genau, was vorgeht und normalerweise wissen die Gilden alles, was in Khem vorgeht. Mehr noch, es geschieht vielmehr nichts ohne ihre Zustimmung."

Yugan bestand dann darauf, dass sich die zwei für ein paar Stunden schlafen legten. „Ihr müsst euch ausruhen, es kann sein, dass die nächsten Tage nicht sehr viel Zeit für Schlaf übriglassen. Ich lasse euch holen, wenn ich Neuigkeiten habe."

Etwas widerwillig ‚gehorchten' Lardan und UrSai, aber sie wussten sich in guten Händen und es war ihnen klar, dass sie für die kommenden Aufgaben alle ihre Kräfte brauchen würden.

Ein leises Klopfen ließ Lardan und UrSai sofort zu ihren Waffen greifen und aus den Betten hochfahren. „Ich bin es, Kejmo, kommt bitte sofort in die hintere Stube hinunter. Habt ihr mich gehört?"
UrSai ging zur Tür und öffnete sie einen Spalt. Jetzt erst wurde ihm bewusst, dass es schon dunkel war. Er erblickte Kejmo, dessen Gesicht eine Kerze dürftig erhellte, nickte ihm kurz zu und schloss die Türe wieder.
„Halt, wartet, hier."
UrSai öffnete noch einmal die Tür, und Kejmo reichte ihm zwei weiche Packen mit Kleidung. „Ihr wollt euch doch auch unauffällig und ungesehen durch die Gassen bewegen, oder?"
UrSai nahm die Kleidung dankend entgegen, zwei dunkelgraue Hosen und einen ebenso dunklen Umhang mit Kapuze.
„Es scheint, als hätten wir sehr lange geschlafen", bemerkte UrSai, seine neue Garderobe anprobierend.
Lardan blickte aus dem Fenster. „Ja, es ist schon sehr spät, Lanur erleuchtet schon die Dächer, und ich kann niemanden mehr in den Gassen sehen oder hören."
„Wir sollten uns besser gleich voll bewaffnen, man kann ja nie wissen."
Sie zogen sich so schnell wie möglich die neuen Gewänder an, banden ihre Schwerter auf den Rücken, steckten ihre Dolche in die Scheiden, die seitlich vom Gürtel hingen, und dann schlichen sie so lautlos, wie es möglich war, über die knarrende Holztreppe nach unten in das hintere Zimmer, aus dem schon ein flackernder Kerzenschein durch den Türspalt am

Boden drang. Nur kurz hielten die beiden einmal inne, als sie leises Gemurmel aus der Stube hörten, aber als sie die Stimmen als die Yugans und Kejmos erkennen konnten, öffneten sie vorsichtig die quietschende Tür und traten hinein.

„Kejmo, erinnere mich bitte, dass ich die Scharniere meiner Türen wieder einmal öle, da wird ja in der Nacht die ganze Gasse munter, wenn die Türe noch ein paar Mal auf und zugeht!" Das Schmunzeln in Yugans Gesicht war nur von kurzer Dauer.

„Setzt euch, trinkt und hört zu! Das Gebräu ist nach meinem eigenen Rezept. Es wird euch munter machen." Dann nickte Yugan kurz Kejmo zu. Der nippte flüchtig an seinem Becher und fing an, seine Neuigkeiten zu erzählen.

„Zuerst das Wichtigste: Gautan, Meister der Gilde des Schwarzen Sterns möchte sich heute Nacht noch mit euch treffen, ich soll euch in der Stunde vor Sonnenaufgang zu ihm bringen, also haben wir noch etwas Zeit. Ich muss zugeben, dass ich sehr beunruhigt bin, denn Gautan verhielt sich überaus merkwürdig, seine Stimme klang irgendwie schwach und zittrig und ich hatte das Gefühl, dass er vor irgendetwas oder irgendwem sehr viel Angst hatte. Er war nicht der Meister meiner Gilde, so wie ich ihn kenne. Er trat auch nie aus den Schatten heraus, ich konnte nur ab und zu ein milchiges Glänzen in seinen Augen sehen, es war so, als ob er es nicht wollte, dass ich ihn in voller Gestalt sah."

Lardan und UrSai horchten aufmerksam zu und allein von Kejmos Erzählungen liefen Lardan kalte Schauer über den Rücken. Die Vorstellung, bald vielleicht in nassen, stinkenden Kanälen herumzukriechen und heimlich von einem dunklen Loch zum anderen zu robben, verringerten seine Befürchtungen nicht.

„Lasst uns noch die letzten Vorbereitungen treffen, wir müssen äußerste Vorsicht walten lassen UrSai, könntest du bitte mal unter dem Tisch durchkriechen?"
„Was, du weißt wohl nicht, wer ich bin! Ich bin ein Krieger der DanSaan. Ich könnte dich mit der linken..."
„Schon gut", unterbrach Yugan den aufbrausenden UrSai, indem er ihm seine Hand auf die Schulter legte.
„Ihr beide seid trainierte DanSaan und niemand möchte euch gern als Gegner haben, aber ihr seid in der Wildnis aufgewachsen und ausgebildet worden. Das hier ist eine Stadt! Eine Stadt hat ganz andere Eigenarten und Anfordernisse. Tu einfach, was Kejmo will!"
Ein paar unverständliche Worte vor sich her grollend bückte sich UrSai und robbte unter dem Tisch hindurch.
„Und was war daran so schwer?", fragte er dann mit einem sarkastischen Unterton.
„Nun, du wärst wahrscheinlich schon tot", entgegnete Kejmo etwas kühl. „Die Spitze deiner Schwertscheide kratzte einmal am Boden und dein Knauf stieß zweimal an ein Holzbein. Das ist eine Einladung an alle Meuchelmörder in hundert Schritt Umkreis, da kannst du gleich zum Palast Tivonas gehen und sagen, dass man vergessen hat, dich umzubringen."
Lardan fühlte sich gleichermaßen angesprochen, denn ihm waren die Geräusche ebenfalls nicht sonderlich aufgefallen.
„Also, die Bedingungen sind folgende", fuhr Kejmo fort, „keine Schwerter, sondern zwei Dolche, ein jeder an einer Seite, am besten einer versteckt, keine Gürtelschnallen und keine metallenen Schuhschnallen."
Kejmo legte den beiden geflochtene Stoffbänder auf den Tisch.

„Ihr könnt euch hiermit eure Hosen zubinden. Deinen baumelnden Ohrring musst du auch ablegen UrSai und sonstige Ringe oder Amulette hinterlegt ihr am besten hier bei Yugan." Der nickte und kramte eine kleine Schatulle aus der Tischlade hervor.

„Kurz vor der Zusammenkunft mit Gautan werden wir auf Freunde treffen, die euch Augenbinden umlegen werden. Ihr dürft diesen Ort danach nicht mehr wiederfinden, zu unserer und zu eurer Sicherheit. Also bitte wehrt euch nicht und lasst euch führen!" Kejmo blickte fordernd etwas länger in Lardans und UrSais Augen, um ein Zeichen ihrer Bestätigung zu bekommen.

Inzwischen hatten beide anerkannt, dass Kejmo wusste, wovon er sprach, und sie nickten zustimmend. Sie legten ihre Schwerter ab, adjustierten ihre Kleidung und gaben alle Schmuckstücke und sonstigen metallenen Gegenstände in Yugans Hände.

„Gut, dann brechen wir auf." Kejmo gab das Zeichen ihm zu folgen. Lardan konnte noch Yugans glückwünschende Worte vernehmen, dann verschwanden alle drei in der Dunkelheit der schmalen Gasse.

Lardan wurde sehr schnell der Grund für Kejmos Lektion klar. Er war gewohnt, sich in Wäldern und Wiesen zu bewegen, dort konnte er auch absolut spur- und lautlos agieren, aber hier in der Stadt war vieles anders. Er merkte, dass Kejmo auf ganz andere Dinge achtete, sich ganz anders fortbewegte. Lardan hatte gelernt, dass man langsam, aber stetig in Bewegung bleiben musste, wollte man ungesehen und ungehört durch die Natur schleichen; hier in der Stadt standen sie oft eine ganze Weile absolut regungslos, um dann plötzlich, auf Zeichen Kejmos, schnell in den nächsten Schatten zu hechten und dann wieder eine Zeit bewegungslos zu verharren. Lardan war gewohnt, den Flug der Vögel oder aufgescheuchtes Wild zu beobachten, Kejmo aber deutete das Verhalten von Ratten und Schlangen.

Lardan war schon einmal in Khem gewesen, und so glaubte er, dass sie sich in Umwegen dem Hafen näherten. Er fühlte, wie eine leichte Brise aufkam, die über seine Haut strich, so dass sich seine Nackenhärchen aufrichteten und ein angenehmer Schauer durch seinen Körper fuhr.

Allmählich hellte sich das undurchdringliche Schwarz der Nacht ein wenig auf und spärlich schälten sich Umrisse von Häuserecken, Holzstapeln und abgestellten Karren aus der Dunkelheit. Kejmos Aufmerksamkeit schien sich mit zunehmender Dämmerung noch zu verstärken, obgleich sie nicht schneller oder hastiger weiterzukommen versuchten. Nachdem sie für Lardans Empfinden wieder einmal sehr lange im Schatten eines Hauses gestanden hatten, schnalzte Kejmo fast unhörbar zweimal mit seiner Zunge, nach einer Weile noch einmal, so als ob er auf irgendetwas geantwortet hätte. Lardan und UrSai blickten sich fragend an, denn keiner von ihnen hatte irgendein Geräusch vernommen.

„Wir sind da. Hier zieht euch das über!" Kejmo gab den beiden zwei schwarze Stoffsäcke und deutete ihnen, sich diese über die Köpfe zu ziehen. Kurz danach packte sie jemand am Oberarm und führte sie einer Hauswand entlang. Lardan glaubte, das Öffnen einer Türe zu hören, kurz danach vernahm er das gleiche Geräusch noch einmal. Dieses Mal war es aber eine Falltüre, denn sie mussten eine Leiter nach unten klettern. Danach wurden sie durch unterirdische Gänge geführt und immer wieder hatten sie eine Leiter nach oben oder nach unten zu steigen, bis sie schlussendlich vor eine massive Tür gelangten, an der ihnen ihr schwarzer Sack wieder vom Kopf genommen wurde. Die Luft war stickig und feucht, Lardan hatte das Gefühl, als ob ihm die Luft wegbleiben würde, denn sein ganzer Körper wehrte sich intuitiv, den Gestank von Fäulnis und verrottendem Abfall einzuatmen.

„Nach einer Weile gewöhnt man sich daran", meinte Kejmo beiläufig, „dieser Platz hier ist einer der Schlimmsten, was den Gestank angeht, aber dadurch auch einer der Sichersten."

Neben Kejmo waren nun noch vier weitere Männer anwesend, die alle älter als er waren und für Lardans Geschmack nicht sehr vertrauenerweckend aussahen. Aber es war ihm bewusst, dass sie dringend Hilfe brauchten und diese Männer ihre einzige Hoffnung waren. Er bemerkte, dass UrSai die Begleiter genauso gemustert hatte und ihm dann einen kurzen, aber vielsagenden Blick zuwarf, der heißen sollte, dass er diese vier Männer für keine Bedrohung für sie beide hielt.

Kejmo ging an die Tür, klopfte und wartete etwas nervös das Antwortzeichen ab. Es dauerte nicht lange, da öffnete sich das in schwerem Eisen hängende Tor langsam. Zu Lardans Erstaunen ging das völlig geräuschlos vonstatten, die Tür knarrte nicht oder machte sonst keinen quietschenden Ton.

Hintereinander betraten sie in den Raum, und Lardan war schon sehr gespannt, was sie jetzt erwarten würde. Eine kurze Geste der Verwirrung Kejmos, ein kaum merkbares Erstaunen ließen UrSai und Lardan innehalten und intuitiv zu ihren Dolchen greifen. Aber nur einen Augenblick danach verbeugte sich ihr junger Führer, und das wiederholte er drei Mal.

„Ich...., ich bin etwas überrascht, ich habe hier nur meinen Gildenmeister erwartet", stotterte er leise vor sich hin, sichtlich immer noch etwas verwirrt.

Die vier anderen Begleiter stellten sich jeweils hinter einen der vier Diebesgildenmeister. Kejmo war immer noch nicht völlig entspannt, denn sein Blick wanderte in dem von Öllampen erleuchteten Raum unruhig hin und her.

„Kejmo, komm her, hier ist der, den du suchst!"

Curdef, einer der vier Gildenmeister, führte ihn zu einem mit einem Vorhang geschützten Verschlag. Langsam zog Curdef den Behang zurück, und Kejmo stürzte entsetzt zu der Liegestatt.

„Niemand kann ihm mehr helfen, Gautan ist tot", sagte Curdef, „erstochen von den Häschern des Schwarzen Dolches. Er starb nicht an der Dolchwunde, es war vielmehr ein heimtückisches uns unbekanntes Gift, wir konnten nichts mehr für ihn tun. Wir müssen jetzt rasch handeln, wollen wir nicht alle so wie Gautan enden. Also Kejmo, die Zeit der Trauer kommt später, jetzt ist die Zeit der Rache."

Die Worte Curdefs ließen Kejmo wieder klare Gedanken fassen. Er atmete kurz durch, dann stand er auf und wandte sich zu Lardan und UrSai.

„Mit den Informationen meiner Freunde hier werden wir den Schwarzen Dolch zerschlagen! Hört bitte zu!"

Irgendwie weckten die Worte über das unbekannte Gift UrSais Interesse. Und bevor Lardan anfangen konnte, ihre Erlebnisse zu erzählen, ging UrSai zu Gautan.

„Darf ich kurz?", fragte er in die Runde. Da alle etwas verwundert waren und niemand einen Einwand hatte, schnitt er das Hemd des Toten auf und begutachtete die Wunde.

„Habe ich es mir gedacht." Er nahm seinen Dolch und kratzte etwas gestocktes Blut von der Wunde.

„Trotz des Gestankes hier hatte ich beim Betreten des Raumes das Gefühl, als ob ich kurz einen bekannten Geruch wahrgenommen hätte." UrSai hielt sich die Dolchspitze unter die Nase und roch daran. Lardan trat dicht an ihn heran, denn ihm schwante Übles. UrSai reichte ihm ebenfalls den Dolch.

„Schau dir den Rand der Wunde an!"

Lardan untersuchte ebenfalls die Einstichstelle und schluckte dann betreten.

„Sagst du es ihnen oder ich?", fragte UrSai.
„Ich kann es mir nicht erklären."
Er schüttelte den Kopf und noch einmal an dem Blut riechend fuhr Lardan fort: „Ich, wir kennen das Gift. Es wird von...", Lardan stockte, brachte die Worte fast nicht über seine Lippen, „es wird von unseren Schwestern, den DanSaan, hergestellt. Die Heilerinnen brauen es und nur in hoher Konzentration ist es ein Gift und nur dann, wenn es direkt in das Blut gelangt. Normalerweise wird diese Kräutermixtur vor der Behandlung von Wunden eingenommen. Es wirkt zuerst euphorisierend, dann betäubend. Und es hinterlässt bläuliche Flecken, die aber nach einiger Zeit wieder verschwinden. Und es hat einen besonderen Geruch. Gautan hatte wenigstens keine Schmerzen."
UrSai nickte zustimmend.
„Aber ich bin mir sicher, dass wir", Lardan betonte das ‚wir', da er und UrSai ja schließlich auch DanSaan waren, „ich bin mir sicher, dass wir nichts damit zu tun haben. Es ist auch nicht die Art...."
Curdef unterbrach Lardan. „Du brauchst dich jetzt nicht zu rechtfertigen. Wir wissen, dass diese Art des Kampfes nicht die der DanSaan ist. Aber es wirft natürlich einige Fragen auf, die wir nicht außer Acht lassen dürfen. Teilt uns jetzt mit, was euch widerfahren ist!"
Lardan und UrSai erzählten abwechselnd die Geschichte des Massakers an Cayza-Kors Leibgarde, von der Gefangennahme und Verschleppung seines Sohnes Kehed. „Wir glauben, dass Cayza-Kor dadurch erpresst wird. Er ist einer der einflussreichsten Regenten der Ostküste und sein Wort hat großes Gewicht", erläuterte UrSai.
„Wenn wir Kehed befreien, dann können wir Tivona und ihre Schergen wahrscheinlich bloßstellen."

Geduldig und aufmerksam hörten Curdef und die drei anderen Gildenmeister Lardan und UrSai zu. Nach dem Ende ihrer Ausführungen zogen die vier sich kurz in ein hinteres Zimmer zu Beratungen zurück. Kejmo nützte die Zeit, um um Gautan zu trauern. Er zurrte sein Gewand zurecht, fuhr ihm mit den Fingern durch seine spärlichen, strähnigen Haare und legte seine Hände über der Brust zusammen.
Lardan wunderte sich darüber, wie liebevoll Kejmo mit dem Toten umging.
„Ich weiß nicht warum, aber Gautan hat sich immer um mich gekümmert. Er hat mich auch zu Yugan, dem Wirt des Mondfischers, gebracht und dort ein gutes Wort für mich eingelegt." Kejmo wischte sich noch die Tränen vom Gesicht, da kamen die vier Gildenmeister wieder zurück.
„Wir sind uns einig, die Sache ist sehr ernst. Wir müssen schnell handeln, denn der Tod Gautans beweist uns, dass der Schwarze Dolch auch schon unsere Gilden unterwandert haben muss." Curdef blickte kurz zu den anderen Gildenmeistern, dann fuhr er fort. „Unseren Informationen nach steckt der Berater Tivonas hinter dem Schwarzen Dolch. Tangis ist sein Name, oder besser, so wird er genannt. Er hält sich schon einige Winter in Khem auf, zu Tivonas engstem Berater ist er erst letztes Frühjahr aufgestiegen, nachdem sein Vorgänger unerwartet den Tod gefunden hat. Wir hatten damals der Sache keine so große Bedeutung zugemessen, eine Fehleinschätzung unsererseits. Aber im Nachhinein weiß man ja bekanntlich immer alles besser. Nun zu unserem Plan. Es wird uns kein Problem sein, in den Kerker einzudringen und Kehed zu befreien, auch wenn er besonders bewacht werden sollte. Die Gefängnisse waren schon immer unser Revier. Unter Tangis Führung hat sich zwar viel geändert hat, aber noch haben wir Diebesgilden in gewissen Gegenden das Sagen. Der schwieri-

ge Teil fängt danach an. Was tun wir, wenn wir Kehed befreit haben? Und vor allem, wann sollen wir ihn befreien?"
Dann ergriff Dejem das Wort, ein großer, hagerer Mann, er schien der Älteste der vier zu sein. „Morgen ist die offizielle Eröffnungsfeier auf dem Festplatz im Tempelbezirk. Dort sollten wir hingehen und beobachten. Alle Abgesandten werden anwesend sein, ihre Reden schwingen und das Volk mit ein paar Almosen wohlgesonnen stimmen. Viele Menschen werden den Platz bevölkern, gut für uns und unsere Absichten. Wir werden noch nichts unternehmen, schließlich möchten wir ja auch herausfinden, welche Absichten und Pläne Tivona und Tangis haben. Denn ohne Grund werden sie ja wohl nicht Cayza-Kors Leibgarde ermordet und den Thronfolger entführt haben. Es müssen also wohl große Pläne dahinterstecken."
Nach einer kurzen Pause fuhr Dejem fort: „Wir werden in fünf Tagen zuschlagen. Denn da ist auf dem Marktplatz eine weitere öffentliche Versammlung, bei der erneut alle Abgesandten anwesend sein werden und die neuen Beschlüsse verlautbart und Dekrete erlassen werden. Gleichzeitig finden immer auch prächtige Umzüge und Schaukämpfe statt, Händler bieten ihre Waren an, wir Diebe gehen unseren Geschäften nach. An diesem Tag werden wir Kehed befreien. Da wir einige Tage Zeit haben, dürfte es noch weniger Probleme bereiten. Aber dann, was tun wir danach?"
„Ich bin für eine direkte Konfrontation!", warf UrSai ein.
„Wir gehen mit Kehed zur Versammlung und dann warten wir, was passiert."
„Wir müssen aber auf jeden Fall Cayza-Kor schützen und ihn und Kehed so schnell wie möglich wegbringen", sagte Lardan.
„Die Situation ist unvorhersehbar. Tivona und Tangis werden vor allen anderen Abgesandten und den Zuschauern des Mordes, der Entführung und Erpressung bezichtigt. Ihre einzige

Möglichkeit ist, alles auf eine Karte zu setzen und zu versuchen, die Probleme gewaltsam zu lösen. Darauf müssen wir vorbereitet sein", sagte Dejem.
Lange noch schmiedeten sie Pläne, verwarfen ihre Vorgangsweisen wieder, um neue Taktiken zu besprechen, bis sie sich nach reiflicher Überlegung einen endgültigen Plan zurechtgelegt hatten. Sie beschlossen, sich erst wieder am Tag der öffentlichen Versammlung beim Brunnen am Tempelplatz wieder zu treffen. Curdef und Dejem sicherten Lardan und UrSai zu, mit Kehed zu erscheinen. Kejmo brachte die beiden dann wieder nach oben in die Straßen von Khem, wo schon ein reges. morgendliches Treiben herrschte.

12 Tangis

Die nächsten Tage verliefen für Lardan und UrSai ziemlich abwechslungsreich. Sie machten sich mit der Stadt vertraut, gingen immer wieder den Plan durch, prägten sich den Fluchtweg ein. Sonst hielten sie sich im ‚Mondfischer' auf, aßen dort für ihre Verhältnisse so außergewöhnlich oft und gut, dass Lardan schon befürchtete, seine Beinkleider würden ihm bald zu eng werden, redeten viel mit Yugan und verhielten sich so unauffällig wie möglich. Lardan war ein wenig verunsichert und besorgt, da Kejmo wie vom Erdboden verschluckt war. Aber Yugan machte ihm klar, dass er sich um Kejmo keine Sorgen machen müsse. Nach Gautans Tod brauchte die Gilde vom Schwarzen Stern schnell einen neuen Gildenmeister, besonders in gefährlichen Zeiten wie diesen. Und Kejmo, obwohl er noch sehr jung war, hatte großen Einfluss in der Gilde. Er war schon ein Mitglied des inneren Kreises. „Du wirst sehen, morgen, wenn die Versammlung be-

ginnt, wird Kejmo wieder da sein, und Kehed an seiner Seite."
„Möge sein Gott ihm beistehen, und möge Sh'Suriin uns morgen bei unserem Kampf leiten."
Trotzdem war Lardan ein wenig beunruhigt. Die Stadt war nicht sein gewohntes Umfeld. Es hatte gerne viel Platz beim Kämpfen, aber morgen würden hunderte Schaulustige das Geschehen verfolgen. Leicht könnten unbeteiligte Zuschauer zu Schaden kommen. Für ihn waren zu viele Dinge im Spiel, die er nicht unter Kontrolle hatte, er war zu sehr von anderen abhängig. Er wusste natürlich, dass er sich blind auf UrSai verlassen konnte und er war sich auch sicher, dass die Diebe der unterschiedlichen Gilden da sein würden, aber für Lardan gab es zu viele Spieler in dem Spiel, die er nicht kannte.
UrSai war geradliniger. Er freute sich darauf, morgen mit Kehed Tivona und ihren Berater Tangis bloßzustellen. Für ihn war klar, er kämpfte auf der richtigen Seite, und er wollte Rache für Cayza-Kors getötete Leute und Rache für den hinterhältigen Plan, Cayza-Kor mit Kehed als Geisel zu erpressen. Und dafür würde er morgen sein Schwert sprechen lassen.
Wie auch an den letzten Abenden saßen Lardan und UrSai im Hinterzimmer des ‚Mondfischers'. Yugan setzte sich immer, wenn er Zeit hatte, zu Ihnen, aber er passte genau auf, dass die beiden von den anderen Gästen nicht gesehen wurden.
Die Nacht vor der Konfrontation verlief sehr unruhig für Lardan. Morgen war der Tag der Entscheidung. Alle möglichen Gedanken kamen ihm in den Sinn. Er dachte wieder an sein Dorf, wo er aufgewachsen war, an Vater und Mutter und an seine Schwester Kirana. UrSai neben ihm war schon vor längerer Zeit in den Schlaf gesunken. Ab und zu beneidete Lardan ihn wegen seines Gleichmutes und seiner Gelassenheit. Natürlich konnte UrSai sehr aufbrausend und jähzornig sein, Situationen wie dieser konnte er jedoch mit einer größeren

Abgeklärtheit entgegentreten als Lardan. Ihn plagten Ängste und Zweifel, UrSai aber wusste, dass er bisher sein Bestes gegeben hatte und morgen ebenfalls sein Bestes tun würde und das musste reichen.

Kurz vor Sonnenaufgang klopfte Yugan an die Tür, um die beiden wie abgemacht aufzuwecken. Wenig später saßen sie unten im Hinterzimmer und Lardan zwang sich, ein paar Bissen Brot und Früchte hinunterzukriegen. Der Plan wurde noch einmal besprochen, der Fluchtweg noch einmal in Gedanken durchgegangen. Alle vorhersehbaren Möglichkeiten und ihre daraus folgenden Veränderungen des Planes wurden noch einmal wiederholt. Und heute bewaffneten sie sich wie eine DanSaan, nur ihre Meraghs hatten ja am KorSaan zurückgelassen.

Sie konnten schon die ersten Leute hören, die durch die Gassen in Richtung des Tempelplatzes zogen. Die versammelten Herrscher ließen immer wieder Münzen und andere kleine Wertgegenstände in die Menge werfen und da war es wichtig, einen guten Platz zu haben und nahe an der Tribüne zu sein. Ungeduldig ließen Lardan und UrSai noch einige Zeit nichts tuend verstreichen, bis sie sich auf den Weg machten. Als dann die Sonne schon über den Dächern stand, machten sich die beiden ebenfalls auf. Unauffällig mischten sie sich in einen Tross von Leuten, die alle zum selben Ziel strömten. Lardan ließ sich nun von nichts mehr ablenken. Ununterbrochen musterte er die Umgebung, er hörte auf alle Geräusche, sein ganzer Körper war in Bereitschaft. „Die Wachen haben sie verdoppelt, wenn nicht verdreifacht", sagte Lardan etwas beunruhigt zu seinem Freund. „Spaziergang wird es keiner werden, aber damit haben wir eigentlich gerechnet." Mit einem leichten Grinsen klopfte UrSai auf sein Schwert.

Der Zustrom der Menschen wurde immer stärker, je näher sie dem Hauptplatz kamen und nach einer kurzen Weile erreichten sie ihr Ziel. Die Tribünen waren errichtet und geschmückt, an den angrenzenden Häusern wehten die verschiedenen Fahnen der adeligen Familien, Händler hatten ihre Stände aufgebaut und boten lautstark ihre Ware an. Es herrschte trotz immer noch früher Stunde schon ein geschäftiges Treiben. Lardan und UrSai hatten aber nicht die Ruhe und den Müßiggang, sich an dem Trubel zu beteiligen, sie begaben sich zum abgemachten Treffpunkt, dem Springbrunnen, der auf einem Sockel stand. Von dort konnte man mit ein paar schnellen Schritten die zwei Treppen, die je am linken und rechten Rand der Tribüne angebracht waren, erreichen. Die beiden wussten aber auch, dass es für sie keine große Herausforderung wäre, die hölzerne Plattform, die ungefähr viereinhalb Schritt hoch war, hinaufzuklettern.

Der leicht erhobene Standpunkt gewährte ihnen einen guten Rundumblick und nervös versuchten sie, ob sie nicht irgendwo schon Kehed erkennen konnten. Aber eigentlich wusste Lardan, dass es nur Sinn machte, ihn während des Beginns der Feierlichkeiten zu befreien, sonst wäre das ganze Unternehmen zum Scheitern verurteilt.

„Ob Kejmo und seine Gilde es überhaupt schaffen werden, Kehed aus dem Kerker zu befreien? Wir hätten die Sache vielleicht besser selbst in die Hand nehmen sollen!" Lardan bemerkte, wie UrSai immer ungeduldiger wurde.

„Die wissen schon, was sie tun, es ist noch viel zu früh, als dass sie schon hier sein könnten. Lass uns noch einmal rund um den Platz gehen, wir sollten uns einfach die Beine etwas vertreten." Lardan klopfte UrSai auf die Schulter, der etwas widerstrebend seinem Wunsch nachkam.

Der Vormittag verging trotz des Wartens schneller, als die beiden gedacht hatten. Der Platz war inzwischen mit Schaulustigen gefüllt und es war gar nicht so einfach, ihren ausgemachten Treffpunkt wieder zu erreichen. Aber UrSai machte es nichts aus, etwas rüpelhaft die dort schon Stehenden unauffällig, aber sehr bestimmt auf die Seite zu drängen.

Die ersten Fanfaren erschallten und die Leute starrten voller Erwartung gebannt in Richtung der Tribüne. Die Wachen formierten sich ebenfalls, indem sie links und rechts am Rand der Plattform mit dem Gesicht zur Menge Aufstellung nahmen. Ein Raunen ging durch die bunte Schar der Zuschauer, als ein hünenhafter, in eine prächtige Rüstung gekleideter Mann die Tribüne betrat, gefolgt von zwei weiteren, ebenfalls beeindruckenden Gestalten und sich die drei seitlich hinter den größten Thron stellten. Die zwei Leibwächter standen letztendlich einige Schritt fast unsichtbar im Schatten dahinter. Der kahlgeschorene Kopf des Hünen bewegte sich fast nicht, aber Lardan konnte erkennen, dass den raubvogelartigen Augen des Mannes nichts entging. Eine Gesichtshälfte war - und so etwas hatten die beiden noch nicht gesehen - mit einem eigenartigen Geflecht von Zeichen tätowiert, das ihm zusätzlich zu seiner Größe einen noch furchteinflößenderen Ausdruck verlieh.

„Das muss wohl der neue Berater Tivonas sein, was meinst du?", flüsterte UrSai seinem Freund zu. „Nicht unbedingt vertrauenerweckend, oder?"

„Hast du die zwei metallenen Stiele gesehen, die über seine Schultern hervorragen? Schaut aus, als kämpfte er mit einer Axt in jeder Hand, sehr ungewöhnlich. Wie soll er doch heißen?"

„Tangis", antwortete UrSai, „ich glaube sein Name ist Tangis. Und ich habe das Gefühl, wir sollten ihm aus dem Weg gehen, wenn es möglich ist."

„Ich möchte auch nicht unbedingt meine Klinge mit seinen Äxten kreuzen, du hast recht", erwiderte Lardan.
Da brach mit einem Male lauter Jubel aus, denn Tivona an der Spitze führte die Abordnungen der Städte und Länder auf die Tribüne, wo sie auf ihren Sitzen Platz nahmen, Ikan Temarin, der Erste von Khartan, Cubaco, Fürst von Goron, Diariatha, die Herrscherin von Saandara, die drei Anführer der unabhängigen Stämme der Ebene von Saan, Youdok, Luan, und Xanaok, Tivona und schließlich der greise Cayza-Khor, der Herrscher von Gara.
Fanfaren erschallten und die Menge am Platz tobte, denn vom Rand der Plattform warfen Diener exotische Früchte, Brot und Fleisch und sogar Münzen hinunter. Lardan wurde fast vom Sog der Menschenmenge nach vorne mitgerissen, da packte ihn eine feste Hand an der Schulter und riss ihn zurück. Er drehte sich um, eine Hand schon am Griff seines Dolches, da erkannte er unter der Kapuze des braunen Umhanges ein vertrautes Gesicht. „Ramm mir nicht deinen Dolch zwischen meine Rippen, die letzten Tage waren ohnehin schmerzvoll genug."
„Kehed, endlich", war alles was Lardan herausbrachte. Dann umarmten sich die beiden kurz, so wie sie es immer taten und sich auf die Schulter klopfend. „Genug jetzt, sonst haben wir gleich Tangis Leibgarde am Hals", zischte Kejmo, der hinter UrSai stand.
Lardan war froh, dass auch Kejmo hier war, irgendwie hatte er sich große Sorgen um ihn gemacht, aber nun hatte er das Gefühl, als ob er den schmächtigen Jungen unterschätzt hatte. Für kurze Zeit war das Rundherum vergessen und erst als die Menge aufbrauste, wandte sich Lardan wieder der Tribüne zu. Er wusste, dass ein Großteil des Erfolges der Mission von ihm und UrSai abhing. Sie waren für Cayza-Kor verantwortlich,

sein Leben hing mit ziemlicher Sicherheit von ihrer Reaktion und von ihrem Handeln ab.

Mit einem Schlag herrschte absolute Stille, denn Tivona war nach vorn auf das Podest getreten und gerade dabei die Gäste vorzustellen. Sie kündigte epochale Beschlüsse an, die der diesjährige Hohe Rat beschlossen hatte. Tangis hatte ebenfalls seinen Platz verlassen, er wich seiner Gebieterin nicht von ihrer Seite.

Jetzt kommt es, dachte Lardan, *sag endlich, warum der ganze Aufwand, die vielen Toten, der gemeine Hinterhalt!* Er vermeinte auch sehen zu können, dass die anderen Herrscher und Fürsten kein sehr freudiges Gesicht aufgesetzt hatten, trotz der angekündigten, weltbewegenden Beschlüsse. Zum Erstaunen Lardans und UrSais bat aber Tivona nun Cayza-Kor aufs Podest.

„Was für ein kluger Spielzug", murmelten beide gleichzeitig zu sich selbst. *Sie lässt den alten, ehrwürdigen, von allen hochgeschätzten und beliebten Herrscher von Gara die Beschlüsse des Hohen Rates verkünden.* Gebückt und schweren Schrittes erklomm Cayza-Khor die drei Stufen auf das Rednerpodest.

Die beiden DanSaan wussten, was zu tun war. Und sie wussten auch, dass sich ein jeder auf den anderen blind verlassen konnte. Lardan kannte UrSais Vorlieben und Eigenheiten im Kampf und umgekehrt. Dadurch, dass sie die zwei einzigen Männer im Kloster waren, hatten sie unzählige Male miteinander trainiert, Kampfsequenzen eingeübt und gedrillt. Ihre Vorgehensweise im Kampf war bis ins kleinste Detail abgestimmt, was besonders auf engstem Raum gegen einen überzähligen Gegner von großem Vorteil war.

Mit wenigen impulsiven Schritten erreichten sie zwischen der dicht gedrängten Menge hindurch das Gerüst, auf dem die

Tribüne erbaut war. Die kreuzweise verknoteten Pfähle stellten kein großes Problem dar, fast mühelos erklommen sie das hölzerne Stützwerk. Kurz vor dem oberen Rand hielten Lardan und UrSai kurz inne, so als ob sie noch sichergehen wollten, dass alle ihre Muskeln und Sehnen kampfbereit waren und ihre Sinne aufs äußerste geschärft und konzentriert. *Lass nie deinen Gegner bestimmen, wann es zum Kampf kommt*, schoss es Lardan durch den Kopf, *wenn der Kampf unvermeidbar ist, nimm keine Umwege, sondern suche den Gegner, so wird der Vorteil bei dir sein.*

Zugleich schwangen sie sich auf die Tribüne. Im Schwung nach vorwärts zogen sie ihre Schwerter und mit zwei schnellen Schritten, noch bevor die verdutzen Wachen reagieren konnten, waren sie an der Seite von Cayza-Kor. Ganz im Hintergrund nahm Lardan den überraschten Aufschrei der Menge wahr. Er hörte noch, wie UrSai Cayza-Kor unter normalen Umständen natürlich respektlos, am Ärmel riss und ihm zurief, dass Kehed frei und am Leben sei und er jetzt einfach in die Menge hinunterspringen solle, wenn ihm sein Leben lieb sei. Dann war auch schon der Moment des Schreckens bei den Wachen vorbei.

Zu seinem Erstaunen fielen die ersten Wachen nicht durch sein oder UrSais Schwert, sondern durch einen Schwarm vergifteter Pfeile, die sich unsichtbar aus den Schatten der Fenster und Gesimse wie aus dem Nichts als ein tödlicher Hagel über die Wachen Tivonas ergossen. Es war nicht nur der Kampf um Cayza-Kor und Tivonas Betrug, nein die Diebesgilden, deren Blutzoll seit dem Auftauchen des Schwarzen Dolches sehr hoch war, wollten zeigen, dass noch immer sie die wahren Herrscher von Kehm waren.

Nervös und ungeduldig sah Kehed, wie sich Lardan und UrSai einen Weg durch die Menge nach vorne bahnten. Obwohl es eigentlich fast unmöglich schien, sich zwischen den dichten Reihen durchzuzwängen, hatte er das Gefühl, als ob sich wie von selbst immer wieder eine Lücke für die beiden öffnete.
„Das sind meine Leute, und wenn dein Vater herunterspringt, werden sie ihn in Sicherheit bringen. Du darfst aber auf keinen Fall versuchen, zu ihm zu gelangen, du musst um jeden Preis an meiner Seite bleiben", flüsterte ihm Kejmo leise, aber bestimmt ins Ohr. „Aber mein Vater, das da oben ist..." Kejmo ließ Kehed nicht mehr ausreden: „Das ist nicht dein Kampf hier, aber sei unbesorgt, auch deine Zeit wird kommen."
Kehed hielt das Nichtstun fast nicht mehr aus. Zu lange war er in dem finsteren, feuchten Kerker gesessen und hatte sich mit tausenden Gedanken seinen Kopf zermartert, hatte sich gewundert, warum die Mörder ihn am Leben gelassen hatten, er machte sich Vorwürfe, dass er nicht besser auf seinen Vater aufgepasst hatte, und nicht nur auf seinen Vater, denn unter den Toten der Leibgarde hatte er einige sehr gut gekannt, mit ihnen Waffenübungen abgehalten, war mit ihnen auf die Jagd gegangen. *Worauf warten Lardan und UrSai, worauf warten...*

Tangis reagierte augenblicklich, so als ob er auf diesen Anschlag gewartet hätte. Mit einem Satz sprang er zu Tivona und riss sie mit seinem Gewicht zu Boden, sodass sie für alle hörbar unsanft auf den Brettern landete. Sofort waren Soldaten seiner Leibwache da, die die beiden mit großen dreieckigen Schilden vor den kleinen gefiederten Pfeilen schützten und sie aus der Schusslinie in Sicherheit schleiften. Tangis war sofort wieder auf seinen Beinen und wehrte mit einer seiner beiden

Äxte alle auf ihn gezielten Wurfgeschosse ab. Das hinderte ihn aber für einige Zeit, in den Kampf aktiv einzugreifen.

Lardan und UrSai hatten nur ein Ziel, Cayza-Kor von der Tribüne sicher hinunterzubringen. Der betagte Herrscher von Gara hatte natürlich keine Ahnung, was um ihn herum geschah. Verwirrt und hilflos blickte er nach allen Seiten und sich fest am Rednerpult anhaltend, versuchte er irgendwie in Deckung zu gehen. „Lardan, Lardan bist du es, was ist...?" Lardan war etwas näher bei Cayza-Kor als UrSai. „Springt einfach hinunter", brüllte dieser, während er gleichzeitig in ein Gefecht mit mehreren Wachen verwickelt war. „Vom Gerüst springen, unten wartet Kehed."

Lardan merkte sofort, dass der König von Gara ihn nicht verstand oder nicht verstehen konnte, denn der Tumult wurde immer unübersichtlicher. Jetzt stürmten auch die persönlichen Wachen der anderen Herrscher auf die hölzerne Tribüne, um ihre Hoheiten zu schützen. Die versuchten sich zwar aus den Kämpfen herauszuhalten, wurden aber unweigerlich in Zweikämpfe verwickelt.

Unten auf dem Platz waren inzwischen auch schon die ersten Scharmützel ausgebrochen, denn binnen kürzester Zeit war der Platz von Tivonas Soldaten abgeriegelt worden und alle, die fliehen oder vor dem Kampf flüchten wollten, wurden mit Waffengewalt zurückgedrängt. Lardan und UrSai hatten sich inzwischen zur rechten und linken Seite von Cayza-Kor vorgekämpft und UrSai versuchte die beiden so abzuschirmen, dass Lardan dem greisen Herrscher ihren Plan erklären konnte. Aber schon bald merkte er, dass der alte Mann es nicht wagte, sich auch nur einen Schritt zu bewegen. Er stammelte immer nur: „Kehed, sie haben Kehed, meinen Sohn..."

Lardan wusste, dass sie nicht mehr viel Zeit hatten, wollten sie hier heil herauskommen. Er brüllte nur zu UrSai: „Shak–atara", packte dann Cayza-Kor am linken Arm und riss ihn hoch. UrSai verpasste einem seiner Kampfgegner einen wuchtigen Tritt mit dem Fuß, sodass dieser nach hinten taumelte und die drei einen kurzen Augenblick Zeit hatten, in dem sie nicht unmittelbar in einen Kampf verwickelt waren. Lardan hatte nur auf diesen Moment gewartet, dann hastete er, Cayza-Kor irgendwie am Oberarm nachreißend, zum Tribünenrand. UrSai befand sich unmittelbar dahinter, den Rückzug deckend. Dann drehte er sich schnell um, packte den alten Mann am anderen Arm und gemeinsam sprangen sie hinunter.
Die Männer am Fuß der Tribüne, die sie auffingen und sofort zum Brunnen schleusten, waren alles Gefolgsleute von Kejmo. Dort warteten, ihre Kapuzen tief ins Gesicht gezogen, Kehed und der junge Anführer. „Vater, komm hierher, ich bin es, Kehed!" Dann fielen sich die beiden in die Arme.

„Schnell, wir haben keine Zeit mehr zu verlieren, die Wachen kommen immer näher, springt hinunter und lasst euch dann an dem Seil hinabgleiten." Kejmo warf jedem noch ein paar dicke Lederfäustlinge zu, damit sich niemand an den Handflächen verbrannte. Dann öffnete er eine Holzabdeckung an der Oberseite des Brunnens und sprang hinein. Kehed und Cayza-Khor folgten, dann UrSai und zuletzt hechtete Lardan in den Schacht. Doch kurz zuvor blickte er noch einmal hinter sich und zur Tribüne hinauf. Die Wachen versuchten zwar ihnen zu folgen, aber die vermummten Mitglieder der verschiedenen Diebesgilden wussten das geschickt zu verhindern und abzuwehren. Da spürte Lardan etwas, so als ob ihn jemand leicht berührt hätte, er hatte das Gefühl, als ob feine Nadeln in sein Gehirn drangen. Verstört schaute er noch einmal zur Tribüne hinauf, da fuhr ihm unvermutet die Angst in die Glieder. Regungslos stand Tangis im Schatten einer Säule und starrte auf den DanSaan. Nach einem Schreckensmoment fühlte Lardan etwas Vertrautes, etwas Bekanntes, das Gefühle in ihm weckte, die ihn erschreckten. Für einen Augenblick lang war er wieder der kleine Junge in seinem Dorf, rund um metzelten die Bergclankrieger seine Familie und Freunde nieder, und er war hilflos dem schrecklichen Grauen ausgeliefert. Einen Augenblick später stand er in einer feuchtkalten, riesigen Höhle, wo aus einem tiefen Loch ein bläulicher Nebel quoll.

Unvermutet drehte sich Tangis um und verschwand im Schatten. Im selben Moment hörte er UrSai, wie er seinen Namen rief. Ohne weiteres Zögern sprang er als letzter in den Schacht hinein. Dann hörte er noch, wie jemand von oben die hölzerne Abdeckung wieder auf ihren alten Platz legte. Im düsteren Licht eines brennenden Kienspans fasste er mit beiden Händen das Seil, das durch eine Öffnung im künstlichen Bretterboden hinunterhing und rutschte, so schnell es ging, in die finstere Tiefe. Unten angelangt, erhellte wieder eine an der Wand befestigte Fackel den Gang.

„Wo warst du denn so lange?", fragte UrSai etwas ungeduldig. Ohne eine Antwort abzuwarten, drehte er sich um und sagte noch flüchtig: „Schnell, hier entlang!"

Es dauerte nicht lange, bis sie Kejmo und die anderen eingeholt hatten, denn Cayza-Kors Kräfte gingen zu Ende und er konnte sich nur mehr schwer atmend, auf Kehed gestützt, fortbewegen.

„Es ist nicht mehr weit zum Hafen, kommt, beeilt euch", Kejmo sichtlich angespannt, drängte zur Eile. Lardan packte den alten Herrscher am anderen Oberarm, um ihn noch ein wenig mehr zu unterstützen.

Leicht erschrocken und etwas abgehackt sagte Cayza-Kor zur Verwunderung Lardans: „Junger Mann, ich hoffe, wir müssen nicht noch mal so einen Sprung wagen, denn das hält mein altes Herz nicht mehr aus." Trotz schmerzverzerrtem, zerfurchtem Gesicht konnte Lardan in dem düsteren Licht so etwas wie ein leichtes Grinsen bei dem erschöpften Mann ausmachen.
UrSai, der die Flucht nach hinten deckte, wurde immer nervöser. „Schneller Lardan, Kehed, sie kommen, ich kann sie schon förmlich riechen!"
Da merkte Lardan, dass es am Ende des Ganges deutlich heller wurde. „Ich glaube, wir sind da, das da vorne, denke ich, ist Sonnenlicht."
Die Luft wurde jetzt auch deutlich frischer, und es roch ganz eindeutig nach Hafen. Der Himmel hatte sich inzwischen verdunkelt und vom Landesinneren zogen mächtige Wolkentürme herbei. Auch der Wind war inzwischen so stark geworden, dass der Staub und Dreck, den er aufwirbelte, das Sehen erschwerten.
Kejmo wartete, bis alle versammelt waren. „Hier trennen sich unsere Wege, geht bis zum Ende des Piers, dort seht ihr euer Schiff, das euch sicher nach Gara bringen wird. Ein anderes Mal ist Zeit zu reden und vielleicht auch zu feiern, jetzt drängt die Zeit. Heute ist noch viel zu erledigen. Mögen Euch eure Götter beschützen." Ohne eine Antwort oder Worte des Dankes abzuwarten, verschwand Kejmo, der Dieb, hinter einer hölzernen Hauswand.
Sie befanden sich am nördlichen Teil des ausgedehnten Hafens von Kehm. Hier reichte eine breite, steinerne Mauer gerade in das Meer hinaus, bis sie weit draußen einen leichten Knick nach Südosten machte. Dieser lange Pier war das Hauptbollwerk gegen die stürmischen Nordwinde, die hier so

häufig waren. Am Ende dieser mächtigen Mauer lag ein Zweimaster angeleint. An der Fock wurde gerade die Fahne in den Farben Garas gehisst. „Also los, heim nach Gara!"
Cayza-Kor war durch die kurze Rast wieder ein wenig zu Atem gekommen, aber Kehed musste ihn immer noch stützen. Sie überquerten so schnell sie konnten den Platz vor der Mole und rannten in Richtung des Piers. Jetzt konnten sie erkennen, dass der Pier am Anfang viel breiter war und je länger er ins Meer hinausragte, immer schmäler wurde, bis nur mehr ein schmaler Karren darauf fahren konnte. Als sie den Anfang fast erreicht hatten, spürte Lardan wieder das eigenartige Kribbeln in seinem Kopf. Er wusste, wer der Verursacher war, blieb stehen, zog sein Schwert und drehte sich um. UrSai tat im selben Augenblick genau das gleiche. „Kehed, geh zum Schiff, das hier ist unsere Angelegenheit, du musst deinen Vater retten!" Als Lardan sah, dass Kehed zögerte, brüllte er unmissverständlich: „Lauft, sonst war alles umsonst!"
Hinter Tangis standen vier großgewachsene Soldaten seiner Leibwache. „Ihr glaubt doch nicht, dass ihr Novizen mir in die Quere kommen könnt, oder?"
Lardan verstand nicht so recht. Auf Tangis Zeichen stürmte die Leibwache auf die beiden zu. Sie hatten Schild und Schwert und waren mit einem Brustpanzer, Helm und leichten Arm- und Beinschienen gerüstet. *Ich mag es, wenn sie Schild und Rüstung tragen, das macht sie so unbeweglich und vorhersehbar in ihren Aktionen*, dachte Lardan. Und er wusste, dass sein Kampfgefährte seine Meinung teilte.
Die ersten Schläge parierte Lardan, indem er Schritt für Schritt zurückwich. Es sollte dem Gegner ein scheinbares Überlegenheitsgefühl geben, denn das machte den Angreifer dann mutiger und der Weg zum Übermut war dann ein schmaler Grat. Wie oft schon hatte er genau diese Lektion erfahren müssen,

von Lirah, von Lynn, aber auch von Sileah und sie war immer schmerzvoll gewesen.
Es geschah, wie er es vorausgesehen hatte. Der Schwerthieb seines Gegners war mit zu viel Kraft ausgeführt, Lardan parierte diesmal nicht, sondern wich geschickt aus und der Soldat taumelte an ihm vorbei. Lardan drehte sich blitzschnell um seine eigene Achse, und sein Schwert donnerte auf den Rückenpanzer, dass die Funken sprühten. Dieser Hieb war zwar nicht tödlich, aber der Leibgardist krachte auf den Boden. Ein weiterer Hieb trennte den Kopf vom Rumpf.
Sein zweiter Gegner hatte sich bis jetzt eher im Hintergrund gehalten. Aber jetzt ergriff auch er die Initiative, die aber nur kurz andauerte, denn als er sah, dass UrSai seine beiden Gegner schon erledigt hatte, sprang er über den Rand der Mauer ins Hafenbecken, wo er augenblicklich unterging.
Dann postierten sich die beiden in der für die DanSaan typischen Warteposition. Lardan stand mit nach vorne gespreizten Beinen da, die Schwerthand über dem Kopf mit der Spitze nach vorne und seine rechte Hand zeigte ausgestreckt, den Handrücken nach oben gebeugt auf Tangis. UrSai bevorzugte eine riskantere Position. Er stand etwas seitlich, die linke Schulter zeigte nach vorne. Sein Schwert hielt er beidhändig parallel zum rechten Oberschenkel nach unten. Es war die etwas aggressivere Variante, da dadurch die ersten Schläge mit größerer Wucht ausgeführt werden konnten und UrSai dadurch die Initiative erlangte.
Tangis kam ein paar Schritte näher. Seine beiden Äxte ragten immer noch hinter seinem Rücken vor. „Lirah ist immer noch so übervorsichtig, oder?" Etwas spöttisch betonte er das ‚über'. „Und du UrSai, du gefällst mir schon besser, hast wohl viel mit Lynn und Karah trainiert, oder?"

Erstaunt wollte Lardan zu UrSai blicken, aber er wagte nicht seinen Blick von Tangis abzuwenden. „Wir sind auf jeden Fall besser trainiert als deine stümperhaften Marionetten." Lardan, der sich nicht so leicht provozieren ließ, hatte das Gefühl, seine Lehrmeisterin verteidigen zu müssen. „Das werden wir ja gleich sehen."

Ohne Vorwarnung machte Tangis einen Riesensatz vorwärts, Lardan glaubte schon, die erste Attacke gelte ihm, aber unvermutet sprang der Hüne nach links, wich mit einer unglaublichen Schnelligkeit UrSais Hieb aus und trat ihm mit seinem rechten Fuß in die Magengrube. UrSai wurde von der Wucht des Tritts zurückgeschleudert und blieb, sich vor Schmerz am Boden krümmend, jammernd liegen. Tangis' Waffen steckten immer noch in ihren Halftern.

„Nun, wo ist dein Mut geblieben, kleiner Junge?" Mit den Händen forderte er Lardan auf, endlich zu zeigen, was er konnte. Ein kurzer Blick zu UrSai zeigte ihm, dass er momentan keine Hilfe von ihm erwarten konnte. Langsam, seine Position immer noch unverändert, bewegte sich Lardan auf Tangis zu. Der griff nach hinten und packte seine beiden Äxte. Zum Erstaunen Lardans fügte er mit einem kurzen Dreh, gefolgt von einem Klicken, die beiden Stiele zu einem langen Kampfstab zusammen, an dessen Enden jeweils eine langgeschwungene Klinge ragte. *Schaut aus wie Karahs Schlachtenstab,* dachte sich Lardan.

Langsam ließ Tangis seinen mit vier Klingen bestückten Stab vor seinem Körper kreisen. Gleichzeit kam er näher. Mit jedem Schritt wurde er schneller und gleichzeitig beschleunigte sich auch das Kreisen seines Stabes. Dann kreuzten sich die Klingen. Rasend wie ein Wirbelwind prasselten die Schläge auf Lardan ein, Funken sprühten. Schritt für Schritt wich er in Richtung Schiff zurück, aber er wollte Tangis zeigen, dass auch er schon seine Lektionen im Schwertkampf gelernt hatte. Verbissen und mit dem letzten Mut der Verzweiflung wehrte er Schlagserie um Schlagserie ab und war sehr erleichtert, als Tangis seine erste Attacke abklingen ließ. Lardan hatte eine kurze Verschnaufpause dringend nötig, aber noch war kein Blut von ihm auf einer von Tangis Klingen. Als ihm UrSai ein Zeichen gab, dass er sich von dem Tritt in die Magengrube wieder erholt hatte, griff er an. Tangis war nun in der Mitte und diesen taktischen Vorteil, dass sie ihn von zwei Seiten angreifen konnten, wollte Lardan nicht leichtfertig vergeben. Er hatte schon oft den Kampf Schwert gegen Stab trainiert, jedoch waren die Enden nicht mit Klingen versehen gewesen. Auch hatte er Karah mit ihrem Schlachtenstab kämpfen und trainieren gesehen, aber einen Zweikampf hatte er noch nie mit ihr ausgefochten.

Sei immer auf der Hut, lass den anderen den Fehler begehen, vergeude nicht deine Kräfte. Sei beständig in deinen Angriffen, aber versuche nicht, den Kampf zu entscheiden. Lirahs immer wiederkehrende Anweisungen und Lektionen hallten in Lardans Kopf. Als Tangis bemerkte, dass UrSai auch wieder kampffähig war, versuchte er sofort, an Lardan vorbeizukommen. Aber dieser wehrte ab, wich nicht zurück, verteidigte und griff an, ein jeder Hieb und ein jeder Stoß passierte wie von selbst. Lardan spürte, wie ein Wissen in ihn floss, eine Energie, die ihn geschmeidig den wuchtigen Hieben von Tangis ausweichen, oder sofort bei der kleinsten Unsicherheit bei Deckung oder Gleichgewicht seines Gegners nachstoßen ließ. Seine Schwertkünste schienen mit der Stärke Tangis zu wachsen.

UrSais wuchtige Schläge prasselten inzwischen auch auf diesen nieder, der trotz Lardan und UrSai wie ein mächtiger Fels in der Brandung stand. Seine Bewegungen waren immer noch behände und flink, er schnellte vor, zog sich augenblicklich wieder zurück, sprang auf einen Felsen, um sich dadurch noch mehr Sprungkraft für einen Rückwärtssalto zu holen. Und obwohl er gegen zwei Gegner focht, hatte Lardan immer das Gefühl, dass er nie aus den Augen gelassen wurde. So wogte der Kampf einige Zeit hin und her und Lardan beschlich irgendwie das Gefühl, als ob es ein Trainingskampf wäre. Er dauerte nun schon eine ganze Weile, und es war fast so, als ob Tangis ihnen nicht wehtun wollte. *Sobald du im Kampf irgendeine Unstimmigkeit bemerkst, verstärke deine Verteidigung, es wird dir das Leben retten,* hatte Lirah immer wieder gepredigt.

Intuitiv wich er ein paar Schritte zurück. Tangis setzte sofort nach, vernachlässigte kurz seine Deckung und UrSai schlitzte seinen linken Ärmel auf. Ein dünnes, rotes Rinnsal rannte über den Ellenbogen, UrSai hatte Tangis Haut geritzt.

Aber, Lardan traute seinen Augen nicht, ihr Gegner trug die Tätowierungen der DanSaan auf seinem linken Oberarm, er war ein ‚Meister der Waffen'. Einen Moment standen alle regungslos. Tangis Gesicht verzerrte sich langsam zu einem hämischen Grinsen. Dann zischte er Worte zwischen seinen Lippen in einem Medurimer Dialekt hervor: „Ihr halbwüchsigen Angeber, ihr habt es wohl noch immer nicht verstanden. Typisch für die arroganten, unwissenden Schwestern vom Berg, schicken zwei Anfänger zum Spionieren. Das haben sie jetzt zu verantworten."

Nach einem klickenden Geräusch hielt er je eine Axt in einer Hand. Unmittelbar danach folgte ein riesiger Satz und Tangis stand hinter Lardan. Dieser hatte gerade noch Zeit sein Schwert nach oben zu reißen und den Schlag, der seinen Schädel gespalten hätte, mit Mühe abzuwehren. Jetzt wütete Tangis wie eine Feuersbrunst inmitten eines Hölleninfernos. Seine

Äxte wirbelten kreuz und quer vor seinem Körper, so als ob sie nicht seiner Kontrolle bedürften. Dann drehte er sich um seine Körperachse, so als ob er mit seinen Äxten einen Tanz aufführen würde. Lardan hatte das Gefühl, einem Gegner mit fünf oder sechs Armen gegenüberzustehen. Er schien an allen Orten gleichzeitig zu kämpfen. Keiner der beiden DanSaan war in der Lage, einen Gegenangriff zu führen, im Gegenteil, sich auch nur effektiv zu verteidigen war beinahe unmöglich, denn schon nach kurzer Zeit bluteten die zwei an mehreren Stellen.

Obwohl ihre Niederlage besiegelt schien, kam sie unvermutet schnell. Tangis unterlief Lardans Schläge, duckte sich und säbelte ihn mit seinem ausgestreckten linken Bein zu Boden. Lardan krachte mit dem Rücken auf den Stein der Mole. In derselben Drehung, fast mit dem Rücken zu UrSai, schlug er mit seiner Axt in der Rechten das Schwert des Nordländers zu Boden, um ihn mit der anderen voll an der rechten Schulter zu treffen. Zu seiner Verwunderung konnte Lardan sehen, dass Tangis sein Handgelenk im letzten Moment noch so drehte, dass UrSai nur mit der flachen Seite getroffen wurde. Aber die Wucht des Schlages riss ihn zu Boden, wo er regungslos liegen blieb.

Tangis stand nun zwischen den beiden, UrSai stöhnte vor Schmerz und als Lardan versuchte, intuitiv rücklings wegzurobben, sagte er nur: „Tu es nicht. Du solltest wissen, wann du verloren hast."

Nach einer kurzen Pause kniete er sich zu ihnen und begutachtete ihre Tätowierungen am linken Oberarm: „Ich dachte immer, die Schwestern würden immer nur einen aufziehen. Hat mein Meister wohl seine Pläne geändert. Sonst müsste ich jetzt einen von euch töten. Aber ich kann euch sagen, ihr werdet noch ganz andere Prüfungen zu bestehen haben, um zu bewei-

sen, dass ihr würdige und loyale Diener seid." Tangis drehte sich kurz um. „Also, bis zum nächsten Mal."
Mit diesen Worten sprang er über die beiden weg und war für Lardan zumindest verschwunden. Als er den Kopf hob, sah er, wie Kehed und eine Gruppe von Soldaten aus Gara die Mole herunterliefen. Dann drehte sich UrSai mit schmerzverzerrter Miene zu ihm. Blut rann ihm aus Nase und Mund und vermischte sich mit Dreck und Schweiß, so dass seine Haare strähnig in seinem Gesicht klebten. „Versprich mir bitte eins Lardan, erzähl niemandem etwas von Tangis, besonders nicht unseren Schwestern."
Lardan starrte ihn mit verwundertem Blick an. „Versprich es, auch nicht Kehed oder Cayza-Kor." „Aber...." „Versprich es, bitte, ich erklär es dir später."
Mit diesen Worten wurde UrSai ohnmächtig. Einige Augenblicke später waren Kehed und seine Gefolgsleute da und brachten sie auf das Schiff.

13 Dana-Surah

Die Monde kamen und gingen. Lardan fiel auf, dass die Anzahl Trupps, die zum Kundschaften ausgeschickt wurden, zunahm. Auch wurden der Ausbau und die Reparatur des äußeren Befestigungsringes, der den Zugang zum Hochplateau schützte, wieder in Angriff genommen. Es wurden vermehrt Holz geschlägert und Vorräte angelegt. Und immer häufiger kam es vor, dass einzelne Patrouillen in kleinere Scharmützel mit marodierenden Banden verwickelt wurden. Auch Lardan hatte an den Kämpfen schon seinen Anteil gehabt.
Nach einer der immer öfter einberufenen Sitzungen des inneren Rates der DanSaan, ging Lardan zu Lirah und erkundigte sich, was denn der Grund der offensichtlichen Veränderungen

sei. „Lardan, wir wissen es auch nicht genau. Die Ehrwürdige SanSaar sagt, es gäbe sehr viele bedrohliche Vorzeichen, die Tumulte in Kehm, die Flüchtlinge aus dem Norden... Wir müssen uns vorbereiten und vorsichtig sein. Sie glaubt, dass große Umgestaltungen vor uns liegen."
„Zeit der Veränderung, Zeit der Prüfung", sinnierte Lardan. „Was? Was hast du da gesagt Lardan?" „Ein Spruch meiner Mutter, sie hat immer gesagt: Die Zeiten der Veränderungen sind Zeiten der Prüfung."
„Weil wir schon beim Thema sind, wir stellen einen Trupp zusammen, der sich in der Kleinen Sichel umschauen soll. Ich dachte...", weiter kam Lirah nicht.
„Ihr reitet zu meinem Dorf! Ich muss mit! Wann geht es los, und was wollen wir eigentlich dort?" Lardan packte Lirah an beiden Schultern. „Sag Lynn, sie werden mich brauchen, ich kenne mich dort aus, ich habe mich schon oft bewährt, ich muss mit!"
„Beruhige dich, Lardan, alle waren ja der Meinung, dass du dabei sein solltest. Du und UrSai. Bereite dich vor! Morgen brechen wir auf."
„Lirah, eine Frage noch. Warum gerade dorthin?" „Wir glauben, dass die Bergclans etwas vorhaben. Es gibt viele Berichte, dass Karawanen angegriffen, Höfe niedergebrannt und geplündert worden sind und auch wir sind ja schon vereinzelt angegriffen worden. Fast immer waren Leute des Bergclans im Spiel. Auch früher haben sie immer wieder versucht, nach Süden vorzudringen, konnten aber abgewehrt werden. Bei der letzten großen Angriffsserie vor ein paar Wintern haben sie dann dein Dorf angegriffen."
„Warum habt ihr es mir immer verwehrt, dass ich zu meinem Dorf zurückkehre? Du weißt ja, ich glaube, nein, ich bin mir sicher, dass Kirana noch lebt."

„Lardan, unsere Späherinnen haben mehrmals noch Tage nach dem Überfall dein Dorf beobachtet, nach Spuren gesucht. Du weißt, sie haben nichts gefunden."
„Aber warum reiten wir gerade jetzt hin?"
„Du erinnerst dich, damals, nach deiner ersten Prüfung. Ich habe dir nicht alles gesagt." Lardan merkte, wie Zorn und ohnmächtige Wut in ihm hochstieg und er brüllte: „Bin ich nur ein Spielball für euch? Warum vertraut ihr mir nicht? Ich will endlich alles über mich wissen, meine Vergangenheit, und über meine Familie!"
„Ich verstehe dich, Lardan. Eine Erklärung ist, dass wir selbst nicht den wahren Grund für alles kennen. Auch unser Wissen basiert auf Vermutungen, Hinweisen, Interpretationen gewisser Ereignisse. Deine Mutter, Dana, du weißt ja, sie war auch eine DanSaan. Sie war aus einem bestimmten Grund bei euch im Dorf. Gewiss, sie liebte ihre Familie über alles, aber sie und Surah hatten sich noch eine andere Aufgabe gestellt. Sie wollten unbedingt die Runen in den Höhlen entziffern. Entgegen unseren Regeln sind sie immer wieder in die Gänge vorgedrungen, haben die Zeichen mit Kohlenstaub und Grasbüscheln auf dünnes Pergament abgerieben, um nicht immer wieder in die finsteren Tiefen hinuntergehen zu müssen. Und sie waren immer davon überzeugt, dass, wenn sie nur innerhalb des Klosters lebten, sie vielleicht vieles übersehen könnten. Sie wollten ihre Sicht nicht einengen lassen, die Unbefangenheit wieder herstellen, den Schritt auf die Seite tun. So zog Dana entgegen unseren Sitten zu deinem Vater, nahm ihre Aufzeichnungen mit und versuchte, sie in der Abgeschiedenheit des Dorfes weiter zu entschlüsseln und Surah wollte mit Hilfe der Gelehrten Khartans den Ursprung der Schriftzeichen enträtseln.

Am Anfang besuchte Dana uns noch gelegentlich, Surah kam niemals wieder, sie starb bei der Geburt ihrer Tochter. Ihr letzter Wunsch war, dass ihr Kind eine DanSaan werden sollte. Du kennst sie gut, ihr Name ist Sileah. Dana aber brach nach deiner Geburt den Kontakt zum Kloster ab. Wir wussten nicht warum, bis wir dich nach dem Angriff des Bergclans fanden. Erst kurz vor dem Überfall schickte sie uns eine Nachricht mit der Bitte um Hilfe, aber wir kamen ja für euer Dorf und Dana zu spät."

Lardan schluckte. Seine Mutter, sie hatte versucht, ihn zu beschützen. Sie hatte etwas geahnt und nicht gewollt, dass er in die Höhlen hinab musste. „Lardan, wir vermuten, du spielst eine größere Rolle bei all den Geschehnissen, die kommen werden, als dir lieb sein wird."

Er versuchte den Worten Lirahs irgendwie einen Sinn zu verleihen, aber seine Gedanken ließen sich nicht ordnen. So wandte er sich wieder seiner morgigen Aufgabe zu. „Wir suchen etwas, oder?"

„Wir haben damals diesem Angriff des Bergclans keine besondere Bedeutung zugemessen. Wir haben die Situation falsch bewertet, einen Fehler begangen, den wir vielleicht nicht mehr gut machen können. Jetzt, wo die Dinge in Gang geraten sind, anders als wir dachten, sind wir zur Überzeugung gelangt, dass deine Mutter irgendetwas entdeckt hat. Sie hat es sicherlich verheimlicht und etwaige Aufzeichnungen versteckt. Diese Dinge und Schriften suchen wir und hoffen, dass sie der Bergclan nicht gefunden hat."

Am nächsten Morgen ritten sie los. Lardan spürte eine besondere Anspannung in der Gruppe, die sich auch auf die Danaer übertrug. Alle waren unruhiger, nervöser als sonst. Außer ihm und UrSai ritten noch zehn Kriegerinnen mit.

„Zehn der erfahrensten DanSaan! Lardan weißt du, worum es geht? Muss immens wichtig sein", meinte UrSai. „Wir suchen etwas in meinem Heimatdorf, dort, wo sie mich damals gefunden haben. Ich glaube, der Bergclan macht erneut Schwierigkeiten. Vielleicht werden wir kämpfen müssen."

„Für einen guten Kampf bin ich immer zu haben." UrSai gab seinem Danaer die Sporen. *Nicht so zu haben wie ich, auf diesen Kampf bereite ich mich schon ein Leben lang vor.*

Zunächst ging es wie immer die Serpentinen vom Hochplateau hinab ins Tal. Dann, an der Mündung, wo der Saanda in den Kor floss, bogen sie gegen Norden flussaufwärts ab, den Blauen Bergen entgegen. Es wurde langsam geritten, immer wieder wartete man auf die Rückkehr der Späherinnen, die aber nichts Verdächtiges entdecken konnten. Sie benötigten einige Stunden, bis sie das hügelige Grasland von Anduras hinter sich lassen konnten und in die östlichen Ausläufer des Nevrimwaldes gelangten. Sie ritten in Zweierreihen und Lynn tolerierte kein Ausbrechen aus der Formation. Sie hatten auch so viel Proviant mitgenommen, dass niemand auf die Jagd gehen musste.

Kurz vor Einbruch der Dunkelheit erreichten sie die ersten Ausläufer des Lukantion. Der Weg wurde mühsamer und beschwerlicher, es wurde nun auch nicht mehr nebeneinander geritten, dazu war der Pfad schon zu steil und zu eng geworden. Ab und zu mussten sie auch schon absteigen und die Danaer am Zügel führen. Lardan wusste, dass der Lagerplatz nicht mehr weit war, eine kleine Höhle, die man vom Weg aus nicht sehen konnte und die schon bei manchem Jagdausflug und vielen Patrouillenritten als sichere Übernachtungsmöglichkeit gedient hatte.

Auf ein Kommando Lynns hin trennte sich die Abteilung plötzlich, eine Hälfte ritt weiter, die andere, darunter auch

Lardan und UrSai, bog scharf rechts ab. Es ging durch dichtes Unterholz, aber schon nach hundert Schritten war die Höhle erreicht. Keelah ging dann noch einmal zurück und versuchte, möglichst alle Spuren zu verwischen. Nach zirka einer halben Stunde kam auch die andere Hälfte zur Höhle, nachdem sie eine auffällige Spur bergwärts gezogen hatte.
Dann plötzlich kamen scharfe, aber kaum hörbare Befehle in der Kampfsprache der DanSaan. Lardan konnte die meisten Befehle verstehen, auch diesen kannte er.
„Oran-ta"! Absolute Stille und größte Aufmerksamkeit.
Er machte sich kampfbereit, wie alle Kriegerinnen und auch UrSai, ohne nur ein Geräusch zu verursachen. Jeder einzelne Muskel war gespannt und zum Sprung bereit, wie der schneeweiße Berglöwe, bevor er über seine Beute herfällt. UrSai hatte einen Pfeil eingelegt und drei weitere vor sich in den Boden gesteckt. Man konnte seine ungeduldige Kampfbereitschaft fühlen. Aber auch er hatte gelernt, dass ein Teil der Stärke der DanSaan der absolute Gehorsam war. Alle warteten auf Lynns Zeichen. Lardan, der bis jetzt weder etwas gehört noch gesehen hatte, glaubte nun auch Geräusche, ab und zu ein leises Knacken und Knirschen zu hören. Es war, als ob etwas oder jemand vom Berg talwärts schlich und dabei versuchte, möglichst kein Geräusch zu verursachen. Jetzt würde sich zeigen, wie sorgfältig sie ihre Spuren verwischt hatten! Er konnte jetzt auch eindeutig Stimmen wahrnehmen und den Dialekt verstehen. Es war nicht seine Sprache, aber die der Bergbewohner klang sehr ähnlich. Lardan robbte leise zu Lynn und formte mit seinen Lippen unhörbar das Wort „Bergclan". Diese nickte nur und deutete Lardan auf seinen Platz zurückzukehren. Nach einer Weile entspannte sich die Situation, der Spähtrupp hatte nichts bemerkt, er war vorbeigezogen. Lynn

befahl aber sofort zwei Kriegerinnen, der Gruppe in größerem Abstand zu folgen.

Es wurden Wachen eingeteilt, und Lardan übernahm die erste Schicht. Danach versuchte er zu schlafen, aber er war viel zu aufgewühlt bei den Gedanken daran, was die nächsten Tage an Ereignissen für ihn bringen würden und er warf sich auf seinem Lager von einer Seite zur anderen.

Kurz bevor es am Morgen weiterging, kamen auch die beiden Kundschafterinnen zurück. Eine hatte eine blutende Wunde am Oberarm, die andere nickte, als Lynn sie ansah und ihre Hand beschrieb ein Zeichen, das auch Lardan kannte. Alle sind tot.

Es waren vier Männer eines Bergclans gewesen, die die Wälder durchstreift hatten. Sie hatten eine gute Ausrüstung besessen und eine Karte mit sich geführt, auf der sie selbst einige Verbesserungen durchgeführt zu haben schienen. Und der KorSaan war darauf deutlich markiert.

„Seit wann verwenden diese Leute Karten und Schrift? Bis vor kurzem waren sie kaum imstande die Finger ihrer beiden Hände zu zählen! Wir müssen diese Nachricht SanSaar überbringen!"

Lynn trug der Verwundeten auf, zum Kloster zurückzukehren, um der Ehrwürdigen Meisterin über den Vorfall zu berichten und ihr die Möglichkeit zu geben, Maßnahmen zu ergreifen. Dann ging es weiter. Da sie annehmen mussten, noch auf weitere Späher zu stoßen, beschloss die Anführerin, einen anderen Weg als den vorgesehenen einzuschlagen und wandte sich an eine Kameradin: „Keelah, du kennst den Pfad des Alten Volkes. Führe du uns an."

„Es bedeutet, dass wir mindestens einen Tag länger brauchen werden, um die Blauen Berge hinter uns zu bringen", überlegte die Angesprochene, aber die DanSaan wussten, dass es notwendig war, so wenig Risiko wie möglich auf ihrem Weg einzugehen. Lardan erinnerte sich gehört zu haben, dass nur jemand mit sehr guten Ortskenntnissen diesen Pfad nehmen konnte. Der Steig sollte viel beschwerlicher und gefährlicher sein als der zuerst gewählte Weg, er führte nordöstlich des Passes über die südlichen Ausläufer der Blauen Berge.

Nach dem anstrengenden Tagesmarsch wurde schnell ein geeigneter Lagerplatz gefunden. Lardan war ziemlich erleichtert, als er sah, dass Vorbereitungen für ein Feuer getroffen wurden, denn in dieser Höhe war es schon unangenehm kalt und die Nacht würde sicherlich noch um einiges kälter werden. Lynn schien anzunehmen, dass keine Gefahr bestand, entdeckt zu werden.

Im Morgengrauen ging es weiter. Die Felsen wurden schroffer und der Weg steiler und immer schwerer zu passieren. Lardan konnte sich kaum mehr vorstellen, dass es irgendwo eine Möglichkeit geben sollte, auf die Nordseite des Bergrückens zu gelangen. Zu seiner Verwunderung hörte er jedoch bei einem kurzem Halt Keelah sagen: „Hier muss es irgendwo sein. Dort, hinter dem Felsen, bei den Büschen." Sie bogen um einen riesigen Felsblock und der Weg schien plötzlich zu enden. Vor ihnen ragte eine gewaltige Felswand gegen den Himmel. Erst unmittelbar davor erkannte Lardan, dass der Weg hier nicht zu Ende war, sondern sich hinter den Sträuchern ein schwarzer Schlund öffnete. Es gab einen Weg durch den Berg! Einen steilen Pfad, der tief hinunter ins Gestein führte. Es war ähnlich wie bei den Höhlen des KorSaan. Ein Blick zu UrSai sagte ihm, dass sein Freund sich auch nicht recht wohl dabei fühlte, durch und nicht über den Berg zu gehen.

Sie schlugen von den harzigen Kiefern, die nahe dem Eingang wuchsen, Äste ab, zündeten sie an und dann ging eine nach der anderen in den Gang hinein, mitten unter ihnen Lardan und

UrSai. Jede musste ihrem Danaer gut zureden, damit er bereit war, ihr in die Finsternis zu folgen. Nur Lardan war mit Narka so vertraut geworden, dass sie ihm einfach so nachtrottete.

Es war schnell zu erkennen, dass der Gang früher einmal einer der Stollen eines Bergwerks des Alten Volkes gewesen sein musste. An den Wänden und an der Decke sahen die DanSaan, dass der Fels behauen und mit langsam verrottenden Bohlen aus Eichenholz abgestützt war. Der Boden war zu glatt für eine einfache Felshöhle und einmal stolperte Lardan sogar über den eisernen Rest eines schweren Hammers. Ein frostiger Luftzug drang aus den Tiefen empor und Eiseskälte umfing sie. Die Danaer schienen Nebel durch ihre Nüstern auszuhauchen, der im flackernden Schein der Fackeln allen ein gespenstisches Aussehen verlieh. Außer dem Klappern der Hufe auf dem Stein und einem seltenen Ausruf der Frauen oder Lardans war kein Laut zu vernehmen.

14 Lardan

Immer wieder verzweigte sich der Stollen, und Lardan fragte sich, ob wohl der ganze Berg von diesen Adern durchzogen war. Trotzdem wählte Keelah immer ohne zu zögern den einen oder den anderen Gang. Ein einziges Mal schien sie nicht sicher zu sein, aber auf ein Zeichen Lynns ging sie entschlossen weiter. Lardans Gefühl für die Zeit war verschwunden, er wusste bald nicht mehr, ob sie nun erst eine Stunde oder schon einen halben Tag in die Finsternis hineingegangen waren. Gerade wollte er fragen, wohin sie diese Wanderung im Dunkeln eigentlich führen würde, als sich vor der Gruppe eine riesige Höhle auftat, die Lardan und die Frauen mit offenem Mund stehen bleiben ließ.

Obwohl sie nur ein paar Fackeln angezündet hatten, reichte der Feuerschein aus, um vor ihnen ein glitzerndes Meer entstehen zu lassen, dessen Schönheit ihnen den Atem nahm. Ein türkisfarbener See leuchtete vom Grund herauf, sein Ausmaß war für die Staunenden nicht feststellbar, er verlor sich in der Tiefe der Höhle. Aus dem Wasser heraus erhoben sich kunstvolle Bauten, Häuser, die an der Felswand direkt aus dem Stein gehauen schienen. Gewaltige Säulen ragten sich in die Höhe, die riesige Wölbung zu stützen, waren aber natürlichen Ursprungs. Überall waren Treppen in den Stein geschlagen, Abgründe wurden von ebenfalls steinernen Brücken überspannt.

„Eine Stadt, eine der legendären Städte des Alten Volkes", stieß Lardan hervor. Seine Stimme hallte laut und die Wände der Höhle brachten ein vielfaches Echo hervor. Unwillkürlich blickte er in die Tiefe, ob er nicht jemanden an diesem stillen Ort aufgeschreckt hatte, aber nichts rührte sich. „Meine Mutter erzählte mir immer Geschichten vom Alten Volk, wenn ich nicht einschlafen konnte. Es war bei unseren Leuten beinahe allgegenwärtig. Wenn es donnerte, sagte man: ‚Heute hämmern sie aber wieder fleißig' oder wenn jemand etwas Wertvolles gefunden hat: ‚Du musst einem vom Alten Volk einen Gefallen getan haben'."

„Hört her", befahl Lynn, „es gibt nicht mehr viele Menschen, die eine der alten Felsenstädte kennen und vor allem gibt es nicht mehr viele vom Alten Volk, den Norogai. Seit eine der ersten der DanSaan diesen Ort zufällig entdeckte, beschlossen unsere SanSaar, diesen Ort in den Zeiten äußerster Verzweiflung zu unserer Zuflucht zu machen. Jede, die unserem Orden angehört, sollte die Zugänge zu der Stadt finden können. Es existieren mehrere Eingänge und ihr werdet jetzt dann auch zwei kennen. Wir glauben aber nur über einen Teil des Höhlensystems Bescheid zu wissen, es ist von unbekannt großem Ausmaß und niemand weiß, wo all die Gänge enden und in welchen Tiefen das Alte Volk gegraben oder wonach es geschürft hat. Verrät jemand von euch einen Zugang an Außenstehende, wem auch immer, verrät er uns alle, mich, unsere Gruppe, die ganze Gemeinschaft der DanSaan." Und nach einer Pause: „Führt jetzt die Danaer zur Tränke und seht euch kurz um. Wir brechen aber bald wieder auf."

Alle packten die Zügel ihrer Tiere fester und machten sich auf die wenigen Schritte abwärts zum See. Allein Lardan blieb noch eine Weile am Abhang stehen und erlaubte sich einen weiteren Blick über die geheimnisvolle Stadt. In ihren Märchen hatte seine Mutter oft davon erzählt, aber er hatte angenommen, dass sie auch diese Städte für ihn und seine Schwester zusammenfabuliert hatte, wie sie es mit anderen Sagenfiguren und Geschichten getan hatte.

Eine von ihnen war die von ‚Hokrim und der Wunderaxt' gewesen. Sie hatte von einem kleinen Mann vom Alten Volk gehandelt, der in einer Höhle eine sagenumwobene Axt, die in längst vergangenen Zeiten zerbrochen war, neu zu schmieden hatte. Bevor ihm dies möglich war, hatte er in einer der verlassenen Alten Städte die Bruchteile suchen und finden müssen. Der Stoff hatte für seine Mutter eine unendliche Zahl an Abenteuergeschichten ermöglicht und er und die meisten anderen Kinder des Dorfes hatten Abend für Abend gebannt ihren Erzählungen gelauscht.

Cadar, sein Vater hatte sich immer mit unwilligen Bemerkungen über den Sinn und Unsinn solcher Geschichten aus ihrer Umgebung verzogen und so hatte Lardan angenommen, dass sie seine Mutter wirklich nur erfunden hatte. Und nun stand er leibhaftig nur wenige Schritt vom Rand der gewaltigsten Ansiedlung entfernt, die er jemals gesehen hatte. Es mussten Tausende gewesen sein, die für Generationen und Generationen hier gelebt und gearbeitet hatten.

Langsam bewegte er sich zum See hinab und ließ nun auch Narka trinken. Er fühlte sich hier sicher. Unter der riesigen Kuppel war es angenehm warm und das bedrückende Gefühl, im Fels eingeschlossen zu sein, war gewichen. Er versank ganz im Anblick der ineinander verschachtelten, kunstvoll aufeinandergetürmten Bauten, der Treppen und elegant geschwungenen Brücken, die die Stadt prägen.

Er betrat eine der engen Gassen und bemerkte, dass er keine Fackel mitgenommen hatte. Dennoch war es nicht finster, er war in der Lage, alle Einzelheiten genau wahrzunehmen, seine Augen gewöhnten sich an die dämmerige Beleuchtung, von der er nicht wusste, woher sie stammte. Und obwohl ihm von dem Ort keine Gefahr auszugehen schien, fühlte er sich dennoch nicht unbeobachtet, ohne zu wissen, was dieses Gefühl ausgelöst hatte.

Lardan war ganz in Gedanken versunken, da hörte er in der Ferne den Befehl zum Aufbruch. Er war viel weiter in die Stadt eingedrungen, als er vorgehabt hatte, beinahe, als hätte sie ihn hineingezogen. So schnell es ihm möglich war, aber nicht ohne sich noch einmal umzusehen, eilte er zu den anderen DanSaan, die schon auf ihn gewartet hatten, zurück, und sie machten sich wieder auf den Weg, der sie in einen neuen Stollen führte und sie zu einem Ausgang bringen sollte.

Noch etwa zwei Stunden wanderten sie durch die unterirdischen Gänge, aufwärts und abwärts, einmal nach links und einmal nach rechts abbiegend, wie die Lage der abgebauten Gesteine die Führung der Stollen erlaubt hatte. Während der Zeit wiederholten alle gemeinsam in einer Art eintönigen Gesanges die Art und Anzahl der Abzweigungen und Wegstrecken zwischen den Abzweigungen, damit es auch ihnen allen möglich würde, den Weg hinein zu der unterirdischen Stadt und auch wieder hinauszufinden. Trotzdem waren alle sehr erleichtert, als sie das Tageslicht wieder erblickten. Lardan erkannte die Ebene, die vor ihnen lag, er erkannte die Berge, die den westlichen Horizont bildeten. Sie gehörten zur Kleinen Sichel, er war endlich wieder in seiner Heimat.

Sie marschierten noch eine Weile talwärts, dann schlugen sie ihr Lager für die Nacht auf, obwohl sie noch für zwei weitere Stunden Tageslicht hatten. Aber der Eindruck, den die verlassene Stadt des Alten Volkes auf sie gemacht hatte, beschäftigte sie noch alle und sie hatten hunderte Fragen, die Lynn und Keelah jedoch zum größten Teil nicht beantworten konnten. Die DanSaan, die die Höhlen wenigstens zum kleinen Teil erforscht hatten, waren schon seit vielen Generationen tot, Aufzeichnungen waren damals nur bruchstückhaft geführt worden und die mündliche Überlieferung beschränkte sich auf die Weitergabe der Wege. Die DanSaan hatten wichtigere Dinge ihr Überleben betreffend zu tun gehabt, als die unendlich erscheinenden Höhlen zu erforschen. So hatte man sich darauf beschränkt, sie als einen wichtigen Ort im Gedächtnis zu behalten, der in Notzeiten ihnen allen Schutz und Zuflucht bieten sollte.

Lardan indes beschäftigten schon bald andere Gedanken. Er drängte die Bilder der Stadt auf die Seite. Nur mehr vier Tagesritte trennten ihn von dem Dorf, in dem er seine Kindheit verbracht hatte und in dem er seine Eltern hatte sterben sehen. Seitdem er es hatte verlassen müssen, war ihm niemals klar gewesen, dass es ihn so stark hierher zurückzog.

Nach vier Tagesritten, die ohne Zwischenfälle verlaufen waren, gelangten sie in Sichtweite von Lardans Dorf. Ohne erkennbaren Grund hielt Lynn plötzlich inne: „Haltet an! Hier stimmt etwas nicht!" Lardan konnte die besondere, gespannte

Aufmerksamkeit der DanSaan beobachten, die sie nachhaltig einübten und sie bei Gefahr blitzschnell reagieren ließ.

Der Weg hierher, von dem Höhlenausgang weg war zwar ereignislos verlaufen, aber anfänglich hatten alle das Gefühl gehabt, beobachtet zu werden. Lardan glaubte sogar, dass sie jemand den ersten halben Tag begleitet hatte, aber es war trotz größter Aufmerksamkeit niemand zu bemerken gewesen und die DanSaan waren nicht bekannt dafür, mit blinden Sinnen durch die Welt zu laufen. Schließlich, als sie es leid waren, sich immer umzublicken und erfolglos Späher zurückzuschicken, schrieben sie das Gefühl der Anspannung zu, die sie ergriffen hatte. In sicherer Entfernung vom Dorf schlugen sie das letzte Lager auf und verzichteten diesmal sogar darauf, ein Feuer zu entfachen, das ihre Ankunft hätte ankündigen können.

Während des Schlafes plagten Lardan Alpträume. Rastlos wälzte er sich unter seiner Decke hin und her, ächzte und schlug mit Gewalt um sich. „Aaaah, nnnneinnnnn, du kriegst mich nicht ..."

UrSai, der nahe neben Lardan gelegen hatte, bekam einen heftigen Schlag ins Gesicht, sprang auf und schrie halb benommen. „Wer wagt...", dann sah er den träumenden Lardan.

„Wach auf Kleiner, was machst du denn?" Er rüttelte ihn nicht eben sanft und betastete mit der anderen Hand sein Gesicht. „Wach auf, du weckst ja das ganze Lager auf!"

Es dauerte eine ganze Weile, bis er Lardan aus den Fängen seines Traumes gelöst hatte und selbst dann war der Jüngere nicht sofort in der Lage, zusammenhängende Sätze zu sprechen. „Etwas jagte mich, ich konnte es nicht erkennen, ich weiß nur, dass es unaussprechlich böse war, aber ich konnte sein Gesicht nicht sehen."

„Du hast nur geträumt, komm, schlaf noch ein bisschen, morgen kann es spannend werden!" UrSai wickelte sich wieder ein und bald war nur noch sein ruhiges Atmen zu vernehmen.
Lardan aber konnte nicht mehr schlafen. Es war aber noch eine Weile bis Sonnenaufgang und so beschloss er, freiwillig eine der Wachen, die das ganze Geschehen müde mitverfolgt hatten, abzulösen. „Ich kann ohnehin nicht mehr einschlafen. Ruhe du dich noch etwas aus!" Chedi nickte dankbar und ohne ein Wort zu sagen, wickelte sie sich fester in ihren Umhang und legte sich hin.

15 Dyak

Langsam brach die Morgendämmerung an, und Lardan konnte gegen Westen hin das ganze Tal überblicken. Noch immer innerlich aufgewühlt und über die Lebhaftigkeit seines Alptraumes nachgrübelnd, vergaß er kurz auf ihr Vorhaben. Doch dann wirkten sich die schnee- und eisbedeckten Bergspitzen, die erhaben über dem Tal thronten, und die kühle Morgenluft beruhigend auf sein Gemüt aus. Alles schien ruhig und friedlich, nur aus Foramars Krone quollen dunkle Rauchschwaden, die sich mit den tiefhängenden Wolken verbanden.
Als ob alles so wie früher wäre, als ob sich nichts verändert hätte, dachte Lardan. In wenigen Stunden würden sie in sein Dorf reiten. Dana würde sie bewirten, Kirana würde alles tun, um im Mittelpunkt zu stehen und sein Vater würde sich vor dem Mittagbrot am Brunnen den Ruß von den Händen und vom Gesicht waschen und dabei über das eiskalte Wasser fluchen. Als er sich der Aussichtslosigkeit seiner Gedanken bewusst wurde, rollten Tränen über seine Wangen. Sein Wunsch zurückzukehren erschien ihm nun töricht und unsinnig.

Im Lager erwachten langsam die anderen. Alle aßen ein paar Früchte und getrocknete Fladen und machten sich zum Aufbruch bereit. Lynn holte Lardan an ihre Seite, und er musste ihr sein Dorf, wie er es einmal gekannt hatte, genau beschreiben. Nach ein paar tiefen Seufzern schaffte er es aus seinem Schluchzen wieder zusammenhängende Worte zu formen. Aber immer wieder musste Lynn ihn in ihre Arme nehmen und beruhigen.

In dem Wäldchen am Dorfrand angekommen, in dem er früher mit den anderen Kindern gespielt hatte, gab die Anführerin die letzten knappen Anweisungen. Sie bildeten ihre üblichen Zweiergruppen, die von drei Seiten in das Dorf vordringen sollten. Der große Ritualstein im Westen wurde als Treffpunkt vereinbart und als Warnsignal wählten sie das Pfeifen des Wipfelhockers. Lynn glaubte zwar nicht, dass ihnen unmittelbare Gefahr drohte, aber sie wollte kein Risiko eingehen und erzählte den Mitgliedern ihrer Gruppe nichts davon, um sie in ihrer Wachsamkeit nicht zu beeinträchtigen. Und da sie nicht nur den Ruf hatte, sehr umsichtig zu sein, sondern auch für ihren guten Gefahreninstinkt bekannt war, stellte niemand ihre Anordnungen in Frage. Sie ließen die Danaer im Schutz des Waldes zurück und gaben ihnen den Befehl, keinen Laut von sich zu geben.

Lardan und UrSai bildeten wie immer ein Team und sie gehörten zu denen, die von Norden her in das Dorf schlichen. Die meisten Hütten waren zerstört, Lardan konnte sich kaum mehr zurechtfinden. Einmal glaubte er die Behausung von Rakor, dem Bruder seines Vaters zu erkennen, aber als sie sich daran vorbeibewegten, war er sich schon nicht mehr sicher. Zu viel war schon zerstört. Es war auf den ersten Blick zu erkennen, dass an diesem verwüsteten Ort niemand mehr lebte, schon lange nicht mehr. Die Natur hatte wieder das erobert, was ihr mühsam abgerungen worden war. Schon wuchsen wieder Sträucher und kleine Bäume aus den nutzlos gewordenen Fenstern, der Wald war wieder weit vorgerückt und begann sich sein Gebiet erneut zu erobern.

Ein klappernder Fensterladen ließ Lardan vor Schreck das Blut in den Adern gefrieren. Doch er gewöhnte sich rasch an die gespenstische Szenerie. Nach Art der DanSaan schlichen sie jeweils zu zweit, sich gegenseitig Seite und Rücken deckend, von Hütte zu Hütte, jeden Schutz ausnützend. Obwohl kein Laut zu hören war, war klar, dass Gefahr lauerte. Es hätten die Geräusche der Tiere aus dem Wald, zumindest einiger Singvögel zu vernehmen sein müssen. Nur langsam kamen Lardan und UrSai so voran, trotzdem konnten sie schon bald den Großen Stein sehen.

Lardan wollte gerade um die Ecke des Versammlungshauses blicken, als UrSai ihn zu Boden riss und ihm in seiner ungestümen Art sofort den Mund zuhielt. Er deutete auf den lehmigen Boden: Fußabdrücke, eindeutig frische Fußabdrücke von mehreren Menschen, Männern. Schnell robbten sie in die Ruine und spähten vorsichtig aus den Fenstern. Plötzlich Stimmen von Norden her. UrSai pfiff den Ruf des Wipfelhockers, das Zeichen der nahenden Gefahr. Antwort kam keine zurück.

Lardan lugte durch ein Loch in der Mauer und erblickte die Fremden - Männer der Bergclans! Es riss ihm das Schwert fast ohne Willensanstrengung aus der Scheide. Wut und Zorn stiegen aus einer Quelle in ihm auf, die niemand in ihm vermutet hätte, er war im Begriff hinauszustürzen, um Rache zu nehmen, Rache an denen, die seine Familie hingemeuchelt hatten.

„Der zornige Kämpfer darf seinen Freund, den bedachten Krieger, nicht zurücklassen!", zischte UrSai in sein Ohr, ihn mit aller Kraft zurückhaltend. „Du willst doch den Krieg gewinnen, nicht nur das erste kleine Geplänkel, oder? Wenn wir

sie bemerkt haben, wissen Lynn und die anderen auch von ihnen. Lass uns warten, bis sie uns das Zeichen geben!" Er zog drei Pfeile aus dem Köcher, legte einen auf die Sehne und spannte den Bogen. „Wir sollten bereit sein."
Die Männer, fünf an der Zahl, kamen näher, und die beiden konnten nun verstehen, worüber sie sprachen. „Wir haben jetzt schon den halben Ritualplatz umgegraben. Es ist nicht hier."
„Wenn du an mir zweifelst, zweifelst du an IHM. Du weißt, was das bedeutet. ER hat verkündet, dass es wieder hier ist, Zweifler."
„Aber nein Dyak, wie kannst du glauben…"
„Schweig!"
Der Dyak Genannte blieb stehen und langsam drehte sich sein Kopf in Richtung der Öffnung, aus der Lardan und UrSai die Gruppe beobachteten. Er war der älteste des Clans, ein hochgewachsener, hagerer Mann mit verlebt aussehenden Gesichtszügen. Als er in die Richtung der beiden DanSaan blickte, durchfuhr es Lardan wie ein Blitz, als er in die vom Wahnsinn gezeichneten Augen sah. Der Blick schien sich in ihn hineinzubohren und unklare Bilder von Schmerz und Wahnsinn entstanden in seinem Gehirn. Er sah Dyak, vor einem Felsen kniend, das Gesicht in den Händen vergrabend, vor Schmerzen zuckend.
Als er sich selbst wieder wahrnehmen konnte, wie es ihm schien hatte er eine halbe Ewigkeit Dyaks Erinnerungen geteilt, konnte er hören, wie sich die Männer von ihrem Versteck entfernten. Erleichtert löste er seine verkrampften Glieder, UrSai hörte er laut und vernehmlich durchatmen. Aber bevor sie noch irgendetwas anderes unternehmen konnten, vernahmen sie Pfeilsurren und Schwerterklirren. Der Kampf hatte ohne sie begonnen! Sie mussten unbedingt daran teilnehmen! Sie warfen sich einen kurzen Blick des Einverständnisses zu,

schnappten ihre Waffen und stürmten in Richtung der Kampfgeräusche. Sie mussten nicht lange suchen, bis ihnen Clanmänner über den Weg liefen.

„Seit wann schicken die DanSaan kleine Jungen in den Kampf?" Mehrere Krieger stürmten auf sie ein. Einer gegen viele. Immer wieder hatten Lardan und UrSai diese Situation trainiert, mit verschiedenen Waffen. UrSai hatte sich ja schon als ausgezeichneter Kämpfer, der auch in schwierigen Situationen den Überblick behalten konnte, bestätigt, aber Lardan musste erst noch beweisen, dass er fähig war, eingelernte Bewegungsabläufe in einem Kampf auf Leben und Tod anzuwenden und anzupassen. *Den Geist nicht von dem eigenen Schwert fesseln lassen. Improvisieren und der eigenen Eingebung folgen.*

„Toran-ta!" UrSai warf sich dem Feind entgegen. Lardan wich dem ersten Schlag aus, ließ seinen Gegner vorbeistürmen. Der Hieb sauste über seinen Kopf hinweg, er drehte sich blitzschnell um seine Achse und schlug von hinten in den Nacken seines Angreifers. Eine halbe Drehung nach links und er konnte den Schlag eines riesigen Clanmannes über seinem Kopf parieren. Nun hagelte ein Hieb nach dem anderen auf ihn herunter und er hatte immer größere Mühe den wuchtigen Schlägen standzuhalten. *Bleibe immer in Bewegung, lass dich nicht an einer Stelle festnageln, tu, was dein Gegner nicht vermuten würde!*

Die Anweisungen seiner Lehrerin schossen durch seinen Kopf, da fuhr ein stechender Schmerz in den linken Oberarm. Er würde seine Deckung nicht mehr lange aufrechterhalten können. *Der biegsame Stamm richtet sich nach dem Sturm wieder auf.*

Lardan parierte den nächsten Schlag, indem er sich duckte und die Klinge über seinem Kopf abfing, aber nur um noch weiter zurückzuweichen. Der immer wütender auf ihn einschlagende Gegner musste dadurch der Wucht seiner Klinge nachgeben und wurde nach vorne gerissen. Darauf hatte der Junge gehofft. Er drehte sich blitzschnell rechts herum und schwang sein Schwert schräg von unten nach oben und seine Waffe drang tief in die Seite des Mannes ein. Der sackte sofort in sich zusammen.

Lardan, augenblicklich wieder auf den Beinen, stellte sich über ihn und brüllte: „Sieh mich an! Sieh mich an!" Das war das letzte, was der Mann vom Bergclan in seinem Leben hören sollte - außer dem Singen der Klinge, die seinen Kopf von Rumpf trennte. Über und über mit Blut bespritzt, drehte er sich erneut um und sah, wie UrSai gerade seinem letzten Gegner das Bein auf die Brust setzte und sein Schwert aus ihm herauszog.

„Drüben kämpfen die anderen noch!"

Lardan überließ sich ganz seiner Wut. Ohne innezuhalten, stürzte er auf den nächsten Kampfplatz zu. Er war nun nicht mehr Lardan, der UrSai folgte, sondern der Erfahrenere hetzte hinter dem Anfänger her. Lardan nahm jeden Kampf an, der sich ihm bot. Wie ein Dämon der Finsternis und der Rache wütete er unter den Feinden. Sein Zorn verlieh ihm übermenschliche Kraft und das Wissen, dass dies die Männer waren, die seine Familie getötet hatten, ließ ihn keinen Schmerz mehr fühlen. Er trug unzählige kleinere Verletzungen davon, die er nicht einmal bemerkte. Erst als er seinen letzten Gegner, der vor ihm geflohen war, umgebracht hatte, hörte sein Toben auf, er lehnte sich außer Atem an einen Holzstapel um zu verschnaufen. Halb in Trance und seiner selbst nur halb bewusst blickte er über den ehemaligen Dorfplatz, auf dem nach wie vor noch wilde Kämpfe tobten.

Lardan sah Lynn, die wie ein Turm aus dem Geschehen hervorragte. Untypisch für eine Angehörige der DanSaan kämpfte sie mit einer langstieligen, doppelblättrigen Axt. Ihr gelang es, ihre Größe und ihre schwere Waffe äußerst gewandt und schnell einzusetzen, sie behielt auch im Kampf gegen mehrere Gegner gleichzeitig den Überblick, keiner ihrer Angreifer war ihr wirklich gewachsen, einen nach dem anderen mähte die fürchterliche Waffe nieder.

Als er wieder fähig war, klar zu denken, sah sich Lardan danach um, ob seine Hilfe irgendwo besonders nötig sei. Da fiel sein Blick auf einen Mann, der ebenfalls in einen Zweikampf verstrickt war. Es war derselbe, in dessen Augen er erst vor kurzem geblickt hatte. Etwas kam ihm eigenartig vor, obwohl es für ihn nicht gleich ersichtlich war, was ihn störte. Die Gegnerin des Mannes, Dyak hatten ihn seine Leute wohl genannt, war Iseh, eine der erfahrensten Kriegerinnen. Seltsamerweise war der Kampf zwischen ihnen ausgeglichen. Gerade musste sie Schritt für Schritt zurückweichen, die Schläge allerdings sicher parierend, bis sie mit dem Rücken an einen Baumstamm stieß. Dyak holte zu keinem neuen Hieb mehr aus, sondern versuchte mit all seiner Kraft die Klinge Isehs immer weiter herunterzudrücken, um ihrer Kehle näher zu kommen. Dann sah Lardan eine plötzliche Bewegung von Dyaks rechtem Bein, die eine lange schmale Klinge von seinem Unterschenkel heraufschnellen und an seinem Knie hervorragen ließ.

Plötzlich sah er nicht mehr Iseh, sondern Dana, seine Mutter vor sich. Bilder der Erinnerungen überschwemmten seine Gedanken. *Wie bei Dana, wie bei meiner Mutter, dieser Mann ist ihr Mörder.* Der Kampf, den Iseh mit dem Bergclankrieger ausfocht, glich genau dem Todeskampf seiner Mutter.

Immer und immer wieder hatten ihn die Träume heimgesucht, in denen er als kleiner Junge zitternd und blutend in seinem Versteck hockend, versucht hatte, seine Mutter in dem Kampfgetümmel auszumachen. Erst als er ihre durchdringenden Schmerzensschreie hörte, fuhr er herum und dann konnte er sehen, wie seine Mutter von einem Bergclankrieger an einen Baumstamm gepresst wurde und wie aus dessen rechtem Knie eine zweischneidige Klinge nach oben ragte, die sich immer wieder in Danas Leib bohrte.
Lardans aufsteigender Hass ließ ihn seine Erinnerung abschütteln. Intuitiv griff er nach dem Meragh an seinem Rückengurt, aber er konnte nichts mehr ausrichten. Iseh brüllte vor Schmerz auf, als sich der Dolch von unten her, für sie unsichtbar, in ihren Bauch bohrte. Immer wieder hob der Mann sein Knie und stieß zu. Lardan zögerte nicht und warf seinen Meragh, doch obwohl ihn der Dyak Genannte nicht sehen konnte, reagierte er zu Lardans Bestürzung richtig, als das Surren der Waffe für ihn hörbar wurde. Er wich aus und Lardans Meragh blieb zitternd mit einem Ende in dem Stamm stecken, der Iseh zum Verhängnis geworden war. Die Dan-Saan war schwer verletzt und ihr Gegner erhob erneut seine Waffe gegen sie.
"Tar-mer-ana-to!", hörte Lardan den Schrei UrSais, der das Ganze offenbar ebenfalls mitverfolgt hatte.
Instinktiv griff Lardan zu seinem zweiten 'Krummen Holz' und schleuderte es. Es war fast unmöglich zwei Meraghs auszuweichen, wenn sie von unterschiedlichen Richtungen kamen. Der Mann ließ sofort von Iseh ab, aber diesmal blieb er stehen. Er schien zu wissen, dass panische Flucht sein Schicksal besiegelt hätte. Er riss sein Schwert hoch und mit einer ruckartigen Bewegung wehrte er Lardans Meragh ab. Dann zuckte er kaum wahrnehmbar nach rechts, um den zweiten

Meragh zu parieren. Es gelang ihm beinahe auch, aber er hatte nicht mit der Wucht und der Größe von UrSais Holz gerechnet. Ein Ende traf ihn am Kopf und benommen sank er zu Boden. Lardan und UrSai wollten zu ihm rennen, doch innerhalb weniger Augenblicke waren mehrere Bergclankrieger neben ihm. Zwei packten ihn und trugen ihn fort. Die anderen machten keine Anstalten anzugreifen, sondern deckten den Rückzug. Lardan und UrSai ihrerseits konnten den Befehl Lynns zum Sammeln hören. *Er kämpfte wie eine DanSaan*, dachte Lardan. *Ja, das war es, seine Bewegungen, die Art zu kämpfen, aber da ist etwas anderes, etwas Böses.* Lardan hatte es schon in den Augen erkannt, dann die Art und Weise, wie er Iseh besiegt hatte und er war sich ganz sicher, auch seine Mutter, hinterhältig und heimtückisch, mit einer versteckten Waffe.

Der Kampf schien zu Ende zu sein, zunächst einmal. Einige hatte die Pferde geholt, es wurden die Verletzten versorgt und ohne viele Worte zog sich die Truppe vorerst zurück. Jetzt erst bemerkte Lardan seine Erschöpfung und die vielen kleineren Wunden fingen an zu brennen und der Schmerz zu toben. Alle möglichen Gedanken kamen Lardan in den Sinn. Er musste mit Lynn reden oder mit Lirah. Diese Stimmen und Bilder, die sich immer wieder seiner Gedanken bemächtigten, fingen an ihn zu beunruhigen.

Es kam zu keinen weiteren Kampfhandlungen mehr. Die DanSaan brachen wieder auf und ritten ungefähr eine Stunde gegen Osten, dann schlugen sie ihr Lager auf, um endlich die Verwundeten zu versorgen. Iseh hatte es am schlimmsten erwischt, sie hatte viel Blut verloren, aber es gab keine, die nicht irgendwo ein paar Schrammen davongetragen hatte. Nur UrSais Deckung hatte niemand überwunden, er hatte keinen Kratzer.

Lynn hatte ein paar schnelle Entscheidungen zu treffen, sie wusste, Iseh und noch zwei andere mussten so schnell wie möglich ins Kloster zurück, sonst würden sie nicht überleben und auch das war nicht sicher, andererseits wäre ihr Auftrag gescheitert, wenn sie jetzt zurückkehrten. Offensichtlich waren sie einer heißen Spur gefolgt, die Männer des Bergclans suchten wahrscheinlich dasselbe wie sie.

„Lynn, Lynn ich muss mit dir reden!" „Nicht jetzt Lardan, ich muss nachdenken." „Lynn, der Mann, hast du den Mann gesehen, mit dem Iseh kämpfte, er war ein DanSaan. Ich bin mir fast sicher, außerdem glaube ich, dass er der war, der Dana getötet hat. Sie wurde ebenso feige verletzt wie Iseh, aber es war niemand mehr da, der ihr helfen konnte."

Augenblicklich wandte sich Lynn Lardan zu. „Was sagst du da?"

„UrSai hat es auch gesehen."

„Ja, beinahe konnte er unseren 'Tar-mer' Angriff abwehren, aber wir haben ihn erwischt. Nachdem ihn mein Meragh getroffen hat, sank er bewusstlos zusammen. Darauf haben ihn seine Krieger sofort gedeckt und weggeschleppt. Sein Kopf brummt ihm aber jetzt sicherlich gewaltig." Lynn konnte den Stolz in UrSais Stimme hören.

Ohne lange zu überlegen, gab sie Befehle zum sofortigen Aufbruch. „Wir müssen weg, so schnell wie möglich. Lardan, du weichst nicht von meiner Seite, wenn wir zurück sind, müssen wir sofort den großen Rat einberufen. UrSai, Keelah, ihr übernehmt die Nachhut, haltet etwaige Verfolger auf, wir müssen den KorSaan so schnell wie möglich erreichen!"

Auf dem Weg zurück wurde kaum gesprochen. Ab und zu konnte man das Stöhnen der Schwerverwundeten hören, wenn es ihnen nicht mehr gelang den Schmerz zu unterdrücken.

Lardan brütete über den Ereignissen. So sehr er auch versuchte, Erklärungen zu finden, die unterschiedlichen Teile passten nicht zusammen. Irgendwo musste es einen Zusammenhang zwischen all den Ereignissen geben, aber er konnte ihn nicht erkennen. Es wurde ihm aber immer mehr bewusst, dass er in irgendeiner Art und Weise in die Geschehnisse verwickelt war, ab er nun wollte oder nicht. UrSai und ich, dachte Lardan, unsere Fäden des Schicksals sind miteinander verwoben. Ich glaube, er weiß viel mehr als ich.

Schon nach einem Tag trafen sie auf eine zweite Gruppe von DanSaan, die sofort losgeschickt worden war, nachdem die verwundete Jaya zum KorSaan zurückgekehrt war und von den Bergclanspähern berichtet hatte. Zwei wurden abkommandiert, UrSai und Keelah zu unterstützen und der Rest zog so schnell wie möglich nach Hause.

Beim langsamen Aufstieg zum Hochplateau achtete Lardan erstmals auf das Gelände und wie man es am besten verteidigen konnte. Noch nie zuvor war ihm der Gedanke gekommen, dass irgendjemand jemals den KorSaan angreifen könnte, aber nach den letzten Ereignissen kam ihm nichts mehr unmöglich vor.

16 Lardan

Es herrschte hektisches Treiben auf dem KorSaan. Überall wurde gearbeitet. Karren voller Lebensmittel wurden von struppigen, kräftigen Zugtieren den Pfad entlang heraufbefördert, Bäume gefällt, Rinder und Schafherden von den unteren Wiesen zu den höher gelegenen Weideplätzen getrieben, die zwei Schmiedeessen waren Tag und Nacht unter Feuer gesetzt. Schon eine Stunde nach der Rückkehr von Lynns Truppe trat der Große Rat zusammen. Lardan war sehr stolz aber noch größer war seine Neugier darauf, erstmals bei so einer Versammlung anwesend sein zu dürfen. Er benötigte fast eine Viertelstunde, bis er die Spitze des Turmes erklommen hatte. Die steinerne Wendeltreppe, die sich innen der Wand entlang nach oben wand, schien überhaupt kein Ende zu nehmen und Lardan, der sich an Abgründen nicht unbedingt wohl fühlte, versuchte, nicht hinunterzusehen, aber die Mühe lohnte sich. Die letzten Stufen führten in einen kreisrunden Saal, in dessen Mitte ein riesiger, runder Tisch und große, mit Armlehnen versehene und Schnitzereien verzierte Stühle standen und auf die Ratsmitglieder zu warten schienen. Nur wenige schmale Fenster durchbrachen die dicken Mauern, dazwischen Reliefe, Bilder und Lardan unbekannte Schriftzeichen. Noch ehe er sich alles in Ruhe ansehen konnte, kam Lirah auf ihn zu. „Noch keine Zeit auszuruhen Kleiner, komm, du darfst gleich noch ein paar Treppen höher steigen!"

Lardan atmete noch immer schwer und beschloss daher nicht zu widersprechen. Er ließ sich von Lirah beim Arm nehmen und zu einer steilen Leiter hinführen, die in die Decke mündete. Lardan drehte sich fragend um und ein unscheinbares Kopfnicken Lirahs folgte. „Da auch noch hinauf?" „Geh zur Seite, ich klettere vor dir."

Lirah stieg hinauf und drückte eine Klappe nach oben. Sofort zog eine kühle Brise durch den Raum. Lardan überwand nun seine Abneigung und kletterte ebenfalls nach. Oben packte die DanSaan ihn und zog ihn auf eine Plattform, die nur von einer niedrigen gemauerten Brüstung umgeben war. Jetzt erst stockte Lardan so richtig der Atem. Nie im Leben hätte er gedacht, so hoch oben zu sein.

Der Versammlungsraum befand sich nicht in einem künstlich gemauerten Turm, sondern in einer felsernen Nadel, die vor langer Zeit ausgehöhlt worden war. In der Mitte der kleinen

Plattform ragte eine riesige Fackel – größer als Lardan - in die Höhe.

Lirah öffnete ihr Zunderkästchen, fachte ein Feuer an und entfachte die mit Pech getränkte Fackel, die sofort große Hitze von sich gab. „Das ist unser Symbol der Beratung, mit der Flamme rufen wir Sarianas an und bitten ihn, unserem Rat beizuwohnen und unsere Entscheidungen zu lenken. Komm jetzt, wir müssen hinunter."

Langsam bewegte sich Lardan zur Luke zurück. Er ließ seinen Blick noch einmal herumschweifen, da erregte ein Licht hoch im Norden seine Aufmerksamkeit. Er war sich nicht sicher, aber bevor die Ratsfackel zu leuchten begonnen hatte, hatte er dort nur Finsternis und die schwarzen Konturen der Bergkämme wahrgenommen. „Lirah, dort oben, täuschen mich meine Augen oder kannst du auch dieses Licht erkennen? Es sieht aus, als ob eine kleine feurige Kugel im Himmel hängen würde."

Lirah blickte Lardan an. „Ja, immer wenn wir unser Feuer entzünden, zündet seit einiger Zeit irgendjemand dort fast am Gipfel des Berges ebenfalls ein Feuer an. Wir wissen nicht wer, wir wissen nicht warum. Die Ehrwürdige Meisterin aber hält es für ein gutes Zeichen. Und ich persönlich auch." Mit diesen Worten begann sie wieder hinabzuklettern. Unten nahmen Lardan und Lirah auf den zwei noch freien Stühlen Platz, und SanSaar sprach die heiligen Worte der Anrufung.

17 Dyak

Khor, Khor, Khor", hallte der alte Schlachtruf durch die riesige Halle.

Gleichzeitig schlugen sie mit ihrem Dolchknauf auf die lange Holztafel. Das mächtige Doppeltor schwang auf und wie auf ein geheimes Kommando standen die Männer auf und das Brüllen und Hämmern schwelte immer noch weiter an, der Rhythmus war nicht mehr wichtig, das chaotische Steigern des Lärms ließ die Spannung ins Unerträgliche wachsen. Es war, als ob ein Orkan durch die Halle brauste.
Doch plötzlich ließ ein Zeichen Dyaks die Clanführer verstummen und sie verharrten regungslos auf ihren Plätzen. Nur das tiefe Schnauben ihres Atems und das Pochen des Blutes in ihren aufgequollenen Adern waren zu hören.
Dyak war ohne Zweifel ein außergewöhnlicher Mann. Für ihn war es nicht notwendig gewesen, sich ihren Respekt wie üblich durch die Herausforderung des Clanführers durch einen Zweikampf zu erlangen. Er war zwar auch einer von ihnen, einer der Männer des Nordens, die sich nicht leicht einem anderen beugten, und wenn, musste es ein stärkerer sein. Aber als er eines Tages so einfach unter ihnen erschienen war und mit nicht einmal lauter Stimme erklärt hatte, dass sie zu Größerem berufen waren als zu Nachbarschaftsscharmützeln und es an ihm sei, sie auf diesem Weg zu führen, da hatte in dieser Stimme etwas nachgehallt, das die Männer gehorchen ließ. Nicht einmal Ordon, der Sieger der letzten Herausforderung, hatte es gewagt, sich dagegen aufzulehnen. In Dyaks Anwesenheit dachte keiner daran, ein kritisches Wort über ihn zu äußern, nur in seinen Augen, so sagten sie heimlich, wenn sie sich unbeobachtet fühlten, leuchtete schwarzer Wahnsinn. Keiner konnte seinen Blick auch nur kurze Zeit ertragen, und ohne eigentlich zu wissen warum, fürchteten sie ihn alle.
Jetzt aber schien Dyak selbst ein wenig in sich zurückzuweichen. Noch eben hatte er die Versammlung allein durch seine Anwesenheit beherrscht, doch nun veränderte sich seine Hal-

tung. Er zog den Kopf zwischen den Schultern ein und blickte sich immer wieder um, als erwarte er etwas Beunruhigendes.

Die Halle der Beratung war gefüllt, wie schon seit Generationen nicht mehr. Die Clans der Berge hatten sich seit ihrem legendären Herrscher Khor Jumat nicht mehr unter einer Führung versammelt, und das war während der Vertreibung der Stämme der DanSaan vor langer Zeit gewesen Aber diese glorreiche Zeit lag schon sehr lange zurück. In der Zwischenzeit hatte es Seuchen gegeben, die die Menschen der Berge gezwungen hatten, sich wieder zu zerstreuen, um zu überleben, trotzdem waren viele dahingerafft worden, und sie waren über viele Zeitalter nicht mehr stark genug gewesen, um weiter zu erobern.

Dyak schritt zum Hohen Stuhl am Ende der langen Tafel und nahm seinen Schwertgürtel zum Zeichen des Friedens ab. Alle folgten seinem Beispiel. Ein jeder, der nun seine Waffe gegen einen anderen richtete, wäre sofort des Todes, das war Gesetz. Dann ließ ein plötzlicher Windzug die Fackeln unruhige Schatten werfen und selbst die ältesten Recken spürten den eisigen Hauch, der sich langsam in der Halle ausbreitete.

„Senkt euer Haupt und begrüßt unseren Herrn und Meister!"

Ein Windstoß blies alle Fackeln auf einmal aus. Ein zaghaftes, erschrecktes Raunen erfüllte den Raum. Aber jeder versuchte seine Haltung zu bewahren, so gut es ging ohne Regung und Gefühlsausdruck auszuharren. Der kurze Augenblick der absoluten Dunkelheit wich nun langsam einem blauen Licht, das wie ein unnatürlicher Nebel langsam durch das Tor hereinströmte und sich verteilte. Allmählich versammelte sich der Nebel an einer Stelle und fast unmerklich formte sich eine übergroße Erscheinung von menschlich ähnlicher Gestalt, die, in einen weiten Mantel gehüllt, den Platz des Führers einnahm. Die schwere Kapuze ließ kein Gesicht erkennen, aber jeder glaubte zwei glühende Augen erkennen zu können. Dyak trat vor und kniete demütig nieder. Seinen linken Arm stützte er auf seinem Oberschenkel auf und intuitiv vollzogen alle anwesenden Krieger diese Geste.

„Heil dir, Astaroth, Herr der Finsternis, deine Diener haben sich versammelt."

Ein tiefer Ton erfüllte auf einmal den Raum. Es war, als ob etwas - eine Naturgewalt einer Lawine gleich - zu sprechen versuchte, es ihr aber sehr schwerfiel, aus ihrer Macht und Lautstärke heraus, Wörter zu formen. Langsam schälte sich aber doch etwas aus dem tiefen Lärm:

„Daaaaaas zerbroooooocheeeen wurde, iiiist wiiiiiiiieder heeeeiiiil, fiiiiiiiindeeeeeet ees, briiingt ees zuuuh miiir."

Das Blitzen der roten Augen wurde immer bedrohlicher. Dyak hatte das Gefühl, als ob jeden Moment das Chaos hervorbrechen würde.

„D-d-dein Wunsch ist unser Befehl, Herr", stotterte er.

Die nebelige Figur wuchs noch weiter empor und die Stimme wurde noch raum- und seelenergreifender.

„Dyak", röhrte es durch die Halle, „das war kein Wunsch."

Die dröhnende Stimme hatte sich nun in dieser Welt manifestiert, während der Körper nur ein schattenhaftes Abbild war. Gleichzeitig fuhren willkürlich Blitze aus seinen augenähnlichen Höhlen und einige Clanführer gingen in Flammen auf. Brüllend vor Schmerz tobten drei durch den Saal, aber sonst konnte man nichts hören. Die anderen starrten gebannt mitten in den Tumult, keiner wagte es, den Brennenden zu Hilfe zu eilen. Nur Dyak, der sich für die Vorkommnisse verantwortlich fühlte, zog seine Klinge, eilte zu ihnen und streckte sie mit ein paar gezielten Hieben nieder.

Ein hämisches Lachen erfüllte den Saal. „Mitgefühl! Ein Führer, der Mitgefühl zeigt, ist kein guter Führer."

Langsam bildete sich um den gruseligen Körper ein nebeliger Ring, der sich zu Dyak hin ausstreckte. Dieser spürte, wie sich etwas immer enger um sein Herz krampfte. Auch ihn würde ein schrecklicher Tod erwarten. Ein kleiner Fingerzeig von Astaroths Abbild hob Dyak langsam in die Höhe. Sein Atem wurde immer schneller und schneller, verzweifelt versuchte er ein paar Worte herauszuspeien.
„Dieses Mal werde ich dich nicht töten. Noch nicht. Doch du bist in meiner Schuld. Und ich pflege Schulden einzutreiben. Also bring mir Flammaaaaaar!"
Dieser Name ließ das Fundament erbeben und das gewaltige Gebälk der Halle erzitterte. Gleichzeitig krachte Dyak auf den Boden. Einen flüchtigen Augenblick glaubte er durch den schwarzen Schleier die Figur dahinter gesehen zu haben, einen buckeligen, von Falten zerfurchten, alten Mann, der mehr aus einem Gerippe als einem festen Körper zu bestehen schien. Dieser Eindruck wurde aber sofort hinweggefegt und Dyak war, als ob sein ganzer Körper nur aus Schmerz bestünde.
Dann bemerkte er, wie alle wie gebannt in den Nebel starrten. Dahinter wurde ein Bild sichtbar, zuerst nur vage und verschwommen, dann langsam schärfer und klarer, eine Landschaft des Hohen Nordens.
Das Bild fing an sich fortzubewegen und Dyak hatte das Gefühl, als ob er durch die eisige Landschaft fliegen würde. Er wurde immer schneller und schneller, da bemerkte er, dass er auf einen Berg zuraste. Intuitiv riss er seine Arme vor das Gesicht, um den Aufschlag etwas zu mildern, da hörte er auch schon das höhnische Lachen Astaroths. Vertraue mir!"
Dyak, der keinen Laut hervorbrachte, erstarrte mehr und mehr vor Angst. Die Felswand war plötzlich einem abgrundtiefen Loch gewichen, in das er noch immer mit unverminderter

Geschwindigkeit hineinraste. Es war ihm, als würde er von Astaroth in den tiefsten Ort der Verdammnis geführt.

Dann war die Fahrt zu Ende, aber Dyak konnte nicht glauben, was er sah. In diesem finsteren Gewölbe, irgendwo tief im Inneren der Erde, lag ein riesiger Bär, zerschunden, blutend, ein Auge nur mehr eine rote, gallertartige Masse, angekettet mittels einer stacheligen Kette, die sich mit jeder Bewegung tiefer in sein Fleisch bohrte.

Inthanon, nein, das kann nicht sein, der mächtige Inthanon, fuhr es Dyak durch den Kopf.

Schau gut hin, sieh euren Gott, den Gott des Bergclans. Er ist mein Gefangener, dröhnte es in Dyaks Kopf.

Dann war alles vorbei. Unverständliche Worte vor sich hinredend saß Dyak auf dem Boden. Unruhig wippte sein Oberkörper hin und her.

Ordon war der erste, der sich ihm zu nähern wagte. „Dyak, was ist hier passiert, was hast du gesehen?"

Erst nach einer Weile drehte sich dieser zu dem Clanführer um. Ordon schrak zurück. Wahnsinn loderte aus Dyaks Augen. Er stammelte immer nur dieselben Worte: „Inthanon ist besiegt, Inthanon ist besiegt."

18 Dyak-SanSaar

„Die Zeit des Feuers ist angebrochen. Die Kräfte der Zerstörung werden nicht mehr aufzuhalten sein. Es gibt viele beunruhigende Zeichen, aber auch Signale der Hoffnung. Noch ist alles im Gleichgewicht, aber das allumfassende Chaos hat sich wieder zu bewegen begonnen. Der Unaussprechliche ist wieder erwacht. Geht jetzt und leitet die Vorbereitungen ein. Die

Zeit des Friedens ist vorüber. Möge Sarianas, Sh'Suriin und Inchanon uns beistehen."

Immer wieder kamen Lardan die letzten Worte der Ehrwürdigen SanSaar in den Sinn. Er konnte alles nicht so richtig glauben oder er wollte es nur nicht wahrhaben. Es wurden Kriegsvorbereitungen getroffen! Alle, die auf dem KorSaan wohnten, wurden verschiedenen Einheiten zugeteilt. Es gab mehrere Jagdgruppen, Spähtrupps wurden verstärkt ausgesandt, Bäume wurden gefällt, bearbeitet und auf die Hochebene gebracht. Die Essen der Schmieden glühten ununterbrochen, Handwerker, die in der Umgebung wohnten, wurden angeheuert, um Waffen zu produzieren, sie verstärkten die Befestigungen oder halfen die letzte Ernte einzubringen. Kampfübungen wurden intensiviert. SanSaar schickte unzählige Botinnen zu den mächtigen Städten Gara und SaanDara im Osten, aber auch zu den Siedlungen entlang der Saanda bis Goron und Medurim und RonDor im Westen.

Lange Kolonnen von Flüchtlingen, die alle aus den nördlichen Ebenen kamen, berichteten von ähnlichen Geschehnissen - die Stämme der Bergclans plünderten und mordeten in vielen Dörfern nördlich der Lukantorkette. Und was außergewöhnlich war: Sie folgen alle einem Führer. Niemand der Flüchtenden konnte sich erinnern, dass das jemals der Fall gewesen war. Aber Lardan und natürlich alle anderen DanSaan wussten es besser. Damals, vor hunderten von Jahren, als die ersten Priesterinnen sich in die Höhlen des KorSaan geflüchtet hatten, da war auch eine gewaltige Schlacht im Gange gewesen. Die geeinten Stämme der Bergclans hatten damals das Land für viele Jahre mit Schrecken und Tod überzogen.

Lardan stand an der Brücke, die den Übergang zur Hochebene bildete, beobachtete all die geschundenen Leute, die mit ihrem letzten Hab und Gut ankamen und dachte über all die Geschichten nach, die ihm Lirah und andere DanSaan erzählt hatten. Für ihn waren es immer nur Geschichten gewesen, aber jetzt, jetzt erwachten sie zum Leben.

Die Tage schienen sich unaufhörlich zu wiederholen, alle waren beschäftigt, alle hatten ihre Aufgaben zu verrichten. Lardan und seine Jagdtruppe kamen gerade reich an Jagdbeute nach Hause und befanden sich kurz vor der steinernen Brücke zur Hochebene, als sie einige Biegungen unter sich Lärm und Aufruhr bemerkten. Der Grund war nicht schwer zu erkennen. Ein Trupp von Bergclankriegern bahnte sich seinen Weg nach oben. Lardan spürte wie der Zorn in ihm sofort wieder zu wachsen begann. An der Spitze der Truppe hatte er Dyak ausmachen können, den Dyak, der Iseh so schwer verletzt und Dana getötet hatte! Ohne ihn aus den Augen zu lassen, nahm Lardan seinen Bogen und zog einen Pfeil aus seinem Köcher. Er wollte gerade spannen, als ihn eine Hand an seiner Schulter festhielt.

„Lardan, er trägt das Banner des Waffenstillstands. Ich weiß, wie du fühlst, aber du darfst jetzt nicht schießen!" UrSai versuchte ihn zu beruhigen. „Es ist gegen das Gesetz."

„Gegen das Gesetz, gegen das Gesetz, hat er sich vielleicht an das Gesetz gehalten?"

Sileah, die die Auseinandersetzung beobachtet hatte, stellte sich in die Schusslinie.

„Lardan, hast du so wenig von uns gelernt? Das ist nicht unser Weg. Du kannst Unrecht nicht mit Unrecht wieder gutmachen. Nimm den Pfeil von der Sehne! Taran-nor!"

Der letzte Satz wiederholte sich mehrmals in Lardans Gedanken. Er wusste, sie hatte die Kampfsprache angewandt, nicht um ihn zu beeinflussen, sondern um ihm zu zeigen, dass es ihr Ernst war.

Der Trupp der Bergclanleute kam jetzt um die letzte Biegung geritten und die beiden Widersacher trennte nur mehr eine halbe Bogenschussweite. Lardan bewegte sich plötzlich ruckartig nach rechts, gleichzeitig spannte er seinen Bogen und ließ den Pfeil von der Sehne schnellen. Mit einem lauten Surren bohrte er sich in einen Baumstamm, nur eine Schwertlänge von Dyak entfernt. Dann riss Lardan seine Narka herum und galoppierte in Richtung Kloster.

Sileahs und UrSais Blicke trafen sich nur kurz, dann ritt sie mit dem Rest der DanSaan ebenfalls weiter. UrSais Danaer scheute ganz unerwartet und er musste all seine Reitkunst aufbieten, damit er nicht abgeworfen wurde. Dann preschte auch er davon.

Die Bergclanleute ritten bis zur großen Brücke, vor der sie von den Wachen aufgehalten wurden. Von überall strömten die Leute herbei, die Flüchtlinge aus dem Norden, Bauern, Handwerker, einfache Leute und man konnte ihren Zorn und ihre Wut fühlen. Die Wachen der DanSaan hatten alle Hände voll zu tun, die Menge zurückzuhalten und den Verhandlungsfrieden nicht zu brechen. Erste Rempeleien brachen aus und die Situation schien außer Kontrolle zu geraten. Den Bergclankriegern sah man die Anstrengung an, sich zurückzuhalten und nicht sofort zu den Waffen zu greifen. Nur mit Mühe konnten sie sich mit ihren Schilden von den Wurfgeschossen schützen, die auf sie niederprasselten. Doch dann konnte man ein dumpfes Brummen hören, das sich durch die Luft auf den Tumult zubewegte. Es wurde wie von selbst still, die tobende Menge rückte zur Seite und die Ehrwürdige SanSaar trat durch die Reihen bis zur Mitte der Brücke. Dort hob sie ihren rechten Arm und der Meisterneragh kreiste in ihre Hand zurück. Obwohl sie schon uralt war, war ihre Haltung aufrecht und ihr Blick sprühte vor Energie und Kraft. Die dunkle Robe wurde nur von einem Gürtel, der quer über die linke Schulter zur rechten Taille gebunden war, geschmückt. In diesen Rückengurt steckte sie den Meragh, der mehrere Handspannen über ihren Kopf hinausragte.

„Halt", flüsterte sie, aber das Wort schien alle zu lähmen. Keiner der Anwesenden wagte auch nur die kleinste Bewegung zu machen.

„Du Dyak, der unser Ansehen mit den Füßen getreten hat, du wagst es so zu uns zurückzukommen? Tritt vor und sage was du willst und dann verschwinde! Wir wenden uns von dir ab!" Dyak stieg langsam und bedächtig von seinem Pferd. Er versuchte Gelassenheit und Selbstsicherheit auszustrahlen, doch schien auch er von SanSaar in den Bann gezogen. Als er sprach, klang es jedoch anders. „Du alte Hexe kannst mich schon lange nicht mehr beeindrucken. Mein Gebieter könnte dich und deine Brut hier dem Erdboden gleichmachen, ihr seid lächerliche Figuren mit euren krummen Spielzeugen. Aber ich bin hier, um in seinem Namen das Schwert zu fordern. Übergebt es mir jetzt und gleich, so wird der KorSaan verschont bleiben."

„Du wagst es, so mit SanSaar zu sprechen!" Wutentbrannt trat Lynn vor die Meisterin, mit ihrer Axt auf Dyak zeigend. „Sie war und ist deine Gebieterin, auf die Knie und beuge dein Haupt, bevor ich es für dich beuge!"

Um Dyak herum standen nun keine verschreckten Flüchtlinge mehr, sondern der wieder enger werdende Halbkreis wurde aus Kriegerinnen gebildet, die alle nur auf ein Zeichen Lynns warteten.

„Ja, sie war meine Gebieterin und ich habe jahrelang alles für das Kloster getan, aber ihr, ja ihr habt das aus mir gemacht, was ich jetzt bin! Ihr habt mich in diese Höhle geschickt!"

Nur für kurze Zeit brach Dyaks Beherrschung zusammen und zum Vorschein kam ein von tiefer Furcht erfülltes Geschöpf, das Hilfe suchte. Dieser Moment dauerte aber nur wenige Augenblicke und Dyak forderte mit einer ähnlich gewaltigen Stimme wie SanSaar, die durch die Gedanken aller auf der Hochebene fuhr: „Das Schwert, ich will das Schwert."
Lardan, der die Szene aus einiger Entfernung mitverfolgte, durchfuhr diese Forderung wie ein Blitz. Er hatte nicht gesagt ein Schwert, nein, das Schwert, das eine Schwert. Erinnerungen stiegen Lardan hoch, an seine Mutter, an seinen Vater. Dana, die sich ihr Leben lang mit den alten Schriftrollen beschäftigt, immer wieder Notizen gemacht oder Symbole und Zeichnungen vergrößert und in ihr Notizbuch geschrieben hatte. Und dann Cadar, unzählige Schwerter hatte er in seinem Leben geschmiedet, aber Lardan konnte sich genau an den Tag erinnern, als sein Vater und die zwei vom Alten Volk, Hokrim und Gabalrik - nachdem sie tagelang in der alten Schmiede verbracht hatten - völlig erschöpft nach Hause gekommen waren, und Cadar fast ehrfürchtig das Schwert aus einer alten ledernen Scheide gezogen und es Dana gezeigt hatte.
„Als ob es nicht vom mir wäre", hatte er gesagt und sich erschöpft in die Hängematte fallen lassen.
Dana hatte es interessiert untersucht und zufrieden festgestellt: „Oh doch Cadar, nur von dir, solche Arbeit kann nur von dir stammen. Ich hoffe du weißt, was für ein Schwert du geschmiedet hast. Du hast das legendäre Schwert, das beim Kampf mit..."
Doch Cadars Augen waren ihm zugefallen und ein tiefes, brummiges Atmen hatte den Raum erfüllt.
„Vielleicht ist es besser, wenn du es doch nicht weißt", hatte Dana dann noch gemurmelt und das Schwert wieder in die Scheide gesteckt. Und dann zu Hokrim und Gabalrik gewandt:

„Und ihr zwei, wie ich euch kenne, wollt ihr sicherlich was zu essen. Nun, für ein zwei gute Geschichten steht euch unser Haus offen, solange ihr wollt."
„Lardan, Lardan!" Erschrocken fuhr er hoch.
„Tu so etwas nie wieder!"
Es war Iseh. Sie war so weit genesen, dass sie wieder gehen konnte, aber sie durfte noch nicht lange im Sattel sitzen und in ihrer Beweglichkeit war sie auch immer noch behindert.
„Du weißt doch, dass sie dich dafür getötet hätten! Jemanden zu erschießen, der die Fahne trägt! Und außerdem gehört er mir."
Erstaunt blickte Lardan auf.
„Ja, du hast richtig gehört, ich will ihn töten. Ich werde ihm aber nicht hinterrücks einen Pfeil zwischen die Schultern jagen, nein, er muss mir in die Augen blicken, wenn ich mein Schwert aus seiner Brust ziehe."
„Gut, gut Iseh", stotterte Lardan etwas verwundert, „reden wir später noch einmal darüber." Er wandte seine Aufmerksamkeit wieder den Geschehnissen auf der Brücke zu.
„Ich will nur das Schwert, ich will, er will nur das Schwert, das Schweeert!"
Lardan, inzwischen einige Schritte nähergekommen, bemerkte, wie Dyak unter größter Anstrengung versuchte, sich unter Kontrolle zu halten. Aus seinen Augen quoll immer stärker ein Wahnsinn gepaart mit Angst und Schrecken, der auch die Umgebung erfasste.
Nur die Ehrwürdige Meisterin blieb gelassen und ruhig.
„Dyak, wenn wir dasselbe Schwert meinen, das Eine, das zerbrochen ist, dann kann ich dir nur mitteilen, dass wir es nicht besitzen. Und du weißt so gut wie ich, dass es nicht mehr existiert. Es wurde damals beim Kampf gegen den Unaussprechlichen zerstört. Geht jetzt wieder! Tränkt eure Pferde, stärkt

euch, aber dann geht! Geht in Frieden, so wie ihr gekommen seid!"

Plötzlich verdunkelte sich alles, als ob ein gewaltiger Schatten über die Brücke geworfen worden wäre. Dyak krümmte sich vor Schmerz am Boden, seine Gestalt schien sich aufzulösen und mit einem schwarzen Nebel zu vereinen. Die Ehrwürdige Meisterin reagierte sofort. Mit einem schnellen Griff über ihrem Kopf fasste sie den Meistermeragh mit ihrer Wurfhand. Sie flüsterte ein paar Laute und mit einer kurzen, ausholenden Bewegung löste sich der riesige Meragh und er fuhr wie eine gewaltige Sense durch den Schatten. Deutlich konnten alle die violette Lichtspur sehen, die der Meragh zog. Die alte Meisterin selbst war ebenfalls von diesem Schimmer eingehüllt. Alle Zeugen dieser Ereignisse standen vor Schrecken wie erstarrt. Und alle spürten das Wesen, diese Gestaltlosigkeit, die sich vor ihnen zu manifestieren versuchte. Lardan fuhr plötzlich ein stechender Schmerz durch den Kopf und er sackte zu Boden. Gleichzeitig glaubte er, ein unendliches Leid zu spüren, das aus diesem schwarzen Nebel zu kommen schien.

Der Meragh durchkreuzte noch zweimal das Zentrum der Düsternis, dann nahm ihn die Meisterin wieder auf. Sie hielt ihn mit beiden Händen vor ihrem Körper. SanSaar war nun durch das Licht, das sie einhüllte, kaum mehr zu erkennen. Immer wieder schossen Funken und Blitze aus ihrem Meragh, den sie nun nicht mehr ruhig halten konnte.

Dyak richtete sich langsam auf. Dunkle Schwaden umhüllten nun gänzlich seinen Körper und in den schwarzen Abgründen seiner Augen glühten Feuer.

„Ich glaube, du weißt inzwischen, mit wem du es zu tun hast, Ehrwürdige SanSaar." Die Stimme betonte ganz besonders die letzten zwei Worte. „Gib mir das Schwert! Jetzt!"

„Niemals. Es hat dir schon einmal den Untergang gebracht, und es wird dich erneut in deine Schranken zurückweisen und den Bann besiegeln." Die Worte wurden von Blitzen des Meistermeraghs begleitet, die in das dunkle Nichts hineinfuhren.

Ein tiefes Grollen und Donnern rollten über die Ebene.

„Du glaubst doch nicht, dass du mich damit aufhalten kannst!" Dyak wuchs zu riesenhafter Größe. Dann griff er in seinen Beutel und warf SanSaar etwas vor die Füße. „Hier, damit ihr erkennt, dass jeder Widerstand zwecklos ist."

Lardan war inzwischen trotz seiner Krämpfe und Schmerzen bis in die Nähe SanSaars getaumelt. Als er sah, was vor den Füßen der Leute lag, hielt er schlagartig inne. Er merkte, wie alle vor Entsetzen einige Schritte zurückwichen. Nur noch die ehrwürdige Meisterin, Lynn, Sileah und er boten Dyak und dem Schatten die Stirn. Es war die Tatze eines riesigen Bären, die da vor ihnen im Schlamm lag.

Alle wussten, dass dies nicht irgendeine Bärentatze war, sondern die, die Inthanon symbolisierte, der der Gott des Hohen Nordens ist, der Gott der Menschen hier, einer der vier Götter Dunia Undaras, der Welt, die ist".

Nun veränderte sich die Gestalt Dyaks wieder und über seiner rechten Handfläche schwebte eine schwarze Kugel. „Htora!"

Die Kugel schoss auf SanSaar zu und prallte von dem violetten Schein, der sie umgab, ab. Die Ehrwürdige Meisterin musste zwar einen Schritt zurückweichen, reagierte aber sofort. Mehrere Blitze zischten aus ihrem Meragh und Lardan sah, wie Dyak sich vor Schmerzen krümmte.

Das Dutzend Bergclankrieger zog nun ebenfalls seine Waffen und griff alle an, die sich in seiner Nähe befanden. Vier Männer stürmten geradewegs auf SanSaar zu. Lynn war aber bereits zur Stelle. Insgeheim hatte sie wahrscheinlich auf so einen oder einen ähnlichen Ausgang gehofft. Dem ersten spaltete sie mit ihrem Wurfbeil den Schädel, erst dann zog sie während eines geschmeidigen Satzes nach vorne ihre Doppelaxt aus dem Rückengurt. Der erste Schwung kam für den Angreifer so unvermutet und schnell, dass er staunend über die klaffende Wunde quer über seinen Oberkörper zusammensackte.

Auch Lardan überblickte das Geschehen sofort. Alle seine Sinne waren wieder hellwach und er erkannte, dass Lynn keine Hilfe benötigte. SanSaar musste aber immer mehr zurückweichen und nachgeben. Lardan gewahrte ihr schmerzverzerrtes Gesicht und er wusste, dass sie nicht mehr lange den schwarzen Geschossen würde standhalten können. Er reagierte. Sein erster Meragh prallte vom dunklen Nebel ab, aber sein zweiter Wurf lenkte Dyaks Aufmerksamkeit schon von SanSaar weg. Aus seinen Augenwinkeln sah Lardan, dass diese ein paar Augenblicke gewonnen hatte, um wieder Kraft zu schöpfen. Er zog, so schnell es ging, seinen Bogen vom Rücken, legte einen Pfeil ein und zielte, als er selbst angegriffen wurde. Lardan versuchte noch seinen Kopf abzuwenden und sich mit seinem Arm zu schützen, da riss es ihn von den Füßen und schleuderte ihn einige Armeslängen nach hinten.

Benommen von dem schwarzen Blitz blieb er liegen. Er versuchte mit all seiner Kraft, die ihm noch geblieben war, nicht bewusstlos zu werden. Auf allen Vieren kroch er in die Richtung, in der er seinen fallengelassenen Bogen vermutete. Dann gab es einen ohrenbetäubenden Knall und Lardan sah, wie SanSaar neben ihm zu Boden geschleudert wurde. Der Meistermeragh lag vor ihr im Staub. Blut quoll aus ihrem Mund, sie atmete schwer.

Dyak kam langsam näher, sein Schwert in seiner Hand: „Ich hätte nicht geglaubt, dass es so leicht sein würde."

19 UrSai

„Lardan, er trägt das Banner des Waffenstillstands. Ich weiß, wie du fühlst, aber du darfst jetzt nicht schießen."
UrSai versuchte seinen Freund zu beruhigen.
„Es ist gegen das Gesetz."
„Gegen das Gesetz, gegen das Gesetz, hat er sich vielleicht an das Gesetz gehalten?"
UrSai versuchte Lardan von dem Schuss auf Dyak abzuhalten, obwohl er dessen Tod ebenso wünschte. Einen kurzen Moment dachte er sogar daran, Lardan anzugreifen, dann mischte sich Sileah ein. Lardan verzog seinen Bogen leicht nach links, und surrend bohrte sich der Schaft in einen Baumstamm neben Dyak.
Dann plötzlich merkte UrSai, wie sich fremde Gedanken in seinem Gehirn ausbreiteten.
Dyak ist schon tot, lass ihn! Deine Zeit ist jetzt gekommen! Du wirst seinen Platz einnehmen!
UrSais Kopf begann heftig zu schmerzen, als ob sich sein Körper zu wehren versuchte, aber diese fremden Gedanken ließen sich nicht mehr abschütteln.
Komm jetzt, ich erwarte dich.
Auch sein Danaer schien diese unheimliche Macht zu spüren und bäumte sich auf, um UrSai abzuwerfen, doch dieser konnte ihn zügeln und sie preschten in Richtung der Höhlen los. Dort ließ er sein Reittier zurück und begann den Einstieg. UrSai kannte die oberen Teile der Höhlen sehr gut, immer wieder hatte er sie schon als Kind unerlaubt erkundet. Aber seit seinem unheimlichen Erlebnis mit seinem Freund Lardan war auch er nicht mehr hinunter gegangen.
„Hinunter, ja, ich weiß, ich wo ich hinmuss, ich komme, ich komme, . . ."

Wie im Fieberwahn redete UrSai mit sich selbst. Im Leuchten der Fackel hätte ein Beobachter Besessenheit in seinen Augen erkennen können. Zielstrebig und viel zu schnell drängte er in die Tiefe. Immer wieder rissen spitze Felszacken Schnitte in seine Haut, aber UrSai schien keinen Schmerz zu spüren. Er kannte nur mehr den einen Gedanken, seinem Meister zu dienen. Die Höhlen waren sehr ausgedehnt und niemand wusste, wo all die unterschiedlichen, weitläufigen Gänge hinführten, aber er zögerte bei keiner Gabelung. Schweiß, gemischt mit Blut, rann von seinem Gesicht und ließ ihn furchteinflößend aussehen. Sein Anblick erinnerte an ein wildes, waidwund gejagtes Tier. Er torkelte nur mehr vorwärts, immer wieder stürzte er, rappelte sich wieder auf, stolperte weiter in die schwarze Tiefe, immer begleitet und geführt von den dröhnenden Stimmen in seinem Kopf.
„Ich, ich bin der Auserwählte!", brüllte er, dass es durch die Gänge hallte. „Ich werde das letzte Siegel brechen, ja ich, UrSai, ich werde allen den Tod bringen!"
Er konnte sich nicht mehr aufrecht halten und kroch nun wie eine Höhlenratte weiter. Aus seinem Mund troffen Speichel und Blut, seine Augen waren inzwischen so geschwollen und verklebt mit Schweiß, Haaren und Blut, dass er nicht mehr richtig sehen konnte. Fast blind kroch er die letzte Anhöhe hinauf und kollerte dann die Stufen in eine riesige Kaverne hinab, in der er erschöpft liegen blieb.
Irgendwann wurde UrSai wieder wach. Gierig griff er zu seiner Feldflasche und tränkte seine ausgetrocknete Kehle. Jetzt erst kehrten langsam seine Sinne zurück, und er konnte erkennen, wo er sich befand. Er war in einem riesigen Kuppeldom, getragen von mehreren blau pulsierenden Säulen, in der Mitte eine Art Brunnen, aus dem bläulich schimmernder Nebel hervorquoll. Unter Schmerzen rappelte er sich auf und fing an,

die Höhle zu untersuchen. Einige Male schrak er innerlich zusammen, lagen doch mehrere Skelette in der ganzen Höhle verstreut. Er fand es wenigstens etwas beruhigend, dass alle schon vor vielen Jahren hier ihren Tod gefunden haben mussten.

Was will ich eigentlich hier, wie bin ich hierhergekommen, fragte sich der junge DanSaan. Er griff sich an den Kopf, der höllisch schmerzte. Obwohl er schon öfters die Höhlen erkundet hatte, hatte er diesen gigantischen Raum noch nie vorher betreten. Jetzt erst bemerkte er, dass die Wände mit Bildern übersät waren, Bildern und Schriftzeichen, die ihm völlig unbekannt waren. Er sah eine gewaltige Stadt, die über einem gigantischen Wasserfall zu schweben schien, Schlachtszenen, in denen Kreaturen miteinander kämpften, die UrSai sich in seinen kühnsten Träumen nicht vorzustellen vermocht hätte.

Ein Schwarm von zweieinhalb Schritt großen Wesen, die mit ihren enormen Schwingen den Himmel beherrschten, aber menschliche Züge trugen, beherrschten die Wölbung der Decke. UrSai fragte sich, in welche vergangenen Zeiten er wohl gerade blicken mochte. Unvermutet hatte er das Gefühl, als ob er das Rauschen von Flügeln hörte und sich in seinem Kopf wieder Worte bildeten, aber dieses Mal spürte er eine andere Art der Präsenz.

Töte dich, schnell, er ist bald da, es ist deine einzige und letzte Chance!

„Was, warum, wer bist du", stotterte UrSai verunsichert.

Warte, ich zeige dir etwas. Ein riesiges Schlachtfeld tat sich vor UrSai auf, der Boden übersät von tausenden Leichen, er sah brennende Städte, Schiffe, die im Meer versanken, er spürte unendliches Leid.

Du wirst für das alles verantwortlich sein. Töte dich, und du wirst Frieden finden.

So schnell die Worte und Bilder auch gekommen waren, so schnell waren sie auch wieder verschwunden.
Plötzlich hastete er von einem Bild zum anderen und mit einem Male fiel es ihm wie Schuppen von den Augen. Er erkannte das Gemeinsame, das, das alle Bilder zu einem Ganzen werden ließ, in jedem von ihnen war diese riesige, schwarze, vielgehörnte Gestalt zu sehen, die ihre Geschöpfe in die Schlacht trieb.

Die Chaoskriege, dachte UrSai, *alle diese Bilder zeigen die Chaoskriege. Und der schwarze Dämon ist Astaroth.*
Ein Blitz des Schmerzes durchfuhr erneut sein Gehirn.
Hast du endlich deinen Meister erkannt, dröhnte es wieder in UrSais Schädel.
Es wird Zeit, dass du zu mir kommst. Große Aufgaben liegen vor dir.
UrSai zog es in die Mitte der unterirdischen Halle, zu einem runden Schacht. Ringsum standen in je fünf Schritt Entfernung vier Statuen, von denen drei zerschlagen auf den Boden lagen. Die letzte, die noch nicht beschädigt war, zeigte eine Frau, die einen Meragh mit beiden Händen über ihren Kopf hielt. Der Sockel der Statue wurde von einem tief in den Fels geritzten Kreis umgeben. Innerhalb dieses Kreises sah UrSai eine Unzahl von Symbolen und Zeichen, die er aber ebenfalls nicht zu deuten wusste. Fast unbemerkt zog aus dem schwarzen Schacht ein dunkler Nebel, der sich langsam über den ganzen Boden ausbreitete. UrSai überfiel das ungute Gefühl, als ob sich irgendetwas Lebendiges in ihm aufhalten würde. Dann bildeten sich wieder Worte in seinem Kopf, die aber auch in der Höhle widerhallten.
„Du weißt, was zu tun ist."
Mit einem Mal war UrSai von dem schwarzen Nebel eingehüllt. Er schwebte jetzt einen Schritt über dem Boden, sein

Körper verkrampfte sich, und er brüllte vor Schmerz, ein Schreien, das verzweifelt um Erlösung flehte.
„Hast du nicht gewusst, dass jeder Widerstand zwecklos ist?"
Vor UrSai formte sich eine riesige, furchterregende Gestalt.
„Du bist auserwählt, das Werk zu vollenden. Ich werde endlich zurückkehren und über Dunia Undara herrschen. Und du kannst an meiner Seite stehen. Geh und vollende, was deine Vorgänger angefangen haben!"
UrSai fiel zu Boden, der Nebel, der ihn eingehüllt hatte, zog sich wieder zäh in den Brunnen zurück. Langsam stand er auf und als er den Kopf hob, um seinen Herrn die Ehre zu erweisen, da war in seinen Augen der Schwarze Wahnsinn zu erkennen, der nur mehr Hass, Zerstörung und Gewalt kannte. Bedächtigen Schrittes stakste er zur Statue und zog sein Schwert. Kurz danach hallte ein grauenerregendes, beklemmendes Geräusch durch die Gänge, das wie ein Herzschlag regelmäßig pulsierte.

20 Sileah-Iseh

„Ich hätte nicht geglaubt, dass es so leicht sein würde."
Dyak stieg über einige leblose Körper und wollte gerade den Meragh aufheben, da erhob sich eine der Gefallenen hinter ihm.
„Iseh!"
Lardan versuchte sich ebenfalls aufzurichten. Mit zwei schnellen Schritten war die DanSaan heran, und ihre ersten beiden Hiebe trafen Dyak vollkommen unvorbereitet. Er sackte zu Boden. Iseh drehte ihn mit dem Fuß auf den Rücken, nahm das Schwert in beide Hände und war bereit, ihm den Todesstoß verpassen. Doch ohne ersichtlichen Grund hielt sie inne.

Sileah war die erste, die erkannte, was passiert war. Sie, die bis jetzt versuchte hatte, SanSaar den Rücken zu decken, sprang mit einem Satz über die alte DanSaan hinweg und ergriff den Meistermeragh. Iseh war inzwischen von schwarzem Nebel eingehüllt und schrie vor Schmerz. In demselben Augenblick, als Sileah den Meragh zum Wurf erhob, schien sie wie von selbst zu wissen, was zu tun war. Ein Schimmern überzog nun auch sie, aber diesmal war es ein leuchtendes, helles Rot. In kurzer Reihenfolge trafen mehrere Blitze Dyak und der dunkle Nebel, der Iseh verhüllte, lichtete sich ein wenig. Diesen Augenblick nützte die Kriegerin, und sie rammte Dyak das Schwert tief in seine Brust. Unmittelbar darauf sanken beide leblos zusammen.

Alle, die bisher selbst gekämpft hatten, hörten binnen weniger Augenblicke auf und verharrten regungslos. Niemandem war es noch möglich, auch nur einen Finger zu rühren, so gebannt warteten sie auf den Gegenschlag Astaroths. Doch nichts geschah. Lynn wagte blutüberströmt den ersten Schritt auf Dyak und Iseh zu. Sie zog den Körper ihrer Gefährtin aus dem nun gestaltlos gewordenen Nebel heraus und bettete ihn sanft zur Seite.

Jetzt erst lösten sich die anderen aus ihrer Erstarrung, konnten den Blick aber noch nicht von der schwarzen Wolke abwenden. Sileah, an SanSaars Seite, sah Lardan entsetzt und ungläubig über Isehs Wange streichen.

Niemand nahm die dunkelgrauen Wolkentürme wahr, die sich nun mit ungeheurer Geschwindigkeit am Rande der Hochebene zusammenballten. Als die ersten Sturmböen auf sie zupeitschten, wurden die Menschen, die den Kampf miterlebt hatten, aus ihrer Lähmung gerissen. Entsetzensschreie gellten durch die Luft, manche flehten ihre Götter um Hilfe an. Ziellos davonstürzend versuchten andere dem heranbrausenden

Unheil zu entkommen. Manch einer wurde dabei niedergeworfen und verletzt oder sogar getötet, als sich die Wolken über die Menschen ergossen.

Rund um Dyaks Leiche begann sich langsam ein Wirbel zu formen, der die Reste des Nebels in sich aufzusaugen versuchte. Zäh wie Harz widersetzte sich die schwarze Masse - Lardan erschien es eine Ewigkeit zu dauern. Grelle Blitze zuckten aus den Wolken, ohrenbetäubender Donner ließ die Felsen erbeben. Unendlich langsam gelang es dem Sturm die schwarzen Schwaden von Dyak loszureißen und mit sich zu nehmen. Lardan vermeinte, eine Welle der Erleichterung zu verspüren. So schnell wie die Sturmwolken entstanden waren, so schnell verzogen sie sich gegen Norden und verschwanden wieder.

Erst allmählich wurde den Menschen klar, dass der Spuk beendet war. Auch SanSaar war wieder mit Sileahs Unterstützung auf den Beinen und versuchte, die aufgeregten Menschen zu beruhigen. Lardan hatte inzwischen Iseh aufgehoben.

Sie hat uns durch ihren Mut alle gerettet, dachte er, *wahrscheinlich wären wir alle nicht mehr am Leben, hätte sie sich nicht so beherzt auf diesen übermächtigen Gegner gestürzt.*

Ganz in diese traurigen Gedanken versunken nahm er nichts außer den Körper der gefallenen Kriegerin um sich mehr wahr, stapfte mitten durch das Durcheinander, das überall herrschte, und trug sie ins Kloster zurück.

„Wirf ein Holz in das schnellströmende Wasser, und es wird niemals halt machen", hatte seine Mutter einmal zu ihm gesagt. Seit seinem unerwarteten Eintritt in das Kloster hatte Lardan einmal mehr die Vermutung, als ob er keinen Einfluss auf sein Leben, sein Schicksal mehr hätte. Er fühlte sich wie das Stück Holz, das immer schneller durch eine reißende Schlucht dahinströmte.

„Das war erst der Anfang", sagte er geistesabwesend zu sich selbst.
„Was, was redest du da?" Lynn hatte ihn eingeholt. Sie sah aus, als ob sie gerade aus einer der Niederhöllen heraufgestiegen wäre, über und über mit Blut besudelt und mit Dreck beschmiert.
„Komm, ich helfe dir, du kannst ja fast nicht mehr gehen."
Ohne Lardans Reaktion abzuwarten, nahm sie ihm sanft Iseh ab
„Du wirst wohl nie müde."
„Nein", war die kurze und bündige Antwort.
„Lynn, weißt du, von welchem Schwert Dyak gesprochen hat?"
„Viel weiß ich nicht, aber wenn es das ist, was ich glaube, dann gibt es dieses Schwert eigentlich seit ewigen Zeiten nicht mehr. Es wurde zerbrochen, vor langer, langer Zeit, beim Ersten Großen Krieg. Es besiegelte das Schicksal des Unaussprechlichen, es bannte Astaroth den Schwarzen." Den Namen Astaroth sprach sogar die tapfere Lynn fast unhörbar und ängstlich aus.
„Aber ich glaube, das ist nicht unser Problem."
„Ich glaube doch", antwortete Lardan. „Ich weiß vielleicht, wo man dieses Schwert finden kann."
Erst nach diesen eher so dahingesprochenen Worten kam Lardan plötzlich die Erkenntnis. „Das ist es, jetzt macht erst alles einen Sinn. Das nächtelange Studieren meiner Mutter über den Schriftrollen, der unvermutete Angriff auf mein Dorf, dann der weitere Zusammenstoß mit den Bergclanleuten, als wir damals dort waren. Sie suchten immer das gleiche, das Schwert. Und ich weiß, wo es versteckt ist."
„Kein Wort mehr Lardan." Unauffällig blickte Lynn rundherum „Du gehst jetzt sofort in deinen Schlafraum, ich werde

mich um Isehs Leiche kümmern. Lirah wird etwas später vorbeikommen und deine Wunden versorgen. Und kein Wort mehr."
„Aber, ich..."
Ein Blick Lynns genügte und Lardan tat wie ihm befohlen.
UrSai, wo ist mein Freund, ich habe ihn die ganze Zeit über nicht gesehen. Besorgt blickte Lardan um sich, *er hat doch sonst auch keinen Kampf ausgelassen. Aber ihm ist noch nie etwas passiert.*
Alle möglichen Gedanken im Kopf stapfte er zu seiner Kammer und setzte sich dreckverschmiert, wie er war, auf sein Bett und wartete.
Er wusste nicht, wie viel Zeit vergangen war, bis Lirah mit ihren Binden, Salben und Kräutern hereinkam. Sie behandelte seine Wunde mit steinernem Antlitz. Es herrschte Schweigen. Sie verbarg ihren Schmerz und ihre Trauer um Iseh hinter ihrer gewohnten Geschäftigkeit. Sie reinigte die sonderbare Wunde mit ihrer höllisch brennenden, hellroten Tinktur, bestrich ein frisches Tuch mit einer stinkenden, dunkelbraunen Salbe und presste es auf Lardans offene Schulter. Danach legte sie ihm einen Verband an, der die offene Stelle vor Schmutz schützen sollte und seinen linken Arm ruhigstellte. Lardan, der alle diese Arzneien schon von früher her kannte und fürchtete, wie er innerlich zugab, ließ diesmal die Behandlung über sich ergehen. Ab und zu entkam ihm ein leichtes Stöhnen oder ein ungewolltes Zucken, aber seine Gedanken waren nicht in diesem Raum, zu viel war in zu kurzer Zeit passiert.
„So fertig, am Abend werde ich mir deine Wunde noch einmal ansehen und jeden Tag einmal den Verband wechseln. Hier, falls du Schmerzen hast, trink drei Schlucke davon. Lardan? Hast du mich verstanden?"

Sanft ergriff Lirah sein Kinn und drehte sein Gesicht zu ihr hin. Er blickte in ihre Augen, und im nächsten Augenblick fielen sie sich schluchzend in die Arme.

21 Sileah-SanSaar

Kurz nach Sonnenuntergang holte Sileah Lardan zur allgemeinen Besprechung ab. Wortlos stiegen sie die Stufen zum großen Versammlungsraum empor, wo schon fast alle ihre Plätze eingenommen hatten. SanSaar musste beim Hereinkommen gestützt werden. Sie hatte zwar äußerlich keine Wunden davongetragen, aber alle konnten erkennen, wie viel Kraft ihr der Kampf gekostet haben musste. Trotzdem war ihre Gegenwart absolut notwendig.
Kurzatmig rezitierte sie die Worte der Anrufung, und dann überließ sie es Sileah, die Ereignisse des Tages noch einmal allen vor Augen zu führen. Es war das erste Mal, dass Sileah neben der ehrwürdigen Meisterin saß, und es war ganz außergewöhnlich, dass jemand anderer für SanSaar sprach. Wäre die Situation nicht so ausnehmend ernst gewesen, wären wahrscheinlich Eifersüchteleien und Widerspruch aufgetreten. So aber anerkannten alle die besondere Rolle, die Sileah beim Kampf gespielt hatte. Nicht SanSaar hatte Sileah gewählt, nein, der Meistermeragh hatte sie auserkoren.
Sie erzählte ruhig und gelassen die Ereignisse der Reihe nach, so wie sie sich zugetragen hatten. Erst als sie auf das Wesen, welches von Dyak, einem der wenigen männlichen DanSaan, die das Kloster ausgebildet hatte, Besitz ergriffen hatte, zu sprechen kam, wurde sie von SanSaar unterbrochen.
„Danke, meine Schwester, ich glaube, das ist der Zeitpunkt, an dem ich fortsetzen muss."

SanSaar erhob sich, und Lardan hatte das Gefühl, als ob sie wieder von diesem violetten Licht eingehüllt würde.

„Ohne Zweifel sind wir heute dem Geist Astaroths gegenübergestanden, und wir können alle von Glück reden, dass wir noch am Leben sind. Dieses verdanken wir alle dem mutigen Eingreifen Lardans, der Beherztheit Sileahs, der übermenschlichen Kraft Lynns und zu guter Letzt der Opferbereitschaft Isehs, die jetzt mit Sh'Suriin reitet.

Die meisten von uns kannten Dyak, er war einer der Auserwählten, er bestand alle Prüfungen, er kämpfte mit uns Seite an Seite, und seit er ihn die Höhlen gerufen wurde, haben wir bis vor kurzem nichts mehr von ihm gehört. Nichts, wie auch von den anderen vor ihm. Das wirft viele Fragen auf, viele Fragen, auf wir keine Antworten wissen. Es ist das erste Mal, dass ein dieser Mann, der in die Höhlen hinunter gegangen ist, wieder unseren Weg kreuzt. Und Dyak, das haben alle gesehen, die dabei waren, war nicht mehr Dyak. Er war von Astaroth beseelt. Wir wissen nicht, was mit Cucur oder Tangis passiert ist. Bisher wähnten wir sie nicht mehr am Leben."

Aufgeregtes Gemurmel erfüllte den Raum. Konnte es wahr sein? War das der Weg, den die verlorenen jungen Männer, die die DanSaan aufgezogen hatten, nach ihrem Verschwinden einschlugen? Niemand wollte so recht daran glauben, dass gerade jene, die mit den DanSaan gelebt hatten vom Bösen als Werkzeug verwendet werden sollten.

Wie ein Blitz durchfuhr es Lardan.

Tangis! Wo ist UrSai?

Schon wollte er sich erheben, um über die wahren Geschehnisse bei der Erpressung von Cayza-Kor zu berichten, als SanSaar energisch wieder zur Ruhe rief.

„Gibt es Nachrichten von anderen Städten oder Reichen?"

„Ja, ehrwürdige SanSaar", meldete sich Lirah noch vor Lardan zu Wort.
„Ein Bote von König Farun von RonDor wartet draußen. Er hat vorhin alles mitangesehen. Soll ich ihn hereinbitten?"
„Ja, er soll berichten."
Der Bote wurde eingelassen, und er stellte sich als Daron vor.
„Ehrwürdige SanSaar, verehrte DanSaan! König Farun von RonDor schickt mich, um von den beunruhigenden Ereignissen in unserem Königreich zu berichten. Seit vielen Monden schon strömen immer mehr Flüchtlinge aus dem Norden in unser Königreich. Sie alle berichten von den gleichen schrecklichen Ereignissen, von Plünderungen, Raub und Totschlag. Unsere Späher haben auch davon berichtet, dass sich viele Clans aus den Bergen in der Nördlichen Ebene zusammenrotten. Wir glauben, dass ein Angriff eines großen Heeres unmittelbar bevorsteht. Auch wurden schon einige kleinere Dörfer und Weiler in unserem Königreich gebrandschatzt. König Farun hat das Kriegsrecht ausgerufen und sammelt ebenfalls seine Truppen, aber das braucht Zeit. Er schlägt ein Bündnis mit dem KorSaan und den großen Städten vor. Nahrim, der Herzog von Medurim, und Orgon, der Fürst von Nol haben bereits eingewilligt und sind bereit Truppen zu senden. Wir haben unser Heerlager zwischen den Gronseen und dem Andur aufgeschlagen. Wir wissen, dass das Kloster keine Truppen senden kann, aber mein König bittet Euch dem Heerführer eine Meisterin der Schlachten zur Seite zu stellen."
SanSaar beriet sich kurz und gewährte ihm dann die Bitte. Der Bote wurde höflich eingeladen, sich noch eine Weile auf dem KorSaan auszuruhen und dann seinem Herrn bei der Rückkehr Bericht über das, was er hier gehört und gesehen hatte, zu erstatten.
„Haben wir noch andere Nachrichten?", fragte SanSaar.

„Ja", antwortete Lirah, „sehr widersprüchliche von den Städten Gara und Khem. Der Statthalter von Gara, Cayza-Kor ließ uns mitteilen, dass er eine Hundertschaft von Soldaten zu uns schicken wird, die auch schon unterwegs sein sollte. Weiters bereitet er die Räumung der Einwohner nach Garam vor, da die Stadt Gara selbst ja über keine Verteidigungsanlagen verfügt. Von Khem bekamen wir keine offizielle Botschaft, aber eine unserer ehemaligen Schülerinnen, Elya übermittelte uns eine Nachricht. Darin hieß es, dass auf den Marktplätzen von Khem immer noch Hetzreden gegen uns gehalten werden. Die Redner behaupten, dass die verdrehte, unnatürliche Lebensweise der DanSaan schuld an den zu erwartenden Problemen ist, dass wir nie wirklich unseren Frieden mit den Bergclans geschlossen hätten. Nun endlich sei es an der Zeit, die Frauen zu ihrer eigentlichen Bestimmung zurückzuführen, dass unsere Lebensweise ohne Männer nicht weiter gestattet werden könnte. Das Kloster sollte dem Erdboden gleichgemacht werden und wieder Friede einkehren, Friede, der von männlichen Führern geschlossen werden sollte."

In diesem Moment ging die Tür auf, eine DanSaan huschte in den Versammlungsraum und flüsterte SanSaar etwas ins Ohr. Seufzend sagte diese dann: „Niemand kann UrSai finden. Die letzten, die ihn gesehen haben, sagen übereinstimmend, dass er in Richtung der Höhlen gegangen ist."

Lardan durchfuhr es wie ein Blitz. Sileah sprang auf und rief empört: „Ich bitte, die Versammlung verlassen zu dürfen!"

„Sileah, du kannst jetzt nichts tun", erwiderte SanSaar ruhig, „morgen beim ersten Tageslicht werden wir seine Spuren verfolgen."

„Wie ihr alle wisst", fuhr die ehrwürdige Meisterin fort, „sind wir im Besitz des Meistermeraghs, einer der vier legendären Waffen, die damals im Großen Krieg nötig waren, um Astaroth zu besiegen. Wir wissen weder, wo sich Taaqik, der heilige Speer des Dschungelvolks von Phi-Mai befindet, noch wissen wir, wohin Xukas, der mächtige Kriegshammer der Ncrogai verschwunden ist. Aber ein Ereignis ist ohne Zweifel überliefert. Flammar, diese einzigartige Klinge, spaltete Astaroths unüberwindbaren Schild und ist bei diesem mächtigen Hieb zerbrochen.

Dadurch konnte erst der Kampf gewonnen werden, und Astaroth wurde in die ewige Dunkelheit gebannt. Und heute, wie ja sicherlich die meisten von euch gehört oder erfahren haben, heute wollte Dyak dieses einzigartige Schwert von uns erlangen. Es stellt sich nun die Frage, warum er glaubt, dass Flammar noch existiert, und warum er es bei uns vermutet. Und noch eins. Wir müssen unsere Vorbereitungen zur Verteidigung vorantreiben, die Macht des Unaussprechlichen ist jetzt schon wieder so groß, dass wir seinen wahren Namen nicht mehr aussprechen sollten. Er könnte dadurch darauf aufmerksam gemacht werden, dass wir Pläne gegen ihn schmieden. Je weniger er sich für uns interessiert desto besser. Wenn es stimmt, dass er Inthanon gefangen hält, werden alle Bergclanstämme ihm folgen. Ein neuer großer Krieg steht bevor."

Erschöpft und gezeichnet vom heutigen Tag sank SanSaar in ihren Stuhl zurück. Lange herrschte betretenes Schweigen. Lardan wusste, dass es jetzt eigentlich an ihm gewesen wäre zu sprechen, denn er hatte Informationen, die den weiteren Verlauf der Ereignisse bestimmen könnten. Fast ängstlich blickte er in die Runde, und erst als er auf Lynns Blick traf, fasste er Mut und erhob sich von seinem Platz.

„Ich, ich weiß, wo das Schwert ist".

Heiser und viel zu leise krächzte er in den Saal.

„Wiederhole deine Worte!", forderte SanSaar ihn auf.

„Ich weiß, wo das Schwert ist", sagte Lardan, diesmal mit fester Stimme. „Cadar, mein Vater hat es geschmiedet, es ist schon lange her, ich war noch ein kleiner Junge. Es war in dem Jahr, in dem unser Dorf vom Bergclan überfallen wurde. Ich kann mich noch sehr gut erinnern, mein Vater, Gabalrik und Hokrim kamen zurück, nachdem sie mehrere Tage in der Schmiede zugebracht hatten, und Vater zeigte Dana ein Schwert mit einer ganz besonderen flammenförmigen Klinge."
„Dana", bemerkte Lynn, „sie hatte sich immer schon besonders für die Schriftzeichen in den Höhlen interessiert. Sie muss es veranlasst haben. Das erklärt auch, warum wir auf unserer Reise in Lardans Dorf auf Dyak und seine Männer gestoßen sind. Sie haben das Schwert zuerst dort gesucht."
Mühsam richtete sich SanSaar noch einmal auf. Alle konnten den Schmerz, den sie zu unterdrücken versuchte, in ihrem Gesicht ablesen.
„Und du Lardan weißt, wo dieses Schwert ist, das alle suchen!"
Diese Feststellung, und dass SanSaar ihm einfach glaubte, ließ Lardan wieder in seinen Sitz zurücksinken.
„Ja, es ist in der...."
„Halt", unterbrach ihn SanSaar, „es ist besser, wenn nur du es weißt. Nun, die Ereignisse scheinen so einen Zusammenhang zu ergeben".
„Aber, aber, ich muss euch noch etwas sagen."
Lardan stand wieder auf.
„Als wir damals von Kehm zurückkamen, haben wir nicht alles berichtet. UrSai hat mich, ich wusste nicht warum, gebeten, nichts von Tangis zu erzählen. Ja, von diesem Tangis, von dem heute schon die Rede war. Er war Tivonas Ratgeber und Drahtzieher bei den Geschehnissen damals in Khem, wir kämpften gegen ihn, und wir erkannten sofort, dass er eben-

falls ein DanSaan war. Wir waren ihm sogar zu zweit unterlegen, er hat uns aber entkommen lassen, nachdem er uns eine Lektion erteilt hatte, warum haben wir damals nicht gewusst, aber nachdem was heute passiert ist..."

Elend zumute blickte er zu Boden, und wartete auf die Antwort der Ehrwürdigen Meisterin.

Erneut erfüllte Schweigen den Raum der Versammlung. Alle Blicke richteten sich auf SanSaar. Lange waren nur ihre schweren Atemzüge zu vernehmen. Als sie ihre Gedanken gefasst und wieder genug Kraft gesammelt zu haben schien, wandte sie sich an die versammelten DanSaan:

„Deine Worte, Lardan, wiegen schwer, aber sind wie die morgendliche Brise, die jeden Tag von den Bergen herabbläst und die Nebel um den KorSaan lichtet. Die Teile, die vorher nicht zusammenpassten, fügen sich jetzt zusammen. Dyak, Tangis, und die vielen anderen davor, wahrscheinlich auch UrSai. Ist euch klar meine Schwestern, was das heißt? Wir haben IHM geholfen wieder zu erstarken. Wir, die wir glaubten für das Gute einzutreten, haben immer dem Bösen gedient. Unsere Unwissenheit wird uns nicht vor der Verdammnis retten. Wie ahnungslos wir doch waren!"

Niedergeschlagen und mit Tränen in den Augen sank die Ehrwürdige SanSaar in ihren Stuhl zurück.

Vor Betroffenheit erstarrt regte sich niemand. Zu fern jeglicher Vorstellung waren die Worte der Meisterin. Aber alle erfühlten die Wahrheit in ihnen.

Lynn war die erste, die wieder fähig war zu handeln. Ein kaum merkliches Nicken SanSaars erlaubte ihr die Führung zu übernehmen.

„Nun, meine Schwestern, es gibt viel zu tun. Ich werde mit Lardan und einer Gruppe von Kriegerinnen, die ich selbst auswählen werde, möglichst unbemerkt noch einmal in Lardans Dorf gehen und das Schwert holen. Astaroth glaubt ja ohnehin schon, dass wir es haben. Wir müssen schnell handeln, denn wenn meine Annahme richtig ist, und UrSai der neue Anführer der Bergclanleute ist, weiß der Unaussprechliche über vieles nur zu gut Bescheid. Auch, dass wir das Schwert nicht haben, und wir sollen so vielleicht in eine Falle gelockt werden. Du Karah, übernimmst die Vorbereitungen zur Verteidigung. Du bist die Meisterin der Schlachten. Unser Ziel ist es, die Hochebene zu halten. Lirah, du kümmerst dich um die Flüchtlinge und bist verantwortlich für die Ausbildung der Rekruten!"

„Und ich brauche noch Freiwillige, die sich mir anschließen, hinunter in die Höhlen zu steigen."

SanSaars Worte hallten wieder klar durch den Raum.

„Nein, ehrwürdige Meisterin, ihr werdet hier gebraucht, ich übernehme das."

SanSaar hatte geahnt, dass Sileah sie nicht gehen lassen würde und antwortete erleichtert:

„Ich hoffte, dass du mit mir gehen willst, denn nicht nur meine Bestimmung liegt in den Höhlen, auch deine."

Sileah wusste, dass damit die Angelegenheit beendet war und nickte zustimmend.

„Die Versammlung ist beendet. Versucht noch ein paar Stunden Schlaf zu finden, und dann bereitet euch auf eure Missionen und Aufgaben vor. Lynn, Sileah, ihr kommt mit mir. Mögen Sarianas, Sh'Suriin, Inthanon", sie wandte sich zu Xuura, „und Beduguul uns leiten."

In Gedanken versunken stieg Lardan die Treppen hinab, die Gänge entlang zu seinem Quartier. Die Ereignisse überschlugen sich und er, er war vielleicht ein wichtiger Teil, der mitbestimmen könnte, ob die Zukunft für sie alle besser oder

schlechter aussehen würde. Iseh tot, UrSai, sein Freund und Waffengefährte verschwunden und wahrscheinlich in den Händen Astaroths, das konnte alles nicht wahr sein. Und wenn er sich nun irrte, wenn das Schwert, das sein Vater vor Jahren geschmiedet hatte, einfach nur irgendein Schwert war?
In ein paar Tagen werden wir Gewissheit haben.
Lardans Gedanken bewegten sich im Kreis, immer wieder tauchten dieselben Fragen auf, warum und wieso das alles, bis er letztendlich in einen von Albträumen geplagten Schlaf dämmerte. Unruhig wälzte er sich hin und her, als ihn ein Geräusch plötzlich hellwach werden ließ. Instinktiv griff er zu seinem Dolch, alle seine Sinne angespannt. Dann hörte er unverhofft eine ihm vertraute Stimme.
„Lardan, bist du noch wach? Ich konnte nicht schlafen."
Sileah, ohne Zweifel, es war Sileahs Stimme.
„Was willst du hier?"
Überrascht bedeckte Lardan seinen nackten Körper mit einer Decke.
„Lardan, UrSai ist weg, verzeih mir, ich wusste nicht, zu wem ich sonst hätte kommen können."
„Ist schon gut, komm nur."
„Ich habe Angst Lardan, morgen brichst du in dein Dorf auf, ich werde mit SanSaar in die Höhlen gehen, beide haben wir heute gute Freunde verloren, wer weiß, wann oder ob wir uns jemals wiedersehen. Ich möchte heute Nacht bei dir schlafen."
Ohne Lardans Antwort abzuwarten, kroch sie unter seine Decke und schmiegte sich an seinen warmen Körper.
„Sileah, ah, ich, aber..."
„Pst, keine Worte mehr für heute."
Dennoch dauerte es noch lange, bis beide einschlafen konnten. Und doch fühlte sich Lardan trotz allem eigentümlich getröstet.

II. FORAMAR

1 Lynn-Keelah-Chedi-Xuura-Lardan

Lardan war schon vor Tagesanbruch auf den Beinen. Er wusste nicht mehr, ob er von Sileah geträumt hatte, oder ob sie wirklich letzte Nacht bei ihm gewesen war. Bei seinem Erwachen hatte er nur mehr ein kühles Betttuch an seiner Seite vorgefunden, und die warme Geborgenheit der Nacht war verschwunden. Erst als er seine Stiefel anzog, fand er einen kleinen Zettel.
„Danke, ich hoffe, dass wir uns bald heil wiedersehen, pass auf dich auf! - Sileah."
Er hatte also nicht geträumt. Sileah, in die er schon lange verliebt war, es aber nie zugegeben hätte, war zu ihm gekommen, hatte Schutz und Trost bei ihm gesucht und die Nacht bei ihm verbracht. Wenn ihr UrSai so wichtig gewesen wäre, hätte sie das doch nie getan, oder? Wer verstand schon die Frauen! Aber er hatte sich sehr gut dabei gefühlt. Gut gelaunt packte er seinen Lederrucksack, nahm seine Waffen und verließ das Zimmer in Richtung der Ställe. Die Sonne war gerade erst aufgegangen, aber im Kloster herrschte schon rege Betriebsamkeit.
Lynn kam Lardan entgegen: „Narka wirst du hierlassen müssen, wir gehen zu Fuß."
„Zu Fuß, den ganzen langen Weg?", protestierte Lardan.
„Ja. Keelah wird uns führen, sie kennt die geheimen Wege über die Berge. Hol' dir noch Seile und Haken und Proviant für mehrere Tage, wir treffen uns in einer halben Stunde unten am Osttor!"

Lardan tat wie ihm geheißen. Er rannte zwar auch noch schnell zu den Ställen, um sich von Narka zu verabschieden und sich zu entschuldigen, dass er sie für längere Zeit verlassen musste, aber dann fand er sich pünktlich am Treffpunkt ein. Vergeblich hatte er versucht, irgendwo Sileah zu erspähen, aber er konnte sie nirgendwo sehen.

Keelah wartete schon am vereinbarten Sammelpunkt. Lynn, Chedi und Xuura, zwei erfahrene Kriegerinnen, die schon viele Karawanen sicher geführt und verteidigt hatten, kamen fast gleichzeitig mit Lardan an.

Ohne viele Worte zu wechseln, marschierten sie los. Keelah übernahm die Führung, danach folgte Lynn, den Abschluss bildeten Chedi, eine hübsche Kriegerin, die aus den Wäldern Medurims stammte und die dunkelhäutige Xuura, eine Frau aus den Dschungeln des Südens. Lardan ging in der Mitte. Er wusste, alle würden im Notfall bereit sein, für ihn ihr Leben zu geben, da er der Einzige war, der das Schwert finden konnte.

Der Weg führte zuerst zwei Stunden nach Osten bis zum Rande der Hochebene. Danach marschierten sie eine Stunde lang den östlichen Abbruch entlang, bis sie an einer steil aufragenden Felswand anstanden, die erst im Blau des Himmels zu enden schien.

„Eine Sackgasse? Keelah, ich dachte, du kennst den Weg?" Ein wenig verärgert legte Lardan seinen Rucksack ab, trat ein paar Schritte zur Seite und entleerte seine Blase demonstrativ.

„Anscheinend", sagte Keelah gelassen, „brauchst du jetzt eine Pause. Macht es euch ruhig gemütlich, ich brauche sicherlich einige Zeit, um den Einstieg zu finden."

„Da sollen wir hinauf, lernst du uns jetzt das Fliegen?", empörte sich Lardan.

„So vorschnell urteilst du über Dinge, von denen du noch nichts weißt? Glaubst du, wir sind zum Spaß hier? Hast du schon alles vergessen, was wir dich gelehrt haben?", wies ihn Lynn zurecht.

Leicht beschämt kramte Lardan in seinen Sachen, um Geschäftigkeit vorzutäuschen. Lynn hatte ja Recht. Der eigentliche Grund, warum er mit seinen Gedanken nicht dabei war, aber das gab Lardan nicht öffentlich zu, war, dass er Sileah heute Morgen nicht mehr getroffen hatte und er gerne ein paar klärende Worte über die gemeinsam verbrachte Nacht mit ihr gewechselt hätte.

„Entschuldige, Lynn, ich musste an etwas anderes denken."

„Nun, das sollte sich in deinem Interesse bald ändern, spätestens wenn wir da hinaufklettern, sonst wirst du unser aller Tod sein", entgegnete Xuura, die großgewachsene dunkelhäutige Kämpferin. Ihre besondere Waffe war ein langer, an den Enden mit Eisen verstärkter Kampfstab. Lardan wusste aus eigener schmerzhafter Erfahrung, dass man sich mit Xuura besser nicht auf eine Diskussion einlassen sollte, denn man lief in Gefahr, eine Tracht Prügel zu beziehen.

Zur Erleichterung Lardans kam Keelah soeben zurück: „Es kann losgehen! Ich habe den Einstieg wieder gefunden."

Lardan konnte sich nicht vorstellen, dass diese Steilwand bezwungen werden konnte, nicht von ihnen, die sich nur selten in den Bergen aufhielten. In seinem Dorf hatte er einen Mann, Elkor, gekannt, ohne Frau und Familie, der allein für sich gelebt und wie man wusste, oft die Gipfel der umgebenden Berge erstiegen hatte. Eines Tages war er am Fuß eines Überhangs gefunden worden, zu Tode gestürzt. Er war zuvor schon von den Karen entdeckt worden und so war er an Ort und Stelle verbrannt und mit Steinen begraben worden, in einer Grabstätte so einsam gelegen, wie Elkor gelebt hatte.

„Wahrscheinlich hätte nicht einmal Elkor diese Wand erklimmen können", dachte Lardan, aber weil er nicht als Feigling

dastehen konnte und wollte und weil die unbedingte Notwendigkeit bestand, das Schwert zu holen, sagte er nichts mehr.
Meine Aufgabe!
Sie gingen zwischen ein paar riesigen Felsblöcken hindurch. Der Weg, den Keelah einschlug, wurde immer enger und enger, bis sie sich alle nacheinander mühsam durch eine enge Felsspalte pressen mussten. Aber hinter dieser schmalen Klamm waren in regelmäßigen Abständen Haken über ihnen in die Wand geschlagen. Keelah packte ihr Bündel und ihre Waffen neu, damit sie beim Klettern nicht behindert würde und ermunterte die Gefährtinnen, das gleiche zu tun und dann stieg sie scheinbar mühelos in die Wand ein.
Es dauerte nicht lange, bis Keelah einen sicheren Felsvorsprung erreicht hatte, von dem aus sie ein Seil herunterließ. Lynn packte es, und obwohl sie wegen ihres riesigen Körpers ungelenk wirkte, zog auch sie sich mit Leichtigkeit die erste Etappe hinauf. Danach band sich ein ermutigter Lardan das Seil um die Taille und gelangte mit der Kraft seiner Arme und gelegentlichen Fußstützen zwar mit Mühe aber doch ans Ziel. Er war erleichtert, den Felsvorsprung auch erreicht zu haben, aber das Ende der Wand war noch lange nicht abzusehen. Dann half er beim Sichern des Aufstiegs von Chedi und Xuura. Doch als er Keelah und Lynn die Geschichte von Elkor erzählen und ihnen seine Bedenken mitteilen wollte, sah er zu seinem Erstaunen, dass man von diesem kleinen Felsvorsprung nicht mehr weiter klettern musste, sondern Stufen in die Wand geschlagen waren, die sich in weiten Serpentinen die Bergwand hochschlängelten.
„Das hier ist der Pfad, der schon vor Menschengedenken vom Alten Volk in mühevoller Arbeit in den Fels geschlagen wurde. Er müsste uns in die verlassene Höhlenstadt führen. Den Weg von dort weiter kennen wir bereits", erläuterte Keelah.

Der Gedanke, wieder die Höhlenstadt des Alten Volkes zu besuchen, erfüllte Lardan mit Freude, obwohl er wusste, dass er sicherlich wieder nicht sehr viel Zeit haben würde, diesen Ort genauer zu erforschen.

Langsam, aber in beständigem Tempo, stiegen die fünf Dan-Saan die steile Treppe empor. Lardan merkte, wie er nach einiger Zeit ermüdete, seine Oberschenkel zu schmerzen anfingen. Die unregelmäßigen Abstände und unterschiedlichen Höhen der Stufen erschwerten es allen, einen Rhythmus bei ihrer Schrittfolge zu finden. Niemand verschwendete Energie durch Gespräche, und so erfolgte der Aufstieg in den ersten Stunden schweigsam. Die Sonne stand inzwischen kurz vor dem Zenit und allen rann der Schweiß in Strömen herunter. Nur eine gelegentliche leichte Brise machte die Hitze ein wenig erträglicher. Allerdings erleichterte die Monotonie des Aufstiegs Lardan, die Ereignisse der letzten Tage noch einmal in Gedanken vorbeiziehen zu lassen.

Hoffentlich habe ich nicht zu viel versprochen, ging es ihm durch den Sinn. Schließlich hatte er ja selbstbewusst bei der Versammlung erklärt, er wüsste, wo das legendäre Schwert sei. Aber sein Vater, Cadar, hatte ihm kurz vor seinem Tod noch von einem Schwert erzählt. Im Zuge der späteren Ereignisse hatte Lardan niemals wieder daran gedacht, zu viel war später auf ihn eingestürmt und sein Leben war grundlegend verändert worden.

Cadar hatte während des Angriffs der Bergclanmänner zu ihm gesagt, dass das Schwert in der Schmiede sei, in der anderen Schmiede. Nur war die andere Schmiede an dem Ort, an den Lardan dachte? War es die Schmiede im Berg, die sein Vater gemeint hatte? Lardan grübelte und grübelte. *Ich muss es finden, ich werde es finden, schließlich hat es mein Vater ge-*

schmiedet, versuchte er sich selbst Gewissheit zu verschaffen, obwohl er wusste, dass es keine Gewissheit gab.
Wohin war plötzlich sein Freund UrSai hin verschwunden, wirklich hinunter in die Höhlen? Was war überhaupt in diesen Höhlen? An seine einzige schmerzhafte Erfahrung in diesen Höhlen konnte er sich noch gut erinnern, damals hatte ihm UrSai sein Leben gerettet. Und Sileah, warum hatte sie die letzte Nacht bei ihm verbracht, empfand sie vielleicht doch mehr Zuneigung für ihn, als er gedacht hatte? Wenn es so wäre, hätte sie ihn nicht dann in sein Dorf begleitet, anstatt freiwillig in die Höhlen hinunterzusteigen, um vielleicht doch noch UrSai helfen zu können? Was hatte SanSaar gesagt, Sileah Schicksal läge in den Höhlen oder hatte er das vielleicht falsch verstanden? Fragen über Fragen marterten sein Gehirn und nirgends gab es eine Antwort oder Sicherheit.
„So, an dieser Quelle werden wir uns ausruhen!", ließ endlich Keelah von sich vernehmen. Ein schmales, graswachsenes Plateau, über dessen Rand ein kleines Rinnsal plätscherte, bedeutete das Ende der steinernen Treppe. Erleichtert legten alle ihre Rucksäcke ab, tranken und benetzten sich nacheinander mit Wasser, um sich zu erfrischen.
„Es wurde ja Zeit", bemerkte Chedi, „lange hätte ich nicht mehr weiter steigen können."
Jetzt erst sah Lardan, dass nicht nur er vollkommen erschöpft war, sondern auch alle anderen am Ende ihrer Kräfte waren.
„Hier können wir uns jetzt einige Zeit erholen, den schwierigsten Teil der Strecke haben wir bereits hinter uns. In etwa drei Stunden werden wir einen der unteren Eingänge der Stadt des Alten Volkes erreicht haben. Dort werden wir dann übernachten", erklärte Keelah.
Lardan schauderte. Die Alte Stadt untersuchen und erforschen war eine Seite, aber in der Höhlenstadt zu schlafen und dort

vielleicht von seinen Albträumen heimgesucht zu werden, das war ihm nicht geheuer.

Lynn, die die Gegend rundum erkundete, rief plötzlich alle zu sich. Sie stand am südlichen Abbruch des kleinen Plateaus und zeigte gegen Südwesten. „Dort, könnt ihr das sehen?"

Lardan, Chedi, Xuura und Keelah eilten zu ihr. Es schien, als ob der sich Wald südlich der Lukantorkette bewegen würde und in der Ebene westlich des KorSaan ragten riesige Staubsäulen in den Himmel.

„Ich hätte nicht gedacht, dass das alles so schnell gehen würde", murmelte Lynn nachdenklich, „der Feind muss sich schon lange vorbereitet haben, das Heer ist ja riesig. Nur um den KorSaan zu belagern, bräuchten sie nicht so viele Truppen, sie werden sicherlich versuchen Gara und Khem einzunehmen, auch Goron kann es nie mit so einem großen Heer aufnehmen. Dagegen kann das Königreich von RonDor vielleicht einige Zeit Widerstand leisten."

Hilflos blickten die fünf hinunter in die Ebene.

„Wir sollten uns beeilen. Unsere Kämpferinnen können es zwar mit den Bergclankriegern aufnehmen, aber wenn wirklich Astaroth hinter diesem Aufmarsch steckt, sind wir ohne das Schwert verloren." Mit diesen Worten packte Keelah ihr Bündel, schnürte es sich auf den Rücken und machte sich wieder zum Abmarsch bereit.

„Du hast recht, machen wir, dass wir weiterkommen." Lynn übernahm die Führung.

„Wartet, einen Augenblick noch!", warf Lardan ein. „Ich möchte, dass ihr alle wisst, wo ich glaube, dass wir das Schwert suchen müssen. Falls mir etwas zustößt, wäre unsere Mission völlig umsonst. Und inzwischen glaube ich immer mehr, dass dieses eine Schwert von äußerster Wichtigkeit ist. Ich finde es unverantwortlich, mein Wissen für mich zu behalten, und dies ist vielleicht die letzte Möglichkeit, dass ich es euch unbelauscht und unbeobachtet erzählen kann."

Lynn blieb stehen und warf einen kurzen Blick zu Keelah, die mit einem leichten Nicken ihre Zustimmung signalisierte. „Also gut, du hast Recht, wegen der außergewöhnlichen Umstände halte ich es auch vernünftig, dass du uns mitteilst, wo wir das Schwert suchen sollen."

„Ich war ja noch ein Kind, aber eines Tages kamen Gabalrik und Hokrim zusammen mit meinem Vater nach Tagen der Arbeit rußgeschwärzt zurück ins Dorf zurück. Ich hatte schon mehrmals nach meinem Vater gefragt und mir Sorgen gemacht, denn es war ungewöhnlich, ihn mehrere Tage nicht zu sehen und er hatte sich nicht von mir verabschiedet. Doch sogar als er dann kam, schritt Cadar wortlos an mir vorüber und legte meiner Mutter voller Stolz ein Schwert mit flammenähnlicher Klinge in die Hände. Dana begutachtete die Waffe und befahl dann allen Anwesenden ihr ganzes Leben lang nie mehr ein Wort darüber zu verlieren. Mein Vater hätte sicher nichts von dem Schwert zu mir gesagt, wenn er nicht Dana für tot gehalten hätte.

Ich weiß noch, wie sie am nächsten Morgen Cadar aufforderte, die Klinge zu verstecken und Vater sie wieder zurück zur Schmiede im Berg brachte. Und dort, nicht bei der Dorfschmiede, müssen wir es suchen. Es gibt einen Weg, der tief in den Berg hineinführt, dort werden wir die Klinge, so glaube ich, finden."

Und er beschrieb ihnen, so gut er konnte und sich erinnerte, die Lage des Berges und wie der Eingang zu finden war. Lynn wiederholte dann jede Einzelheit, an die sie sich erinnerte.

„Weißt du, wo Gabalrik und Hokrim jetzt sind?", fragte Keelah Lardan.

„Nein, aber sie waren am Tage des Überfalls nicht in unserem

Dorf, das weiß ich sicher."
„Also gut, brechen wir auf, es ist eilig", sagte Lynn und erhob sich.
Der zweite Teil des Tages verlief nicht so schweigsam. Zum einen war der Weg nicht mehr so beschwerlich und zum zweiten wurden alle möglichen Überlegungen darüber angestellt, was der Bergclan nun als nächstes vorhätte, ob er Verbündete finden würde und wie weit sich der Krieg nach Süden verlagern würde. Über eins waren sich alle im Klaren, der KorSaan würde nie in die Hände des Bergclans oder irgendeines anderen Angreifers fallen.
Auch der letzte Teil des Aufstiegs verlief ohne Zwischenfälle und am späten Nachmittag erreichten sie den Eingang einer kleinen Höhle.

Lardan konnte sich kaum durch den schmalen Spalt zwängen, der den Eingang des Felsloches bildete. Doch dann erhellte seine Fackel einen Gang, der so breit war, dass zwei Menschen ohne weiteres nebeneinander gehen konnten.
Seltsam, dachte er, *Hokrim und Gabalrik waren doch nicht viel größer als ich. Besuchten auch Menschen die Alte Stadt?*
Keelah unterbrach seinen Gedankengang: „Von nun an müssen wir sehr aufmerksam weitergehen. Wir wissen nicht, ob sich in diesen Zeiten nicht auch Versprengte der Bergclans in den ausgedehnten Gängen herumtreiben. Also seid auf alles gefasst und versucht, so leise wie möglich zu sein!"
Ein leichter Luftzug schaffte Erleichterung von der großen Hitze des Tages, obwohl der kühle Hauch nach Moder und Verwesung roch. Lardan erinnerte sich noch gut an das letzte Mal, als er und die DanSaan den Bergclanleuten ausgewichen waren und einen geheimen Pfad durch den Berg gewählt hatten. Wenn diese Gänge zu derselben unterirdischen Stadt führ-

ten, dann musste der gesamte Berg von einem gigantischen Stollensystem durchzogen sein, dessen Ausmaß über seine Vorstellungskraft hinausging.

Der Tunnel stieg stetig an. Immer wieder zweigten Gänge in andere Richtungen ab, und Lardan konnte nicht erkennen, wie Keelah sich orientierte. Doch ohne zu zögern oder zu überlegen, schritt sie voran. Erst als er einmal fragend brummte, als sie wieder einmal zielsicher einen neuen Weg einschlug und sie sich zu ihm umwandte, sah er ihre Lippenbewegungen. Sie sang ein Wegelied lautlos vor sich hin! Also auch hier war sie schon einmal gewesen und hatte das alte Lied für diesen Einstieg gelernt.

Obwohl sie immer tiefer in den Berg eindrangen, brauchten sie bald keine Fackeln mehr. Ein leicht fluoreszierendes, grünes, manchmal eher türkises Leuchten, das von den Wänden abstrahlte, erhellte die Höhlen und Gänge. Wenn sie ab und zu stehen blieben und lauschten, herrschte beinahe völlige Stille. Man hörte das Tropfen von Wasser, einen leichten Windhauch oder ein weit entferntes, kaum hörbares Ächzen und Knirschen des Felsen. Lardan hatte das Gefühl, als ob alle Welt wissen müsste, dass er hier war, so laut erschien ihm sein Herzschlag. Die Gänge wurden jetzt immer wieder von größeren Höhlen unterbrochen, und vereinzelt konnte er behauene Säulen oder in den Felsen gemeißelte, verlassene Behausungen erkennen. Auch drehte er sich immer wieder unvermutet um, weil er das Gefühl hatte, etwas wie Schritte zu hören. Er war sich zu unsicher, um etwas zu sagen, aber als er sich nach hinten fallen ließ und er bei Xuura und Chedi dasselbe Verhalten bemerkte, tippte er Lynn an die Schulter und flüsterte leise: „Lynn, ich glaube wir werden verfolgt."

Diese nickte nur kurz und deutete allen, Schweigen zu bewahren. Es fiel ihm aber auf, dass Keelah sofort versuchte, schneller vorwärtszukommen und das Tempo anzog. So hasteten sie eine ganze Weile dahin, bis sie eine größere Halle erreichten. Plötzlich hielt Lynn inne und gab das Zeichen für den Kampf.

„Wer flüchtet, der stirbt", sagte sie. „Wollen wir einmal sehen, wer uns hier verfolgt." Sie blickte sich kurz um und entschied, dass sie genug Platz hatte, um mit ihrer langstieligen Doppelaxt zu kämpfen.

Wer flüchtet, der stirbt! Das erinnerte Lardan kurz an seinen Vater, der ihm dieselbe Lehre beigebracht hatte.

„Oran-ta, tar-on-tar-tai!", befahl Lynn und sofort reagierten die Waffengefährtinnen.

Sie richteten sich auf einen geordneten Kampf ein, bei dem sie von einer Seite angegriffen wurden. Sie postierten sich rund um den Eingang der größeren Höhle und Keelah zündete noch schnell eine Fackel an, die sie weit in den Gang hinein warf. Dann warteten sie in Kampfstellung. Lardan war es, als ob er für einen Augenblick im Dunkel sich regende Schatten wahrnahm, aber es war kein Geräusch zu hören, und es rührte sich nichts. Angespannte Stille herrschte, nur das leise Zischen der abbrennenden Fackel tief im Stollen war zu hören.

„Chedi, han-loor!"

Die Angesprochene nahm ihren Bogen, nahm eine kniende Stellung ein und schoss in schneller Reihenfolge drei Pfeile in die finstere Pforte ab. Danach schloss sie sofort wieder die Kampfreihe. Nichts passierte. Es war weder eine Reaktion zu sehen, noch zu hören. So verharrten sie noch eine ganze Weile in ihren Positionen, dann gab Lynn den Befehl zum langsamen, geordneten Rückzug.

„Hak-tar-ata-ra!" Keelah übernahm wieder die Führung, und die anderen zogen sich rückwärtsgehend in den nächsten Gang zurück.

„Wir suchen uns besser einen Ort, den wir verteidigen können und wenn möglich, einige Stunden schlafen können,", schlug Lynn vor.

"Also, was immer es war, falls wir uns das nicht alles eingebildet haben, es jagt uns", bemerkte Keelah, "und schlau und gerissen ist es noch dazu. Es hat sofort auf uns reagiert."

"Wir haben uns den Verfolger nicht eingebildet. Ich habe ihn zwar nicht gesehen, aber ich konnte ihn spüren. Es war etwas da und es war nichts Menschliches, ich bin mir sicher." Xuura war bekannt für ihren Jagdinstinkt und ihre Sinnesschärfe. Alle, die im Dschungel aufgewachsen waren, hatten ein besonderes Gespür für Gefahren, überlebensnotwendig einerseits, um Beute zu machen und andererseits, um nicht Beute zu werden.

"Nun, auch du könntest dich vielleicht einmal irren", meinte Lardan wider besseres Wissen, in der Hoffnung, von irgendjemandem Zustimmung zu erhalten. Er bekam aber nur eindeutige Blicke zugeworfen, die seine winzig kleine Hoffnung weder sonderlich ermutigten noch seine Angst linderten.

Die Gruppe bewegte sich inzwischen nicht mehr langsam und vorsichtig, sondern beinahe im Laufschritt. Keelah wusste, sie mussten bald einen geeigneten Lagerplatz finden, denn alle waren nach dem anstrengenden Aufstieg und der Befürchtung gejagt zu werden am Ende ihrer Kräfte und sie würden sie womöglich noch für einen Kampf brauchen. Schließlich fand sie die Unterkunft, die sie suchten. Eine längere, steile Treppe führte zu einem größeren Bauwerk hinauf.

"Wartet", rief Keelah, "ich schaue nach." Sie rannte, so schnell sie konnte, mit gezogenem Schwert nach oben. Nach wenigen Augenblicken deutete sie der Gruppe, dass sie nachkommen sollte. "Es ist keine Sackgasse, man kann durch die Wohnhöhle hindurchgehen, auf der anderen Seite dieses Felsens führt der Weg in die große Halle mit dem Kristallsee.

Kommt jetzt hinauf in den ersten Stock, dort sind Fensterluken und haltet mir unsere Verfolger falls nötig noch eine Weile vom Leib! Ich verbarrikadiere die Tür."

Es bedeutete keine große Herausforderung für die Kriegerin, denn eine schwere, mit Eisen beschlagene Tür hing noch in den Angeln. Sie musste nur eine Holzbohle dagegen klemmen und schon waren sie fürs erste einmal sicher. Bevor Keelah oben zu den anderen stoßen konnte, hörte sie schon das Surren eines Pfeils.

„Nicht Lardan, spar dir deine Pfeile, da war nichts", sagte Chedi.

„Ich hab' was gesehen, eine schnelle Bewegung und dann haben mich zwei leuchtend rote Augen für einen Moment angesehen."

„Lardan hat Recht, da war etwas", bestätigte nun die schweigsame Xuura. „Ich glaube, ich weiß, was uns verfolgt. Es sind Yauborg."

2 Sileah

Am Morgen, kurz nachdem Lardan, Lynn und die anderen aufgebrochen waren, begab sich SanSaar mit Sileah und den Kriegerinnen Eyra und Osri zu den Höhlen, um den Spuren UrSais zu folgen und herauszufinden, was mit ihm und vielleicht auch den anderen Männern, die die DanSaan zu früheren Zeiten in der Hoffnung aufgezogen hatten, ihren Göttern zu dienen, passiert war. Und um endlich nachzuforschen, was da unten in den Höhlen, die sie seit Menschengedenken bewachten, ruhte und welche Rolle die DanSaan in der ganzen Geschichte innehatten.

Das, woran die Ehrwürdige SanSaar ihr Leben lang geglaubt hat, hat sich als Lüge erwiesen, dachte Sileah, während sich

die Gruppe auf dem abschüssigen Weg befand.
Sie muss zutiefst erschüttert sein, und trotzdem führt sie uns wie immer an und zeigt uns den Weg, den wir zu beschreiten haben.
Obwohl UrSai mindestens einen halben Tag Vorsprung haben musste und SanSaar nicht mehr so schnell zu Fuß war, war es ihnen ein leichtes, seinen Spuren zu folgen. Sileah wunderte sich über die Blutspuren, die immer wieder links und rechts an spitzen Felsen zu sehen waren. War UrSai verletzt gewesen?
Schon bald, nachdem sie den Höhleneingang passiert hatten, schlugen sie Wege ein, die sie bisher noch nie zuvor betreten hatten. Ihre tiefe innere Abneigung, ja sogar Abscheu, die die DanSaan beim Betreten der inneren Höhlen und Gänge immer empfunden hatten, hatte sie zurückgehalten, das Höhlensystem weiter zu erforschen. Nur ganz wenige DanSaan, Dana war eine von ihnen gewesen, hatten manchmal die Tiefen betreten, um die unzähligen Schriftzeichen und Bilder zu erforschen. Aber im Moment lebte niemand mehr auf dem KorSaan, der sich mit dieser alten Wissenschaft beschäftigte.
Sileahs Unbehagen sich weiter vorzuwagen war stark wie immer.
Wahrscheinlich wartet wirklich etwas Böses dort unten, wir haben Recht, dass uns die Höhlen so zuwider sind. Astaroth, der Gebannte, - ich sollte nicht einmal an seinen Namen denken - am Ende bemerkt er uns dadurch!
Plötzlich packte SanSaar Sileah an der Schulter und nötigte sie stehen zu bleiben.
„Meine Schwester, hör mir gut zu, unsere Zeit ist kurz bemessen und was ich zu sagen habe ist wichtig für dich und die anderen. Ich werde nicht mehr aus den Höhlen zurückkehren."
Sileah schien es, als würde ihr Herz von einer eiskalten Faust zusammengepresst. Ihre beiden Begleiterinnen keuchten und

sie sah ihnen ihr Erschrecken an.

„Aber SanSaar,...."

„Nicht jetzt. Glaubt mir einfach. Dich Sileah, hat, wie alle DanSaan gesehen haben, der Meragh zu meiner Nachfolgerin auserkoren."

Sileah wollte SanSaar wieder unterbrechen, aber deren Blick ließ sie schweigen.

„Es war so und wird immer so sein. Der Meragh erwählt SanSaar. Deine Pflicht ist es nun, koste es was es wolle, zurückzukehren und den Meragh zu führen. Große Schlachten stehen dir bevor, großes Leid und Verzweiflung. Lasse die Heilige Waffe kreisen, damit die Menschen des KorSaan niemals die Hoffnung verlieren. Du wirst für lange Zeit ihre einzige Hoffnung sein. Ich weiß, dass du das jetzt noch nicht verstehen kannst und die Last schwer auf deinen Schultern liegen wird, aber der Teil des Schicksals, den wir nicht bestimmen können, hat gewählt. Nun liegt es an dir.

Viele Prüfungen werden dein Leben bestimmen, diese hier, die erste, wird eine der schwersten sein. Ich kenne deine Gefühle für UrSai, aber du musst wissen, der UrSai, den wir finden werden, falls es noch nicht zu spät ist, hat nichts mehr mit dem UrSai zu tun, den wir, den du kanntest. Lass dich nicht täuschen, denn das beherrscht unser Gegner am besten, die anderen durch Trugbilder zu verwirren."

Während sich Sileah mit wachsendem Entsetzen auf diese Worte konzentrierte, hatten in der Ferne Geräusche eingesetzt, die in regelmäßigen Abständen durch die Gänge hallten. Sie hoffte, dass sie natürlichen Ursprungs waren und nur durch die unterirdischen Echos einen so unheimlichen Eindruck auf sie machten.

„Wenn du zurückgekehrt bist, gehst du in die Bibliothek!"

SanSaar erzwang wieder ihre Aufmerksamkeit, indem sie

Sileahs Am nahm und ihr eine Kette, an der ein Schlüssel baumelte, in die Handfläche legte.
Sie schloss mit ihren faltigen, mageren Fingern Sileahs Faust und erklärte: „Mit diesem Schlüssel kannst du ein Geheimfach öffnen. Steck ihn in das Maul der kleinen Statue auf meinem Schreibtisch. Dann wirst du die Chroniken aller SanSaar und Danas Aufzeichnungen finden."
Sileah schaute SanSaar fragend an.
„Ja, auch die Arbeit von Lardans und deiner Mutter. Sie waren besessen von den Runen und Schriftzeichen und begaben sich, so oft es ging, in die Höhlen, um zu forschen und hinter deren Geheimnisse zu kommen." SanSaar seufzte tief. „Wenn wir ihnen geglaubt hätten, hätten wir vielleicht vieles verhindern können. Wir haben eine Menge gutzumachen. Du musst alles wieder gutmachen!"
Dann schritten sie schweigend weiter durch das Dunkel. Sileah konnte oder vielmehr wollte nicht begreifen, was ihr SanSaar alles eröffnet hatte. Nach einer langen Zeit wandte die Alte Meisterin sich erneut Sileah zu.
"Sprich mir nach!", sagte sie fordernd.
„Heyka hem meragh!" Sie machte eine kurze Pause und Sileah wiederholte gehorsam die Silben.
„Shana ta tac!" Intuitiv fing Sileah wieder von vorne an.
„Heyka hem meragh, shana ta tac!" Sie fühlte plötzlich, wie diese Silben beinahe von selbst aus ihr herausströmten.
„Gut, du kannst sie schon spüren", flüsterte die ehrwürdige Meisterin. Sie wiederholte den Spruch und setzte fort: „Onto quie ragalan, honte tie tieozye."
Sileah wiederholte und SanSaar führte den Spruch weiter. Sileahs Gedanken waren ganz von den heiligen Silben gebannt. Sie fühlte mehr, als dass sie es sah, wie der Meragh, den SanSaar wie immer am Rücken festgeschnallt hatte, leicht

zu fluoreszieren anfing, als ob er ein pulsierendes, violettes Herz hätte.

Sileah stieg jetzt wie in Trance über im Weg liegende Felsbrocken oder wich spitzen Felsvorsprüngen aus, in ihrem Kopf war nur mehr Platz für die heiligen Sprüche, die ihr SanSaar vorsagte und die sie nachsprach. Wie von selbst veränderte sie die Intonation, wie von selbst erfasste sie den Rhythmus und die unterschiedlichen Tonhöhen der Silben. Es war, als ob die heiligen Anrufungen schon immer in ihr gewesen waren, nur hatte Sileah sie nicht wahrnehmen können.

Inzwischen waren sie so weit in die Stollen vorgedrungen, wie es bisher keine DanSaan gewagt hatte. „Wir werden niemals wieder zurückfinden", flüsterte Osri und damit sprach sie genau aus, was Sileah ebenfalls dachte. SanSaar schien die Worte nicht zu beachten. Zielstrebig steuerte sie immer wieder in eine bestimmte Richtung, ohne zu zögern wählte sie eine von zwei Gabelungen, ohne je auf Spuren UrSais zu achten oder sie zu suchen. Obwohl sie für Sileahs Zeitgefühl schon eine Ewigkeit unterwegs waren, ging SanSaar immer noch schneller, wenn es die Umgebung zuließ. Das dumpfe Hämmern, das durch die Gänge dröhnte und nur einmal für kurze Zeit schwächer geworden war, war nun wieder in beängstigender Regelmäßigkeit zu vernehmen.

„Es kann nicht mehr weit weg sein", sagte Sileah zu sich selbst, und fast im selben Augenblick erstarrte SanSaar. Sie gab das Zeichen, sich ruhig zu verhalten. Dann schlich sie vorsichtig einige Schritte um die Ecke. Sileah wollte ihr folgen, SanSaar aber gebot ihr Einhalt. Nach einem kurzen Augenblick kehrte sie zurück. Sileah konnte sofort die tiefe Besorgnis in ihren Augen erkennen.

„Es ist viel schlimmer, als ich gedacht habe. Ich fürchte, wir kommen zu spät. Sileah, wenn es zum Kampf kommt, musst du dich um UrSai kümmern. Bedenke, was ich dir gesagt habe, es ist nicht mehr der UrSai, den du kanntest, er wird versuchen zu verhindern, was ich tun muss. Halt du mir meinen Rücken frei, Eyra und Osri, ihr deckt Sileah. UrSai wird wahrscheinlich Helfer haben."

Dann nahm die Ehrwürdige SanSaar den Meragh in ihre Hände und richtete seine beiden Enden nach vorne. Sileah und die Kriegerinnen zogen ihre Waffen. Dann bogen sie gemeinsam um die Ecke.

Vor ihnen öffnete sich eine gewaltige Höhle, getragen von mächtigen Säulen, die in einem blauvioletten Licht pulsierten. Doch Sileah hatte keine Zeit, die beeindruckenden Bilder in sich aufzunehmen und zu bewundern, denn SanSaar schritt, ohne zu zögern, die mächtige, steinerne Treppe hinunter, monoton die heiligen Silben rezitierend.

Mit einem Mal hörte das schreckliche Hämmern auf und eine unnatürliche, eisige Stille erfüllte den riesigen Raum. Auf ein Zeichen SanSaars hielten alle inne. Sileahs Sinne waren zum Zerreißen angespannt. Sie war eine Kriegerin der DanSaan, gestählt durch viele Kämpfe, aber in dieser Höhle fühlte sie eine Anwesenheit, die ihr Angst machte. Sie vollführte eine fast nicht wahrnehmbare Geste und die beiden anderen Kriegerinnen bewegten sich lautlos ein paar Schritte nach links und rechts, um ihre Seiten zu decken. Unvermittelt durchfuhr tiefstes Grauen Sileah. Aus einem dunklen Nebel, der langsam näher kroch, schälte sich eine blutige Figur, die Haare zu Strähnen verklebt, die Kleider in Fetzen vom Leib hängend. Ein heiserer Schrei entfuhr ihrer Kehle.

„Neeeiiiiiiin! Du bist nicht UrSai!" Sileahs ganzer Schmerz schien sich in ihrer Stimme ausdrücken zu wollen. „Wer hat dir das angetan", flüsterte sie nur mehr zu sich selbst, „ich werde ihn dafür leiden lassen."

Sie wollte zu ihm, doch eine abwehrende Geste SanSaars hielt sie davon ab. Zwischen Mitleid und Schrecken hin- und hergerissen gehorchte Sileah. Der Nebel selbst hatte sich inzwischen zu einer weiteren dunklen Figur zusammengezogen, die sich hinter UrSais Rücken in die Höhe erhob. Und nun sahen sie alle auch die Quelle des schwarzen Nebels, dessen böse Ausstrahlung sie dann auch wiedererkannten. Neben den Trümmern einer zerschlagenen Statue klaffte ein Loch, aus der die düstere Brühe hervorquoll. Aber nicht nur diese dunkle Quelle speiste den Schatten, auch aus drei anderen, etwas kleineren Spalten im Felsen quoll diese unheilbringende Wolke.

UrSai, der sich bisher nicht gerührt hatte, hob langsam sein gesenktes Haupt. Durch seine blutverkrusteten Haare stachen schwarzrote Augen hervor. „Ihr kommt zu spät, es ist vollbracht, ich UrSai, erster Diener des Meisters, habe ihn zurückgeholt. Und nun werdet ihr seine Macht spüren und ich meine Rache bekommen!"

Ein mächtiges Grollen durchzog die Halle, es war, als ob ein gewaltiger Sturm, plötzlich aus dem Nichts kommend, losfegte. Yauborg schienen aus der Leere zu fallen und griffen die DanSaan an. Blitze durchzuckten den unheilvollen Raum und SanSaars Meragh sprühte Verderben in die ersten Reihen der Yauborg. UrSai setzte zum vernichtenden Schlag auf die Ehrwürdige Meisterin an, aber darauf hatte Sileah nur gewartet. In dieser Situation musste sich nicht überlegen, wem ihre Loyalität galt.

Mit der Leichtigkeit und Behändigkeit einer DanSaan parierte sie den gewaltigen Schlag und ihre Serie von Riposten ließ UrSai zurückweichen.

„Zuerst wirst du wohl mich erledigen müssen, Sklave des schwarzen Abschaums!" Sileah spuckte vor die Füße UrSais und klopfte zweimal mit ihrer Klinge auf den steinernen Boden. Das Zeichen der Herausforderung.

„Ihr kämpfenden Männer wart noch nie eine Herausforderung für mich!"

Dann kreuzten sich die Klingen und es war zum ersten Mal, dass UrSai und Sileah nicht in einem Trainingskampf fochten. Eyra und Osri deckten nun den Rücken SanSaars, die sich unermüdlich zu der zerschlagenen Statue und dem geborstenen Siegel vorkämpfte.

Die ersten Schläge und Paraden zwischen UrSai und Sileah waren nur ein Abtasten, ein Anfangsgeplänkel, fast ein rituelles Kreuzen der Klingen. Sileah kannte die Eigenheiten UrSais und sie wusste ebenfalls, dass er ihre Vorlieben im Schwertkampf kannte.

UrSai war der erste, der einen ernsthaften Angriff startete. Geschickt ließ er sein Schwert vor seinem Körper kreisen, es schien, als ob es ihm überhaupt keine Mühe bereiten würde, seine Waffe aus dem Handgelenk eine doppelkreisige Spur ziehen zu lassen, um unerwartet zwei schnelle Linksdrehungen um die eigene Achse zu machen und dadurch zwei ungestüm aufeinanderfolgenden Hieben immense Schlagkraft zu verleihen. Sileah beherrschte dieses Manöver ebenfalls und wusste, dass sie diese Hiebe niemals parieren durfte. Durch zwei katzengleiche Sprünge zurück wich sie den todbringenden Schlägen aus, um sofort einen schnellen Gegenschlag anzubringen, da sie hoffte, dass UrSai durch sein körperbetontes Manöver vielleicht für einen kurzen Augenblick sein Gleichgewicht verloren hatte. Aber dieser hatte seinen Körper völlig unter Kontrolle und Schlag um Schlag, Parade um Parade wogte der Kampf hin und her. Und es war Sileahs Blut, das als erstes floss. Zu spät sah sie das metallische Schimmern in seiner linken Hand. UrSai hatte blitzschnell wie aus dem Nichts einen Dolch gezogen und verletzte damit Sileah an der linken

Schulter. Der plötzliche Schmerz ließ die DanSaan erst richtig erwachen. Sie erkannte, dass sie bis jetzt noch zu sehr unter dem Schock gestanden hatte, ihren Gefährten an Astaroth verloren zu haben.
Nun nahm sie gefühlsmäßig eine Veränderung in UrSais Art zu kämpfen wahr, konnte aber in der Hitze des Gefechts den kleinen Unterschied nicht genau erkennen, bis er ihr schlagartig klar wurde. Sie erinnerte sich an die Erzählungen Lardans vom Kampf Isehs mit Dyak, in dem die Verschlagenheit des Mannes Iseh fast das Leben gekostet hatte.
Voller Zorn brüllte Sileah UrSai entgegen: „Ich verstehe, elender Feigling. Du bist wie Dyak, der seine Kämpfe nur durch Arglist und Verschlagenheit gewonnen hat. Daraus sollst du keinen Vorteil ziehen! Ich werde dir die Antwort einer Kriegerin der DanSaan zukommen lassen!"
Gezügelter Zorn und beherrschte Wut gepaart mit gnadenlosem Angriff ist eine todbringende Mischung im Zweikampf. Unerbittlich schlug Sileah auf UrSai ein und alle seine Finten und Täuschungsmanöver gingen ins Leere, weiter und weiter musste er zurückweichen, nicht immer ohne Schaden zu nehmen, ein kleiner Schnitt da, eine blutende Wunde dort. Ein verzweifelter Versuch UrSais seinem Schicksal zu entgehen, besiegelte sein Verhängnis. Weder seine Waffe noch seinen Körper mehr unter Kontrolle haltend, wollte er Sileah mit einem verzweifelten Sprung zu Boden reißen.
Wenn der Sturm tobt, biegt sich die Kornähre, um sich danach wieder aufzurichten. Die, die nicht nachgeben, werden entwurzelt.
Sileah erkannte die richtige Strategie, wich dem ungestümen Sprung UrSais aus. Der krachte zu Boden und im nächsten Augenblick war sie über ihm und hielt ihm den Dolch an die Kehle.

„Du wirst mich nie besiegen!", brüllte er in seiner Besessenheit.
Sileah packte ihn an seinem Haarschopf und riss seinen Kopf nach hinten.
„Sieh her, sieh mich an!", brüllte sie ihn aus nächster Nähe an.
Mit ihrer ganzen Verzweiflung und Wut versuchte sie zu ihm durchzudringen, aber seine schwarzen, erweiterten Pupillen ließen nur mehr Wahnsinn erkennen. Voll Hoffnungslosigkeit packte sie ihn und rüttelte an seinem Oberkörper.
„UrSai, UrSai, ich bin es, Sileah, wir haben uns geliebt, wir waren Freunde!" Schluchzend nahm sie ihn in die Arme und versuchte ihn festzuhalten.
„Sileah, Sileah." Gequälte Worte pressten sich aus UrSais Mund. „Was..?"
„UrSai? Komm, schnell, weg hier!" Sileah versuchte ihn hochzuheben und zur Treppe zu schleppen.
Jetzt erst sah und hörte sie wieder, was in der Höhle los war. Eyra und Osri waren umringt von Yauborg, überall lagen Leichen, Teile von Gliedmaßen, Lachen voll Blut. Aber wo war SanSaar? Hastig schweifte Sileahs Blick durch das Chaos. Tränen, gemischt mit Blut und Schweiß trübten ihren Blick. Hastig wischte sie sich das brennende Gemisch aus den Augen. Da konnte sie die Ehrwürdige Meisterin endlich erkennen. Umhüllt von einem violetten Schimmer jagte ein Feuerblitz nach dem anderen in die schwammige, nebelige Figur, aus der schwarze Bälle hervorzuckten. Unvermutet sprang SanSaar nach vor und hechtete auf den zerbrochenen Sockel der Statue, der die dunkle Gestalt mit Energie zu versorgen schien. In diesem Augenblick explodierte das steinerne Podest, auf dem die Ehrwürdige Meisterin stand, und glühende Lava strömte unter ihren Füßen empor. Ein Krachen und Toben, Schreien und Brüllen erfüllte den Raum, als ob die letzte der

Schlachten angebrochen sei. Es kämpfte jetzt nicht mehr San-Saar, der das flüssige Feuer nichts anzuhaben schien, nein, die Lava hatte sich ebenfalls zu einer gewaltigen Gestalt geformt. Zwei mächtige feuerrote Schwingen und ein riesiger Vogelkopf bedrängten den Nebelkörper Astaroths. Sileah glaubte in dem irrsinnigen Dröhnen und Krachen immer wieder Wortfetzer verstehen zu können, bis ein dumpfer Schmerz in die Magengrube ihr die Luft wegnahm. UrSai hatte sie mit einem wuchtigen Stoß zur Seite geworfen und schleppte sich zum Zentrum des Geschehens.

„Ich komme Meister, ich komme....", stammelte er vor sich hin.

Sileah, nach Luft ringend und ihre Nachlässigkeit verfluchend, versuchte ihm zu folgen. Ein kurzer Blick zur Seite zeigte ihr, dass sich die Yauborg zurückzuziehen begannen. Eyra und Osri oder die Körper, die sie für die beiden hielt, standen auch noch aufrecht. Sie versuchte zu laufen, aber es war, als ob sie in einem Alptraum gefangen sei. Es war, als ob eine schwere Kette, an ihre Beine geschmiedet, ihre Bewegungen verlangsamte. Pfeile aus flüssigem Feuer prasselten auf die schwarze, nebelhafte Figur, die sich immer weiter zu den gebrochenen Siegeln zurückziehen musste. Jede Bewegung verursachte Sileah Schmerzen, die sie vorher noch nie erfahren hatte. Sarianas öffnete blitzartig seine Flügel, umhüllte mit all seiner Macht den nebeligen Körper Astaroths. Ein aufbäumender, sich überschlagender, verzweifelter Schrei durchschnitt den Raum. Sileah wusste nicht, ob sie durch die Macht von Sarianas Flügelschlag oder Astaroths verzweifelter Gegenwehr gegen die Felswand geschleudert wurde. Das Letzte, was sie wahrnahm, bevor sie das Bewusstsein verlor, war SanSaar, die inmitten des ungeheuren Tobens und Wütens wie ein Fels in der Brandung stand, den Meragh mit beiden Händen über ihren Kopf haltend. Dann versank sie in der Schwärze.

3 Lynn-Keelah-Chedi-Xuura-Lardan

Niemand wagte an Xuuras Meinung zu zweifeln, und deshalb war die Entrüstung aller noch größer.

„Yauborg, mein Vater erzählte mir von Yauborg, wenn er mir eine Gruselgeschichte erzählen wollte. Er sagte immer, dass er, bevor er die Schmiede im Berg einrichten konnte, die Gänge von Yauborg freikämpfen musste. Ich habe ihm das aber nie geglaubt, ich war der Meinung, er wollte mir nur imponieren. Und UrSai behauptete auch einmal, mich vor Yauborg gerettet zu haben", erzählte Lardan erregt.

„Nein, sie existieren wirklich, auch wenn sie heutzutage nur mehr wenige Menschen zu Gesicht bekommen. Diese Wesen mit den unbrauchbaren Flügeln, ich glaubte, sie jagen keine größeren Beutetiere. Zumindest nicht, wenn sie auf mehrere treffen. Ich kenne Geschichten, in denen sie in der Nacht im Rudel ein paar Baykus schlagen, aber Menschen angreifen, eigenartig, normalerweise sind sie sehr zurückhaltend, sogar feige", sinnierte Lynn.

„Ja, das macht mich auch nachdenklich", sprach Xuura, „es könnte aber sein, dass..... nein, das ist aber doch wenig wahrscheinlich... ."

„Was, Xuura, was, sag es uns, was ist zu wenig wahrscheinlich?" Lardan packte sie an der Schulter.

Sie löste sich aus seinem Griff und wendete sich ihm zu.

„Außer", Xuura holte tief Luft, „außer sie tun es nicht freiwillig."

„Nicht freiwillig, nicht freiwillig, was meinst du damit?" Lardan bekam es immer mehr mit der Angst zu tun.

„Nicht freiwillig, nicht freiwillig heißt, es zwingt sie jemand

etwas zu tun, was sie sonst nicht täten, wenn...".
Ein dunkles, langgezogenes Röhren unterbrach die Kriegerin.
„Außer es sind ein, zwei..... Gothas unter ihnen."
„Gothas? Yauborg, Gothas, es gibt doch auch keine Gothas mehr", ereiferte sich Lardan, „es hat vielleicht nie welche gegeben. Alles Märchen und Schauergeschichten, um kleine Kinder zu erschrecken!"
„Und was glaubst du, hast du soeben gehört", fragte Xuura?
Lardan war vielleicht der einzige, dem man seine Furcht äußerlich anmerkte, aber allen anderen war bei dem Wort Gotha ebenfalls ein Schauer durch die Glieder gefahren. Urängste verdrängten alle vernünftigen Argumente, die sie sich ausdachten, um die Existenz dieser grausamen Wesen zu verleugnen.
Lynn war die erste, die ihr Entsetzen zur Seite schob und den anderen wieder Mut machte.
„Lasst uns annehmen, dass Xuuras Vermutungen stimmen und uns darauf vorbereiten, so gut es geht. Keelah und ich übernehmen die erste Wache. Lardan, Chedi, Xuura, bereitet eure Waffen vor und ruht euch aus, so gut es geht, damit ihr später bereit seid, uns abzulösen!"
Lardan bemühte sich, sich so hinzulegen, dass er seine müden, schmerzenden Gliedmaßen am wenigsten spürte. Der felsige Boden machte die Sache nicht leichter. Er bemerkte, wie Chedi und Xuura auch von Zeit zu Zeit verzweifelt versuchten, eine weniger schmerzende Körperhaltung einzunehmen.
Lange Zeit war es ruhig, und er hörte nur das Atmen und manchmal einen Seufzer der Frauen. Immer wieder fiel er für kurze Zeit in einen unruhigen Schlaf, bis ihn Keelah zur Ablösung holte. Zu diesem Zeitpunkt allerdings dachte er, hätte er noch Stunden gebraucht, um seine Müdigkeit abzuschütteln.
„Sei wachsam, Lardan, sie sind da draußen, und ich möchte

nicht von ihnen überrascht werden!"
„Ich auch nicht, da kannst du dir sicher sein, aber es gibt sie doch gar nicht, irgendetwas anderes muss hinter uns her sein."
Sie reichte ihm die Hand und half Lardan sich aufzurichten.
Er stellte sich neben Xuura an ein herausgebrochenes Fenster in der Felswand, und sie starrten in das finstere Loch gegenüber schräg unter ihnen. Geräuschlos legte Xuura einen Pfeil auf die Sehne ihres Bogens und machte sich zum Schuss bereit.
„Was ist los, ich kann nichts sehen", hauchte ein verunsicherter Lardan.
„Sie kommen, weck die anderen auf!", war die kurze und bündige Antwort Xuuras.
Ihr erster Pfeil surrte von der Sehne, und man hörte ein deutliches "Tock", gefolgt von einem dumpfen Schrei.
Lardan brauchte niemanden mehr zu wecken. Das Geräusch der surrenden Bogensehne hatte alle sofort auf die Beine gebracht. Lynn warf einen kurzen Blick zu Xuura.
„Ich denke ein Dutzend Yauborg. Vorerst!", erstattete diesen Bericht.
Im nächsten Augenblick hagelte es alle möglichen Arten von Geschossen durch das Fenster.

4 Sileah

Es war absolut still.
Sileah wusste nicht, wie lange sie in dem Reich zwischen den Welten verweilt hatte. Ihr ganzer Körper bestand aus Schmerz. Langsam kehrten Fetzen der Ereignisse wieder in ihr Gedächtnis zurück. Sie erinnerte sich an den harten Aufprall, der sie glauben gemacht hatte, alle ihre Knochen wären zerborsten.

"UrSai, SanSaar!"
Unwillkürlich versuchte sie ihr Schwert zu ergreifen. Langsam kam ihr Überlebenswille zurück. Sie rappelte sich mühsam auf, immer noch verwundert, keinen Ton zu hören. Allmählich nahm ihre Benommenheit ab, und sie konnte sich ein Bild der Lage machen. Hatte sie nun geträumt, oder war sie wirklich bei einem Kampf der Götter zugegen gewesen? Überall lagen Leichen von Yauborg oder was von ihnen übrig war. Schritt für Schritt stakste sie vorwärts, immer aufs Äußerste gefasst, obwohl, viel Gegenwehr hätte sie wohl nicht mehr zu leisten vermocht. Keine Spur von UrSai, auch keine Zeichen vom nebelhaften Leib Astaroths waren mehr zu sehen.
„Wir haben ihn besiegt", gurgelte es irgendwie aus ihrer Kehle heraus, „SanSaar, wir haben Astaroth...."
Der Anblick ließ Sileah bis ins Mark erschauern.
„SanSaar, Ehrwürdige Meisterin...neeiiin!"
Verzweifelt fiel Sileah auf die Knie. Dort, wo die Lava aus dem Stein hervorgebrochen war, wo UrSai das letzte Siegel, die Statue einer alten Frau, zerbrochen hatte, dort stand jetzt SanSaar, die Beine leicht gespreizt, die Hände in die Höhe gestreckt. Weinend zog sich Sileah an der steinernen Figur hoch. Allmählich konnte sie Baustein für Baustein in ihren Gedanken zusammenfügen. SanSaar hatte im letzten Augenblick verhindert, dass Astaroth die Schwelle zu dieser Welt überschreiten konnte.
Nur die Vier Götter selbst wissen, was das bedeutet hätte, dachte Sileah.
Erst als sie einen Schritt zurück machte, bemerkte sie, dass nicht alles an SanSaar versteinert war. Der Meragh, den sie über ihrem Haupt hielt, leuchtete immer noch in seiner eigenen rotvioletten Farbe. Es kamen ihr wieder die Worte San-Saars in den Sinn: „Du musst zurückkehren und den Meragh

kreisen lassen, damit die Menschen die Hoffnung nicht verlieren!"
Vorsichtig nahm sie das Krumme Holz aus den steinernen Fingern.
Und dann wurde ihr bewusst, was sie nun erwartete. Die Verantwortung, die sie von jetzt an zu tragen haben würde, schnürte ihr mit einem Mal die Kehle zu. Wenn es ihr gelingen sollte, aus den Höhlen zurückkehren, dann würde sie die Führerin der DanSaan sein. Und sie wusste, dass sie ihre Freundinnen und Mitstreiterinnen ab jetzt mit Ehrwürdige Meisterin und SanSaar ansprechen würden. Sie musste von nun an die Geschicke der DanSaan leiten, zu einem Zeitpunkt, an dem ein großer Krieg im Begriff auszubrechen war.
Ein leises Stöhnen holte sie wieder aus ihren Gedanken.
Eyra und Osri, schoss es Sileah plötzlich durch den Kopf. Inmitten von gespaltenen Leibern und abgehackten Gliedmaßen saßen die beiden Kriegerinnen auf dem nackten Fels und lehnten mit dem Rücken an einer Säule. Sileah konnte ihre Kampfgefährtinnen kaum wiedererkennen. In schockartigem Dämmerzustand starrten sie ins Leere und versuchten vergeblich, ihre klaffenden Wunden mit bloßen Händen zuzuhalten. Osris linke Gesichtshälfte bestand nur mehr aus blutenden Hautfetzen und Eyras linker Arm war unterhalb des Ellenbogens abgetrennt. Irgendwie bemerkten die beiden, dass Sileah vor ihnen stand und mit letzter Kraft stöhnte Eyra: „Shan-tar."
Entsetzt wich Sileah ein paar Schritte zurück. Aber Eyra flehte mit immer schwächer werdender Stimme: „Shan-tar, shan-tar."
Sileah wusste, dass sie die Pflicht hatte, ihre Kameradinnen zu töten, um sie nicht einem noch längeren Martyrium auszusetzen, aber sie kannte die beiden schon beinahe ihr ganzes Leben lang, und sie hatten gemeinsam schon unzählige Kämpfe

ausgefochten. Aber sie wusste, dass auch die besten Heilerinner der DanSaan sie nicht mehr retten konnten, so schwer waren ihre Verwundungen.

„Die Lieder über eure Tapferkeit werden nie an den Feuern der DanSaan verstummen."

Mit diesen Worten zog Sileah ihr Schwert und beendete mit zwei schnellen Streichen das Leiden von Eyra und Osri. Dann sank sie auf die Knie und konnte sich nur noch übergeben.

„Das nächste Mal entkommst du mir nicht UrSai. Dafür wirst du hundert Tode sterben und dir werde ich keinen Gnadentod gewähren."

Den Meistermeragh auf den Rücken geschnallt, wankte Sileah allein zu den Stufen zurück, über die sie alle gemeinsam heruntergekommen waren.

„Ich werde den Weg zurück finden, ich werde den Weg zurück finden.... "

5 Sileah-Ikan Temarin-Yantu

Sileah stammte aus Khartan, der Pfahlstadt im Delta des Andur. Nur wenige wussten mehr um die eigentliche Entstehung dieser sagenumwobenen Ansiedlung, aber man ging davon aus, dass sie während der letzten Herrschaft Astaroths gegründet worden war, um einen Hort der Sicherheit zu schaffen, an dem die wenigen Gelehrten, die die Chaoskriege überlebt hatten, die Möglichkeit zu geben, ihre Erkenntnisse für die zukünftigen Zeiten zu überliefern. Denn warum sonst hätte sich jemand in die brodelnden Sümpfe begeben sollen, um dort ein schwieriges und ungesundes Leben zu führen? Es gab keine Straßen, alle Wege mussten mit den kleinen Booten, von denen jede Familie mehrere hatte, zurückgelegt werden, und es war aufwendig, auch nur einen größeren Gegenstand damit zu befördern. Trotzdem wuchs die Siedlung mit den Generationen zu einer pulsierenden Stadt aus Holz heran, wo Türme in den Himmel ragten, wo die vielen Bauten mit Brücken verschiedener Bauweise miteinander verbunden waren.

So hatte es sich in den frühen Zeiten herausgestellt, dass es von Nutzen war, dass möglichst alle, die dort lebten, mehrere Fertigkeiten beherrschten. Alle aber waren Meister der Holzbearbeitung.

Die einzige Ausnahme bildeten die Gelehrten. Ihnen wurde gestattet, sich einzig und allein einer Aufgabe zu widmen: zuerst der Aufzeichnung allen Wissens ihrer Zeit, das sonst für immer in den Wirren der Aufstände, Kriege und Massaker verlorengegangen wäre, und später, als die Ordnung in den Ländern nach vielen Jahrzehnten wiederhergestellt worden war, die weitere und tiefergehende Forschung in allen Wissensbereichen. So gab es unter anderen ein Haus der Heiler, eines für die Geschichte Dunia Undaras, ein Haus der Mechanik und Bewegungslehre, das Haus der Sternenkunde und mehrere, in denen die Weisen Wissen über die Bausteine des Lebens zu erwerben und zu verstehen trachteten. Die bedeutendste Stätte aber war das Haus der Schreiber und Konservierer, denn nur sie beherrschten die Kunst die Pergamentrollen so zu bearbeiten, dass ihnen das feucht-heiße Klima der Sümpfe nichts anhaben konnte.

So hatte diese Stadt natürlich immer besondere Menschen angezogen, besondere Spielregeln entwickelt, und eine besondere Hierarchie regierte die Menschen, die sich von der hier herrschenden Freigeistigkeit angezogen fühlten.

Anfangs war das Leben hier äußerst mühsam gewesen. Die Notwendigkeit, den Gelehrten Freiräume für ihre Arbeit zu schaffen, hatte den anderen hier Lebenden viel abverlangt. Sie

waren es, die sich um Nahrung und die anderen Bedürfnisse kümmern mussten, die der wachsende Ort mit sich brachte. Damals war Khartan die einzige aufblühende Stadt Dunia Undaras, alle anderen Ansiedlungen versanken im Chaos. Deren Bewohner mussten fliehen, wurden von den wilden Horden massakriert oder brachten sich gegenseitig um. Angesichts des herrschenden Wahnsinns hatte der, der zum ersten Ersten Khartans werden sollte, seine Schutzbefohlenen um sich gesammelt und einen Platz gesucht, der sie von den allseits umgebenden Feinden verbergen sollte. In den Mangrovensümpfen des Andurdeltas schien ihm dieser Ort zu liegen, und die Zeit gab ihm Recht. Niemand, der sich hier nicht ebenfalls sicher fühlte und auch bleiben wollte, entdeckte die rasch wachsende Zuflucht. Niemand, der Zerstörung im Herzen trug, fand den Ort. In mühevoller Arbeit wurden die ersten noch einfachen Pfahlbauten aus dem zähen Holz der alten Kayubäume errichtet, die sich als nahezu unzerstörbar durch Wasser und Feuer erwiesen, und es den Bewohnern ermöglichten, im Laufe der Zeit ihre Häuser immer größer, behaglicher und auch repräsentativer auszubauen. Und mit der Gründung der benachbarten Städte Goron, SaanDara und Khem begann der Handel, in dem das aufgezeichnete Wissen aller Art sich als wertvolle Ware erwies, und die Gelehrten wurden wieder hinaus in die Welt geschickt, um den Ländern ihre Geschichte und ihre Fähigkeiten in den verschiedensten Bereichen zurückzugeben, was überall hochgeschätzt wurde. Ob nun ein Schmied das richtige Behandeln des Eisens erlernte, um fast unzerbrechlichen Stahl zu formen oder eine Heilerin die Kräuterkunde studierte, die Grundlagen dafür kamen aus der Pfahlstadt. Das Ansehen Khartans war groß in Dunia Undara.
Als Sileah dort geboren wurde, war ihr Vater der Erste der Stadt, ihre Mutter aber eine Tochter der Steppe, die es in die

Stadt des Wissens verschlagen hatte. So hatte sie zumindest gesagt. Ikan Temarin hatte sich in die junge Nomadin verliebt und mit ihr ein Kind gezeugt, aber das Schicksal war den beiden nicht wohlgesonnen, Surah starb noch im Kindbett. Kurz vor ihrem Tod musste ihr Geliebter schwören, dass er ihre Tochter Sileah, wenn sie alt genug war, auf den KorSaan bringen würde, um eine DanSaan zu werden. Dann griff sie mit letzter Kraft nach einer Schriftrolle und presste sie an Ikans Brust.

„Lass sie das lesen, wenn sie wiederkommt. Sie wird deine Entscheidung nicht verstehen und dich dafür vielleicht hassen und verdammen, aber sie wird nach Khartan zurückkommen."

Dann hauchte Surah ihr Leben aus.

Der Erste Khartans, der zu dem Orden ein eher distanziertes Verhältnis hatte, konnte den Wunsch seiner geliebten Frau nicht verstehen, aber er brachte es nicht über sich, ihrem letzten Wunsch nicht zu entsprechen, auch als ihm seine kleine Tochter immer mehr und mehr ans Herz wuchs, und er nun all seine Liebe Sileah zukommen ließ.

Eines Tages als Sileah noch keine sechs Winter alt war, packte ihr Vater einige Kleidungsstücke und Nahrung für sie zusammen, setzte seine Tochter in ein Boot und ruderte flussaufwärts. Er hatte seine Vorbereitungen langsam und umständlich getroffen, was ungewöhnlich für ihn war und er sprach kaum ein Wort. Sileah, die das fröhliche Wesen ihres Vaters gewohnt war, wunderte sich zunehmend.

„Vater, was ist los mit dir? Woran denkst du?"

Langsam erhob sich Ikan, kam herüber, setzte sich zu seiner Tochter und legte seinen Arm um sie.

„Heute ist unsere letzte gemeinsame Ausfahrt, unser letzter gemeinsamer Tag. Ich will gar nicht daran denken, aber ich kann jetzt nicht anders. Ich weiß auch nicht, ob dies alles richtig für dich ist, aber die Freiheit zu wählen haben in diesem Fall weder du noch ich. Surah, deine Mutter, hat das entschieden. Ich musste ihr am Totenbett versprechen, dich zu den DanSaan zu bringen. An der nördlichen Anlegestelle wird uns eine von ihnen erwarten. Du musst heute gehen meine Tochter, und das ist das Schwerste, das ich in meinem Leben zulassen musste."

Sileah hatte auf Grund des eigenartigen Verhaltens ihres Vaters den ganzen langen Tag über Schlimmes geahnt. Aber dass sie nun mit einer völlig fremden Frau wegreiten und nicht mehr bei ihrem geliebten Vater leben sollte, das war zu viel für sie. Schluchzend sprang sie aus dem Boot in das brackige Wasser und versuchte verzweifelt einen der Baumstümpfe, die aus dem Wasser ragten, zu erklimmen. Ikan Temarin konnte das wild herumfuchtelnde Mädchen, das noch kaum schwimmen konnte, im letzten Augenblick, bevor es endgültig im schwarzen Wasser versank, wieder zurück ins Boot hieven. Er hielt die zitternde Sileah fest in seinen Armen.

„Ich werde dich besuchen kommen, und wenn du älter bist, wirst auch du nach Khartan zurückkommen können."

Er wusste, dass es in diesen Augenblicken keine Worte des Trostes gab, aber trotzdem beruhigte sich Sileah langsam. Sie lehnte ihren Rücken an die Brust ihres Vaters und blickte starr vor sich hin. Ikan Temarin ruderte langsam stromaufwärts. Er kannte die vielen Wasserwege im Delta wie seine Westentasche, und noch bevor die Sonne am höchsten stand, stiegen sie aus dem Boot, und eine Frau, auf einem riesigen Pferd sitzend, wartete schon.

Sileah erstarrte zur Salzsäule und umfasste fest Ikans Hand.

„Nein, bitte, lass mich bei dir! Ich werde alles tun, was du verlangst, aber schick mich nicht fort!"

Sileah umklammerte nun ihren Vater mit beiden Händen und

krallte sich an seiner Kleidung fest.

„Sileah, komm, es wird alles gut."

Auch Ikan Temarin spürte die Macht, die von diesen Worten, dieser Art zu sprechen ausging. Er hatte schon von der machtvollen Sprache der Schwestern vom KorSaan gehört, aber die Reaktion seiner Tochter ließ ihn erstaunen. Sileah entspannte sich langsam, drehte sich um und ging zu der DanSaan.

„Ich bin Yantu, Kriegerin der DanSaan. Ich werde mich von jetzt an um dich kümmern."

Sie reichte Sileah die Hand und zog sie scheinbar ohne sichtbare Kraftanstrengung auf ihren Danaer.

„Erster von Khartan, ich weiß, wie schwer diese Entscheidung für dich ist. Ich soll dir im Namen der Ehrwürdigen SanSaar mitteilen, dass du jederzeit am KorSaan willkommen bist. Du sollst wissen, dass das hier kein Abschied für immer ist. Und ich, Yantu, Meisterin der Schlachten, werde für Sileah sorgen, so gut ich kann. Mögen Sarianas und Sh'Suriin dein Opfer gutheißen und dir wohlgesonnen sein!"

Ohne eine Antwort abzuwarten, gab sie ihrem Danaer ein kaum wahrnehmbares Zeichen, und die beiden galoppierten nordwärts in Richtung der Steppe. Ikan Temarin stand noch lange regungslos da. Er blickte zwar in die Richtung, in die Sileah davongeritten war, aber durch seine tränenverschleierten Augen konnte er die Umgebung nur mehr schemenhaft wahrnehmen.

Was habe ich getan? Was habe ich getan? war alles, was er noch denken konnte.

Yantu und Sileah ritten mehrere Tage. Es war zwar nicht das erste Mal, dass das Mädchen unter freiem Himmel nächtigte, aber in der weiten Steppe, noch dazu mit einer fremden Frau, den vielen für sie unbekannten Geräuschen rings um das abge-

brannte Lagerfeuer, das ihr keine wohlige Wärme mehr spenden konnte, da kroch Sileah die Angst in ihre Glieder, wie sie sie noch nie erfahren hatte. Sie wollte zur DanSaan kriechen, aber sie konnte sich nicht mehr bewegen, so hatte sie ihre Furcht gelähmt. Doch dann kam Yantu, so als ob sie genau gewusst hätte, was in dem kleinen Mädchen vorging, warf noch die letzten Reste des Brennholzes ins Feuer, legte sich neben Sileah und breitete ihren Umhang über sie beide aus. Sileah war eigentlich froh, dass ihre Führerin untertags eher immer schweigsam gewesen war und nicht versucht hatte, sie in irgendwelche Gespräche zu verwickeln, aber jetzt war sie erleichtert, dass Yantu unvermittelt leise zu sprechen anfing. Zuerst zeigte sie mit dem Finger gegen den Sternenhimmel und erklärte ihr die Namen der unterschiedlichen Sternbilder.
„Wenn du von deinen Zehen eine Linie in den Himmel ziehst, dann kannst du die *Zwei Brüder* erkennen, sie stehen in dieser Jahreszeit tief im Süden, und hier im Osten der *Geflügelte Drache*, der bei ...."
„Der bei uns die *Geflügelte Seeschlange* heißt", unterbrach Sileah die DanSaan, ein klein wenig stolz.
Und immer, wenn sie ein Knurren, ein Fauchen, Zischen oder Grunzen hörten, erklärte Yantu Sileah, welches Tier das war, was dieses am liebsten fraß oder welchem man besser aus dem Weg gehen sollte. Aber meistens dauerte es nicht lange, und das kleine Mädchen war entspannt an der breiten Schulter der Kriegerin eingeschlafen.
So ging das Tag für Tag. Solange die Sonne hochstand, redeten die zwei nur das Notwendigste, aber Sileah freute sich immer mehr auf den Abend, das Lagerfeuer und die Erzählungen von Yantu. Und diese wusste viele interessante Geschichten!

Nach zehn Tagen der Reise näherten sich die beiden dem KorSaan, der, nachdem sie eine Hügelkuppe erreicht hatten, steil vor ihnen aufragte. Ein weiterer halber Tag und sie würden die Korbstation erreicht haben.

Dort angekommen, brach Yantu ihr Schweigen, während sie langsam den Felsen entlang hochgezogen wurden.

„Hier endet unsere Reise, aber deine, Sileah, beginnt erst jetzt. Wenn wir oben sind, werden dich einige Novizinnen abholen und dir dein neues Heim zeigen. Du wirst bemerken, dass mich die Frauen mit großem Respekt, Hochachtung und etwas Zurückhaltung behandeln werden, denn ich bin eine der wenigen Meisterinnen der Schlachten. Das alles sagt dir noch nichts und wird dir eigenartig vorkommen, aber du wirst schnell verstehen und lernen. Eines musst du aber wissen, ich bin für dich der Mensch, den du in den letzten Tagen in der Steppe kennengelernt hast. Ich werde immer für dich da sein, und ich werde dir helfen, wenn du Hilfe suchst. Das habe ich Surah, deiner Mutter versprochen, und es erfüllt mein Herz mit Freude, dieses Versprechen einzuhalten."

„Meine Mutter, du kanntest meine Mutter?", stammelte Sileah heraus.

„Ja, Sileah", sie strich dem Mädchen zart durch die langen Haare, „ja, sie war auch eine DanSaan und meine Waffengefährtin."

„Du musst mir........, was weißt du, warum das alles......?", sprudelten die Fragen aus Sileahs Mund.

Der Korb hatte die Hochebene erreicht. Eine DanSaan öffnete das Gatter und führte Yantus Danaer hinaus.

„Nicht jetzt, später, aber es gibt viele Fragen, auf die ich auch keine Antwort haben werde."

„Aber du musst mir wenigstens versprechen, dass wir wieder einmal ein paar Tage in die Steppe hinausreiten werden."

Yantu nickte.

6 Lynn-Keelah-Chedi-Xuura-Lardan

Spart euch eure Pfeile so gut es geht auf, sie werden die Wände hochklettern, da werdet ihr sie noch brauchen. Vorsicht bei der Türe! Lardan, Keelah, das ist eure Aufgabe!"
Natürlich hatte Lardan noch nie einen Yauborg gesehen, außer in einigen Albträumen, die er als Kind gehabt hatte, wenn er mit den anderen Jungen im Wald übernachtet und jeder sich gefürchtet, es aber niemals zugegeben hatte; aber seine Gefährtinnen auch nicht. Jetzt, als sie von diesen unheimlichen Wesen angegriffen wurden, musste er an seine früheren Freunde denken. Wenn er ihnen das jemals hätte erzählen können!
Die Kreaturen, die nun auf ihren Unterschlupf zustürzten, waren etwa einen Kopf kleiner als Lardan, hatten aber zusätzlich zu Armen und Beinen ein Paar Flügel, die aber dadurch, dass die Yauborg schon unzählige Generationen in Höhlen leben mussten, verkümmert waren. Die Flügelenden mit ihren scharfen, spitzen Klauen waren nicht nur gefürchtete Waffen, sondern auch gute Kletterwerkzeuge. Sie konnten damit und mit ihren kurzen, starken Armen senkrechte Wände fast mühelos emporklettern. Ihr hervorstehendes Gebiss mit den langen, gelblichen Hauern und ihre blassen, rotbraunen Augen jagten den Gegnern zusätzlich Angst und Schrecken ein. Ihre ledrige Haut war teilweise mit Borsten, zum Teil mit Pusteln und Warzen überzogen. Sie waren nicht nur in der Lage wie Tiere anzugreifen, sondern sie bedienten sich einer primitiven Sprache, und als Waffe diente ihnen alles, das sich als Waffe benutzen ließ.

„Einst, vor den Chaoskriegen, sollen sie eine unbeugsame, aufrechte Rasse gewesen sein, die überall in den Bergen von Dunia Undara heimisch gewesen war und sich mit den Winden fortbewegen konnte. Hochmut, Stolz und Verrat sollen der Geschichte nach zu ihrem Fall beigetragen haben. Sie waren die einzige Rasse, die Astaroth erfolgreich Widerstand leistete. Erst ein Verräter aus den eigenen Reihen soll das Verderben über dieses Volk gebracht haben. Astaroths Rache war fürchterlich. Er zwang sie in die Höhlen, folterte und misshandelte sie, und aus dem stolzen Volk der Lüfte wurden feige, hinterhältige Bestien, die in finsteren Löchern dahinvegetierten. Und um sie unter Kontrolle zu halten, setzte er Gothas ein, schwarzgeflügelte Lindwürmer, seine Diener und Geschöpfe schon seit ewigen Zeiten", erzählte Xuura, während sie keinen Blick von den Angreifern abwandte.

Lardan hatte dies alles noch nicht gewusst, er hatte bisher geglaubt, dass die Yauborg in das Reich der Legenden gehörten und von Gothas hatte er bisher noch nicht einmal von den erfindungsreichsten Erzählern flüstern hören.
Mehrere Salven aller möglichen Geschosse folgten, aber entweder prallten sie an der Außenwand ab oder flogen kraftlos durch die Fensteröffnungen, ohne jemanden zu treffen. Doch dann besannen sich die Gegner auf ihre eigentlichen Fähigkeiten und kletterten die steile Wand hoch. Den ersten, die versuchten durch die Fenster zu klettern, wurde jedoch entweder von Lynns Axt der Schädel gespalten oder sie wurden von Xuuras Kampfstab durchbohrt oder den Schwertern der andern aufgeschlitzt.
Die Angriffe wurden daher problemlos abgeschlagen, aber obwohl schon unzählige Tote am Fuß der Treppe lagen, gaben die Yauborg nicht auf, im Gegenteil, ihr Ansturm wurde im-

mer heftiger. Es gelang ihnen immer öfter, vereinzelt in das Zimmer einzudringen und die Verteidiger für kurze Zeit in Bedrängnis zu bringen, da sie in den engen Räumen, die sie nicht gewohnt waren, weniger gewandt kämpfen konnten. Chedi und Keelah hatten schon mehrere Verletzungen davongetragen und Lardans Schulterwunde war wieder aufgebrochen. Doch plötzlich zogen sich die Yauborg ohne ersichtlichen Grund zurück.

„Was ist jetzt los, haben wir sie in die Flucht geschlagen?" Lardan schnappte nach Luft.

„Das glaubst du doch wohl selbst nicht", knurrte Xuura erschöpft.

Lynn warf die Leichen aus dem Fenster und forderte: „Schnell, versorgt eure Wunden! Ich beobachte sie."

Xuura half allen so gut sie konnte. Chedi hatte eine tiefe Bisswunde an der linken Schulter davongetragen, sie konnte ihren Arm nicht mehr fühlen. Keelah blutete aus mehreren Kratzern, aber keiner war gefährlich oder sogar lebensbedrohlich. Lardan träufelte sich ein paar Tropfen der brennenden Tinktur Lirahs auf seine Wunde, was zwar kurzfristig seinen Schmerz unangenehm verstärkte, aber nach einiger Zeit ließ das Toben und Pochen in der Schulter nach und er konnte seinen linken Arm wieder uneingeschränkt benutzen.

Lynn wendete keinen Blick von der Angriffsrichtung ab, doch die Yauborg waren wie vom Erdboden verschluckt. Dann aber horchte Xuura überrascht auf. Sie legte ihr rechtes Ohr auf den Boden und bedeutete den anderen still zu sein. Mit belegter Stimme hauchte sie: „Der Berg scheint zu stöhnen, hört ihr nicht das dumpfe Pochen, und dieses eigenartige Kratzen und Schleifen?"

Alle lauschten. Nach einer Weile des Horchens glaubte Lardan auch ein Geräusch zu vernehmen. Es war, als ob jemand weit

entfernt mit einem Schmiedehammer auf einen Amboss schlüge. „Es klingt wie ein Schmied beim Arbeiten", sagte er.
„Das ist kein Schmiedehammer", berichtigte Xuura. „Es ist etwas Riesiges und es kommt eindeutig näher. Möge Beduguul uns beistehen."
Inzwischen konnten alle das Geräusch hören - ein regelmäßiges Dröhnen, unterbrochen durch ein langgezogenes Röhren, das allen durch Mark und Bein ging. Nach einiger Zeit schob sich langsam ein schwarzgeschuppter Koloss in die Höhle. Aus seinem gewaltigen Schädel ragten drei noch gewaltigere gewundene Hörner. Aus seinen Nüstern zischte Dampf. Seine Echsenaugen verrieten Bosheit, aber auch Intelligenz. Mit ohrenbetäubendem Lärm richtete sich der Gotha unvermittelt auf seinen Hinterbeinen auf, gestützt von seinem mächtigen, dornenbewehrten Schwanz. Er erreichte mindestens die dreifache Höhe eines Menschen.
Eine Stimme donnerte durch die Gänge: „Ich will nur ihn! Ihr seid nicht wichtig!"
Lardan durchfuhr es wie einen Blitz. *Spricht dieses Monster von mir? Habe ich es zu uns geführt? Nein, das glaube ich nicht.*
Lynn verstand sofort, schob Lardan zur Seite und trat ans Fenster. „Warum Lardan, was willst du von ihm?"
„Der Meister will ihn jetzt!" Die ganze Halle dröhnte, als der Gotha sprach.
„Wir liefern niemanden aus", beharrte Lynn. „Keelah, kümmere dich um den Fluchtweg. Schau nach, ob es nicht irgendeine Falle ist. Beeile dich!"
„Bin so schnell wie möglich wieder da!"
Der Gotha ergriff einen riesigen Felsbrocken und schleuderte ihn gegen das Gebäude. Die Erschütterung ließ alle zu Boden gehen. Ein zweiter und dritter Brocken folgte, die Frontmauer

brach, die Türe wurde zerschmettert. Chedi und Xuura schossen ein paar Pfeile ab, aber die prallten von seinen Schuppen ab, ohne irgendeine Wirkung zu zeigen.

„Raus hier! In diesem verfluchten Haus können wir uns nicht wehren!", brüllte Lynn. „Hoffen wir, dass Keelah bald zurück ist. Und in der Zwischenzeit zeigen wir ihm, dass wir kämpfen können."

Mit wenigen Sprüngen hatten sie den Gotha eingekreist, der sichtlich von diesem Manöver überrascht war. Bevor er die Gefahr erkennen konnte, brachte Lynn mit ihrer schweren Axt einen Hieb an, der durch seinen geschuppten Panzer fuhr.

„Was blutet, kann man auch töten", versuchte die Anführerin den Gefährten Mut zu machen.

Was nun folgte war ein Springen, Ausweichen, in Deckung Gehen und schnelles Zustoßen. Der Gotha war zwar gewandter als man auf Grund seiner Größe glauben mochte, aber nicht gewandt genug. Immer wieder gelang es Lardan oder einer der Kämpferinnen einen schnellen Hieb anzubringen, aber sie konnten nicht erkennen, ob das Untier wirklich beeinträchtigt wurde.

„So kommen wir nicht weiter", brüllte Lynn. „Wir werden immer erschöpfter und langsamer."

Der biegsame Schwanz der Bestie traf sie an der Hüfte und brachte sie mit großer Wucht zu Fall. Augenblicklich drehte der Gotha sich um und wollte die am Boden liegende DanSaan mit seinem rechten Vorderbein zerquetschen. Zweimal konnte sie nach hinten rutschend ausweichen, aber dann lag sie mit dem Rücken zu einem Felsbrocken und das schwarze Untier kam immer näher. Lardan hieb voller Verzweiflung in die rechte Flanke des Monsters, doch das ließ sich nicht mehr von seinem Opfer abbringen. Da tauchte Xuura wie aus dem Nichts aus und sprang von einem Felsen auf den Rücken des

Angreifers. Gleichzeitig rammte sie mehrmals ihren Speer in seinen Nacken. Wahnsinnig vor Schmerz versuchte er Xuura abzuwerfen, indem er sich auf seine Hinterbeine aufrichtete. Auf diesen Moment hatte Lynn gewartet. Sie erkannte die Gelegenheit sofort und spaltete mit einem mächtigen Hieb ihrer Axt den Brustkorb des Gothas. Xuura sprang noch geschickt von seinem Rücken und rannte so weit weg wie möglich. Lynn konnte gerade noch ausweichen, bevor der riesige Körper auf den Boden krachte. „Nichts wie weg", brüllte sie und rannte zurück in Richtung der Stufen.
Keelah kam gerade in diesem Moment zurück. „Der Weg nach oben ist frei", rief sie, und ohne einen Blick zurück hasteten alle so schnell es ging den schmalen Gang aufwärts. Was sie noch hörten, war das Schmerzensgebrüll des Gothas, und ihr eigenes Ringen nach Luft.
Chedi war die erste, die nicht mehr weiterkonnte und zusammenbrach. Lardan, der hinter ihr lief, nahm ihren Lederrucksack und half ihr auf. Ihre Wunde blutete stark und Lardan erkannte sofort, dass sie keine Überlebenschance hatte, wenn sie nicht augenblicklich versorgt würde. „Chedi muss verbunden werden, sofort, sie braucht eine Pause, wir alle brauchen eine Pause!" Auch Lardan war vollkommen außer Atem.
Keelah beugte sich über die stöhnende Chedi. „Ich helfe ihr, halte uns mit den anderen den Rücken frei!"
Der Gang war nicht sehr breit, zwei Verteidigerinnen deckten ihn ab. Die nächste Biegung befand sich etwa in fünfzig Schritt Entfernung. Lynn und Lardan hielten Wache, Xuura erhielt den Auftrag, den weiterführenden Weg zu untersuchen. Auf ihrer Flucht hatten sie sich zwar nicht gerade verirrt, doch die bekannten Gänge des Liedes verlassen müssen.
Einige Zeit passierte gar nichts, dann konnten sie ganz deutliche Geräusche wahrnehmen, die eindeutig näher kamen. Lar-

dan stützte sich auf ein Knie und legte einen Pfeil auf den Bogen. Zwei weitere hielt er bereit.

„Keelah, wir müssen weiter, wie lange brauchst du noch?", fragte Lynn.

„Chedi hat das Bewusstsein verloren, wir müssen sie tragen", antwortete die DanSaan.

„Du trägst sie! Geh voraus, du solltest bald auf Xuura treffen, wir kommen nach!", befahl Lynn.

Die Geräusche im Gang hinter ihnen waren nun schon so deutlich zu hören, dass sich Lardan wunderte, noch niemanden zu sehen.

„Nein, ich kann euch doch hier nicht allein lassen, die Yauborg werden gleich hier sein!"

Lynn drehte sich nur kurz um und Keelah gehorchte. Sie wusste, jede Widerrede war zwecklos.

„Wir warten beim See auf euch", sagte sie noch, ließ sich Chedi von Lynn über die Schulter heben und eilte gebückt unter der Last so schnell sie konnte Xuura nach.

Lardan und Lynn konnten immer noch Geräusche in der Entfernung ausmachen, aber kein Yauborg kam in Sichtweite. Schritt für Schritt zogen sie sich zurück, den Stollen immer im Auge. Das Einzige, was sie wahrnahmen und sich nicht erklären konnten war, dass die Art der Geräusche sich änderte, einmal ein Schleifen, wie von Leder über den Fels, dann wieder etwas wie ein lauter Windhauch. Beide glaubten manchmal sogar das Klirren von Waffen zu hören. Nach einer Weile, nachdem sie fast sicher waren, nicht mehr angegriffen zu werden, versuchten sie im Laufschritt, die anderen einzuholen.

Nach wenigen Minuten verbreiterte sich der Gang und wurde immer wieder durch größere und kleinere Höhlen unterbrochen, in denen früher Bewohner ihre Unterkünfte gehabt haben mussten. Überall Zeugnisse schöpferischer Bergwerks-

und Bildhauerkunst, Reliefs, Skulpturen und lange Schrifttafeln. Schließlich gelangten sie wieder in den gewaltigen Felsendom, den Lardan schon kannte.

An einer geschützten Stelle beim See konnten sie die beiden anderen DanSaan ausmachen. Chedi hatte gerade wieder das Bewusstsein erlangt, sie lehnte mit dem Rücken an einer Säule und Keelah versorgte ihre Wunde. Lynn hockte sich neben sie: „Ich glaube nicht, dass uns noch jemand gefolgt ist. Wie geht es dir?"

„Sie hat viel Blut verloren, aber sie wird schon durchhalten. Zwei Tage Ruhe wären nötig, damit die Verletzung heilen kann", erklärte Keelah.

„Zwei Stunden, höchstens, lassen sich vielleicht machen", erwiderte Lynn, „aber länger? Lasst uns die Höhlen erst einmal verlassen und dann werden wir weitersehen."

Lardan erfrischte sich am See und ließ seine alte Schulterwunde ebenfalls von Keelah neu verbinden. Jetzt erst bemerkte er die über zwei Schritt großen Statuen, die rund um den See standen. Einige waren aus Stein gehauen, einige schienen aus Metall gegossen zu sein. Erhaben und würdevoll blickten sie alle in die Mitte des Sees, aus dem eine gewaltige Säule herausragte, die das Gewölbe, das die gesamte unterirdische Stadt barg, allein zu tragen schien. Auch sie schimmerte grünlich und war von oben bis unten mit einem Runenrelief behauen.

Xuura, die niemals Ruhe fand, ehe sie nicht die Umgebung eines Lagerplatzes genau erkundet hatte, kehrte zurück. Sie spazierte zu Lynn, nahm ein Stück Brot aus ihrem Sack und flüsterte ihr etwas ins Ohr.

„Kommt alle näher her zu mir", befahl die Anführerin sie unauffällig zu sich und ließ Xuura erzählen: „Es ist noch nicht zu Ende, ich bin mir sicher, dass wir weiterhin beobachtet werden. Ich fühle eine eigenartige, starke Präsenz hier in dieser

Halle. Etwas Mächtiges ist hier irgendwo."

Lynn überlegte kurz und hieß sie, sich unauffällig zum Kampf bereitzumachen. „Wer oder was immer uns gefolgt ist, lassen wir sie wissen, dass wir sie entdeckt haben. Eine bessere Verteidigungsposition werden wir mit Chedi so schnell nicht erreichen."

Alle nickten zustimmend, erfreut, dass Lynn sie einmal in ihre Entscheidung einbezog.

„Wir wissen, dass ihr da seid, zeigt euch!", rief Lynn, und das Echo hallte spöttisch mehrmals wider, als ob es sich über das kleine Trüppchen von DanSaan lustig machen wollte. Die Gefährtinnen und Lardan hatten sich erhoben und standen nun kampfbereit mit gezogenen Waffen in einem lockeren Halbkreis.

Längere Zeit regte sich nichts, bis sich auf einmal eine Statue auf der gegenüberliegenden Seite des Sees zu bewegen begann. Sie war etwa zweieinhalb Schritt groß und schien aus bronzefarbigem Metall gegossen worden zu sein, gegossenem Metall, das auf irgendeine unerklärliche Art zum Leben erwacht war und auf sie zukam. Und als dieses Wesen plötzlich auch noch mit einem unheimlichen Knall zwei riesige Flügel entfaltete, wusste keine so recht, ob sie sich fürchten oder Neugier zeigen sollte. Immerhin schien es allein zu sein, keine Spur von Yauborg oder dem schrecklichen Gotha. Keelah nahm instinktiv ihren Bogen auf und war im Begriff, auf die lebendig gewordene Statue zu zielen, aber Xuura drückte ihren Arm zu Boden, bedeutete ihr, von ihrem Vorhaben abzulassen. Dann erfüllte ein langgezogenes, kehliges Gurgeln die Halle, viel zu laut für menschliche Ohren, und mit einem Sprung und zwei langgezogenen Flügelschlägen landete die riesige Figur einige wenige Schritt von der Gruppe entfernt, die intuitiv einige Schritte zurück gemacht hatte, nicht wissend, was sie

erwartete.
Dann kam wieder das kehlige Gurgeln, aber dieses Mal leiser, und es schienen Worte darin versteckt zu sein. Lardan merkte, wie sich die Gestalt anstrengte, etwas in ihrer Sprache hervorzubringen.
„Yaur-Zcek-Uur, iccchh biiin Yaur-Zcek-Uur, ffürrcchhtet nicchhtth."

7 Sileah

Sileah konnte im Finsteren nicht abschätzen, wie lange sie sich schon unter der Erde befand. Ihre letzte Fackel war längst erloschen, aber inzwischen hatten sich zumindest ihre Augen so an die Dunkelheit gewöhnt, dass sie den Boden sehen konnte und nicht mehr blindlings über jeden Felsen stolperte. Wenn sie einen tropfenden Stein fand, harrte sie geduldig aus, bis sie einen oder zwei Schluck Wasser trinken konnte, so ausgedörrt war ihre Kehle. Ihre Kleider hingen in Fetzen zerrissen herab, bedeckten kaum mehr ihren Körper, der ihr immer wieder sagte, doch endlich aufzugeben, aber ihr Geist und ihr Wille trieben sie vorwärts, kriechend, stolpernd oder sich mühsam irgendwie aufrecht schleppend. Immer öfter konnte sie nicht mehr weiter, und sie fiel in Schlafzustände, aus denen sie durch albtraumhafte Bilder von Zerstörung und Leid herausgerissen wurde. Oder sie verharrte für Stunden in einer Art Dämmerzustand. Sie hatte die unterschiedlichsten Visionen, sah wie der KorSaan brannte und alle überlebenden Kriegerinnen gefoltert wurden und vor Schmerzen brüllten. Immer wieder schrien sie ihren Namen und verfluchten ihn. „Warum bist du nicht hier, du hast uns verlassen, du hast uns verraten...", formte sich in ihrem Kopf. Jedes Mal hallte danach ein geisterhaft heiseres „Neeeiiin", durch die endlosen Gänge und Sileah wachte wieder auf.

„Ich komme, Karah, ich bin SanSaar, ich komme, ich habe den Meragh, ich komme!"

Die gleichen Sätze immer wiederholend kroch sie daraufhin einfach weiter, in der Hoffnung, dass sie irgendwann doch noch das helle Licht der Sonne erblicken würde.

„Lardan, es tut mir leid, dass ich in heute morgen so einfach gegangen bin, Lardan", brüllte Sileah immer lauter, „hörst du, es tut mir leid, warum sagst du nichts, Lardan, aha, du bist auch fort, ich kann es dir nicht verdenken, Lardan, UrSai ist tot, nein er ist nicht tot, aber er ist nicht mehr UrSai, er war doch auch dein Freund, oder?"

Trotz ihrer ausgedörrten Kehle hinterließen immer noch Tränen feuchte Spuren auf ihrem Gesicht. Sileah stammelte ununterbrochen einen Satz nach dem anderen, ohne sich dessen bewusst zu sein, und immer öfter verließen sie ihre Kräfte. Als sie, wie sie glaubte, ein letztes Mal aufstand, zog sie den großen Meragh aus ihrem Rückengurt.

„Ich will hier nicht verrecken wie eine stinkende Höhlenratte, ich bin SanSaar, ich habe den Meragh. Sh'Suriin, große Sh'Suriin, ich habe dich noch nie um was gebeten, aber jetzt brauche ich dich. Ohne deine Hilfe kann ich es nicht schaffen. Ich muss den Ausgang finden, der KorSaan wird belagert, ich muss meinen Freunden beistehen, Sh'Suriin..."

Sileahs Stimme wurde immer verzweifelter und leiser. Mit einer letzten Kraftanstrengung hob sie mit beiden Händen den Meragh über ihr Haupt, dann sank sie zu Boden, und der Meragh lag vor ihr im Staub. „Sieh her!"

Mit einem Mal bildeten sich Wörter in ihrem Kopf und Sileah stand in einem großen Raum, nein sie stand nicht, sie bewegte sich vorwärts, rasend schnell jagte sie auf einem Danaer über

die Steppe. Sie versuchte zu verstehen, da fühlte sie, dass sie nicht allein war. Zu ihrer Linken jagte eine dunkelhäutige Kriegerin mit einem gewaltigen Speer auf einer riesigen Echse ebenfalls durch das hohe Gras und rechts von ihr saß ein Norogai auf einem hünenhaften Bären, mit beiden Händen einen Kriegshammer schwingend. Inthanon und Beduguul, dachte Sileah, und dann erst wurde ihr klar, sie selbst ritt auf Sh'Suriin. Und über ihr flog ein riesiger, rotgefiederter Vogel, auf dem ein Mann saß, der eine geflammte Klinge führte.
„Lardan, Lardan, bist du das? Hier bin ich, erkennst du mich nicht?"
Schlagartig veränderte sich das Bild und vor ihr erschienen Standbilder von Sarianas, Sh'Suriin, Beduguul und Inthanon. Jedes fluoreszierte in einer anderen Farbe, und aus diesen verschiedenen Farben formte sich über den Vieren eine Lichtgestalt, die laufend ihre Form veränderte. Sileah erinnerte sich an SanSaars Worte: „Vergiss nie das große Geheimnis. Um die Wunde am Wesen des Seins zu heilen, bedarf es der Wiedervereinigung. Es gibt kein Böses an sich, Böses besteht nur aus Mangel an Übereinstimmung zwischen Vorhandenem." Dann wurde sie vom gelben Licht Sh'Suriins erfasst und schwerelos schwebte sie vor ihrer Statue. Vor Sarianas stand Lardan, der sie aber nicht zu bemerken schien. Die anderen Plätze vor den Göttern waren leer.
War das also ihre Aufgabe? Helferinnen zu finden, die mit Lardan und ihr gemeinsam den Kampf kämpfen würden?
Und jetzt wurde eine weitere Figur von der Dunkelheit freigegeben. Grässlich gehörnte Chimären umgaben eine riesige, schwarze Erscheinung. Tujuh und Astaroth, diese zwei Namen formten sich in Sileahs Geist. Vor den dämonischen Schemen standen ebenfalls menschliche Wesen, soweit sie das erkennen konnte. Sie erschrak, als sie deutlich UrSais Gestalt erkennen

konnte. Die beiden anderen mussten dann wohl Tangis und Cucur sein, bei Dyaks Tod war sie ja Zeugin gewesen.
Ein Platz war leer. Da sah Sileah, wie Lardan von einem Sog erfasst und in Richtung UrSais auf den leeren Platz gezogen wurde. Sileah wollte ihn aufhalten, aber obwohl sie versuchte ihm nachzueilen, kam sie keinen Schritt von ihrem Platz, so sehr sie sich auch bemühte. Dann wurden die Bilder wieder unklarer und trüber, bis nur mehr Sileah allein übrigblieb, und sie das Gefühl hatte, schwerelos durch die Dunkelheit zu gleiten. Alles was sie wahrnehmen konnte, war sie selbst, ihr geschundener Körper und der gemarterte Geist. Sie war allein, absolut allein.

8 Yaur-Zcek-Uur

Lardan hatte ein solches Geschöpf noch nie gesehen, aber er wusste, es musste einer der Großen Yauborg sein, eine der legendären Kreaturen, die vor langer Zeit Dunia Undara beherrscht hatten. Er war keineswegs wie die anderen Yauborg, die sie zuvor verfolgt hatten, degeneriert und abstoßend hässlich, dieser hier war ein Wesen der Lüfte, geboren frei zu leben und nicht in düstere Stollen gezwungen zu werden. Er war hochgewachsen, hatte hagere, aber edle Gesichtszüge, klare Augen, eine bronzefarbene Haut und er trug einen ledernen Harnisch mit metallenen Ringen verstärkt.
„Ihrrr meine Hchilfe brauchet, Eerrr weißßß, wo ihr seid, doch jetzt brauchet ihrrr keine Waffen." Auf irgendeine sonderbare Art und Weise schienen ihm alle wie von selbst zu vertrauen und sie legten ihr Kampfgerät zur Seite. Ihre Anspannung ließ nach. Jetzt erst bemerkte Lardan die zwei riesigen, krummen Langschwerter, die am Gürtel des Hünen befes-

tigt waren. Ein jedes von ihnen wäre wohl sogar für Lynn eine Zweihänderwaffe gewesen.
Die Anführerin nahm sich ein Herz und trat vor. „Mein Name ist Lynn und das sind meine Gefährtinnen Chedi, Xuura, Keelah und Lardan. Die Genannten traten eine nach der anderen näher.
„Yaur-Zcek-Uur, einerr derr Errssten der Yau-Xuok. Jetzzzt chabe keine Zseit füüürrr Worrte. Ihrr müßßt mirrr vertrrauen!" Der Alte Yauborg wartete auf eine Reaktion der Gruppe. Lynn blickte kurz in die Runde und dann gab sie ihre Zustimmung.
„Späterr rrede. Folgt mirr!" Er drehte sich um und richtete seine Schritte auf einen der vielen Gänge, die vom See wegführten.
Keelah drehte sich kurz zu Lynn und wollte etwas sagen, als ihr diese zuvorkam. „Ich weiß, du wärst nicht weiter in diesen Gang gegangen. Aber wir haben gesagt, dass wir ihm vertrauen. Also schließen wir uns ihm an."
In gehörigem Abstand folgten die fünf dem mysteriösen Yauborg. Zwangsweise gingen allen die unterschiedlichsten Fragen durch den Kopf und Lardan konnte sich überhaupt keine Antworten vorstellen, die seine Fragen befriedigen hätten können, zu fantastisch waren die Begegnungen der letzten Stunden. Yaur-Zcek-Uur, obwohl seine Größe nicht unbedingt geeignet war für die teilweise engen und niedrigen Gänge, bewegte sich schnell und gewandt vorwärts, so dass die anderen Mühe hatten, ihm nachzukommen.
Mit den immer besser verständlichen Worten wie „schnellerrr, keine Zeit, errr kommt nähher, sucht", trieb er die Gefährten wieder und wieder zur Eile an. Keelah versuchte sich die Wege und Kreuzungen einzuprägen, aber schon nach kurzer Zeit verlor auch sie jegliche Orientierung. Diesen Teil der Höhlen

kannte sie überhaupt nicht.

Langsam wurde Lardan bewusst, warum Yaur-Zcek-Uur so zur Eile drängte. Wenn sie eine kurze Pause machten und ihr Atem leiser wurde, konnte er erneut die Geräusche wahrnehmen, die dem Angriff der Höhlenyauborg und des Gothas vorangegangen waren. Mit der Zeit schienen diese Geräusche von allen Seiten zu kommen, aus allen Seitengängen, die sie links oder rechts liegen ließen, von hinten und wie er befürchtete, auch von vorne. Die Gruppe hastete weiter, so schnell es mit der verwundeten Chedi möglich war.

Der Yau-Xuok hatte mittlerweile beide Schwerter gezogen, ohne sich in seiner Schnelligkeit einbremsen zu lassen. Drei schwarze Yauborg stellten sich ihm nacheinander in den Weg. Als Lardan vorbeikam, lagen ihre Körper gespalten am Boden. Die Flucht endete in einer etwas größeren Halle, in die mehrere Gänge einmündeten. Eine Seite war mit Schriftzeichen bedeckt, die Lardan wie immer völlig fremd erschienen.

Yaur-Zcek-Uur deutete auf die Gänge. „Ssie kommen, icch brrauche nur wenig Zeit", und er drehte sich zur Wand und begann, in einer Sprache, ebenso fremdartig wie er selbst es war, monoton einen Spruch zu rezitieren.

„Er braucht ein wenig Zeit, also verschaffen wir ihm Zeit. An uns soll es nicht liegen!" Lynn erteilte einige wenige Befehle in der Kampfsprache der DanSaan.

Sie brauchten nicht lange zu warten, da strömten die ersten rotäugigen Yauborg in die Halle. Xuura war die erste, die einem der Anstürmenden mit ihrem Kampfstab die Brust durchbohrte. Das Angriffsziel war Lardan sofort klar. Ein Teil versuchte direkt Yaur-Zcek-Uur von seiner Beschwörung abzulenken, die anderen konzentrierten sich auf ihn selbst. Liefen die ersten Angreifer noch blindwütig in die Klingen der Verteidiger, so wurde der Kampf mit seiner Fortdauer immer verbissener und heftiger geführt. Der Verteidigungshalbkreis wurde langsam immer enger und enger und sogar Lynn, die ebenfalls schon blutete, wurde gezwungen, Schritt für Schritt zurückweichen.

„Kesh-yau-zhong!" Mit einem durch Mark und Bein gehenden Getöse öffnete sich der Felsen vor Yaur-Zcek-Uur. Er drehte sich blitzschnell um und deutete den DanSaan, schnellstens in die Felsenöffnung zu laufen. Er selbst machte einen riesigen Satz über Lardan und die anderen hinweg und stand plötzlich im Rücken der Yauborg. Viele von ihnen wandten sich sofort ihm zu.

„Geht, schnell!", brüllte er mit seiner eigenartigen Aussprache. Xuura bemerkte als erste, dass sich das Felsentor langsam schon wieder zu schließen begann. „Es verschwindet wieder!", brüllte sie und stieß Keelah durch die Öffnung. Alle anderen sprangen, so schnell sie konnten, nach. Nur noch Yaur-Zcek-Uur befand sich draußen. Mit seinen beiden gewaltigen Klingen wütete er wie ein Orkan durch die Reihen der Yauborg. Seine Schnelligkeit, Gewandtheit und Präzision übertraf alles, was Lardan bisher gesehen hatte. Sein Körper bewegte sich in vollendeter Harmonie, nie verlor er das Gleichgewicht und seine Augen, die einerseits Verachtung andererseits Mitleid verrieten, waren überall und gleichzeitig, auch seine Schwerter. Im letzten Moment setzte er zu seinem Sprung durch das Tor an, und einen Augenblick später war es wieder fest verschlossen, als ob an dieser Stelle nie eine Öffnung gewesen wäre.

Hinter der geheimnisvollen Türe, die der Große Yauborg beschworen hatte, befand sich wunderbarerweise ein Raum, dessen Inneres sich beträchtlich von den Gängen und Höhlen, die sie bisher gesehen hatten, unterschied. Er war groß und hell, überall standen Tische, Sessel und Schränke. Obwohl Lardan

erschöpft und außer Atem war, musste er die riesigen Teppiche bewundern, die an den Wänden hingen, Teppiche, die exotische Tiere und fremde Städte zeigten.
Erschöpft ließen sie sich in die herumstehenden Sessel fallen. Ohne etwas zu sagen, nahm Yaur-Zcek-Uur eine braungrüne, stinkende Paste aus einem Wandschrank und versorgte nacheinander die Wunden der Gefährtinnen. Dann holte er aus einem Nebenraum eine kunstvoll geformte Karaffe, gefüllt mit einer dunkelroten Flüssigkeit, und schenkte allen einen Becher voll ein. Obwohl sie der unmittelbaren Gefahr entronnen waren, schien es für die DanSaan auch weiter keine Frage, dem Unbekannten zu vertrauen.
„Yankan", rief dieser in seiner fremden Sprache und leerte den Becher. Lardan nippte kurz, dann tat er es Yaur-Zcek-Uur nach und schon nach ein paar Augenblicken bemerkte er, wie wieder Kraft in seine erschöpften Glieder zurückfloss. Chedi, Xuura, Lynn und Keelah folgten seinem Beispiel. Dann versuchte Yaur-Zcek-Uur wieder zu sprechen und als ob er nach den wenigen Sätzen, die er an die Gruppe bisher gerichtet hatte, schon dazugelernt hätte, wurden seine Worte immer verständlicher, der harte Akzent und die kehlige Aussprache gemildert.
„Astaroth weiß, wer du bist, und wo du bist", richtete er seine Worte an Lardan. „Err kann dich fühlen, kann dich sehen."
Lardan spürte, mit welcher Verachtung der Yau-Xuek den Namen Astaroth aussprach.
„Ess sind deine Träume, er kann dir in deine Träume folgen."
Die Albträume! Der Gedanke durchfuhr Lardan. In seinen wiederkehrenden Albträumen hatte er immer das Gefühl gehabt, beobachtet zu werden!
„Err hat noch nicht seine ganze Macht, aber er wird stärker. Und er will dich."

„Mich?", fragte Lardan erstaunt.

„Ja, dich. Du bist er einzige Mann, der von den DanSaan ausgebildet wurde und der noch nicht zu ihm gehört. Alle anderen sind seiner Versuchung erlegen und haben ihm gedient oder dienen ihm noch."

Die Kriegerinnen richteten ihre Blicke zu Boden. Zu schmerzlich war die Erkenntnis gewesen, dass die DanSaan für das Wiedererstarken des Unaussprechlichen mitverantwortlich waren. Aber seit dem Erscheinen Dyaks und dem Verschwinden UrSais war so viel geschehen, dass sie das Nachdenken darüber auf einen anderen Zeitpunkt verschoben hatten.

Lynn reckte das Kinn vor: „Wir werden alles tun, um UrSai und Astaroth zu stoppen. Und was Lardan betrifft kann unsere Ausbildung ja doch nicht so schlecht gewesen sein."

„Wir alle haben bewusst oder unbewusst Astaroth geholfen. Ihr habt gesehen, was aus meinem Volk geworden ist. Aber du hast Recht, jetzt ist keine Zeit zu klagen, wir müssen handeln, schnell handeln." Yaur-Zcek-Uur nahm eine Schatulle und öffnete sie. „Hier, komm her." Er deutete auf Lardan. „Dieses Amulett wird dich vor seinen Gedanken schützen und er wird nicht mehr in deine Träume eindringen können." Er hängte Lardan eine Kette um, an der ein violetter, in silbriges Metall gefasster Edelstein hing, formvollendet geschmiedet, Norogaikunst. „Jetzt müsstest du eine Zeit lang vor deinen Verfolgern sicher sein."

„Ihr seid also auf unserer Seite", stellte Lynn fest. „Doch woher seid Ihr so plötzlich aufgetaucht, als wir Hilfe benötigten? Ihr lebt offensichtlich hier im Berg und seid dennoch nicht wie die anderen Yauborg. Niemand hat je von euch gehört und doch lebt ihr gar nicht so weit von uns Menschen entfernt. Irgendjemand hätte euch sehen müssen, von euch erzählen. Wie kommt das?"

Der Alte Yauborg brachte zwei Schüsseln mit getrockneten Früchten, Beeren und Pilzen und ignorierte Lynns Frage. „Ihr müsst hungrig sein, lasst uns essen und dann zeige ich euch einen Platz zum Ausruhen. Ihr seid sicherlich sehr erschöpft."
Lardan erkannte, dass es jetzt keinen Sinn hatte, weitere Fragen zu stellen. Aus irgendwelchen Gründen vertraute aber auch Lynn diesem unerklärlichen Wesen und die anderen anscheinend auch und er hatte Recht, dass sie hungrig und schrecklich müde waren.
Sie aßen sich satt, nur einsilbig auf die Fragen der anderen antwortend. Das dunkelrote Getränk machte die ermüdeten Glieder noch schwerer, aber die Schmerzen der zahlreichen Wunden ließen nach. Chedi war die erste, die sich auf ihr Nachtlager zurückzog. Sie hatte die schwerste Verwundung davongetragen, aber ihr schien es nach der Behandlung von Yaur-Zcek-Uur schon um einiges besser zu gehen, als vorhersehbar gewesen war. Nach und nach zogen sich alle zurück, nur Lynn und der Alte Yauborg leerten zusammen noch einen Becher. Auch Lardan wankte zu seinen Decken, als er auf ein leichtes Stöhnen Chedis aufmerksam wurde. Leise trat er zu dem schweren Vorhang, der den Raum abteilte und zog ihn ein wenig zurück. Er wollte sich vergewissern, dass Chedis Verband sich nicht gelockert oder ihre Wunde wieder zu bluten begonnen hatte. Es war ziemlich finster und so schlich Lardan auf leisen Sohlen durch den Raum und setzte sich auf Chedis Bettkante.
„Ist alles in Ordnung Chedi? Kann ich etwas für dich tun?", flüsterte Lardan. Gleichzeitig beugte er seinen Kopf ein wenig zu ihr hinunter. Da drehte sie sich zu ihm und ehe er sich versah, zog ihre Hand seinen Kopf sanft, aber bestimmt zwischen ihre Brüste. Als seine Lippen ihre zarte Haut berührten, spürte Lardan wie ein leichtes Erzittern durch ihren Körper fuhr und

im gleichen Augenblick löste sich ein tiefes, schweres Seufzen aus ihrem Mund. Lardan wusste gar nicht so richtig, wie ihm geschah, da hatte Chedis andere Hand seine Linke zum Brunnen ihrer Lust geführt. Sie spreizte ein wenig ihre Beine und Lardans Finger glitten in den pelzigen, feuchten Spalt. „Langsam, jahh", seufzte sie und biss in ihre Hand, um nicht laut aufzustöhnen. Lardans Männlichkeit ragte inzwischen fordernd zwischen seinen Lenden hervor, und indem er sie ein wenig zur Seite drehte, versuchte er von hinten einzudringen.

„Nein, Lardan, nicht heute Nacht, mir tut alles viel zu weh."

Lardan, von Chedis Lust dennoch erregt, brauchte all seine Beherrschung, um sein Begehren zu zügeln. Doch einen Augenblick später halfen ihm Chedis geschickte Finger auf andere Art und Weise. Wie ohne Absicht fand auch Lardans Hand in ihren überfluteten Hafen und seine Finger erklommen immer wieder den kleinen Hügel oder tauchten in den tiefroten Schlund. Es dauerte nicht sehr lange, da konnte Lardan seine Wollust nicht mehr länger bändigen und ein milchig weißer Strom ergoss sich aus seinen Lenden. Nachdem er wieder zu Sinnen gekommen war, bemerkte er, dass Chedi entspannt in das Land der Träume hinübergeglitten war. Er deckte sie zu, gab ihr einen Kuss auf die Stirn und schlich in seine Kammer, um ebenfalls seit längerer Zeit wieder einmal ruhig und ohne böse Träume zu schlafen.

9 Karah-Lirah-Yantu

Zwei Tage nach der Sitzung im Turm war die Hochebene von den Truppen der Bergclans eingeschlossen. Das erste Kräftemessen fanden statt. SanSaar, Sileah und die beiden anderen

DanSaan waren immer noch nicht aus den Höhlen zurückgekehrt, und man fürchtete, sie niemals wiederzusehen.
Karah, eine Meisterin der Schlachten, hatte die Führung übernommen, sie organisierte die Verteidigung. Die Hochebene von Saan war eigentlich nur von der Westseite erreichbar. Ein breiter Weg schlängelte sich in Serpentinen den Berg hoch, bis ein tiefer, etwa zehn Schritt breiter Felsspalt den Weg von der Hochebene trennte. Darüber führten in unmittelbarer Nähe zwei Brücken, ein natürlicher Felsbogen, der den Abgrund überspannte, und eine von den DanSaan gebaute Holzbrücke, die sie vor vielen Generationen errichtet hatten, um das Große Tor leichter und sicherer zu erreichen.

Auf der Seite des Plateaus wand sich eine mächtige Mauer einige Schritt vom Abgrund entfernt dort entlang, wo keine natürlich gewachsenen Felsen für eine Abschirmung sorgten. Ein Tor nur, das von zwei Türmen links und rechts bewacht wurde, unterbrach diesen Wall. Die Mauer ging gen Norden nahtlos in die mächtigen Felsen der Lukantorkette über, gegen Süden verlief sie so weit, bis der Rand der Hochebene sich nach Osten bog und somit von der Brücke aus nicht mehr eingesehen und erreicht werden konnte. Auf dem zinnenbewehrten Bollwerk standen viele Männer und Frauen von überall her, denen es gerade noch möglich gewesen war, sich auf den KorSaan zu flüchten.

In den letzten Tagen hatte Lirah mit ihren Kriegerinnen versucht, den Bauern und Handwerkern, aus denen sich die meisten Flüchtenden zusammensetzten, die Grundbegriffe des Bogenschießens und des Kampfes mit einer Hiebwaffe beizubringen. Die Motivation der Flüchtlinge war beträchtlich, bekamen sie ja dadurch endlich die Möglichkeit ihre Peiniger zu bekämpfen, die ihre Freunde oder Familienmitglieder getötet, ihre Dörfer niedergebrannt und ihre Felder verwüstet hatten.

Lirah teilte diese Leute zwanzig Abteilungen zu, die jeweils von drei Kriegerinnen der DanSaan geführt wurden. Die restlichen DanSaan bildeten eigene Trupps.

Karah, Lirah und Yantu, die für die Versorgung zuständig war, bildeten den Kriegsrat. Sie standen auf der Spitze des Hauptturms und beobachteten, wie sich das Heer der Bergclanleute langsam den Weg herauf schlängelte.

Eine doppelte Bogenschussweite vom Fuß des KorSaan entfernt begann ein Teil der Horde mit der Errichtung eines Lagers. Sie befestigten es, indem sie Palisaden errichteten und angespitzte Pfeiler in die Erde rammten, um ihre Stellungen vor möglichen Gegenangriffen der DanSaan zu schützen.

„Es sieht so aus, als müssten wir uns auf eine längere Belagerung einrichten. Aber warum lassen sie sich auf ein Kräftemessen mit uns ein und wollen den KorSaan erobern? Sie müssen doch ebenso wie wir wissen, dass das ein unmögliches Unterfangen darstellt. Sie verschwenden ihre Kräfte!" Karah schüttelte den Kopf.

„Wahrscheinlich werden sie nur versuchen, uns hier einzuschließen und festzuhalten. Dafür brauchen sie letzten Endes nur wenige Soldaten. Wenn das Lager befestigt ist, können wir ihnen nicht mehr viel anhaben. Wie wir wissen, sammelt sich ja ein riesiges Heer am westlichen Ufer der Kor-Ebene. Kein Heer der Welt kann es sich bei einem Feldzug leisten, uns unbeschäftigt im Rücken zu haben. Und falls der KorSaan doch fallen sollte, würde das für die anderen Städte und Reiche eine zersetzende Wirkung auf ihre Kampfmoral haben", ergänzte Lirah, obwohl sie ahnte, dass ihre Begründung diesen Aufwand eigentlich nicht völlig erklärte.

„Wenn doch SanSaar und Sileah endlich wieder auftauchen würden!", seufzte Karah.

„Ich mache mir große Sorgen um sie."

„Ja, ich auch", antwortete Lirah, „aber sieh! Unsere Sorgen werden bald von anderer Art sein."

Ein größerer Verband von Bergclanleuten begann sich zum Kampf zu formieren. Sie schoben mehrere Wägen vor sich her und führten so ihre Deckung vor den treffsicheren Pfeilen der DanSaan mit sich. Sobald die Gefährten in günstige Positionen gebracht waren, klappten die Männer hölzerne, mit Metall verstärkte, Wände, nach vorne. Auf den Karren transportierten sie mehrere lange Leitern, die sie im Schutz ihrer Abschirmung so nahe wie möglich an den Felsspalt, der den Weg von der Ebene trennte, heranrückten. Andere Trupps versuchten, Gräben zu ziehen, die aber des felsigen Untergrundes wegen nur sehr flach ausfielen, um die Stellungen möglichst ungefährdet halten zu können.

Karah ergriff ihr Kampfszepter, das Zeichen einer jeden Meisterin der Schlachten und führte damit eine Reihe von Bewegungen durch. Irgendwie hatten alle Verteidigerinnen auf der Mauer ihre lautlosen Anweisungen bemerkt und so konnte die Anführerin mit Befriedigung beobachten, wie alle die gleichen Manöver ausführten.

Die Bogenschützinnen spannten ihre Bögen. Jede hatte eine Anzahl pechgetränkter Pfeile vor sich in einem Köcher stecken. In regelmäßigen Abständen brannten einige kleine Kessel gefüllt mit einer brennbaren Mixtur. Jeweils zwei DanSaan rannten mit brennenden Fackeln über die Balustrade und entzündeten die Pfeile. Salve um Salve flammender Geschosse ging auf die mühsam heraufgezogenen Wägen und die umstehenden Krieger nieder, die ihrerseits sofort den Beschuss mit wenig Erfolg erwiderten, während in den Reihen der Bergclans die ersten Kämpfer fielen.

„Morgen wird der erste richtige Vorstoß erfolgen, was für eine Verschwendung von Menschenleben. Kommt lasst uns gehen!" Karah wollte sich gerade umdrehen und den Turm verlassen, als sie Lirahs leisen Aufschrei hörte.

„Nicht nur Menschenleben, fürchte ich", sie hielt Karah am Ärmel zurück. „Da schau, es wird schlimmer, als wir erwartet haben." Lirah zeigte mit ihrem Schwert den Abhang hinunter. „Siehst du das?" Eine weitere Kolonne, lang und dunkel, bahnte sich den Weg zum KorSaan herauf. „Yauborg!"

„Bei Sh'Suriin, Yauborg! Es heißt, die können die steilsten und glattesten Felsen besteigen als spazierten sie über Stufen."

Sofort ließ Karah die Anführerinnen der verschiedenen Abteilungen zu sich rufen.

„Wir müssen unsere Wachen auf der ganzen Hochebene verteilen, nicht nur an den Felsabhängen im Süden und Osten, sondern genauso zu den Bergen gegen Norden hin. Das zersplittert uns zwar stärker, aber die Yauborg, die keine Felswand abhalten kann, werden sicherlich überall versuchen, unser Hochplateau zu erreichen, um uns dann zumindest sabotieren zu können. Oder ihre Führer planen irgendwo einen Brückenkopf zu errichten und lange genug zu halten, um so viele wie möglich einschleusen zu können und uns damit vielleicht ernsthaft zu gefährden."

Ein ungläubiges Raunen ging durch die Kriegerinnen. Alle hatten sich bis jetzt sicher und uneinnehmbar gefühlt, aber dieser neue Feind war im Moment für sie unberechenbar.

„Es wird schwieriger, als wir erwartet hatten. Das heißt aber nicht, dass wir nicht ihnen fertig werden! Wir sind die Dan-Saan, die besten Kriegerinnen von Dunia Undara! Niemand kann es mit uns aufnehmen! Also los, eine jede weiß, was sie zu tun hat!"

Damit entließ Karah die Befehlshaberinnen. *Wenn doch Lynn da wäre, sie könnte ihnen sicher mehr Ruhe und Selbstvertrauen vermitteln*, dachte sie.

In der kommenden Nacht passierte nichts. Die Wachen patrouillierten von Störungen unbehelligt auf den Mauern, regelmäßig kontrolliert von Karah, die in dieser Nacht kein Auge schließen konnte. Noch nie hatte sie eine derartige Verantwortung tragen müssen, sie zweifelte sehr daran, ob sie dieser Aufgabe gewachsen war. Bis vor wenigen Stunden hatte es Sicherheit hinter hohen Mauern gegeben, Geborgenheit unter der alten Führerin, die einfach verschwunden blieb und sie hier zurückgelassen hatte. Und die, die die Richtige für die Führung der vielen verzweifelten Flüchtlinge und kampfbereiten Kriegerinnen gewesen wäre, war weit weg und verfolgte ihre eigenen Aufgaben. So drehte Karah Runde um Runde auf den Wällen, doch diese Nacht verlief noch ohne Zwischenfälle.

Als ob die Sonne an diesem Morgen viel langsamer aus der See von Saanara heraussteigen würde, empfanden es die Frauen und Männer, die auf der Wehr die ersten Sonnenstrahlen erblickten. Schnell waren die letzten Nebelfetzen verdampft, und der breite Weg lag noch ganz friedlich vor ihnen. Keine wusste, was der Tag bringen würde, den ersten Angriff oder monotones Warten darauf. Karah war sich nicht sicher, was sie bevorzugte, aber ihr war klar, dass, falls der Kampf begänne und sie den Tag überlebte, sich vor ihr ein See aus Blut und Tod erstrecken würde.
Kaum war die Sonne über den Horizont gestiegen, begann dumpfes, monotones Dröhnen der Kriegstrommeln in den Lagern der Bergclankrieger. Also würde es schon heute beginnen! Ihre erste Verteidigungsschlacht. Der Angriff stand ihnen in den nächsten Stunden bevor. Karah begab sich mit einer Ruhe, die sie nicht wirklich verspürte, zum Hauptturm, von dem aus sie die Lage am besten überblicken konnte. Links und

rechts von ihr nahmen zwei DanSaan mit besonders großen, rechteckigen Schilden Aufstellung, um sie vor Pfeiltreffern bewahren zu können. *SanSaar sollte eigentlich hier stehen*, dachte Karah mit Unbehagen, aber sie war diejenige, die die Verantwortung innehatte. *Noch ein Wechsel – sehr ungünstig zu diesem Zeitpunkt.*

Allmählich sammelte sich unten im Tal das Heer der Angreifer. Befehlsschreie tönten den Berg herauf und die Vorhut machte sich an den Aufstieg. Langsam begann sich nun auch der lange Tross des Heeres Schritt für Schritt auf den Weg zu machen. Karah wusste, dass Astaroth die Leben seiner sterblichen Handlanger nichts bedeuteten. Sie und die anderen rechneten mit einem Großangriff über die beiden Brücken, um danach die Mauer mit Leitern Seilen und Haken zu bezwingen.

Dann herrschte unvermutet Stille. Die Trommeln brachen ihr Todeslied ab. Erste Pfeile wurden von der Brüstung geschossen, ein Zeichen, dass die Verteidiger aufs äußerste gespannt waren, waren doch viele unter ihnen, die bisher noch keinerlei Kampferfahrung hatten. Dann durchbrach ein Mark und Bein erschütterndes Röhren die Luft und die Angreifer stürmten unter lautem Gebrüll in Richtung der Brücken.

Karah auf dem höchsten Turm konnte sehen, woher dieses tierische Grölen stammte. In der hintersten Schlachtreihe erhob sich nun ein gewaltiger Gotha.

„Das ist wohl mein Gegenüber", murmelte sie nach dem ersten Erschrecken leise vor sich hin.

Die Pfeile der Verteidiger rissen große Lücken in den ersten Reihen der Heranstürmenden, die aber sofort wieder geschlossen wurden. Nun nahmen aber auch die Bogenschützen der Angreifer die Mauerbrüstung ins Visier und die ersten Unvorsichtigen oder Unglücklichen fanden den Tod. Doch die Zahl der Opfer der Angreifer war um ein Vielfaches höher als die der Verteidiger. Die ersten konnten die Brücke überqueren und versuchten, ihre Leitern gegen die Mauern zu lehnen, um mit dem Mut der Verzweiflung nach oben zu stürmen. Doch darauf waren die Verteidiger bestens vorbereitet. Schwere Felsbrocken prasselten auf die Männer nieder und zerschmetterten deren Körper. Der Boden am Fuße der Mauern war im Nu übersät mit blutigen, eingeschlagenen Schädeln, zerquetschten Brustkörben und gebrochenen Knochen und trotzdem brandete eine Angriffswelle nach der anderen an das Tor, ohne dass ein einziger Gegner die Brüstung erreicht hätte. Erst am späten Nachmittag wurde der Angriff abgebrochen. Hunderte Tote blieben zurück.

Am Abend erstattete der Kreis der Kriegerinnen Karah Bericht. „Wir haben elf Tote zu beklagen und dreiundzwanzig Verletzte, wovon zwei schwerer verletzt sind. Keine DanSaan ist unter den Toten."
„Danke, Yantu. Lirah, wie viele Menschen kämpfen jetzt noch auf unserer Seite?", fragte Karah.
„Wir haben zirka eintausendzweihundert Flüchtlinge, die sich bereit erklärt haben zu kämpfen, Frauen mit kleinen Kindern nicht mitgezählt und wir sind sechshundert, wobei etwa dreihundertachtzig den Pfad der Herausforderung schon beschritten haben. Zusätzlich gibt es noch sechsundachtzig, die die folgenden Prüfungen auch schon abgelegt haben.
„Lirah, suche bitte auch zwei Kriegerinnen aus, die nach San-Saar und den anderen suchen. Ihre lange Abwesenheit beunruhigt mich sehr. Sie müssten doch längst wieder hier sein."
„Du sprichst mir aus der Seele. Ich werde sie sofort losschicken", antwortete Lirah.
„Gut, und wir müssen uns auf das Schlimmste vorbereiten.

Alle die, die nicht kämpfen, sollen Verteidigungslinien für einen Rückzug bauen, du weißt schon, Gräben, Schanzen, Palisaden, Fallgruben. Falls der Gegner durchbrechen sollte, wird die Hölle für ihn schon hier beginnen, dafür werden wir Sorge tragen. Habt ihr schon konkrete Räumungspläne gemacht, wenn uns ihre Übermacht erdrücken sollte?"
Yantu trat wieder vor. „Die Arbeiten für die hinteren Verteidigungslinien haben schon begonnen. Der Sammelplatz für die Bauern mit ihren Familien ist nahe der Korbstation. Wir haben die Verteidigungsanlage dort erheblich verstärkt, so dass wir genügend Zeit haben, um die Leute hinunterzuschaffen. Wir haben ihnen auch gesagt, dass sie versuchen sollen, sich dann nach Gara durchzuschlagen.
Die Kämpferinnen und Kämpfer werden sich alle im Nordosten bei dem Eingang in die Höhlen, der in die Norogaistadt führt, sammeln, und dann versuchen, dort für eine Weile Schutz zu suchen, bis wir uns wieder treffen und beschließen können, was weiter zu tun ist."
Der Rest des Abends wurde mit weiteren Besprechungen taktischer Varianten verbracht, Pläne wurden geschmiedet und verworfen und alle rätselten erneut, warum die Angreifer so vehement danach strebten, den KorSaan zu erobern.

Langsam wurde aus der klaren, kalten Nacht ein nebeliger, feuchter Morgen. Ein beißender, süßlicher Gestank hing in der Luft, ein Gemisch aus vertrocknetem Blut, entzündeten Wunden und erkaltetem Schweiß. Alle waren sich sicher, dass der gelblich schleichende Nebel nichts Gutes für sie verheißen würde. Bei klarem Morgen hätte man vielleicht noch ein wenig Zeit gehabt, aber während so einer milchig trüben Dämmerung würden Astaroths Truppen mit Sicherheit angreifen. Diesen Vorteil konnten sie sich nicht entgehen lassen.

Karah und Lirah standen schon, wie auch gestern, beim ersten Licht auf dem Turm. Sie hatten schon die Stellungen inspiziert und wussten, dass sie so gut, wie es nur möglich war, für den nächsten Ansturm gerüstet waren. Yantu hatte es sich nicht nehmen lassen, selbst nach SanSaar zu suchen und war noch am vorherigen Abend mit zwei weiteren Kriegerinnen in die Höhlen hinabgestiegen, jedoch hatte Karah immer noch keine Nachricht erreicht.

Wie erwartet nutzte der Gegner den Nebel aus und schon bald stürmten die ersten Horden auf die Mauern ein. Doch wenn die klare Sicht des gestrigen Tages für die Verteidiger des Kor-Saan gesprochen hatte, so mussten sie heute dem Geschosshagel aus dem milchigen Nichts die ersten Tribute zollen. Es schien, als verbündeten sich die tiefhängenden Nebelschwaden mit den monotonen Rhythmen der Kriegstrommeln zu einer magischen, undurchsichtigen Wand. Keine der Bogenschützinnen erwiderte das Feuer, allen war die Aussichtslosigkeit, einen Treffer zu landen, klar. So warteten sie geduldig auf das Zeichen Karahs, das Feuer zu erwidern.

Mit einem Schlag wurden die Angreifer sichtbar und fast im selben Augenblick prasselten die Geschosse auf sie hinunter. Scheinbar gleichgültig empfingen die ersten Reihen den Tod, beinahe so, als ob er nichts für sie bedeutete. Trotzdem gelangten die Clankrieger, diesmal anders als am Vortag, an die Mauern und zum Großen Tor. Die ersten Leitern wurden von den Männern und Frauen auf den Zinnen noch mit langen Stangen umgestoßen, aber es beunruhigte Karah, dass es dennoch immer öfter zu Zweikämpfen auf der Brüstung kam.

„Komm, lass uns gehen, wir werden dringend unten auf der Mauer gebraucht", wandte sie sich an Lirah, die verlässlich neben ihr auf dem Turm über dem großen Tor stand.

„Nein, warte, da sieh, wir können unsere Schwerter gleich hier tanzen lassen."

Eine weitere Welle von Angreifern floss aus dem Nebel hervor, aber diesmal waren es die Yauborg. Sie bewegten sich viel schneller als die Bergclankrieger und vor allem benötigten sie keine Leitern, um die Wälle zu erklimmen. Ihre klauenartig verkümmerten Flügel waren nicht nur scharfe, gefürchtete Waffen, sie ermöglichten es ihnen auch, senkrechte Mauern mit behänder Leichtigkeit emporzuklettern.

„Das sind ja hunderte!" Lirah starrte fassungslos in die Tiefe. Alles, was am Tag zuvor stattgefunden hatte, war nur ein Vorgeplänkel gewesen. Jetzt erst begann der Kampf wirklich, ein Hauen und Stechen um jeden Fußbreit der Mauer, ein Schlagen, Stoßen, Beißen, Kratzen und Würgen. Menschen rannten wie wahnsinnig durch die Reihen, einige verkrochen sich ängstlich in eine Ecke, andere versuchten, hysterisch brüllend ihre Eingeweide im Bauch zu halten. Manche stürzten zusammen mit einem Yauborg in die Tiefe und immer wieder war es das furchtlose Eingreifen der Kriegerinnen der DanSaan, die in eine Lücke hineinpreschten oder die kämpfenden Bauern um sich sammelten, um sie wieder geschlossen auf die Brüstung zu führen. Ihre überlegene Kampfkraft lehrte den Angreifern das Fürchten und gab den Verteidigern immer wieder neuen Mut.

„Sh'Suriin, führe unsere Klingen!" Das waren die letzten Worte Karahs, als die ersten Yauborg den Rand des Turms, auf dem Karah, Lirah und die zwei Schildträgerinnen standen, erklommen hatten. Sie konnten nicht sehen, wer ihnen den Tod brachte, so schnell blitzten und zuckten die Klingen, aber die Masse von Yauborg schien kein Ende zu nehmen. Immer mehr überstiegen die Brüstung, und es gelang ihnen, die vier Kämpferinnen einzukreisen.

Lirah und Karah, die beide alle Pfade der Ausbildung, außer dem letzten, beschritten hatten, attackierten und parierten in der höchsten Vollendung der Kampfkunst der DanSaan. Bedingt durch die Enge des Platzes auf der Spitze des Turmes konnten die beiden auch nicht von zu vielen gleichzeitig angegriffen werden und so hielt sich der Kampf lange Zeit in der Waage. Karah aber wusste, dass die Zeit dieses Mal nicht für sie arbeiten würde, denn die Vielzahl der Gegner zehrte mehr und mehr an ihren Kräften. Dann aber passierte etwas, mit dem niemand gerechnet hatte.
Der Nebel verzog sich sehr schnell und einige Sonnenstrahlen brachen durch die Wolkendecke. Karah glaubte zuerst an eine Sinnestäuschung, aber die Yauborg schienen das direkte Sonnenlicht nur schwer zu ertragen. Ihre Bewegungen wurden langsamer und sie schienen geblendet. Die Intensität des Angriffs nahm auch sofort merklich ab und überall auf der Brüstung gewannen die DanSaan zusammen mit den anderen Verteidigern wieder die Oberhand. Die Yauborg, die sich nicht rechtzeitig zurückzogen, wurden eine leichte Beute der Klingen, Äxte und Knüppel. Und Karah fand endlich wieder Zeit, sich einen Überblick über die Situation zu verschaffen.
Die Sonne stand schon hoch, der Kampf wogte schon einen halben Tag und nicht nur die Yauborg, auch die Clankrieger zogen sich allmählich zurück. Lirah und die beiden anderen Kriegerinnen warfen Leichen und Leichenteile vom Turm in die Schlucht, obwohl sie ein paar Blessuren abbekommen hatten.
„Geht jetzt und versorgt eure Wunden", befahl Lirah den Schildträgerinnen, „ich lasse euch rufen, wenn ich euch wieder brauche."

„Ich glaube nicht, dass das alles war für heute", wandte sich Karah an sie. „Beten wir zu Sh'Suriin für strahlendes Wetter, dann haben wir es wenigstens nur mit den Clanleuten zu tun."
„Hoffentlich gewöhnen sich die Yauborg nicht an das Sonnenlicht. Sie hausten ja für unzählige Winter in den tiefsten Höhlen, wer weiß?"
„Du vermagst einem ja Hoffnung zu machen", erwiderte Karah.
„Aber wir werden jedenfalls von der Abenddämmerung bis zur Morgendämmerung verstärkt Wachen aufstellen müssen und so viele Fackeln wie möglich anzünden."
„Ich werde es veranlassen, Karah. Ich glaube aber nicht, dass wir mit einem Angriff in der Nacht rechnen müssen, die Clankrieger werden sicherlich nicht gerne im Finsteren kämpfen und nur Yauborg allein? Würdest du das machen?", fragte Lirah.
„Nein, aber ich würde versuchen, mich in kleinen Gruppen hinter die Linien des Feindes zu schleichen und ihm Schaden zufügen, wo immer ich kann."
Im Laufe des Tages geschah dann noch etwas Unerwartetes. Erstmalig ritt eine Abordnung der Clans mit einer weißen Fahne zur Brücke und bat, ihre Toten vom Schlachtfeld bergen zu dürfen. Der Anführer der Gruppe schien ein vernünftiger Mann zu sein. „Ich bin Ordon, ich spreche für die vereinigten Clans, ich möchte mit der Befehlshaberin reden!", rief er in Richtung der Mauerbrüstung.
Karah, die ihn schon hinter einer Zinne erwartete, gab sich zu erkennen. „Ich bin Karah, Meisterin der Schlachten, was willst du von mir?"
„Wir möchten unsere Toten ehren und ich ersuche dich darum, sie bergen zu dürfen. Es ist auch in eurem Interesse."

Unter der Bedingung, dass kein großes Gerät herbeigeschafft würde oder sonst irgendetwas Verdächtiges passierte, gewährte Karah ihm diese Bitte, auch mit dem Hintergedanken, dass den Verteidigern eine längere Verschnaufpause nur gelegen kam. Sie warteten immer noch auf Nachricht von Yantu über den Verbleib von SanSaar und Sileah. Auch war die Zahl der Toten und Verwundeten auf ihrer Seite diesmal um einiges höher als sie angenommen hatte, und je eher notwendigen Reparaturarbeiten auf den Zinnen der Mauern in Angriff genommen werden konnten, desto besser. Karah und Lirah beschlossen auch, die Verteidigung auf Grund der veränderten taktischen Situation umzuplanen, um die angreifenden Yauborg besser zurückschlagen zu können.

„Wie lange werden sie brauchen, einen großen, überdachten Rammbock zu bauen, oder womöglich ein Katapult, um gleich unsere Mauern zu brechen? Einen, fünf Tage, sieben Tage? Was meinst du?", fragte Karah.

„Würdest du unsere Stellung mit einem Katapult angreifen? Es ist viel zu schwierig, es hier heraufzuschaffen", beantwortete Lirah Karahs Frage mit einer weiteren Frage.

„Du hast Recht. Ich würde versuchen, das Tor aufzubrechen. Also ein Rammbock."

„Ja, glaube ich auch. Und sie haben Zeit. Was soll sie drängen? Nicht einmal der Winter kann sie abhalten, uns hier zu belagern. Also ich vermute, dass wir noch fünf, sechs Tage Zeit haben, bevor es richtig ernst wird", erwiderte Lirah.

„Also müssen wir Vorsorge treffen. Sie werden sicherlich die Holzbrücke nehmen. Wir müssen sicher gehen, dass wir sie, sollte es notwendig sein, sehr schnell zerstören können", erklärte Karah.

„Sorge dafür, dass bei der Besprechung heute Abend alle die anwesend sind, die wissen könnten, wie wir das am besten bewerkstelligen können. Und vielleicht findest du noch Pläne von der Brücke."

„Gut, falls kein weiterer Angriff kommt, sehen wir uns am Abend."

Mit diesen Worten trennte sich Lirah von der Meisterin der Schlachten, um alles vorbereiten zu können. Karah übergab das Kommando an Vinja und ritt zum Kloster zurück. Dort stieg sie auf den höchsten Turm und ließ sich den Wind durch die Haare wehen. Sie brauchte wenigstens ein paar Augenblicke der Ruhe, um sich die sich überschlagenden Ereignisse allein durch den Kopf gehen zu lassen.

Wo sind bloß die anderen, dachte sie, *und wie wird es ihnen wohl ergangen sein? Wenn ich nur wüsste, ob ihr noch lebt und es euch gut geht. Lynn, rede mit mir. SanSaar ist nicht hier und auf meinen Schultern liegt die ganze Last. Lynn, ich schaffe es nicht. Es hat sich alles so unglaublich schnell gewandelt. Ich muss wissen, ob alles noch einen Sinn macht. Ich brauche euch, ihr seid meine Familie und ihr seid nicht da.*

Die ganze Anspannung der letzten Tage entlud sich in diesem Moment. Tränen flossen ungehindert und unbeobachtet über ihre Wangen und sie konnte sich endlich gehen lassen. Die Hülle der Führerin, die frei von Gefühlen Entscheidungen über Leben und Tod traf, bröckelte ab.

Sie wusste nicht, wie lange sie ihr Gesicht in ihren Händen vergraben hatte, aber plötzlich überkam sie doch ein Gefühl, als ob sie beobachtet würde. Sie war gewohnt, ihrer Intuition zu vertrauen, obwohl ihr die Vernunft sagte, dass das nicht möglich sei. Schließlich stand sie auf dem höchsten Punkt des Klosters und der hatte an der breitesten Stelle nur einen Durchmesser von fünf Schritt. Trotzdem ließ sie ihren Blick langsam rundum schweifen, aber so sehr sie sich bemühte und konzentrierte, konnte sie nichts und niemanden entdecken.

Aber ihr Gefühl bestärkte sie mehr und mehr darin, dass sie nicht allein war, sie war sich sicher, dass sie irgendjemand irgendwo in den Felswänden nördlich des Klosters nicht aus den Augen ließ. Sie kannte den Punkt, an dem schon seit einiger Zeit, immer, wenn sie Besprechungen hier im Turm abhielten und deshalb hier oben ein Feuer entzündeten, ebenfalls eine Fackel brannte, scheinbar mitten in der Felswand. So sehr sie auch Ausschau hielt, sie konnte wieder nichts entdecken, aber sie beschloss, von nun an immer eine Wache hier heroben aufzustellen, denn irgendetwas war ihr nicht geheuer.

Bei Einbruch der Dämmerung trafen sich Karah, Lirah, Vinja und alle anderen befehlshabenden DanSaan im Raum der Versammlung. Als erste berichtete Vinja.
„Wir haben über die ganze Ebene verstärkt Wachen aufgestellt und, soweit es möglich war, Fackeln oder Feuer angezündet, obwohl es ja sein kann, dass den Yauborg nur Sonnenlicht schadet und ihnen Feuer nichts anhaben kann. Aber wir werden ja sehen. Die Arbeiten an den Schanzen und Gräben gehen zügig voran, einige können wir, wenn es nötig sein sollte, schnell mit Teer füllen und anzünden. Sonst gibt es von mir einstweilen keine Neuigkeiten zu berichten."
„Danke Vinja. Lirah, es gibt wohl noch keine Nachricht von SanSaar und den anderen, die in die Höhlen gegangen sind?", fragte Karah.
„Leider nein. Ich habe zwei Gruppen hinuntergeschickt und bis jetzt ist noch keine zurückgekehrt. Eine gute Nachricht habe ich jedoch. Ein Soldat aus Gara ist vor kurzem über die Korbstation eingetroffen, er wartet vor der Tür. Soll ich ihn hereinholen?"
Karah nickte: „Gut. Er hat sicherlich einen langen Ritt hinter sich, lassen wir ihn nicht länger warten!"

Karah erkannte den jungen Mann sofort, es war Kehed, der Sohn Cayza-Kors, des Königs von Gara. Sie stand sofort auf, um sich bei ihm zu entschuldigen. „Verzeih Kehed, ich wusste nicht, dass du es warst, der vor der Tür wartete. Nimm bitte Platz und berichte uns. Ich höre, du hast wenigstens eine gute Nachricht?"
„Ich weiß, dass ihr jetzt andere Sorgen habt, als zu ahnen, wer vor eurer Tür steht. Zuerst will ich euch die Grüße meines Vaters übermitteln. Er ist sehr besorgt und hat die Räumung der Bewohner Garas auf die Schwesterinsel schon veranlasst. Sie ist bereits im Gange. Es ist auch schon bei uns zu kleineren Scharmützeln gekommen, aber nichts, was nicht zu bewältigen gewesen wäre, nur kleinere, marodierende Trupps.
Nun zur guten Nachricht, wenn ihr so wollt. Hundert von meinen berittenen Soldaten warten unten an der Korbstation auf meine weiteren Befehle und dreißig sind schon mit mir hochgekommen. Ich stehe mit meinen Männern zu euren Diensten."
Mit diesen Worten verbeugte sich Kehed, nahm Platz und ließ durch seine trockene Kehle einen Schluck gewässerten Weins rinnen, den ihm Lirah reichte.
„Danke Kehed, dass ihr so bald auf unsere Bitte hin gekommen seid. Wir haben die Hilfe Garas bitter nötig, wie du bald merken wirst."
Dann wandte sich Karah noch einmal zu Lirah.
„Wann können wir die Holzbrücke zerstören, falls es nötig werden sollte?", fragte sie.
„Zehn Kriegerinnen werden diese Nacht noch versuchen, die Holzbrücke so zu präparieren, dass man sie mit ein paar gezielten Pfeilen jederzeit in Brand schießen kann. Ich bin zuversichtlich, dass uns das ohne Probleme gelingen wird."

Danach folgten taktische Beratungen, Unterredungen zu unterschiedlichen Verteidigungsstrategien und immer wieder kamen sie zu demselben Schluss: Wenn der Gegner ohne Rücksicht auf Verluste Tag für Tag die Mauern bestürmte, würden sie irgendwann die Stellung nicht mehr halten können. Die Zahl der DanSaan war nicht sehr groß und die anderen Leute waren keine ausgebildeten Kriegerinnen.

„Ist jemand dagegen, dass wir die Familien fortschaffen?", fragte Karah. Sie wartete einen Augenblick und nachdem kein Einwand gekommen war, setzte sie fort: „Gut, dann bitten wir dich Kehed, dass du mit deinen Leuten die Männer, Frauen und Kinder in Gruppen über die Ebene nach Gara eskortierst, damit sie ebenfalls auf die Insel gebracht werden können. Ich kenne momentan leider keinen sichereren Ort als Garam. Wir DanSaan werden die Hochebene so lange halten, wie es nötig sein wird. Unser weiteres Schicksal liegt in der Hand Sh'Suriins. Bist du damit einverstanden, Kehed?"

Dieser erhob sich wieder. „Es ist mir und meinen Männern eine große Ehre, den Kriegerinnen der DanSaan zu dienen. Ich werde noch heute die nötigen Anweisungen und Befehle erteilen." Dann, nach einer Pause, sagte er noch zögernd: „Ich habe nur eine Bitte, akzeptiert mich als Freiwilligen. Ich möchte hier an eurer Seite kämpfen, und ich möchte Lardan und UrSai beistehen. Wo sind sie eigentlich?"

Lirah wusste natürlich, dass die beiden Kehed einmal aus den Kerkern von Khem gerettet hatten und die drei sich seither immer wieder einmal getroffen hatten, gemeinsam auf die Jagd gegangen waren, ja zwischen Lardan und Kehed hatte sich sogar eine Art Freundschaft entwickelt. Also erzählte sie ihm in kurzen Worten, was sich in den letzten Tagen hier auf dem KorSaan zugetragen hatte. Kehed war erstaunt, so schnell hatte man in Gara die Entwicklung der Dinge nicht vermutet.

„Lardan ist nach Norden gezogen, UrSai in den Höhlen verschwunden! Ich habe die beiden noch im letzten Mond getroffen, alles passiert nun so unvermutet, so unerwartet. Ich dachte, wir hätten noch jede Menge Zeit, um Spaß miteinander zu haben. Doch nun . . . ich möchte aber trotzdem hierbleiben und helfen, den KorSaan verteidigen."
„Gut", antwortete Karah, „ein schnelles Schwert können wir immer gebrauchen, und auch jemanden, der eine Truppe führen und Befehle erteilen kann. Ich bin sicher, dass Vinja für dich einen Posten finden wird." Sie hielt inne. „Es war ein langer und anstrengender Tag, Lirah wird dir und deinen Männern einen Platz zum Ausruhen anweisen lassen. Ruht euch jetzt aus, morgen wird sicherlich ein harter Tag."
Kehed stand auf, beugte sein Haupt zum Gruß und verließ den Versammlungsraum.
„Ich mag ihn, er ist kein Mann der vielen Worte, kein geschwätziger Angeber wie viele andere. Es gibt nicht viele von seiner Sorte", bemerkte Karah, nachdem er gegangen war. „Ich glaube aber, wir brauchen auch alle unseren Schlaf. Falls niemand mehr etwas zu sagen hat, beende ich hiermit unsere Versammlung. Wir sehen uns vor Morgengrauen, so die Götter es wollen."
Alle erhoben sich und in Abwesenheit von SanSaar leitete Karah die kurze Zeremonie für Sh'Suriin, der über ihren Schlaf und über ihre Träume wachen sollte. Nur konnte Karah die Zeremonie nicht ganz vollziehen, denn zum Abschluss musste SanSaar die Wendeltreppe nach oben steigen und auf der höchsten Zinne den Meistermeragh viermal in die Nacht werfen, je einen Kreis für die vier Zyklen des Mondes.
Danach löschte die Meisterin der Schlachten die Fackeln, die immer als Zeichen der Beratung brannten. Sie stieg zwar auf

den obersten Turm, aber nur, weil sie sehen wollte, ob dieses andere Licht hoch oben in der Felswand immer noch brannte.

Alle hatten die Versammlung schon verlassen, als sie nachdenklich die Stufen hochstapfte. Sie brauchte nicht lange zu suchen, das Feuer in der Felswand loderte ebenso wie das Feuer hier heroben. Sie löschte die Fackeln aus und schon nach kurzer Zeit verschwand auch das Feuer im Felsen. „Ich hoffe nur, du bist auf unserer Seite, wer auch immer du bist", sagte sie in Gedanken versunken zu sich selbst. Dann öffnete sie ihren kunstvoll geflochtenen Zopf und ließ den Nachtwind noch einige Augenblicke mit ihren langen offenen Haaren spielen.

Karah war nur kurz in Gedanken versunken, da riss sie ein aufgeregter Lärm wieder in die Welt zurück. Schnell rannte sie die steile Treppe hinunter. Es war kein Kampflärm, soviel konnte sie erkennen. Am Fuße des Turmes angekommen sah sie sofort den Grund der Hektik. Yantu war zurückgekehrt und auf der Trage neben ihr lag Sileah.

„Sileah, wir haben Sileah gefunden!" Völlig erschöpft und außer Atem setzte sie sich nieder. Neben Sileah auf der Trage kniete schon Elessa, die Meisterin der Heilkunde und tröpfelte der bewusstlosen DanSaan ein paar ihrer Tropfen auf die geplatzten, blutverschmierten Lippen.

Nachdem Yantu ihren Atem wiedererlangt hatte, berichtete sie von den Geschehnissen. „Wir haben sie nur zufällig in einem Seitengang gefunden oder vielleicht hat uns Sh'Suriin geleitet, wer weiß. Sileah lebt, zumindest atmet sie, aber sie konnte noch kein Wort sprechen. Sie wälzte sich unruhig hin und her, so dass wir sie anbinden mussten, und immer wieder verlor sie die Besinnung. In den kurzen Zeiten ihres Wachseins hat sie nur gestöhnt und ein kurzer Krampf ließ sie wieder das Bewusstsein verlieren. Wir haben natürlich auch nach SanSaar und den anderen in der näheren Umgebung von Sileahs Fundstelle gesucht, aber vergebens."

Ein betretenes Raunen ging durch die mittlerweile zu einer großen Zahl angewachsene Menge. Das Wiederauftauchen von Sileah hatte sich wie ein Lauffeuer im Kloster herumgesprochen. „Aber etwas Hoffnung kann ich doch noch bringen, denn das haben wir neben ihr gefunden." Yantu entpackte langsam und bedächtig ein Deckenbündel und zum Vorschein kam der Meistermeragh. Ehrfürchtig hielt sie ihn mit beiden Händen über ihren Kopf, damit ihn alle sehen konnten. Diesmal ging wieder ein Raunen durch die Leute, aber jetzt konnte man richtig spüren, wie Mut und Hoffnung in die Herzen und Seelen der DanSaan zurückkehrte.

Yantu wusste dann nicht so recht, wohin mit dem Meistermeragh, denn eigentlich führte ihn immer nur SanSaar und sie warf einen fragenden, hilflosen Blick zu Karah. Karah, die diese Verantwortung nicht auch noch tragen wollte, nahm den Meragh SanSaars und legte ihn in die für ihn gefertigte Halterung. Dann sprach sie mit Bestimmtheit: „Hier wird der Meragh der SanSaar ruhen, bis wir Gewissheit über das Schicksal unserer ehrenwerten Führerin haben."

Dann wandte sie sich zu Elessa. „Kannst du uns schon etwas über Sileahs Zustand berichten? Du bist wahrscheinlich die Einzige, die ihr helfen kann."

Elessa sprach nachdenklich und ruhig wie immer. „Sie muss in einen schweren Kampf verwickelt gewesen sein, aber diese Wunden machen mir keine Sorgen. Für den Zustand, in dem sie jetzt ist, sind diese Blessuren nicht verantwortlich. Vielmehr Sorgen bereiten mir die Wunden, die Sileahs Geist abbekommen hat. Und die kann ich nicht heilen, vielleicht kann ich ihren Schmerz lindern, aber ich fürchte, diese Wunde muss

Sileah selbst heilen. Ich glaube aber, dass sie einer Macht ausgesetzt war, die kaum ein Mensch aushalten kann. Erinnert euch an das Zusammentreffen mit Dyak und die Kräfte, die er zu bewegen und zu bündeln imstande war. Ich wähne, sie war Astaroth näher als je irgendjemand, der lebend davongekommen ist. Er verhüllt mit seinem Dunkel ihren Geist. Sie kämpft jetzt, wenn man so will, den Kampf auf einer anderen Ebene weiter und diesen Kampf muss sie ganz allein austragen. Bringt sie jetzt in meine Gemächer, dort ist sie momentan am besten aufgehoben."

Alle gingen mit einem sehr zwiespältigen Gefühl in der Magengrube wieder auf ihre Posten. Nur Karah, Lirah und Yantu blieben noch zurück und besprachen das Geschehene.

Karah wusste nicht so recht, sollte sich jetzt freuen oder weinen. Sileah war zurückgekehrt, zumindest lebend, aber keine Nachricht von SanSaar und den anderen. Warum hatte Sileah den Meistermeragh bei sich? Das ließ eigentlich nur einen Schluss zu. Sileah, falls sie sich wieder völlig erholen sollte, war die neue SanSaar. *Was für einen schrecklichen Kampf haben sie in den Höhlen ausgefochten, und was haben sie gefunden?* Karah war voller Fragen, aber Lirah und Yantu wussten auch keine Antworten.

„Wir müssen wohl den Künsten Elessas und der Widerstandskraft Sileahs vertrauen, um Antworten zu erhalten."

10 Yaur-Zcek-Uur-Lardan

Lardan wusste nicht, wie lange er geschlafen hatte, ob Morgen oder Abend war. Aber er fühlte sich frisch und munter, so als ob in den letzten Tagen nichts passiert wäre. Beim Anziehen überfiel ihn die Erinnerung an die letzten Ereignisse des gest-

rigen Tages und er war nicht sicher, ob er ein schlechtes Gewissen haben sollte. Was könnte er nur zu Chedi sagen? Wie sollte er sich ihr gegenüber verhalten? Wie hatte er sich nur auf das alles zu diesem Zeitpunkt einlassen können?
Er musste an Sileah denken. War nicht ohnehin schon alles kompliziert genug? Wie würde sich Chedi heute ihm gegenüber wohl verhalten? Als ihm so die Gedanken durch den Kopf gingen, hörte er auch schon seinen Namen rufen.
„Lardan, komm endlich! Bist du noch immer nicht ausgeschlafen? Hat dich denn der letzte Tag so angestrengt?", hörte er Xuura.
Bei Sarianas, sie wissen wieder einmal alles, durchfuhr es ihn.
„Ich komme schon!"
Er trat hinaus in den großen Raum, in dem sie gestern schon zusammengesessen hatten und fand alle seine Kameradinnen schon beim Essen versammelt.
„Lardan, du hast am längsten geschlafen, du bist hier nicht zur Erholung", ätzte Xuura erneut.
Er murmelte Unverständliches vor sich hin und setzte sich zu Tisch. Verschämt streifte er auch Chedis Blick, die ihm ein leichtes Schmunzeln zuwarf.
„Hast du gut geschlafen?", fragte sie ihn.
„Ja, ja, endlich einmal keinen Albtraum." Lardan richtete seinen Blick dankend auf Yaur-Zcek-Uur.
„Ihrr alle habt sehr lange geruht, eine Nacht und einen halben Tag."
„Was? Warum hast du uns nicht geweckt? Wir müssen eigentlich sehr schnell weiter!" Lynn konnte es gar nicht fassen, so lange geschlafen zu haben.
„Ihrrr wart verletzt und sehr erschöpft. Ich habe euch am Abend eurer Ankunft einen besonderen Trank zu trinken gegeben. Ihrrr brauchtet Ruhe. Und wenn Astaroths Schergen

euch bisher nicht finden konnten, dann geben sie vielleicht die Suche nach euch auf. Ihrr müsst das Schwert finden!"
Lynn erschrak: „Ihr wisst, warum wir nach Norden wollen?"
„Ich beobachte schon sehr, sehr lange. Und ich warte auch schon sehr, sehr lange auf eine Gelegenheit, mein Volk zu rächen. Aber eure Führerin hat Recht, ihr müsst euch jetzt beeilen. Bald wird Astaroth das ganze Land mit Krieg überziehen und wenn die Völker überleben sollen und nicht so wie mein Volk enden, dann braucht ihr das Schwert. Es ist der Anfang und Großes wird sich noch ereignen, ob zum Guten oder zum Bösen erscheint mir noch ungewiss. Aber ich spüre, dass er Flammar fürchtet. Jetzt ist aber nicht die Zeit der langen Worte und Erklärungen. Ihr müsst mir vertrauen, auch wenn es euch schwerfällt. Wir werden uns wiedersehen und dann werde ich euch die Geschichte meines Volkes erzählen und ihr werdet besser verstehen."
„Yaur-Zcek-Uur, Ihr werdet uns also nicht weiter begleiten. Was habt Ihr vor?", fragte Lynn.
„Ja, ich gehe nicht mit. Meine Aufgabe und Bestimmung liegt woanders", wich der Hüne der Frage aus.
Schweigend verlief der Rest des Frühstücks, keiner war bereit, mehr von seinen Plänen mitzuteilen. Als nach einer Weile alle satt waren, machten sie sich ausgeruht erneut auf den Weg.
Der Yauborg führte die Gruppe aus seinen Gemächern hinaus, wieder durch die seltsame Eingangstüre, zum Anfang eines Stollens. „Geht diesen Gang entlang, bis ihr zu einer steinernen Türe kommt, fest in den Fels eingebettet und beinahe unsichtbar. Dein Amulett wird sie öffnen, Lardan. Merkt euch die Stelle auf der anderen Seite. Ihr werdet keine Türe dort erkennen können, aber ihr werdet wieder Einlass finden, wenn es nötig sein wird. Seid erfolgreich, von euch hängt vieles ab, sonst sind wir vielleicht alle verloren!" Mit diesen Worten

verabschiedete sich Yaur-Zcek-Uur und die Gefährten setzten etwas ratlos und zögernd ihren Weg fort.

„Er ist keiner, der viele Worte macht", bemerkte Xuura nach einer Weile, „das macht ihn mir angenehm."

„Ich wüsste gerne etwas mehr über ihn und sein Volk. Und wie kommt es, dass wir ihn und die anderen, falls es noch andere gibt, nie gesehen oder auch nur Hinweise oder Gerüchte gehört haben? Ich finde das schon ziemlich rätselhaft."

„Ich glaube Keelah, so wie es den Anschein macht, werden wir noch mehrere eigenartige Dinge erleben." Mit diesen Worten blieb Lynn stehen und deutete auf die Felswand vor sich. „Ich glaube, wir sind da."

Wie beschrieben war der Stollen zu Ende, doch da sie Bescheid wussten, erkannten sie im Felsen eine kleine Einbuchtung, in die Lardans Amulett hineinpasste. Je näher sie kamen, desto intensiver leuchtete der violette Stein und wie von selbst öffnete sich ein zwei Schritt großer Spalt. Lardan war der letzte, der hindurchschlüpfte und einen Augenblick später schloss sich die Wand hinter ihnen wieder. Sie befanden sich nun im Freien und sogen gierig die frische Luft in ihre Lungen. Vom Licht geblendet konnte Lardan erst nach kurzem Suchen außen die gleichartige Vertiefung ertasten, die seinem neuen Talisman entsprach. Jetzt mussten sie sich nur mehr den Ort einprägen und merken, falls sie diesen Eingang je wieder benötigen sollten. Der große Yauborg hatte ein bedeutsames Geheimnis mit ihnen geteilt.

Als Lardan sich umwandte, erkannte er die Gegend. Sie waren fast auf der Höhe der Baumgrenze und im Osten konnten sie den Oberlauf der Saanda sehen, wie sie die nördliche Ebene durchschnitt. Die Luft war klar und das Wetter schön und Lardan glaubte sogar, im Nordwesten Foramar erkennen zu können, den höchsten Berg der Kleinen Sichel, ihr Ziel auf dieser

Reise.

„Wir werden uns vorsichtig und langsam gegen Westen weiterbewegen und versuchen, uns auf dieser Höhe so lange zu halten wie möglich. Je später wir zur Ebene hinuntermüssen, desto geringer ist die Gefahr entdeckt zu werden." Lynn zeichnete mit einem Ast eine grobe Karte in den Boden. Dann warteten sie noch eine Weile, bis Xuura von ihrer Erkundung der näheren Gegend zurückkam.

„Hier scheint alles normal zu sein, Pflanzen und Tiere zeigen kein außergewöhnliches Verhalten", berichtete diese. „Das Wetter aber wird umschlagen."

Lardan wollte schon fast einwenden, dass er keine Anzeichen dafür erkennen konnte, aber er kannte Xuuras Gespür für die Natur zu gut und beschloss, ihr nicht zu widersprechen.

„Gut Xuura, du übernimmst die Vorhut, Keelah, du sorgst dafür, dass uns niemand folgt. Und schaut nach einem geeigneten Lagerplatz aus. Gehen wir!"

Im Nu war Xuura verschwunden. Alle wussten, dass sie sich auf die Dschungelfrau verlassen konnten. Niemand konnte sich unauffälliger und geräuschloser in der Natur bewegen als sie. Ihr Instinkt und ihre Intuition hatten ihr und anderen schon oft das Leben gerettet.

Einige Stunden marschierten sie in Richtung Westen, geschützt durch den Wald. Xuura, die die Gegend vor ihnen weiter erkundete, hinterließ immer wieder für andere unscheinbare Zeichen, dass alles in Ordnung war, bis Lynn plötzlich innehielt. Das übliche Symbol war auf den Kopf gestellt. Lynn gab das Handzeichen zum Verstecken und Abwarten. Sie harrten lautlos aus, bis Keelah zurückkehrte und dann gingen sie zirka fünfzig Schritt bergauf, bis sie die Felswand erreichten. Dort suchten sie sich eine geschützte und uneinseh-

bare Stelle. Das alles passierte völlig geräuschlos und ohne Worte. Die Zeichensprache kannte inzwischen sogar Lardan in- und auswendig. Er meldete sich freiwillig zur ersten Wache, erstens weil er damit Chedi aus dem Weg gehen konnte und zweitens, weil er wissen wollte, wie weit Xuura sich anschleichen konnte, ohne dass er sie bemerkte.
Langsam brach die Dämmerung herein, und Lardan fing an, sich um Xuura Sorgen zu machen. Nervös spähte er in die Richtung, aus der sie heraufgekommen waren, aber er konnte keine Bewegung erkennen.
„Wartest du auf mich?"
Lardan fuhr erschrocken herum. „Wie, wie ist das möglich", stotterte er.
„Du hast deine Sinne nur in eine Richtung gelenkt", erklärte Xuura, „erwarte immer das Unmögliche, nicht das Wahrscheinliche. Komm gehen wir ins Lager. Wir sind hier sicher, hier vermutet uns niemand, aber ich habe keine allzu guten Neuigkeiten."

„Zwei Stunden vor uns liegt der Pass über die Lukantorkette, den wir alle kennen. Hunderte von Bergclanleuten ziehen darüber nach Süden. Er sieht nicht einmal mehr so aus wie der Weg, den wir kennen, es ist inzwischen ein breiter Trampelpfad. In regelmäßigen Abständen haben sie Lager errichtet, die zwar alle nicht sonderlich bewacht sind, aber es wird trotzdem sehr schwirig werden, an den vielen Leuten vorbeizukommen. Ich habe nicht gewusst, dass es so viele von diesen Nordmännern gibt. Sie haben auch keine besonderen Sicherheitsvorkehrungen, keine Späher, also sind wir hier meiner Meinung nach vollkommen sicher. Wir werden heute Nacht keine Wachen brauchen. So viel zur Lage."
Danach ergriff Lynn das Wort. „Also, fassen wir zusammen,

welche Möglichkeiten wir haben. Weichen wir ihnen aus oder versuchen wir durch ihre Linien zu schleichen? Wie groß ist der Umweg, den wir machen müssten? Lardan, kennst du die Gegend hier noch? Fällt dir etwas dazu ein?"
„Ich war ab und zu mit meinem Vater an der Saanda fischen. Dort hätten wir, glaube ich, eine Möglichkeit die Clanleute zu umgehen. Wir gehen zur Saanda zurück und folgen ihr flussaufwärts, bis wir an die Berge stoßen und gehen am nördlichen Rand der Ebene westwärts. Ich fürchte allerdings, eine Woche wird uns der Umweg kosten."
„Das ist eindeutig zu lang", warf Keelah ein. „Was meint ihr?"
„Ich glaube, je schneller wir handeln, desto mehr Chancen haben wir, ungesehen durch ihre Linien zu kommen", meinte Chedi.
„Bis jetzt hat Astaroth immer gewusst, wo wir uns befunden haben, doch jetzt wird er es nicht mehr wissen, wenn das stimmt, was Yaur-Zcek-Uur uns gesagt hat. Die Bergclanleute haben also keine Anweisungen auf uns zu achten. Ich bin dafür, dass wir noch heute Nacht versuchen, den Pass zu überqueren."
Lynn blickte in die Runde. „Das hat was für sich. Ich will das aber nicht allein entscheiden. Keelah, Xuura, Lardan?"
Lynn schaute alle fragend an. Xuura und Keelah nickten zustimmend.
„Nun, an mir soll es nicht liegen, brechen wir auf", sagte Lardan.
Es wurden noch alle Details besprochen und Treffpunkte ausgemacht, falls die Gruppe getrennt würde, dann verließen die DanSaan ihr für längere Zeit letztes, sicheres Lager und wanderten den Pfad nach Westen, vorsichtig und immer darauf bedacht, nicht entdeckt zu werden. Durchkommen, um das geheimnisvolle Schwert zu finden, war das Wichtigste.

Als sie die ersten feindlichen Lager wahrnehmen konnten, suchten sie sich ein Versteck und warteten die Dunkelheit ab. In der klaren Nacht sahen sie, was ihnen im Dunst des Tages verborgen geblieben war. Bis hinunter in die Ebene Lagerfeuer und der Pass selbst war mit brennenden Fackeln erleuchtet. Es überquerten jetzt sogar Wagen den Gebirgsübergang und die Kolonnen von Kriegern schienen auch während der Nacht niemals ganz abzureißen.
„Wir müssen etwas weiter bergab. Zwischen dem ersten und zweiten Lager von hier aus, glaube ich, können wir ihre Linien am ehesten durchqueren", erklärte Xuura.
Alle blickten auf Lynn. Die Anführerin zögerte noch kurz, doch dann gab sie das Zeichen, dass sich alle bereithalten sollten, um schnell aufbrechen zu können. Einmal zog noch ein Versorgungskarren in Richtung des ersten Lagers den Pfad herauf, aber dann war es ruhig.
„Ich weiß, was ich vorhin gesagt habe", flüsterte Xuura schnell noch Chedi zu, bevor sie losschlichen, „aber eigentlich kommt mir unser Plan zu einfach vor, irgendwas muss noch schief gehen."
Lardan folgte ihnen dicht auf den Fersen, danach schlich Lynn und die Nachhut bildete wieder Keelah, die gern den Überblick behielt. Sie kamen schnell vorwärts, Büsche, Bäume und Felsen boten noch genügend Schutz, sie mussten nicht nach Deckung suchen. Als sie sich aber in der Nähe ihres ausgekundschafteten Durchgangs wieder sammelten, brach plötzlich ein Aufruhr in den Unterkünften los. Instinktiv duckten sich alle tief in das Unterholz und verharrten regungslos.
„Sh'Suriin steh uns bei!" Chedi war die erste, die den Grund der Aufregung erkannte. Ein Gotha und eine Horde Yauborg waren in das Lager gestürmt. Nicht einmal die Bergclankrie-

ger, für die deren Anblick nichts Besonderes mehr sein sollte, konnten die Anwesenheit der Fabelwesen ruhig ertragen.
„Ich glaube, wir sollten uns so schnell wie möglich aus dem Staub machen", keuchte Lardan. „Das sieht nicht gut aus."
„Ich bin ganz deiner Meinung."
Behände begann Xuura rückwärts von ihrem Beobachtungsposten wegzukriechen.
„Wartet, noch einen Augenblick", befahl Lynn, „ich will zuerst noch sehen, was passiert!"
Mehrere Führer der Bergclans waren inzwischen auf den Gotha zugestürzt und Lardan konnte ein lautstarkes Wortgefecht hören, aber das Gesagte nicht verstehen. Die restlichen Krieger des Lagers, die rund um ihre Führer standen, wichen plötzlich unerwartet einige Schritte zurück. Der Gotha, dessen Brüllen immer lauter und bedrohlicher wurde, richtete sich jäh auf und packte einen der Anführer. Das Krachen seines Rückgrats knackte so laut, dass Lardan und seinen Gefährtinnen ein kalter Schauer über ihre Rücken rannte.
„Ich glaube, jetzt ist der Zeitpunkt gekommen. Lasst uns schleunigst aufbrechen", befahl Lynn.
Es war keinen Augenblick zu spät, denn schon begannen sich die Yauborg mit den Bergclanleuten in Richtung der Wälder zu verteilen. Xuura vertraute jetzt nicht mehr auf ihre Fähigkeit, lautlos durch die Wälder schleichen zu können, sondern bahnte sich und den anderen so schnell wie möglich einen Weg durch die Dunkelheit. Für längere Zeit hetzten sie durch den Wald, ohne je auf etwaige Verfolger zurückzublicken. Als sie endlich wagten, eine erste Verschnaufpause einzulegen, konnten sie weder jemanden hören geschweige denn sehen.
„Vielleicht haben wir sie abgehängt", zweifelte Lardan.
„Das glaubst du wohl selbst nicht. Diese Yauborg können sicher sehr gut in der Dunkelheit sehen", erwiderte Xuura.

Dann durchbrach aufgeregtes Schreien die Stille.

„Sie haben unsere Spur entdeckt. Los weiter! Noch bleiben wir zusammen. Wenn es nicht anders geht, versucht eine jede für sich selbst sich zum Treffpunkt durchzuschlagen", befahl Lynn.

Die Jagd begann. Ohne Rücksicht auf dichtes Unterholz oder Dornengestrüpp hetzten sie westwärts. Zuerst versuchten sie noch die Höhe zu halten, aber mit der Zeit drifteten sie immer weiter zur Ebene ab. Obwohl sie so schnell, wie es ihnen möglich war, vorwärts eilten, hatte Lardan das Gefühl, als ob die Verfolger immer näherkommen würden. „Ich spüre, sie sind uns schon dicht auf den Fersen!"

Lardan hoffte, dass Lynn ihn hören und dass ihr rechtzeitig noch etwas einfallen würde. Sie wusste doch immer einen Ausweg. Auf ein erneutes Zusammentreffen mit den Yauborg oder gar dem Gotha waren sie nicht gerüstet. Und Yaur-Zcek-Uur hatte ihnen klar gemacht, wie bedeutsam ihre Suche noch sein würde. Sie durften nicht aufgehalten werden.

Langsam lichtete sich die Nacht und die erste Morgendämmerung zog herauf. Auf einmal drehte sich Lynn um, blieb stehen und zog ihre Axt. „Lauft weiter, ich halte sie auf!" brüllte sie Lardan zu.

„Nein, niemals!"

Keelah zog ebenfalls ihre Waffe und stellte sich neben Lynn. Die beiden waren schon seit ewigen Zeiten Waffengefährtinnen im Kampf. Chedi und Xuura blickten sich fragend an. Lardan blieb ebenfalls verdutzt stehen.

„Das Schwert, holt das Schwert, alles andere ist jetzt nicht mehr wichtig. Los jetzt, das ist ein Befehl!"

Lardan konnte sich nicht bewegen. Lynn hatte Recht, aber sie und Keelah im Stich zu lassen, war unmöglich für ihn, das würde ihren sicheren Tod bedeuten. Xuura und Chedi packten ihn und zerrten ihn weg.

„Lynn, nein, Lynn..."

„Komm jetzt, sie hat Recht, ohne das Schwert wäre alles verloren!" Chedi gab Lardan einen Stoß vorwärts und so rannten sie weiter. Wie von selbst folgte er noch Xuuras Fußstapfen, aber seine Gedanken blieben bei Keelah und Lynn. Wie konnten Chedi und Xuura sie so einfach zurücklassen!

Nach einiger Zeit blieb Xuura plötzlich stehen. „Ich habe ein eigenartiges Gefühl. Etwas Fremdes nähert sich, sehr schnell."

Nervös untersuchten Lardan und Chedi alle Richtungen. Sie konnten aber weder etwas Ungewöhnliches sehen noch hören. Dann warf sich Xuura blitzschnell auf Lardan und Chedi und riss sie zu Boden. „Runter, bleibt unten!"

Ein fremdartiges Brausen war plötzlich zu hören, das beständig lauter wurde. Doch nur für einen kurzen Augenblick konnten sie über den Baumwipfeln Schatten ziehen sehen.

„Was war das?"

Lardan und die anderen rappelten sich wieder vom Boden auf.

„Sicherlich keine Kare auf der Suche nach Beute oder sonst irgendwelche Vögel. Wir waren jedenfalls nicht als Futter vorgesehen. Lasst uns weiter gehen, damit..."

„Damit was?", brüllte Lardan und packte Xuura bei den Schultern.

Die blieb scheinbar gelassen und antwortete: „Damit Lynns und Keelahs Opfer nicht umsonst war!"

Mit einem schnellen Griff packte sie eine Hand des DanSaan, verdrehte sie und zwang ihn so nachzugeben.

„Akzeptiere das jetzt und winsle nicht wie ein verlassenes Hündchen! Lynn ist auch meine Lehrmeisterin und Kampfgefährtin. Die Beherrschung meiner Waffen habe ich von ihr gelernt. Hör auf so zu tun, als ob du der einzige wärst, dem sie

etwas bedeutet. Chedi und Keelah sind Halbschwestern. Wir müssen ihre Tat als das nehmen, was sie ist. Die Möglichkeit für uns, unserer Bestimmung nachzukommen. Und du bist in dieser Geschichte nun einmal der, auf den es ankommt. Wir sind nur das Mittel – und wir nehmen unsere Aufgabe an, dich zum Ziel zu bringen. Entehre Lynn und Keelah nicht mit deinem Selbstmitleid!"
Mit einem Stoß ließ sie Lardans Hand aus und er konnte zu Boden gleiten.
„Komm jetzt, unsere Aufgabe muss erfüllt werden, und die ist der Grund, warum wir alle noch weiter machen. "Sie streckte Lardan die Hand entgegen. Er nahm sie an, und Xuura half ihm auf.
„Also holen wir das verdammte Schwert!"

In den nächsten Stunden wurde auf ihrer Wanderung wenig gesprochen. Lynn und Keelah gingen Lardan nicht aus dem Kopf und er fühlte, dass es Chedi und Xuura nicht anders ging. Er konnte nicht aufhören, sich zu fragen, ob er die richtige Entscheidung getroffen hatte, aber jetzt war es sowieso schon zu spät. Vielleicht waren sie gefangengenommen worden, vielleicht waren sie auch irgendwie entkommen. *Der Gotha.* Verzweifelt legte er für sich zurecht, dass die beiden sich für ihre Suche geopfert hatten, eine Suche, die für alle Menschen auf Dunia Undara überlebensnotwendig war, aber er wusste auch, dass er niemals diesen Mut hätte aufbringen können und auch niemals aufbringen würde. Und er fragte sich ebenfalls, warum ihm eine so wichtige Aufgabe übertragen worden war und wie er sie bloß ohne Lynn lösen sollte.

Der Tag war schon lange angebrochen, und das Wetter hatte, wie von Xuura vorausgesagt, umgeschlagen. Ein eiskalter

Nordwind, der sie, trotzdem sie innerlich erhitzt waren, zum Erstarren brachte, peitschte Nebelschwaden durch den Wald. Chedi ließ sich immer wieder nach hinten fallen, um nach etwaigen Verfolgern Ausschau zu halten, wie sie sagte, aber der wirkliche Grund war, dass sie hoffte, doch vielleicht Keelah und Lynn zu erspähen, die ihnen endlich nachkamen. Von den beiden gab es kein Lebenszeichen, aber immerhin konnte sie auch keine Spuren von Yauborg oder Bergclanleuten erkennen. So eigenartig es auch war, es wäre allen lieber gewesen, sie wären ihnen noch auf den Fersen. Es hätte zumindest eine kleine Verbindung zu den Gefährtinnen bedeutet, Lardan sah auch immer wieder, wie Xuura heimlich die versteckten Zeichen legte, die nur DanSaan erkennen konnten. Aber die würden wissen, wem sie folgten.

„Etwas weiter unten von hier steht eine verlassene Hütte. Sie liegt ziemlich versteckt. Ich denke, wir könnten alle eine Rast brauchen. Wir haben die ganze Nacht nicht geschlafen, dort wären wir zumindest von Wind und Wetter geschützt", meinte Lardan.

Xuura blickte kurz zu Chedi, die einverstanden war. „Gut, geht ihr zur Hütte, ich lege noch eine andere Fährte und verwische dann die unsere", antwortete die immer vorsichtige Xuura und begab sich in ihrer alten Richtung weiter.

Lardan und Chedi schwenkten vom Weg ab.

„Ich wusste gar nicht, dass Keelah deine Halbschwester ist." Lardan durchbrach das Schweigen.

„Das weiß fast niemand. Wir haben dieselbe Mutter."

„Und warum haltet ihr das geheim?"

„Wir wollten das so. Zwischen unseren Geburten lagen viele Jahre und so haben wir uns nie als Schwestern gefühlt. Sie lebte schon lang auf dem KorSaan, als mir meine Mutter von ihr erzählte. Und als ich dann ebenfalls eine DanSaan geworden bin, wollte ich nicht, dass ich anders behandelt werde, nur weil ich Keelahs kleine Schwester bin. Also sind sie und ich übereingekommen, es niemandem zu erzählen. Es war auch wohl nicht so wichtig."

„Ja, das kann ich verstehen."

„Aber jetzt, jetzt ist sie wahrscheinlich tot!" Eine Träne löste sich von Chedis langen Wimpern und rollte langsam über ihr Gesicht. „Sie ist auch wegen mir mitgegangen. Sie hat dann doch immer auf mich aufgepasst."

Lardan legte seinen Arm um ihre Schulter und wischte die Tränen sanft von ihren Wangen. Chedi blieb stehen und wandte sich zu ihm. „Halt mich, halt mich fest, ganz fest, bitte."

Lardan nahm sie in beide Arme und drückte sie an sich. Chedi schluchzte und Lardan vergrub, obwohl ihm auch zum Weinen war, nur sein Gesicht in ihrem Haar und schluckte einige Male heftig. Er wollte für sie da sein und ihr nicht weiteren Kummer bereiten. Dann strich er durch ihre Strähnen und küsste sie zärtlich auf die Stirn. Er fühlte sich sehr erleichtert und verspürte das am ganzen Körper. Alles Unausgesprochene zwischen ihm und Chedi schien sich in Luft aufzulösen. Wie von selbst fanden sich ihre Lippen, und in diesem Augenblick war jegliche Unsicherheit vergessen. Chedis schmiegsamer Körper drückte sich eng an Lardan und er spürte, wie die Flut der Erregung in ihm hochwallte. Gleichzeitig löste Chedis Hand die Lederbänder an seinen Beinkleidern und ihre Finger begannen, sein fordernd in die Höhe ragendes Glied zu umkosen. Ihr Gewicht ließ Lardan rücklings zu Boden sinken, und mit wenigen Handgriffen entledigte sich seine Geliebte ihrer Kleider und ließ gewandt Lardans pulsierendes Glied in ihre feuchtwarmen Lenden gleiten.

„Schnell, mach schnell", hauchte sie noch sein Ohr.

Das brauchte sie nicht zu betonen. Nach ein paar tiefen Stößen konnte Lardan seine Erregung nicht mehr zurückhalten und ein milchiger Schwall von Wohlgefühl ergoss sich in Chedis Becken. Sie versuchte - so weit wie es möglich war - ihr lustvolles Stöhnen zu unterdrücken, indem sie ihre Zähne tief in ihren ledernen Umhang vergrub.

Nur wenige Augenblicke blieben sie ermattet liegen, dann meinte sie: „Komm, lass uns schnell zur Hütte weitergehen!"

„Ich habe überhaupt keine Kraft mehr." Lardan hatte das Gefühl, als ob seine Knie überhaupt nicht mehr zu ihm gehörten. So torkelten beide noch etwas benommen zur Hütte, die sich schon nach wenigen Schritten etwas unterhalb an einen großen Felsbrocken anschmiegte. Man konnte sehr leicht erkennen, dass dieses Blockhaus schon seit längerer Zeit nicht mehr benutzt worden war, aber es bot noch ausreichend Schutz gegen Wind und Wetter.

Es dauerte nicht sehr lange, bis auch Xuura bei der Hütte war.

„Der Weg hier herunter muss euch ja gewaltig angestrengt haben."

„Wa-Warum?", stotterte Lardan.

„Eure Köpfe glühen ja förmlich. Also ich kenne das bei mir nur, wenn ich mit..."

„Ja, sollen wir eine Wache aufstellen, oder riskieren wir es ohne?", unterbrach sie Chedi schnell. Xuura war etwas verdutzt über den plötzlichen Themenwechsel, aber ein Blick unter Frauen genügte und so erwiderte sie nur: „Ich glaube, wir riskieren, dass wir uns alle ein wenig ausruhen."

Als es dann nach ein paar Stunden weiterging, bemerkte Lardan wie Xuura wieder ein geheimes Zeichen hinterließ.

„Warum machst du das denn immer noch?", fragte er sie.

„Den ganzen Weg her habe ich dich beobachtet, wie du immer wieder die geheimen Zeichen legst."

Xuura, die etwas erschrocken auffuhr, erwiderte: „Wir müssen alle Möglichkeiten in Betracht ziehen. Und wenn ich ihnen unsere Spur lege, dann gibt mir das Hoffnung."
„Sollten wir uns dann nicht einfach irgendwo auf die Lauer legen, um Gewissheit zu erlangen?", fragte Lardan.
„Nein, wir würden genau die Zeit verlieren, die sie versucht haben, uns zu verschaffen."
Jetzt mischte sich auch Chedi in das Gespräch ein. „Lasst uns lieber hoffen, dass sie irgendwie davongekommen sind."
Damit war die Diskussion beendet und alle packten erneut ihre Sachen zusammen und zogen weiter. Das Wetter hatte sich nicht wesentlich gebessert. Es hatte zwar aufgehört zu regnen, aber ein eisiger Nordwind fegte immer noch durch den Wald und erschwerte das Vorwärtskommen beträchtlich.
„Ein solcher Sturm zu dieser Jahreszeit, ich kann mich nicht daran erinnern, jemals so einen erlebt zu haben."
Den Kopf an die Brust gepresst, den ledernen Umhang festgezurrt, bahnte Lardan als erster den Weg. Es ging jetzt immer leicht bergab und sie hofften, bis Sonnenuntergang die untere Waldgrenze erreicht zu haben.

Die restlichen Stunden bis zur Dämmerung verliefen ereignislos, Xuura brachte in regelmäßigen Abständen ihre Zeichen an, von Verfolgern war nichts zu sehen oder zu hören. Sie fanden wieder ein geeignetes Nachtlager und nach ein paar Stunden Schlaf brachen sie bei der ersten Dämmerung wieder auf. Auch an den folgenden Tagen und Nächten passierte nichts, das Wetter blieb nasskalt, die Gespräche kurz, auf das Notwendigste bezogen. Lardan und Chedi näherten sich einander nicht mehr, und Xuura wurde immer misstrauischer und vorsichtiger, weil sie so ganz ohne Schwierigkeiten vorankamen.

Am Abend des sechsten Tages ihrer Reise erreichten sie Lardans Dorf. Sie wollten es nicht unvorbereitet betreten und richteten sich auf einer kleinen, geschützten Anhöhe ihr Nachtlager. Es war zuerst in Erfahrung zu bringen, ob und wer jetzt dort siedelte.

„Es sieht nicht so aus, als ob momentan jemand dort leben würde", sagte Lardan, der seit einiger Zeit seinen Blick nicht von seinem ehemaligen Zuhause abgewandt hatte, „oder könnt ihr etwas anderes erkennen?"

„Es scheint alles ruhig zu sein, aber wir sind ja noch nicht lange hier. Warten wir noch etwas ab", erwiderte Xuura.

„Am wichtigsten ist mir, unser altes Haus noch einmal genau zu durchsuchen, vielleicht finden wir irgendetwas, das uns weiterhilft, mir hilft, mich zu erinnern."

„Lardan, Dyak und seine Männer waren mit Sicherheit nicht nur einmal hier. Glaubst du, sie haben nicht alles zehnmal durchsucht? Und wenn ich der Unaussprechliche wäre, würde dir dein Amulett des Verbergens überhaupt nichts mehr nützen, denn ich würde genau dort auf dich warten", ergänzte Chedi.

„Du hast Recht, ich auch, und ich fühle sogar, dass sie warten. Und ich glaube, sie wissen, dass wir jetzt ebenfalls da sind." Die Frau aus dem Dschungel klang, als ob sie ihrer Sache sehr sicher wäre.

„Aber warum haben sie uns dann noch nicht angegriffen?"

„Denk nach Lardan! Das Schwert, sie wissen nicht, wo es ist. Wir vielleicht schon. Was würdest du tun?", fragte Xuura.

„Ich würde warten und beobachten bis, natürlich, bis wir das Schwert holen." Lardan war es in seiner Erregung, seinem Ziel vielleicht schon so nahe zu sein, schwer, klare Gedanken zu fassen. „Und was machen wir jetzt?"

„Sie wissen vielleicht, dass wir hier irgendwo sind, aber sie wissen nicht genau wo. Das heißt, uns bleibt etwas Zeit. Die werden wir nützen und uns ab jetzt absolut unsichtbar fortbewegen, nur mehr von der Abend- bis zur Morgendämmerung, untertags werden wir uns versteckt halten. Lardan, wie weit ist es etwa bis zum Eingang in die Schmiede?"
„Von hier sind wir beinahe vier Stunden gewandert, bei normalem Tempo."
„Gut, ich schlage vor, heute Nacht beobachten wir erst einmal, ob sich jemand im Dorf aufhält und noch bevor der Morgen anbricht, ziehen wir uns tiefer in den Wald zurück und schlagen in der Dämmerung einen weiten Bogen um das Dorf. Und wir müssen besonders gut aufpassen. Kein lebendes Wesen darf sich uns unbemerkt nähern. Ich übernehme die erste Wache, Lardan, du die zweite. Chedi, du brauchst den Schlaf. Deine Wunden verheilen zwar gut, aber wer weiß, was noch auf uns zukommt. Also legt euch hin, ich wecke dich nach Mitternacht."
Xuura hatte die Rolle der Führerin übernommen. Eigentlich waren alle drei DanSaan noch nicht weit genug ausgebildet, dass man ihnen die Führerschaft bei einer dermaßen bedeutsamen Aufgabe übertragen hätte. Doch ganz natürlich hatte sich die junge Frau aus dem Dschungel weit im Süden in die neue Rolle gefügt, ganz so, als wäre sie schon immer dafür bestimmt gewesen. Und Chedi und Lardan waren mehr als einverstanden damit, froh, dass jemand die verantwortungsvolle Aufgabe übernahm, die schwierigen Entscheidungen zu treffen, die ihnen abverlangt wurden.
Wider Erwarten schlief Lardan, bald nachdem er sich niedergelegt hatte, ein. Die letzten Tage hatten bei allen an den Kräften gezehrt und nur zu gerne hätte er noch ein paar Stunden geschlafen, als sie ihn weckte. Aber er wusste, dass Xuura

ebenfalls ihren Schlaf brauchte. „Ich habe nichts gesehen, obwohl mich mein ungutes Gefühl nicht verlassen hat. Sei wachsam Lardan und wecke uns gut eine Stunde vor Sonnenaufgang. Tagsüber brauchen wir ein besseres Versteck."

Lardan robbte zirka fünfzig Schritt in Richtung Dorf und bezog zwischen zwei Baumstämmen Stellung. Von hier aus konnte er das südliche Drittel des Dorfes unter Beobachtung halten. Seine Augen hatten sich schnell an die Dunkelheit gewöhnt, aber er konnte nicht die leiseste Regung erkennen. *Da ist niemand,* dachte er, *wenn ich jetzt zu unserem Haus hinunterschleiche, bin ich in einer Stunde wieder zurück. Ich muss zu dem Versteck, vielleicht gibt es eine Spur von Kirana.*
Mit jedem Tag, mit dem er seinem Zuhause nähergekommen war, hatte ihn das Schicksal seiner Schwester mehr und mehr zu beschäftigen begonnen. Kirana, war er ihr näher gekommen? Würde er nun darüber Gewissheit erhalten, was mit ihr passiert war? Langsam kroch Lardan weiter vorwärts und er war schon beinahe am Dorfrand angelangt, als ihm mit einem Mal das Blut in den Adern gefror. Nur etwa dreißig Schritt von ihm entfernt kam ihm vor, als ob er zwei rote Augen im Schatten einer Hauswand leuchten sah.
Ein Yauborg, dachte er, *da lauert ein verdammter Yauborg, wo ich endlich nach Hause komme. Und ich wäre ihm fast in die Hände gelaufen. Was soll ich jetzt tun?* Seine Gedanken rasten.
Er ist sicherlich nicht allein, wenn ich versuche, ihn unschädlich zu machen, werden wir entdeckt, und ich riskiere damit alles!
Nachdem er sich etwas gefasst hatte und sicher war, dass ihn das Wesen noch nicht bemerkt hatte, konnte Lardan wieder klare Gedanken fassen. *Also zurück, wenn ich unbemerkt bis*

hierhergekommen bin, kann ich es auch zurückschaffen.
Unendlich behutsam schlich er Schritt um Schritt zurück, den Blick niemals direkt auf den Yauborg gerichtet, um ihn nicht einmal durch ein unbestimmtes Gefühl, beobachtet zu werden, auf sich aufmerksam zu machen. Und schon nachdem er sich ein kurzes Stück entfernt hatte, konnte er selbst das Untier nicht mehr ausmachen. Nur kurz vor dem ausgemachten Zeitpunkt erreichte er wieder das Lager und weckte vorsichtig Xuura und Chedi. „Ich glaube, wir sollten besser aufbrechen", flüsterte der junge Krieger.
„War irgendwas?", fragte Xuura misstrauisch.
„Ja, nein, ich weiß nicht, ich hatte das Gefühl, als ob irgendwer sich im Dorf verborgen hätte. Seid sehr vorsichtig!"
„Ja, ja, ja. Also los, suchen wir uns Plätze, von denen aus wir tagsüber ungesehen beobachten können!"
Sie schlichen einige Zeit westwärts, bis sie an die ersten Ausläufer der Kleinen Sichel stießen. Dort fanden sie ein Versteck zwischen Felsblöcken und niedrigem Gebüsch, das ihnen freie Sicht ermöglichte, ohne selbst gesehen zu werden. Obwohl es Tag war, fiel es keinem von ihnen schwer, einige Zeit zu schlafen.

Kurz nach Einbruch der Dämmerung brachen sie wieder in Richtung des Foramar auf, wo sie den Eingang zur Schmiede im Berg zu finden gedachten.
„Wir sollten eigentlich bis zur Morgendämmerung die Schmiede erreicht haben, falls nichts Unvorhergesehenes passiert", bemerkte Lardan.
Sie bewegten sich auch weiterhin sehr vorsichtig, hielten immer einen weiten Abstand zueinander ein, eine nach der oder dem anderen. Felsige Teile wechselten sich nun mit Waldboden oder hohem buschigem Steppengras ab. Das Dorf konnten

sie nur mehr ab und zu, wenn die Dichte des Waldes es zuließ, schemenhaft im Westen erkennen. Ungefähr in der Mitte der Nacht legten sie eine letzte Pause ein, um kurz darauf die letzte Etappe ihrer Reise in Angriff zu nehmen. Auch weiterhin war alles ruhig, nur die üblichen Geräusche der Nacht sagten der erfahrenen Xuura, dass sie allein unterwegs waren. Obwohl sie sich sicher fühlten, behielten sie alle Vorsichtsvorkehrungen bei. Das verlangsamte zwar das Weiterkommen, würde sie aber vor unliebsamen Begegnungen bewahren.
Eine Stunde vor Sonnenaufgang erreichten sie endlich den Eingang zur Schmiede, ein dunkles Maul, das sich am unteren Ende einer steilen, hohen Felswand auftat.
„Einladend schaut das aber nicht aus", flüsterte Chedi.
„Es scheint alles ruhig zu sein, ich glaube wir können es wagen. Lardan, du gehst jetzt besser voraus!" Xuura drückte dem Gefährten eine Fackel in die Hand.
Unterschiedliche Gefühle und Erinnerungen stiegen in Lardan beim Anblick der Schmiede im Berg empor. Ereignisse aus seiner Kindheit, er entsann sich der Konzentration, der Sorgfalt, mit der er ab und zu den Blasebalg bediente, wenn sein Vater es ihm gestattet hatte, mit ihm zu arbeiten. Cadar hatte ihn gelehrt, dass alles, was man machte, immer mit der größten Sorgfalt erledigen musste, egal, ob es etwas so Einfaches war wie den Blasebalg zu betätigen oder etwas Schwierigeres, wie ein Pferd zu beschlagen oder das Höchste der Schmiedekunst: einen kostbaren Edelstein in wertvolles Metall zu fassen. Und Cadar hatte immer sofort erkannt, wenn er mit seinen Gedanken nicht bei der Sache war.
„Lardan, was ist los, worauf wartest du? Sogar jetzt hast du den Kopf woanders", schimpfte Xuura.
„Entschuldige, ich musste an meinen Vater denken. Anscheinend hat seine Erziehung bei mir nichts bewirkt", flüsterte

Lardan dann vor allem zu sich selbst.
Dann, sobald sie innerhalb des Höhleneingangs waren, entzündete er seine Fackel. Sie gingen mit gezogenen Waffen und geschärften Sinnen den Schlund hinein. Und wirklich erreichte die kleine Gruppe nach kurzer Zeit die Schmiede Cadars im Berg. Lardan erkannte sofort, dass hier schon seit langer Zeit nicht mehr gearbeitet worden war. Die wenigen Werkzeugreste, die am Boden verstreut lagen, waren mittlerweile verrostet oder der Stiel war abgebrochen. Es sah allerdings aber auch so aus, als ob jemand die Schmiede gründlich durchsucht hatte, allerdings ebenfalls schon vor langer Zeit. Cadar selbst hätte seine Arbeitsgeräte niemals so ungeordnet liegen lassen, sie ermöglichten ihm den Broterwerb für sich und seine Familie, sie ermöglichten ihm seine Arbeit, und er zollte ihnen insofern Respekt, indem er sie nach jeder Arbeit sorgfältig reinigte und aufbewahrte.
„Ich nehme an, dass wir hier nichts mehr finden werden, also lasst uns keine Zeit verschwenden und gleich weiter hinein gehen!" Lardan suchte den Zugang, der tiefer in den Berg führte. Kalter Schauer lief ihm über den Rücken, als er langsam die steinernen Stufen hinunterstieg. Seine Fantasie kannte keine Grenzen, wenn es darum ging sich auszumalen, welche Kreaturen sich diese verlassenen Höhlen und Gänge als Wohnstatt ausgesucht haben mochten.
Unmittelbar nachdem sie begonnen hatten, in den finstern Gang hinunterzusteigen, hielt Xuura an. „Wartet! Es ist besser, wir löschen die Fackel aus und geben unseren Augen ein wenig Zeit, sich an die Dunkelheit zu gewöhnen. So werden unsere Sinne nicht von dem Feuer gestört."
„Aber dann werden wir überhaupt nichts mehr sehen", widersprach Lardan.
„Warte ab", sagte Xuura, löste die Fackel aus seiner Hand und

erstickte sie, beinahe ohne Rauch entstehen zu lassen.
Schon nach kurzer Zeit erkannte Lardan, dass Xuura auch diesmal Recht gehabt hatte. Die Erfahrung oder der Instinkt dieser Frau war ihm unheimlich, doch diese Reise wäre ohne sie nicht erfolgreich gewesen. Zwar bewegte er sich zuerst nur unsicher im Dunkel und immer wieder zuckte er in der Angst, sich irgendwo blutig zu stoßen, zusammen, aber schon bald wurde er mit der völligen Finsternis vertrauter als mit dem begrenzten Schein einer Fackel. Obwohl sich seine anderen Sinne schärften, konnte er außer seinem eigenen Atem und den leisen Tritten der anderen nichts hören. Je tiefer sie in den Berg hinunterstiegen, desto wärmer wurde es, bis ein feuerroter Schimmer durch die Schwärze drang. Je näher sie kamen, desto mehr hatte er das Gefühl, als ob die Felsen selbst aus dieser leuchtenden, roten Farbe zu bestehen schienen. Nun wurde auch ein dumpfes Geräusch, ein kratzendes Schleifen, das niemand aus der Gruppe etwas Bekanntem zuordnen konnte, immer deutlicher und deutlicher. Der Gang erweiterte sich stetig und die zuerst nur angenehm warme Luft wurde immer heißer und heißer, bis allen drei der Schweiß in Bächen herunterfloss, und auch das Atmen für sie immer schwerer wurde. Als sie die letzte leichte Biegung umrundeten, bot sich ihnen der Anblick eines in unterschiedlichen Variationen schimmernden roten, zähflüssigen Flusses, der sich knirschend und malmend seinen unterirdischen Weg bahnte.
Lardan hielt inne, ohne seinen schon begonnenen Schritt auszuführen: „Das ist es, wir haben die Schmiede gefunden. Dies ist der Ort, den mir mein Vater beschrieben hat. Hier hat er Flammar angefertigt und hierher hat er es vor dem Ende wieder zurückgebracht und versteckt."
Alle schwiegen, bis Lardan noch mit belegter, innerhalb des Getöses kaum vernehmbarer Stimme hinzufügte: „Also, lasst

es uns suchen und finden!"

Sie legten ihr Gepäck ab und begannen, gründlich die Höhle zu erforschen. Was sie fanden, hier ebenso wie in der ersten Schmiede am Höhleneingang, waren einige wenige zerstörte Werkzeuge, ein vermoderter Beutel, Spuren, dass sich Menschen hier einmal aufgehalten haben mussten - aber kein Schwert. So gründlich und gewissenhaft sie auch vorgingen, sie konnten nicht die geringste Spur des Flammenschwertes entdecken. Nachdem sie die gesamte Höhle immer und immer wieder durchwühlt und durchstöbert hatten, ließen sie sich erschöpft und enttäuscht zu Boden fallen.

„Es ist nicht hier, Lardan, denk nach, was hat dein Vater dir gesagt?" Chedi rüttelte an Lardans Schultern, der völlig entkräftet nur mehr auf den Felsen zu seinen Füßen starrte und hysterisch schluchzte: „Lynn und Keelah! Alles war vergeblich! Ich habe mich geirrt!"

Chedi und Xuura waren nicht imstande, Lardan zu trösten und wieder aufzurichten, zu groß war ihre eigene Enttäuschung. Die ganze Anstrengung und Anspannung, die Schmerzen und Verluste, die sie hatten erleiden müssen, sie alle hatten das Gefühl, keinen einzigen Schritt mehr gehen zu können.

Nach einer Weile war Chedi diejenige, die versuchte, das Problem noch einmal klar durchzudenken. „Lasst uns überlegen! Vielleicht haben wir noch nicht an alles gedacht. Wenn ich etwas suche, aber nicht finde, dann meistens deswegen, weil ich an allen unmöglichen Stellen danach suche, aber meistens liegt dann das Ding überhaupt nicht versteckt, sondern ganz offen irgendwo herum, nur habe ich es nicht wahrgenommen, weil ich es ganz woanders suchte, nämlich auch in meinem Kopf woanders suchte. Also Lardan, überlege, wo hat dein Vater gewöhnlich Wertvolles versteckt?" Sie legte ihm ihre Hand auf die Schulter und mit der zweiten bewegte sie sanft Lardans Gesicht, so dass er ihr in die Augen schauen musste. „Lardan, überlege, du bist jetzt Cadar, wo versteckst du das Schwert?"

Chedi half ihm auf und Lardan bewegte sich geistesabwesend durch die Höhle. Vor dem glühenden Lavafluss blieb er stehen und starrte regungslos auf die fließende Glut.

„Chedi, lass ihn, du siehst es ja, es hat ja doch keinen Sinn mehr, wir sind gescheitert."

„Nein, das kann nicht sein, wir müssen weiter suchen, Lardan, Lar..." Chedi blieb das Wort im Munde stecken. Eine heiße Böe erfasste sie und schleuderte sie gegen den Felsen. Xuura versuchte verzweifelt, sich am Boden festzuklammern, aber ohne Erfolg. Sie wurde ebenfalls an die Höhlenwand geschleudert, an der sie zu Boden glitt.

Ein unheimliches Donnern und Krachen erfüllte den Raum. Chedi sah, wie Lardan, als ob es diesen unerklärlichen Feuersturm nicht gäbe, langsam zu dem Stein wankte, auf dem der steinerne Amboss stand, unmittelbar neben dem Lavastrom. Sie sah oder ahnte vielmehr, was Lardan vorhatte und brüllte, was ihre Lungen hergaben, bis ihre Stimme versagte. „Laaaardaan, neeeeiiin, niiicht..."

Mit aller Kraft versuchte sie zu Lardan hinüberzurobben, um ihn davon abzuhalten, in den glühenden Strom zu waten. Aber ihre Kräfte ließen nach, und ihre Sinne begannen zu schwinden. Das Letzte, das sie sah, war, wie Lardan, eingehüllt in eine glühende Wolke, sich zu ihr umdrehte und dann in den sprühenden Feuerfluss stieg. Dann verlor sie ihr Bewusstsein.

11 Lynn-Keelah

Lynn und Keelah waren bereit. Sie hatten schon unzählige

Kämpfe Rücken an Rücken ausgefochten und kannten einander in- und auswendig, jede Reaktion würde eine Erwiderung bei der Gefährtin finden.
Sie mussten nicht lange warten. Die ersten Yauborg kamen in Sicht- und damit auch in Schussweite. Sie fielen, durchbohrt von den Pfeilen Lynns und Keelahs, aber die Zahl der Gegner schien sich dadurch nur wenig zu verringern. Es waren viele und schon bald waren die beiden von den dunklen Angreifern eingekreist. Noch immer war es sehr finster, obwohl das Morgengrauen sich allmählich durchzusetzen begann. Vereinzelte Nebelschwaden zogen durch die Bäume den Hang herauf, die sonst lebhaften Geräusche eines erwachenden Waldes blieben heute stumm.
Die ersten Angreifer wurden zu einer leichten Beute für die beiden erfahrenen Kämpferinnen, eine schnelle Parade, ein behändes Ausweichen und der jeweilige Gegner lag erschlagen auf der Erde. Lynn kämpfte wie immer mit ihrer langstieligen Axt, die sie manchmal beidhändig schwang, dann wieder geschickt wie einen Kampfstab in der Mitte packte, um mehrere Angriffe abzuwehren und dann die Spitze, die zwischen den Axtblättern hervorragte, mit einem geduckten Ausfallschritt einem unvorsichtigen oder zu wagemutigen Yauborg in die Brust zu rammen.
Keelah kämpfte immer mit einem Schwert in der einen Hand und einem besonderen Langdolch, mit zwei zusätzlichen, in schrägem Winkel vom Griff abstehenden Klingen, in der Parierhand. Wenn es Keelah gelang, das gegnerische Schwert so zu parieren, dass es sich zwischen Dolchklinge und der schräg nach oben stehenden Klinge befand, dann konnte sie mit einer geschickten Bewegung dem Gegner entweder die Waffe entreißen oder ganz selten sogar die Klinge zerbrechen. In beiden Fällen würde der Feind nicht lange überleben.

Lynn und Keelah wüteten unter den Yauborg, als hätten sie ein Abkommen mit den Wächtern der Großen Halle geschlossen. Angreifer um Angreifer fiel mit gespaltenem Schädel oder aufgeschlitztem Bauch, aber je länger der Kampf dauerte, desto öfter mussten auch die beiden DanSaan ihren Tribut an Blut zollen. Es wurde klar, dass sie nicht mehr lange durchhalten konnten. Keelah lehnte mit dem Rücken an einem Baum und zog gerade einem Yauborg die Klinge aus der Brust, da bemerkte sie erst, dass der Dolch ihres Gegners in ihrer rechten Schulter steckte.

„Lynn", stöhnte sie und sank auf die Knie. Lynn verpasste ihrem unmittelbaren Gegenüber einen überraschenden Stoß, befand sich mit ein paar Sprüngen neben ihr und versuchte Keelah aufzuhelfen, obwohl auch ihre eigenen Kräfte am Ende waren.

„Komm, steh doch wieder auf, je länger wir standhalten, desto größer wird ihre Chance durchzukommen und das Schwert zu finden." Lynn zog Keelah hoch und mit dem Rücken an den Baumstamm gelehnt erwarteten sie den wahrscheinlich letzten Angriff.

Erste Lichtstrahlen erhellten schon die Baumspitzen und zeigten schonungslos das Ergebnis der vergangenen Nacht. Der Platz vor ihnen lag übersät mit zerhackten Körpern und abgetrennten Gliedmaßen; einige Yauborg stöhnten noch im Sterben und versuchten verzweifelt, ihre herausquellenden Gedärme zusammenzuhalten. Trotzdem schien sich die Anzahl der kampfbereiten Gegner noch immer nicht nennenswert verringert zu haben. In einem Halbkreis von fünfzehn Schritt warteten sie ab und zögerten den nächsten Angriff noch hinaus. Keiner von ihnen hatte mehr den Mut, den beiden Frauen allein entgegenzutreten, obwohl Lynn und Keelah offensichtlich am Ende ihrer Kräfte waren. Die ungestalten Wesen hofften, dass sie nur mehr abwarten mussten und die beiden an ihren vielen blutenden Wunden sterben würden.

„Lynn, hörst du das auch, hinter ihnen im Wald? Oder hat mein Kopf schon zu viele Schläge abbekommen?"

„Nein, dort hinten, schau!"

Im Halbdunkel zogen einige riesige Schatten lautlos über sie hinweg in das Dunkel des Waldes. Dann war Kampflärm zu vernehmen, Kampflärm, der langsam näherkam. Die Yauborg, die die beiden eingekreist hatten, wichen zurück und rannten den Geräuschen entgegen.

„Verstehst du das?", fragte Keelah.

„Nein, aber ich glaube, wir sollten die Gelegenheit nutzen, um unsere Haut zu retten."

Sie stützten sich gegenseitig und bewegten sich, so schnell sie konnten, weiter in Richtung Westen.

„Dort liegt eines unserer Zeichen", bemerkte Keelah, die schon immer die bessere Fährtensucherin der beiden gewesen war.

„Immerhin haben sie auch in Betracht gezogen, dass wir lebend davonkommen könnten."

Einige Zeit flohen sie unbehelligt, bis sie auf dieselbe verlassene Hütte stießen, die ihren Kameradinnen schon als Zuflucht gedient hatte.

„Das wird unser Nachtlager, was meinst du?"

„Zuerst Lazarett, dann Nachtlager", antwortete Keelah.

Die beiden erkannten sofort, dass Lardan, Chedi und Xuura hier ebenfalls genächtigt haben mussten.

„Wie weit wir wohl hinter ihnen sind?", fragte sich Lynn laut.

„Nur wenige Stunden, ich kann ihre Anwesenheit beinahe noch spüren. Vielleicht hätten wir sie heute Abend noch einholen können, wenn wir nicht durch unsere Verletzungen behindert wären. Aber so müssen wir die Gelegenheit beim

Schopf packen, uns in Ruhe verbinden und ausruhen zu können, wir brauchen beide dringend ein paar Stunden Ruhe."
Der Bach hinter dem kleinen Bau versorgte sie mit frischem Wasser, sie wagten es, auch ein kleines Feuer zu entfachen, denn sie wussten, wenn sie heute ihre Wunden nicht reinigen und verbinden konnten, war die Wahrscheinlichkeit an Wundbrand oder Blutvergiftung zu sterben sehr groß. Sie versorgten sich gegenseitig, erlaubten sich selbst und der anderen, zu jammern und zu stöhnen und nachdem Lynn und Keelah auch noch etwas gegessen und getrunken hatten, fühlten sie sich gar nicht mehr so, als ob sie den Wächtern der Halle gerade noch einmal ein Schnippchen geschlagen hatten.
„Wir haben es wieder einmal geschafft, oder wie siehst du das?", wandte sich Lynn anschließend träge an ihre Gefährtin.
„Diesmal war es aber sehr knapp. Ich hätte nicht mehr viel auf unser Leben gegeben, und es ist wohl noch nicht ganz ausgestanden."
„Aber wir haben unsere Haut teuer verkauft. Was für ein Kampf!" Sie wechselten nur noch ein paar Worte, dann fielen beide erschöpft und befriedigt in den Schlaf.

Am nächsten Morgen, kurz vor Sonnenaufgang, schreckte Lynn plötzlich hoch. Intuitiv griff sie nach ihrer Axt. Auch Keelah war nur einen Augenblick später auf den Beinen, ihr Schwert schon in der Hand. Lynn blickte nur kurz aus dem Fenster, als sich ein Pfeil unmittelbar neben ihr in den Rahmen bohrte.
„Bei den Hörnern des Namenlosen, lang haben sie uns aber keine Pause gegönnt!", fluchte sie.
Dann ertönte die Stimme einer Frau: „Lasst eure Waffen in der Hütte zurück und kommt heraus, wer immer ihr auch seid, dann wird euch nichts geschehen! Wehrt euch nicht!"

Lynn konnte bei einem prüfenden Blick mehrere Gestalten mit gespannten Bögen erkennen, die in einiger Entfernung um den Eingang herumstanden. Sie blickte in die Augen ihrer Gefährtin: „Lass uns gehen."
„Ja, aber nicht ohne unsere Waffen. Ich will sie nicht zurücklassen, deine Axt und mein Schwert."
Langsam öffneten sie die brüchige Holztüre und gingen vorsichtig hinaus, ihre Kampfgeräte behutsam vor sich hertragend. Mindestens zwanzig Pfeile waren auf sie gerichtet, aber kein Yauborg befand sich unter diesen neuen Widersachern.
Eine junge Frau trat auf die beiden DanSaan zu und gab ihren Begleitern ein kurzes, schnelles Handzeichen, worauf die Bögen gesenkt wurden. Lynn und Keelah sahen sich an, die Geste erinnerte sie sehr an ihre eigenen geheimen Zeichen. Die Frau stellte sich herausfordernd zwei Schritte entfernt von Lynn auf: „Zwei Kriegerinnen der DanSaan, nicht mehr unbedingt in bester Verfassung, weit weg von der Heimat. Nun, was führt euch in diese schöne Gegend?"

12 Lardan

Geistesabwesend stapfte Lardan durch die Alte Schmiede. Er nahm Chedi und Xuura zwar wahr, ein Teil von ihm war sich noch ihrer bewusst, aber es war, als ob irgendjemand weit Entfernter zu ihm sprach. Wie von selbst wankte er zu dem glühenden Strom hin und starrte auf das monotone Fließen des Gesteins. Auf einmal war ihm, als ob in diesem Krachen und Malmen etwas verborgen war. Dann formte sich die Lava, bildete zuerst einen riesigen Körper, dann zwei Flügel und zum Schluss den Kopf, den Vogelkopf – Sarianas erhob sich vor ihm aus den flammenden Fluten. Lardan schlug die Hände

vor sein Gesicht, um seine Augen vor den stobenden Funken zu schützen, aber er konnte sich trotz der Hitze nicht abwenden.
Was passiert mit mir, das ist nicht möglich, ich müsste tot sein.
Sarianas, der Feuervogel, schlug einmal mit seinen Flügeln und ein heißer Feuersturm brauste durch die Höhle und warf die anderen DanSaan mehrere Schritte zurück. Der Kopf des Riesen ragte bis zur Decke, und die Spannweite seiner Flügel durchmaß die ganze Breite der Höhle.
Endlich bist du meinem Ruf gefolgt. Bestehe noch die letzte Prüfung, um die Nachfolge im Kampf gegen Astaroth anzutreten! Sieh hin!
Lardan versuchte verzweifelt sich den Worten zu widersetzen, denn er war sich sicher, dass ein Blick in diese Feuerhölle ihn sofort erblinden lassen würde, aber er konnte nicht anders, er musste seine Hände von den Augen nehmen. Sarianas Schwinge deutete in den trägen dahinwandernden Lavastrom, aus dessen Mitte sich der Griff eines Schwertes herauszuschieben begann.
Das, das ist nicht wirklich, Flammar, es ragt aus dem glühenden Fluss!
Dann hörte er wieder die Worte des Feuervogels. *Fließen der Mut Kepagas und seine Kühnheit durch deine Adern, so bist du der, für den die Waffe gegen den Bösen wieder erschaffen wurde. Kepaga, der Mächtigste der Krieger, der Träger von Flammaron!*
Lardan blickte auf das Schwert. *Ja, das ist es, ich habe es gefunden, aber wie sollte ich es nehmen?*
Eine Prüfung des Vertrauens und des Mutes, fuhr es durch seinen Kopf.
Er würde es nur erreichen können, wenn er in den glühenden Lavastrom hineinstieg. In einer Mischung von Hochgefühl und

Traumzustand trat er an den Rand des Feuerflusses. Ein Schritt weiter bedeutete sein grausames und sicheres Ende.
Deswegen bin ich nicht hergekommen.
Trotzdem wandte er sich noch nicht ab, obwohl ihm die unglaubliche Hitze beinahe Haut und Haar versengte. Alles in ihm weigerte sich, diesen Schritt als die entscheidende Probe anzuerkennen, um das Schwert zu gewinnen. Sein Tod würde niemandem nützen. Aber das Schwert musste geborgen werden! Vielleicht könnte er es erreichen und ans Ufer schleudern. Und Chedi würde es dann finden und zurückbringen.
„Nein, nein, ich kann nicht, ich will noch nicht sterben, ich kenne keinen Kepaga, meine Mutter war Dana und mein Vater hieß Cadar und ich war auch noch nie mutig. Ich schaffe es nicht allein, kann mir denn niemand helfen?"
Immer hatte es in seinem Leben jemanden gegeben, der sich um ihn gekümmert hatte, sich um ihn gesorgt, ihm gesagt hatte, was er tun sollte und was nicht. Doch nie hatte er Hilfe nötiger gehabt als in diesem Augenblick, in dem er allein auf sich gestellt war. Er wandte sich um, und sah, wie Chedi auf dem heißen Felsen lag, wie sie versuchte, ihm etwas zuzubrüllen. Aber er konnte sie im Toben der Lava nicht hören und wusste, dass er dieses Mal von ihr keinen Beistand bekommen konnte. Wieder lenkte er seinen Blick auf das Schwert und da sah er, wie eine kleine, schmächtige Figur über dem Schwert schwebte und ihm die Hand darbot.
„Wer bist du?"
„Ich bin Kepaga und du bist mein Nachfolger. Du suchtest Hilfe, nimm meine an. Reich mir die Hand."
„Kepaga soll der mächtigste und größte Krieger gewesen sein, du bist einen Kopf kleiner als ich und meine Schultern sind doppelt so breit. Nein, du bist nicht Kepaga!"
„Lardan, schau mir in die Augen. Nach der Größe richtest du

mich, tust du das? Haben dir deine Lehrerinnen nicht beigebracht, dass der Schein sehr oft trügt, dass das Äußere einen sehr oft betrügt?"

Lardan kam sich plötzlich sehr dumm vor. Sogar Xuura hatte ihm immer wieder gesagt, er solle nicht nur auf seine Sinne vertrauen, sondern auf seine Gefühle. Sein Blick traf den sanften, gelassenen, zufriedenen, aber festen Blick Kepagas und mit einem Mal waren alle Zweifel wie weggewischt. „Verzeih mir Sarianas, ich bin nicht würdig, dein Flammenschwert zu führen."

Es gibt keine größere Gabe als sich seine Fehler einzugestehen und daraus die richtigen Taten zu setzen.

Lardan streckte seinen Arm aus, schloss die Augen und stieg in den Flammenfluss. Sarianas hielt seine Flügel über Lardan und sprach: *Du hast Mut bewiesen, du hast Vertrauen bewiesen, du bist der rechtmäßige Träger Flammars, des Schwertes, das vor Äonen mit meinem Blut geschmiedet wurde. Die Feinde werden vor dem Feuersturm Flammars davonstieben. Astaroth, auch ich bin wieder erwacht!*

Für Lardan war es nun ein Leichtes, durch die zähe Masse zu dem Schwert zu waten, es an sich zu nehmen und wieder unverletzt zurück auf festen Fels zu gelangen. Dort fiel er auf die Knie, umklammerte die mythische Waffe mit beiden Armen.

Ich habe es geschafft, Vater, ich habe dein Schwert wiedergefunden. Sein Kopf sank auf den Schwertknauf.

Lynn, Keelah, euer Opfer war nicht vergeblich. Ich bin nun der Träger Flammars.

Die Hitze der Lava brannte auf seinem Rücken, er war nicht mehr länger geschützt. Mit letzter Kraft kroch er ein paar Schritte weg vom Feuer.

Dana, deine Aufgabe ist nun vollendet.

Andere Gedanken drängten sich nun wieder in seinen Kopf.

Lardan, du musst dich nun zu den Zinnen von Ziish begeben, in den Hohen Norden. Dort ist ein Teil von mir, ein Bruder gefangen, Inthanon, und du bist der, der ihn befreien soll!
Das waren die letzten Worte, die der DanSaan wahrnahm, bevor er erschöpft zusammenbrach.

13 Lardan-Chedi-Xuura

Lardan erwachte, weil er vertraute Stimmen hörte.
„Er lebt, es ist ihm nichts geschehen. Ich habe aber doch mit eigenen Augen gesehen, wie er in den Lavastrom gestiegen ist."
Lardan rappelte sich langsam auf, das Schwert in seiner Hand. Erst allmählich erinnerte er sich wieder. „Da ist es. Es ragte aus der Lava hervor und… ich habe es einfach genommen. Beinahe hätte ich mich nicht getraut, bis…ich überzeugt wurde…"
Er reichte das Flammenschwert Chedi, die es zögernd in beide Hände nahm. Die Klinge war für sie viel zu lang, aber als sie die Waffe langsam durch die Luft führte, konnte sie das sogar mit einer Hand zustande bringen. Die geflammte Klinge bewirkte ein seltsames Knistern in der Atmosphäre, Chedi hatte das Gefühl, als ob feine Funken von der Klinge sprängen. Dann gab sie es an Xuura weiter, die ebenfalls einige Schwünge ausführte. Anschließend wurde der Kreis geschlossen und Lardan erhielt es zurück.
„Ein außerordentliches Schwert, das du da geholt hast - du bist der, dem gebührt, es zu tragen!"
Dann erzählte Lardan, wie er alles erlebt hatte. Die anderen hatten nur seinen Kampf gegen sich selbst beobachten können und vermutet, dass er in wenigen Augenblicken in der Lava

verglüht wäre. Aber keine war in der Lage gewesen auch nur ein Glied zu rühren, um ihn davon anzuhalten. Sie lauschten seinem Bericht, ohne ein Wort zu sagen, ab und zu schüttelten sie kaum merklich ihre Köpfe, nur als Lardan Kepaga erwähnte, konnte Xuura sich nicht mehr zurückhalten.

„Du meinst Kepaga, der wahrhaftige Kepaga ist dir erschienen, der Krieger aller Krieger?"

„Ja, zumindest hat mich Sarianas das glauben lassen, aber zuerst habe ich daran gezweifelt. Aber er war es wirklich. Und ich wurde zum Träger dieser Waffe. Kepagas Macht durchströmt nun meine Adern." Nach einer kurzen Pause sagte Lardan plötzlich mit einem ganz anderen Ton: „Ich hoffe du behandelst mich ab jetzt mir mehr Respekt, wo ich doch nun der Nachfolger von Kepaga bin."

Sogar Xuura war von diesen Worten betroffen und stammelte beschämt ein paar unverständliche Worte. Auch Chedi schaute ganz verdutzt. Eine ganze Weile herrschte betretenes Schweigen, dann konnte Lardan sein Lachen nicht mehr unterdrücken und alle drei fielen sich in die Arme.

„Nun, immerhin habe ich es für eine kurze Weile geschafft, dass du Respekt vor mir hast", kicherte Lardan.

„Ja, aber das werde ich dir heimzahlen", ätzte Xuura.

„Da ist noch was, das ich noch nicht erwähnt habe. Sarianas hat mir aufgetragen nach Ziish zu gehen."

„Was, zu den Eiszinnen von Ziish, von wo angeblich noch niemand zurückgekehrt ist, der davon erzählen könnte und von denen man sich nicht einmal sicher ist, ob es sie überhaupt gibt? Wieso denn?"

„Inthanon soll dort gefangen gehalten werden. Mehr weiß ich auch nicht, aber mit den letzten Worten, die Sarianas an mich gerichtet hat, hat er mich angewiesen, den Großen Bären zu befreien, aber ihr müsst nicht..."

„Kein Wort mehr Lardan! Wir gehören zusammen, das haben uns die letzten Tage gelehrt. Ich habe nicht vor, bei den Abenteuern, die uns erwarten, nicht dabei zu sein. Ich hasse zwar die Kälte, aber ohne uns erreichst du Ziish sowieso nicht, egal wer dir erschienen ist. Was meinst du dazu Chedi?"

„Du hast recht wie immer, Xuura, Lardan würde es ohne uns nicht schaffen, also..."

Sie warf einen auffordernden Blick in Lardans Richtung. Der junge DanSaan war sich sicher gewesen, dass seine beiden Begleiterinnen so antworten würden und er wusste ja wirklich nicht, was auf seinem Weg in den Norden auf ihn zukommen würde. Wie sollte er jemals einen Gott befreien können? Aber er hatte zumindest so tun wollen, als ob seine Gefährtinnen eine Wahl hätten. Und er war sehr dankbar, dieses Wagnis nicht allein antreten zu müssen.

„Dann brechen wir auf. Ich habe keine Ahnung, ob es Tag oder Nacht ist, aber wir sollten versuchen, uns so weit westlich wie möglich in die Wälder zu schlagen. Dann werden wir wissen, ob Feinde in der Nähe sind und wir können unsere weitere Vorgehensweise besprechen", schlug Lardan vor. Mit noch ungeübten Bewegungen schnallte er sich Flammar auf den Rücken.

Der Weg nach zurück war mühevoller und anstrengender, da er beständig steil nach oben ging, aber sie hatten ihre Suche erfolgreich abgeschlossen, das weckte bei allen dreien neue Kräfte. Sie erreichten problemlos Cadars alte Schmiede und sie erkannten, dass es später Nachmittag war. Obwohl die Sonne nicht mehr direkt in den Eingang strahlte, blendete sie das helle Tageslicht. Sie machten eine kurze Pause und gingen erst dann zum Ausgang.

Schlagartig hielt Xuura inne, drückte sich gegen den Felsen

und beobachtete misstrauisch die Gegend vor ihr. Chedi und Lardan zogen die Waffen. „Lasst uns verschwinden, schnell, solange wir noch können!", rief Xuura und begann loszulaufen, so schnell sie konnte. Doch es war zu spät. Zwei Dutzend Männer und Yauborg traten mit gezogenen Waffen oder gespannten Bögen aus ihrer Deckung hervor.

„Werft die Waffen weg und gebt uns das Schwert!", dröhnte einer der Bergclankrieger.

„Sagt dem Gotha Bescheid, dass wir sie haben", schrie ein zweiter rückwärts.

„Zurück zum Eingang, dort können wir uns vielleicht verteidigen!"

Lardan war klar, dass sie keinen idealen Platz zur Verfügung hatten, um sich zu wehren. Aber sie konnten nicht einfach aufgeben, nicht, nachdem sie das Schwert errungen hatten und vielleicht die Zukunft ihrer Völker von ihnen abhing. Allen war klar, dass Flammar nicht in die Hände Astaroths gelangen durfte.

„Sie haben schon gewusst, dass nur ich das Schwert erlangen konnte, also haben sie einfach gewartet. Was waren wir für Narren! Aber sie sollen es nicht bekommen, und wenn ich es erneut in der Lava versenken muss!"

Entschlossen rammte Lardan Flammar vor sich in die Erde und spannte seinen Bogen.

Es dauerte nicht lange und die ersten Yauborg wurden vorgeschickt. Mit einigen schnell abgeschossenen Pfeilen konnten sie aufgehalten werden, doch der Rest stürmte weiter auf die DanSaan zu, die nun die Schwerter ergriffen.

„Lynn und ihre Axt!", wünschte sich Lardan noch, als er dem ersten Hieb eines Yauborg auswich. Obwohl keiner der drei ausgeruht war und sie schon früher Verletzungen davongetragen hatten, konnten sie die erste Angriffswelle mit Leichtig-

keit abwehren.
Nicht lange und die Gegner formierten sich zu einem weiteren Angriff. Diesmal waren auch Männer des Bergclans neben den schwarzen Yauborg dabei. Lardan schwang Flammar, als ob es schon immer seine Waffe gewesen wäre, dabei zog es ihn immer dorthin, wo der Kampf gerade am härtesten geschlagen wurde. Kaum schienen irgendwo die Feinde durchzubrechen oder Chedi und Xuura Bedrängnis zu sein, stürzte sich Lardan ins Getümmel, ohne Rücksicht auf seine eigene Sicherheit. Er führte das Schwert mit einer Behändigkeit und Schnelligkeit, die ihm selbst fremd war. Er hatte das Gefühl, als ob nicht nur er Flammar führte. Er verteidigte und griff in einer Art und Weise an, die er nur in Ansätzen studiert und geübt hatte. Und immer wieder schnellten Flammen oder Blitze aus dem Schwert und fügten den Gegnern schmerzhafte Wunden zu.
„Halt, zurück", brüllte Xuura, „Lardan, bleib hier, es ist dein Tod, wenn du die Flüchtenden verfolgst!"
Da erst bemerkte er, wie weit er sich aus dem Höhleneingang vorgewagt hatte. Schnell sprang er, die Deckung der Felsen ausnützend, wieder zurück. Er war wie in einem Kampfrausch gefangen, der erst befriedigt sein würde, wenn alle Feinde zerstückelt auf dem Boden lägen. Jetzt erst spürte er, dass auch er einige Wunden davongetragen hatte, die höllisch schmerzten.
Du musst lernen Flammar zu kontrollieren, sonst wirst du auch mit diesem Schwert deine Kämpfe nicht lange gewinnen können. Lardan schüttelte seinen Kopf. Gedanken, in seinem Kopf, die nicht die seinen waren. *Du musst lernen Flammar zu führen, dann wird das Schwert dir gute Dienste leisten.*
„Wer bist du?", flüsterte Lardan. *Du kennst mich.*
„Kepaga", Lardan wagte den Namen fast nicht auszusprechen. „Aber warum und wie und, und…" *Hab Geduld, wir werden*

noch sehr viel Zeit haben uns kennenzulernen. Als Flammar damals zerbarst, war das auch mein Tod. Doch als Cadar es dann neu geschaffen hat, hat Gabalrik während des Schmiedens auch meine Seele beschworen und so ist ein Teil von ihr mit dem Schwert verbunden.
Chedi, die gerade dabei war, Lardans Wunden zu untersuchen, blickte ihn fragend an: „Lardan, was redest du da?"
„Was, nichts, ich will, kann nicht darüber reden."
„Wenn du wütest wie ein Berserker, dann ist das dein sicherer Tod. Was ist los mit dir? Ich habe dich noch nie so gesehen, so unbedacht und unvorsichtig."
Dann hörten sie Xuura: „Kommt her, jetzt wird es, glaube ich, ernst!"
Chedi und Lardan eilten zu der Kriegerin, die den breiten Weg zur Schmiede beobachtete. Die Yauborg und Bergclanmänner öffneten eine Lücke in ihrem Halbkreis und abermals trat ein Gotha vor ihre Reihen. „Es ist ihnen wirklich ernst mit dem Schwert."
„Deinen Galgenhumor in Ehren", meinte Lardan, „aber ich glaube, wir sollten uns wieder in die Höhle hinunterbegeben."
„Um langsam in der Falle zu verrotten? Nein niemals!", entgegnete Xuura. „Wenn heute unser Tag ist, an dem wir die Schwelle zur Großen Halle überqueren sollen, dann werden wir das ehrenvoll tun!" Sie nickte Chedi und Lardan zu, die ihren Blick erwiderten.
Die drei formierten sich vor dem Eingang, Lardan in der Mitte, Chedi und Xuura links und rechts von ihm. Sie signalisierten den Gegnern unmissverständlich, dass sie bis zum letzten Blutstropfen kämpfen würden. Als der Gotha sie so erblickte, wandte er sich ihnen zu und kam näher, gefolgt von einigen wenigen mutigen Yauborg. Etwa dreißig Schritt vor ihnen richtete er sich auf seine muskelbepackten Hinterbeine auf,

zog seine mächtige Axt aus dem Rückengurt und schwang sie in seiner rechten Pranke. Lardan packte Flammar mit beiden Händen und machte einige Schritte auf den Giganten zu.
„Kümmert ihr euch um die anderen. Ich will den Gotha Flammar kosten lassen."
Chedi und Xuura wichen zur Seite aus, damit alle einen größeren Radius für die Bewegungen im Kampf hatten, den die DanSaan Kriegerinnen brauchten, wollten sie ihre vollen Künste des Kampfes unter Beweis stellen. Auf Chedi und Xuura bewegten sich je fünf Yauborg zu. Die Bergclanmänner hielten sich zurück.
Lardan bewegte inzwischen vor dem Gotha hin und her, um ein nicht zu leichtes Ziel für die Axt abzugeben. Er fühlte, wie Flammar ihn wieder vorwärts zog, den Kampf suchte, aber er konnte der Versuchung noch widerstehen.
Gut, warte noch, ließ sich die Stimme in seinem Kopf wieder vernehmen. *Flammar ist wie ein feuriger Danaer, du musst es kontrollieren, zeig ihm, dass du es führst, dann wirst du merken, wann du die Zügel loslassen kannst!* Die Stimme Kepagas, die Lardan anfangs noch abgelenkt und verwirrt hatte, gab ihm jetzt Sicherheit und Selbstvertrauen.
Die ersten Schläge donnerten auf den jungen Krieger herab, Lardan konnte ihnen mit ein paar flinken Sprüngen ausweichen. So war der Kampf aber nicht zu gewinnen, das konnte nur seinen Tod noch etwas hinauszögern. Einmal würde er stolpern oder seine Kraft würde nachlassen und das würde sein Ende bedeuten.
Er begann, sich eine Angriffstaktik zurechtzulegen. Die Axt des Gothas zerschmetterte einen Felsen, der hinter der Stelle lag, an der er sich noch vor einem Lidschlag befunden hatte. Diesen Augenblick nützte Lardan und er hastete mit zwei Sprüngen in die Deckung des Gothas hinein. Ein unerwarteter

Stich nach oben traf das Monster am Oberarm, gefolgt von einer schnellen Rolle vorwärts; kombiniert mit einem Doppelschlag ließ Flammar dessen linkes Bein ebenfalls bluten. Ein Hechtsprung zur Seite verhinderte, dass ihm die Axt des wütenden Gothas den Schädel spaltete. Ein flüchtiger Blick zur Seite zeigte Lardan, dass Chedi und Xuura auch noch in ihre Kämpfe mit den Yauborg verwickelt waren, und er wandte sich wieder seinem eigenen Gegner zu.

Jetzt spürt er den Schmerz, seine Wut und sein Zorn wird ihn überkommen, der größte Feind des Kriegers, hörte Lardan Kepaga in sich, *warte auf seinen Fehler!*

Lardan konnte nicht erkennen, warum Wut und Zorn schlecht für den Gotha sein sollten, er konnte dem Hagel der Schläge, die nun auf ihn niederprasselten, nur mit Mühe ausweichen. Im Gegenteil, der riesige Gotha gewann die Oberhand, seine Angriffe überrollten den DanSaan beinahe. Lardan konzentrierte sich zu sehr auf die schwere Axt und übersah, wie plötzlich die linke Pranke seines Gegners ihn mit voller Wucht an der rechten Schulter traf und eine tiefe, blutende Wunde riss. Durch die Wucht des Schlages und die Überraschung, getroffen worden zu sein, ging er zu Boden. Der Gotha machte einen Schritt auf ihn zu und stimmte sein Siegesgeheul an.

Lardan, der kämpfte, nicht das Bewusstsein zu verlieren, fühlte nur mehr, wie sich in seinem Kopf ein Wort bildete – *Jetzt!* Der Gotha riss sein Maul auf und beugte sich zu Lardans Körper hinunter, um ihn mit seinen messerscharfen Zähnen zu zerreißen. Doch der DanSaan ließ diese Aktion des Gegners nicht mehr zu. Im letzten Augenblick gelang es ihm, sich zur Seite zu wälzen und auf die Beine zu kommen. Er rollte sich vorwärts und wechselte intuitiv den Griff des Schwertes. Die Schwertspitze zeigte jetzt nach unten. Er zog einen vollen Bogen nach oben durch und hinterließ eine tiefe Wunde im

Hals des Gothas. Sofort richtete sich Lardan wieder auf, vollführte eine halbe Drehung und stand für einen Augenblick mit dem Rücken zur Brust des Gothas. Zwei schnelle Stiche nach hinten, einmal an seiner linken, einmal an seiner rechten Schulter vorbei, trafen den Gotha unvermutet und tödlich in die Brust. Ein weiterer Satz nach vor und Lardan befand sich außerhalb der Reichweite der mächtigen Pranken, wo er blutend zusammensackte.

Der Gotha schien erst jetzt, im Augenblick seines vermeintlichen Triumphes zu bemerken, dass er nur mehr kurze Zeit zu leben hatte. Röchelnd krachte er auf den felsigen Boden. Lardan hob noch einmal den Kopf, und das letzte, was er sah, bevor er bewusstlos wurde, war, wie eine Horde von Bergclanmännern auf ihn zustürmte.

14 Kirana

Xuura und Chedi kämpften mit dem Mut der Verzweiflung. Immer wieder hatten sie auf dem KorSaan ähnliche Kampfsituationen geübt, eine DanSaan gegen mehrere Gegner, aber immer, wenn ein Yauborg sein Leben lassen musste, nahm sofort ein anderer seine Stelle ein. Sie wussten, dass ihr Kampf aussichtslos war, die Kräfte ließen mehr und mehr nach, sie waren beinahe am Ende. Kurz trafen sich ihre Blicke, ein unscheinbares Nicken signalisierte beiderseitige Zustimmung. Mit einem Schrei stürmten beide nach vor, mit letzter Willensanstrengung und mit letzter verbliebener Kraft. Es war die rituelle Art einer Kriegerin der DanSaan, im Kampf zu sterben, nicht verteidigend, ein letzter Angriff sollte den Tod bringen. Und beinahe im selben Augenblick fällte ein Schauer von Pfeilen die Yauborg und aus den Wäldern ringsum stürmten

Männer und Frauen hervor und griffen die Bergclanleute und die verbliebenen Yauborg an. Es war ein kurzer Kampf, dem niemand entfliehen konnte. Chedi und Xuura stützten sich gegenseitig, nicht mehr fähig, in den Kampf einzugreifen.
Als das Abschlachten vorbei war, und jeder Feind sein Ende gefunden hatte, näherte sich ihnen vorsichtig eine junge Frau mit langen, braunen Haaren und tiefblauen Augen, wie die beiden DanSaan auch in Leder gekleidet, einen Langbogen über den Rücken gezogen.
„Ihr braucht Hilfe, lasst uns eure Wunden behandeln."
Chedi und Xuura durchfuhr plötzlich ein- und derselbe Gedanke. „Lardan!"
Und sie stemmten sich noch einmal mühsam auf, ihn zu suchen. Nicht weit vom riesigen Leichnam des Gothas lag Lardan in einer Blutlache. Chedi sank mit dem Rücken gegen einen Felsen gelehnt zu Boden und betrachtete seinen leblosen Körper, unfähig, noch etwas zu unternehmen. Tief in ihr war sie sicher, dass dieser Kampf ihrem Gefährten das Leben gekostet hatte. Sie beobachtete nur noch, wie Xuura Lardans Kopf in ihren Schoß bettete. Erschöpfung und Schmerz legte sich wie ein bleierner Schleier über sie. Sie wusste nicht mehr, wie lange sie sich schon hier befand und weil ihr Gesicht von Blut, Schweiß und Tränen verschmiert war, konnte sie nicht mehr erkennen, wer ihr den bitteren Trank einflößte, der ihre Schmerzen betäubte.
„Das ist wie ein Gebräu unserer Heilerinnen", drang Xuuras Stimme zu Chedi durch. „Wer seid ihr?"
Chedi versuchte ihre Augen freizureiben, aber das machte die Sache nur noch schlimmer. „Warte", ließ sich eine freundliche Stimme vernehmen und sie ließ sich dankbar mit einem frischen Tuch das Gesicht und die Augen reinigen. Und dann sah sie, ohne noch die Kraft gefunden zu haben, sich darüber zu

freuen, dass sich auch Lardan nach ein paar Schlucken des Trankes wieder zu regen begann. Der allerdings wünschte, sofort wieder in Ohnmacht zu fallen, so höllisch tobte der Schmerz in seiner verletzten Schulter.

Die Frau, die sie als erste in Augenschein genommen hatte, näherte sich den Verletzten wieder. „Wir haben alle erwischt, in den nächsten Stunden sollten wir in Sicherheit sein. Wir kennen uns nicht, aber zwei unserer Begleiterinnen da hinten behaupten, zu euch zu gehören."

Lardan, Xuura und Chedi trauten ihren Augen nicht, als hinter der jungen Frau Lynn und Keelah zum Vorschein kamen. „Wie, wie ist das möglich?", stammelte Lardan, der versuchte sich aufzurichten. Lynn reichte ihm die Hand und zog ihn hoch. Die beiden anderen rappelten sich ebenfalls auf und dann fielen sie sich alle in die Arme und das Schluchzen begann wieder von neuem, diesmal jedoch aus Freude.

„Später Lardan, wir erzählen euch alles später, wir sollten trotz unseres Sieges von hier verschwinden!", mahnte Lynn, wieder ganz die Verantwortliche für ihre Truppe. Sie wandte sich zur Seite und zog die Anführerin ihrer Retter vor Lardan. „Und das ist übrigens Kirana. Sie hat schon uns geholfen und wir konnten sie überreden, mit uns nach euch zu suchen."

Kirana! Der Name, der Lardan seit dem Tod seiner Familie nicht mehr losgelassen hatte! Er wagte seinen Ohren nicht zu trauen, konnte das wahr sein, stand wirklich seine zwanzig Monde jüngere Schwester vor ihm? Die ganzen Jahre auf dem KorSaan war er davon beseelt, ja besessen gewesen, auf die Suche nach seiner Schwester zu gehen, mit der vagen Hoffnung im Herzen, dass sie überlebt haben könnte und jetzt stand Kirana ganz einfach da vor ihm, ja mehr noch, sie hatte allen das Leben gerettet.

„Ich, ich bin ... Lardan, der Sohn von Cadar dem Schmied und

Dana, der Weberin."

Die Frau trat näher, betrachtete ihn genau und sagte nach einer langen Pause: „Und ich bin Kirana, Tochter von Cadar dem Schmied und Dana, der Weberin. Ich habe schon gewusst, dass du noch lebst und dass wir uns wiedersehen werden. Nur diesmal habe ich auf dich aufgepasst." Sie streckte ihm ihre Arme entgegen, und ihre Augen schimmerten vor unvergossenen Tränen. „Großer Bruder, halt mich fest."

Lardan und Kirana umarmten sich und für einen Augenblick stand die Zeit für die beiden still und nichts war mehr von Bedeutung. Lardan kamen Erinnerungen aus seiner Kindheit hoch, gemeinsame Erlebnisse mit Kirana, seinem Vater und seiner Mutter und Kirana ging es ebenso.

Nach einer Weile, Lardan wusste nicht wie lange, näherte sich ihnen ein Mann aus Kiranas Gruppe und meinte: „Anführerin, wir müssen jetzt weg, wir haben uns schon viel zu lange hier aufgehalten, sie werden bald kommen."

Kirana löste sich nur schwer aus der Umarmung. „Du hast recht Kamar, wie unbedacht von mir. Rufe die Leute zum Sammeln und zum Abmarsch! Wir brechen sofort auf!"

Dann wandte sie sich wieder ihrem Bruder zu. „Heute Abend werden wir sicher in unserem Lager sein und dann haben wir Zeit, uns gegenseitig unsere Geschichten zu erzählen. Es liegt in den Wäldern westlich der Lukantorkette, fünf Stunden schneller Marsch, dann sind wir da." Doch dann ergänzte sie mit zweifelndem Blick auf die DanSaan lakonisch: „Ein sehr schneller Marsch scheint es allerdings nicht zu werden."

So gut es ging versorgten sie noch ihre Wunden und kurze Zeit später waren alle bereit zum Abmarsch. Lardan allerdings musste noch unbedingt eine Angelegenheit erledigen. „Lynn, Keelah, seht her!" Voller Stolz zeigte er ihnen Flammar, das unbeachtet in der Nähe eines Felsen gelegen hatte. „Ich erzäh-

le heute Abend die beste Geschichte, soviel kann ich euch versprechen."
Ehrfurchtsvoll und fast zärtlich nahm Lynn das Schwert in ihre riesigen Hände. „Da ist es also, Flammar. Das Schwert wird dem Ruf gerecht, der ihm vorauseilt. Dein Vater war ein wahrer Meister. Ich werde dir heute Abend eine Geschichte erzählen, die du noch nicht kennst, von einem unscheinbaren, schmächtigen Mann, der aber der größte Krieger aller Zeiten war, von Kepaga, dem Träger dieses Schwertes während der Chaoskriege, dem Meister des Schwertkampfes."
Lardan konnte ein leichtes Grinsen nicht verbergen. „Zuerst erzähle ich dir aber meine", sagte er, wieder ganz der Alte. Dann schnallte er Flammar auf seinen Rücken, und die Gruppe brach auf.

15 Lardan-Kirana-Kamar

Lardan erkannte rasch, dass Kiranas Trupp eine gut eingespielte Gruppe war. Alle handelten sehr rasch und schienen ihre Aufgaben zu genau kennen, ohne dass Befehle erteilt werden mussten. In kürzester Zeit waren die Leichen weggeschafft, die eigenen Spuren möglichst verwischt und zahlreiche falsche gelegt. Es war beinahe so, als ob eine Gruppe Kriegerinnen der DanSaan selbst am Werk gewesen wäre.
„Meine Hochachtung, Kirana, ihr wisst, was ihr tut", bemerkte Lardan.
„Ich war zwar noch sehr jung, als unsere Mutter starb, aber auf gewisse Dinge hat sie immer Wert gelegt, das weißt du doch sicher auch noch. Immer mit ganzem Herzen und allen Sinnen bei der Sache zu sein, die man gerade ausführen will, nicht immer nur sagen ‚ich werde es versuchen,' sondern ‚ich werde

es tun.'"

„Ja, du hast recht, ich kann mich an die Schelte, die ich immer wieder abbekommen habe, wenn ich irgendetwas Angefangenes abgebrochen habe, noch sehr sehr gut erinnern. ‚Was für eine Zeitverschwendung, was für eine Zeitverschwendung', sagte sie immer.

„Lass uns später reden, Bruder, jetzt ist nicht der richtige Augenblick." Mit diesen Worten gab sie ein paar kurze, aber fast lautlose Befehle und die Truppe formierte sich zu einer lockeren Reihe, die sich im Dauerlauf beinahe geräuschlos gegen Osten bewegte.

Lardan und die anderen DanSaan waren diese Art der Fortbewegung vom Beginn ihrer Ausbildung an gewohnt, aber sie mussten nun den schweren Verwundungen und tage- und nächtelangen Märschen Tribut zollen. Schon nach kurzer Zeit konnte Lardan das Tempo nicht mehr halten und sogar Xuura fiel weiter und weiter zurück.

Kirana spürte, wie sich sofort eine leichte Unruhe unter ihren Leuten ausbreitete, da sie nicht mit ihrer gewohnten Geschwindigkeit den Heimweg antreten konnten. Jahrelang hatten sie nun ihren Stützpunkt schon geheim halten können, obwohl die Bergclans sich zunehmend feindlicher verhielten und ihnen andauernd auf den Fersen waren. Allen war klar, dass ihnen die Feinde mit den verhassten schwarzen Yauborg dicht auf den Fersen waren.

In langsamerem Lauf wurde ohne wertvolle Zeit zu vergeuden in kurzen Worten eine neue Strategie erörtert und die Gruppe teilte sich auf. Kirana kam kurz zu Lardan und den anderen DanSaan. „Wir müssen uns trennen. Kamar und zwei andere Krieger werden euch zu unserem Lager bringen. Wir werden dafür sorgen, dass ihr wohlbehalten ankommt."

„Aber Kirana, warum führst du uns nicht..." Kirana fiel ihm

ins Wort, bevor Lardan den Satz zu Ende sprechen konnte. „Lardan, du musst dir jetzt um mich keine Sorgen machen, so habe ich die letzten Jahre gelebt. Ich kann sehr gut auf mich selbst aufpassen." Ohne eine Antwort abzuwarten waren sie und die anderen mit ein paar wenigen Schritten im Dickicht verschwunden.

Aber jetzt, wo ich sie wiedergefunden habe, will ich sie nicht wieder verlieren, dachte Lardan und sah ihr sehnsüchtig nach. Trotzdem musste er froh sein, so schnell wie möglich zur Ruhe zu kommen und in keinen weiteren Kampf mehr verwickelt zu werden, den er sicher nicht mehr überstanden hätte.

„Sie kann auf sich selbst aufpassen, ich habe sie kämpfen gesehen", sagte Lynn und legte ihren Arm um seine Schulter, um ihn zum Weitergehen zu drängen.

Kamar, ein junger Krieger, dem man seine unzähligen Kämpfe schon an den Narben im Gesicht ablesen konnte und der einen Kopf größer als Lardan war, kontrollierte noch schnell einmal die Verbände der Verwundeten, um sicherzugehen, keine noch so kleine Blutspur zu hinterlassen. „Sie gehen für uns, also tragen wir unseren Teil dazu bei, dass es nicht umsonst ist." Lardan und die anderen nickten und fielen wieder in einen langsamen Schritt.

Kamar führte die kleine Truppe an, die zwei anderen Nordländer bildeten die Nachhut. Xuura bemerkte bald, dass Kamar immer wieder scheinbar unmotiviert die Richtung änderte und dass es ihm nicht mehr um Schnelligkeit ging, sondern darum, möglichst spurlos vorwärtszukommen. Selbst sie, die im Dschungel aufgewachsen war, war knapp davor, im dichten Wald die Orientierung zu verlieren.

„Er ist ein Mann, aber er versteht sein Handwerk", dachte Xuura laut. Kamar drehte sich nur kurz zu ihr um, um ihr mit einem verschmitzten Grinsen für ihr Kompliment zu danken und sie lächelte zurück.

Lardans Körper ging wie von allein, denn seine Gedanken waren weit weg. Zu viel war in der letzten Zeit passiert. Auf einmal trug er ein Schwert auf dem Rücken, von dem alte Lieder sprachen und Kepaga, der größte aller Krieger, die je auf Dunia Undara gelebt hatten, hatte mit ihm gesprochen und gekämpft. Und, was ihn am meisten aufwühlte, er hatte seine kleine Schwester wiedergefunden, nach all diesen Jahren. Hoffentlich würde er sie schnell wiedersehen.

Plötzlich hörte er, wie Kamar sagte, dass sie im Lager angekommen seien. Er blickte sich um, der Wald war nicht mehr so dicht, aber Lardan konnte überhaupt nichts erkennen. Es musste doch zu sehen sein, Hunderte von Leuten sollten hier wohnen und absolut nichts war zu erkennen. Er bemerkte, wie auch Lynn, Keelah und Xuura suchend umherblickten.

„Hier gibt es doch nichts!"

„Kamar, wohin hast du uns geführt?"

Intuitiv griff Lardan nach Flammar. Der vernarbte Mann verzog seine Lippen zu einem Grinsen. „Nun, Dschungelfrau, jetzt kannst du deinen weiblichen Spürsinn unter Beweis stellen, aber viel Zeit haben wir nicht."

Xuura nickte nur kurz, und innerhalb weniger Augenblicke war sie lautlos verschwunden. Lardan blickte noch einmal rundum. Alles was er sah, waren Bäume, einige große Felsen, und in zirka vierzig Schritt Entfernung glaubte er den Fuß der Berge zu erkennen, das Fundament einer Felswand, die mindestens fünfzig Schritt senkrecht in die Höhe ragte. Er wartete misstrauisch. Dann, nach wenigen Augenblicken, tauchte Xuura ebenso lautlos wieder auf, wie sie zuvor verschwunden war.

„Wir werden von zwei Männern, beobachtet, ich habe sie noch nicht getötet, weil sie eure Freunde sein könnten. Einen Eingang oder irgendetwas anderes habe ich in der kurzen Zeit nicht entdecken können", berichtete sie in ihrer trockenen Art. Kamar ließ sich nichts anmerken, aber er schien doch leicht verdutzt zu sein. „Du… du hast sie nicht ge…getötet", stieß er ganz unvermutet hervor. „Du musst besser sein, als ich gedacht habe und übrigens sollte einer der zwei Männer mein großer Bruder Kassar sein."

„Dann sollte er keine Nüsse essen, wenn er auf einem Baum sitzt", grinste Xuura.

„Gut, lasst uns jetzt keine Zeit mehr verschwenden, ich werde ihn mir später vorknöpfen. Und Xuura: Es sind drei da draußen!" Kamar verschwand einige Schritt hinter einem der größeren Felsen. „Hier ist der Eingang. Qualitätsarbeit des Alten Volkes, der Norogai. Meine Freunde sind sie zwar nicht, aber geheime Felstüren bauen, das können sie. Man kann nicht allein oder zu zweit das Tor öffnen, es müssen mindestens drei zusammenarbeiten."

Lardan begab sich de dem Felsen, auf den Kamar deutete und betastete ihn mit seinen Händen, aber er konnte immer noch nichts entdecken. „Halt", gebot Kamar, „diese kleine Einbuchtung im Fels vor dir, siehst du sie? Drücke deine Hand darauf!"

Jetzt endlich glaubte Lardan die Vertiefung zu erkennen, und er presste seinen Handballen dagegen. „Etwas fester, bist du einen Widerstand spürst, der nachgibt." Lardan drückte seine Hand fester an den Felsen. Dann ging ein Ruck durch seinen Arm und seine Hand schien vom Felsen verschluckt worden zu sein.

„Keine Angst, bleib wo du bist und lass vor allem deine Hand, wo sie ist. Lynn, dort auf der anderen Seite findest du eine ähnliche Einbuchtung. Drücke ebenfalls mit deiner Hand darauf!" Lynns Hand wurde ebenso verschluckt, aber im selben Moment schob sich ein Hebel vor Kassar aus dem Felsen.

„Einmal nach links, dann nach rechts und dann wieder zurück umlegen", sagte sich Kamar laut vor und mit diesen Worten öffnete sich ein zwei Schritt großes Tor nach innen. „Wir müssen jetzt schnell hinein, denn es bleibt nicht lange offen."
Im Nu war die Gruppe im Felsen verschwunden und sie stiegen ein paar Treppen abwärts, bis der Stollen sich erweiterte und für einige Zeit geradeaus führte. Kamar griff im Finstern nach einer Lampe, die an einem Haken an der Stollenwand hing und zündete sie an. „Wir verwenden keine Fackeln, hier hängen immer mit Öl gefüllte Lampen, die sind schneller zu entzünden", erklärte ihr Führer.
Nach einer Weile öffnete sich im düsteren Licht eine Wendeltreppe, die steil nach oben führte. „Das ist die letzte Anstrengung heute für euch, das verspreche ich. Nur noch da hinauf."
Diese Versicherung ließ Lardan seine letzten Kräfte zusammennehmen und nur mehr sehr mühsam, mit schmerzverzerrtem Gesicht schleppten sich Keelah, Lynn, Xuura, Chedi und Lardan die steinernen Treppen hinauf. Immer wieder blieb eine von ihnen stehen, um erschöpft nach Luft zu ringen und sich eine Atempause zu verschaffen. Dann, Lardan glaubte nach hunderten von Stufen, blendete sie wieder das Tageslicht. Kamar und die beiden anderen erwarteten die Gefährten hier. „Ihr habt es geschafft, kommt und seht!" Kamar trat einen Schritt in das Licht hinaus.
Lardan hielt unwillkürlich eine Hand vor die Augen, um vom letzten Tageslicht nicht geblendet zu werden. Vorsichtig lugte er zwischen den Fingern hindurch und glaubte seinen Augen nicht zu trauen. Sie standen auf einer kleinen Plattform oberhalb der riesigen Felswand, die sie von unten gesehen hatten. Der Wind pfiff ihnen um die Ohren und vor ihnen breitete sich das ganze nördliche Hochland aus, Foramar, die Blauen Berge,

die Kleine Sichel. „Wie damals, ja damals hatte ich ein ähnliches Gefühl", sagte Lardan zu sich selbst, überwältigt von der unerwarteten Höhe.
„Was sagst du da?", fragte Lynn.
„Als Lirah mich damals fand und ich als kleiner Junge erstmalig vom Lukantorpass den KorSaan und die Ebene von Saan gesehen habe, da war ich auch so überwältigt." Ganz in Gedanken versunken hörte Lardan wie Kamar sagte: „Lasst uns gehen, es kommt noch besser."
Lardan verstand nicht, was Kamar mit ‚es kommt noch besser' meinte. Sie drehten um und mühten sich durch einen nun ebenen Tunnel in westliche Richtung, direkt in den Berg hinein.
„Wo soll das denn enden", fragte Xuura verunsichert, die sich in Höhlen und Gängen immer merklich unwohl fühlte, war sie doch den Weiten des Dschungels aufgewachsen.
Dieser Gang war im Vergleich zu den vorigen aber merklich höher und weiter und es dauerte nicht lange, da öffnete sich der Berg und gab eine Ebene frei, eingesäumt von den höchsten Bergen. Überall waren Hütten und Häuser, zum Teil aus Holz, zum Teil aus Stein erbaut, Kamine rauchten, Menschen gingen ihrer Arbeit nach und Kinder spielten.
„Ich glaube das nicht, Lynn, gib mir Schlag, damit ich aus meinen Träumen aufwache", wunderte sich Lardan, aber die anderen waren nicht weniger erstaunt.
„Ich habe noch nie von so einem Ort gehört, wie habt ihr ihn gefunden?" fragte Lirah.
„Die Menschen haben ihn nicht gefunden, wir haben ihnen den Ort gezeigt", behauptete ein kleinwüchsiger Mann, der nun aus dem Schatten eines Baumes auf sie zutrat und von einem zweiten seiner Rasse begleitet wurde. „Es freut mich, euch wohlbehalten hier zu sehen, besonders dich und deine Erwerbung am Rücken. Verzeiht, ich wollte nicht unhöflich

sein, aber mein kleiner Lardan, würdest du mir Flammar einmal reichen? Ich möchte es wieder einmal sehen, nach so langer Zeit, es hat mich sieben Monde gekostet, mich wieder zu erholen, nachdem wir es erschaffen hatten."

„Ihr müsst Gabalrik sein, und Ihr Hokrim." Lardan deutete auf den zweiten vom Alten Volk, „ihr habt mit meinem Vater Flammar geschmiedet."

„Ja, Lardan, seltsam sind die Wege und unergründlich, du warst damals ein kleiner, aufsässiger Junge, der seinen Eltern viel Geduld abverlangt hat und jetzt bist du einer der Auserwählten, der Träger von Flammar. Das habe ich nicht vorausgesehen." Wortlos reichte Lardan Gabalrik das Schwert, der es sorgsam mit prüfendem Blick untersuchte. „Wie neu geschmiedet. Auf die Geschichte, wie und wo du es gefunden hast, auf die bin ich schon ausgesprochen neugierig."

„Du hast auch nicht gewusst, wo Flammar versteckt war?", fragte Lardan.

„Nein, es schien mir am besten zu sein, dass nur dein Vater wusste, wo das Versteck war. Besonders nachdem Astaroths Schergen so fest entschlossen waren, es zu finden."

Sie sahen sich an.

„Und wo sind wir hier eigentlich?", fragte Lynn, den Kontakt damit unterbrechend.

„Wir vom Alten Volk nennen diesen Ort Xaaley, doch die Menschen des Nordens haben ihm den Namen Hayad gegeben", antwortete Gabalrik. „Zwei große Städte von uns existierten im Norden, durch Teile der einen seid ihr ja schon gewandert, Xeyaar-Rakalh, der Stadt im Berg. Diese Stadt hier, Xaaley, war eine Minenstadt, die schon vor langer Zeit von unserem Volk verlassen wurde, als wir zu wenige geworden waren, um alle unsere Ansiedlungen weiter zu bewohnen und damit auch aus dem Gedächtnis der Menschen verschwunden

ist. Aber nun kommt, heute Abend ist Zeit zu erzählen, bis dahin wird auch Kirana wieder bei uns sein, wir haben schon alles vorbereitet, neue Kleider, warmes Essen und frische Kräuter für eure Wunden, lasst uns gehen!"
Von allen beobachtet begab sich die Gruppe hinab in das Dorf.
„Wir müssen ja ein schreckliches Bild abgeben, so wie die alle zusammenlaufen und gaffen", meinte Chedi, die Bewohner argwöhnisch betrachtend.
„Das auch", erwiderte Kamar, „aber ihr seid die ersten Fremden seit einer sehr, sehr langen Zeit. Und diesen friedfertigen Eindruck, den ihr jetzt haben mögt, den werdet ihr sehr bald verlieren. Seit vielen Wintern gibt es uns jetzt schon hier, Männer, Frauen und Kinder, die die Massaker der Bergclans überlebt haben. Und immer wieder finden unsere Spähtrupps versprengte, halbverhungerte Familien, die in die Wälder hoch im Nordosten der Ebene geflüchtet sind und dort einen harten Winter nach dem anderen überlebt haben. Viele Kinder hier kennen seitdem nichts anderes mehr als dieses abgeschlossene Tal. Und oft geht eine Gruppe von Kriegern hinaus, um zu jagen oder den Bergclankriegern das Leben schwer zu machen und nicht immer kehren alle zurück. Und alle haben Tote in ihren Familien zu beklagen. Genug jetzt, hier ist eure Hütte, wir treffen uns später im Versammlungsraum."
Lardan spürte, wie Kamar mit Mühe die letzten Worte herauspresste und den Blick zu Boden wandte. Trotz der ernüchternden Worte spürte Lardan Friedvolles in diesem Lager. Den Menschen hier war ihr schweres Los in die Gesichter geschrieben, aber er spürte auch Zufriedenheit, Erleichterung und Hoffnung in diesen Leuten. Er blieb vor der ihnen zugewiesenen Hütte stehen und betrachtete den großen Platz davor. Vieles, das er vermisst hatte, fand er hier. Er hörte, wie einige mit der Ayko, der gegabelten Flöte musizierten, Kinder mit

Hunden spielten und auf Ponys ritten, er sah, wie Frauen vor ihren Häusern saßen, redeten und Stoffe webten, Essen zubereiteten oder sich nur die Haare flochten. Aus den Küchenfenstern dufteten die stark gewürzten Eintöpfe, die über den Feuern köchelten. Verschüttete, verdrängte Erinnerungen an seine frühe Kindheit wurden in ihm wachgerüttelt und eine schwermütige Trauer überkam ihn, bis ihn plötzlich ein regelmäßiges Hämmern aus seinen Gedanken riss. Er folgte dem Geräusch und fand schnell heraus, wo sich die Schmiede befand.

Unverständlich für die Menschen, die die Neuankömmlinge noch begleiteten, bahnte sich Lardan wie ein Besessener einen Weg quer über den Platz. Sie konnten nur aus der Ferne die Wortfetzen „Chedi, ich habe es gefunden, Cadars Schmiede..." aufschnappen. Er taumelte Richtung Dorfschmiede. Mit dem Rücken zu den Menschen hämmerte ein lederbeschürzter, muskelbepackter Mann glühendes Eisen und auf der anderen Seite der Esse betätigte ein kleiner Junge den Blasebalg.

„Cadar, ich bin wieder da." Lardan griff nach der Schulter des Mannes. Überrascht drehte sich der Bärtige um und konnte gerade noch Schmiedehammer und das glühende Eisen fallen lassen, bevor Lardan mit schwindenden Sinnen in seine Arme taumelte.

„Leos schnell, hol einen Krug Wasser", befahl er seinem Sohn. Erinnerung zeigte sich in seinen Zügen, und das Erschrecken wich. „Und du musst wohl Lardan sein, Cadars Sohn. Es ist lange her, seit ich dich das letzte Mal gesehen habe."Er ließ ihn vorsichtig an der Wand zu Boden gleiten.

„Caval?" Jetzt erst erkannte Lardan den Schmied. Es war Caval, damals ein Lehrling seines Vaters.

„Ja, Lardan, ich bin Caval, der Schmied dieses Dorfes und das ist Leos, mein Sohn." Dieser hatte einen Krug kaltes Wasser gebracht. Lardan hob seinen Kopf und das erfrischende Nass rann über sein gerötetes Gesicht.

„Verzeih mir Caval, aber dieses Dorf, meine Erinnerungen, mit einem Male kam alles hoch. Ich glaubte meinen Vater zu sehen."

„Du musst dich nicht bei mir entschuldigen, höchstens für die Streiche, die du mir gespielt hast, als ich noch Lehrling bei deinem Vater war. Ich habe nicht nur einmal Schelte von Cadar bezogen wegen Schelmenstreichen, die du mir gespielt hast."

Und dann war die tiefe Traurigkeit verflogen und die beiden erzählten sich vergangene Lausbubenstreiche. Nur Leos wunderte sich über den Spaß, den die beiden miteinander hatten, war er doch erst gestern von seinem Vater zum Küchendienst verdonnert worden, nur weil er den Stiel des Schmiedehammers eingefettet hatte, und Caval jetzt deswegen eine blaue Zehe hatte.

„Komm jetzt, ich bringe dich zu den anderen", sagte Caval und begleitete Lardan zu der Hütte, in der in der Zwischenzeit schon Lynn, Keelah, Xuura und Chedi versorgt worden waren.

„Bis später dann, im Versammlungsraum, wenn du dich ausgeruht hast." Mit diesen Worten verabschiedete sich Caval, der Schmied, von Lardan, dem Schmiedesohn.

Der Raum dampfte von den Krügen mit heißem Wasser, die entlang der Wände der Holzhütte aufgestellt waren und die Luft war erfüllt vom Geruch wohltuender Kräuter. Alle fünf Gefährten genossen es sichtbar, ihren Körper wieder einmal pflegen zu können, die zahlreichen größeren und kleineren Wunden von einer Heilerin versorgen zu lassen und endlich wieder einmal in frische Kleidung schlüpfen zu können. Lardan wäre beinahe im Badetrog eingeschlafen, hätten Xuuras

und Chedis Worte nicht an seinen Stolz appelliert.
„Der große Krieger schläft im Badetrog", war noch eine von den harmloseren Neckereien. Aber ihre Ausgelassenheit hielt bei allen nicht sehr lange an, denn innerhalb kürzester Zeit schliefen sie tief und fest, Chedi und Lardan nahe aneinandergeschmiegt. Wieder einmal zu wissen, dass jemand auf sie aufpasste und dass sie keiner unmittelbaren Gefahr ausgesetzt waren, ließ sie entspannt in das Reich der Träume gleiten und die letzten Tage hinter sich lassen.

16 Lardan- Yaur-Zcek-Uur-Nuyuki

Die Sonne stand schon hoch am Himmel, als man Lardan, Lynn, Keelah, Xuura und Chedi aufweckte, ihnen frisch gemolkene Ziegenmilch, Brot und Fleisch zu essen gab und sie anschließend zum Versammlungsraum geleitete. Ein kalter Wind erinnerte sie daran, dass der Winter wohl nicht mehr lange auf sich warten lassen würde.
„Wo ist meine Schwester?", fragte Lardan ungeduldig, als Kirana auch schon unvermutet um die Ecke bog.
„Hier, mein großer Bruder", entgegnete sie freudig und sie nahmen sich unvermittelt in die Arme. „Sachte, sachte, nicht so fest", stöhnte sie leise.
Lardan sah sie prüfend an, dann erst erkannte er, dass ihre rechte Schulter einen Verband trug. „Du bist ja verletzt, ist es schlimm, solltest du dich nicht besser zu eurem Heiler gehen..." Die Worte sprudelten nur so aus ihm heraus, bis Kirana dem Redeschwall entschlossen ein Ende machte.
„Lardan!" Sie rüttelte an seiner Schulter und blickte ihm tief in die Augen, dann sagte sie in langsamen und bedächtigen Worten: „Lardan, ich bin nicht mehr die kleine Schwester von

damals und du musst nicht mehr auf mich aufpassen!"

„Ja, aber du..", wollte Lardan einwerfen.

„Es ist nicht meine erste Wunde. Du willst doch nicht, dass ich dir jetzt alle meine Narben zeige, oder?" Das beendete den Dialog. Lardan wich einen Schritt zurück und ließ sich von Kirana zu den anderen führen.

Der Versammlungsraum befand sich in einem aus Stein erbauten, kreisrunden Haus. Um dem ganzen einen rituellen Charakter zu verleihen, hatten die Dorfbewohner in der Mitte ein Feuer entzündet. Alle erwachsenen Frauen und Männer des Dorfes warteten schon auf den Sitzreihen, die in drei Stufen entlang der Wände aufgestellt waren. Als Lardan mit Flammar auf seinem Rücken den Raum betrat, hallte ein neugieriges Raunen durch die Luft, das ihn etwas verunsicherte. Der Zeremonienmeister empfing sie und zeigte ihnen ihre Plätze gegenüber der Eingangstür. Danach begann er die üblichen Anrufungen und Gebete, assistiert von zwei Frauen, die, während sie sich gemessenen Schrittes rund um das Feuer bewegten, wohlriechende Kräuter in die Flammen warfen und immer wieder monoton die Formeln nachsagten, die der Zeremonienmeister vorgab.

Plötzlich erschien ein langer Schatten im Türbogen, der sich zu Lardans Verblüffung als Yaur-Zcek-Uur herausstellte, dem Yau-Xuok, den er als ersten dieser Rasse kennengelernt hatte und der ihm sein Amulett geschenkt hatte. Unwillkürlich griff er unter sein Hemd, um sich zu vergewissern, dass er nicht vergessen hatte, es nach dem Waschen wieder umzuhängen. Er bemerkte auch ein unscheinbares Nicken des Alten Yauborgs, als sich ihre Augen trafen, gepaart mit einem leicht veränderten Gesichtsausdruck. Lardan glaubte darin eine anerkennende Wertschätzung Yaur-Zcek-Uurs erkannt zu haben. Er schien völlig selbstverständlich hierherzugehören, keiner

der Dorfbewohner nahm Anstoß an seiner Anwesenheit und Lardans Aufmerksamkeit wandte sich wieder dem Ritual zu.
Nachdem die feierliche Handlung vollzogen war, erteilte der Zeremonienmeister zuerst Lynn das Wort und bat sie, ihre Ergebnisse darzustellen. Sie berichtete von Dyaks Forderungen nach dem Schwert, versuchte die Zusammenhänge zwischen den kriegerischen Beutezügen des Bergclans und dem vermuteten Erstarken Astaroths zu erklären, beschrieb die Geschehnisse, bis die Gruppe getrennt worden war.
Lardan beobachtete Kirana und die anderen Zuhörer, die die Anführerin der DanSaan nicht unterbrachen, sondern bloß gelegentlich durch ein Nicken zu erkennen gaben, dass ihnen solche Situationen nicht fremd waren. Nur bei Erwähnung des Namens Astaroths ging ein erschrecktes Raunen durch die Menge.
Dann gab sie das Wort an Lardan weiter, er erhob sich und trat einige Schritte in den Kreis. Doch bevor er zu sprechen beginnen konnte, trat Yaur-Zcek-Uur vor und bat den Zeremonienmeister, zuerst sprechen zu dürfen. Geflüster erfüllte die rauchgeschwängerte Luft, war doch der Yau-Xuok bekannt dafür, nur selten mit Menschen zu sprechen. Wenn er überhaupt jemals im Gespräch gesehen worden war, so mit den wenigen Norogai. Lardan war gerade im Begriff, sich zurück seinem Platz zu begeben, da hielt ihn Yaur-Zcek-Uur zurück.
„Warte Lardan, zeige uns Flammar!"
Lardan, etwas überrascht, gehorchte und zog das Schwert aus der Scheide. Dann erhob er die geflammte Klinge hoch über seinen Kopf und schritt den Kreis langsam ab. Yaur-Zcek-Uur beugte sein Knie vor ihm und senkte demütig den Kopf.
Alle im Raum erstarrten ob der ehrerbietigen Haltung, die der Hüne einnahm, und Lardan wusste nicht, wie er darauf reagieren sollte. Hilfesuchend blickte er zu Lynn, die nur ebenso

überrascht und hilflos mit den Schultern zuckte. Verlegen senkte er Flammar, verstaute es wieder in der Scheide auf seinem Rücken und reichte Yaur-Zcek-Uur die Hand, um im beim Aufstehen behilflich zu sein. Yaur-Zcek-Uur murmelte einige unverständliche Sätze in seiner Sprache, bevor er, für alle verständlich, das Wort ergriff. „Ich preise den Träger des Schwertes, ich diene dem Träger des Schwertes. Du bist einer der vier Auserwählten, die die schwere Bürde des Schicksals auf sich genommen haben." Noch verwirrter und ratloser als zuvor begab sich Lardan nun doch auf seinen Platz zurück.

„Vor Äonen von Zeiten, noch vor den großen Chaoskriegen waren wir, oder nein, anders, hielten wir uns für die Herrscher von Dunia Undara, wie ihr die Welt jetzt nennt. Icazul war unsere alles überstrahlende Hauptstadt, die Bezwingerin des Wassers. Unsere Priester und Gelehrten waren die Hüter der Gerechtigkeit unter den Völkern. Diese ehrten uns, weil sie uns achteten, nicht weil sie uns fürchteten. Überall, wo es Streit gab, rief man uns, wir richteten die Gesetzlosen, sprachen Urteile, beschützten die, die Hilfe benötigten. Doch die lange Zeit des Friedens, die auf die Kriege gefolgt war, trübte unsere Wachsamkeit. Wir glaubten, unter unserer Führung würde ewiger Friede und Wohlstand herrschen, doch zugleich wurde mein Volk aber immer hochmütiger, herablassender und selbstgefälliger. Wir waren plötzlich nicht mehr ein Volk, sondern die Kaste der Priester und Geweihten fühlte sich mächtiger und wichtiger als die Kaste der Gelehrten. Die Kriegerkaste herrschte immer willkürlicher und begann, die alten Gesetze nach ihrem Gutdünken zu beugen. In dieser Zeit sammelte Sh'Uam-tar, der Ewig Gebannte, ihr nennt ihn heute Astaroth, unbeobachtet von uns seine Schergen um sich und übersäte das Land innerhalb kürzester Zeit mit Zwietracht und Krieg. Das eine zwar wieder unser Volk und wir konnten

Sh'Uam-tars Armeen in den ersten Schlachten besiegen, aber wir hatten übersehen, dass Sh'Uam-tar auch zwischen uns Uneinigkeit gesät hatte. Es gab mehrere Verräter, die unsere Pläne verrieten, und so wurden wir besiegt. Wir, die Zugehörigen zur stolzen Rasse der Yau-Xuok, wurden versklavt und gefoltert und Sh'Uam-tar verschleppte unsere Kinder in Höhlen und zwang sie dort zu leben, sie, die einst wie wir geboren waren, die Lüfte zu beherrschen. Einige wenige von uns konnten sich in entlegene Gegenden flüchten, und so konnten die letzten unserer Rasse in Freiheit überleben.

Sh'Uam-tar seinerseits glaubte sich nun vor jeder Gefahr gefeit, aber er unterschätzte die Widerstandskraft und den Freiheitswillen der Völker, die nun einen Weg suchten und auch fanden. Sie schafften es, Sh'Uam-tar zu besiegen, indem sie mit Hilfe der Götter die vier Großen Waffen schmiedeten. Xukas, den Kriegshammer, den der mächtige Daulin schwang. Und Taaquik, den Speer, führte die furchtlose Ohaqua. Der Meragh, er wurde von Akané geworfen und das Schwert Flammaron blitzte in Kepagas Händen, des größten aller Krieger und Schwertkämpfer. Diese tapferen Vertreter ihrer Völker besiegten Sh'Uam-tar. Das Schwert aber zerbarst bei einem mächtigen Schlag Kepagas, das den Schild des Bösen spaltete. Aber das Zerbrechen des Schwertes war auch Kepagas Tod. Xukas und Taaquik sind seither verschollen, den Meragh hüten seither die Kriegerinnen der DanSaan, wie ihr alle wisst.

Doch nun hat Sh'Uam-tar einen Weg gefunden, seine Verdammnis zu überwinden und erneut seinen Schatten über Dunia Undara zu breiten. Noch hat er nicht seine volle Stärke wiedergewonnen, aber auch wir sind noch nicht stark genug, ihn erneut besiegen zu können."

Der mächtige Yau-Xuok atmete schwer durch und wandte sich um.

„Wieder einmal wird das Schicksal der Welt von einigen wenigen abhängen und einer bist du, Lardan. Auch ich habe keine Antwort auf das Warum, aber du bist der Träger von Flammar, darin kann kein Zweifel bestehen." Er wies in Richtung des jungen DanSaan, der mit seiner neuen Rolle noch ganz und gar nichts anfangen konnte.

„Von der Welt draußen kann ich leider nichts Gutes berichten", meinte Yaur-Zcek-Uur und wandte sich wieder den Dorfbewohnern zu.

„König Farun von RonDor und Orgon, der Fürst von Nol haben ein Bündnis geschlossen und ziehen ihre Heere bei den Gronseen zusammen. Die Bergclankrieger und von ihnen gedungene Söldner von überall her sammeln sich nördlich von Goron, das wahrscheinlich nicht lange Widerstand leisten kann. Sh'Uam-tars Heer braucht ein Winterlager und Goron würde sich vortrefflich dazu eignen. Und eure wichtigste Bastion, der KorSaan wird bereits von den Truppen unter der Führung eines Gothas belagert. Wir können nur hoffen, dass die Kriegerinnen der DanSaan dem Ansturm standhalten, denn sollte der KorSaan fallen, kann Astaroth niemand mehr aufhalten."

Xuura hielt es nicht mehr auf ihrem Platz aus, und sie sprang auf. „Warum sitzen wir dann noch hier? Unsere Heimat wird belagert und wir reden hier, lassen uns verwöhnen und tun nichts!"

Lynn warf ihr einen ihrer Blicke zu, sprach ein paar unverständliche Worte und Xuura setzte sich widerwillig auf ihren Platz zurück. Ein etwas strengerer Blick Lynns entlockte ihr außerdem ein paar gemurmelte Sätze der Entschuldigung in Richtung Yaur-Zcek-Uurs, der das Ende der Unterbrechung

abgewartet hatte und dann seine Ausführungen fortsetzte. „Xuura, ich kann dich und deine Worte verstehen, aber du sollst wissen, dass ihr, du, deine Gefährtinnen und Lardan den bisher wichtigsten Schlag gegen Astaroth geführt habt, nämlich das Wiedererlangen von Flammar. Der Kampf um den KorSaan ist nicht dein Kampf und auch nicht der Kampf von Keelah, Lynn und Chedi. Ihr und Lardan habt eigene Aufgaben zu erfüllen."
Dann erhob sich Lynn. „Entschuldigt die weitere Unterbrechung, aber warum ist unser Kloster von so wichtiger Bedeutung für Astaroth? Wir sind doch nur ein paar hundert Frauen?"
„Der KorSaan ist einer der Orte, an dem die Welten der Sterblichen mit den Welten der Unsterblichen zusammentrifft, die Welt der unterschiedlichen Rassen auf Dunia Undara mit den Göttern, einer der Orte der Macht. Icazul ist so ein Ort, im Dschungel von Phi-Mai soll es einen solchen geben und das Kloster der DanSaan ist ebenfalls der Hüter von einem dieser Orte, an die der Herr der Verderbnis nach seiner Niederlage gebannt wurde. Doch die DanSaan selbst dienten nicht nur den Vieren, Sh'Suriin, Sarianas, Inthanon und Beduguul, nein sie unterstützten auch Astaroths Pläne."
Ein befremdetes Aufbrausen ging durch die Zuhörer, und die Kriegerinnen sahen sich verdutzt an. Sie machten ihrem Unmut durch empörte Schreie Luft und der Zeremonienmeister brauchte lange, die aufgebrachten Zuhörer wieder zu beruhigen.
Erst nach einiger Zeit, als wieder Ruhe eingekehrt war, fuhr der Alte Yauborg fort: „Sie unterstützten seine Pläne – jedoch ohne es zu wissen. Eines der ungeschriebenen Gesetze dieser Welt lautet, dass man nicht nur dem Guten dienen kann, ohne auch dem Bösen förderlich zu sein. Das eine bedingt das ande-

re. Es ist sehr schwer zu verstehen, aber Gut und Böse können nicht getrennt voneinander existieren. Nur so kann das Gefüge der Welt im Gleichgewicht bleiben. In den Höhlen im Kor-Saan bewachen die DanSaan das Siegel, das Sh'Uam-tar, euren Astaroth, davon abhält, als Wesen aus Fleisch und Blut in diese Welt zu treten. Indem sie immer wieder junge, ausgebildete, männliche Krieger in die Höhlen schickten, im Glauben Sarianas und Sh'Suriins zu dienen, wurden sie auch zu Sh'Uam-tars Dienern."

Mit diesen Worten blickte er erneut zu Lardan und den anderen DanSaan. Lynn erhob sich und bat den Zeremonienmeister erneut, das Wort ergreifen zu dürfen. Man merkte, dass ihr das Sprechen sehr schwerfiel und immer wieder musste sie sich räuspern oder tief Atem holen. Schweren Herzens erklärte die DanSaan: „Leider muss ich Yaur-Zcek-Uur Recht geben. Am Abend vor unserem Aufbruch rief SanSaar eine Zusammenkunft ein, weil Dyak, einer der Krieger, der vor vielen Wintern in die Höhlen gegangen war, vor dem Kloster stand und Flammar für sich forderte. Und UrSai, der der nächste gewesen wäre, ist ebenfalls an diesem Tag verschwunden. Die letzte Information, die uns zur Verfügung steht, ist, dass SanSaar mit ein paar Freiwilligen versuchte, UrSai in die Höhlen zu folgen, wo sie ihn vermutete. Mögen die Götter uns verzeihen, aber wenn Astaroth jetzt das Land mit Krieg verheert, tragen wir mit Schuld."

Mit diesen Worten nahm Lynn wieder Platz und für einen Augenblick herrschte betretenes Schweigen. Und niemand wusste, wie man die Beratung fortsetzen sollte, bis der Yau-Xuok wieder das Wort ergriff: „Ihr Kriegerinnen der DanSaan habt über hunderte Winter hinweg dazu beigetragen, dass Gerechtigkeit und Frieden in Dunia Undara herrschte, und ihr habt eurem Wissen gemäß einen der mächtigsten Orte dieser

Welt bewacht und behütet. Ihr braucht euch keinen Vorwurf zu machen. Wichtig ist die Zukunft. Lasst uns nun unser weiteres Vorgehen besprechen!"

Damit begann ein teilweise heftiger Meinungsaustausch darüber, was nun in der Gemeinschaft der Dorfbewohner, der Kriegerinnen, der Yau-Xuok und der Angehörigen des Alten Volkes unternommen werden könnte. Ruhe und Aufmerksamkeit kehrte erst wieder ein, als Lardan gebeten wurde, seine Erlebnisse in den Tiefen Foramars zu erzählen, wie er Flammar geborgen und ihn die Vision von Sarianas Überkommen hatte.

„Von Sarianas erhielt ich die Mission, zu den Zinnen von Ziish zu reisen und Inthanon aus den Fängen Astaroths herauszuholen." Nach einer kurzen Pause meinte Lardan noch in die atemlose Stille, die ihn nun umgab: „Ich weiß nicht, wie ich das schaffen soll."

Danach meldeten sich einige Priesterinnen und Priester der unterschiedlichen Stämme, die hier versammelt waren und alle Inthanon huldigten und verehrten zu Wort. Sie berichteten von unheilvollen Vorzeichen, von finsteren Träumen und befremdlichem Verhalten von Tieren. Und einer sprach über sein Gefühl, dass Inthanon sich aus der Welt zurückgezogen hätte.

„Ich befragte die Steine und warf die Hölzer und nie bekam ich Antworten, die meine Fragen erklärt hätten. Ich zweifelte an meinen Fähigkeiten und versuchte, durch die Riten der Reinigung und durch Opfergaben meinen Geist zu stärken. Ich glaubte, dass Inthanon mir zürnte, weil meine Gebete antwortlos verhallten."

Das zustimmende Nicken der anderen Diener der Götter machte klar, dass alle ähnliche Erfahrungen gemacht hatten, aber ausnahmslos sich selbst für ihr Scheitern verantwortlich hielten.

„Aber Inthanon gefangen und verstümmelt von Astaroth, das übertrifft meine schlimmsten Vorstellungen! Was sollen wir bloß tun?" Ein Priester vergrub sein Gesicht in den Händen und schluchzte vor Verzweiflung. Mutlosigkeit und Hoffnungslosigkeit machte sich breit. Wie sollten sie jemandem gegenübertreten, der einen Gott gefangenzuhalten vermochte? Dessen Macht so unvorstellbar groß war, obwohl er noch lange nicht alle seine Kraft hatte sammeln können? Lautes Wehklagen brach unter den Menschen aus, man hörte Sätze wie: „Jetzt ist sowieso alles verloren!", oder: „An alldem sind die DanSaan schuld"!
Das Durcheinander wurde immer größer. Lardan beobachtete das wachsende Chaos, die immer feindseliger werdende Stimmung und einer Eingebung gehorchend stand er auf, stellte sich auf einen Sockel neben dem Feuer und rief in der Kampfsprache der DanSaan laut: „Oran-ta!"
Lynn und die anderen DanSaan zuckten vor Schmerz zusammen, so mächtig klangen die Silben sogar in ihren Ohren. Von einem Augenblick zum anderen herrschte plötzlich Ruhe, einige hielten sich die Ohren zu, andere kauerten verstört am Boden. Lardan selbst war am meisten überrascht über die Macht seiner Worte, die Silben kreisten immer noch weiter unter den Anwesenden und langsam erst verhallten sie. Alle warteten gebannt darauf, was nun passieren würde. Inzwischen hatte sich Yaur-Zcek-Uur neben Lardan gestellt. Er wollte wohl seinem Anliegen noch mehr Gewicht verleihen. Nach einer unangenehm langen Pause brach Lardan das Schweigen.
„Ich muss, wie es Sarianas mir aufgetragen hat, gehen und Inthanon befreien. Ich werde die Zinnen von Ziish finden, aber ich werde Hilfe brauchen. Seht euch an! So schnell gebt ihr auf. So leicht ist es, Zwietracht zwischen euch zu säen! So schnell beschuldigt ihr andere und steckt selbst den Kopf in

den Sand! So hat Astaroth wahrlich ein leichtes Spiel. Ich weiß, ihr habt alle sehr viel durchgemacht, große Verluste erfahren, aber ihr seid, so wie ich, Männer und Frauen von Clans des Nordens, die nicht vom Schatten unterworfen sind. Seht her, das hier ist das Schwert der Hoffnung, Astaroth hat alles darangesetzt, es zu bekommen, aber ich bin jetzt der Träger von Flammar. Und so wahr ich hier stehe, schwöre ich beim Schmiedehammer meines Vater Cadar und bei der Weisheit meiner Mutter Dana, Astaroth wird diese Flamme spüren und sie wird ihn zurückwerfen in die ewige Verdammnis, von wo er gekommen ist. Aber ich kann es nicht allein, ich brauche eure Unterstützung!"

Mit diesen Worten beendete Lardan seine aufwühlende Rede. Für einen Moment herrschte verlorenes Schweigen, aber dann fiel es wie eine Last von den Zuhörern ab, dass jemand die Führung über- und ihnen die schwierigen Entscheidungen abnahm. Wie ein Schwall brach eine Flut von Zustimmung und Erleichterung im Raum aus. Innerhalb kürzester Zeit wurden Pläne geschmiedet, Taktiken besprochen, Gruppen zusammengestellt. Es war schnell klar, dass Lynn, Keelah, Xuura und Chedi mit Lardan gemeinsam auf die Suche nach den Zinnen von Ziish gehen würden, aber zur Überraschung aller begaben sich Gabalrik und Hokrim zur Gruppe und erklärten, dass sie auf jeden Fall mithelfen würden, Inthanon zu befreien.

„Wie ihr wisst haben wir Norogai eine besondere Verbindung zu Inthanon, er ist der Gott, den wir neben Sarianas am höchsten verehren. Wir möchten euch bei eurer Aufgabe behilflich sein, wenn ihr nichts dagegen habt", äußerte Gabalrik.

Lynn, die natürlich schon wieder einmal dabei war, die Planung für die Reise zu überdenken, war sichtlich erfreut über die Hilfe der Norogai. „Wenn ich ehrlich bin", antwortete sie, „wenn ihr nicht selbst gekommen wärt, hätte ich euch sowieso

gebeten, uns nach Norden zu begleiten. Ich glaube, dass wir ohne eure reiche Erfahrung und euer großes Wissen ohnehin zum Scheitern verurteilt gewesen wären. Nun habt ihr eine Ahnung, wo wir diese Zinnen von Ziish überhaupt finden können?"
„Ich habe, wie ihr auch, nur fragwürdige und unglaubhafte Geschichten über diesen Ort gehört und bin niemals in meinem langen Leben auch nur in seine Nähe gelangt. Aber ich weiß Rat. Es gibt hier jemanden, der uns weiterhelfen könnte. Hokrim, unser anderer Besuch, ich bitte dich, hol die Ycoti herein!"
„Bist du dir sicher? Meinst du, sie werden sie anhören und ihr Glauben schenken?"
„Warte ab und tu was ich dir sage!"
Lardan war völlig klar, warum Hokrim Bedenken äußerte. Die Ycoti waren der Meinung der Völker des Nordens und der Steppe nach ein wildes, grausames und primitives Volk, das in der Eiswüste nördlich der Berge lebte. Man sagte, sie würden alles roh verzehren und ihr Anblick allein sollte schon genügen, um selbst einer DanSaan Angst und Schrecken einzujagen. Viele unheimliche Geschichten aus seiner Kindheit rankten sich um dieses mystische Volk in der Eiswüste. Da er noch nie jemandem vom Volk der Ycoti gesehen hatte, wartete er gespannt auf Hokrims Rückkehr. Es dauerte nicht lange, da kam dieser, gefolgt von einer Gestalt, nicht viel größer als der Mann von Alten Volk selbst, ganz in weiße Felle gewandet, mit einer Kapuze weit über die Augen gezogen.
Hokrim führte sie zu der Gruppe mit Lardan und den Dan-Saan. Wieder hatte sich allgemeines Schweigen eingestellt.
„Darf ich vorstellen, das ist Nuyuki."
Während er seine Worte sprach, nahm die Ycoti die Kopfbedeckung ab und führte mit den Händen eine Geste aus, die

Lardan als Begrüßung interpretierte, da Gabalrik sie auf ebensolche Weise erwiderte. Sie hatte langes, in buschigen Strähnen herabhängendes, weißes Haar und silberne Augen, die ihn aus eigentümlich schrägem und schmalem Blick betrachteten. Ihr Gesicht war lang und hager, was ihre hohen Backenknochen noch mehr betonte. Lardan aber gefror fast das Blut in seinen Adern, als sie sich vollends zu ihm drehte und ihm so etwas wie ein Lächeln schenkte. Silbrig weiße Zähne stachen wie spitze, kleine, scharfe Dolche aus ihrem Mund hervor. Er versuchte seine schaudernde Neugier zu verbergen und imitierte etwas ungeschickt Gabalriks Geste mit den Händen, was zu seinem Schrecken ihr Lächeln nur verbreitete.

Ihre Anwesenheit blieb nicht lange ohne Reaktionen. Innerhalb kurzer Zeit schwirrten feindselige und beleidigende Äußerungen aus der Sicherheit der Gruppe der Dorfbewohner durch den Versammlungsraum. „Mit den bösartigen weißen Hexen wollen wir nichts zu tun haben!" „Sie denken nur an sich selbst, wir sind denen doch ganz egal!" „Sie wird uns verraten, wenn sie kann, ihr werdet schon sehen!" „Glaubt ihr nicht!" Die Schreie hallten kreuz und quer durch den Raum.

Lardan bemerkte, wie Hokrim seinem Gefährten einen „Ich-habe-es-ja-gewusst Blick" zuwarf. Die Stimmung wurde immer spannungsgeladener und allmählich zog sich ein Ring von Menschen enger um die Gruppe. Nuyuki bleckte ihre angsteinflößenden Zähne, fauchte wie ein wildes Tier, warf ihren Pelzumhang ab und wie aus dem Nichts hielt sie plötzlich zwei lange Dolche in ihren Händen, deren Klingen silbern glasig leuchteten. Lardan hörte, wie einige der Clanmänner zwar zurückwichen, aber auch ihren Stahl blank zogen. Lynn und Gabalrik reagierten fast gleichzeitig, indem sie sich zwischen die Frau und die Menge stellten.

Mit steinerner Stimme rief Gabalrik: „Nuyuki ist in Frieden

gekommen, nur weil ich sie hergebeten habe und sie wird auch in Frieden gehen. Was werft ihr der Ycoti vor?"
Zehn antworteten gleichzeitig und das Durcheinander wurde immer größer, doch keiner wagte sich näher heran. Lynn vollführte ein paar unscheinbare Zeichen mit der linken Hand und Xuura, Chedi, Keelah und Lardan veränderten gehorsam ihre Positionen, um für alle Eventualitäten besser gewappnet zu sein.
Dann rief Gabalrik: „Wer ist euer Sprecher?"
Nach einem kurzen Gemurmel trat ein Mann vor, und Lardan bemerkte erstaunt, dass es Kassar war, der vortrat. Er deutete auf die Ycoti und rief verächtlich: „Die weiße Hure soll gehen!" Er unterstrich seine Meinung, indem er vor Nuyuki auf den Boden spuckte.
Gabalrik bemühte sich, Ruhe und Gelassenheit auszustrahlen und wies ihn zurecht: „Kassar, ich werde nicht zulassen, dass du das heilige Gastrecht der Norogai verletzt. Und wenn du dich erinnerst, war ich es, der dir und deinen Leuten hier an diesem Ort das Gastrecht gewährte, ebenso wie den Kriegerinnen der DanSaan." Gabalrik glaubte, damit die Situation etwas entschärft zu haben, aber er musste bemerken, dass er mit seinen Argumenten weiteres Öl ins Feuer gegossen hatte.
„Ja genau, da haben wir es. Ich habe nie viel von diesen kämpfenden Weibern gehalten, noch weniger von ihren krummen Hölzern, jetzt müssen wir uns um die auch noch kümmern. Wenn es nicht wegen dir wäre Lardan, ich hätte das Pack schon lange fortgejagt. Diese Hexen bringen nur Unglück."
Um seinen Worten Nachdruck zu verleihen, schlug Kassar mit seiner Faust auf den Zeremonientisch.
„Nun ist es genug, Kassar." Kirana drängte sich zu Kassar vor und versuchte, ihre Hand um seine Schultern zu legen. „Wenn ich am Anfang gewusst hätte, dass deine Mutter auch eine von

denen war, hätte ich dir niemals gehorcht. Scher dich zum Teufel!" Mit diesen Worten stieß Kassar Kirana unsanft zu Boden.

Xuura hatte bis jetzt zu den Provokationen und abfälligen Bemerkungen Kassars und anderer geschwiegen, aber diese offensichtliche Beleidigung vor allen anderen und die Schmähung Kiranas hatte das Fass zum Überlaufen gebracht. Weder Lynn noch Kirana konnten rechtzeitig reagieren, um Xuura noch zurückzuhalten. Mit eisigen grünen Augen, die Kassar förmlich zu durchbohren schienen, zischte sie: "Jede von uns Kriegerinnen nimmt es mit fünf von deinen fettbäuchigen, hirnlosen und lahmarschigen Muskelprotzen auf, die so schnell wie ein Nordlandschwein sind und so viel Geschick beweisen wie der braune Sumpfkäfer beim Fliegen." Xuura drehte sich um und machte noch eine obszöne Geste mit ihrer rechten Hand. Das, hoffte sie, würde Kassar, der ob der unerwarteten Replik wie versteinert dastand, endgültig zur Weißglut treiben.

Lardan ahnte, was jetzt kommen würde, aber alles ging so schnell, dass er nicht mehr eingreifen konnte. Wenn er ehrlich war, wollte er eigentlich gar nicht eingreifen, denn auch er glaubte, dass der grobe Nordmann eine Lektion verdiente.

Kassar wusste, dass die anwesenden Leute seines Clans eine Reaktion erwarteten. Um seinen beleidigten Stolz zu rächen, zog er hastig seine Waffe. Ein Hieb mit der flachen Seite des Schwertes war zwar schmerzhaft, konnte jedoch niemanden verletzen. Xuura, die den Angriff schon erwartet hatte, tauchte gewandt unter seinem Schlag hindurch und mit einer katzenhaften Drehung gelangte sie hinter Kassar, ihren Dolch an seiner Kehle. „Lass dein Schwert fallen", zischte sie in der Kampfsprache der DanSaan. Sie verstärkte ihren Druck mit der Dolchhand. Kassar, zu gedemütigt, um nachgeben zu kön-

nen, spuckte nur verächtlich auf den Boden. Doch plötzlich wurde er bleich und starr vor Angst, als Xuuras scharfer Stahl sein Blut den Hals hinunterfließen ließ.
Im ganzen Raum herrschte jetzt angespannte Stille. Lardan hoffte nur, dass Xuura die Nerven bewahren würde. Alle Blicke waren auf die beiden gerichtet. Endlich akzeptierte Kassar seine aussichtslose Situation, er ließ widerwillig, ein paar unverständliche Worte herausstoßend, sein Schwert fallen.
„Nicht nur fett und langsam, sondern auch noch feig", zischte Xuura und nach einem leichten Schlag in seine Kniekehlen sackte Kassar wie ein Mehlsack um.
Lardan und die anderen DanSaan konnten sich einer gewissen Schadenfreude nicht erwehren, nachdem klar geworden war, dass die kurze Demonstration wie ein reinigendes Gewitter gewirkt hatte, das offensichtlich nötig gewesen war, um die Situation zu entschärfen. Xuura kostete ihre offensichtliche Überlegenheit nicht aus, sondern beugte sich zu Kassar und reichte ihm die Hand. Der aber murmelte nur Abfälliges in seinen Bart und verließ unmutig den Versammlungsraum. Zwei seines Clans folgten ihm.
Kamar, sein Bruder, half Kirana auf: „Verzeih ihm Kirana, ich weiß nicht, was in ihn gefahren ist. Früher war er nicht so aufbrausend. Es tut mir leid." „Ist schon gut", erwiderte Kirana, „geh jetzt zu ihm und versuche ihn zu beruhigen."
Als Yaur-Zcek-Uur noch einmal zu sprechen begann, legte sich die letzte Unruhe im Versammlungssaal. „Ich bin ein Yau-Xuok, dort stehen zwei Norogai und eine Ycoti. Ihr seid alle Männer und Frauen der nördlichen Ebene, aber auch aus unterschiedlichen Clans. Kriegerinnen der DanSaan sind ebenso anwesend wie einige Familien aus den Medurischen Ländern oder aus dem Wald von Nevrim. Und der Krieg hat noch nicht einmal richtig begonnen. Überall auf Dunia Undara wer-

den Menschen unterschiedlichster Herkunft fliehen müssen und es wird andere Orte wie diesen geben, die sie aufnehmen und ihnen zumindest für eine kurze Zeit wieder Sicherheit und genug zu essen bieten werden. Wir werden Sh'Uam-tar nur dann die Stirn bieten können, wenn wir geeint auftreten. Zwietracht, Neid, Misstrauen sind seine Verbündeten! Also lasst uns unser Misstrauen untereinander hintanstellen und uns unser gemeinsames Ziel in den Sinn rufen, Sh'Uam-tar erneut zu besiegen!"
Yaur-Zcek-Uur blickte fragend in die Runde und wartete, ob sich jemand zu seinen Worten äußern würde. Doch unter seinem finsteren Blick wagte es keiner, sich seinen Worten zu widersetzen. Nach einigen weiteren Augenblicken fuhr er fort: „Nuyuki, sprich du jetzt, falls du noch dazu bereit bist."
Die weißgewandete Ycoti nickte kurz und immer noch selbstsicher trat sie hoch erhobenen Hauptes zur Mitte vor und die Leute, die ihren Weg behinderten, wichen unsicher zurück, als sich dieses neue, fremde Wesen den Weg bahnte. Lardan war sich sicher, dass außer dem Alten Yauborg, Gabalrik und Hckrim noch niemand hier jemals eine aus dem Volk der Ycoti gesehen hatte. So waren wahrscheinlich nicht nur Lardan, sondern auch alle anderen Anwesenden überrascht, dass sie nicht eine helle, wohlklingende Stimme hörten, wie Lardan aufgrund ihrer äußeren Erscheinung vermutet hatte, sondern eine sehr tiefe, brummige. Die Sprache der Nordländer zu sprechen, fiel ihr sichtlich ebenso schwer, wie eine angemessene Lautstärke zu finden. Manche Wörter flüsterte sie nur, andere schien sie schmerzverzerrt hinauszuwürgen. Lardan erinnerte ihre Art zu sprechen, so wie sie ihre Wörter aneinanderreihte, an Formulierungen, die er in alten Schriftrollen gelesen hatte.
„Vor der Monde zwei Nachricht von Gabalrik-nuk uns Nuyu-

ki-sen erreichte." Hier verbeugte sie sich vor Gabalrik. „Hilfe Gabalrik-nuk benötigte von Nuyuki-sen. Hilfe für Gott von dunklen Lebewesen und Hilfe für Krieger mit alter Flamme, Lardan-nuk. Sey-Uce auch Gott von Ycoti, Sey-Uce sprechen in Träumen, großes Leid. Wir auch Hilfe suchen."
Nuyuki sprach mit vielen ausdrucksstarken Gesten, ab und zu schien sie sogar kurze Teile wie in einem Spiel aufzuführen. Sie erzählte von eigenartigem, veränderten Verhalten von Tieren, von schwieriger werdenden Lebensbedingungen und dass der Weg hierher zwei Ycoti das Leben gekostet hatte. Drei Nächte waren sie immer wieder von Varags, vierbeinigen Bestien angegriffen worden, mit denen die Ycoti sonst ohne Konflikte nebeneinander lebten. Nur mit einem Namen konnte Lardan nichts anfangen, immer wieder sagte Nuyuki warnend „Je-Uul", und man konnte die große Angst spüren, die sie dabei jedes Mal durchfuhr.
Dann fragte Gabalrik sie nach den Zinnen von Ziish.
„Ziish!" Wie sie den Namen dieses Ortes aussprach, klang er noch viel unheimlicher.
„Ja Nuyuki-sen, den Weg sie kennt dorthin, Aszú, tiefes Schwarz, Ycoti wissen wo, aber nicht gehen hin, Aszú, tiefes Schwarz, Nuyuki-sen, sie glaubte nie, es werde notwendig sein."
Lardan hatte diesen Namen schon einmal gehört. Man sagte, dass der Andur im Schlund von Aszú entspringe, aber noch niemand hatte die Quellen je gesehen, und viele Mythen rankten sich um den Ursprung des Flusses.
Anschließend wollte Nuyuki dann zu ihrem Schlafquartier gebracht werden und die beiden Norogai verließen die Versammlung mit ihr. Niemand anderem hätte sie außerhalb ihrer Heimat anvertraut, ihren Schlaf zu bewachen. Damit gab sie für alle das Zeichen zum Aufbruch, denn der Tag war schon

weit fortgeschritten, und alle benötigten dringend Ruhe und Zeit zum Nachdenken.

Beim Verlassen des Versammlungshauses suchte Lardan Yaur-Zcek-Uurs Nähe, weil ihn ein Gedanke besonders beschäftigte.

„Yaur-Zcek-Uur!" Der Yauborg drehte sich um.

„Ja, Lardan, nicht jetzt, lass uns später reden."

„Nur kurz. Es ist wegen Kassar."

Lardan senkte seine Stimme. „Ich glaube, er wird uns verraten."

Zu Lardans Verblüffung antwortete der Yauborg: „Ich weiß. Aber ich möchte nicht mit seinem Schicksal tauschen." Dann spreizte er seine Flügel, und mit einem kräftigen Sprung war er zwischen den Bäumen verschwunden.

17 Lardan-Kirana

Lardan und die anderen DanSaan blieben einige Tage im Dorf. Langsam heilten ihre Wunden und sie führten viele Gespräche mit den Norogai und den Dorfbewohnern. Der junge Krieger verbrachte die Tage allerdings fast ausschließlich mit seiner Schwester Kirana. Sie wanderten stundenlang durch die Wälder und erzählten sich ihre Erinnerungen. Beide hatten so viel zu berichten, Lardan über seine Erziehung im Kloster und seine Ausbildung zu einem DanSaan, Kirana wie sie sich nach dem Überfall tagelang in ihrem Versteck verkrochen und nicht gewagt hatte hinauszublicken, wie sie endlich halb verhungert von anderen Überlebenden gefunden worden war und sich allmählich die versprengten Familien dieses und anderer Clans gefunden hatten und von Gabalrik und Hokrim zu diesem Ort geführt worden waren. Sie waren glücklich, und keine noch so große Last des Schicksals konnte ihre momentane Freude trüben. Immer wieder standen oder saßen sie nur da und hielten sich fest in ihren Armen. Und doch wussten beide, dass schon bald der Tag nahen würde, an dem sich ihre Wege wieder trennen würden. Nicht mehr für lange, falls Sarianas es so wünschte, aber beide glaubten, dass sie unabhängig voneinander ihre Wege gehen mussten.

„Heute ist unser letzter Abend, morgen werden wir zu den Zinnen von Ziish aufbrechen, oder besser gesagt, wir werden versuchen, sie zu finden", meinte Lardan.

„Das ist mir nicht verborgen geblieben", seufzte Kirana, „aber jetzt weißt du ja, wo du mich finden kannst."

„Und ich werde so schnell wie möglich wieder zurück sein. Aber ich mache mir mehr Sorgen hier um dich, du weißt schon, Kassar."

„Kassar war schon immer ein heißblütiger Kerl, aber ich weiß mir schon zu helfen und es sind immer irgendwelche von meinen Leuten um mich herum."

„Kassar ist auch einer von ‚deinen' Leuten. Und ich habe dir erzählt, wie Yaur-Zcek-Uur auf meine Vermutung reagiert hat."

„Ja, ich weiß. Ich verspreche dir ja, dass ich vorsichtig bin. Aber lass uns jetzt noch einmal zum Aussichtspunkt gehen, heute ist eine sternenklare Nacht."

„Du hast ja recht, vielleicht mache ich mir wie immer zu viele Sorgen. Gehen wir."

Arm in Arm wanderten sie zum Tor des Kessels, zuerst die Stufen hinauf und dann den Gang entlang, bis sie an das obere Ende der Felswand gelangten, von wo der Tunnel zum geheimen Eingang hinunter abzweigte. Von hier aus konnte man noch ein paar Schritte weiter hinter einen Felsvorsprung gehen, wo man bequem sitzen konnte, wenn man keine Höhenangst kannte. Der Anblick war immer wieder überwältigend, aber ganz besonders in dieser kalten, sternenklaren Nacht. Friedlich und ruhig lag die Ebene schimmernd im Sternenglanz unter ihnen. Sanfte Hügel wechselten sich ab mit kleinen Wäldchen und pelzigen Ebenen. Foramar herrschte über den westlichen Teil, und die mächtige Lukantorkette grenzte die Ebene gegen Süden ab.

„Wie der Schein doch trügt", flüsterte Kirana. „Alles sieht so friedvoll aus. Als ob es nie einen Krieg gegeben hätte, nicht unzählige Dörfer abgebrannt und vernichtet worden wären. Ich verstehe es nicht und es macht mich traurig. So schön könnte das Leben sein, niemand müsste Not leiden und um sein Leben fürchten. Warum zerstören wir immer das, was wir am meisten lieben?"

Lardan seufzte. Er kannte diese Gedanken nur zu gut. „Ich weiß es nicht. Ich kann dir eine Antwort geben oder viele."

„Lardan, gibt es jemanden in deinem Leben, ich meine, ähm, gibt es eine Frau für dich, die dir mehr bedeutet als deine Gefährtinnen?"

Lardan war kurz verwundert über die plötzliche Wendung in dem Gespräch und er wusste auch nicht richtig, was er sagen sollte. Nach einer kleinen Nachdenkpause antwortete er: „Nun ja, da waren schon zwei drei, mit denen ich das Bett..."

„Nein, nein, ich meine nicht Frauen, mit denen du geschlafen hast, sondern gibt es da die eine Frau in deinem Leben, nach der du Sehnsucht hast, wenn du sie nicht sehen kannst und sie sich ihr Herz verzehrt, wenn du nicht da bist?"

Lardan war etwas verunsichert mit welcher Selbstverständlichkeit Kirana Dinge ansprach, die für ihn mit so viel Unsicherheit verbunden waren.

„Na komm schon, ich bin deine Schwester!" Lardans Nachdenkpause schien Kiranas Neugier und Geduld schon übermäßig beansprucht zu haben.
„Ich weiß nicht genau, was ich sagen soll..."
„Typisch, wenn es ums Prahlen und Geschichten erzählen geht, da seid ihr immer groß und stark, aber wenn es persönliche Gefühle trifft, da zieht ihr immer euren Schwanz ein."
„Was ist typisch, und wer ist ‚ihr' und ‚euer'?" Lardan versuchte eine kleine Gegenoffensive.
„Na ihr Männer, ist doch klar. Oder bekomme ich jetzt eine Antwort auf meine Frage, nachdem du dich so lange herumgedrückt hast?"
„Nun, eigentlich gibt es da schon eine Frau, in die ich schon seit mehreren Wintern verliebt bin, aber..."
„Aber was? Du hast ihr nichts gesagt. Sollen wir Frauen immer alles von selbst bemerken?"
„Ja, ich meine nein, schon, aber, aber sie war die Freundin meines besten Freundes."
„War? Warum war? Und was ist jetzt?"
„Jetzt?" Lardan gab sich alle Mühe, seine Stimme nicht zittrig werden zu lassen, aber er konnte sich jetzt nicht mehr zurückhalten. Schon lange hatte er all das tief in sich vergraben und jetzt, als er es endlich einmal laut ausgesprochen hatte, brachen alle seine Gefühle auf einmal auf. „Jetzt, jetzt ist er wahrscheinlich mein ärgster Feind, UrSai. Er hat das getan, was auch mir bestimmt gewesen wäre. Er ist in die Höhlen des KorSaan gegangen. Wir waren schon gemeinsam dort, sind aber nie weit vorgedrungen und einmal hat er mir dort sogar das Leben gerettet." Lardan begann zu schluchzen.
Kirana nahm in die Arme und versuchte ihn zu trösten und zu beruhigen. Er hatte so einen starken, positiven Eindruck auf sie gemacht und jetzt erst erkannte sie, dass der große Held

Lardan, der Flammar wiedergefunden hatte, nur ein kleiner Teil von dem Lardan war, der ihr Bruder war. Sie musste nichts mehr sagen, denn die Worte sprudelten nur so aus ihm heraus, unterbrochen von Tränen-aus-den-Augen-reiben oder die rinnende Nase putzen.

„Und am letzten Abend, bevor wir aufgebrochen sind, ist Sileah zu mir gekommen und hat bei mir übernachtet. Seither kann ich sie nicht mehr aus meinen Gedanken verdrängen. Aber jetzt bist du dran. Wie viele Verehrer hast du an deiner Leine?"

Kirana überlegte kurz, indem sie vorgab, mit den Fingern ihre Liebhaber zu zählen.

„Zehn, zwölf, so genau weiß ich es nicht", kicherte sie.

Lardan schaute sie mit seinen verweinten Augen verwundert an.

„Entschuldige ‚großer' Bruder, war ja nicht ernst gemeint, aber einen besonderen gibt es schon." Ein sehnsüchtiger Seufzer entkam Kiranas Mund.

„Sag, schon, mach es nicht so spannend. Kenne ich ihn?"

„Ja, du hast ihn schon kennengelernt."

„Dann weiß ich, wer es ist."

„Nein, das glaube ich nicht, wie solltest du es wissen, niemand im Dorf weiß davon."

„Ich bin ja nicht blind, es ist..."

Plötzlich hielt ihm Kirana den Mund zu und deutete auf ihre Ohren. Lardan verstand sofort und im nächsten Augenblick war es nicht mehr zu überhören, dass jemand aus Richtung des Dorfes näherkam. Es war sehr bald klar, dass es kein Liebespärchen war, denn man konnte sehr deutlich mehrere Männerstimmen flüstern hören. Kirana deutete fragend mit den Fingern ‚drei' und Lardan bestätigte das mit einem leichten Kopfnicken. Sie standen auf und drückten sich mit dem Rü-

cken an die Felswand. So konnten sie nicht sofort gesehen werden, auch wenn jemand den Feldvorsprung betreten würde. Die Stimmen kamen näher und Lardan vermeinte gerade eine zu erkennen, da formte Kirana mit den Lippen einen Namen, ja natürlich, es war Kassar.
„Wir hätten ihn töten müssen, so gefährden wir die ganze Aktion", sagte ein zweiter Mann.
„Bist du wahnsinnig, ich kann doch nicht meinen eigenen Bruder töten!"
„Bis die ihn finden, ist alles vorbei. Und ich habe ihn gut verschnürt."
Kirana zuckte zusammen, als sie das hörte. Die Männer sprachen über Kamar, Kassars Bruder.
Fieberhaft überlegte Lardan, was nun zu tun sei. Nach kurzen Überlegungen war für ihn klar, dass er Kassar und seine Kumpane aufhalten müsse, da spürte er Kiranas Hand, die ihn sanft, aber bestimmt zurückhielt und den Kopf schüttelte. Die drei mussten nun kurz vor dem Abgang angelangt sein, denn Lardan und Kirana hatten deutlich verstehen können, was sie gesagt hatten.
Die Stimmen wurden jetzt wieder leiser. Lardan und Kirana warteten noch einige Zeit, bis sie Gewissheit hatten, dass sie außer Hörweite waren, dann überlegten sie, was sie nun tun sollten. Sie wussten, für was auch immer sie sich entschieden, sie würden schnell handeln müssen.
„Was tun wir? Schleichen wir ihnen nach, oder warnen wir zuerst das Dorf? Wir könnten uns trennen, oder..." Lardan ging die Möglichkeiten durch, bis Kirana ihn unterbrach. „Wir müssen zu Gabalrik, er kann den geheimen Öffnungsmechanismus versiegeln. Es wird dann zwar ein, zwei Monde dauern, bis wir einen neuen Ausgang gegraben haben, aber wir wären zumindest sicher."

„Das ist gut. Ich schlage vor, du holst Gabalrik und suchst deinen verschnürten Freund", Lardan konnte ein verhaltenes Schmunzeln nicht zurückhalten, „und ich halte hier inzwischen Wache."
Kirana nickte und zeigte Lardan einen versteckten Hebel.
„Falls sie schneller zurück sind, als uns lieb ist, zieh diesen Hebel, dann stürzt ein Teil der steinernen Treppe ungefähr vierzig Schritt von hier ein. Und kein Wort zu den anderen wegen Kamar, versprochen?"
„Versprochen, aber informiere zuerst Gabalrik, bevor du deinen Liebhaber befreist, versprochen?"
Die Blitze, die aus Kiranas Augen zuckten, bevor sie sich wortlos umdrehte und Richtung Dorf lief, sagten ihm, dass er den Bogen vielleicht etwas überspannt hatte.

Es dauerte nicht sehr lange und ein aufgeregter Gabalrik war, zusammen mit einem Dutzend anderer Bewaffneter, bei Lardan angelangt und gemeinsam stiegen sie die lange Treppe hinunter. Auch Yaur-Zcek-Uur und einer seiner Yau-Xuok-Gefährten schwangen sich von der Plattform in die Tiefe, um einerseits noch zu versuchen, die Wachen jenseits der Geheimtür zu warnen und vielleicht die Spur Kassars und der anderen Verräter zu verfolgen.
Während des Hinuntersteigens musste Lardan noch einmal genau berichten, was er alles gesehen und gehört hatte. Unten angekommen verlor Gabalrik keine Zeit. Wie immer hatte Hokrim die benötigten Utensilien mitgebracht und assistierte dem Norogai. Lardan und die anderen bezogen in einem Halbkreis außerhalb des Eingangs Stellung, um ihn vor Eindringlingen zu beschützen. Sie versuchten, mit den Wachen außerhalb des Eingangs durch die vereinbarten Zeichen Kontakt aufzunehmen, jedoch bekamen sie keine Hinweise, dass sie

bemerkt worden waren.
„Wir müssen erfahren, was mit ihnen passiert ist. Wir können sie nicht einfach im Stich lassen", sagte einer der Männer.
„Aber es ist viel zu gefährlich, wenn wir uns jetzt vom Eingang wegbewegen, um sie zu suchen. Vielleicht erwarten die Verräter genau das von uns.
„Yaur-Zcek-Uur hat gesagt, dass er zuerst versuchen wird, die Wachen zu warnen. Entweder melden sie sich nicht, weil sie schon tot sind oder weil sie von den Yau-Xuok schon in Sicherheit gebracht wurden."
Diese Argumente Lardans beruhigten die Clanmänner und sie wendeten ihre volle Aufmerksamkeit wieder der Bewachung des noch offenen Eingangs zu. Es herrschte aufmerksame, gespannte Ruhe, denn niemand vermochte vorauszusehen, was als nächstes geschehen würde. Nach einer für Lardan halben Ewigkeit gab Gabalrik zu verstehen, dass er seine Beschwörungen beendet hatte und winkte das Zeichen zum Rückzug.
„So, niemand wird je hier einen Eingang finden, so wahr ich, Gabalrik vom Volk der Norogai, hier stehe." Dann vollendete er seinen Ritus und instruierte die Männer anhand eines Plans, wo sie später einen neuen Tunnel in den Felsen treiben sollten, da er und Hokrim ebenfalls morgen mit Lardan und den anderen zu den Zinnen von Ziish aufbrechen wollten. Einer der anderen Norogai, die hier lebten, würde ihnen zur Seite stehen.
Mit einem mulmigen Gefühl in der Magengegend stieg Lardan die Stufen zum Lager hinauf. Es wäre ihm viel lieber gewesen, könnte er die nächsten Tage noch hier im Lager verbringen, um den weiteren Verlauf beobachten und eventuell mitgestalten zu können. Doch die Dorfgemeinschaft beschloss, die Wachen ab sofort Tag und Nacht zu verstärken. Ein Gefährte Yaur-Zcek-Uurs kehrte mit der Nachricht zurück, dass sie alle drei Wachen mit durchschnittener Kehle aufgefunden hatten.

Er teilte weiters mit, dass sie keine anderen Spuren von Kassar und seinen Gefolgsleuten gefunden hatten, aber dass Yaur-Zoek-Uur noch weiter nach Osten fliegen wollte, um vielleicht mehr Informationen finden zu können.

Lardan suchte noch nach Kirana um ‚gute Nacht' zu sagen, aber der Lichtschein, der aus ihrer Hütte drang, brachte ihn zu der Einsicht, dass sie Kamar wahrscheinlich doch gefunden hatte und so stapfte er zu seiner Unterkunft, um noch ein paar Stunden Schlaf zu finden.

18 Karah-Lirah

Am KorSaan verlief ein Angriffstag wie der vorherige. Karah hatte nicht das Gefühl, dass ihre Gegner schon die ganze Macht ausschöpften. Die ersten Angriffe waren viel erbitterter geführt worden, so als ob man ihre Stärke und Widerstandskraft hatte testen wollen. Jetzt lag die Brüstung zwar immer unter Beschuss, aber es kam nur zu vereinzelten Vorstößen um die Mauer zu stürmen.

Der Morgen dämmerte. Allmählich kam Leben in das improvisierte Feldlager. Irgendeine kleine Schramme hatte jede und jeder abbekommen. Alle versorgten, so gut sie konnten ihre und die Wunden derer, die sich nicht gut selbst helfen konnten, prüften die Waffen, versuchten das schartige Schwert oder die stumpf gewordene Streitaxt zu schärfen. Die Bogenschützen sammelten Pfeile ein und die, die gerade nichts zu tun hatten, riefen ihre Götter an. Obwohl das Treiben immer lebendiger wurde, ging alles sehr leise vonstatten. Kein lautes Klagen und Schreien konnte man hören, die Verwundeten ertrugen ihre Schmerzen schweigend.

Karah war schon vor Lirah auf der Brüstung. Sileah war noch immer nicht erwacht, obwohl Elessa alles versucht hatte ihr zu helfen. Sie hatte verstaubte Folianten wieder hervorgekramt und studierte sie Tag und Nacht, um vielleicht doch noch einen Hinweis für ihre Heilung zu finden. Aber bis jetzt war alles umsonst.

Der heutige Tag würde wieder einen heftigeren Ansturm bringen, denn der Blick auf den grau verhangenen Himmel ließ Schlimmstes befürchten. Die letzten Angriffe hatten ja gezeigt, dass die Yauborg die Sonne nicht vertrugen, aber momentan sah es so aus, als ob das Wetter den DanSaan nicht gewogen wäre.

Die Kämpferinnen und Kämpfer waren bereit. Karah hatte den Eindruck, dass alles mittlerweile viel reibungsloser ablief. Alle schienen ihre Aufgaben zu kennen, kannten ihre Posten, wussten, wo ihre Einheit stationiert war. Das Durcheinander der ersten Tage war einer fast konzentrierten Ordnung gewichen. Die Bauern, Handwerker und alle anderen einfachen Leute, die auf den KorSaan geflohen waren, hatten sich daran gewöhnt, von einer Frau befehligt zu werden und sie hatten innerhalb der wenigen Tage, die sie hier heroben verbracht hatten, ihre Vorurteile und manche auch ihre Abneigung gegenüber den DanSaan abgelegt.

Nach einer Weile kam auch Lirah auf den Turm und berichtete, dass es in der Nacht einige wenige Versuche von Yauborg gegeben hatte, an anderen Stellen auf die Hochebene zu gelangen, aber dass es keine größeren Probleme gegeben hatte, diese Unterfangen zurückzuschlagen. Die beiden konnten auch erkennen, dass sich schon einige Mütter mit ihren Kindern in Richtung Osten, zur Korbstation bewegten.

„Ich bin froh, wenn sich so viele Familien wie möglich bald auf den Weg nach Gara machen, hier heroben, so leid wie mir das tut, ist leider keine sichere Zuflucht mehr für sie. Wer hätte das gedacht, dass der KorSaan je angegriffen würde!"

„Du hast recht", antwortete Lirah, „nicht einmal SanSaar hatte diese Entwicklung vorausgesehen."

Die ersten Pfeile flogen schon in Richtung der Brüstung, aber noch waren die Gegner zu weit weg, um das Feuer zu erwidern. Karah konnte beobachten, dass dieses Mal niemand voreilig seine Pfeile verschoss, sondern alle auf das Kommando ihrer jeweiligen Führerin warteten. „Sie haben schnell gelernt, die taktische Disziplin ist schon um vieles besser. Ich glaube, wir werden unseren Gegnern doch länger trotzen, als diese glauben", sagte Karah.

„Ja, du hast recht, aber sie hatten auch die besten Lehrmeisterinnen, oder?", gab Lirah zurück.

Dann begannen wieder die Kriegstrommeln zu schlagen und die erste richtige Angriffswelle brandete gegen die Mauern. Die Gegner hatten jetzt schon mehrere überdachte Wägen und sonstige Schutzvorrichtungen, um möglichst ohne Verluste nahe an die Mauern und zum großen Tor zu gelangen. Die Belagerungsgeräte waren bisher immer sehr leicht in Brand zu schießen gewesen, aber dieses Mal wuchs die Besorgnis von Lirah und Karah sehr schnell, als sie erkannten, dass die Brandpfeile plötzlich fast keine Wirkung mehr zeigten. „Karah, siehst du das, irgendetwas haben sie verändert, das Holz fängt nicht mehr zu brennen an", rief Lirah besorgt. Inzwischen prasselten auch auf sie beide Schauer von Pfeilen und anderen Geschossen, aber die Schildträgerinnen deckten sie immer rechtzeitig mit ihren großen, viereckigen Schilden ab.

„Riechst du es nicht, Pisse! Sie haben die Lederhäute in Pisse getaucht. Darum sind unsere Pfeile fast wirkungslos. Und sieh dort hinten!" Karah zeigte mit ihrer Linken zum Lager der Feinde. Ein riesiger, zweigeschossiger, überdachter Rammbock schob sich langsam knirschend der Brücke näher. Karah, Meisterin der Schlachten, überlegte nicht lange, dann erteilte sie ihre Befehle. Nur einmal blickte sie fragend zu Lirah, die, ohne zu überlegen kurz nickte.

„Ich möchte, dass du, Lirah, zur westlichen Brüstung gehst und der Befehlshaberin dort persönlich den Befehl erteilst, die Brücke in Brand zu stecken, sobald der Rammbock auf die Brücke fährt. Und Sh'Suriin möge uns helfen, dass es gelinge. Ich werde von hier die nötigen Vorkehrungen überwachen."

Inzwischen wurden Karahs Befehle ausgeführt, ein großer Teerkessel wurde heraufgeschafft, ebenfalls große Steine, diverse lange Stoß- und Wurflanzen und drei Truppenabteilungen bezogen ihren neuen Stellungen, je ein Trupp links und rechts des Turms auf den Brüstungen und eine Abteilung direkt oberhalb des Tores.

Die ersten wagemutigen Angreifer hatten es inzwischen bis zu den Mauern geschafft und versuchten wie üblich Leitern anzulegen oder Seile mit Haken über die Brüstung zu werfen, gedeckt von ununterbrochenen Pfeilwolken. Vereinzelt erklommen auch Yauborg die Mauern, aber ihr Schicksal endete bei allen ähnlich, zerhackt, durchbohrt oder aufgeschlitzt.

Langsam, aber beständig kam das Belagerungsgerät näher. Eigentlich sah es wie ein längliches Holzhaus aus, gezogen von ein paar großen Baykus, aber unter dem Dach war ein beweglicher Rammbock mit einer eisernen Spitze befestigt, der von zwanzig Männern vor- und zurückbewegt werden konnte.

Ihr werdet es zwar bis hierher schaffen, aber kommt nur, dachte Karah, *kommt nur, hier unter meinem Turm werdet ihr nicht durchbrechen, das kann ich euch versprechen.*

Obwohl er noch nicht die Brücke erreicht hatte, war der Rammbock schon mit brennenden Pfeilen und Speeren gespickt, aber außer, dass ein paar unvorsichtige Männer getroffen wurden, die sehr schnell ersetzt waren, ließ sich der Zug von nichts aufhalten. Karah hoffte, dass Lirah die nötigen Befehle schon erteilt hatte und dass alle Vorbereitungen auch getroffen worden waren, die Brücke schnell in Brand setzen zu können, um so den Rammbock in eine lodernde Fackel zu verwandeln.

Inzwischen hatte sich der Kampf an der Mauer verschärft. Der Angriff der Bergclans wurde immer vehementer, die Zahl der Yauborg nahm zu, immer öfter erreichten kleine, angreifende Gruppen die Brüstung und konnten sich sogar für eine kurze Weile halten. Der Himmel schien sich auch immer mehr zu verdunkeln, von Norden zogen schwarze Gewitterwolken über die Berge und es machte den Eindruck, als ob es jeden Augenblick in Strömen zu regnen anfangen könnte.

Lirah, bitte beeile dich, die Brücke muss brennen, bevor es zu regnen anfängt, dachte Karah. Sie wusste aber, dass sie bestimmt warten musste, bis der ganze Rammbock auf der Brücke war, um so natürlich den größtmöglichen Schaden anzurichten.

Vereinzelt erreichten Yauborg jetzt auch schon die Brüstung, auf der Karah stand, aber inzwischen befanden sich schon dutzende andere Kriegerinnen und Kämpfer auf dem Kommandoturm, sodass sie noch nicht selbst in den Kampf eingreifen musste. Hektisch erteilte sie Befehle, Meldegänger hetzten hin und her, die Meisterin der Schlachten versuchte den Überblick zu behalten, aber die noch immer nicht brennende Brücke ließ sie unruhiger und unruhiger werden. *Warum gibt es hier keine Zugbrücke, die könnten wir jetzt einfach hochziehen und das Problem wäre gelöst.*

Der Rammbock hatte jetzt fast die Brücke erreicht und gleichzeitig verstärkte auch die Hauptstreitmacht ihren Angriff auf

Mauer und Tor. Es schüttete inzwischen in Strömen und das hölzerne Ungetüm war unter heftigstem Beschuss, aber unaufhörlich und gnadenlos rollte es näher, Schritt um Schritt. Die Verteidiger warfen große Felsblöcke von der Brüstung, in der Hoffnung, dass sie das Weiterkommen des Rammbocks behindern würden. In den drei großen Kesseln, die ebenfalls auf den Turm gebracht worden waren, brodelte schon das schwarze Pech. Dieses sollte aber erst ganz zum Schluss, falls alle anderen Maßnahmen sich als wirkungslos erweisen sollten und der Rammbock doch zum Tor käme, eingesetzt werden.

„Schießt jetzt", brüllte Karah, wohl wissend, dass ihren Ruf im Schlachtenlärm niemand hören würde. Der Wagen rollte jetzt über die Brücke und fast gleichzeitig zuckten die ersten Blitze. Karah blickte schnell rundum und versuchte, sich kurz einen Überblick über das Geschehen hier zu machen. „Vinja, du übernimmst das Kommando hier, ich muss zur Brüstung hinüber, ich habe ein ungutes Gefühl", befahl Karah und gab ihren Schildträgerinnen ein Zeichen ihr zu folgen. Sie hetzte die steinernen Treppen hinunter, ohne Rücksicht auf die nach oben steigenden Kämpferinnen, die teilweise recht unwirsch gegen die Mauer gedrängt wurden. Aber dieses beklemmende Gefühl nahm immer mehr von Karah Besitz und sie war wütend über sich selbst, dass sie nicht früher auf ihr innerstes Gespür gehört hatte. Sie stürzte zur Tür hinaus in ein Gewühl von Leuten, die alle hektisch umherirrten. Schreiende Verwundete wurden auf Tragbahren in die Zelte der Heilerinnen geschleppt und Truppenteile hasteten von einem Ort zum anderen, um Lücken zu füllen oder einer anderen kämpfenden Abteilung eine kurze Verschnaufpause zu gewähren.

Karah hetzte jetzt nicht mehr durch die Massen, sondern ging aufmerksam mit all ihren DanSaansinnen suchend und forschend durch das Gewühl. Da sie ja wusste, was Lirah vorhatte, versuchte sie ihren Weg nachzugehen. Sie hielt auf den nördlichsten Zugang zur Brüstung hin, denn von dort aus konnte man am besten auf die Brücke schießen und dort warteten sicherlich auch die besten Bogenschützinnen. Mit einem Male zuckte sie zusammen, denn ein ohrenbetäubender Lärm gefolgt von lautem Geschrei erfüllte die Luft.

Lirah! Die Brücke! dachte Karah erleichtert. Sie konnte auch schon Rauchwolken über der Mauer aufsteigen sehen. *Sh'Suriin sei Dank, sie brennt endlich.*

Gar nicht mehr hastig stieg sie eine der steilen Leitern zur Brüstung hoch und lugte vorsichtig hinter einem Mauerblock in Richtung Brücke. Erleichtert sah sie, wie der Hauptteil des hölzernen Übergangs trotz des jetzt heftigen Regens in alles verzehrenden Flammen stand und mitten im Herd des Feuers der Rammbock loderte. Brennende Baykus versuchten wie wild sich von den Zugseilen loszureißen, in Flammen stehende Krieger stürzten sich schreiend in den Abgrund.

Aber wo war Lirah? Jetzt erst bemerkte Karah, dass sie ihre Gefährtin nirgends sah. Sie zog ihr Schwert und rannte in Richtung des Turms, wo immer wieder am erbittertsten gekämpft wurde. Erneut beschlich Karah ein ungutes Gefühl. Diversen Angreifern widmete sie nur so wenig Aufmerksamkeit wie möglich, indem sie ein, zwei Schläge parierte oder versuchte, den Hieben auszuweichen. Ihre Hauptaufmerksamkeit galt Lirah, die irgendwo im Kampfgetümmel zu finden sein musste. An der umkämpftesten Stelle konnte sie Kehed erkennen, wo er wie ein Turm im Kampfesgewühl stand. Karah kämpfte sich den Weg frei zu ihm, und zwischen Paraden und Riposten fragte sie ihn, ob er Lirah irgendwo gesehen hatte.

„Und wer erteilte den Feuerbefehl auf die Brücke?", brüllte sie Kehed zu, immer noch geistesabwesend die Hiebe der Angrei-

fer parierend. Sie wusste, dass ihre Leibwachen sie gegebenenfalls mit ihren Leben schützen würden.
„Ich, ich erteilte meiner Truppe den Feuerbefehl. Oder besser, ich überzeugte sie davon, endlich zu schießen!"
Wortlos drehte sich Karah um und rannte aus der Kampfzone, die Leitern hinunter. Unten angekommen schickte sie sofort alle verfügbaren DanSaan auf die Suche nach Lirah, mit dem Befehl, sie sofort bei etwaigen Neuigkeiten zu unterrichten. Nervös eilte sie zum Hauptturm zurück. Sie wusste, dass sie dort dringend gebraucht wurde und dass sie für Lirah momentan sowieso nicht viel mehr tun konnte.
Oben angekommen sah sie gerade noch, wie rechter Hand das brennende Gebälk des Rammbocks in sich zusammenstürzte. Es war, als ob die Schlacht, das Kampfgetümmel für einige Augenblicke innehielt, so beindruckend war dieser Todeskampf auf der Brücke.
Doch dann entbrannte die Schlacht von Neuem. Und Karah wusste, dass noch eine weitere Verschärfung der Situation eintreten würde, denn sie war sich sicher, dass der Kampf heute nicht mehr mit Einbruch der Dunkelheit abgebrochen werden würde, sondern dass die Angreifer, wenn auch sicherlich nicht so heftig, auch während der Nacht den KorSaan bestürmen würden. Aber momentan hatten sie alles unter Kontrolle. Nirgends drohte den Verteidigern Gefahr überrannt zu werden, überall hielten die Stellungen.
Blitze zuckten vom Himmel, Donner explodierten fast ununterbrochen, Regen und Sturm peitschten inzwischen so stark, dass sich die Bergclankrieger vom Kampfgetümmel zurückgezogen hatten, nur die Yauborg spornte das Wetter scheinbar noch an, so wild und verbissen, wie sie plötzlich angriffen. Der schwere Regen und der Sturm machten das Kämpfen noch viel aufreibender und ermüdender. Wurf- und Geschosswaffen

konnten überhaupt nur mehr auf ganz kurze Distanzen eingesetzt werden, noch dazu blies der Orkan den Verteidigern ins Gesicht. Durchnässte Lederkleidung machte jeden Hieb doppelt so anstrengend und das Regenwasser, das sich mit dem vielen Blut vermengte, bildete am Boden eine glitschigschmierige Oberfläche, die jeden festen Stand verhinderte.

Das alles jedoch schien den Yauborg nichts anzuhaben, im Gegenteil, sie wurden immer rasender und aufgebrachter. Und mit einem Mal wurden die noch vor kurzem sicheren Stellungen immer wieder durchbrochen und konnten nur mit hohem Blutzoll wieder geschlossen werden. Karah glaubte ihren Augen nicht zu trauen, so schnell hatte sich die Situation zu ihren Ungunsten verschlechtert. Die Yauborg kämpften so verbissen, als wäre nicht nur vor ihnen der Feind, sondern auch hinter ihnen.

Inzwischen waren alle Feuerstellen erloschen. Karah, die beschäftigt war, überall, wo Not an Kämpfern war, die Hilfs- und Reservetruppen hinzubeordern, wurde plötzlich von einer hysterisch schreienden DanSaan an die Brüstung gerufen. Zitternd zeigte diese mit ihrem Schwert nach Westen, wo die Straße hinunter in die Ebene führte. Zuerst konnte Karah nicht erkennen, was der Kriegerin solch Angst und Schrecken eingejagt hatte, aber langsam konnte sie auch sehen, was für eine Kreatur sich da langsam aus dem Unwetter schälte. Ein riesiger Gotha stampfte Schritt für Schritt den Weg herauf. Karah hatte schon einmal in ihrem Leben einen Gotha gesehen, aber dieser sah anders aus. Er trug eine gewaltige Rüstung aus metallenen Platten, gespickt mit scharfen Zacken und Spitzen. Zuerst ging er auf allen Vieren, aber kurz vor der steinernen Brücke richtete er sich auf seine Hinterbeine auf, begleitet von einem markdurchdringenden Röhren, gestützt von seinem riesigen Schwanz. Karah wusste, dass sie schnell handeln musste, sonst

würde dieses Ungetüm ohne weiteres das Tor zerschmettern.
"Ist wohl eine Sache zwischen uns beiden", sagte sie zu sich selbst.
Dann wandte sie sich zu einer ihrer Schildträgerinnen: "Bring mir meine Waffe, schnell!" Die Betonung lag auf ‚meine' und dadurch wusste die Kriegerin genau, was gemeint war.
Dann wandte sie sich an Vinja: "Du sorgst dafür, dass mir niemand in die Quere kommt. Nimm mit, wen und wie viele du brauchst. Wir gehen hinaus. Der Gotha darf den steinernen Bogen nicht überqueren." Geschockt stand die DanSaan mit offenen Augen und Mund wie angewurzelt da.
"Jetzt", brüllte Karah, während sie sich schon auf den Weg nach unten machte. Der Sturm peitschte weiterhin und verwandelte die Regentropfen in lauter stechende Nadeln, die fast horizontal daherschossen. Am Ende des Aufgangs wartete Nareba schon mit Karahs Waffe. Lynn wäre vielleicht als einzige außer Karah fähig gewesen, diese Waffe zu führen. Ein zwei Schritt, fast armdicker metallener Stab, an dessen Enden armlange, halbmondförmige Klingen aufgesetzt waren.
Schnell legte die Meisterin der Schlachten ihre Rüstung ab, denn sie wusste, falls sie ein Schlag des Gothas treffen würde, würde ihr auch die Rüstung keinen Schutz bieten. Und ohne sie war sie speziell bei diesem prasselnden Regen viel gewandter und behänder. Nur ihre schweren, beschlagenen Handschuhe behielt sie an, um ihre Waffe besser im Griff zu haben. Sie ließ ihren klingenbewehrten Stab ein paar Mal um ihren Körper kreisen, dann gab sie das Zeichen, das Tor zu öffnen.
Links und rechts von ihr stürmten Kriegerinnen hinaus und deckten die Flanken. Dann trat Karah, ihren Kampfstab mit beiden Händen über ihren Kopf haltend, hinaus und brüllte in der Kampfsprache der DanSaan die Worte der Herausforde-

rung, die trotz des ohrenbetäubenden Lärms, den der Sturm und der Regen machten, über die Ebene hallten.
Die Yauborg waren verblüfft, als plötzlich das Tor aufging und eine Truppe DanSaan mit Karah an der Spitze, hinausstürmte. Wie eine Sense im späten Sommer hielten sie blutige Ernte unter den Angreifern und pflügten zum steinernen Übergang. Dort bildeten sie einen halbkreisartigen Brückenkopf. Karah begab sich ein paar Schritte in Richtung der Mitte des steinernen Bogens. Überall lagen noch verkohlte Reste der Holzbrücke, angesengte Leichenteile und anderes kaputtes Kriegsgerät. Schnell versuchte sie sich die Hindernisse einzuprägen, damit sie sie im Kampf vielleicht zu ihren Gunsten ausnutzen konnte oder sie ihr zumindest nicht unerwartet im Weg waren.
Obwohl der Gotha schwerfällig aussah, vermutete Karah, dass dieses Monstrum nicht nur die Kraft von einem Dutzend Kriegerinnen besaß, sondern sich auch sehr schnell bewegen konnte, besonders, wenn es auf allen Vieren lief. Sie wusste, dass sie den Kampf nicht nur gegen einen Gegner focht, vielmehr musste sie die zwei Vorderpranken beachten, dann den hörnerbewehrten Schädel, das mit unzähligen, dolchähnlichen Zähnen bewehrte Maul und den sehr beweglichen, mit langen Dornen versehenen Schwanz.
Aufrecht stakste das Ungetüm auf Karah zu. Langsam ließ sie ihre Waffe wie einen beweglichen Schild um ihren Körper kreisen. Es war wichtig, den schweren Stab immer in Bewegung zu halten, nur so konnte sie schnell und effektiv reagieren. Karah wusste zwar, dass die Zeit gegen sie sprach, denn sie würde sicherlich keinen langen Kampf gegen den Gotha durchhalten, aber sie wollte trotzdem bei den ersten Schlagabtäuschen defensiv agieren, um ihn so besser studieren zu können und vielleicht so seine Schwachstelle zu entdecken.

Ein kurzer Blick versicherte Karah, dass ihre DanSaan die Stellung halten konnten, obwohl das Unwetter verhinderte, einen Überblick über das gesamte Kampfgeschehen zu gewinnen. Sie wurden zwar von allen Seiten bedrängt, aber diese Art zu kämpfen, in einer Gruppe, mit ausreichend Platz und gegen mehrere Gegner, da waren die DanSaan am stärksten.
Die erste Attacke des Gothas kam für Karah nicht unvermutet. Er ließ sich mit seiner ganzen Wucht auf seine Vorderpranken fallen, um sie mit seinem Gewicht zu zermalmen. Aber Karah reagierte sofort mit einer Serie von Rückwärtssalti. Der Gotha drehte sich blitzschnell zur Seite, um seinen Dornenschwanz in einem Halbkreis nach vorne zu schmettern. Karah sprang auf einen kleinen Felsbrocken, um sich daran abzustoßen und hechtete mit einem gewaltigen Satz zu seinen Hinterbeinen. Eine schnelle Serie von Hieben, links und rechts, mit ihrem Kampfstab folgte. Karah merkte, wie ihre ersten Schläge an der Panzerung des Gothas abprallten, erst der letzte Schlag durchschlug eine hornige Platte am Schwanzansatz.

Überall wogten die Kämpfe, so achtete niemand darauf, als sich hoch über den Zinnen des KorSaan, scheinbar mitten aus dem dunklen Felsen eine Gruppe geflügelter Wesen herauslöste und die Steilwand hinunterschoss. Kurz vor dem Aufprall breiteten sie nacheinander ihre Flügel zu voller Spannweite aus und jagten in Formation knapp über den Boden hinweg, um danach noch einmal steil hinaufzusteigen. Sie kreisten noch ein paar Runden, dann landeten sie hinter den Klostermauern. Als die zweieinhalb Schritt großen, geflügelten Gestalten von den ersten Leuten bemerkt wurden, brach sofort hysterische Panik aus, obwohl sich die Fremden nicht feindselig benahmen. Der offensichtliche Anführer der Gruppe zögerte nicht lange, mit ein paar Schritten stand er hinter einem schreienden jungen Mann und packte ihn. In einem eigenartigen Gurgeln presste er dann die Frage hervor: „Wo ist das Haus der Heilerin, schnell." Obgleich der junge Bauer schon Tage auf der Brüstung der Mauer gekämpft hatte, war er sich jetzt sicher, dem Tod sehr nah zu sein. Stotternd brachte er nur ein: „Ddddort, dddort", heraus und zeigte mit der Hand zum Haus von Elessa hinauf, der Meisterin des Heilens.

„Danke", gurgelte Yaur-Zcek-Uur und setzte ihn sanft auf den Boden. Dann eilten er und seine Gefährten die Gasse hinauf zu Elessas Haus. Links und rechts des Weges lagen unzählige Verwundete auf Holzpritschen, nur durch Planen notdürftig von der Unbill des Wetters geschützt.

Als der Zug der riesigen, geflügelten Fremden die Stufen hinaufschritt, da verstummte sogar das Stöhnen und Wehklagen der Schwerverwundeten. Die Panik der Leute war zwar inzwischen gewichen, aber die meisten glaubten, ihren Sinnen nicht mehr trauen zu können. Waren das die sagenumwobenen Herrscher der alten Welt vor hunderten von Wintern, von denen in den Mythen erzählt wurde oder die in einigen wenigen Liedern besungen wurden?

Unbeirrt vom ungläubigen Gaffen der Leute stiegen die Yau-Xuok die letzten Stiegen zu Elessas Haus hoch, die aufgeschreckt vom Tumult in der Gasse trotz des tobenden Unwetters bereits breitbeinig vor der Tür stand. Yaur-Zcek-Uur verneigte sich nach seiner Art zum Gruße und blickte der Heilerin tief in ihre Augen, als ob er auch auf diesem Wege eine Botschaft übermitteln wollte. „Ich kann ihrrrr helfen, lass mich zu ihrrr?"

Elessa erwiderte seinen Gruß und deutete, ihr zu folgen. „Aber nur du und ein zweiter", schränkte sie ein.

Yaur-Zcek-Uur nickte, und die beiden traten ein. Sofort ging er zu Sileah und legte seine großen Hände an je eine ihrer

Schläfen. Dann schienen sich die beiden Geflügelten in ihrer Sprache zu beratschlagen, das glaubte zumindest Elessa, die aufmerksam zuhörte, obwohl sie natürlich kein Wort verstand.
„Ich komme gleich wiederrrr", sagte der Anführer dann zur DanSaan, trat vor die Tür und befahl seinen Gefährten: „Ich brauche eine Stunde Zeit. Stellt sicher, dass ich sie habe. Der Augenblick, auf den wir so lange geduldig gewartet haben, ist nun gekommen. Zeigt Sh'Uam-tar, dass er noch einen Feind mehr zu bekämpfen hat." Trotz des heftig tobenden Sturms erhoben sich die Yauborg scheinbar mühelos in die Lüfte und drehten in Richtung der umkämpften Mauer ab.

Yaur-Zcek-Uur ging zu Sileah zurück, an deren Seite der andere Yauborg noch immer wartete. Er bat Elessa, Sileah nackt auszuziehen und sie auf den Boden zu legen. Dann drehte der Yauborg sie so, dass ihr Kopf genau nach Norden wies. Danach reichte ihm sein Gefährte eine steinerne, mit Wasser gefüllte Schale, in die Yaur-Zcek-Uur stark duftende Kräuter und Blüten hineintauchte. Er platzierte sie hinter Sileahs Kopf. Zu ihren Füßen und Händen stellte er je eine brennende Kerze. Danach nahm er das Amulett, das er um seinen Hals trug und legte es zwischen Sileahs Brüste. Es war ebenfalls ein violett geschliffener Stein, der in ein silbriges Metall gefasst war. Darin eingelassen waren eine Vielzahl von Zeichen und Runen. Nun reichte ihm der zweite Yauborg einen Tiegel mit einer schwarzen, übelriechenden Farbe und einen Borstenpinsel. Dann begann er, begleitet von einem monotonen Gesang, Sileahs Körper mit Linien und Zeichen zu bemalen.

19 Karah-Yaur-Zcek-Uur-Sileah

Die Schlacht wurde immer unerbittlicher. Angespornt von ihrem ebenfalls kämpfenden Anführer verbissen sich die Yauborg regelrecht in ihre Gegner. Blitze erhellten nur für kurze Zeit den von schwarzen, drohenden Wolken verhangenen KorSaan. Der grollende Donner übertönte sogar den Schlachtenlärm und der Regen peitschte gnadenlos auf die entstellten Fratzen und zerhackten Körper der Gefallenen.
Karah focht den Kampf ihres Lebens. Ihr Kampfstab war ein Wirbelsturm, der rund um sie tobte, sie hechtete, sprang, duckte sich, als ob sie den Gotha zum Tanz auffordern würde, um ihn dann sofort wieder zurückzuweisen. Aber so sehr auch ihre Kampfkunst und Taktik dem riesigen Ungetüm überlegen war, so war es doch ein aussichtsloser Kampf gegen die rohe Urgewalt, mit der die Schläge und Hiebe niederprasselten. Der Gotha blutete zwar schon aus zahlreichen Wunden, aber Karah war sich nicht einmal sicher, ob er überhaupt Schmerz empfand, so unerbittlich strebte er Schritt für Schritt langsam auf das große Tor zu.
Die anderen Kriegerinnen der DanSaan, die rund um Karah kämpften, wurden ebenfalls stetig zurückgedrängt, sodass der Halbkreis, in dem die beiden ihren Kampf ausfochten, immer enger wurde.
Da passierte es. Karah konnte nicht mehr schnell genug ausweichen. Im letzten Moment riss sie noch mit beiden Händen ihren Schlachtenstab um ihren Kopf zu schützen in die Höhe, da wurde er auch schon vom schweren Schwanzende zerschmettert und die linke Schulter der Kämpferin zertrümmert. Die Wucht des Schlages schleuderte sie noch einige Schritte zurück, bis sie schmerzverzerrten Gesichtes liegen blieb. Einen Teil ihrer Waffe hielt sie noch in ihrer rechten Hand, aber

ihr linker Arm hing regungslos in einer verdreht unnatürlichen Art von ihrem Oberkörper weg. Verzweifelt versuchte sie vom Gotha wegzurobben, aber ihre Lebenskraft hatte sie verlassen. Triumphierend richtete sich der Gotha auf und röhrte seinen Siegesschrei gegen den Himmel. Als ob er im Bund mit dem Unwetter stünde, krachten und zuckten aus den Wolken Blitze direkt über seinem gehörnten Schädel. Das restliche Heer der Yauborg stimmte nach und nach in den Siegesschrei mit ein und eine neuerliche Angriffswelle rollte gegen die Mauer und das Tor des KorSaan, die von den Verteidigern nicht mehr aufgehalten werden konnte. Karah drehte sich mit letzter Kraft auf den Rücken, um ihrem Todesbringer in die Augen blicken zu können. „SanSaar, Lynn und alle meine Schwestern, verzeiht mir, ich konnte meine Aufgabe nicht erfüllen. Ich habe versagt." Dann verlor Karah das Bewusstsein. Der Gotha stand nun triumphierend über der DanSaan, aufgerichtet, die Vorderpranken nach oben gestreckt.

Da geschah plötzlich Unerwartetes. Wie ein Pfeilhagel schossen die Yau-Xuok aus den Wolken herab. Kurz wurden auch die Verteidiger von noch größerem Entsetzen gepackt, bis sie erkannten, dass die fliegenden Fremden keine Feinde waren, im Gegenteil. Überall, wo die Yauborg durchzubrechen drohten oder es auch schon geschafft hatten, landeten zwei, drei der fremden Wesen und hielten mit ihren beiden leicht gekrümmten, langen Schwertern reiche Ernte. Dadurch und angestachelt von den DanSaan, die ihre Chance erkannten, fassten die Verteidiger neuen Mut und gewannen wieder Schritt um Schritt verlorenes Terrain zurück.

Drei der geflügelten Yau-Xuok bekämpften jetzt den Gotha, der inzwischen von Karah abgelassen hatte und jetzt wild um sich schlug. Tief schnitten die Klingen der Alten Yauborg in das Fleisch des Gothas, dessen Brüllen jetzt kein Siegesschrei mehr war, aber er wich auch nicht zurück. Der Kampf wogte heftiger als je zuvor, und der Ausgang der Schlacht stand auf des Messers Schneide. Alle spürten, dass die Entscheidung dieses Kampfes den weiteren Verlauf der Geschehnisse entscheidend beeinflussen würde.

Da zerschnitt ein tiefes, kaum hörbares Brummen den Lärm und violette Blitze fuhren in den Gotha. Der Meistermeragh kreiste wieder.

Gleichzeitig dröhnten in Ohren der Kämpfenden die Worte: „SanSaar ist zurückgekehrt! Ich bin Sileah, die dreiundvierzigste SanSaar auf dem KorSaan! Niemand wird unsere Heimstätte je erobern!"

Mit diesen Worten kehrte der Meragh in ihre Hände zurück, die ihn aber sofort wieder auf seine todbringende Reise schickten. Dieses Mal fuhr, auch zum Erschrecken Sileahs, ein gewaltiger Blitz aus dem Meistermeragh durch den Gotha hindurch und schlug mit einem ohrenbetäubenden Knall in die steinerne Brücke, die in viele Teile gesprengt, in die tiefe Schlucht stürzte, den Körper des Gothas mit sich reißend.

Mit letzter Kraft fing Sileah den zurückkehrenden Meragh auf und dann sank sie in die Arme Yaur-Zcek-Uurs, der sofort seine Flügel öffnete und mit ihr in den Armen vom Turm abhob und in den Wolken verschwand.

III. Norden

1 Lardan-Nuyuki-Chedi

Die Aufregung im Lager am nächsten Morgen war groß. Der Verrat Kassars und seiner Kumpane hatte sich sehr schnell herumgesprochen. Und da es einige Zeit dauern würde, bis es wieder einen Ausgang nach Osten geben würde, fühlten sich die Dorfbewohner noch isolierter und eingesperrter, als es sonst ohnehin schon der Fall war. Besonders fürchtete man jetzt den Winter, der schon seine Vorboten schickte und in einigen Mondwechseln seine volle Stärke zeigen würde.
Trotz eines unruhigen Schlafs war Lardan schon sehr früh auf den Beinen, wie die anderen Gefährten auch. Alle waren schwer bepackt mit Pelzen, Decken und Nahrung, die vornehmlich aus gedörrtem Obst und getrocknetem Fleisch bestand. Sie wussten alle, dass es eigentlich Wahnsinn war, so kurz vor Einbruch des Winters in den hohen Norden aufzubrechen, aber auch, dass sie keine Zeit mehr verlieren durften. Und vielleicht war das ja auch eine Gelegenheit, etwas Unerwartetes zu tun, so zu handeln, wie der Feind es nicht vermutete.
Falls die Dorfbewohner aus irgendeinem Grund das Lager würden aufgeben müssen, wurde ausgemacht, dass sie es wagen sollten, im Westen zum reißenden Andur in die Schlucht hinabzusteigen und mit Flößen Medurim, die Stadt im Süden der Lukantorkette zu erreichen, ein Wagnis, dessen Ausgang mehr als ungewiss schien. Falls Medurim nicht erreicht werden könnte, war als letzter Sammelpunkt RonDor vorgesehen. Kirana und die meisten anderen erwarteten die achtköpfige

Gruppe am Marktplatz, um sie zu verabschieden. So weit Lardan sehen konnte, war Kamar nicht darunter. Kirana umarmte Lardan. Auf ihrer Handfläche lag ein schmaler silberner Armreif.

„Hier, er ist von unserer Mutter. Du sollst ihn von nun an tragen."

„Nein, das kann ich nicht annehmen, du musst doch sehr an ihm hängen."

„Eben deshalb möchte ich ihn dir schenken. Du hast nichts von Dana, so trag ihren Reif." Mit diesen Worten schloss sie das Schmuckstück um sein linkes Handgelenk. „Pass auf dich auf und komm bald wieder." Tränen liefen über ihr Gesicht, und Lardan nahm sie fest in den Arm.

„Kamar?", flüsterte er in ihr Ohr.

„Es ist ihm nichts passiert. Aber er wollte wegen seines Bruders hier nicht erscheinen."

„Das kann ich verstehen. Sag ihm, ich erwarte von ihm, dass er gut auf dich aufpasst."

„Oder wer auf wen!", antwortete Kirana nur kurz mit rauer Stimme und wich einen Schritt zurück. „Du musst jetzt gehen." Sie gab ihm einen letzten schwesterlichen Kuss und dann brachen Keelah, Lynn, Xuura, Chedi, Gabalrik, Hokrim, Nuyuki und Lardan auf.

Die zwei Norogai und Nuyuki kannten den beschwerlichen Pfad, der sie über die gewaltigen Gebirge im Nordwesten in die südlichen Ausläufer der Eiswüste brachte. Langsam und bedächtig, um die Kräfte zu schonen, stiegen sie schweren Schritts die Serpentinen hoch, die sich auf uralten Pfaden in die Höhe wanden. Ein eisiger Wind, der ihnen das Atmen schwer machte, fegte allen ins Gesicht, nur die Ycoti schien sich immer wohler zu fühlen. Immer wieder blieb sie kurz stehen und nahm bewusst einen tiefen Atemzug der eisigen

Luft, als ob sie ihre Kräfte damit zu regenerieren vermochte. Ab und zu war der felsige Steig nur einen Schritt breit und ein Fehltritt hätte den Tod bedeutet. Immer wieder mussten sie sich für die sichere Überquerung eines Hindernisses anseilen und einzeln wackelige Hängebrücken überqueren, um tiefe Felsschluchten zu passieren. Jetzt erst konnte Lardan die Leistung Nuyukis richtig schätzen, die, nachdem sie tage- und nächtelang von wilden Tieren gehetzt worden war, auch noch diesen schwierigen Teil des Weges bewältigt hatte.

Am späten Nachmittag, die Sonne war schon einige Zeit hinter den Bergen verschwunden und es wurde auch schon empfindlich kalt, schlugen sie unter einem Felsüberhang ihr Lager auf. Sie fanden noch genug niedriges Gebüsch, um ein kleines Feuer entfachen zu können, um das sie sich alle in einem engen Kreis niederließen. Nuyuki, die, so fand Lardan, sehr schnell lernte und die Sprache der Gefährten merklich besser als noch im Dorf beherrschte, erzählte mit ihrer tiefen Stimme von Xuuk, ihrem Heimatdorf, dem ersten Ziel der Weggefährten. Dort würden sie die nötige Ausrüstung für die Weiterreise bekommen, falls der Winter ihr Fortkommen überhaupt gestattete. Sie beschlossen, in dieser Nacht keine Wachen aufzustellen, so dass sich alle von den Strapazen des Tages ausreichend erholen konnten. Eingewickelt in dicke Felle fiel Lardan bald in einen tiefen Schlaf, obwohl die Steine unter seinem Lager ihn schmerzhaft in die Seite drückten.

Ohne sich darüber im Klaren zu sein, warum ihm seine Glieder so lahm vorkamen, tauchte er am nächsten Morgen aus tief in seiner Erinnerung vergrabenen Träumen auf.

„Das ist wieder einmal typisch, wir machen das Frühstück, räumen das Lager auf, und wer schläft noch? Natürlich Lardan!" Das waren die ersten Worte, die er zu Ohren bekam.

„Oh, ihr seid schon wach." Schläfrig kroch er unter seinen Fellen hervor. Heißes Wasser brodelte schon im Kessel und Chedi warf gerade ein paar Cuyuut-Blätter hinein, deren Duft sofort die Luft erfüllte. Es war ein klirrend kalter Morgen und nach einem kurzen Frühstück brach die Gruppe auf. Wenn alles gut ging, würden sie morgen Abend auf der Passhöhe übernachten und wenn das Wetter es zuließ, vielleicht schon einen Blick in die Eiswüste hinunterwerfen können.

Da sie am ersten Tag schon sehr viel Höhe gewonnen hatten, war der zweite Tag nicht mehr ganz so anstrengend, aber immer wieder mussten sie durch Schneefelder stapfen, und die ersten Zungen der Gletscher kamen schon bedrohlich nahe. Es wurde auch anstrengender zu atmen, nicht nur durch den eisigkalten Wind, der unaufhörlich blies, sondern sie bewegten sich auch schon in einer Höhe, die alle nicht gewohnt waren. So mussten sie immer wieder kurze Verschnaufpausen einlegen, um zu Atem zu kommen.

Nach zwei langen Tagesmärschen vom Morgengrauen bis kurz vor der Abenddämmerung war es dann so weit, sie erreichten Titoze, wie Nuyuki es nannte, das Große Tor.

„Das ist ja unglaublich! Ich traue meinen Augen nicht!" Chedi sprach aus, was alle dachten. Ungefähr in der Mitte einer gewaltigen Felswand klaffte ein riesiger Durchbruch, ein Eingang von gewaltigem Ausmaß. Links und rechts ragten turmhohe Felsnadeln gen Himmel, gleichsam als ob sie dieses gigantische Tor bewachen würden. Man konnte deren Spitzen nicht mehr erkennen, da sie in den Wolken verschwanden.

„Warte erst noch, bis du oben bist, dann wirst du erst staunen", antwortete Gabalrik auf Chedis Verwunderung.

Nuyuki gemahnte zur Eile, denn sie wusste, dass der Nebel innerhalb kurzer Zeit es unmöglich machen konnte, auch nur die eigenen Hände vor den Augen zu sehen. Alle mobilisierten die letzten Kraftreserven, um den steilen Anstieg bis zum Tor schnell zu schaffen. Nicht einen Augenblick zu früh erreichten sie den Durchbruch, denn zusätzlich zu Nebel und Dunkelheit setzte auch dichtes Schneetreiben ein, das erste dieses Winters. Lardan konnte noch von einem Ende des Tors zum anderen sehen, der Hohlraum war vielleicht fünfzig, sechzig Schritt lang, aber fast ebenso breit und genauso hoch. Aber was ihn am meisten verwunderte, waren die dreißig Schritt hohen Figuren, die links und rechts in die Felswände gemeißelt waren.

„Wer hat das gemacht?" Lardan fragte fassungslos.

„Selbst in den Aufzeichnungen der Norogai gibt es keine Hinweise, wer diese gigantischen Statuen dem Fels entrissen hat", antwortete Gabalrik. „Das Einzige, das ich in Erfahrung bringen konnte ist, dass Titoze in unserer Sprache so viel wie ‚Sitz der Götter' bedeutet. Und das trifft ja irgendwie zu, wenn man sich diese Kolosse hier betrachtet."

Draußen tobte mittlerweile ein heftiger Schneesturm und alle waren froh, dass sie hier in diesem Felsdurchgang von den Unbilden des Wetters weniger betroffen waren, obwohl natürlich der Wind durch diese riesige Öffnung blies. Vorsorglich hatten sie noch einige Bündel Holz mitgenommen, mit denen sie jetzt an einer geschützten Stelle Feuer machten. Als alle schon in ihre Felle eingehüllt lagen und sich dem Schlaf überließen, beobachtete Lardan, wie die Ycoti noch von Statue zu Statue ging, sich bei jeder mehrmals verbeugte und unverständliche Sätze murmelte. Er war in dieser Nacht sehr froh, dass Chedi immer näher zu ihm rückte, obwohl er wusste, dass vornehmlich nicht er der Grund war, sondern die bittere Kälte, die besonders in den frühen Morgenstunden allen in die Glieder kroch.

Am nächsten Morgen bemühte sich Lardan, nicht wieder der letzte zu sein, der aufstand, was ihm auch gelang. Das Schneetreiben hatte während der Nacht aufgehört, die Morgennebel verzogen sich sehr schnell und die Gefährten erhielten erstmals einen Ausblick auf die große Eiswüste. Eine lange, blaue Ader schien die milchweiße Ebene zu versorgen, der Fluss Andur, Nuyuki nannte ihn Aszú. Außer einer Bergkette, deren Spitzen von der aufgehenden Sonne erleuchtet wurden, war alles in ein diffuses, blaues Licht gehüllt. Lardan konnte sich nicht vorstellen, dass hier jemand auf Dauer überleben konnte, so einen unwirtlichen Eindruck machte diese öde Landschaft.

Der Weitermarsch ging sehr langsam vor sich, da die schneebedeckten Wege nur ein vorsichtiges Vorwärtskommen zuließen. Auch mahnte Nuyuki zu größerer Vorsicht, da sie von nun an jederzeit mit einem Angriff von blutrünstigen Varags rechnen mussten. Noch hatte Lardan kein Gespräch mit der Ycoti geführt, ihre schroffe Art im Umgang mit den Gefährten und ihr Aussehen schüchterte ihn ein. So wagte er auch nicht zu fragen, wen er sich denn eigentlich unter den Varags vorstellen musste. Auch Chedi und Xuura, die er fragte, hatten keine Antwort für ihn, meinten aber in der Euphorie der Höhe, dass er das schon noch herausfinden werde, wenn er nur endlich weitergehen würde.

„Hokrim, mir ist lieber, du gehst vor mir, ich habe ungern deine gespannte Armbrust im Rücken", sagte Gabalrik etwas lauter als es unbedingt nötig gewesen wäre und schubste den murrenden Hokrim vorbei.

„Du traust Hokrim nicht?", fragte Lynn etwas erstaunt. „Ihr vom Volk der Norogai seid doch berühmt für den Umgang mit der Armbrust."

„Sind wir, ich weiß und Hokrim hat seine selbst konstruiert", Gabalrik redete jetzt etwas leiser, aber er wusste genau, dass Hokrim ihn noch hören konnte, „seine Armbrust kann zwei Bolzen hintereinander abschießen. Nur ab und zu vergisst er,

dass seine Armbrust zwei Abzugshähne hat."
„Das wirst du mir wohl immer vorhalten", grölte Hokrim etwas verärgert zurück.
„Ja, immer dann, wenn das Wetter umschlägt, denn dann erinnert mich der Schmerz meiner Narbe an deine Vergesslichkeit."
Ihre Heiterkeit verflog sehr schnell, als Nuyuki, die die Gruppe bergan führte, ihnen bedeutete stehenzubleiben. Sie waren immer noch über der Baumgrenze und hatten den Talschluss noch nicht weit hinter sich gelassen. Sie hatten gute Sicht, Lardan fühlte sich vor Überraschungen sicher. Seine Augen hatten zu schmerzen begonnen, sie hatten sich noch nicht an dieses diffuse Licht gewöhnt, aber dieses Problem hatten Xuura und die anderen auch.
Lynn glitt mit ein paar Schritten an Nuyukis Seite und konnte gleich erkennen, was die Ycoti so beunruhigte, mehrere frische Spuren im frischgefallenen Schnee. „Varags", zischte sie, „aber diesmal sind wir keine so leichte Beute." Sie deutete mit der Hand in Richtung eines niedrigen Gebüschs. „Sie begutachten ihre Opfer, könnt ihr sie sehen?"
Lardan starrte zu dem angezeigten Unterholz, konnte aber nichts erkennen, und je angestrengter er es versuchte, desto mehr verschwammen die Konturen.
„Ich sehe die Spuren, aber dort drüben kann ich nichts erkennen!", hauchte er Lynn zu.
„Das werden wir gleich sehen", antwortete Chedi und warf eines ihrer krummen Hölzer. Es zog seine Spur in geringer Höhe über das Strauchwerk, sodass es die Blätter beinahe streifte. Nichts rührte sich. Sie fing den Meragh mit sicherer Hand und schickte ihn noch zweimal los. Plötzlich zuckten alle außer der Ycoti erschrocken zusammen, als sich unerwartet etwas Riesiges, Pelziges aus dem Strauch löste und den

Meragh im Flug schnappte. Ein furchterregendes Knacken war für alle eine Warnung, was wohl mit einem Arm passieren würde, sollte er in die Fänge dieses Monsters geraten. Hokrim reagierte von allen am schnellsten und feuerte seine zwei Bolzen auf das Tier ab. Dann war es ruhig. Als der Norogai nachsehen wollte, ob er getroffen hatte, hielt Nuyuki ihn zurück. „Wir sind nicht die Jäger, Mann des Alten Volkes, wir sind die Beute. Ich weiß, du möchtest auch deine zwei Bolzen wieder holen, aber ich sagen dir, Varags jagen nie allein. Es sind noch mindestens sechs Augenpaare auf uns gerichtet."

Das beunruhigte sichtlich alle in der Gruppe, aber am meisten verunsicherte es Xuura, die es gewohnt war, sich auf ihre Sinne verlassen zu können und die, so wie Lardan auch, nichts erkennen konnte. Und es wurde allen mit einem Schlag bewusst, dass sie, obwohl alle in der Gruppe erfahrene, trainierte, ausgebildete Kriegerinnen waren, hier in der nördlichen Eiswüste ohne Nuyuki wahrscheinlich keine Chance zum Überleben gehabt hätten.

„Ihr müsst euch ändern, nur so können wir hier durchkommen. Wir sind die Gejagten. Das heißt, wir fliehen, solange wir können, wir verstecken uns, bewegen uns schnell, hinterlassen keine Spuren und bleiben nicht lange an einem Ort. Nur wenn wir angegriffen werden, verteidigen wir uns. Also kommt, wir müssen weiter! Solange es hell ist, haben wir wahrscheinlich noch nichts zu befürchten."

Aufmerksamer und angespannter als sonst bewegten sie sich so schnell wie möglich zur Ebene hinunter. Die Geräusche in diesem Land waren viel leiser als gewohnt, nur selten hörte Lardan einen Vogel pfeifen oder die Laute eines anderen Tiers. Immer wieder glaubte er, im Augenwinkel eine kurze Bewegung gesehen zu haben, aber immer, wenn er den Kopf in diese Richtung drehte, konnte er nichts mehr erkennen. Ab und zu warf er einen Stein dorthin, was aber immer ohne Reaktion blieb. Er wusste bald nicht mehr, ob er nur immer überreizter wurde und sich das alles einbildete, oder ob er wirklich von diesen Varags beobachtet wurde.

„Hör auf mit den Steinen zu werfen, das ist sinnlos", sagte Nuyuki einmal nur so nebenbei, „du kannst dir sicher sein, dass die Bestien da draußen sind und sie jeden unserer Schritte ganz genau beobachten."

Was Lardan am meisten beunruhigte war, dass Nuyuki von den Varags redete, als ob sie intelligente Wesen wären, die nur auf die beste Gelegenheit warteten, über sie herzufallen. Sie sprachen den Rest des Tages nur mehr das Notwendigste miteinander, nur zwei kurze Pausen unterbrachen den sonst eintönigen Weg. Das Nachtlager wurde früher als sonst aufgeschlagen. Nuyuki wollte sichergehen, dass sie genug Feuerholz für die ganze Zeit der Finsternis gesammelt hatten, bevor es dunkel wurde.

Sie hatten schon lange die Baumgrenze erreicht, struppiges Gebüsch wechselte sich ab mit großen Findlingen und kleinen Baumgruppen. Die Schneedecke war wieder geschmolzen, nur der kalte Wind war derselbe geblieben und das Marschieren auf dem aufgeweichten Boden hatte alle bis an ihre Grenzen angestrengt. Mit der hereinbrechenden Dämmerung begann die Natur zu neuem Leben zu erwachen. Ringsum ertönte Heulen und Johlen, ein brunftiges Grölen und abwehrendes Fauchen, so als ob alle Wesen nur darauf gewartet hätten, dass das Licht der Sonne endlich vom Funkeln der Sterne abgelöst würde. Sie hatten ihr Lager auf einem der größeren Felsfindlinge errichtet. Es war zwar mühsam gewesen, ihn zu erklimmen und sie hatten nicht sehr viel Platz, aber man konnte sofort erkennen, dass hier schon öfter ein Feuer entfacht worden war. Es bot zwar absolut keinen Schutz gegen schlechte Witterung, aber sie waren immerhin mindestens fünf Schritt über dem Boden und das, da waren sich alle einig, wog heute alle anderen Nachteile auf.

Lardan und Chedi waren gemeinsam zur zweiten Wache eingeteilt, sie lösten Hokrim und Gabalrik ab.

„Gesehen haben wir nichts, aber irgendetwas ist da draußen", flüsterte Hokrim.

„Dann pass auf, dass du beim Schlafen nicht von deinem Felsenbett fällst", erwiderte Chedi in kämpferischer Laune.

„Mach dich nur lustig über mich, du wirst schon sehen", schnauzte der Norogai zurück und begann sich in seine Decken einzuwickeln. Die Kälte hatte während der Nacht weiter zugenommen.

Seit ihrer Liebesnacht hatten Lardan und Chedi kaum Gelegenheit gehabt, miteinander ohne das Beisein anderer zu sprechen. Anfangs hatte Lardan aus Unsicherheit heraus versucht Chedi zu meiden und war ihr ausgewichen, wo er nur konnte, dann hatte er sich so verhalten, als ob sie niemals ein intimes Verhältnis miteinander gehabt hätten. Er hätte Chedis Blick nicht standhalten können und nicht gewusst, was er hätte zu ihr sagen sollen. Er war froh, dass seit damals so unglaublich viel passiert und keine Zeit gewesen war. Er fühlte sich in vielem verändert, aber gegenüber Chedi nicht sicherer. „Lardan, was ist los? Ich bin noch dieselbe wie immer."

Das erinnerte Lardan an Kirana, die ebenso keine Probleme hatte, sofort auf den Punkt zu kommen. Lardan wollte antworten, aber wie so oft, wenn es um seine eigenen Gefühle ging, bildete sich in seinem Gehirn ein schwarzes Loch und er brachte kein Wort heraus. Nervös nestelte er an seinem Umhang herum und rang vergebens nach Worten.

„Du magst zwar von den Göttern auserwählt worden sein, aber sonst verhältst du dich nicht anders als andere Männer", feixte

Chedi nach einer längeren Pause des sich Anschweigens. Lardan grinste verlegen. „Also gut, ich werde meinen Monolog so kurz wie möglich halten. Ich will dir nur sagen, dass du kein schlechtes Gewissen oder so etwas Ähnliches haben sollst. Wir haben uns ja nicht für immer miteinander verbunden, nur einige Momente der Leidenschaft miteinander geteilt. Ich hoffe, dass ich damit deine Empfindungen nicht verletzt habe."
„Nein, nein, ganz und gar nicht", stammelte Lardan. „Ich glaubte, dass du vielleicht, na ja, du weißt schon..."
„Nein, weiß ich nicht, komm sprich es aus. Dass ihr Männer nie das Kind beim Namen nennen könnt", versuchte Chedi ihn aufzustacheln.
„Es hätte ja sein können, dass du dich in mich verliebt hättest und dann…", weiter kam Lardan nicht, denn ein herzhaftes Lachen, das Chedi sofort unterdrückte, ließ ihn erneut verstummen.
„Wie lange warst du bei uns im Kloster?" fragte Chedi.
„Sieben oder acht Sommer, ich weiß nicht genau, warum?" Er hielt inne, denn er glaubte unten einen Schatten vorbeihuschen gesehen zu haben. „Hast du das auch gesehen?" fragte er.
„Wo meinst du?", antwortete Chedi, einen Pfeil in die Bogensehne einnockend.
„Dort!"
Lardan tat einen Schritt nach vorne und deutete mit seiner Waffe in Richtung eines kleinen Gebüschs, wenig weit entfernt von dem Findling. Plötzlich gab der Felsen unter seinem linken Fuß nach und Lardan verlor das Gleichgewicht. Er versuchte noch verzweifelt, sich irgendwo festzukrallen, aber es war zu spät, er krachte die fünf Schritt in die Tiefe. Während er sich, so schnell er konnte, aufrappelte, sein Schwert wieder an sich zog und sich mit dem Rücken gegen den Felsen lehnte, durchbrach ein langgezogenes Heulen die Nacht, das schein-

bar von allen Seiten her erwidert wurde.

„Bei Sarianas!" Vor ihm schälten sich drei leuchtende Augenpaare aus der Dunkelheit, die mit rasender Geschwindigkeit näherkamen.

„Chedi, Chedi, hörst du mich? Es wird ernst!"

Die DanSaan hatte schon im Augenblick von Lardans Fall die anderen aufgeweckt, und sofort waren alle auf den Beinen und bewaffnet. Zeit zum Nachdenken gab es keine, Nuyuki und Xtura handelten fast gleichzeitig. Mit einem kontrollierten Satz sprangen sie vom Felsen und landeten links und rechts von Lardan. Keelah, Gabalrik, Hokrim und Chedi feuerten ihre ersten Pfeile und Bolzen und Lynn ließ ein Seil hinunter.

Xtura und Nuyuki kamen keinen Augenblick zu früh. Lardan zog gerade sein Schwert aus dem ersten toten Varag, als die nächsten zum Sprung ansetzten. Er konnte nicht mehr ausweichen und eine der riesigen Bestien riss ihn nieder. Als er beide Arme schützend vor sein Gesicht hielt, um die reißenden Zähne abzuwehren, da bemerkte er, dass der graue Angreifer schon in seinen letzten Zuckungen lag. Ein Bolzen steckte hinter dem Ohr, der zweite ragte zwischen den Rippen hervor. *Guter Schuss, Hokrim, das muss ich dir lassen,* dachte Lardan, während er sich von dem Gewicht des Varags zu befreien versuchte. Viel Zeit blieb ihm nicht Nuyuki zuzusehen, aber er hatte noch nie jemanden so kämpfen gesehen. Sie bewegte sich geschmeidig und anmutig, machte nur ganz wenige Bewegungen, aber fauchte und zischte wie eine wilde Bestie. Und ihre zwei langen Dolche zuckten wie Blitze in der Nacht.

Xtura ließ ihren Stab um ihren Körper tanzen, der immer wieder die Flanken der Varags blutig riss. Auch Lardan war wieder auf den Beinen und erledigte eines der Scheusale nach dem anderen. Langsam ließ die erste Welle des Angriffs nach, und die Überlebenden des Rudels zogen sich zurück. Außer

Schussweite bildeten sie einen lockeren Halbkreis und warteten ab.

„Ich bin jetzt bereit", rief Lynn, „ich glaube der Zeitpunkt ist günstig! Wen soll ich als erstes hochziehen?"

Lardan beobachtete immer noch die Varags. „Als ob irgendwer sie befehligen würde", sagte er zu sich selbst.

„Was hast du gesagt?" Nuyuki packte ihn an der Seite, so dass Lardan sich zu ihr drehen musste. „Was hast du gesagt?" fragte sie noch einmal.

„Mir kommt vor, sie benehmen sich, als ob sie auf die Befehle von irgendwem hören würden."

„Wokunas, du hast recht, aber ich habe sie noch nicht gesehen." Nuyuki wurde plötzlich unruhig.

„Was sind die Wokunas?", fragte Lardan, als sich Nuyuki plötzlich umdrehte und losbrüllte. „Anführerin der DanSaan, pass auf, ich glaube sie sind hinter dir!"

Lynn dachte nicht lange nach, sondern reagierte sofort. Sie drehte sich um und fast im selben Moment sprangen zwei riesige Untiere, fast doppelt so groß wie die Varags auf den Felsen.

Zur gleichen Zeit begann die Angriffsreihe der Varags herunten wieder auf Lardan, Xuura und Nuyuki loszutraben. Zuerst langsam steigerte sich ihr Lauf zu einem wilden Galopp.

Oben riss Lynn ihre beiden Wurfbeile vom Gürtel, und noch bevor der dunklere der beiden Wokunas zum Sprung ansetzen konnte, spaltete sie ihm mit zwei gezielten Würfen den Schädel.

Chedi hatte weniger Glück. Sie reagierte einen Moment später und das reichte, dass der zweite Wokuna sie mit einem wuchtigen Satz zu Boden riss und seine Fänge in ihre Schulter vergrub. Lynn deutete Gabalrik und Hokrim, dass sie mit ihren Armbrüsten die drei, die unten am Boden kämpften, unterstützen sollten. Sie erkannte, dass es zu spät war, nach irgendeiner Waffe zu suchen, wenn sie Chedi noch helfen wollte und sprang ohne zu zögern dem Wokuna auf den Rücken, um dann mit ihren beiden Armen den Hals des Untiers zu umschlingen und ihm so die Kehle zuzudrücken. Es ließ auch sofort von der unterlegenen DanSaan ab und versuchte Lynn herunterzuwerfen, doch ihr Griff war zu beharrlich und ein lautes Krachen im Genick des Wokuna machte seinem Leben ein Ende.

Mit fast übermenschlicher Kraft stemmte Lynn das Untier brüllend in die Höhe und schleuderte es mitten in die angreifenden Varags hinab. Ihrer Anführer beraubt, zog sich das Rudel augenblicklich laut jaulend in die Dunkelheit zurück. Keinen Moment zu früh, bluteten doch alle drei Kämpfer schon aus mehreren Bisswunden. Sie stützten sich auf ihre Waffen und rangen erst einmal nach Luft.

„Haben wir es geschafft?" fragte Lardan in Richtung Nuyuki. Sie nickte kurz, als ein lautes „Nein!" alle wieder hochfahren ließ. Lardan trat einige Schritte zurück, um auf den Felsen blicken zu können, da sah er wie Lynn Chedi, die mit Blut überströmt war, in ihren Armen hielt.

„Nein", brüllte auch Lardan und kletterte so schnell wie möglich den Felsen hoch. Die Wokuna hatte Chedis Halsschlagader aufgerissen, sie verblutete innerhalb kürzester Zeit. Lardan beugte sich über ihren Körper, nahm ihn der erstarrten Lynn ab und ließ ihn sanft zu Boden gleiten. Gerade noch hatte sie voller Lebensfreude mit ihm gesprochen und nun lag sie mit durchbissener Kehle weit entfernt von ihrer Heimat irgendwo im hohen Norden.

Lardan schluchzte trocken auf, aber keine Tränen flossen seine Wangen hinab. Es war, als ob die letzten Ereignisse sie hatten versiegen lassen. Gabalrik setzte sich neben ihn und versorgte unaufdringlich seine Wunden. Geistesabwesend ließ er alles mit sich geschehen, kein Laut des Schmerzes kam ihm über die Lippen, als der Norogai seine Wunden säuberte und ihm am linken Oberarm und am linken Oberschenkel einen Verband anlegte.

Xuura, Lynn, die anderen, jede trauerte auf ihre Weise. Keelah sagte nur: „Lynn, wir gehören schon zu den Alten, haben schon so viel erlebt, warum hat es nicht uns getroffen? Ich war auch auf dem Felsen! Warum Chedi, ich hätte besser aufpassen sollen. Sie war mir anvertraut."

„Keelah, du bist die letzte, die sich irgendwelche Vorwürfe machen darf. Ich kenne keine DanSaan, die tapferer und mutiger ist als du. Deine Tapferkeit im Kampf hat schon vielen das Leben gerettet und du hast deine Novizinnen immer bestens ausgebildet", meinte Lynn mechanisch. Aber sie wusste, dass keine Worte der Welt diese Trauer beseitigen konnten. Irgendwie fühlten sich alle verantwortlich für Chedis Tod, obwohl sie wussten, dass es nicht in ihren Händen lag zu bestimmen, wer in die Große Halle abberufen wurde und wer nicht.

Nuyuki, deren Stimme sonst immer so tief und rau klang, stimmte eine leise, zarte Melodie an, die sie alle einzufangen schien. Noch nie hatte Lardan jemanden singen gehört, der Melancholie, Trauer, Sehnsucht so ganz ohne irgendwelche Ausschmückung vermitteln konnte. Ihre Stimme war mit einem Male glasklar und es schien sie überhaupt nicht anzustrengen, wenn sie sich zwischen höchsten Tönen und tiefen Bassmelodien hin und her bewegte, um dann wieder unvermutet ein neues Thema zu beginnen, das die vorhergehenden Themen erneut beinhaltete. Und während sie sang, begann sie, das Gesicht Chedis mit Farben, die sie aus einem Holzkistchen aus ihrer Ausrüstung holte, zu bemalen, sie langsam auszuziehen und überall am ganzen Körper fremdartige Zeichen anzubringen. Sie flocht ihre Haare und brachte ihre Hände in eine verschränkte Haltung. Aber trotz der Fremdartigkeit des Rituals geschah für Lardan alles so selbstverständlich, als ob er dem schon tausendmal beigewohnt hätte. Er war gefangen in der Zeremonie, doch seine Gedanken begannen sich zu ordnen, er spürte wie seine ohnmächtige Wut sich von der Trauer trennte und Ströme von Tränen ergossen sich über seine Wangen. Zu seinem großen Erstaunen stimmten jetzt auch Gabalrik und Hokrim in den Gesang mit ein, und ein jeder der drei sang eine unterschiedliche Melodie, die sich für Lardans Gehör immer wieder mit den anderen beiden traf und dann sich wieder wegbewegte.

Es war, als ob ein jeder ein und dieselbe Geschichte erzählte, nur von einem anderen Standpunkt aus betrachtet. Immer tiefer versank Lardan in den Melodien. Zuerst glaubte er, dass sie sich im Kreis bewegten, bis er erkannte, dass alle drei sich wie eine Spirale langsam vorwärtsbewegten. Ohne mit dem Gesang aufzuhören, nahm Nuyuki Lardan bei der Hand und führte ihn zu Chedis Haupt. Sie deutete ihm, es gegen den Himmel zu richten und die Arme nach oben zu strecken. Die anderen wurden zu ihren Füßen und links und rechts an ihren Körper geführt.

Hokrim hatte inzwischen in einer Schale eine stark rauchende, stark riechende Flüssigkeit angezündet und platzierte sie auf Chedis Brustkorb. Die Melodien verklangen langsam und nach einer langen Zeit des Schweigens meinte Nuyuki: „Hier werden wir ihr das steinerne Grab bereiten." Die Dämmerung war inzwischen angebrochen und Lynn, Xuura und die anderen wollten den Felsen hinuntersteigen, um Steine zu sammeln, da hielt die Ycoti sie noch zurück. „Nein, wartet, noch nicht!"

Sie schritt zum Rand des Felsens und schrie einige für alle unverständliche Worte in die Wildnis. Alle wunderten sich ein wenig, obwohl Nuyuki die Gruppe schon mehr als einmal überrascht hatte. Es dauerte nicht lange, da tauchten hinter Gebüsch und Bäumen wieder Varags auf, die sich zögernd heranpirschten. Keelah nahm ihren Bogen und wollte auf den nächsten der Varags zielen, als Nuyuki ihr deutete, sie solle Pfeil und Bogen senken. Verständnislos blickte Lardan zu Lynn und Keelah, aber dann wurde er Zeuge eines Schauspiels, das er nie für möglich gehalten hätte. Die Varags wagten sich bis an den Felsen und zogen ihre Toten weg.

„Sie haben einen Platz zum Sterben. Wenn sie nicht mehr selbst dorthin gehen können, bringt sie das Rudel hin", erklärte Nuyuki. „Auch sie ehren ihre Toten."

Fragen über Fragen tauchten in Lardans Gedanken auf. Die Ereignisse wurden ihm immer rätselhafter und er erkannte, dass er eigentlich wenig Ahnung von der Welt hatte. *Aber die Reise wird noch lange dauern,* sagte er zu sich und Nuyuki oder auch Gabalrik würden seinen Fragen nicht auskommen.

2 Nuyuki-Rokhi

Nachdem sie Chedis Grabhügel hoch auf dem Findling aufgeschlichtet hatten, marschierten sie weiter. Der Tag war schon ein Stück weit fortgeschritten. Alle wollten wissen, was es mit den Wokunas auf sich hatte und Nuyuki erklärte, dass jedes Varagrudel ein Wokunapärchen als Führer hatte. Sie waren um vieles größer und intelligenter als ihre Artgenossen. Manchmal kam es vor, dass es in einem Rudel ein Pärchen zu viel geboren wurde, dann trennte es sich meistens von der Horde und ging allein seines Weges oder es wurde vom Rudel gleich nach der Geburt ausgesetzt, meistens in der Nähe eines Dorfes. Es war der Traum eines jeden Ycoti, einen neugeborenen Wokuna zu finden, denn wenn man sich von der Geburt an um sie sorgte, wurden sie zu den treuesten Gefährten der Menschen.

„Eine Wokuna als Haustier?", fragte Lardan erstaunt. „Womit füttert ihr so ein Ungetüm?"

„Nicht als Haustier, als Freund und Begleiter", antwortete Nuyuki.

„Sie jagen, natürlich nicht unsere Larkus und sind oft längere Zeit unterwegs, aber sie kehren immer zurück und wenn sie nicht zu weit weg sind, kann man sie rufen. Du wirst schon sehen. Unser Dorf hat drei, meine heißt Rokhi."

„Darauf bin ich ja wirklich nicht neugierig. Und warum hast du Rokhi nicht auf die Reise mitgenommen?"

„Unser Dorf hatte es ziemlich schwer in den letzten Monden. Wir wurden immer wieder von Varags, Bären und sogar von Geleems angegriffen, zuerst überfielen sie nur unsere Herden, dann auch Xuuk, mein Dorf. Ich habe Rokhi schweren Herzens zur Verteidigung zu Hause gelassen. Es hat mich viel Überzeugungskraft und Überwindung gekostet, dass sie mir nicht gefolgt ist, das kannst du mir glauben. Aber die beunruhigendste Nachricht brachten Jäger aus Norden kommend mit. Sie sagten, dass sie Je-Uul gesehen hatten und dass er sich in südliche Richtung bewegte. Deshalb habe ich mich entschlossen, Gabalriks Ruf zu folgen, da ich wusste, dass wir dringend Hilfe benötigten."

„Wir müssen also dir helfen, bevor du uns hilfst, sehe ich das richtig?", fragte Lardan etwas verärgert. „Und wer oder was ist Je-Uul? Ich wollte dich schon damals nach der Versammlung fragen, als du Je-Uul zum ersten Mal erwähnt hattest."

„Ich bin mir sicher, dass unsere beiden Probleme ein und dieselbe Ursache haben. Wie Yaur-Zcek-Uur schon in der Versammlung sagte: Wir können nur dann gewinnen, wenn wir zusammenhalten und an einem Strang ziehen. Ich glaube die

Lösung liegt im Schlund von Aszú, dort liegt die Lösung für uns beide", gab Nuyuki zur Antwort, „und was Je-Uul betrifft, er ist eine Figur aus unserer Mythologie, ein Wesen aus Eis und Schnee, der Schöpfer allen Lebens und der Zerstörer allen Lebens. Wir verehren ihn, aber mehr noch fürchten wir ihn. Die Ältesten sagen, wir müssen ihn erzürnt haben und um ihn zu besänftigen, müssen wir ihm opfern.

Als sie die ersten Larkus geschlachtet hatten, wusste ich, ich muss handeln, denn ich verabscheue die religiösen Führer unseres Dorfes, sie haben sich sehr verändert. Sie verlangten, dass wir unsere alten Götter nicht mehr verehren, sie führten fremde Riten und Gebräuche ein. Sie sagten Sey-Uce ist nicht mehr, da erinnerte ich mich an Gabalriks Worte der Veränderung bei den Bergclanstämmen. Ich hoffe, dass wir nicht zu spät kommen."

Die Worte Nuyukis beunruhigten Lardan noch mehr. Es gab offensichtlich keinen Ort mehr auf Dunia Undara, wo Astaroths Häscher nicht am Werk waren.

Der Rest des Tages verlief ziemlich eintönig. Alle waren wegen Chedi noch tief in Gedanken versunken, besonders Lynn und Keelah machten sich große Vorwürfe, und Nuyukis Erzählungen dienten auch nicht zu Ermunterung. Hoffnungs- und Mutlosigkeit machten sich breit. Sie waren noch nicht sehr weit gekommen und schon hatten sie das erste Todesopfer zu beklagen. Wie sollte das weitergehen?

„Lynn, haben wir überhaupt irgendeine Aussicht auf Erfolg?", fragte Lardan zweifelnd. „Bis Chedis Tod hatten wir Glück, aber langsam erscheint mir alles so fragwürdig."

„Ich weiß, es ist schwer, aber wenn mir Zweifel kommen, dann drehe ich mich zu dir um. Ich sehe dann Lardan, den Krieger der DanSaan und ich erinnere mich an Lardan, das Kind. Und ich sehe Flammar, das du wiedererlangt hast. Nie-

mand glaubte, dass es noch existierte und wenn schon, dann hätten alle gesagt, es braucht eine Armee, um es wiederzuerlangen. Nun hängt alles von dir ab. Du bist das Zeichen der Hoffnung für alle, für alle, denen der Mut verloren geht und für alle, die verzweifeln im Angesicht der unzähligen Gegner."
„Aber wir sind so wenige!", jammerte Lardan.
„Und das ist unser größter Vorteil. Wir können uns schnell bewegen, Astaroth sucht vielleicht eine viel größere Gruppe, wir erscheinen ihm nicht als Bedrohung. Er hat keine Ahnung mehr, wo du bist, und wer würde so töricht sein, mit Flammar nach Norden zu ziehen, bewacht von ein paar DanSaan, zwei Norogai und einer Ycoti?"
Lardan wusste nicht, ob er sich jetzt besser fühlen sollte, oder ob das Gesagte sein Unbehagen nur noch mehr verstärkte. „Darüber muss ich erst einmal nachdenken", gab er zur Antwort und stapfte gedankenversunken hinter Xuura nach, die ihn kurz verständnislos anblickte.

Die Tage wurden im Laufe ihres Marsches merklich kürzer und die Dämmerung brach nun schon am späten Nachmittag an. Eines Abends führte Nuyuki die Gefährten in einen kleinen Wald, in dem, wenige Meter vom Rand entfernt, von einer Baumgruppe eine Strickleiter herabhing. „Unser südlichster Außenposten. Wir können oben sogar Feuer machen." Alle atmeten erleichtert auf, wieder einmal einen sicheren Nächtigungsplatz gefunden zu haben. Eine nach der anderen kletterte hoch, und Xuura zog als letzte die Leiter ein.
„Hier in zehn Schritt Höhe kann doch nichts passieren?", fragte Hokrim, „oder hast du uns noch einen besonderen Feind verschwiegen?"
Nuyuki merkte, wie sich plötzlich alle nach ihr umdrehten und sie fragend anblickten. „Nein, hier sind wir absolut sicher.

Seht her, meine Freunde von Dorf haben uns Nahrung gebracht." Sie hielt ein paar geräucherte Fische in den Händen. „Leider haben sie uns nicht nur die Fische hinterlegt, sondern auch eine schlechte Nachricht." Sie las vor: „Yijas, Yoteto, Suao wollen, dass wir unsere Dorfälteste Saitu opfern. Wir werden täglich angegriffen. Komm schnell." Nuyuki blickte zu Lynn auf und sagte nur: „Saitu ist meine Mutter. Sie ist das Oberhaupt unseres Dorfes."
Beim Verzehren der Fische herrschte zuerst Schweigen. Lardan wusste nicht, wie er Nuyuki in dieser schwierigen Situation ansprechen sollte. Dann meldete sich Gabalrik zu Wort: „Ich kenne Yijas und Suao. Manchmal handeln sie nicht überlegt genug. Wir sollten uns beeilen, wenn wir Saitu noch helfen wollen!"
Es wurden unterschiedliche Vorgehensweisen besprochen, aber es kamen alle zur Einsicht, dass man erst vor Ort entscheiden könne, was zu tun sei. Eile sei das vorrangigste Ziel und Nuyuki hoffte, am übernächsten Tag das Dorf erreichen zu können, falls nichts Unvorhergesehenes passierte. Man beschloss, trotz des sicheren Lagers eine Nachtwache aufzustellen, da sie jetzt sogar einen Anschlag von Yijas, dem Doak, dem obersten der religiösen Führer des Dorfes, fürchten mussten.
Trotz aller Sorgen verlief die Nacht ereignislos und sie brachen mit der ersten Morgendämmerung auf. Mächtige Wolken hingen tief über dem Tal, Nebelfetzen behinderten eine freie Sicht und ab und zu fing es leicht zu schneien an. Es war nicht mehr so kalt, aber dieses graue, nebelverhangene Wetter trug nicht zum Heben der Stimmung bei. Eine jede verkroch sich in ihren Umhang, zog die Kapuze tief ins Gesicht und gab sich ihren eigenen Gedanken hin. Lardan hatte das Gefühl, als ob etwas von ihm Besitz ergriffen hatte, das es ihm schwerer

machte, nach Norden zu ziehen. Es erinnerte ihn an die Träume, in denen er von einem unbekannten Feind fliehen wollte, er aber keinen Schritt vorwärtskam. Er fühlte sich, als ob er einen Strick umgebunden hätte, an dem er eine schwere Last nachzog. Ladan bemerkte, wie er mit seiner linken Hand unter dem schweren Umhang sein Amulett umfasst hielt.

Unterbrochen von ein paar wenigen Pausen kamen sie trotzdem sehr gut voran. Nuyuki wurde immer aufgeregter, je näher sie zu ihrem Dorf kamen. Am Nachmittag atmete sie sichtlich auf, als der Andur vor ihnen lag. Wie eine graublaue Schlange mäanderte er durch die vor ihnen liegende eisige Ebene. Die Ycoti versuchte den Sonnenstand zu erkennen, um dann erleichtert zu sagen: „Ich glaube, wir können mit den Booten noch heute Abend Xuuk erreichen. Kommt mit mir!"

Das erste Ziel ihrer Reise in Sicht stiegen Nuyuki und die anderen wie beflügelt die Serpentinen in die Ebene hinunter. Schon bald konnten sie eine Hütte am Ufer des Andurs erkennen und Nuyuki strebte geradewegs darauf zu. Alle beeilten sich ihr zu folgen, als Xuura leise, aber für alle verständlich ‚Oran-ta' befahl. Auch Nuyuki, die die Kampfsprache der DanSaan nicht kannte, reagierte sofort. Einen Augenblick später waren alle in Deckung. Lynn robbte zu Xuura und fragte: „Was ist los?"

„Ich hatte schon längere Zeit das Gefühl, als ob etwas nicht stimmte. Bis ich ihn sah."

Xuura deutete zu den Booten neben der Hütte. „Siehst du ihn?"

„Wen soll ich sehen?" fragte jetzt Lardan, der ebenfalls wie die anderen zu Lynn und Xuura geschlichen war.

„Den Vogel", antwortete Xuura. „Es mag nichts bedeuten, aber es ist ein Kar. Und dort oben kreisen zwei weitere."

Nuyuki blickte besorgt zur Hütte hinunter. Kare fraßen Aas,

und hier am Fluss wurden immer wieder tote Tiere angeschwemmt. „Vielleicht ein paar tote Fische", meinte Lynn zu Nuyuki hinüberblickend.
„Nein, seht!"
Der Kar verließ plötzlich sein Mahl und gesellte sich zu seinen fliegenden Artgenossen. Die Tür der Hütte war aufgegangen und zwei Ycoti kamen zum Vorschein. Einer humpelte, er hatte sichtlich eine Verletzung am Bein. Nuyuki konnte nicht verstehen, was sie sprachen, sie waren zu weit weg, aber sie waren für alle erkennbar sehr aufgeregt. Es hatte den Anschein, als ob sie streiten würden. Der Humpelnde ging wieder in die Hütte und kam kurz danach zurück, einen leblosen Körper nachschleifend. Er schleppte ihn zu einem der Boote und hievte ihn hinein. Alle sahen jetzt, dass in dem Boot schon ein toter Körper lag, der Grund, warum der Kar hier gesessen hatte. Nuyuki fauchte und zischte vor Wut und Zorn. „Ich kann sie erkennen. Der eine mit dem blutigen Bein ist Yoteto, der zweite Doak des Dorfes, der andere ist ein junger Jäger, ich glaube, er heißt Yaok."
Der, der Yaok hieß, streifte einem der Toten etwas vom Hals und steckte es sich selbst unter das Hemd. Dann stemmte er das Boot mit den Toten vom Ufer weg und sofort trieb es in die Mitte des Flusses, wo es immer schneller wurde und bald verloren es Lardan und die anderen aus den Augen. Dann zerstörte der Ycoti die restlichen Boote bis auf eines, in das er und sein Gefährte kurz danach stiegen und flussaufwärts gegen Norden ruderten.
„Das werden sie bitter büßen! Es ist der größte Frevel, wenn ein Ycoti einen anderen tötet. Das hat es schon seit ewigen Zeiten nicht gegeben!" Nuyuki schäumte beinahe vor unterdrücktem Zorn. Dann drehte sie sich mit zusammengebissenen Zähnen zu Xuura um und rang um ihre Fassung. „Danke, ich

glaube du hast unser aller Leben gerettet. Lasst uns hinunter gehen, jetzt sind wir wahrscheinlich sicher." Nuyuki blickte kurz reihum, und als sie von allen ein kurzes Kopfnicken erntete, führte sie die Gefährten den steilen Pfad hinunter.

Ein Kampf hatte im Inneren der Hütte stattgefunden. Die beiden getöteten Ycoti waren offensichtlich überrascht worden, einer der beiden hatte wahrscheinlich mit letzter Kraft noch mit seinem Dreizack zustoßen und so Yoteto eine sicherlich schmerzhafte Wunde zufügen können. Außer der blutigen Waffe war in der Hütte nichts zurückgeblieben.

Lynn schickte Xuura und Keelah aus, die Gegend rund um die Unterkunft nach Spuren abzusuchen, damit nicht auch sie in einen Hinterhalt gerieten. Die restlichen Boote waren so zerstört, dass man sie nicht schnell reparieren konnte.

„Wir werden wohl heute nicht mehr in unser Dorf kommen. Wir müssen uns morgen zu Fuß auf den Weg machen, die Kanus sind alle leck", meinte Nuyuki enttäuscht.

Xuura und Keelah kamen nach geraumer Zeit zurück und erklärten, dass sie nichts Verdächtiges entdeckt hätten. Bei der Lagebesprechung am Abend waren alle einer Meinung, dass die zwei toten Ycoti nicht zufällig hier am Fluss gewartet hatten, sondern wahrscheinlich Nuyuki von der Lage in ihrem Dorf unterrichten wollten.

„Vielleicht mussten die beiden sterben, weil sie noch von meiner Mutter losgeschickt werden konnten."

Nuyuki war sichtlich äußerst besorgt und hielt es nicht ruhig sitzend aus. Immer wieder stand sie auf und ging in dem kleinen Raum auf und ab, laut alle Möglichkeiten durchdenkend, damit die anderen ihre Meinungen dazu abgeben konnten. Draußen war es schon lange stockfinster und die Gefährten überlegten immer noch, was morgen auf sie zukommen würde, da hielt die Ycoti plötzlich inne. Sie schien in der nächtlichen

Stille irgendetwas gehört zu haben. Lynn drehte sofort die Talglampe ab. Alle griffen sofort zu ihren Waffen und machten sich kampfbereit. Trotz der absoluten Stille konnte Lardan nichts Verdächtiges hören. Auch Xuura blickte fragend zu Nuyuki, die ihre Augen wieder öffnete und ihren Mund zu einem erfreuten Grinsen verzog. „Keine Angst", sagte sie und öffnete die Tür. „Ihr könnt eure Waffen zurückstecken. Die vielen unbekannten Gerüche sind ihr fremd. Ich komme gleich wieder."

Mit diesen Worten glitt sie in die Dunkelheit. Lardan war sofort klar, wen Nuyuki da jetzt mitbringen würde, sie hatte ja auch schon während des Marsches hierher immer wieder von ihrer Wokuna erzählt, aber die Erfahrungen, die die Gruppe mit diesen fast übernatürlich großen Tieren gemacht hatte, waren alles andere als gut. Also waren alle ziemlich angespannt, als Nuyuki dann an Rokhis Seite gelehnt in der Tür stand. Lardan war sehr überrascht, dass diese Wokuna ganz anders aussah als die beiden, mit denen er schon Bekanntschaft gemacht hatte. Diese war viel zottliger, struppiger als die wilden und ihr Fell war beinahe schneeweiß. Rund um ihr Maul hingen noch einige schwarze Federn. Ihr Abendmahl hatte wohl aus einem der Kare bestanden, die sich früher am Tag hier aufgehalten hatten.

Die Ycoti stellte sich neben die Wokuna. Zum Unbehagen aller schüttelte sich Rokhi erst einmal die Nässe aus dem Fell. Nuyuki war gerade noch so groß, dass sie ihren Arm um den Hals des Tieres legen konnte. „Darf ich euch vorstellen, das ist Rokhi, meine treue Freundin. Ich weiß, es ist für euch besonders schwer wegen Chedi, aber es ist notwendig, ein bestimmtes Ritual durchzuführen, damit sie weiß, dass ihr zu mir gehört." Nuyuki biss mit ihren spitzen, scharfen Zähnen in ihre linke Hand, bis Blut zu Boden tropfte. Die Wokuna zog bedrohlich ihre Lefzen hoch, so dass alle ihre silbrigen Fänge sahen. Ihr sanftes Brummen veränderte sich schlagartig in ein gefährliches Knurren und alle merkten, wie sich die Muskeln und Sehnen ihres Körpers anspannten. Lardan sah aus seinem Augenwinkel, wie Lynn mit ihrer verdeckten rechten Hand langsam nach ihrer langstieligen Axt griff. Die Anspannung würde sich bald wie ein Blitz entladen.

Da fing plötzlich Nuyuki an, monoton in ihrer tiefen, gurgelnden Sprache eigenartige Silben hervorzuwürgen, die Lardan einen kalten Schauer über den Rücken jagten. Er konnte sich nicht erklären, welche Gefühle in ihm hochkamen, er spürte so etwas wie eine uralte Wesenheit, als ob jemand anderer durch Nuyuki sprach, jemand, der ihm Angst einjagte und ihn zugleich faszinierte. Dann sah er, wie die Ycoti ihre blutige Hand vor die Lefzen der Wokuna hielt, und die mit ihrer Zunge Nuyukis Blut abschleckte. Währenddessen rezitierte sie immer diese unverständlichen Wortfetzen. Dann nahm sie ihren Dolch und reichte ihn Gabalrik. Ohne zu zögern schnitt dieser in seine linke Hand, dann wartete er ein paar Augenblicke, bis Blut aus dem frischen Schnitt quoll und hielt dann ebenfalls seine bluttriefende Hand vor Rokhis Maul, die mit ihrer Zunge begierig auch das Blut Gabalriks aufleckte. Wie in einem Sog gefangen vollführte eine nach der anderen diesen Ritus. Alle hatten irgendwie eine dunkle Ahnung, dass, wenn sie die Zeremonie durchbrochen hätte, es ihren sicheren Tod bedeutet hätte.

Nachdem die Wokuna das Blut aller geleckt hatte, reckte sie ihren Kopf nach hinten und heulte markerschütternd in den Sternenhimmel. Nuyuki indessen sackte erschöpft zusammen. Keelah trug sie in die Hütte und legte sie auf einen der Strohballen, wo die Ycoti sofort in einen tiefen Schlaf sank. Lardan bemerkte, dass die Wokuna nun eigenartigerweise keine Ge-

fahr mehr für ihn darstellte, im Gegenteil, er hatte das innige Gefühl, eine beherzte Freundin gewonnen zu haben. Ohne viel zu sprechen, zogen sich alle in die Hütte zurück, und Rokhi legte sich vor die Tür.
„Um die Wache brauchen wir uns diese Nacht wohl nicht zu kümmern", gähnte Lynn, bevor sie sich auch dem Schlaf überließ.

3 Nuyuki-Rokhi-Lardan

Lardan war an diesem Morgen als erster auf den Beinen. Er nahm den Wasserkessel und ging hinunter zum Ufer des Flusses, um Wasser zu holen, als er hinter sich ein Geräusch hörte. Er drehte sich um und drei Schritt entfernt stand Rokhi. Lardan fiel das Herz in die Hose. Wie angewurzelt stand er da und überlegte fieberhaft seinen nächsten Schritt, in der Hoffnung, dass es nicht sein letzter sein würde.
„Gu...gu...guten Morgen, ich hoffe du hast schon gefrühstückt", brachte er stotternd hervor. Im selben Moment kam er sich sehr töricht vor, mit der Wokuna so zu sprechen, als ob sie ein Mensch wäre. Zu seinem Erstaunen kam ein rollendes Knurren zur Antwort. Das riesige Tier kam langsam, fast sorgfältig, so als ob es sich seiner Wirkung bewusst wäre, ein paar Schritte auf Lardan zu. Rokhi blickte ihn an und für ein paar Momente trafen sich ihre Blicke und Lardan glaubte, kurz eine Anwesenheit zu spüren, die ihn auf eine ganz eigenartige Weise berührte. Er hatte das Gefühl, als ob die Wokuna ihm sagen wollte, dass ihr der Tod von Chedi sehr leidtat. Dann stupste sie ihn unvermutet auf die Brust und sprang ein paar Schritte zurück, laut bellend.
„Ich glaube, sie mag dich", hörte er eine Stimme. Nuyuki bog

gerade um die Ecke der Hütte. „Sie will mit dir spielen."
„Spielen? Könntest du ihr sagen, dass ich froh bin, nicht ihre erste Mahlzeit an diesem Tag geworden zu sein?"
Nuyuki lachte, dann krächzte sie ein paar fremdartige Laute in Richtung Rokhi, und die trabte davon.
„Willst du mir weismachen, du hast mit ihr geredet und sie versteht dich?" fragte Lardan erstaunt.
„Ja, in einer einfachen Weise, die ich nicht zu erklären vermag, kann ich mit ihr sprechen, so wie sie mit mir auch. Aber sie kann auch dich verstehen, immer besser, je mehr du dich mit ihr abgibst. Sie kann nicht den Sinn deiner Worte verstehen, sondern sie hört vielmehr auf die Art und Weise, wie du etwas sagst. Und sie ist eine exzellente Beobachterin. Sie nimmt jede noch so kleine Regung deines Körpers wahr, du kann ihr nichts vormachen."
„Du meinst sie kann meine Gedanken lesen, indem sie mich beobachtet?"
„So in der Art. Sie wollte mir dir spielen, weil du dich vor ihr gefürchtet hattest. Ich sagte ihr, dass sie später noch einmal kommen soll."
„Gut, ich hoffe nur sie geht sorgsamer mit den Spielsachen um, als ich es früher getan habe."
Nuyuki lachte und sah ihn verstehend an.
Nach einer kargen Mahlzeit brachen sie nach Xuuk auf. Sie marschierten so lange es möglich war den Fluss entlang nach Norden, um den ausgetretenen Pfad so gut es ging zu vermeiden. Sie mussten das Schlimmste annehmen, sogar dass Saitu womöglich schon umgebracht worden war. Yoteto und die anderen beiden Ältesten hatten wahrscheinlich den Rest der Dorfbewohner gegen Nuyuki und ihre Begleiter aufgehetzt. Auf jeden Fall vermuteten sie, sie würden nicht willkommen geheißen werden.

Rokhi streifte immer als Vorhut vor der Gruppe durch die mit Gebüsch und Bäumen durchzogene Ebene. Lardan fühlte sich sehr wohl bei dem Gedanken, denn er war sich sicher, dass der Nase der Wokuna nicht so schnell etwas entgehen würde. Immer wieder ließ sie sich in einiger Entfernung sehen, so als ob sie sagen wollte, dass keine Gefahr drohe, um dann für längere Zeit wieder zu verschwinden.

Laut Nuyukis Einschätzung sollten sie das Dorf kurz nach Mittag zu Gesicht bekommen, wenn sie den ganzen Weg im Laufschritt zurücklegten. Mit Rokhi an der Spitze mussten sie selbst nicht so vorsichtig sein. Der Himmel war zwar trübe und wolkenverhangen, aber kein Nebel störte mehr ihre Sicht. Es war auch nicht mehr so kalt wie in den letzten Tagen, weil der eisige Wind aus dem Norden nicht mehr so stark übers Land blies. Die Gefährten kamen zügig voran, angetrieben von Nuyuki, die sich berechtigte Sorgen um ihre Mutter machte.

Auf einer kleinen Anhöhe erwartete Rokhi die Gruppe. Lardan hoffte, dass ihm endlich eine Verschnaufpause gegönnt werde. Aber sie waren fast am Ziel. Von hier aus konnte man vage und schemenhaft Xuuk, Nuyukis Dorf, in der Ferne erkennen. Es schmiegte sich an der Westseite an den Andur und war von den anderen Seiten von Palisaden umgeben, wohl nicht um irgendwelche Feinde abzuhalten, sondern sie dienten mehr dem Zweck, die Kraft der rauen Schneestürme etwas zu brechen und den Larkuherden Schutz zu bieten. Sie waren noch zu weit weg, um Genaueres sagen zu können, aber Nuyuki war sich sicher, dass etwas nicht stimmte.

„Unruhig, es ist irgendwie viel zu unruhig", wiederholte sie immer wieder. „Ich kann nicht sagen warum, aber es ist nicht so wie sonst. Finden wir es heraus!"

Nuyuki drängte zum Aufbruch, aber Lynn hielt sie noch einmal kurz zurück. „Warte, wie viele Wege führen in das Dorf, und auf welchem können wir möglichst ungesehen hineinkommen?"

Sich in ihr eigenes Dorf zu schleichen, dieser Gedanke war Nuyuki sehr zuwider, aber sie musste zugeben, dass es sicherer war. „Es gibt natürlich eine Anlegestelle für die Boote und zwei Tore, eines im Süden und eines im Nordwesten. Aber die kommen ja wohl nicht in Frage, oder?"

Lynn runzelte leicht die Stirn, was in ihrer Mimik immer so viel bedeutet wie: *Komm jetzt bitte zur Sache!*

„Ich verstehe ja schon. Es gibt da einen schmalen Pfad im Südwesten, dort vorbei, wo wir unseren Abfall lagern, da könnten wir ungesehen bis an die Palisaden schleichen, und dann ist da eine kleine Tür, die normalerweise erst bei Anbruch der Dämmerung verriegelt wird. Die Hütte meiner Familie ist dort auch gleich in der Nähe."

Lynn nickte zustimmend. „Auf was warten wir? Besuchen wir deine Verwandten!"

Nuyuki führte die Gruppe den Abhang hinunter, immer darauf bedacht, nicht gesehen zu werden. Auch Rokhi folgte ihr jetzt fast ‚bei Fuß', weil Nuyuki wusste, dass alle Dorfbewohner ihre Wokuna kennen und sie so ihre Anwesenheit verraten würde.

Es herrschte eine eigenartig nervöse Ruhe, die Sinne waren bei allen aufs Äußerste angespannt. Lardan war diese Situation wohlbekannt. Immer und immer wieder war er in seiner Ausbildung bei den DanSaan mit unvermuteten Situationen, die schnelles Reagieren ohne langes Nachdenken erforderten, konfrontiert worden. Er mochte dieses eigenartige Gefühl von Konzentration und Aufmerksamkeit gepaart mit Nervosität und Angst. Er mochte es, wenn er das Unvermutete zu bezwingen versuchen konnte. Es ließ ihn einen jeden Teil seines Körpers spüren, wie das Blut durch seine Adern pulsierte, und wenn seine Nerven so angespannt waren, empfand er manchmal sogar etwas wie Glück. Lautlos wie ein Rudel Geelems auf der Jagd schlichen sie zur Südwestseite des Dorfes. Schon bald stießen sie auf erste deutliche Zeichen, dass hier eine Vielzahl von Menschen lebte. Lagen zuerst nur vereinzelt ausgebleichte Knochen herum, häuften sich die Abfallberge, je näher sie dem Dorf kamen. Unzählige kriechende, vierbeinige oder fliegende Aasfresser besiedelten die Reste. Lynn war sofort beunruhigt. „Nuyuki, werden uns die vielen Tiere nicht verraten, wenn wir durch ihr Revier durchschleichen?", flüsterte sie.

„Keine Angst, die sind an uns gewohnt. Nicht einmal eine Wokuna kann diese Tiere mehr in Panik versetzen. Seit es dieses Dorf gibt, bringen wir die Reste, die wir nicht verwerten können, hierher. So haben alle etwas davon, nicht nur wir Ycoti", versicherte ihr Nuyuki. Die Allesfresser würden bei ihrem Mahl nicht stören lassen.

Immer wieder nahm der Gestank Lardan den Atem, wenn ihm der Wind einen Schwall von Verwesung in seine Lunge blies. „Das ist ja ekelhaft, warum vergräbt ihr das stinkende, faulende Zeug nicht?", fragte er angewidert und hielt sich die Nase zu.

Nuyukis Blick gab ihm das Gefühl, etwas sehr Dummes gefragt zu haben. Ihr abschätziges Augenspiel traf zuerst ihn, und dann blickte sie mit hochgezogenen Brauen, die zu sagen schienen, *Denk doch einmal nach.* Kurz blickte sie auf den Boden. Da verstand er. Die Erde hier war fast das ganze Jahr über so hart, dass es unmöglich war, ein größeres Loch zu graben.

„Und was macht ihr mir euren Toten?", fragte er verlegen und unsicher. Nuyuki deutete der Hand zu ihrer Linken, dann überkreuzte sie ihre Arme über der Brust, neigte kurz den

Oberkörper nach vor und sagte: „Oti-yuk". Der Nebel, der vom Fluss aufstieg, gab in einiger Entfernung Gebilde am Ufer preis. Hoch herausragende Stangen, an denen eine oder mehrere Bahren übereinander angeordnet waren. Lardan nickte der Ycoti zu, da hielt sie ihn fest und ließ ihn nicht weitergehen. Er blickte fragend umher, ahnungslos, was er schon wieder falsch gemacht haben könnte. Gabalrik, der hinter ihm gegangen war, half ihm dann aus der Patsche. „Wenn du im Friedhof der Ycoti von den Toten sprichst, musst du sie auch ehren, sonst werden sie dir in deinen Träumen nachstellen, so glaubt es man hier. Überkreuze deine Arme vor der Brust und neige deinen Oberkörper nach vorne. Sieh her!"
„Oh, das habe ich nicht gewusst, verzeih mir." Schnell imitierte er Gabalriks Geste. Zufriedengestellt nickte Nuyuki und setzte ihren Weg fort: „Du hast noch vieles zu lernen, junger DanSaan."
Xuura, die alles beobachtet hatte, wandte sich zu Lardan um: „Wenn du willst, dass wir heute noch beim Dorf ankommen, solltest du vielleicht den Mund halten!" Bevor er antworten konnte, sah er, wie sich alle bemühten, ihr Lachen zu verhalten. Keelah und Lynn hielten sich verzweifelt die Hand vor den Mund, aber sie konnten nicht verhindern, dass ihnen die Tränen aus den Augen schossen.
Rokhi, die am weitesten vorne war, blieb plötzlich wie angewurzelt stehen und stellte ihre Ohren auf. Ihre feine Nase hatte offensichtlich eine Witterung aufgenommen, denn zu sehen oder zu hören war noch nichts. Obwohl die Gruppe scheinbar abgelenkt war, reagierte sie sofort. Innerhalb weniger Augenblicke war jede einzelne von ihnen wie von der Bildfläche verschwunden. Nuyuki zeigte Lynn an, dass sie bleiben sollten, wo sie jetzt waren, dann schlich sie an Rokhis Seite, die noch immer regungslos verharrte. Ihre Augen aber ließen nicht

von ihrer Entdeckung ab. Nuyuki bemerkte gleich, dass Rokhi keine Gefahr anzeigte, weder standen ihr die Nackenhaare zu Berge, noch hatte sie ihre Fangzähne drohend entblößt. Eine Ycoti kam hinter einem größeren Knochenberg zum Vorschein. Sie ging, vom Alter gebeugt, durch die unwirtliche Gegend, einen geflochtenen Korb, mit allerlei Abfällen gefüllt, auf ihren Rücken geschnallt. Es bedurfte nur eines fast unsichtbaren Nicken Nuyukis, und die Wokuna lief freudig auf die Frau zu. Dann wurde den anderen bedeutet, aus den Verstecken zu kommen.

„Es ist Yiroce, meine Großmutter, sie kann uns sicherlich weiterhelfen."

„Rokhi, du verspielte Hexe, alte, hilflose Frauen zu erschrecken, das macht dir wohl immer noch Spaß", krächzte die Ycoti, die wie Nuyuki mit tiefer, rauer Stimme sprach.

Lardan sah, dass die Wokuna äußerst vorsichtig mit der alten Frau umging, die nur unmerklich größer war als das riesige Tier. „Ich hoffe, dein Erscheinen ist ein gutes Omen." Sie umschlang Rokhi am Hals und drückte den riesigen Schädel an ihre Brust. Jetzt erst bemerkte sie Nuyuki und die anderen, und ein tiefer Seufzer entfuhr ihr. Die freudige Erleichterung war ihr ins faltig gegerbte Gesicht geschrieben.

„Nuyuki, mein Kind, Sey-Uce sei Dank. Ich fürchtete schon, du seist nicht mehr am Leben. Alle sagen, du hast unseren Stamm betrogen und deshalb habe dich Je-Uul bestraft." Beschämt wandte sie den Blick ab. „Du musst mir glauben, ich, ich habe das nie gedacht. Aber..."

„Was aber, Yiroce, wer hat das gesagt, was ist überhaupt hier los?" Nuyuki packte die alte Frau an beiden Schultern und beutelte sie ungeduldig durch. „Entschuldige, entschuldige bitte, das wollte ich nicht." Sie sah, wie Yiroce die Tränen über die Wangen rannen. Dann erblickte die Alte die Gefährten und Furcht siegte über ihre Bedrücktheit.

„Keine Angst, das sind meine Freunde. Sie werden uns helfen", beruhigte Nuyuki ihre Großmutter.

„Dann lasst uns schnell handeln. Als erstes müssen wir hier weg. Unauffälligkeit scheint ja nicht zu euren Eigenschaften gehören. Kommt mit mir." Ohne eine Antwort abzuwarten, drehte sich Yiroce um und verschwand hinter einem Berg von Knochen und anderen Abfallresten.

„Sie hält sich anscheinend nicht lange mit ihren Gefühlen auf", meinte Lynn achselzuckend, „also los, ich glaube, es ist von Vorteil, wenn wir schnell tun, was sie sagt." Nuyuki hatte das Bedürfnis, ein paar erklärende Worte leise hinzuzufügen. „Bitte entschuldigt den etwas rüden Ton meiner Großmutter, aber sie hat unser Dorf über hundert Winter geleitet. Sie mag alt und gebrechlich aussehen, aber ihr Geist ist rege und lebhaft wie eh und je."

Die Dämmerung ließ die Gruppe ungesehen von Schatten zu Schatten huschen, und schon nach kurzer Zeit verschwanden alle hinter der Tür einer nahen Hütte. In deren Mitte brannte ein kleines Feuer, das Yiroce sofort mit etwas getrocknetem Torf schürte, so dass der Raum bald wohlig erwärmt wurde. Die Wände waren aus Steinen erbaut, die fast fugenlos ineinandergriffen und etwa so hoch waren, wie Lardan groß. Sie waren zur Gänze mit zotteligen Fellen verhängt. Das Grundgerüst des Daches formten feste Stangen, die sich alle in der Mitte überkreuzten. Die Abdeckung bestand aus kunstvoll geflochtenem Schilf, verbunden mit zusammengenähten Tierhäuten. Die Spitze des Daches hatte eine kleine Öffnung, aus der der Rauch abziehen konnte.

Lardan bekam die ersten Worte der Erzählung Yiroces nicht mit, so zogen ihn manche Dinge, die allesamt von den Dachbalken herunterhingen, seine Aufmerksamkeit in ihren Bann.

Unterschiedlich duftende Pflanzenbüschel, aufgefädelte, getrocknete Früchte, unzählige geräucherte Fische, liebevoll aufgehängte Knochen und Knöchelchen, die bei leichtem Luftzug gegeneinanderschlugen und zu Lardans Überraschung angenehme Töne erzeugten. Von den Wänden ragten die unterschiedlichsten Tierköpfe, die allesamt ihre Zähne bleckten oder mit ihren Hörnern oder Geweihen drohten. Dazu kamen noch unzählige Kleinigkeiten, von denen er nicht wusste, was sie waren oder welchem Zweck sie dienten. Und wenn er ehrlich war, von einigen Dingen wollte er gar nicht wissen, woher sie stammten oder wozu man sie gebrauchen konnte. Erst als sein Name fiel, wurde er abrupt aus seinen Gedanken gerissen.
„Und hier ist Lardan, leicht abzulenken wie du siehst, aber er ist der Träger von Flammar, eine der vier Waffen, die in den früheren Zeitaltern Je-Uul-Tar besiegt haben."
Die Gefährten begrüßte Yiroce in der Weise der Ycoti, indem sie sie mit einem leichten Stoß Stirn gegen Stirn berührte. Nachdem Nuyuki alle Namen genannt hatte, nahmen sie rund um das Feuer Platz. Yiroce berichtete, während sie Wasser in einen Topf aus gegerbter Tierhaut füllte und über das Feuer hing, was sich seit der Abwesenheit Nuyukis zugetragen hatte. Die Geschehnisse hatten sie alle überrollt. Als der Gott Sey-Uce nicht mehr mit Saitu oder den anderen Doaks gesprochen und sich die Lage des Dorfes in Bezug auf die Angriffe der Varags immer mehr verschlimmert hatte, hatte Saitu Nuyuki und zwei weitere Ycoti über den großen Pass Titoze nach Süden geschickt, um Hilfe zu holen. Aber währenddessen hatte aber Yoteto, ein alter Widersacher Saitus, begonnen, die Dorfbewohner immer mehr gegen Saitu aufzuhetzen. „Er sagte, dass sie daran schuld sei, dass Sey-Uce sich von uns abgewandt habe und dass wir uns mit großer Verehrung dem Anderen Gott zuwenden müssen. Je-Uul-Tar, der die Macht haben

würde, wieder Frieden in die Gegend zu bringen. Auch die zwei anderen Doaks haben behauptet, dass nun nicht mehr Sey-Uce unser Gott wäre, sondern Je-Uul-Tar. Und dann sagten sie, dass man Je-Uul ein Opfer darbringen müsse". Yiroce fing zu schluchzen an.

„Und vor zwei Tagen fühlten sie sich stark genug, Saitu gefangen zu nehmen und sie nach Norden zu verschleppen, um sie Je-Uul zu opfern. Sie haben sie nach Niz gebracht, dort soll deine Mutter, meine Tochter, sterben. Ich fürchte, ihr seid zu spät gekommen." Yiroce schluchzte verzweifelt und vergrub ihr faltiges Gesicht in ihren Händen.

Nuyuki wollte sofort handeln und wenn sie Lynn nicht zurückgehalten hätte, wäre sie wohl augenblicklich losgezogen und hätte mit ihren beiden Dolchen Yoteto bei lebendigem Leib gehäutet. Und erst die ruhigen und klaren Worte Gabalriks, der Saitu ebenso schmerzlich vermisste, konnten sie wieder dazu bringen, besonnen und beherrscht nachzudenken, welche Schritte als nächstes sinnvoll und zielführend wären.

Dann erzählte Nuyuki ihrer Großmutter, was sie gesehen und erlebt hatte, von den beiden Toten am Fluss, die, so ergänzte inzwischen Yiroce, Saitu ausgeschickt hatte, um sie vor Yoteto zu warnen. Dann erzählte die junge Ycoti, dass Je-Uul-Tar Sey-Uce gefangen halte und begonnen hatte, die südlichen Länder, wie schon befürchtet, mit Krieg zu überziehen.

„Alles ist als verwobener, als ich befürchtet hatte." Nachdenklich strich sich Yiroce übers Kinn. „Und ihr glaubt wirklich, dass Sey-Uce in den Zinnen von Ziish gefangen gehalten wird?"

Da sich die Blicke alle auf Lardan richteten, war es nun Zeit, dass er das Wort ergriff. Er erzählte kurz, wie er in diese Ereignisse hineingezogen worden war, ohne die geringste Ahnung zu haben, welche Ausmaße und Folgen alle seine Handlungen und Taten hatten.

„...und nachdem ich beschützt durch Sarianas Schwingen in den glühenden Fluss gestiegen bin, um Flammar wiederzuerlangen, bekam ich den Auftrag nach Norden zu gehen, um Inthanon aus den Klauen von Astaroth zu befreien. Und deshalb sind wir jetzt hier. Eigentlich hatten wir gehofft, hier Astaroths Schergen nicht anzutreffen, aber befürchten mussten wir das wohl, nachdem was alles bis jetzt passiert ist."

Für kurze Zeit herrschte betroffenes Schweigen. Durch Lardans Erzählung der Ereignisse kamen bei allen Gefährten wieder die Erinnerungen hoch, das ganze Leid, das Elend und der Schmerz, alles das sie gesehen hatten und auch am eigenen Leib hatten erfahren müssen.

„Nun, Lardan, du magst zwar nicht so wirken und aussehen, aber du scheinst ein großer Krieger zu sein, der in den Diensten der Götter steht." Yiroce brach das nachdenkliche Schweigen. „Aber auch ihr alle, die ihr hier so sitzt, seid auserwählt worden. Denn wenn mich mein hohes Alter eines mit Sicherheit gelehrt hat, dann dass nichts zufällig passiert und dass zum Gelingen einer Aufgabe immer mehrere notwendig sind. Auch die Gegner. Und dieses Wissen ist unser Vorteil, den unser Widersacher nicht hat. Nur der Jäger, dem bewusst ist, dass er gleichzeitig auch der Gejagte ist, wird Erfolg haben."

Weil die anderen zustimmend nickten, nickte auch Lardan, obwohl er die Worte Yiroces eigentlich verwirrend fand, musste er zugeben, dass sie Eindruck bei ihm hinterließen.

Der Rest des kurzen Abends verging mit Pläne schmieden und man einigte sich dahingehend, im frühen Morgengrauen nach Niz, der alten Kultstätte der Ycoti, aufzubrechen und dort alles zu unternehmen, Saitu zu befreien, wenn sie noch am Leben war. Danach wollten sie weiter nach Norden ziehen zu den Zinnen von Ziish, um Inthanon aus den Klauen Astaroths zu erlösen. Und sollten sie dann immer noch Leben sein, würde es keine großen Schwierigkeiten mehr bereiten, Rache an Yoteto und den anderen Verschwörern zu üben.

Am nächsten Morgen war wieder einmal Lardan der letzte, der schlaftrunken unter den dicken Fellen hervorkroch. Er konnte sich nicht vorstellen, woher die anderen so früh am Morgen schon ihre Betriebsamkeit nahmen. In der ganzen Hütte wurde gearbeitet, wenngleich alles beinahe vollkommen lautlos ablief. Nuyuki und Yiroce schnürten diverse Bündel, Xuura und Hokrim kümmerten sich um das Frühstück, Lynn und Gabalrik waren in ein Gespräch vertieft und nur Keelah schien auch erst vor kurzem ihre Augen geöffnet zu haben.

Dann ging alles sehr schnell. Lardan hatte kaum noch Zeit, sich den Schlaf aus den Augen zu reiben, sich anzuziehen und ein paar Bissen zu essen, da schlichen sie, noch im Schutz der anbrechenden Dämmerung, zum Fluss hinunter, beluden zwei Kanus und paddelten den Andur hinauf gegen Norden. Lynn, Keelah und Xuura saßen in einem Boot, Gabalrik, Hokrim, Nuyuki und Lardan in einem zweiten. Nuyuki verabschiedete sich nur sehr knapp von ihrer Großmutter, die nach dem Ablegen noch so lange am Flussufer stehen blieb, bis die Gefährten außer Sichtweite gelangten.

Wenn nichts dazwischenkam, mussten sie Niz mit den ersten Sonnenstrahlen des nächsten Tages erreichen. Die Kultstätte lag etwas entfernt vom Ufer, auf einer kleinen Anhöhe, umgeben von mehreren Steinreihen, von denen niemand wusste, wer sie jemals aufgerichtet und bearbeitet hatte. Nuyuki erzählte, dass normalerweise dort zweimal im Jahr, zur Sommer- und zur Wintersonnenwende große Feierlichkeiten und Zeremonien abgehalten wurden, zu Ehren von Sey-Uce, aber auch zu Ehren anderer Götter, deren es viele gab bei den Ycoti.

Lardan fühlte sich bei dem Gedanken, längere Zeit auf Wasser verbringen zu müssen, von Anfang an unwohl, noch dazu in einem so schmalen Kanu, das von den kleinsten Wirbeln und Strömungen hin- und hergebeutelt wurde. Natürlich hatte er es niemandem gesagt, dass er eigentlich ziemliche Angst davor hatte, einen reißenden Fluss zu befahren. Beim Einsteigen hatte er sich noch so geschickt anstellen können, dass er in die Mitte zu sitzen kam und dadurch nicht paddeln musste, aber es dauerte nicht sehr lange, da konnte er seine aufkommende Panik und sein flaues Gefühl im Magen nicht mehr verbergen. Er war ein Kind der nördlichen Ebenen, er war es gewohnt, festen Boden unter den Füßen zu haben.

Hokrim, der ihm gegenübersaß, bemerkte es als erster: „Lardan, was ist los mit dir, willst du mit Lanurs milchiger Scheibe in Wettstreit treten?"

Lardan tat so, als ob er Hokrims Worte nicht gehört hatte, doch der ließ nicht locker. Er spritzte ihm ein paar Tropfen Wasser ins Gesicht mit dem Resultat, dass Lardan ihn am liebsten an der Gurgel gepackt hätte, wenn sich im selben Moment sein Magen nicht plötzlich und abrupt entleert hätte. Er konnte gerade noch rechtzeitig seinen Kopf nach rechts reißen und über die Bootskante recken.

„Das ist kein günstiger Zeitpunkt, die Fische zu füttern", ätzte Hokrim.

Lardan nahm diese und alle folgenden Bemerkungen nicht mehr war, zu sehr war er zwischen dem Würgen und Recken beschäftigt, schnell Luft zu holen, um dann sofort wieder die nächste bitterere Ladung dem Fluss zu opfern. Auch die darauffolgenden guten Ratschläge wie tief und ruhig zu atmen oder immer geradeauszuschauen waren ihm ziemlich gleichgültig. Nur ein einziger Satz blieb ihm im Gedächtnis hängen und verschaffte ihm Trost, nämlich Nuyukis: „Wir sind gleich

da."
Viel hatte Lardan von der erfrischenden Bootsreise nicht mitbekommen, außer, dass Nuyuki, kurz nachdem am nächsten Morgen die ersten Sonnenstrahlen, die über den östlichen Bergspitzen aufgegangen waren und den Flussnebel durchdrangen, ihr Versprechen einlöste. Zur großen Erleichterung Lardans steuerte sie endlich auf das Ufer zu und an einer flachen Stelle konnten sie ihre Kanus verlassen. Lardan wankte von Bord, überglücklich wieder festen Boden unter seinen Füßen zu spüren.

Nuyuki wurde augenblicklich von einer nervösen Unruhe gepackt, weil sie Rokhi hier nicht wartend vorfand. „Ich habe sie immer wieder am Ufer entlang zwischen den Büschen gesehen, sie müsste jetzt schon längst hier sein."

„Wir dürfen jetzt nicht hierbleiben, wenn wir Saitu retten wollen, müssen wir sofort los", mahnte Lynn, während sie Lardan half, sich auf den Beinen zu halten.

„Du hast ja recht. Den Hügel dort noch hinauf, dann sollten wir Niz schon sehen können. Brechen wir auf!"

„Ich glaube, ich kann noch nicht, lasst mich hier kurz meine Kräfte sammeln, ich komme, sobald ich kann, nach", stöhnte Lardan schwach.

Lynn blickte kurz zu Nuyuki, die zustimmend nickte. „Gut, ich glaube, du kannst uns nicht verfehlen, komm nach, sobald du dich wieder stark genug fühlst. Im Laufschritt trabte die Gruppe den Hügel hinauf, die Hände an den Waffen.

4 Lardan-Nuyuki

„Nuyuki, wer ist denn eigentlich dieser Je-Uul, gegen wen müssen wir hier antreten?", keuchte Xuura.

„Je-Uul hat viele Gestalten. Wir verehren ihn, aber vielmehr fürchten wir ihn. Und einmal vor jedem Winter bringen wir ihm hier in Niz eines unserer Larkus dar, damit er nicht uns während der kalten Monde heimsucht. Noch nie war jemand Zeuge, wenn er sich das Opfertier geholt hat. Aber Yiroce hat ihn mir doch einmal beschrieben, denn einer ihrer Ahnen soll ihn vor ungezählten Wintern bei der Jagd beobachtet haben. Sie sagte, Je-Uul sei ein riesiger, geflügelter, schuppiger Wurm. Drei Köpfe trage sein Körper, aber das Gefährlichste sei sein eisiger Atem. Er lasse jeden, der ihm ausgesetzt sei, kurzfristig erstarren, und dieser Augenblick bedeute den Tod."
Das Bellen und Heulen der Wokunas, gepaart mit einem Geräusch, das sie nicht zuordnen konnten, jagte ihnen eisige Schauer über die Rücken, schon bevor sie über die Hügelkuppe sehen konnten. Dumpfes Knirschen und eisiges Schaben, unterbrochen von einem mächtigen Grollen, erfüllten die knisternde Luft. Gabalrik und Hokrim machten im Laufen ihre Armbrüste fertig und auch alle anderen waren auf einen Kampf vorbereitet.
Nuyuki erreichte als erste die Anhöhe. Für einen Moment blieb sie wie angewurzelt stehen. Xuura, die ihr am nächsten war, rannte sie fast nieder, da sie mit dieser Reaktion nicht gerechnet hatte. Aber das Bild, das sich ihr bot, ließ auch sie erstarren.
Drei Wokunas bekämpften einen riesigen, dreiköpfigen Wurm, der mit gelblichen Schuppen gepanzert war. Sein gewaltiges Flügelpaar würde ihn zwar nicht in die Lüfte heben können, aber er richtete sich mit seiner Hilfe zu riesenhafter Größe auf, um dann von oben herab seinen frostigen Atem auszuspeien, der alles zu einer eisigen Starre gefrieren ließ.
Der Kampf tobte in einem großem Steinkreis, in dessen Mitte ein fünf Schritt breiter Turm aufragte, an dem sich außen eine

schmale Wendeltreppe emporwand. Oben ragte aus seinem Zentrum eine steinerne Säule empor, umgeben von vier riesigen Schalen, in denen Feuer loderten. Jetzt erst erkannte Xuura, dass eine Person, die schlaff in ihren Fesseln hing, an die Stehle angekettet war. Und vor ihr stand schützend und regungslos ebenfalls eine Wokuna, Rokhi.
Nuyuki war nicht mehr zu halten. Sie brüllte noch während sie den Abhang hinabstürmte: „Passt auf den eisigen Atem auf!" Ohne zu zögern, stürmte sie los. Xuura drehte sich kurz um, sah Lynn, Keelah, Gabalrik und Hokrim und schrie: „Tarantar-tai-shak!" Und dann rannte sie Nuyuki nach.
Lynn reagierte ebenfalls sofort. Eine kurze Handbewegung und Gabalrik und Hokrim schlugen einen Haken nach rechts, Keelah und Lynn umliefen die Anhöhe nach links.
Nuyuki, die wusste, dass Xuura ihr auf den Fersen war, rief: „Ich muss den Turm hinauf, gib mir Deckung!"
Im Laufen zog Xuura den größten Meragh aus ihrem Rückengürtel und gab ihm mit einer plötzlichen Drehung um die eigene Achse die optimale Beschleunigung. Ein unnatürliches Dröhnen zerschnitt die Luft und fast im selben Moment, als einer der drei Köpfe auf Nuyuki aufmerksam wurde, krachte der Meragh in den Schädel. Mit einem lauten Knall zerbarst das krumme Holz, eine klaffende Wunde hinterlassend. Einen Augenblick später sah Xuura, wie sich hintereinander vier Bolzen bis zum Ende ihres Schaftes in diesen Hals bohrten.
Nuyuki gelangte hinter den Menhir, der am nächsten zum Treppenaufgang lag. Die drei Wokunas umkreisten und vorsichtig Je-Uul und versuchten immer wieder auf seinen Rücken zu springen, um ihre mächtigen Fänge in sein Fleisch zu graben. Aber auch sie bluteten schon aus vielen Wunden, nicht nur der große Wurm.
Wie lange dauert dieser Kampf hier wohl schon, dachte Xuura

bei sich, als sie beinahe über zwei weitere zerfetzte Wokunas stolperte. Sie fühlte, wie Lynn und Keelah jeweils links und rechts von ihr hinter den aufgerichteten Felsen ihre Stellungen bezogen. Hokrim und Gabalrik warteten mit geladenen Armbrüsten in sicherer Entfernung, um den DanSaan bei ihrem Angriff Deckung zu geben. Der riesige Wurm fing an, bedingt durch seine frischen Verletzungen und irritiert durch die herumhastenden Gestalten, immer ärger zu toben und zu wüten. Immer öfter richtete er sich auf, um nach allen Seiten seinen tödlichen Hauch zu verbreiten.

„Wo Lardan nur bleibt? Wenn wir ihn einmal brauchen, ist er nicht da!"

Weitere Zeit nachzudenken blieb Xuura nicht mehr, denn Lynn gab das Zeichen des Angriffs. Die Führerin der DanSaan wartete den eisigen Atem ab, denn Je-Uul würde dann einige Zeit brauchen, bis er wieder fähig war, seinen gefrierenden Tod auszustoßen, dann rannte sie, ihre Doppelaxt über ihren Kopf schwingend zu seiner linken Flanke und schlug mit einem gewaltigen Hieb eine tiefe Wunde. Fast im selben Augenblick stürmte Xuura zu seiner rechten Seite und bohrte ihm mehrmals hintereinander ihren Speer tief in das zähe Fleisch. Dann hechtete sie mit zwei gewandten Sprüngen rückwärts wieder hinter einen der riesigen Steindolmen.

Auch Lynn hatte nach ihrem Doppelschlag schnell den Rückzug angetreten. Als Xuura vorsichtig hinter dem Felsen hervorspähte, glaubte sie jedoch ihren Augen nicht zu trauen. Keelah war irgendwie auf Je-Uuls Rücken gelangt und es war ihr gelungen, ihr Schwert bis zum Heft zwischen die weißen Panzerungen zu rammen. Der riesige Wurm schlug wild mit seinen Flügeln, richtete sich fast senkrecht auf, schmetterte den dornenbewehrten Schwanz hin und her, aber Keelah ließ nicht locker. Mit beiden Händen klammerte sie sich an den

Griff ihres Schwertes, immer wieder schlug sie hart auf die Rückenpanzerung Je-Uuls. Neben ihr hatte sich ein Wokuna festgekrallt, der wie tollwütig seine Fänge immer wieder in das Fleisch grub. Donnernd ließ sich das Untier nach vorne fallen und Keelah krachte auf die andere Seite des Rückenkamms. Es war Lynn und Xuura unmöglich irgendwie helfend einzugreifen, da Je-Uul vor Schmerzen raste und niemand in seine Nähe gelangen konnte. *Oh, nein Keelah, lass los, das ist sonst dein Ende*, dachte Xuura entsetzt.

Mit einem unvermuteten Manöver neigte der Wurm seinen unversehrten Hals kopfüber nach hinten, fasste den Wokuna mit seinem Maul und schmetterte ihn in gewaltigem Bogen auf den gefrorenen Boden. Keelah, über und über mit Blut bedeckt, wurde wie eine Stoffpuppe leblos von einer Seite zur anderen gewuchtet und dann beugte sich ein weiterer Schädel rücklings nach hinten, um ihr den Garaus zu machen.

„Lass endlich los!", brüllte Xuura aus voller Kehle, aber ihr Schrei wurde vom Grölen, Donnern und Krachen Je-Uuls aufgesogen.

Keelah, lass bitte los!, dachte sie voller Verzweiflung, aber sie hatte nun nicht mehr den Mut einzugreifen. Da sah sie, wie sich die eine Kehle des Monsters rot verfärbte und nach zwei weiteren Treffern Gabalriks und Hokrims schoss ein blutroter Strahl hervor und dieser Hals kippte schlaff nach vorne.

Endlich löste Keelah die Umklammerung und sie rutschte leblos den blutigen, schuppigen Leib hinab. Nur das Heft des Schwertes ragte immer noch aus dem Rücken Je-Uuls. Xuura wollte sich schon zu Keelah vorkämpfen, um sie aus der Gefahrenzone zu schleifen, da sah sie, wie Lardan in nächster Nähe von Keelah hinter einem Stein hervorstürzte und sie zurück schleifte. „Endlich, wurde aber auch Zeit."

Nayuki war inzwischen bei ihrer Mutter, die bewusstlos in

ihren Ketten hing, am Turm angelangt. Sie war noch am Leben, aber ihr Atem ging nur noch schwach. Aber was Nuyuki im Moment weit mehr Sorgen machte, war, dass sie es nicht schaffte, Saitu von ihren Ketten zu befreien und sie aus der unmittelbaren Gefahrenzone zu bringen. Sie hatte auch keine Zeit, sich um Rokhi zu kümmern, die in einen eisigen Mantel gehüllt immer noch vor Saitu stand. Sie hatte sich vor die Ycoti geworfen und so den eisigen Atem Je-Uuls aufgehalten. Sie würde überleben, das wusste Nuyuki, falls die Wokuna in steifem Zustand nicht noch einen Schlag abbekommen würde.
Unten tobte der Kampf weiter. Lynn, Xuura und jetzt auch Lardan sprangen schnell aus ihrer Deckung, um einen Schlag oder zwei anzubringen und dann sofort wieder hinter einen der aufgerichteten Felsen zurückzuweichen, aber Hokrim und Gabalrik gingen allmählich die Bolzen aus. Und obwohl Je-Uul aus unzähligen Wunden blutete, Keelahs Schwert immer noch aus seinem Rücken ragte, Bolzen bis zu den Federn in seinem Körper steckten und einer seiner drei Köpfe nur noch unkontrolliert baumelte, hatte Xuura das Gefühl, dass ihnen eher die Kräfte ausgehen würden als dem Untier.
Dann geschah es. Als alle wieder einmal eine kurze Verschnaufpause einlegten, wandte sich Je-Uul erneut dem Turm zu, seinem eigentlichen Ziel. Seine Bewegungen waren jetzt zwar langsamer, aber Xuura glaubte den Zorn, die Wut und den Schmerz des Wurms spüren zu können. Nuyuki packte das blanke Entsetzen, als sie sah, dass Je-Uul immer näherkam. Verzweifelt rüttelte sie an den Ketten, mit denen die ihre Mutter an die Säule gefesselt war. „Ich schaffe es nicht, sie loszuketten, helft mir!", brüllte Nuyuki aus tiefster Verzweiflung.
Lardan sah, wie Lynn sofort reagierte. Mit zwei oder drei weiten Sprüngen war sie an der Treppe und stürmte hoch. „Sie brauchen nur ein paar Augenblicke", dachte Lardan, „nur ein

paar Augenblicke." Sein Kampf gegen den Gotha kam ihm kurz in den Sinn, dann umfasste er Flammar mit beiden Händen und rannte aus seiner Deckung hinter dem schützenden Stein hervor.

„Kepaga!", brüllte er so laut er konnte und indem er einen umgestürzten Steinquader als Rampe benützte, hechtete er mit einem gewaltigen Satz in den Weg Je-Uuls. Noch in der Luft brachte er seinen ersten Schlag an, der den schon schwer verletzten Kopf endgültig von dem langen Hals trennte. Vor Schmerz und Zorn bebend, richtete sich das Monstrum auf, um diesen Peiniger endlich zu vernichten. Lardan wagte sich zur der nun sehr verwundbaren Vorderseite Je-Uuls und stieß ihm immer wieder Flammar bis zum Griff in den schuppigen Leib.

Xuura schrie: „Hör auf, renn weg, du musst weg!", aber Lardan hörte sie nicht. Was er aber zu hören glaubte, war Lynns Axt, die mit ein paar mächtigen Schlägen die Ketten Saitus sprengte. Xuura sah, wie der mittlere Schädel nun schon zum zweiten Mal nach Lardan schnappte, ihn knapp verfehlte und nun zum dritten Angriff ausholte. Da setzte endlich auch sie alles auf eine Karte, hastete nach vor, rammte ihren Speer in den Boden und katapultierte sich in die Höhe. Irgendwie bekam sie den Hals Je-Uuls zu fassen, landete auf seinem Genick und versuchte mit zusammengepressten Oberschenkeln Halt zu finden. Ihren Speer schwang sie unter der Kehle hindurch, bis sie ihn mit der linken Hand zu fassen bekam. Dann drückte sie zu. Je-Uul bäumte sich auf und röhrte um sein Leben.

Lardan, der kaum glaubte, was er gerade sah, konnte gerade noch zurückweichen. Im nächsten Moment hörte er ein gewaltiges Knacken und Xuura flog in hohem Bogen über ihn hinweg. Der Hals, auf dem sie gesessen hatte, schnellte richtungslos und unkontrolliert durch die Gegend, der Kopf fiel lose hin und her, seine lange gespaltene Zunge hing schlaff aus dem

Maul. Lardan, schon auf dem Rückzug, sah diese Möglichkeit und mit ein paar behänden Schritten war er in Reichweite des Halsansatzes. Es brauchte nur noch drei Hiebe, um den Kopf vom Rumpf zu trennen. Ein Strahl verschiedener Körpersäfte ergoss sich über ihn und im nächsten Moment konnte er nichts mehr sehen. Wie ein Betrunkener torkelte er rückwärts, mit seinem Schwert blind vor sich herumschlagend. Nuyuki brüllte nur mehr hysterisch, Gabalrik und Hokrim mussten hilflos zuschauen, wie sich der letzte verbleibende Schädel im Todeskampf noch einmal aufbäumte, um einen letzten eisigen Strahl auf Lardan loszulassen.

Lynn, die nun ebenfalls am Rand des Turms stand, sah nur mehr einen Ausweg. Sie ließ ihre langstielige Axt ein paar Mal über ihren Kopf kreisen und dann sandte sie Spalter, wie sie die Waffe nannte, auf die Reise. Tief bohrte sie sich zwischen dem Rumpf und dem mittleren noch unversehrten Hals in das Fleisch - aber es schien keine Wirkung auf Je-Uul zu haben. Sein Körper war nur mehr Schmerz, nur mehr eine blutig fleischige Masse, die nur mehr ein Ziel hatte, die taumelnde Figur vor ihm zu zermalmen und mit sich in den Tod zu reißen.

Unvermutet wurde Nuyuki für Momente ganz ruhig, dann nahm sie ihre zwei Dolche und sprang in einem weiten Satz vom Turm. Der rechte Langdolch fand als erster sein Ziel. Kurz baumelte Nuyuki, sich nur an einem Dolch festklammernd, am Hals Je-Uuls. Dann rammte sie ihm den zweiten hinein. Tobend versuchte der noch den letzten verbliebenen Kopf nach hinten zu reißen und seine Peinigerin loszuwerden, aber das bescherte ihm das endgültige Ende. Nuyuki rutschte immer weiter am Hals entlang hinunter, zwei immer längere Wunden hinterlassend. Als sie nur mehr zwei Schritt über dem Boden war, ließ sie sich fallen, rollte sofort nach hinten weg und rannte in Richtung Lardan. Mit einem Satz riss sie ihn zu

Boden. Keinen Augenblick früh. Ein letzter eisiger Sprühregen fegte über die beiden hinweg und dann krachte Je-Uul tot zu Boden, nur eineinhalb Schritt verfehlte der riesige Schädel die beiden.

Für einen unnatürlich langen Augenblick herrschte absolute Stille. Niemand bewegte oder gab auch nur den geringsten Laut von sich, alle starrten wie gebannt auf das in Stücke gehackte Untier. Sie konnten es nicht glauben, dass Je-Uul jetzt endgültig tot war, nach den unzähligen Verletzungen, die sie ihm alle zugefügt und die so wenig Wirkung gezeigt hatten.

Nachdem sich Lardan notdürftig die Augen ausgewischt hatte, war er der erste, der die Stille brach. „Er ist tot, Je-Uul ist wirklich tot, wir haben es geschafft." Dann wandte er sich zu Nuyuki, die immer noch halb über ihn lag. „Ich glaube, du hast mir gerade das Leben gerettet." Nuyuki sagte nichts, aber Lardan hatte das Gefühl, als ob sie ihn etwas anders betrachtete als sonst, ja fast auf eine bestimmte Art genau musterte.

Gabalrik und Hokrim waren inzwischen zu Keelah und Xuura geeilt und versorgten sie. Keelah war übersät mit blauen Flecken und einigen oberflächlich blutenden Wunden, aber alle ihre Knochen waren heil, ebenso wie bei Xuura, die zwar fürchterlich humpelte, weil sie rücklings auf den harten Boden geknallt war, der aber sonst nichts fehlte.

Lynn trug die immer noch bewusstlose Saitu behutsam die Treppen bis zum zweiten Fackelhalter hinunter. Dann drängte sich Nuyuki vor sie, drehte die Halterung nach rechts und plötzlich öffnete sich vor ihr eine Tür. Nach ein paar Treppen, die abwärts führten, kamen sie in einen kleinen, aber gut ausgestatteten Raum. In der Mitte befand sich ein Kamin, Holz war aufgeschichtet und von der Decke hingen wie in Yiroces Hütte diverse Nahrungsmittel und Kräuter. Die Wände und der Boden waren mit Fellen ausgekleidet und einige einfache Hocker und Betten standen ebenfalls herum. Lynn legte Saitu auf eine der Pritschen und schichtete Holz in den Ofen, um ein wärmendes Feuer anzufachen.

„Lynn, kannst du bitte noch einmal kommen?", hörte sie Nuyuki rufen. Die DanSaan wendete sich zurück zur Treppe, da sah sie die Ycoti wieder oben auf dem Turm stehen. „Hierher, bitte Lynn, wir haben noch eine Patientin." Rokhi stand immer noch immer steif gefroren auf dem Platz, hinter dem Saitu gefesselt gewesen war.

„Sie kann den Kopf schon etwas bewegen, aber die restlichen Gliedmaßen sind noch immer steif. Könntest du bitte auch sie..." Weiter kam Nuyuki nicht. „Nein, nein das kannst du von mir nicht verlangen, dieses riesige, zottelige Biest auf Händen zu tragen", winkte Lynn entschieden ab.

„Bitte, sie hat Saitu das Leben gerettet, wir können sie nicht hier stehen lassen", flehte Nuyuki. „Also gut, aber du schuldest mir einen Gefallen." Lynn bückte sich, kroch unter die Wokuna und stemmte sie auf ihre Schultern. „Alles was du willst, Lynn, ehrlich, alles was du willst."

5 Nuyuki-Lardan-Saitu

Das kleine Feuer hatte inzwischen den Raum angenehm erwärmt. Ein Kessel voller Kräuter köchelte vor sich hin und immer wieder holte sich jemand einen Schöpfer dieses wohltuenden Gebräus. Gabalrik und Hokrim hatten inzwischen die Waffen, die in Je-Uuls Leichnam gesteckt hatten, eingesammelt und auch die Bolzen, die noch brauchbar waren, wieder aufgelesen. Rokhi lag ebenfalls am Feuer und streckte ihre Gliedmaßen, die immer wieder unnatürlich knirschten, von sich. Sogar Saitu war aus ihrer Bewusstlosigkeit erwacht und wieder ein wenig zu Kräften gekommen. Nuyuki saß bei ihr und flößte ihr immer wieder ein paar Tropfen des heißen Tees ein.

Lardan musste sich natürlich ein paar abfällige Bemerkungen gefallen lassen, wo er sich denn am Anfang des Kampfes versteckt hätte, ob er sich in den Ruhestand zurückziehen wolle und so weiter. Lardan ließ alles, ohne ein paar spitzfindige Bemerkungen zurückzugeben, über sich ergehen, denn er hatte das Gefühl, dass alle schon lange nicht mehr die Gelegenheit gehabt hatten, sich so ausgelassen wie an diesem Abend zu geben. Alle waren heilfroh, dass alles so glimpflich ausgegangen war und alle überlebt hatten.

Die letzten Monde waren gezeichnet von Schmerz, Trauer, Mühsal und Kampf, und instinktiv wussten alle, dass vor ihnen keine besseren Zeiten lagen, noch lange nicht. Also genossen sie den Abend an einem warmen Feuer, geschützt vor Wind und Schnee und Astaroths Schergen. Alte Geschichten wurden ausgegraben, Geschichten von unbeschwerter Jugend und vergebener Liebesmüh, von Streichen, die sie ihren Lehrmeisterinnen gespielt hatten oder vom Stolz, die Prüfung des ersten Pfades bestanden zu haben.

Nuyuki saß nur am Anfang bei den andern im Kreis, dann hockte sie wieder neben Saitu und unterhielt sich in ihrer Sprache mit ihrer Mutter. Lardan beobachtete die Konversation der beiden immer wieder aus dem Augenwinkel, sie schienen nicht einer Meinung zu sein und ihn beschlich das eigenartige Gefühl, dass auch er immer wieder Teil ihres Gesprächs war. Als die Diskussion immer mehr an Lautstärke gewann, wurden alle im Raum auf Mutter und Tochter aufmerksam, sogar Rokhi verdrehte den Kopf, was ihr sichtlich Schmerzen bereitete.

„Wollt ihr nicht auch uns sagen, worum es bei euch geht?"

Gabalrik, der die Ycoti am besten kannte, sprach aus, was alle dachten. Für kurze Zeit herrschte erwartungsvolle Stille, dann hob Saitu unter Aufbringung aller ihrer Kräfte den Kopf und sagte in strengem Ton: „Meine Tochter hat dem Mann etwas zu sagen. Ich musste sie erst darauf hinweisen, dass unsere Gesetze und Bräuche nicht nur für Ycoti, sondern auch für unsere Freunde gelten."

Nuyuki trat vor Lardan und dann begann sie zögernd zu sprechen: „Wir glauben, wenn jemand das Leben eines anderen rettet, dann hat Sey-Uce diese Person dazu ausgewählt, auf den anderen aufzupassen. Ich muss dich von nun an begleiten, immer an deiner Seite sein. Ich werde dein Leben weiter mit dem meinem schützen, so gut ich kann und solange Blut in meinen Adern fließt. So sei es!" Ohne eine Antwort abzuwarten, begab sie sich wieder zu ihrem Platz zurück.

„Bei uns Ycoti", ergänzte Saitu mit der tiefen Stimme ihres Volkes, „sind solch auserwählte Beziehungen heilig", und mit einem leichten Schmunzeln auf den Lippen fügte sie noch hinzu, „meistens entspringen solchen Verbindungen zahlreiche Nachkommen." Nuyuki, die plötzlich die Gesichtsfarbe gewechselt hatte, zischte in Richtung Saitu ein paar Worte, die nicht sehr freundlich klangen.

Xuura entspannte die Situation ein wenig.

„Nun Lardan, ich muss schon sagen, das geht fast ein wenig zu weit. Du lässt dir das Leben retten und dafür bekommst du als Draufgabe eine Leibwächterin. Schön langsam werde ich neidisch auf dein Glück."

Dann stand Gabalrik auf und setzte sich an die Seite Saitus. Zärtlich berührte er ihre Wange. „Viel Wasser ist den Andur schon hinuntergeflossen und viel Wasser wird den Andur noch hinunterfließen. Es ist immer dasselbe und doch ist niemand jemals in denselben Fluss gestiegen. Lasst uns jetzt zu Bett gehen. Und ich werde seit langem wieder eine Nacht neben der Frau verbringen, die mir vor langer, langer Zeit mein Leben rettete und sie hat seither mein Leben wie ihren Augapfel behütet, auch wenn sie nicht immer bei mir war. Dafür möchte ich dir hier endlich danken, Saitu. Lardan, lösche bitte die Fackeln."

Dann kroch Gabalrik unter die Decke Saitus, und sie legte ihren Kopf auf seine breite Schulter, so, als ob sie das jede Nacht getan hätte.

Lardan löschte, verblüfft über die Wendung der Geschichte, die Fackeln, und alle suchten sich einen Platz, auf dem sie ihre Gliedmaßen ausstrecken konnten. Der DanSaan nahm sehr bedacht darauf, dass er möglichst weit weg von Nuyuki lag, obwohl er sonst eigentlich dem warmen Körper einer Frau nicht abgeneigt war. Aber mit Nuyuki, das war anders. Sie war eine Ycoti. Allein ihre spitzen Zähne machten ihm schon Angst. Und dann diese unheimliche, tiefe Stimme. Nein, das war keine Frau für ihn. Aber diese fremdartige Exotik, wenn er ehrlich war, hatte schon einen gewissen Reiz auf ihn ausgeübt. Aber wahrscheinlich würde sie alles viel zu ernst nehmen, wenn er...nein, Chedi war erst vor so kurzer Zeit in das Jenseits gegangen, und er hatte noch keine Zeit gehabt, um sie zu trauern, es kam also sowieso nicht in Frage.

Nur mehr das Flackern des Kaminfeuers erhellte gespenstisch den Raum. Der junge Mann wälzte sich hin und her, ohne einschlafen zu können. Zu viele Gedanken vertrieben seinen Schlaf. Alle gaben schon die typischen Schlafgeräusche von sich, da überwand er seine Zweifel und vielleicht auch seine Ängste und er kroch leise zu Nuyuki hinüber.

Wenn sie schläft, drehe ich sofort um, sagte er noch zu sich selbst, aber als er bei ihr angelangt war, hob sich auf einmal das Fell und Nuyuki, vom Flackern des Feuers in ein dunkelweiches Licht getaucht, lag da, wie die Göttin sie geschaffen hatte. Kein einziges Haar bedeckte ihre Scham und auch sonst war ihr ganzer Körper wie glatt rasiert. Lardan nahm sie ganz zärtlich in seine Arme und küsste ihre Stirn. Dann erfüllte ein kaum wahrnehmbares Flüstern den Raum, bis beide in einen friedlichen Schlaf sanken.

6 Lardan-Saitu-Nuyuki

Am nächsten Morgen war Lardan als erster wach. Aber nicht, weil er freiwillig aus seinen Träumen emportauchte, sondern weil Rokhi, die die Nacht auch hier im warmen Raum verbracht hatte, ihn mit ihrer feuchten Nase anstupste. Nachdem er seinen ersten Schreck überwunden hatte, begriff er, was sie wollte. Auch Wokunas müssen einmal ihr Geschäft erledigen. Und eigentlich war er ganz froh, an diesem Morgen als erster aufzustehen, denn er wollte nicht, dass seine Gefährtinnen erfahren sollten, dass er diese Nacht doch schon unter Nuyukis Decke verbracht hatte. Also stand er schnell auf, zerwühlte sein Bettzeug und ließ dann Rokhi ins Freie. Er holte Wasser, kümmerte sich um das Frühstück und saß schon voller Stolz beim fertigen Kräutertee, als die anderen schön langsam ihre steifen Gliedmaßen zu strecken begannen.

„Lardan, was ist denn mit dir los, hattest du schlechte Träume, oder was hat dich sonst aus dem Bett getrieben", ätzte natürlich Xuura.

Auch alle anderen, nein, beinahe alle anderen machten ebenfalls irgendeine beißende Bemerkung, Nuyuki sagte nichts, zumindest nicht mit ihrer Stimme. Aber Lardan bemerkte sofort, dass sie nicht mehr die Nuyuki war, die er bisher zu kennen geglaubt hatte. Auch wenn sie ihn nicht anblickte, hatte

Lardan das Gefühl, von ihr beobachtet zu werden. Wenn sie an ihm vorbeiging, dann streifte sie für einen Augenblick seine Schulter. Und wenn sie lächelte, dann galt das Lächeln ihm.

Aber bald zweifelte er an seiner Wahrnehmung, vielleicht bildete er sich das alles nur ein. Allerdings holte ihn die Realität bald ein. Hatten es gestern Abend alle vermieden, davon zu sprechen, wie es weitergehen sollte, so wurde jetzt heftig darüber debattiert. Schließlich einigten sie sich, dass Saitu hierbleiben und auf die Rückkehr der Gefährtinnen warten sollte, da sie ohnehin nicht in der Lage gewesen wäre, nach ihrer Gefangenschaft auf eine derart anstrengende Reise zu gehen. Hier würde sie vor Yotetos Schergen sicher sein, es würden sowieso alle Dorfbewohner glauben, dass sie tot sei. Und sollten sie Sey-Uce befreien können, was in Sarianas Händen lag, wollten die Gefährten sie hier wieder abholen, und dann würden sie alle ins Dorf zurückgehen, um Yoteto und seine Anhänger ihrer gerechten Strafe zuzuführen.

Schnell waren die wenigen Sachen gepackt und erneut in den Kanus verstaut. Auf dem Weg zum Ufer ließ Saitu Lardan verstehen, dass sie mit ihm reden wollte, unter vier Augen.

Als sie ein wenig zurückgefallen waren, berührte sie Lardans Arm und seufzte: „Ich weiß nicht genau, wie ich anfangen soll. Ihr seid beide noch sehr jung. Nuyuki ist zwar wahrscheinlich gleich alt wie du, aber bei uns Ycoti ist sie noch ein Kind. Du weißt vielleicht, dass unsere Lebensspanne ähnlich lang ist wie die des Alten Volkes, wie ihr es nennt. Durch die besonderen Umstände hat sie Verantwortung übernommen, die eigentlich nicht für sie gedacht gewesen wäre. Ich weiß, dass alle Geschehnisse und Ereignisse nicht zufällig passieren, jede Handlung hat ihre Ursache, ihren Grund, ihre Auswirkung und Konsequenz. Und vielleicht war es schon immer Nuyukis Schicksal, deine Kashi zu werden. Auch du warst sehr jung, als du in den Sog dieser Geschichte gezogen wurdest und Gabalrik hat mir schon von dir erzählt, da lebten dein Vater und deine Mutter noch. Und ich habe gehört, wie du gestern gekämpft hast und ich habe dich gestern Abend beobachtet. Das Feuer in dir ist noch klein, aber es wird mit der Aufgabe wachsen. Du hast die besten Lehrmeisterinnen gehabt. Nun, ich habe die alten Geschichten sehr eingehend studiert und ich weiß, was für ein Schwert du trägst und welche Verantwortung auf dich zukommt. Ich weiß, dass die es Aufgabe einer Kashi ist, auf die Person aufzupassen, die sie gerettet hat, aber ich bitte dich Lardan, als Mutter deiner Kashi, pass auch du auf sie auf."

Saitu blieb stehen, nahm die Hände Lardans und blickte ihm in die Augen. „Ich habe gesehen, wie sie dich anblickt, sie wird ihre Verantwortung sehr ernst nehmen. Nimm ihr Geschenk an. Sie wird dich nicht verlassen und ihre Pflicht an dir erfüllen. Verletze ihre Seele nicht, indem du sie nicht würdigst!"

„Ich habe gestern in der Nacht noch lange mit Nuyuki gesprochen, sie hat mir sehr viele Geschichten von früheren Kashis erzählt. Saitu, ich verspreche dir, ich werde, so gut ich kann, auf sie aufpassen und versuchen, ihre Gefühle zu respektieren und sie nicht zu verletzen." Nachdem er diese Worte gesprochen hatte, fühlte er Wärme in sich aufsteigen und kurz kam ihm der Gedanke, dass er gerade eine kleine Stufe auf der Leiter zu einem erwachsenen Mann gemacht hatte.

„Wir müssen jetzt unser Gespräch beenden, Nuyuki ist schon ganz nervös. Ihr gefällt es sicherlich überhaupt nicht, dass ich so mit dir rede."

„Aber sie ist doch so weit vorne, das kann sie nicht bemerkt haben."

„Sie beobachtet uns, seit wir miteinander sprechen", erklärte Saitu.

„Aber sie hat uns noch gar nicht gesehen."
„Wir Ycoti können auch jemanden beobachten, ohne ihn anzublicken. Hast du das noch nicht bemerkt? Unsere Sinne sind anders ausgebildet als die der Menschen."
„Ihr entgeht also nichts, oder?"
„Sie ist deine Kashi, Lardan, ihre oberste Aufgabe ist es nun, dich zu beschützen. Irgendwie wirst du sie immer fühlen, auch wenn sie weit von dir entfernt ist. Darum habe ich dich gebeten, sorgsam mit deinen Handlungen, Gedanken und Gefühlen umzugehen. Du wirst nur sehr schwer etwas von ihr verbergen können."
„Und kann ich sie von ihrer Aufgabe, meine Kashi zu sein, nicht entbinden?", fragte Lardan.
„Nur der Tod kann diese Verbindung wieder auflösen, sonst niemand", entgegnete Saitu.
Lardan wurde nachdenklicher. Noch etwas, das ihm übertragen wurde. Gerade war er eigentlich noch ein Junge gewesen und hatte unbeschwert in den Tag hineingelebt, doch seit einigen Monden wurde die Verantwortung von Tag zu Tag erdrückender.
„Saitu", sagte er schließlich nach einer längeren Nachdenkpause, „ich weiß nicht, ob ich alle Erwartungen, die ihr in mich setzt, erfüllen kann. Alles wird immer schwieriger. Ich wurde zum Träger des Flammenschwertes, ich bin vielleicht zum Gegner eines Gottes bestimmt, ihr verlasst euch alle auf mich. Ich glaube, ich bin dem Ganzen nicht gewachsen."
"Ein tiefer Seufzer entrang sich ihm und drückte seine Niedergeschlagenheit und seine Furcht aus.
„Im Augenblick mag es vielleicht kein Trost für dich sein, aber du bist weder hilflos, noch verloren oder allein. Du hast deine Gefährtinnen, alle würden für dich durch das Feuer gehen. Du hast geschafft, was niemand für möglich gehalten

hatte, du hast Flammar wieder gefunden und damit ist eigentlich die Hoffnung erst wieder zurückgekehrt. Und was mich am meisten in dem Glauben bestärkt, dass du wirklich einer der Auserwählten bist, sind deine Zweifel und deine Vermutung, dass andere viel geeigneter wären als du. Bei uns gibt es ein Sprichwort: ‚Wenn man auf alles, was unsere Sinne aufnehmen, sein Herz richtet und es eingehend prüft, dann wird man herausfinden, dass man sich um alle Dinge dieser Welt bemühen muss."

Saitu hatte recht gehabt: Ihre Worte halfen Lardan nicht, seine Unsicherheit zu unterdrücken, aber er fand es dennoch ermutigend, dass jemand so von ihm dachte.

Den Rest des Weges legten die zwei ohne weitere Worte zurück und ein wenig schneller, um zu den anderen aufzuschließen. Kurz vor dem Besteigen der Boote gab ihm die alte Ycoti noch einen kleinen Beutel mit getrockneten Blättern. „Nuyuki hat mir von deinen Leiden auf dem Wasser erzählt. Kau langsam eines oder zwei dieser Blätter, dann wird dein Frühstück deinen Körper auf gewohnte Weise verlassen." Erleichtert stieg Lardan ins schaukelnde Boot, und die ungewisse Reise gen Norden kam ihm mit einem Male gar nicht mehr so schlimm vor.

7 Yantu-Elessa

Unaussprechliches Entsetzen hatte sowohl Verteidiger als auch Angreifer gepackt. Der Gotha war mit furchterregendem Getöse in die Schlucht gestürzt, die DanSaan, die vor dem Tor die Stellung gehalten hatten, versuchten, so schnell es ging, wieder hinter den Mauern Schutz zu erlangen und all die Bergclankrieger und Yauborg, die an der Ostseite der Brücke gekämpft hatten, wussten, dass das die letzten Augenblicke ihres Lebens waren, denn sie waren nun vom Rest ihrer Truppen abgeschnitten. Für eine kurze Zeit kämpften sie dadurch noch entschlossener und verbissener, aber als die geflügelten Yauborg, die Yau-Xuok, auf der Mauer auftauchten, da brach der Widerstand völlig zusammen und viele sprangen sogar aus eigenem Antrieb von der Brüstung oder von den Felsen in die Schlucht hinunter. Der Sturm peitschte nicht mehr so unerbittlich, nur der Regen strömte immer noch in Bächen aus den Wolken. Aber so plötzlich die Yau-Xuok aufgetaucht waren, so schnell waren sie auch wieder im Grau des Nebels verschwunden. Und nach einer gar nicht so langen Zeit herrschte fast so etwas wie gespenstische Ruhe, gepaart mit einer unnatürlichen Geschäftigkeit aller, so als ob das die einzige Möglichkeit gewesen wäre, das Gesehene und Erlebte zu verarbeiten.

Karah wurde, sobald es möglich war, in das Haus der Heilerin gebracht, die der schwer verwundeten DanSaan Tränke einträufelte, die sicherstellten, dass diese im Reich der Träume verblieb. Auch Lirah lag, von zwei Pfeilen in den Rücken getroffen, verwundet in Elessas Haus. Auch sie war nicht bei Bewusstsein.

„Sei ehrlich zu mir Elessa, werden die beiden durchkommen?" Die Art und Weise, wie Yantu die Heilerin fragte, verrieten Unsicherheit und Angst.

„Lirah wird wieder ganz gesund werden, wenn sie Zeit hat oder besser, man ihr die Zeit lässt, ihre Wunden auszuheilen. Aber Karah?" Elessa ließ einen tiefen Seufzer los. „Bei Karah weiß ich nicht, ob meine Heilkünste reichen werden. Es grenzt schon an ein Wunder, dass sie überhaupt noch am Leben ist. Ihre ganze linke Schulter und der Oberarm sind zertrümmert, sie hat sehr viel Blut verloren und ich weiß ehrlich gesagt nicht, was sie vorziehen würde – tot zu sein oder mit nur einem Arm weiterzuleben.

„Du musst ihr den Arm amputieren?", fuhr es Yantu erschreckt aus der Kehle.

„Das ist die einzige Möglichkeit, sonst wird sie mit Sicherheit vor das Große Tor treten. So hat sie noch eine kleine Chance, falls ihr Lebensfunke noch brennt, dann kann sie vielleicht überleben."

„Wann werde ich mit Lirah reden können?"

„In fünf, sechs Tagen vielleicht und dann auch nur kurz. Ich werde sie noch längere Zeit betäuben müssen, um ihr die Schmerzen zu erleichtern."

Yantu setzte sich nieder und vergrub aus Verzweiflung ihren Kopf in den Händen. „Elessa, was soll ich bloß tun? Sileah, unsere neue SanSaar ist wie vom Erdboden verschluckt. Der Alte Yauborg, den du ja auch kennengelernt hast, ist mit ihr verschwunden. Karah und Lirah sind handlungsunfähig, nur ich bin noch über. Erobert können wir wenigstens nicht mehr so schnell werden, denn sie werden lange brauchen, wenn sie eine neue Brücke über die Schlucht bauen wollen. Was hat das alles für einen Sinn? Kannst du mir das sagen?"

Elessa schien über Yantus Worte nachzudenken, dann meinte sie: „Ich weiß, was du tun musst. Sileah fantasierte in ihrem unfreiwilligen Schlaf viele wirre, unverständliche Worte, aber einen Satz hat sie des Öfteren wiederholt. ‚Zerstört den Eingang zu den Höhlen' und ‚niemand darf da mehr hinuntergehen'."

„Du meinst ich soll..." Die Worte blieben in ihrem Hals stecken, so unvorstellbar schien ihr der Gedanke.

„Ja, stelle sicher, dass der Eingang einstürzt oder verschüttet wird, und dann..." Jetzt versagte Elessa die Stimme und Tränen schossen ihr übers Gesicht.

„...und dann", setzte Yantu fort, „und dann verlassen wir den KorSaan, das wolltest du doch sagen, oder?"

„Ja, der ganze Norden ist von Krieg überzogen und es hat erst angefangen. Die Menschen brauchen uns, sie brauchen unsere Fähigkeiten und unser Wissen. Hier heroben ist unsere Aufgabe beendet. Aber du solltest jetzt gehen, Yantu, ich muss mich an die Arbeit machen."

In Gedanken versunken taumelte Yantu hinaus. Sie wusste, dass Elessa Recht hatte, aber der KorSaan war ihre Heimat und die Heimat der anderen DanSaan. Jetzt erst fiel ihr auf, dass es aufgehört hatte zu regnen und dass sogar vereinzelt Sonnenstrahlen durch die Wolken brachen. Kurz hob sie ihren Kopf, schloss ihre Augen, genoss für einen Augenblick die Wärme der Sonne, holte tief Luft und dann brüllte sie in den Himmel: „Bei Sarianas, bei Sh'Suriin und den anderen Göttern, solange es Frauen gibt, in denen das Blut der DanSaan fließt, wird KorSaan in unseren Herzen weiterleben und eines Tages wird unser Kloster wieder erstrahlen und es wird Friede auf Dunia Undara herrschen."

Dann stieg sie auf den Turm und entfachte das Feuer der Versammlung.

8 Lardan-Nuyuki

In den nächsten Tagen erfüllten Saitus bittere Blätter ihre Aufgabe, ab und zu übernahm Lardan sogar ein Ruder, wenn sich die anderen ausruhten. Nur das Wetter verschlechterte sich zusehends und bereitete ihnen Unbehagen. Eiskalte Schneestürme fegten über die Ebene und je weiter sie nach Norden kamen, desto stärker wurden sie. Auch die wärmenden Pelze der Ycoti vermochten der feuchten Kälte nicht mehr zu widerstehen. Jeden Abend, wenn die Dämmerung einsetzte, waren alle bis auf die Knochen durchgefroren und durchnässt. Nuyuki kannte aber wenigstens immer behelfsmäßige Unterschlupfe, von den Jägern ihres Volkes eingerichtet, in denen sie genügend Schutz vor den eisigen Stürmen und auch immer ausreichend trockenes Holz für ein Feuer vorfanden.

Ein Gefühl wurde aber immer stärker, je näher sie den Zinnen von Ziish kamen, ein Gefühl, das sie sich alle nicht so recht erklären konnten. Es wuchs eine innere Abneigung, weiter nach Norden zu ziehen, jeden Tag mussten sie sich erneut überwinden, in die Boote zu steigen und gegen die Strömung anzukämpfen.

Ein dumpfer Druck verursachte jeder der Gefährtinnen und auch Lardan Übelkeit und Kopfschmerzen. Zuerst glaubte er, dass ihm wieder wegen des Bootfahrens schlecht würde, als es aber auch an Land nicht besser wurde und plötzlich alle anderen auch an ähnlichen Symptomen litten, befürchteten sie, dass sie von einer ansteckenden Krankheit befallen worden waren. Erst allmählich vermuteten sie, dass es keine Krankheit war, sondern dass irgendetwas oder irgendjemand versuchte, sie davon abzuhalten, zu den Zinnen von Ziish zu gelangen.

Die Gewissheit, dass sie daran gehindert werden sollten, dorthin zu kommen, verstärkte sich mehr und mehr und es stellten sich bei allen schreckliche, wiederkehrende Visionen ein, die immer intensiver und eindringlicher wurden. Aber niemand sprach auch nur ein Wort darüber oder wagte es, seinen Albtraum den anderen zu erzählen. Aber die Bemühungen der Gruppe weiterzukommen, wurden nur noch mehr verstärkt. Sie konnten oft nur mehr für ein paar Stunden am Tag gegen Norden rudern, da es sonst zu gefährlich wurde. Immer wieder begann eine von ihnen plötzlich wild um sich zu schlagen oder verzweifelt zu schluchzen, wenn die Tagträume in ihr Bewusstsein gelangten.

Nach einer Woche Entbehrung, Schmerz und Leid tat sich vor ihren plötzlich ein riesiger Schlund auf. Mit letzter Kraft paddelten sie ans Ufer, an dem sie sich völlig erschöpft und kraftlos in den Schnee fallen ließen. Und sie wären hier wohl erfroren, wäre Rokhi nicht gekommen und hätte Nuyuki so lange mit ihrer Schnauze gestupst, bis sie sich endlich wieder rührte und die Lage, in der sie sich alle befanden, begriffen hätte. Mühselig brachte sie mit dem noch vorhandenen Holz ein kleines Feuer zustande und rüttelte die Dahindämmernden wach. Langsam bemerkten sie, wie knapp sie am Erfrierungstod vorbeigegangen waren.

„Wir dürfen jetzt nicht mehr einschlafen", brachte Nuyuki mit Mühe zwischen ihren schmerzverzerrten Lippen hervor. Trotz des Feuers schüttelte es sie vor Kälte. Ihr langer, geflochtener Zopf war steifgefroren und Lardan konnte seine Arme nur mit größter Kraftanstrengung bewegen, so eisbedeckt waren die Ärmel seines dicken Pelzmantels.

„Wir müssen weiter", stammelte auch Lynn, „wenn wir hierbleiben, ist es unser Tod." Es hatte angefangen, wieder heftig zu schneien und zu stürmen, und sie wussten, dass sie das Feuer auch nicht mehr lange am Leben halten konnten.

„Was uns auch immer in diesem Schlund erwartet, schlimmer als hier und jetzt kann es auch nicht werden", quälte Gabalrik zwischen seinen Lippen hervor, die man nicht mehr sehen konnte, weil die langen Barthaare der Oberlippe schon lange seinen Mund zugefroren hatten. Also stiegen sie wieder in ihre Kanus, die beide mit einer durchsichtigen Eisschicht überzogen waren. Unter größter Willens- und Kraftanstrengung schafften sie es, in das eisige Maul hineinzufahren.

Eiszapfen, die vom oberen Rand des Schlundes herabwuchsen, ließen es erscheinen, als ob sie in den riesigen Rachen eines gewaltigen Raubtieres hineinführen. Ihre letzten Fackeln tauchten die Eishöhle in ein gespenstisch flackerndes Licht. Von allen Seiten starrten sie gefrorene Fratzen an und unheimliche Geräusche erfüllten die kalte Luft. Das Wasser floss nur mehr sehr langsam und je weiter sie vordrangen, desto enger wurde die noch nicht zugefrorene Fahrrinne. Obwohl alle Schmerzen litten und ihre Körper immer wieder von Krämpfen geschüttelt wurden, gab niemand einen Laut von sich. Nur das leichte Plätschern der Paddel beim Eintauchen in das Wasser störte die unheimlichen Laute, die immer eindringlicher wurden.

Ein Knirschen, das an zersplitternde Knochen erinnerte, hallte durch die Kavernen, immer wieder gefolgt von lautem Knallen mit einem beklemmend grauenerregenden Heulen und Klagen. Lardan hatte keine Ahnung, wie lange sie diesen unterirdischen Quellfluss entlangfuhren, er hatte das Gefühl, als bewegten sie sich unnatürlich langsam und er empfand es fast als eine Erlösung, als er ein Geräusch vernahm, das ihm sagte, dass die beiden Boote auf Grund, oder besser gesagt auf Eis gelaufen waren. Er wollte nur mehr heraus aus dem Kahn, weg von seinen pochenden Kopfschmerzen und den schrecklichen unbekannten Geräuschen. Er sprang auf den vereisten Felsen, aber seine Knie sackten sofort zusammen und er landete auf allen Vieren. Auch die anderen konnten sich nur mehr irgendwie ans Ufer schleppen.

„So ähnlich muss es wohl sein, wenn die Frauen ihre Kinder bekommen", dachte Lardan. Denn der Schmerz und die grauenvollen Visionen kamen immer in Wellen, Wehen gleich, gefolgt von einer kurzen Pause scheinbarer Erleichterung. Er glaubte langsam, innerlich zu zerbersten. Aber etwas zog ihn dorthin, wo die größte Pein erst noch auf ihn wartete. Ohne auf die Gefährten zu achten, kämpfte Lardan sich weiter in den

Schlund hinein. Lynn und Nuyuki schienen ihm noch etwas zuzurufen, aber sie waren ihm in dem Moment vollkommen egal. Sein Name hallte in seinem Schädel, aber woher der Ruf dröhnte, konnte er nicht mehr ausmachen. Nur mehr der Schmerz zählte.

9 Lardan-Keelah-Gabalrik-Nuyuki

In einem der kurzen Wellentäler der Pein schaffte Lardan es, sich aufzurichten und aufrecht weiterzutorkeln. Immer wieder musste er sich übergeben, hechelte verzweifelt nach Luft, weil seine Muskeln sich spastisch zusammenzogen, obwohl sich in seinem Magen nichts mehr außer einer bitteren Flüssigkeit befand, die er röchelnd herauswürgte.
Es kam ihm überhaupt nicht eigenartig vor, dass es immer heller wurde, obwohl er keine Fackel mehr mithatte. Erst als ihm die ersten Schneeflocken wieder ins Gesicht fielen, drang es in sein Bewusstsein, dass es keine Höhle gewesen war, aus der er gerade gekommen war, sondern ein riesiger Durchgang. Und vor ihm, er konnte es kaum fassen, nahm er Reste einer Zivilisation wahr, umgefallene Säulen von gewaltigem Durchmesser, ein fünf Schritt großer Torso, Mauerreste, alles teilweise oder ganz von Eis und Schnee bedeckt.
Außergewöhnlich viele Bärenstatuen standen aufgerichtet, für alle Zeiten in Stein gemeißelt, in alle Richtungen gewandt. Die anderen Zeichen und Figuren auf den Bodenplatten erinnerten ihn an die Gebilde, die sie in dem Durchgang am Pass zu den Ycoti gefunden hatten. Doch für die Bewunderung der Schönheit blieb Lardan keine Zeit, schon wieder jagte ein stechender Schmerz durch seinen Körper und er brüllte all seine Pein hinaus, sodass die ganze, kleine, eingeschlossene Ebene von

seiner Not widerhallte. Ohne Ziel wankte er weiter, bis er plötzlich an eine breite Treppe gelangte. Als er nach oben blickte, um zu sehen, wohin sie führte, konnte er nur erkennen, wie sie sich weit emporwand, immer schmäler wurde und im Nebel verschwand.

Er wusste nicht warum, aber irgendetwas in ihm meinte, dass er da hinaufmüsse. Wie ein waidwundes Tier kroch er auf allen Vieren, mühsam und immer wieder von Krämpfen geschüttelt, die rutschigen, schneeverwehten Treppen hoch. Links oder rechts ragte immer wieder ein Säulenstumpf in den Nebel oder Reste eines Kapitels lagen quer über die Stufen. Auf jeden Fall hatten das keine Menschen gebaut, soviel war sich Lardan sicher und wenn, dann mussten es Giganten gewesen sein, denn die Stufen hatten keine normale Höhe, sondern eine reichte Lardan bis zu den Oberschenkeln, was das Erklimmen für ihn noch anstrengender und mühevoller machte. Kurz bevor er in den Nebel eintauchte, blickte er noch einmal zurück nach unten. Er konnte Lynn erkennen, die ebenfalls schon auf der Treppe war, dahinter Keelah, Nuyuki und Gabalrik. Lardan schleppte sich vorwärts oder besser aufwärts, alle seine Gedanken waren ausgelöscht. Monoton wiederholte er den Kinderreim, den er und die anderen Kinder immer dann ausgezählt hatten, wenn sie jemanden ermitteln mussten, der etwas Unangenehmes tun sollte. Nach und nach drängten sich ihm immer mehr Kindheitserinnerungen in seinen Kopf, von seinem Dorf, von Kirana, seinem Vater und Dana, seiner Mutter. Er sah, wie der Bergclan sein Dorf niederbrannte, ihn Lirah danach fand. Immer schneller durchrasten ihn die Bilder der Erinnerung. Gewisse Ereignisse, besondere Personen jedoch wiederholten sich immer wieder. So war ihm die Zeit mit Sileah besonders deutlich vor Augen, auch Kirana hakte sich immer wieder in seinem Gedächtnis fest.

Unvermutet griff er mit seinen Händen ins Leere, sodass er beinahe das Gleichgewicht verloren hätte. Er war oben, wo immer das auch war. Der allgegenwärtige Schmerz war auf einmal wie weggeblasen. Er stand auf einer großen, viereckigen Plattform, es war ihm, als stünde er auf einer abgeschnittenen Pyramide, so wie er sie auch schon an den Wänden der Höhlen unter dem Kloster der DanSaan gesehen hatte. Es war sonderbar windstill und auch sonst gab die Natur keinen Laut von sich. Alles war so unnatürlich, so als ob er selbst in einem Traum gefangen war.

Steifbeinig ging er zur Mitte der Plattform, wo er vier Statuen erkennen konnte, die sich gegenüberstanden und sich gegenseitig anzustarren schienen. Sie befanden sich alle auf einem Kreis, der von einem Liniengewirr ausgefüllt war. Lardan stieg vorsichtig hinein, ohne die in den Felsen gemeißelten Adern zu berühren und näherte sich einer der Statuen. Eine schreckliche Fratze mit aufgerissenem Maul starrte ihn an und im selben Moment traf es ihn wie ein Blitz: Wieder wand er sich vor Schmerzen, brüllte und schrie, als ob ihm jemand seine Haut bei lebendigem Leib abziehen würde. Blutige Tränen quollen aus seinen Augen und immer wieder schrie er: „Neeeeiiin, neiin, bitte vergib mir, das wollte ich nicht!" Und endlich taumelte er irgendwie wieder aus dem Kreis heraus, mehr gestoßen als freiwillig und die unerträgliche Pein ließ nach.

Dann sah er, wie Lynn über den Treppenrand stieg. Er hatte das Gefühl, als ob sie ihn gar nicht hören oder sehen würde. In seiner Verzweiflung rannte er zu ihr und stürzte sich auf sie. „Lynn, nein, weg von hier!", brachte er noch heraus, dann riss er sie gewaltsam zu Boden. Lynn, auch schon am Ende ihrer Kräfte, versuchte schwach, aber hartnäckig Lardan abzuschütteln und ebenfalls in den Kreis zu gelangen. Der erlebte Schrecken schien Lardan jedoch übermenschliche Kräfte zu verleihen und irgendwie gelang es ihm, die DanSaan am Boden festzuhalten. Doch gleich danach erklomm Keelah die letzte Stufe und ging, als ob sie keinen eigenen Willen mehr hätte, in Richtung des Kreises. Lardan brüllte, schrie, aber alles war umsonst. Gabalrik und Nuyuki waren die nächsten, die die Plattform erreichten. Auch sie zeigten keinerlei Regung, murmelten irgendetwas Unverständliches vor sich her und gingen wie unbeteiligt zu den steinernen Fratzen. Kurz überlegte Lardan, ob er Lynn loslassen und sich auf Nuyuki stürzen sollte, aber er spürte, dass er sowieso auch Lynn nicht mehr lange halten würde können.

Dann passierte das Schrecklichste, das Lardan je gesehen hatte. Keelah trat vor eine dieser Statuen, einer anderen, als die zu der Lardan gezogen worden war, zog ihren Dolch, blickte noch einmal in Todesangst zurück und schnitt sich eigenhändig die Kehle durch. Lardan kämpfte immer noch mit Lynn und konnte nicht verhindern, dass Gabalrik zur nächsten Statue wankte, trotz der Kälte seinen Oberkörper freimachte, seinen Ritualdolch ergriff und sich vor Schmerz brüllend seine Tätowierungen aus dem Körper schnitt.

Lardan wagte gar nicht mehr, auf Nuyuki zu blicken, als sie ebenfalls einen ihrer Langdolche aus der Scheide zog. Er vergrub seinen Kopf zwischen Lynns Händen und schluchzte: „Lynn, bitte hilf uns. Lynn, lass das nicht passieren, bitte, ich habe es Saitu versprochen." Er spürte, wie er plötzlich keine Kraft mehr benötigte, Lynn am Boden zu halten. „Lynn ist es vorbei?", fragt er verzweifelt und wagte es nicht, aufzublicken. „Sie ist nicht tot Lardan, schau, sie hat sich ihren Zopf abgeschnitten, was auch immer das bedeutet." Lardan drehte sich um und sah, wie Nuyuki vollkommen regungslos dastand, ebenfalls vor einer der Statuen, in der einen Hand ihren Dolch hielt und in der anderen ihren langen, abgeschnittenen, geflochtenen Zopf. Dann sank sie in sich zusammen.

Gabalrik saß ihr gegenüber am Boden, über und über mit Blut besudelt, er wiegte seinen Oberkörper vor und zurück, Beschwörungsformeln murmelnd.

Und Keelah lag da, mit aufgeschnittener Kehle.

Lynn und Lardan richteten sich auf. „Lardan, du warst hier oben der Erste, was hast du dir angetan?", fragte Lynn zögernd.

Lardan blickte sie mit tränenerfüllten Augen an, und nach einer langen Pause sagte er tonlos: „Ich habe meine Schwester getötet." Lynn konnte nicht mehr auf Lardans Worte eingehen, denn im selben Moment begann der Fels zu beben. Die unzähligen Linien im Kreis fingen an zu leuchten und zu glühen. Die aus ihnen aufsteigende Hitze bewirkte, dass das Eis überall dampfte und zischte. Gabalrik und Nuyuki blieben unverändert in ihrem Trancezustand gefangen.

Das Einzige, das Lynn Lardan zurief war: „Du kümmerst dich um Nuyuki, ich nehme Gabalrik." Die beiden stürmten los, der heiße Dampf brannte so in den Lungen, dass es ihnen beinahe den Atem nahm. Mit lautem Getöse und Krachen barst der Boden, aus den Rissen schossen Fontänen heißen Dampfes empor.

Sie handelten keinen Augenblick zu früh. Mit einem Hechtsprung schaffte es Lardan gerade noch, Nuyuki von einem sich unter ihr auftuenden Schlund wegzureißen und in Sicherheit zu bringen und Lynn packte den immer noch teilnahmslosen Gabalrik und zerrte ihn an den Rand der Pyramide. Dann zerbarst der Kreis und die vier steinernen Statuen mit den grässlichen Fratzen stürzten in die Tiefe.

Gleichzeitig hatte sich der Himmel verdunkelt, gewaltige Wolkentürme schoben sich über die Plattform, Blitze fuhren in den Schlund, begleitet von ohrenbetäubendem Donner. Lardan blickte zu Lynn und ein kurzes Nicken von ihr bestätigte seine Meinung. Ein ähnliches Schauspiel hatten sie schon erlebt, vor nicht allzu langer Zeit am KorSaan, als Astaroth erschienen war und sie nur mit knapper Not und der Hilfe von SanSaar und dem Meistermeragh dem Tod entkommen waren. Sollte hier jetzt, trotz aller Opfer, die sie auf sich genommen hatten, ihr Ende kommen?

Lardan zog Flammar und ließ es langsam, mit beiden Händen festhaltend, vor seinem Oberkörper kreisen, um dann mit einem Ausfallschritt nach vorne das Schwert über seinem Kopf in absoluter Ruhe reglos verharren zu lassen. Lynn, die ihre schwere Streitaxt wahrscheinlich beim Aufstieg zur Plattform irgendwo hinten gelassen hatte, ergriff ihre beiden kleinen Beile, die sie immer im Gürtel stecken hatte. „Andarraanadar!", fauchte die Meisterin der Schlachten zustimmend zu Lardans Stellung, „gut gewählt!"

Nuyuki und Gabalrik kauerten regungslos wimmernd hinter den beiden am kahlen Felsen. Der Sturm hatte sich inzwischen zu einem Orkan entwickelt und langsam schälte sich eine riesige, schwarz-nebelige Figur mit zwei glühend roten Augen von oben aus den Wolken. Es formte sich ein schwarzer Keil, der sich in Richtung der DanSaan bewegte. Ein unwirkliches Lachen durchschnitt die aufgeladene Atmosphäre.

Ohne lange nachzudenken, bewegten sich Lardan und Lynn ein paar Schritte voneinander weg. Lardans geflammte Klinge züngelte nun in einem violetten Licht, begleitet von einem leichten Knistern und Fauchen. Allmählich formten sich aus dem schwarzen Keil mehrere Arme, die sich alle in Richtung Lardans bewegten. Seine ersten Hiebe ließen die dunklen Greifer zurückzucken, aber der schwarze Nebel fing an, ihn immer weiter einzuhüllen.

„Du weißt doch schon lange, dass du zu mir gehörst." Lardan wusste nicht, ob die Worte nur in seinem Kopf waren, oder ob Lynn sie auch hören konnte. „Und nun bist du sogar freiwillig so weit zu mir gekommen, es hat keinen Sinn, jetzt noch Widerstand zu leisten, das macht es für dich nur noch schwerer. Hier, sieh, was für eine Macht du bald dein Eigen nennen wirst!"

Lardan hatte plötzlich das Gefühl, über einer riesigen Armee zu schweben, die sich auf eine große Stadt zubewegte. Er kam immer näher und näher, bis er sich vor dem Reiter befand, der dieses gewaltige Heer anführte.

„Komm Lardan, lass uns wieder Seite an Seite die Abenteuer bestehen, so wie früher. Ich brauche dich hier."

„UrSai?"

Es war plötzlich wieder schwarz vor seinen Augen und zu seiner Verwunderung bemerkte er, dass er nun von mehreren schwarzen Armen getragen, in der Luft hing. Verzweifelt schlug er um sich, aber es wurde immer aussichtsloser. Von zu vielen Seiten umschlang ihn Astaroth und er wurde immer näher zum Zentrum der schwarzen Gestalt gezogen.

„Du einfältiger Narr, hast du wirklich geglaubt, dass du und deine lächerliche Truppe mir schaden könntet?" Ein fast freudiges Lachen begleitete diese Worte und ein weiteres Bild formte sich in Lardans Geist. Er sah den KorSaan, alles brannte, Furcht und Entsetzen regierte auf der Hochebene. Bergclankrieger, Yauborg und ein Gotha hielten reiche Ernte. Alles was lebte, wurde niedergemetzelt, Menschen sprangen in ihrer Verzweiflung von den Klippen, nur um den Schlächtern zu entkommen.

„Nein, das ist nicht wahr, niemand kann den KorSaan einnehmen!", brüllte Lardan verzweifelt. Seine Lage wurde immer aussichtsloser, immer näher musste er ins Zentrum des Orkans. Hysterisch um sich schlagend entglitt ihm Flammar und es fiel in die schwarze Unendlichkeit, die sich vor ihm aufgetan hatte. Nichts blieb ihm mehr und er warf einen letzten Blick zu Lynn und sah, wie ein schwarzer Arm um ihren Hals ihr das Leben nahm.

„Du sollst mich nie kriegen!" Mit diesem Schrei zog er seinen Dolch, seine letzte Waffe aus dem Gürtel, um allem ein Ende zu machen und ihn sich verzweifelt in die Brust zu rammen.

Plötzlich quoll aus dem schwarzen Schlund bläulich weißer Rauch, der sich sofort mit Astaroths Nebelleib vermischte. Die Griffe der schwarzen Arme lockerten sich und Lardan krachte auf den Boden. Gleich darauf folgte Lynn, die keuchend nach Luft rang. Ein mächtiger Kampf musste im Gange sein, ein anderer Gegner war dem Bösen erwachsen. Unmittelbar darauf wurde das Getöse unerträglich. Es war ein Kampf der Giganten, der in den Sphären tobte. Die weißen und schwarzen Nebelfetzen nahmen immer wieder unterschiedliche, konkrete Formen an, Lardan glaubte einem Kampf zwischen einem gigantischen weißen Bären und einem übermächtigen Gotha zu sehen, aber die Konturen veränderten sich laufend.

Nachdem ihn Lynn angestoßen und ihm einen unmissverständlichen Wink gegeben hatte, robbten die beiden langsam dorthin zurück, wo immer noch Nuyuki und Gabalrik hockten. Sie schienen ihren Schock wenigstens so weit überwunden zu haben, dass sie wieder ansprechbar waren und wussten, wo sie sich befanden. Über ihnen wogte der Kampf hin und her und erst nach einer Ewigkeit, wie es Lardan erschien, ließ der Sturm und das Donnern nach, und die schwarzen Nebel verzogen sich widerwillig in das Nichts, aus dem sie gekommen waren.

„Sey-Uce hat gesiegt, Sey-Uce muss gesiegt haben." Immer wieder wiederholte Nuyuki denselben Satz.

„Aber zu welchem Preis!", war alles was Lardan hervorbrachte. „Eigentlich sollte ich jetzt tot sein. Ich verstehe es nicht, was hat das alles noch für einen Sinn, kann mir das vielleicht jemand erklären? Keelah hat sich vor meinen Augen die Kehle durchgeschnitten, ich habe meine Schwester geopfert, die ich eben erst wiedergefunden hatte, Gabalrik schneidet sich bei vollem Bewusstsein riesige Wunden in seinen Körper und du verlierst das Zeichen der Ehre. Und zu guter Letzt habe ich Flammar verloren!"

„Nein, sag das nicht!" Nichts schien Gabalrik so zu treffen, als der Verlust des Schwertes. „Es kann nicht sein, dass unsere Opfer umsonst gewesen sind. Wir müssen es finden!" Gabalrik trieb es trotz seiner brennenden Schmerzen wieder auf, und er taumelte einige Schritte von seinem Platz weg.

„Es hat keinen Sinn. Es ist in den Krater hineingefallen, als Astaroth mich zu sich gezogen hat. Ich habe es fallen lassen. Gehen wir." Völlig am Ende, ohne eine Reaktion abzuwarten, ergriff Lardan Nuyuki bei der Hand und stapfte schwerfällig die Treppen hinunter.

Weil sie nicht wussten, was sie sonst tun könnten, stiegen Lynn und Gabalrik ebenfalls mit hängenden Köpfen die Pyramide hinab. Auf dem Weg trafen sie Xuura, die sich aber nicht zu fragen traute, was geschehen war, so erschrocken war sie über den Anblick der vier. Sie flüsterte nur ein Wort.

„Keelah."

Lardan schüttelte nur leicht den Kopf. Dann schloss auch sie sich dem Trauermarsch an. Unten angekommen gelangten sie, ohne ein Wort zu sprechen und indem sie sich gegenseitig stützten unter die Durchgangshöhle, um wenigstens vom ärgsten Wind geschützt zu sein.

„Hokrim, wo ist Hokrim?", krächzte Gabalrik. Jetzt erst bemerkten sie, dass der Norogai nicht bei ihnen war. Aber keiner war fähig, sich noch einmal aufzurichten und nach ihm zu suchen, so erschöpft und niedergeschlagen waren sie. Lardan bemerkte, wie sich langsam die eisige Kälte in ihm ausbreitete und er einnickte. Er wollte endlich erlöst sein von den Qualen und den Schmerzen. Mit der Schuld, Kiranas Tod verursacht zu haben, wollte er sowieso nicht mehr leben. Auch die anderen konnten sich nicht mehr gegen das allmähliche Einschlafen wehren.

Ein plötzlicher Schmerz entriss Lardan dem Tod. Fast verärgert versuchte er seine verklebten Augenlider zu öffnen. Hokrim rüttelte an seiner Schulter. Lardan stöhnte und versuchte zurück in seinen todähnlichen Schlaf zu gleiten. Doch der Norogai schlug ihn mit derber Hand ins Gesicht und erlaubte ihm diese Flucht nicht. Plötzlich war sein Bewusstsein wieder voll mit den letzten Ereignissen und eine Flut von Panik, Schuld, Trauer und Schmerz ergoss sich über ihn.
Es war mittlerweile finster geworden, und das Licht, das Hokrims Fackel verströmte, blendete alle in einer unangenehmen Weise, aber sie wussten, dass das Feuer Leben bedeutete. Ohne viele Worte zu verlieren, sagte der Norogai nur: „Folgt mir!", und zog Lardan auf die Beine. Obwohl sie alle beinahe erfroren waren und gerne wieder in diesen dämmrigen Zustand zurückgleiten wollten, gab es doch in allen einen kleinen Funken, der leben wollte und so folgten sie dem einen, der die Hoffnung noch nicht aufgegeben hatte.
Hokrim hatte einen sicheren Ort gefunden. Durch einen niedrigen Gang gelangten sie in eine größere Höhle, die sichtlich schon einmal bewohnt worden war. Sie hatte eine brauchbare Feuerstelle, verstaubte Felle und grob gewobene Teppiche lagen auf dem Felsboden oder hingen an den Wänden. Und was am allerwichtigsten war, ein riesiger Vorrat an getrockne-

tem Torf stapelte sich an einer Wand, vor der eine schon skelettierte Leiche lag, allem Anschein nach ein Ycoti. Hokrim hatte schon Feuer gemacht und Lardan ließ sich jetzt wirklich mehr als am Ende seiner Kräfte neben Nuyuki zu Boden fallen.
Aber niemand sprach ein Wort, schweigend umringten sie das Feuer und starrten in die Flammen. Nur Xuura war halbwegs ansprechbar und sie und Hokrim begannen vor allem Gabalrik zu versorgen, dessen Blutungen nicht so schnell zu stillen waren. Immer wieder legte Hokrim frische Verbände an, während Xuura Tee kochte und versuchte, ihn den Gefährten einzuflößen und sie dazu bewegte, wenigstens wenige Bissen hartes Brot zu sich zu nehmen.

So verbrachten sie mehrere Tage. Der Winter wütete, es wurde kaum mehr hell, aber Hokrim und Xuura schafften es, das Feuer in Gang zu halten und ausreichend Nahrung heranzuschaffen. Sooft es die Witterung zuließ, gingen sie auf die Jagd, um eines der lebendigen Wesen zu erlegen, die Lardan an die Seeotter der Ebenen erinnerten oder um Fische zu fangen.
Allmählich fanden sie wieder ins Leben zurück. Sie taten, was Hokrim ihnen anschaffte, der sich bemühte, dass alle immer irgendetwas zu tun hatten. Aber noch nie hatten sie über das, was auf der Pyramidenplattform passiert war, gesprochen.
Hokrim wusste, dass der Verlust von Gabalriks Tätowierungen das Schlimmste für ihn gewesen sein musste, was ihm passieren hatte können. Durch sie war er in der Lage gewesen, mit seinem Gott, Inthanon, in Verbindung zu treten, die Tätowierungen hatten ihm die Ausführung der so wichtigen Rituale ermöglicht und nun war er nicht mehr einer der wenigen Auserwählten Inthanons, die ihm dienten. Hokrim konnte es sich

nicht erklären. Warum hatte sein Bruder, um seinem Gott zu helfen, die Symbole, die ihn als einen Diener Inthanons auszeichneten, opfern müssen? Ohne auch nur eine Miene zu verziehen, ließ Gabalrik Hokrim die Verbände wechseln, aber Hokrim wusste, dass, obwohl er äußerst vorsichtig und behutsam war, er Gabalrik damit immer wieder große Schmerzen bereiten musste. Aber der Schmerz in Gabalriks Seele war noch viel größer, so dass er die körperlichen Wunden scheinbar nicht mehr wahrnahm.
Xuura arbeitete an einem Schrein für Keelah. Liebevoll hatte sie in einer Ecke mehrere Steine kunstvoll aufeinander gerichtet und nun mühte sie sich ab, ihren Namen in eine Felsplatte zu ritzen, die sie vorher schon in langer Arbeit glattgeschliffen hatte. An den langen Abenden und in den Nächten versuchten die beiden Helfer immer wieder vergebens Lardan, Lynn, Nuyuki oder Gabalrik dazu zu bewegen, endlich über ihre Erlebnisse zu sprechen. Es schien Xuura und Hokrim, als ob nur mehr die körperlichen Hüllen vorhanden waren, aber die Geister und Seelen weit, weit weg. Sie waren auf der Suche nach dem, das sie verloren hatten und obwohl sie alle wussten, dass es keinen Sinn machte und umsonst war, konnten sie nicht dazu bewegt werden, wieder zu leben anzufangen, ihrem Dasein wieder Bedeutung und Inhalt zu geben.
Lynn war die erste, die sich den beiden ein wenig öffnen konnte und begann, in kleinen Abschnitten darüber zu sprechen, was geschehen war. Sie erzählte, wie sie Lardan dicht auf den Fersen gewesen war, ihn aber nicht hatte einholen können und als sie mit letzter Kraft das Plateau erreichte hatte, war sie unvermutet von Lardan zu Boden gerissen worden. Sie hatte keinen Widerstand mehr leisten können. Aber dann war Keelah gekommen und an ihnen vorbeigegangen und obwohl er aus ganzer Kehle gebrüllt hatte, sie solle sofort umkehren,

was Lynn zu diesem Zeitpunkt gar nicht verstanden hatte, war sie regungslos weitermarschiert, so als ob sie gar nichts gehört oder gesehen hätte.
„An uns vorbei, sie stellte sich vor eine dieser Statuen, zog ihren Dolch und schnitt sich, ihre Augen vor Entsetzen starr, eigenhändig die Kehle durch. Keelah, meine beste Freundin, so viele Kämpfe haben wir gemeinsam ausgestanden, und dann dieser Tod!" Dann schluchzte die erfahrene DanSaan, die Meisterin der Schlachten immer nur mehr: „Ich hätte an ihrer Seite sein müssen, es hätte mich treffen müssen, ich habe sie in den Tod gehen lassen", und verstummte wieder für mehrere Stunden.
Gabalrik schien bei Lynns Erzählungen zuzuhören, obwohl er nie etwas dazu sagte, aber Lardan und Nuyuki machten den Eindruck, als ob sie ihre Worte gar nicht vernehmen würden.
Mit Mühe und Not konnte Hokrim Lardan dazu bewegen, ein paar Bissen rohes Seehundfleisch zu kauen oder ab und zu mit ihm vor die Höhle zu gehen, wenn es kurz aufklarte, um frische Luft zu schnappen und sich die Beine ein wenig zu vertreten. Meist saß er nahe beim Feuer, wippte mit dem Oberkörper vor und zurück und ab und zu keuchte er ein paar unverständliche Worte vor sich hin und schrie kurz auf, seine Augen loderten dann angstvoll auf und dann fiel er wieder in eine teilnahmslose Starre.
Lardans Geist versuchte verzweifelt zu verstehen, was geschehen war. Immer wieder tauchten die schrecklichen Bilder von Keelahs Tod oder Gabalriks Selbstverstümmelung vor seinem inneren Auge auf, immer wieder sehnte er eine Antwort herbei und obwohl er verzweifelt versuchte sich einzureden, Kiranas Tod wäre gar nicht passiert, sie war ja gar nicht bei ihm gewesen oder dass sie wenigstens nicht durch ihn gestorben wäre, war er sich doch im Innersten sicher, ihren Tod verursacht zu

haben, er, Lardan, ihr eigener Bruder. Dieser Gedanke allein saß wie eine eitrige Wunde in seinem Herzen, und er war sich sicher, absolut sicher, niemals wieder Freude oder einen Sinn am Leben finden zu können.

Die Fragen des Wie, Warum und Wieso zermarterten sein Hirn. Und zu guter Letzt hatte er auch noch Flammar verloren, die Möglichkeit war vertan, Astaroth zu besiegen. Warum war er nicht auch wie seine Mutter und sein Vater bei dem Überfall des Bergclans umgekommen, wenn das Schicksal ihn nur bis hierhergeführt hatte, um ihn auf allen Linien scheitern zu lassen. Die DanSaan hatten ihm beigebracht, dass nichts auf Dunia Undara zufällig passierte, alles, sagten sie, hatte seine Ursache und seinen Grund. Ein jedes Lebewesen war auf der Suche nach dem Sinn des Lebens, nur warum sollte es ihm beschieden gewesen sein, seine Schwester zu töten, seine Gefährten hierher zu führen, damit sie sich das Schrecklichste antaten, das sie sich vorstellen konnten?

Irgendwie hatte er schon immer das Gefühl gehabt, dass er allen Menschen, mit denen er Kontakt hatte oder die sich ihm angeschlossen, nur Unglück und Verderben brachte. Iseh, Chedi, UrSai und nun alle seine Gefährten hier. Wer wusste schon, was womöglich inzwischen Sileah zugestoßen war. Die Bilder vom brennenden KorSaan, die Astaroth ihm gezeigt hatte, hatten sich tief in sein Gedächtnis gebrannt.

Lardan hatte keine Ahnung, wie lange seine Zeit hier in der Höhle schon andauerte, er bemerkte nur, dass ihm ab und zu jemand zähes Fleisch zwischen die Zähne schob oder ihn mit mehr oder weniger sanfter Gewalt in die Kälte hinaus bugsierte, wo er dann seine Notdurft verrichtete. Aber eines nachts, nachdem seine Gedanken erneut unzählige Male im Kreis gegangen waren, stand er von selbst auf und wanderte aus Höhle hinaus. Er hatte Mühe, sich auf seinen schwachen Beinen zu halten, ohne dass ihn jemand stützte, aber er hatte endlich seine Angst überwunden und war zur einzig möglichen Entscheidung gekommen. Er wollte mit seinen Erinnerungen nicht mehr leben, er wollte hier und jetzt alles beenden. Er stolperte in den Schnee hinaus, hinunter zum Fluss. Das eiskalte Wasser würde ihn befreien. Immer wieder fiel er hin, aber seine klare Entscheidung verlieh ihm die nötige Kraft, sich immer wieder aufzuraffen. Mit eisernem Willen stemmte er sich gegen den eisigen Wind.

Schneeflocken verhinderten eine klare Sicht. Es war nicht ganz finster, aber Lardan wusste nicht, ob der Morgen dämmerte oder die Nacht hereinbrach. Es war ihm auch völlig gleichgültig und je weiter er ging, desto euphorischer wurden seine Gedanken. Er glaubte das Rauschen des Flusses schon hören zu können und mit allerletzter Kraft robbte er auf allen Vieren in Richtung Ufer. Er konnte Kirana sehen und zu seiner Verwunderung lächelte sie zufrieden.

„Ich komme, gleich bin ich bei dir, nein warte..." Kiranas Gesicht wurde immer verschwommener und verformte sich zu einem anderen bekannten Antlitz. „Hilf uns Lardan, wir brauchen dich, ich warte im Tempel auf dich."

„Sileah, du bist es, aber ich kann dir nicht mehr helfen, Sileah bleib, bitte..."

Ein Knurren und Grollen riss Lardan aus seinen Halluzinationen. Mit allergrößter Anstrengung hob er seinen Kopf, um zu sehen, was für ein Tier ihm anstatt des Flusses sein Ende bereiten würde. Obwohl ihm alles schon gleichgültig war, zuckte er trotzdem zusammen bei dem Anblick, der sich ihm bot. Ein Gefühl der Gleichmütigkeit erfüllte ihn, fast wohlig warm durchströmte es seinen Körper. Ein riesiger Eisbär stand aufgerichtet auf seinen Hinterpfoten vor ihm, um ein Vielfaches größer als ein normaler Bär. Lardan glaubte, dass die Nähe des

Todes für diese Erscheinung verantwortlich war, wie auch für die Kiranas und Sileahs zuvor. Aber er spürte eine Präsenz, die er schon einmal gespürt hatte, damals im Herzen Foramars. Und dann berührte jemand seinen Geist, und er hörte den Bären zu sich sprechen. *Deine Freunde brauchen dich Lardan, Sileah braucht dich, Dunia Undara braucht dich und wir brauchen dich auch.* Die Worte hallten in seinem Schädel, er hielt sich die Ohren zu, aber es nützte nichts.
„Ich kann Sileah nicht helfen, ich habe alle enttäuscht! Alle meine Freunde haben vergeblich gelitten! Ich habe Flammar verloren!" Lardan brüllte die Worte in die Dämmerung hinaus, und dann verlor er aus Erschöpfung das Bewusstsein.

Lardan kam wieder zu sich und sah Spuren im Schnee. Er wusste nicht, was oder wer ihn dazu bewogen hatte, dem Eisbären nachzuschleichen, aber er tat es. Schleichen war auch das falsche Wort. Ohne Waffen und ohne besondere Vorsicht walten zu lassen, torkelte er der Fährte nach. Der Anblick war ihm bekannt, links an den Stufen, die auf das Plateau führten, vorbei, den Felsen entlang. Nichts bedrückte ihn, keine unangenehmen Erinnerungen kamen aus seinem Unterbewussten hoch, der Kampf auf der Pyramide war nur mehr eine vage Erinnerung, wie in einem früheren Leben, das keine Bedeutung mehr hatte. Hinter einer Wand aus Eiszapfen verschwand die Fährte. Als Lardan sich umblickte, erkannte er zu seinem Erstaunen, dass er keine Spuren im Schnee hinterließ und dass sein Atem trotz der eisigen Kälte nicht zu sehen war. War das jetzt sein Eintritt in die Halle der Toten?
Unvermutet richtete sich plötzlich der riesige, weiße Bär hinter ihm auf. Ein erster Prankenhieb riss Lardan zu Boden und dann sah er nur mehr die gelben Fänge, die sich in seine Schultern gruben. Lardan brüllte vor Schmerzen. Entsetzt riss

er seine Augen auf. Nuyuki war über ihn gebeugt, ihre spitzen Zähne und ihr Mund blutrot.

„Endlich, ich wusste nicht mehr, was ich tun sollte, du warst nicht mehr wach zu kriegen. Ich habe dich geschüttelt und gerüttelt, aber nichts hat geholfen. Mein letzter Ausweg war, dich mich fühlen zu lassen und es hat gewirkt."

Lardan konnte noch nicht klar denken, er spürte den pochenden Schmerz in seiner Schulter, dann stammelte er: „Was ist denn geschehen? Wo ist der Bär?"

„Du bist hier in der Nähe des Ufers, aber Bär war hier keiner, den hätte ich sicherlich gesehen oder gehört. Und Spuren sind auch keine da. Ich bin dir den ganzen Weg gefolgt, als ich bemerkte, dass du gegangen warst. Ich glaubte, du wolltest aus dem Leben gehen, und das muss ich doch verhindern!"

Jetzt konnte sich Lardan allmählich wieder erinnern. „Keine Fährte sagst du, ich bin aber einer gefolgt." Er rappelte sich auf und Nuyuki stützte ihn, indem sie ihren Arm um ihn schlang. „Komm, hilf mir, ich muss diese Fährte, nein, wie soll ich es dir erklären..., hilf mir einfach."

Nuyuki nickte und zog ihn Schritt für Schritt vorwärts. Langsam stapften sie in Richtung der Pyramide. Inzwischen fand sie auch Xuura. „Ist alles in Ordnung? Wohin geht ihr?", fragte sie etwas ungehalten. Auch Hokrim stolperte nun schlaftrunken hinterher. Xuura deutete ihm, dass sie auf die beiden aufpassen würde und er besser zurückgehen sollte, um über Gabalrik und Lynn zu wachen.

Die Fährte vor seinem geistigen Auge ging Lardan zielsicher zu den Stufen der Pyramide, dann bog er links ab, den Felsen entlang, bis er vor dem Vorhang aus Eis stand. „Hier war ich eben schon zuvor", sagte er nur.

„Ich kann nichts erkennen, keine Fährte führt hierher", äußerte Nuyuki an Lardans Verstand zweifelnd.

„Ich war schon einmal hier."
„Hier ist keine Fährte Lardan, sieh das bitte ein. Komm, gehen wir wieder zurück."
Nuyuki wollte ihn am Arm nehmen, aber Lardan riss sich wie ein trotziges Kind von ihr los. Dann quetschte er sich durch einen schmalen Spalt am Rand des gefrorenen Wassers.
Jetzt erst bemerkte er, dass der vereiste Wasserfall eine kleine Höhle verbarg. Er stand eine Weile im Halbdunkel des Eises, bis sich seine Augen soweit an die Dunkelheit gewöhnt hatten, dass er sich gefahrlos bewegen konnte, ohne sich an irgendeinem spitzen Felsen oder einer scharfen Eiskante blutig zu schlagen. Er hörte noch Nuyuki gedämpft wie durch dicke Wandteppiche seinen Namen rufen, aber da erregte schon etwas anderes seine Aufmerksamkeit.
In einem Bett aus Eis und Schnee stak mit der Spitze nach unten das Schwert mit der Flammenklinge. Er stürzte sich in der Hoffnung darauf, dass ihn keine weitere Illusion zum Narren hielt. Es war Flammar, ja. Zögernd nahm er es wieder in Besitz. Sofort durchflutete ihn ein Gefühl der Befreiung, so als ob er mit letzter Kraft eine Eisdecke durchstoßen hatte, die ihn unter Wasser gehalten hatte und als ob er nun endlich wieder tief Luft atmen konnte. Der dunkle Schleier, der sich über seine Seele gelegt und seine Lebensader zugeschnürt hatte, begann sich langsam wieder zu lösen. Ungeduldig kroch er hinaus, zurück zu seinen Gefährtinnen, er konnte es nicht mehr erwarten, ihnen diesen Fund der Hoffnung zu zeigen. Xuura und Nuyuki legten ihre Hände voller Ehrfurcht auf die geflammte Klinge. Sie bedeutete für sie das Zeichen der Zuversicht, das Zeichen, das all das Leid, das ihnen widerfahren war, vielleicht doch nicht umsonst gewesen war.
Als Lardan mit den beiden Frauen ins Lager zurücklaufen wollte, musste er schmerzhaft erkennen, dass sein körperlicher

Zustand ein erbärmlicher war. Schon nach einer kurzen Zeit im Laufschritt keuchte er erschöpft und rang nach Luft, seine Hände auf den Knien abstützend. Jetzt erst begriff er langsam, wie lange er untätig in dieser Höhle gesessen hatte. Xuura klopfte ihm auf die Schulter, wobei Lardan nicht wusste, ob es Trost, Mitleid oder Spott war, das sie dazu bewogen hatte.
„Bitte, Xuura", presste er aus seinen Lungen, „bitte Xuura, sag diesmal nichts."
Sie grinste ihn nur an, dann antwortete sie: „Bis morgen hast du noch Schonzeit, aber dann werde ich dich hart rannehmen. Wenn deine Kashi es zulässt", musste sie doch noch hinten anhängen. Nuyukis Wundwinkel zogen sich leicht nach oben, was zur Folge hatte, dass ihre spitzen Zähne mit dem Weiß des Schnees konkurrierten.
„Ist das ein zartes Lächeln oder mehr ein Fletschen der Zähne vor dem Angriff? Ist schon gut, ich halte ja schon meinen Mund. Aber ich möchte doch wissen, ob das deine Zähne waren oder die einer Wokuna." Xuura deutete auf die blutende Schulter Lardans. Nur ihre Ankunft beim Lager rettete sie vor Nuyukis Versuch, ihr ebenfalls eine Bisswunde zuzufügen.
Lardans Rückkehr mit dem Schwert veränderte die Stimmung vollends. Eine Welle der Erleichterung und Hoffnung ging durch alle hindurch. Sie umarmten sich, schluchzten und weinten. Gabalrik, so vermeinte es zumindest Lardan wahrzunehmen, fiel der größte Stein vom Herzen. Er zeigte seine Erleichterung zwar nicht so überschwänglich wie die anderen, aber ein paar tiefe Seufzer und ein bestätigendes Kopfnicken zeugten davon, dass ihm eine große Last von den Schultern genommen worden war. Er war es auch, der dann überlegte, wie es weitergehen sollte.
Nach einem ausgiebigen Mahl, bei dem niemand die vergangenen Ereignisse erwähnte, ergriff der Norogai das Wort: „Ich

glaube meine Freunde, nun ist die Zeit gekommen, darüber zu sprechen, was passiert ist. Es ist jetzt ziemlich genau ein Mondzyklus vergangen, seit wir uns Astaroth zu stellen hatten. Wir benötigten eine lange Zeit der Heilung, denn niemand kann sich ungestraft einem Gott in den Weg stellen, doch nun wissen wir, dass unsere Opfer nicht vergebens waren.

Bevor wir wieder in die Welt zurückkehren und uns auf unsere nächsten Aufgaben vorbereiten, müssen wir uns alle unseren Erlebnissen stellen und zu verstehen versuchen. Eines muss uns aber besonders bewusst sein, wir haben einen Bann Astaroths gebrochen, den Bann des Opfers, den bösesten und mächtigsten Bann, den er imstande war zu erschaffen. Und wir haben dadurch Inthanon, Sey-Uce, befreit. Aber ich habe meine Verbindung zu Inthanon verloren, ich habe mir die heiligen Zeichen, die ich von Geburt an trug, selbst genommen. Ich habe jetzt nicht mehr die Fähigkeiten, meinem Gott so zu dienen, wie es von meinem Volk verlangt wird und wie ich es mit großer Erfüllung getan habe. Ich bin kein Priester der Norogai mehr. Das hat mich bis jetzt mit Sinn erfüllt, das war der wichtigste Teil meines Lebens."

Unerwartet für alle erhob Hokrim das Wort: „Wir Norogai sind nicht mehr sehr groß an der Zahl und leben sehr verstreut in den Bergen Dunia Undaras, daher kennen auch nur mehr wenige unsere Sitten, Bräuche und Lebensweisen. Wenn ein Norogai mit den heiligen Zeichen versehen wurde, heißt das für dessen Leben, dass er sich dem Studium der Schriften und dem Ausüben der Alten Riten widmen musste, aber von allem das Heiligste ist Inthanon zu dienen und zu verehren. Daher wurde ein Bruder auserkoren, dem ‚Hekai-Nor' – so werden sie bei uns genannt - auf seinem Lebensweg zu begleiten und auf ihn aufzupassen." Nach einer kurzen Pause setzte er fort: „Mich. Natürlich können alle Norogai mit einer Axt, einem

Kriegshammer oder der Armbrust umgehen. Ich aber bin ein
‚Gorai-Nor', ein Meister im Kampf mit zwei Beilen, ein Meister mit der Doppelaxt und der langstieligen Axt. Und jetzt habe ich..."
Gabalrik unterbrach ihn. „Bruder, bevor du weiterredest, solltest du uns die Ehre erweisen und uns eine Übung vorführen."
Hokrim blickte fragend in die Runde, in der alle noch über die Ausführungen der beiden staunten. Lardan hatte die zielsichere Armbrust des Norogai bewundert, aber eigentlich sich nie gefragt, warum dieser immer zwei Beile im Gürtel stecken hatte. Und seinen metallbeschlagenen Stab hatte Lardan immer als Wanderstab gedeutet, aber an einem Ende passte wohl eine Axt darauf.
Der Gorai-Nor stellte sich in die Mitte des Raumes, wo er kurz innehielt. Dann zog er seine beiden Beile aus dem Gürtel und hielt sie überkreuzt vor sich hin. Langsam, kaum wahrnehmbar, bewegte er seine Waffen und sich selbst in kreisenden Bewegungen, einem Tanz ähnlich. Immer wieder stieß er einen Laut oder unverständliche kurze Worte heraus, aber beeindrucken konnte das Lardan und die anderen nicht. Erstaunt blickte er fragend zu Gabalrik. Dieser gab seinem Bruder ein Zeichen, der darauf aussetzte und seine Beile wieder vor seinem Körper kreuzte.
„Hokrim studiert den Kampf mit zwei Beilen schon über hundert Winter. Er glaubte, seine langsame Ausführung der Übung würde mehr geschätzt werden, da wir die Schönheit und Reinheit seiner Bewegungen besser erkennen könnten."
Dann rief Gabalrik seinem Bruder ein paar Worte in ihrer Muttersprache zu. Hokrim nickte und nahm erneut Aufstellung.
Plötzlich fegte ein Wirbelwind durch den Raum. Hokrims Beile waren nicht mehr auszumachen, er duckte sich, drehte

sich, sprang und hechtete von einem Platz zum anderen, bis er bei dem letzten Sprung seine beiden Beile in schrägem Winkel rechts und links von sich so warf, dass sie in zwei hölzerne Balken krachten, an denen getrockneter Fisch hing. Er selbst kniete in aufrechter Haltung zwischen den Pfosten, den Blick zu seinen Gefährten gewandt.

Mit herabhängendem Kinn staunte Lardan. Diese Kampfsimulation schien nicht einmal Hokrims Herzschlag beschleunigt oder ihn sonst irgendwie angestrengt zu haben, denn ganz unvermutet fing der Norogai zu sprechen an, oder besser, er setzte da fort, wo er von seinem Bruder unterbrochen worden war.

„Und jetzt habe ich ebenfalls meine Aufgabe verloren, einen Hekai-Nor zu beschützen. Um mit den Worten Gabalriks zu sprechen: Das hat mein Leben mit Sinn erfüllt, das war der wichtigste Teil meines Lebens."

Für eine lange Weile herrschte Stille, denn alle waren noch immer verblüfft ob der Kampfkunst Hokrims und dass niemand etwas von diesen Fähigkeiten geahnt hatte.

Anschließend ergriff Nuyuki das Wort: „Die Gesetze bei den Ycoti sind sehr streng. Meine Bestimmung in meinem Stamm ist, nein, war, einmal die Stelle meiner Mutter einzunehmen, unseren Stamm zu führen. Ich habe immer mit bestem Wissen und Gewissen alle Aufgaben, die mir Saitu aufgetragen hatte, ausgeführt, weil ich wusste, dass sie Teil meiner Ausbildung waren. Ich habe mit großem Eifer das getan, was mich Yiroce gelehrt hat. Es ist Tradition bei uns Ycoti, dass wir von Geburt bis zum Ritus der Aufnahme nie unser Kopfhaar schneiden. Wenn die jungen Frauen die Geschlechtsreife erreichen, dann führen wir eine mehrtägige, heilige Zeremonie durch, während der sie als anerkannte Stammesmitglieder aufgenommen werden. Als Zeichen der Veränderung, der Entwicklung vom

Mädchen zur Frau wird am Ende der Feier den Frauen das geflochtene Kopfhaar abgeschnitten. Es ist einer der zwei wichtigsten Riten bei unserem Volk. Im kommenden Frühjahr wäre ich in meinem Stamm aufgenommen worden. Dadurch, dass ich mir meinen Zopf selbst vor einem Mond abgeschnitten habe, habe ich mein Recht, ein Mitglied meines Stammes zu sein, verwirkt und meine Mutter Saitu wird die letzte Führerin unserer Familie gewesen sein. Ich habe nicht nur das Recht verloren, als angesehenes Mitglied in unserem Dorf zu leben, ich habe damit auch große Schande über meine Familie gebracht."

Für Lardan hatte es etwas Tröstliches, den Hintergrund dessen zu erfahren, was für die beiden das größte Opfer bedeutete. Er hatte jetzt nicht mehr so sehr das Gefühl, dass es ihn am schwersten getroffen hatte. Nein, keiner von ihnen hatte wirklich eine Wahl gehabt, ein jeder hatte das opfern müssen, was ihm am wichtigsten gewesen war.

„Ich", es fiel Lardan immer noch sehr schwer darüber zu reden, „ich habe den Tod meiner Schwester Kirana verursacht. Viele Winter habe ich sie tot geglaubt und als ich sie dann, wie ihr ja alle miterlebt habt, wiedergefunden habe, habe ich meine Familie wiedergefunden. Ich war noch ein kleiner Junge, als ich meinen Vater und meine Mutter sterben sah. Lirah, die mich gerettet und dann in ihre Obhut genommen hat, und die anderen DanSaan haben alles getan, um mir ein neues Zuhause zu geben, und dafür bin ich ihnen sehr dankbar, aber als ich Kirana wieder getroffen habe, da durchströmte mich ein Gefühl, das ich vergessen geglaubt hatte. Ich empfand Vertrautheit, Zuneigung und Vertrauen und mir wurde wieder bewusst, was es heißt, eine Familie zu haben und sei es nur mehr diese eine Schwester. Ich musste ihren Tod zulassen, weil ich sie am meisten liebte und dafür wird Astaroth büßen. Die DanSaan haben mich gelehrt, dass Rache der schlechteste Grund ist, in einen Kampf zu ziehen und ich weiß, dass es viele andere bessere Gründe gibt, sich dem Unaussprechlichen entgegenzustellen, aber ich will Vergeltung."

Nach einer kurzen Nachdenkpause stand Lardan auf und streckte links und rechts seine Hände nach Nuyuki und Xuura aus. „Lasst uns jetzt einen Kreis bilden, Keelahs gedenken, für die ihr eigenes Leben das wichtigste war und das sie für die vage Hoffnung unseres Sieges geopfert hat und dann bitte ich dich Nuyuki, feiern wir die Begräbniszeremonie, wie wir es für Chedi getan haben."

Alle folgten Lardans Vorschlag und die Freunde bildeten den Kreis. Lardan wusste, dass er gar nicht dagegen anzukämpfen brauchte, keine Tränen zu vergießen, denn schon immer weinte er bei Anlässen, die sein Herz berührten. Früher hatte er sich immer geschämt, doch jetzt wusste er, dass es kein Zeichen von Schwäche war, seine Gefühle zu zeigen, im Gegenteil, er würde sich danach leer und erleichtert fühlen, wenn er seiner Trauer und seinen Empfindungen nachgab und bereit sein für neue Taten.

Danach kamen noch Lynn und Xuura an die Reihe, die auch alle offen über die vergangenen Ereignisse sprachen, wie sie sie erlebt hatten. Nuyuki geleitete sie dann noch durch das Ritual der Bestattung für Keelah und anschließend fielen sie alle in den ersten Schlaf seit vielen Tagen, in dem sie nicht von Albträumen geplagt wurden.

Am nächsten Morgen begannen die Vorbereitungen zu ihrem erneuten Aufbruch. Sie wussten, dass sie erst mit Frühjahrsbeginn nach Süden würden ziehen können, aber sie hatten viel aufzuholen, was ihre körperliche Verfassung betraf, Übungen an Körper und Geist, aber auch mit ihren Waffen.

Und sie hatten ein Ziel: mit der Schneeschmelze nach Süden aufzubrechen.

10 Sileah-Yaur-Zcek-Uur

Aus dem stacheligen, dunkel-düsteren Irrgarten schälten sich immer wieder Furcht einflößende Fratzen, die Sileah inzwischen nur mehr teilnahmslos wahrnahm. Zu lange war sie schon in diesem sich stetig verändernden Labyrinth gefangen, ihre Gefühle empfand Sileah nur mehr als Belastung und hatten sich zu einem der Gleichgültigkeit ähnlichem Zustand zurückentwickelt. Ihr einziges Trachten galt ihrer Erlösung. Sie war erbost darüber, dass sie wieder und wieder von den Wächterinnen der Großen Halle wortlos abgewiesen wurde, nur um weiter in den finsteren Gängen ziellos herumzuirren. Regelmäßig stieß sie auf Gabelungen, wo drei, vier Wege abzweigten. Dort wurde sie von ihr bekannten Menschen wie Lynn, Karah, aber auch Lardan oder UrSai gedrängt, ihnen zu folgen. *Sileah, hierher, mir nach, diesen Weg, komm...*
Es war ihr unheimlich, wie sich diese Worte in ihrem Kopf formten. Aber immer wieder bedeutete ihre Entscheidung weiteres Leid, weitere Qualen für ihre gepeinigte Seele. Sie hatte das Gefühl, als ob die Luft, die sie atmete, immer fauler vor Gestank wurde, ihre aufgeplatzten Lippen und ihre geschwollene Zunge ließen sie nach ein paar Tropfen Wasser lechzen.
In seltenen Momenten glaubte sie noch eine andere Stimme wahrzunehmen, fremdartig in ihrer Aussprache und unbekannt in ihren Wörtern, aber sie fühlte etwas Vertrauenserweckendes in ihr, der einzige Hoffnungsschimmer in ihrer trostlosen, elenden Situation. Es war ihr, als ob diese wiederkehrenden

Beschwörungen versuchten, ihr zu helfen. Mit ihrer letzten verbliebenen Willenskraft drängte sie ihre Peiniger zurück, Funken von Mut und Erinnerungen blitzten auf und sie glaubte wieder zu wissen, wer sie war, erkannte ihre Bestimmung wieder, ja sie war SanSaar, die Trägerin des Meistermeraghs, das Symbol der Einigkeit, der Stärke und der Hoffnung vom KorSaan. „Ich muss zurück, sie brauchen mich, warum hilft mir denn niemand…"

„Schnell, sie spricht wieder, endlich, Yaur-Zhuul, die Farbe geht aus, hol mir einen neuen Tiegel." Dann legte Yaur-Zcek-Uur den Pinsel beiseite, überlegte kurz und rief seinem Freund hinterher: „Und bring auch die Nadeln." Kurz hielt der Yau-Xuok inne, so als ob er was sagen wollte, dann gehorchte er.

Yaur-Zcek-Uur hob Sileah auf, trug sie ans andere Ende der Höhle und legte sie auf den Boden. Dann band er ihre Fußknöchel mit Lederriemen an zwei in den Boden eingelassene Eisenringe an. Der andere Alte Yauborg goss frisches Öl in die brennenden Schalen und nahm aus unterschiedlichen Lederbeuteln einige getrocknete Blätter, die er in einem steinernen Mörser zerrieb. Während er das tat, hob er sein Haupt und rezitierte monoton immer wieder dieselbe Anrufungsformel. Danach zerkleinerte er noch ein paar Wurzeln, mischte sie unter die zerstampften Blätter und streute die Mischung sorgsam in die brennenden Schalen. Die Flammen loderten kurz auf, dann begannen sie stark zu rauchen. Ein beißender Geruch erfüllte nun die kleine Höhle und der Atem der beiden Yau-Xuok wurde kürzer und heftiger. Die flackernden Schalen waren das einzige Licht, das den Raum erhellte. Unruhig, hektisch warfen sie die Schatten der zwei an die Wand, aber die Yau-Xuok waren konzentriert bei der Sache. Yaur-Zhuul saß nun hinter Sileahs Kopf und hielt ihre beiden Arme, indem er sie nach hinten streckte. Yaur-Zcek-Uur kniete zwischen den

Beinen der nackten DanSaan, deren Körper schon über und über mit Zeichen und Linien bemalt war. Dann setzte er, Worte vor sich her murmelnd, Stich um Stich in Sileahs Haut. Unermüdlich, mit dem Rhythmus der Worte in Einklang, setzte er seine Prozedur, ohne zu unterbrechen, fort. „Heyka Hem Meragh", waren die ersten Worte, die er in Sileahs Unterbauch tätowierte.

Mit einem Male empfand die DanSaan wie Schmerz und Pein ihr durch Mark und Glied fuhren. Sie wollten ihre Qualen hinausbrüllen, aber anstatt eines schmerzverzerrten Lauts schälte sich ein Wort aus ihrer Gurgel: „Heyka."

Sie glaubte das Wort zu kennen, ahnte, dass weitere folgen mussten, doch sie war nicht fähig, sie auszusprechen. Aber Sileah bemerkte eine Veränderung. Sie hatte plötzlich das Gefühl, als ob sie durch das Labyrinth geleitet werde und immer, wenn sie nicht mehr weiterwusste, wartete sie immer gefasster und beinahe schon ungeduldig auf die nächste Welle von Pein und Qual – denn sie bedeutete Hoffnung.

„Shana ta tac" war die zweite Zeile, die Yaur-Zcek-Uur ihr nun schon eingeritzt hatte. Obwohl es angenehm kühl in der Höhle war, quoll ihnen der Schweiß aus allen Poren. Nur die hohen haarigen Wülste über den Augen verhinderten, dass dem Yau-Xuok der Schweiß in die Augen rann. Aber auch sein Helfer war schon sehr erschöpft, denn Sileah versuchte sich jedes Mal, wenn wieder eine Welle des Schmerzes durch sie hindurchwogte, krampfartig zusammenzuziehen. Yaur-Zhuul musste seine ganze übermenschliche Kraft einsetzten, damit er Sileah ausgestreckt am Boden halten konnte.

Und so ging es eine sehr sehr lange Zeit, Stich um Stich, Silbe um Silbe, Wort um Wort, bis Yaur-Zcek-Uur noch mal die Anfangsworte ‚heyka hem Meragh' knapp oberhalb von Sileahs Schamhügel einritzte. Er blickte kurz zu seinem Gefährten, dann fiel sein Kopf vor Erschöpfung in Sileahs Schoß.

Der stechende Schmerz, gepaart mit den Heiligen Silben ließen Sileahs Willenskraft wieder erstarken. Ihre Hoffnungslosigkeit und Gleichgültigkeit waren zur Gänze geschwunden, denn sie wusste nun, dass ihr jemand half, dass die Worte des Schmerzes, die sie hinauspresste sich zu der Beschwörungsformel des Meistermeraghs formten und sie nun wusste, welchen Weg sie zu beschreiten hatte. Aber noch etwas bildete sich in ihren Gedanken, ein Bild, das Abbild von Yaur-Zcek-Uur und das Gefühl der starken Zuneigung zu ihm. Dann spürte sie, wie etwas schwer auf ihren Unterleib drückte. Fast gleichzeitig konnte sie sich aus der dunklen Umklammerung, die sie umfangen hatte, lösen und mit einem lang gezogenen, erlösenden Seufzer öffnete sie ihre Augen. „Ich habe es geschafft, ich bin zurück."
Ein dumpfes Schmerzgefühl erinnerte sie noch an ihre Qualen. Obwohl der Raum nur mehr von einer klein züngelnden Flamme erhellt war, konnte sie den Meistermeragh sehen, der links von ihr an einer Wandhalterung am Felsen steckte. Danach streckte sie ihren Kopf leicht nach hinten, wo ein Yau-Xuok in sich zusammengesunken sitzend, schlief. Jetzt erst merkte sie, wie ihre Schultergelenke steif vor Schmerz waren. Immer mehr und mehr verursachte ihr jede noch so kleine Bewegung einen brennenden, einen stechenden oder pochenden Schmerz. Ihre Handgelenke waren vom festen Griff Yaur-Zhuuls blutunterlaufen und ihre Fußgelenke von den ledernen Riemen blutig aufgescheuert. Dann erst wurde sie Yaur-Zcek-Uur gewahr, der tief in Schlaf versunken, sein Haupt auf ihre Lenden gelegt, ruhte. Sie wusste nicht warum, aber mit letzter

Anstrengung strich sie ihm zärtlich über seinen Kopf, um anschließend erleichtert in einen traumlosen Schlaf zu fallen.

Als Sileah wieder erwachte, kam ihr vor, als ob sie ein neuer, ein anderer Mensch geworden wäre. Ihre Gefühle empfand sie viel intensiver, tiefgehender, ihre Sinneswahrnehmungen waren geschärfter. Sie hörte das unscheinbare Rieseln des Wassers, das von der Höhlendecke heruntersickerte, in den Spalten und Felsritzen wieder verschwand. Sie glaubte das Krabbeln der acht Beine der Höhlenspinne wahrzunehmen, die in der dunkel-düsteren Kaverne nach Beute jagte. Und obwohl nun keine Lichtquelle den Raum erhellte, alle Ölschalen waren inzwischen ausgebrannt und erkaltet, war sie sicher, dass nur mehr Yaur-Zcek-Uur da war, denn sie nahm nur mehr ihren und den Herzschlag des Yau-Xuok war.
Der Duft und der Rauch der verbrannten Kräuter und Wurzeln erfüllten immer noch den kleinen Felsendom. Bilder formten sich vor Sileahs innerem Auge, sie sah den langhaarigen, braungebrannten UrSai und sehnte sich nach seiner Umarmung, dann wandelte sich die Gestalt und sie wünschte sich könnte sich zärtlich an Lardans Schultern schmiegen. Noch nie waren ihre Empfindungen so klar und deutlich. Aber da war noch ein starkes Verlangen, ein Gefühl, das langsam wuchs und wuchs, welches sie aber nicht verstand. Denn sie wünschte sich im Augenblick nichts sehnlicher, als dass Yaur-Zcek-Uur, der immer noch schlafend seinen Kopf in ihren Schoß gebettet hatte, erwachen und ihre feuchte Glut liebkosen würde. Da ihre Fußfesseln gelöst waren, versuchte die DanSaan voll befremdender Sehnsucht, seinen Körper mit ihren Beinen zu umschließen und an sich zu drücken.
Yaur-Zcek-Uur erlangte ebenfalls wieder sein Bewusstsein, denn Sileah nahm war, dass sein langsamer, tiefer Atem im-

mer schneller und hörbarer wurde. Sie spürte ihren vor dumpfen Schmerzen brennenden Unterbauch und gleichzeitig etwas Raues, das ihren kleinen Hügel bestieg, um danach in ihr bewachsenes Tal zu gleiten. Fast lautlos genoss sie die entspannende Lust, die durch ihren Leib hindurchströmte. Nach diesen endlosen Qualen, die ihr Körper und Geist erdulden musste, hatte sie nun das Gefühl, als ob der Geflügelte jede Faser ihres Körpers zärtlich liebkoste. Dann richtete sich Yaur-Zcek-Uur auf und kniete sich zwischen Sileahs Schenkel. Ohne aufzublicken, hob die DanSaan intuitiv ihr Becken etwas in die Höhe. Sie hatte im Augenblick auch keine Erklärung für ihr tun, aber sie war bereit für ihn.

Die unvermuteten Worte des Yau-Xuoks ließen sie hochfahren. Die tiefe, gurgelnde Sprache war für Sileah voller Zärtlichkeit und zurückhaltender Leidenschaft. „SanSaar", erst nach einer kurzen Pause setzte er fort, „Sileah, auch meine Gefühle zu dir sind sehr tiefgehende", wieder stockte er und jetzt erst sah Sileah sein hochaufgerichtetes Glied. „Ich will dir nicht wehtun. Unsere beiden Schicksale sind nun verwoben, wie mit anderen ebenfalls, aber jetzt ist nicht der richtige Zeitpunkt uns zu vereinen."

Wieder hielt er inne und wartete, obgleich Sileah nicht den Eindruck hatte, dass er eine Antwort erwartete. Sie versuchte sich jetzt ebenfalls aufzurichten und im selben Moment zuckte sie zusammen und erstarrte, so schmerzte eine jede ihrer Bewegungen. Dann blickte sie verwundert auf ihren Körper. Yaur-Zcek-Uur hob sie, so vorsichtig er konnte, auf ein gepolstertes Lager und zündete die Öllampe an, die danebenstand. Gespenstisch flackerte das Licht über ihre mit schwarzen Zeichen übersäten Gliedmaßen.

„Was, was hast du getan", brachte sie mit Mühe aus ihrem Mund hervor. Der Alte Yauborg hielt ihr ein tönernes Gefäß zu den Lippen und Sileah trank begierig das kühlende Nass. Mit den letzten verbleibenden Tropfen benetzte sie ihre Finger und versuchte die Zeichen und Linien von ihrem Körper zu wischen. Nachdem sie sogar mehrmals zusätzlichen in die Hände gespuckt hatte, wurde ihr klar, dass sich nicht alle Zeichen abwaschen ließen.

Yaur-Zcek-Uur hatte sich inzwischen einen Umhang angezogen und legte Sileah ebenfalls ein großes, dreieckiges Tuch um ihre Schultern. Dann setzte er sich neben ihr auf das Bett. „Noch nie war jemand Asteroth so lange so nahe und hat die Begegnung auch überlebt." Voller Zuneigung strich er über ihre Wange und wischte eine Strähne ihrer Haare aus dem Gesicht.

„Sileah, was du durchgemacht hast, hat noch nie jemand durchgemacht. Ich habe all mein Wissen, meine ganze Erfahrung angewandt, um dich aus diesem bösen Irrgarten zurückzuholen, aber alle meine Beschwörungen und anderen Künste haben nichts geholfen." Er holte tief Luft, dann strich er nochmals mit seinem Handrücken über Sileahs Wange und mit einem sanften Druck schob er ihr Gesicht leicht nach oben, sodass sie nicht anders konnte, als ihm in seine braunen Augen zu blicken. „Ich habe eines der heiligsten und geheimsten Rituale unseres Volkes ausgeführt, das wir Yau-Xuok kennen, das Xaal-Tual."

„Ich, ich verstehe nicht." Sileah wandte sich wieder ab um immer noch ungläubig und misstrauisch staunend ihre Tätowierung zu betrachten.

„Nachdem alle meine Künste versagt hatten, wurde mir klar, dass nur mehr die Heiligen Silben des Meistermeraghs stark genug sein würden, zu deiner gefangenen Seele durchzudringen. Gepaart mit dem Xaal-Tual, dem ‚Geben und Verschmelzen' konnte ich den finsteren, schwarzen Nebel des Unaussprechlichen, der dich eingehüllt, durchdrungen und von dir Besitz ergriffen hatte, austreiben."

„Aber ich habe mich verändert, meine Sinneswahrnehmungen, meine Gefühle zu...," Sileah hielt inne, sie scheute ich, ihre Gedanken so offen auszusprechen.

Yaur-Zcek-Uur setzte ihren Satz fort. „Deine Gefühle, ich weiß, sehr viel hat sich verändert. Deine Sinne haben sich geschärft, deine Gegner werden dich im Kampf noch mehr fürchten, und, " er holte tief Luft, „das Xaal-Tual, ich gab dir einen Teil von mir, deine Seele und meine Seele haben sich für kurze Zeit verschmolzen. Ich habe damit die Gesetze meines Volkes gebrochen, noch nie wurde das Xaal-Tual mit einem Lebewesen einer anderen Rasse als mit einem Yau-Xuok durchgeführt. Aber diese außergewöhnliche Zeit, wo der Lauf der Dinge sich immer schneller bewegt, verlangte von mir diese drastische Handlungsweise. Wir beide werden von dieser Nacht an eine starke Zuneigung füreinander empfinden, anders aber als du UrSai geliebt hast und anders als du Lardan je lieben wirst." Dann öffnete Yaur-Zcek-Uur eine kleine Schatulle und nahm einen zierlichen Schlüssel heraus, der an einer Kette hing.

„Das gehört dir", und legte Sileah die Halskette um, die, obwohl sie das alles noch überhaupt nicht fassen konnte und noch weniger verstand, irgendwie betroffen war. Gedankenverloren nahm die DanSaan den Schlüssel in ihre Hand. „Die Chroniken der SanSaar, SanSaar, sie hat mir den Schlüssel gegeben bevor..., " endlich lösten sich Tränen aus ihren Augen, die nun wie ein aufgestauter Sturzbach ihre Wangen herunterströmten und sie erinnerte sich wieder, was sich alles zugetragen hatte.

„Du bist jetzt SanSaar", stellte Yaur-Zcek-Uur kurz und bündig fest. Er betonte das ‚du'.

„Ich muss zu meinen Schwestern, sie warten auf mich, sie brauchen mich." Sileah versuchte sich aufzurichten, musste aber sofort schmerzlich erkennen, dass sie nicht in der Lage war sich aufzurichten und allein zu stehen. Kraftlos fiel sie in Yaur-Zcek-Uurs Arme.

„Sileah, du scheinst immer noch nicht ganz zu verstehen, Lanurs Scheibe hat sich fast zweimal gefüllt seit deiner Rückkehr aus den Höhlen. Und du wirst noch sehr lange brauchen, bis du dich völlig von den Strapazen erholt hast, so wie ich auch."

Es fiel ihr erst jetzt auf, dass auch Yaur-Zcek-Uur Zeichen von Erschöpfung und Müdigkeit zeigte, aber trotzdem nahm er Sileah in beide Arme und trug sie durch die Gänge der weitverzweigten Höhle. Überall erleuchteten Fackeln oder große Schalen mit brennendem Öl den Weg und zu ihrer Verwunderung begegneten sie auch immer wieder anderen Yau-Xuok, die alle ihr Haupt zum Gruß neigten, aber sonst nichts mit ihnen redeten. Sie gingen Stufen hinauf und Stufen hinab, durch schmale Gänge und durch große Hallen. Immer wieder wollte sie ihrem Träger sagen, dass sie sich bestimmte Orte gerne länger angesehen hätte. Immer wieder veranlasste ein kleiner Wasserfall, der den Fels wie ein Schleier umsäumte oder eine behauene Steele Sileah zu einem Ausdruck des Staunens.

„Später, du wirst viel Zeit haben, das verspreche ich dir", war alles was Yaur-Zcek-Uur den ganzen langen Weg sagte.

Erst nach vielen Biegungen und gewundenen Treppen setzte er Sileah vorsichtig ab. „Dort, komm und sieh". Er zeigte auf ein Felsenfenster. Sileah hatte schon die etwas kältere Luftströmung bemerkt und konnte es gar nicht mehr erwarten, wieder Himmel und Erde zu sehen, frische Luft zu atmen, Sonnenstrahlen ihr Gesicht wärmen zu lassen.

Mit einer Hand stützte sie sich an der Felswand ab. Sie stapfte immer noch sehr unsicher und wackelig auf den Beinen zu der Felsenöffnung und erkannte sofort, wo sie waren. Weit unter ihr lag die Hochebene des KorSaan, sogar die mächtige, ausgehöhlte Felsnadel erschien ihr nur mehr klein und unbedeutend.
Aber etwas beunruhigte sie sofort. Nirgends konnte sie Anzeichen von Leben oder Geschäftigkeit erkennen. „Was ist passiert? Wo sind meine Schwestern?" Sie drehte sich fragend zu Yaur-Zcek-Uur, der jetzt neben ihr stand und ihr seinen Arm um ihre Schulter legte.
„Es gibt eine gute Nachricht und eine schlechte...". Sileah ließ ihn nicht ausreden: „Die schlechte, die schlechte zuerst, sag sie mir, schnell." Sie hatte ihn an beiden Schultern gepackt und versuchte ihn hin und her zu rütteln.
„Die Brücken sind zerstört, die DanSaan haben das Kloster verlassen, die Familien sind nach Garam geflüchtet, Yantu organisiert einen Angriff aus dem Untergrund, und...", weiter kam Yaur-Zcek-Uur nicht, da prasselten schon Sileahs Fragen auf ihn nieder. „Was ist mit Karah, Lirah, den Höhlen, weißt du etwas von Lardan und seinen Gefährtinnen...?"
„Karah ist schwer verwundet, sie hat ihren linken Arm verloren. Als ich wegflog, hat sie noch gelebt, Lirah hat tiefe Pfeilwunden davongetragen. Yantu hat, dank dir, denn du hast in deiner Umnachtung ein paar Wortfetzen von dir gegeben, bevor sie als letzte zur Korbstation gegangen war, sich versichert, dass ihre Kriegerinnen zusammen mit einigen Bergleuten den Eingang zu den Höhlen verschlossen haben."
„War das die gute Nachricht?" fragte Sileah niedergeschlagen.
„Ja, zumindest die wichtigste im Moment. Aber ich habe noch eine Nachricht, die uns hoffen lässt. Lardan hat Flammar wie-

dergefunden, die Gemeinschaft ist dann nach Norden zu den Ycotis aufgebrochen, zusammen mit Gabalrik und Hokrim."
„Gabalrik und Hokrim"? „Ja, dieselben Norogai, die Cadar, Lardans Vater, geholfen haben, Flammar zu schmieden. Die Dinge sind in Bewegung. Alles scheint sich zu fügen und ineinander zu greifen. Unsere Fäden des Schicksals weben für einen jeden von uns ein neues Muster. Wir müssen jetzt sehr behutsam und bedacht vorgehen. Wir haben zwar auf den ersten Schein den Kampf verloren, aber in Wahrheit haben wir mehr gewonnen, als wir zu hoffen gewagt haben."
„Aber wir haben einen hohen Preis gezahlt", sagte eine gedankenverlorene Sileah, „KorSaan gefallen, SanSaar tot, so viele DanSaan tot...". Nach einer kurzen Pause sprach eine andere Sileah: "Aber ich kann hier nicht sitzen und nichts tun, während andere, meine Freunde, ihre Leben riskieren."
„Du bist nicht mehr nur Sileah, du bist jetzt SanSaar, erinnere dich an deine Vorgängerin. Sie war weise und bedacht, hat aber ohne zu zögern gehandelt, als das Leben aller auf dem Spiel stand. Deine Zeit zu handeln kommt, da kannst du dir sicher sein. Jetzt aber musst du erst einmal zu Kräften kommen und dann..."
„Dann werde ich die Chroniken der SanSaar studieren", setzte Sileah Yaur-Zcek-Uurs Satz fort und griff mit einer Hand auf den Schlüssel, der um ihren Hals hing.
Lange noch standen die zwei an dem Felsenfenster und blicken gegen Süden in die Ebene. Sileah stand vor dem riesigen Yau-Xuok und lehnte sich an seine Brust. Und sie fühlte sich sicher und beschützt, ein Gefühl, das sie früher nie zugelassen hätte - von einem Mann beschützt zu werden. Aber jetzt war sie sehr froh. Dann begann sie zu lesen.

11 Sileah

Die Chroniken der DanSaan

Mein Name ist Jala, aber meine Gefährtinnen nennen mich jetzt SanSaar. Ich habe nun meinen Lebensabend erreicht und ich weiß nicht mehr ganz genau, wie viele Winter vergangen sind, seit wir in die Höhlen flüchten mussten, aber diese Ereignisse und Erlebnisse sind immer noch ganz klar in meiner Erinnerung, so als ob alles erst vor einem Mond passiert wäre. Wir scheinen nun ein neues Zuhause und, wie ich glaube, neue Aufgaben gefunden zu haben. So habe ich nun beschlossen, unsere Geschichte, so wie sie sich zugetragen hat, niederzuschreiben, damit sie nicht vergessen wird. Und auch wenn wir nicht mehr sind, unsere Kinder und die Kinder unserer Kinder und alle, die hier vielleicht ebenfalls Zuflucht suchen und sich unserer Gemeinschaft anschließen, werden wissen, warum wir hier sind. Und damit alle erkennen, dass es die Götter waren, die uns zu unserer Bestimmung geführt haben.

So fing alles an...
Unten in der Ebene tobte die Schlacht. Das Gebiet nördlich des Flusses Bar war nach tagelangen Kämpfen von Blut getränkt. Die Stämme der DanSaan verteidigten sich tapfer und es gelang ihnen immer wieder, die Angriffsreihen der Feinde abzuwehren, immer wieder konnten sie sich um den KorSaan, den Höhlenberg scharen und die Verteidigungslinie aufrechterhalten. Aber die Verluste unserer Völker waren beträchtlich, unser Ende war mehr und mehr abzusehen.
Niemals seit Menschengedenken waren die Clans, die sonst nördlich der Lukantorkette hausten, in die Saanebene vorgedrungen. Wir, die DanSaan, waren kein kriegerisches Volk,

wir lebten wie die meisten anderen Stämme von Ackerbau und Viehzucht. Unsere Dörfer waren rund um den KorSaan angesiedelt, den Berg, der im Zentrum der Ebene gen Himmel ragt. Bekannt waren wir nur für unsere Danaer, wie wir sie nannten und immer noch nennen, die großen, mächtigen Reittiere mit dem dunklen Fell und der strahlend weißen, prächtigen Mähne, die wir nur selten verkaufen und beinahe wie unsere Kinder lieben. Wir waren gewohnt, uns gegen Viehdiebe und Räuberbanden zu verteidigen, aber wir waren keine schlachterprobten Krieger und die Übermacht der anstürmenden Clanmänner war erdrückend.

Ich kann mich noch genau erinnern, wie eine der Kämpferinnen unserem Anführer zubrüllte: „Unsere Familien müssen sich jetzt verstecken! Auf den Hängen des Berges ist es nicht mehr sicher genug, wir können sie nicht länger zurückhalten. Wer überleben will, muss versuchen, sich allein durchzuschlagen, hier am KorSaan werden wir aufgerieben!"

„Geh, Jora", sagten sie zu meiner Freundin, „und führe die Frauen und Kinder in die Höhlen hinein. Es bleibt kein anderer Ausweg, der Kampf ist für uns vorbei. Grüße unsere Familien, vielleicht ist Sarianas wenigstens bei diesem Unterfangen mit uns, wenn er uns schon keinen Sieg gewährt und wir können uns noch in diesem Leben wiedersehen!" Jora nickte, steckte ihr Schwert in die Scheide und begann flink den Berg zu ersteigen.

Auf der halben Höhe des Berges KorSaan, wo sich eine weite Hochebene an die Felsen schmiegt, liegen die Eingänge zu den Höhlen, die sich tief ins Innere des Gesteins hineinzuziehen scheinen. Niemand hatte sie bisher erforscht, nur der eine Jäger oder die andere Jägerin hatte ab und zu im Bereich der Eingänge vor Unwettern Schutz gesucht, aber niemand war je in das Dunkel hinabgestiegen. Wir waren unsere weiten Ebenen, den funkelnden Sternenhimmel gewohnt, sogar unsere Häuser hatten wir mit großen Dachluken versehen, die bei Bedarf je nachdem Sonnenstrahlen oder Mondlicht in unsere Wohnstätte einließen. Wir liebten es, mit unseren starken und ausdauernden Danaern über die wogenden Grashügel zu jagen und dem daherstürmenden Steppenwind zu trotzen. Daher hatten wir auch bis zum letzten Moment zugewartet, uns diesen letzten Ausweg zuzumuten.

Ich erinnere mich noch gut, bei einer kurzen Rast konnten Jora und ich weit in die nun blaugetönten Berge hineinblicken, die bis vor kurzem den Schutzwall der Saanebene gegen Norden hin gebildet hatten, hinter dem wir uns sicher gefühlt hatten, nicht ahnend, dass das Verderben in der Gestalt von hunderten beutesuchenden Nordmännern auf der anderen Seite lauerte.

Als wir endlich die Frauen ihres Dorfes erblickte, die nicht am Kampf teilgenommen hatten und sich um die Kinder und Alten gekümmert hatten, wurde Jora mit Fragen überhäuft. „Jora, was gibt es Neues, wir vermochten von hier nicht erkennen, was sich unten abspielt. Konntet ihr die verdammten Clans vertreiben?" "Wann dürfen wir wieder hinunter?" "Ist Haimon unverletzt?"

Unfähig sich allen gleichzeitig zuzuwenden, blickte Jora um sich und brachte die Worte kaum über die Lippen, die von der Niederlage der Verteidiger, der bevorstehenden Plünderung der Heimat und der nun notwendigen gewordenen Flucht der Frauen und Kinder in die Finsternis der Höhlen künden sollten. Von der Flucht in den Berg, den wir KorSaan, den Hüter, nannten.

„Lasst sie doch erst wieder zu Atem kommen, seht ihr nicht, dass sie sich völlig verausgabt hat? Komm Jora, setze dich und trinke einen Schluck Wasser. Nach zwei Tagen ohne jegliche Nachricht werdet ihr wohl noch diese kurze Weile warten

können", beruhigte ich die aufgeregten Frauen. Damals war ich eine der Dienerinnen der Göttin und Priesterin des Stammes. Wir alle betrachteten Jora und es wurde uns klar, dass es für die Kämpfer der DanSaan nicht zum Besten stehen konnte. Largsam sagte ich: „Mir scheint, wir werden in die Höhlen hinab müssen, wenn wir überleben wollen!"
"Nein, wir wollen unsere Männer endlich wiedersehen, Jora, sag uns, dass diese Hexe nicht recht hat, sie hat ja niemanden, auf den sie wartet, …"
Schon immer war uns Priesterinnen und Heilerinnen mit großer Zurückhaltung begegnet worden. Die anderen Frauen waren nicht imstande zu verstehen, wie man sich freiwillig kasteien, sich keine Männer auswählen und auf Kinder verzichten konnte. Aber wir heilten sie und so manche Frau hatte bei der Geburt ihrer Kinder die Unterstützung der Göttin durch eine von uns erhalten. Und sicher war sicher! Aber jetzt angesichts der zahlenmäßig weit überlegenen Feinde, was half der Dienst an der Göttin jetzt, in dieser Situation, noch? Das Ende war absehbar, die Verteidiger starben unten am Berg und sie, die Übriggebliebenen, sahen einer ungewissen Zukunft entgegen. Die Bitterkeit der Wartenden kam für mich nicht sehr überraschend.
Jora begab sich, von allen umringt, auf ein kleines Plateau vor dem Höhleneingang. Dann sprach sie zu allen: "Es ist leider so, wie Jala vermutet. Ich habe keinen guten Nachrichten zu überbringen. Uns ist es nicht gelungen, die Clanleute aufzuhalten, wir waren einfach zu wenige. Viele sind umgekommen."
Sie wandte sich nun einzelnen Frauen zu: „Nehri, Vola, Sorena …" Der Feind hatte keine Gefangenen gemacht. Wem es nicht rechtzeitig gelungen war, sich hinter die Linien zurückzuziehen, war umgebracht worden. Viele der Flüchtlinge hatten Mann, Sohn, Tochter oder gar die ganze Familie verloren,

doch keine der Frauen erlaubte es sich jetzt, sich dem Schmerz und damit der Hoffnungslosigkeit hinzugeben. Sie lauschten starren Gesichtes dem Bericht und den Anweisungen Joras. Haimon, der gewählte Anführer, hatte erkannt, dass die einzige Möglichkeit zu überleben in der Auflösung der Truppe und in der Flucht lag. Vielleicht würde es an einem der vereinbarten Treffpunkte möglich sein, sich wieder zu sammeln und den Clans mit Angriffen aus dem Hinterhalt zu schaden und ihren Vormarsch zu stoppen. „Vielleicht wird es ihnen so zu mühsam, vielleicht die Beute zu schwer zu erringen, vielleicht . . ." Joras Stimme klang rau und war vor Heiserkeit kaum zu mehr zu verstehen.

„Haimon gab mir als letzte Nachricht an euch mit, dass ihr nun auf euch selbst gestellt seid und keine Hilfe mehr möglich ist. Zieht euch nun so weit es geht in die Höhlen zurück und versucht, einen der Ausgänge an der Westseite zu finden. Bleibt drinnen, solange ihr es aushaltet. Dann versucht zu erfahren, wie es in der Ebene steht, und ob ihr zurückkehren könnt. Wir wissen, was das für euch bedeutet. Doch es ist die einzige Möglichkeit, euer Überleben zu sichern.

Dann fuhr sie mit einem für mich unerwartetem Satz fort: „Mich allerdings müsst ihr zurückkehren lassen. Ich kann nicht in diese finsteren Gänge hinunter gehen, denn dort würde ich allen Mut verlieren, ich würde sterben, ohne dass mein Tod einen Sinn hätte. Ich kann die Finsternis und die Enge nicht ertragen. Ich werde unten den Feind bis zum Ende bekämpfen und wenn es mir beschieden ist zu sterben, dann unter dem Himmel und nicht schon von vornherein in einem Grab!"

Die anderen verstanden sie. Die DanSaan hatten sich immer davor gescheut, tiefer in die Höhlen vorzudringen. Jede, die sich hineingewagt hatte, dass sie den Eingang nicht mehr sehen konnte, befiel unvermittelt eine so herzumklammernde Angst, dass sie beinahe zu atmen vergaß und, so schnell es ging, zurücklief. Den Frauen hier oben und mir war das wohl bewusst. Und gleichzeitig war uns klar, dass wir keine Wahl hatten, wenn wir uns und unsere Kinder retten wollten. Schon seit wir uns auf die Höhen des KorSaan geflüchtet hatten, hatten einige immer wieder kleine Vorstöße ins Innere des Berges unternommen, um sich für den Notfall vorzubereiten. Nach und nach war es ihnen gelungen, sich immer weiter vorzutasten, auch wenn große Überwindung dafür vonnöten war.

Aber Joras Worte zeigten auch andere Wirkung. Manch eine Frau, die keine Kinder hatte oder schon älter war und deren Kinder unten in der Ebene kämpften, schloss sich ihr an und zog mit den Berg hinunter, um sich ihrem Schicksal auf diese Art und Weise zu stellen.

Und so kam es, dass nur mehr etwa fünfzig Frauen mit ihren Kindern, darunter wir Priesterinnen und Heilerinnen, sich ihren Ängsten in der Finsternis stellten. Die anderen zogen bergab dem Tod entgegen. Aber das wussten sie zu diesem Zeitpunkt noch nicht.

Meine Schicksalsgefährtinnen und ich nahmen die Mädchen und Jungen mit uns und machten uns bereit, eine lange Zeit, vielleicht Wochen, unter dem Berg auszuharren. Gebückt und im Gänsemarsch stiegen wir den mühseligen Weg in die Höhlen hinab.

Einen großen Teil unseres Gepäcks machten außer Nahrungsmitteln und Wasser dicke Bündel von Kienspänen aus, die wir in den vorangegangenen Tagen gesammelt hatten, trotzdem sparten wir von Anfang an vorsichtshalber mit dem Licht. Wir hatten einen langen Weg vor uns, denn um vor den Kriegern der Bergclans in Sicherheit zu sein, durften wir nicht in der Nähe des Eingangs verweilen, das wussten wir. Denn die

Feinde fürchteten die Tiefen nicht so wie die Menschen der Ebene. Sie betrieben Bergbau nördlich und südlich der kleinen Sichel und so war ihnen das Wandern im Berg nicht fremd.

Stunden über Stunden, mein Zeitgefühl hatte mich schon bald im Stich gelassen, denn ich fühlte mich in enger Verbindung zu den Monden und Gestirnen Dunia Undaras, von denen ich hier aber auch gar nichts mehr verspürte, stiegen wir tiefer und tiefer, doch keine Höhle tat sich auf, kein Lagerplatz, an dem man hätte länger verweilen können. Manchmal taten sich weitere Gänge auf, Abzweigungen, denen zu folgen verführerisch war, da sie aufwärts führten. Aber trotz der Hoffnung, vielleicht einen neuen Ausgang zu finden, hielten wir immer nach gemeinsamer Beratung unsere Richtung so gerade wie möglich, um den Berg zu durchqueren, und wir markierten unseren Weg an jeder Kreuzung. Niemals vergaßen wir, ein Feuerzeichen zu hinterlassen, denn sonst hätte es wohl keine Möglichkeit mehr gegeben, sicher den Weg zurück ans Tageslicht zu finden. Als dann die kleineren Kinder zu müde zum Weitergehen waren und die Frauen sie auch nicht mehr tragen konnten, waren wir gezwungen, in dem schmalen Gang, in dem wir uns gerade befanden, zu lagern.
"Wie viele Fackeln haben wir noch?", erklang eine müde Stimme.
"Nicht so viele, als dass wir sie verschwenden könnten. Sie verbrauchen sich schneller, als ich mir gedacht habe. Wir dürfen keine brennen lassen, während wir schlafen."
Meine Schwester Mara und ich verwalteten Vorräte und Licht. Keine außer uns hatte die Verantwortung auf sich genommen, die kleine Gruppe zu führen. Alle waren seit dem Aufbruch zu mutlos und zu sehr mit sich selbst beschäftigt gewesen. Ich versuchte ihnen Hoffnung vorzuleben: „Wir rasten hier nur

kurz. Diese verdammte Höhle muss doch einen besseren Platz zum Bleiben bieten oder einen anderen Ausgang haben!"
Niemand widersprach, jede suchte sich einen halbwegs ebenen und trockenen Platz. Als die Fackeln nach einer kargen Mahlzeit gelöscht wurden, hörte ich noch das Flüstern der Frauen untereinander, eine summte für ihr Kind zum Einschlafen noch das Lied vom Gras-unter-dem-Wind. Ich stellte mir vor, wie es in den Armen gehalten wurde und sich die beiden wenigstens etwas Trost und Wärme schenkten.
Ich fühlte mich sehr einsam. Niemanden durfte ich um Trost bitten, denn mir hatte man stillschweigend die Führung übertragen. Ich musste Entscheidungen treffen und stark erscheinen, damit die anderen nicht verzweifelten. Mit der Zeit fiel jedoch auch ich in einen unruhigen, Schlaf, in dem ich von Albträumen von Schlachten, sterbenden Kämpferinnen und Kämpfern und von Höhlengängen, die enger und enger um mich zusammenrückten, heimgesucht wurde.

Jala, Jaaala, hauchte mit einem Mal eine Stimme in meinen oberflächlichen Schlummer hinein. Ich schreckte auf. Wer hatte mich gerufen? Es war die Stimme eines Mannes gewesen, kam mich jemand holen oder wurden wir vielleicht verfolgt? Alle möglichen Gedanken schossen mir durch den Kopf. So schnell ich konnte, tastete ich nach meinem Zunderkästchen und es gelang mir nach einiger Zeit, eine Fackel zu entzünden. Alle anderen schliefen noch erschöpft. Ein Kind jammerte, ohne aufzuwachen. Ich stieg vorsichtig über alle hinweg und untersuchte den Gang nach beiden Seiten. Es war niemand zu sehen und zu rufen wagte ich nicht. Nach einiger Zeit war ich aber überzeugt, dass ich die Worte noch im Traum vernommen hatte. Ich kehrte an meinen Platz zurück und fand diesmal nicht mehr in den Schlaf zurück.

Von nun an schritten wir am Rande der Zeit von Rast zu Rast durch das Dunkel. Nahrung und Wasser war noch ausreichend vorhanden, doch langsam verbrauchten sich die Kienspäne und noch schneller das Wenige, das die Frauen und Kinder an Mut mit in die Finsternis gebracht hatten.

"Der Tod durch ein Schwert oder sogar Sklaverei wäre erträglicher gewesen, als hier langsam zu verrotten!" Diese oder ähnliche Unmutsäußerungen wurden immer deutlicher hörbar. Doch es blieb uns nichts anderes übrig, als uns weiterzuschleppen, einen Fuß vor den anderen zu setzen, denn den Weg zurück hätten wir im Finstern nicht mehr schaffen können, weit mehr als die Hälfte der Kienspäne verbraucht waren. Unsere einzige Hoffnung lag darin, endlich den ersehnten Ausgang, den es auf der anderen Seite geben sollte, zu finden. Allerdings wurden unsere Pausen immer länger, der Schlaf immer bleierner und immer weniger erholsam.

Dann widerfuhr mir Seltsames. Ich hörte wieder Stimmen, aber dieses Mal viel deutlicher. *Jala, Jala, erhebe dich, folge mir!*

Ich stand langsam auf und glitt lautlos den Gang entlang, der Stimme folgend. Trotz des Unbehagens, das mich erschauern ließ, fühlte ich mich gezwungen, diesem tiefen und dröhnenden Hauch zu folgen, der gerade zum zweiten Mal in meinen Schlaf gedrungen war. Wie lange wir schon gewandert waren, wusste ich nicht mehr. Wir alle träumten schon vom Tageslicht und ich ahnte, dass sich die eine oder andere manchmal nur noch mit knapper Not beherrschen konnte, um nicht vor Angst und Panik im Dunkeln einfach irgendwohin loszulaufen.

Dann sah ich in einem Seitengang hinter einem Nebelschleier blaues Licht schimmern. Ich hatte keine Fackel bei mir und konnte trotzdem sehen. Um mich herum herrschte absolute

Stille, nicht einmal mehr die herabfallenden Wassertropfen, die die Wanderung unserer Gruppe bisher begleitet hatte, waren mehr zu hören und auch ich selbst schien kein Geräusch zu verursachen. Alles war merkwürdig lautlos und das unheimliche Gefühl, das mein Innerstes erschütterte, ließ sich nicht mehr verdrängen. Trotzdem ging ich den Gang weiter, magisch angezogen von etwas, das mir unerklärlich war. Ein eisiger Luftzug kam mir entgegen. Wenn es schon keinen Laut gab, den ich hören, dann wenigstens eine Berührung, die ich spüren konnte, mit den Gedanken versuchte ich mich ein wenig zu beruhigen, obwohl ich jetzt auch noch vor Kälte zu zittern begann.

Jala, geh weiter, hab keine Furcht! Verzerrt nahm ich wieder die Worte wahr, und unvermittelt verspürte ich ein Zerren an meinem Körper, und ich fuhr, am ganzen Körper bebend, hoch. Mara hatte mich an der Schulter wachgerüttelt.

Verzweifelt flüsterte sie mir ins Ohr: "Schwester, was hast du denn? Sind Dunkelheit und Angst nun auch in deine Träume gedrungen?" Sie hatte eine der wenigen übriggebliebenen Fackeln entzündet und gemeinsam mit einigen anderen Frauen bemühte sie sich um mich, die ich immer noch von Schauern durchgeschüttelt wurde.

Ich wich den fragenden Blicken aus, wischte mir den brennenden Schweiß aus den Augen und stammelte: "Ich habe geträumt. . . eine Stimme rief mich. Ich bin ihr gefolgt, und sie hat mich zu einem eisigen Ort gezogen, von blauem Licht erleuchtet. Ich ängstigte mich zu Tode, trotzdem konnte ich nicht dagegen ankämpfen."

"War es eine Vision?", brach es aus Mara heraus. „Jala, hat uns die Göttin ein Zeichen gesandt? Vielleicht gibt es doch noch Hoffnung für uns. Lasst uns aufbrechen! Suchen wir das Licht!" Mara war schon immer die tatkräftigere von uns bei-

den gewesen, und ihre Zuversicht half uns, die wir schon beinahe alle Hoffnung fahren gelassen hatte, zu neuem Ansporn. Wir waren wieder überzeugt, dass unser Handeln einem Zweck diente und dass uns die Göttin nicht einfach sinnlos in den Tod gehen lassen würde. Schnell zündeten wir die letzten Fackeln an und machten uns - so oder so, wie mir vorkam - auf ihren letzten Marsch durch die unterirdischen Gänge.
Ich habe die Göttin aber nicht in mir gespürt, dachte ich verzweifelt, aber ich fühlte, ich durfte der Gruppe die letzte Hoffnung nicht nehmen, sondern musste sie auch noch - zumindest zum Schein - zuversichtlich anführen.
Wieder einmal marschierten wir im spärlichen Licht von zwei Fackeln hintereinander dahin. Wieder einmal waren die einzigen Geräusche, die wir vernehmen konnten, unser eigener schwerer Atem, das Schleifen der wunden Füße und ab und zu Wassertropfen, die sich von der Decke lösten und in einer Pfütze aufklatschten. In einem allgemeinen Dämmerzustand setzten wir einen Fuß vor den anderen.

Jala, hierher, Jaaala! dröhnte es wieder in meinen Kopf. Ich packte Mara und sagte: "Hast du das auch gehört? Mara, hast du das auch gehört, die Stimme, die Stimme, die meinen Namen gerufen hat?" Mein Körper zitterte nicht nur mehr, er wurde geradezu durchgeschüttelt. Aber nun fühlten auch die anderen die eisigen Windstöße, die ihnen entgegenfuhren.
"Nein, nichts, ich habe nichts gehört. Aber dort, sieh!" Mara deutete mit ihrer vor Kälte zitternden Hand in einen sich plötzlich auftuenden Seitengang, der breiter und höher war als der, dem wir bisher gefolgt waren. Er machte eine leichte Biegung, weswegen wir kein Ende sehen konnten, aber es war ganz deutlich ein blauvioletter Schimmer zu erkennen.

"Löscht die Fackeln, schnell!", rief ich meinen Gefährtinnen zu.

Ohne auch nur einen Augenaufschlag lang zu zögern, gehorchten die Fackelträgerinnen meinem Befehl. Der Stollen war nun erfüllt von blauem Glanz, der mit jedem zaghaften Schritt näher zu seinem Ausgangspunkt hin stärker wurde. Am Boden kroch undurchsichtiger Nebel dahin und verbarg Felsen und Füße vor unseren Blicken.

"Seht, eine Treppe!", flüsterte Mara, mehr zu sich selbst als zu uns. Undeutlich konnte man bei der nächsten Biegung einige aufwärtsführende Stufen erkennen, und von dort wallte auch der Nebel herab.

Jala, Jala, komm her! Erneut spürte ich den tiefen Hauch und geistesabwesend fragte ich die Frauen erneut, ob sie auch was gehört hätten. Sie konnten jetzt zwar auch ein Geräusch ausnehmen, aber keine Stimme erkennen. Sie empfanden es wie ein eigenartiges Heulen oder Klagen, ähnlich dem Wind, wenn er sich in den Klippen des KorSaan fing, aber alle spürten, dass sich dahinter etwas verbarg, was fremder war als alles andere, was ihnen bisher in ihrem Leben untergekommen war.

Langsam, einen Fuß vor den anderen setzend, ganz an die Felswand gedrückt, wagten wir uns vor. Nein, das war nicht ganz richtig. Wir wurden nähergezogen. Wir wehrten uns zwar nicht, hatten aber eigentlich auch noch nicht weitergehen wollen. Wir Menschen der Ebene waren zwar mit der Anwesenheit der Göttin, die wir verehrten, vertraut, aber diese fremde Präsenz umklammerte unser Herz mit eiskalter Hand, ließ uns schwerer atmen, erlaubte aber auch keine Flucht. Erstarrt in unserer Furcht waren wir genötigt weiterzugehen.

"Lasst uns jetzt keine Angst haben!" Wie immer war Mara diejenige, die sich ein Herz fasste. Sie ergriff meine Hand und richtete mich auf. Auch die anderen ließen sich vom Mut und der Zuversicht Malas anstecken, nahmen sich zusammen und schritten dem Licht entgegen. Vielleicht hatte ja doch die Göttin Erbarmen mit uns. Wir bewegten uns einer Prozession ähnlich durch den nun sichtbar gewordenen Durchgang hindurch.

Dann glaubte ich meinen Augen nicht zu trauen. Zwei mächtige Säulen bewachten den Eingang. Den Schritt im Gleichklang bewegten wir uns nun scheinbar Vertrautem zu. Unsere Angst wich, die Müdigkeit war wie weggewischt, die wunden Sohlen schmerzten nicht mehr. In den Felssäulen, von denen das Licht in den Gang gedrungen war, schien eine träge, leuchtende Flüssigkeit zu pulsieren. Wir erreichten die Schwelle und der Anblick, der sich uns nun auftat, übertraf jede Vision, die je eine Priesterin der DanSaan jemals gehabt haben mochte.

Eine riesige Felsenhalle wurde von einer Kuppel überwölbt, die wieder von einer Vielzahl von Pfeilern abgestützt wurde. Der Nebel bedeckte den gesamten Boden. Im Zentrum der Halle, etwas abgesenkt, befand sich ein aus großen Felsklötzen gemauerter Steinkreis, aus dessen Mitte sich die Schwaden erhoben und in alle Richtungen verteilten. Außerdem schien das blauviolette Licht dort seinen Ursprung zu haben. Einem inneren Drang gehorchend stimmten wir alle den Alten Gesang an, der sonst nur bei dem Tod einer Priesterin intoniert wurde – dem heiligsten Geschehen, das wir kannten. Diese einfache, monotone, immer wiederkehrende Tonfolge singend, schritten wir die Stufen zum Steinkreis hinab. Die Schwaden glitten vor unseren Füßen zur Seite und öffneten einen Weg zu dem Nebelbrunnen. Nur für jeweils den Augenblick, in dem ich meinen Fuß auf den Boden setzte, konnte ich mir unbekannte Zeichen auf dem Boden erkennen, runenähnliche Gebilde und Abbilder von alten Wesen, die vor unendlich langer Zeit einmal auf Dunia Undara gelebt haben mochten und

längst vergessen worden waren. Wir konnten uns nicht entsinnen, jemals etwas über sie gehört oder gelernt zu haben, sogar ich nicht, eine der Priesterinnen und damit Wissenden meines Volkes. Und ich begann mich zu fragen, was wir hier wohl gefunden haben mochten und ob sich für unsere Gruppe hier auch nur irgendetwas Gutes ergeben konnte. Näher an dem Steinrand heran, glaubte ich auch einmal den Griff eines Schwertes, verrottet, einen Teil einer Brustplatte erkannt zu haben, aber die Nebelschleier gewährten nur Augenblicke und keine Erkenntnis. Dann erzählten mir die anderen später, war ich nicht mehr bei mir.
Ich habe nun Mala gebeten die Teile niederzuschreiben, als ich nicht in dieser Welt war, sondern in der Anderen Welt, in der die Götter immer wieder mit mir gesprochen haben.

Ich, Mala, werde die Geschichte erzählen, so wie sich sie zugetragen hat. Mögen meine Schwestern meine Zeuginnen sein. Plötzlich verkrampften sich Jalas Gliedmaßen unkontrolliert, ihre Augen wurden starr, ihren ganzen Körper suchten Zuckungen heim und schüttelten ihn durch. Ich, die ich solche Anfälle meiner Schwester schon kannte, konnte sie gerade noch auffangen. Sie war mit vielen Narben übersät, immer schon war es vorgekommen, dass sie sich während ihrer Visionen blutig geschlagen hatte. Ich kniete auf dem steinigen Boden, mitten im Nebel und hielt den Kopf Jalas fest in meinem Schoß. Meine beruhigenden Worte sagte ich nur für die zusehenden Frauen und Kinder, denn ich wusste, dass niemand während eines Anfalls zu meiner Schwester durchdringen konnte. Sie war ganz gefangen in der Anderen Welt. Die Gruppe nahm allerdings kaum Notiz von uns beiden, die Frauen und Kinder waren gebannt von dem lebendigen Leuchten, das aus den Brunnen drang.

Jalas Körper war nicht mehr sichtbar, er lag in den Schleiern verschwunden, ich spürte nur noch den Druck des Kopfes auf meinen Knien und das Gefühl von Haar unter meinen Fingern. Dann wölbte sich Jalas Körper wieder empor und versuchte Worte auszuspeien. *Sie hat noch nie aus der Anderen Welt herüber gesprochen*, schoss es mir durch den Sinn.
"Brecht den Bann ... die Wächter müssen sie suchen ... erlöst mich von meinen Qualen ... schickt IHN zu mir..." Aus Jalas Mund und Nase drang Blut und erstickte weitere Worte. Sie konnte kaum mehr atmen, schlug wild um sich, stöhnte auf und dann war mit einem Schlag alles vorbei. Meine Schwester wurde ruhig und lag entspannt auf dem Boden, wieder für alle sichtbar. Ihre Lippen schienen sich zu bewegen, aber sie schaffte es nicht, ihren Silben Stimme zu verleihen. Dann hauchte sie weitere unzusammenhängende Worte hervor, mit einer Stimme, die nicht die ihre war. Zu Tode erschrocken lauschten alle.
Tief, langsam, kaum hörbar zuerst, kam es aus Jalas Kehle hervor: "Vereint, was einst zerbrochen, die dunkle Macht wird groß ... vereint die Heiligen Waffen ..." Die fürchterlich fremde Stimme wurde immer unverständlicher und brach ab. Jala war immer noch in der Anderen Welt gefangen. Aber nun muss wieder meine Schwester von ihren Visionen berichten.

Nachdem mir Mara erzählt hatte, was ich, während ich in der Anderen Welt war, gesprochen hatte, konnte ich mir auch meine danach folgenden Erlebnisse besser erklären, vielmehr machten sie plötzlich Sinn. Ich wusste, dass die Götter mit mir gesprochen hatten.
Die anderen Frauen und die Kinder waren von ihrem Weg zum Brunnen hin nicht abgewichen, nun schlossen sie den Kreis um ihn herum, auch Mara gesellte sich wieder zu ihnen.

Der Gesang hatte wieder eingesetzt. Und mir, die ich nun, so nahm ich es wahr, über meinen Gefährtinnen schwebte und alles von oben überblickte, schien es, als ob sich eine schemenhafte Gestalt aus dem blauen Wasser des Brunnens erhoben hätte. Ich versuchte in den Gesichtern der Frauen und Kinder zu erkennen, ob sie diese auch bemerkt hatten, aber ich konnte keine Verwunderung und kein Erstaunen bei den anderen entdecken.

Das kann nicht von der Göttin stammen, ich sehe etwas, das es nicht gibt, ich muss völlig erschöpft sein, dachte ich, bis der Schatten sich auf mich zu bewegte und mich einhüllte, die anderen vor mir verbarg. Mein Körper wehrte sich mit einem neuen Anfall. Und ich nahm nur noch wahr, dass ich erneut in der Dunkelheit versank.

Der Schatten führte mich mit sich, hielt mich innerhalb gewaltiger Feuerwände gefangen. Ich rannte, um dem Schmerz zu entgehen, der mir aus den Flammen bedrohte. Ich brüllte und schrie, meine Haut begann in der Hitze zu glühen und Blasen zu werfen, doch ich fühlte die Qualen nicht.

Nach scheinbar einer Ewigkeit im Feuerlabyrinth bemerkte ich die Veränderung. Ich war mit einem Male anders, zu riesenhafter Größe gewachsen, aber nicht in meiner eigenen Gestalt. Aus Mund und Nase hatte sich ein Schnabel gebildet, aus meinen Armen Flügel, der Körper war mit Feuerfedern bedeckt. Mit Leichtigkeit öffnete ich meine Schwingen, hob ab und flog durch das Flammenmeer, das mich nicht verbrannte, sondern mich vor mir öffnete, mich scheinbar erkannte und passieren ließ.

Ein Feuervogel, ich war ein Feuervogel. Der Göttervogel, der mir oftmals Furcht eingeflößt hatte, wenn er in meinen Träumen über die Höhen des KorSaan hinunter in die Tiefen der

Ebene geglitten war, und ich gebetet hatte, dass er mich nicht bemerken möge.
Ich zog eine Feuerspur aus dem Felsen heraus über den Himmel. Ich umkreiste den Höhlenberg, dann schoss ich wie ein Pfeil zu dem unterhalb der Bergspitze liegenden Hochplateau. Dort wartete der Kreis meiner Begleiterinnen auf mich, den Feuervogel. Ich landete in der Mitte.
"Sarianas, Herr des Feuers im Berg!"
Mein Geist verließ den Raubvogel und ich betrachtete die fremdartige Szene von außerhalb. Die Frauen bewegten sich auf den Gott zu und berührten der Reihe nach sein Gefieder. Auch sie begannen sich daraufhin zu verändern. Manche wurden zu fauchenden, schneeweißen Bergjägern, manche zu dunklen, riesigen Höhlenbären, andere wiederum wurden von der Gestalt des Schwarzgefiederten Klauengreifers erwählt.
Danach kann ich mich an nichts mehr erinnern. Erst als ich die Augen wieder aufmachte und in das Gesicht Maras blickte, konnte ich meinen Körper wieder spüren und mein Geist war wieder auf Dunia Undara.

Sileah fielen jetzt vor Müdigkeit die Augen zu. Aber sie war sprachlos über das, was sie gelesen hatte. *So hat das also alles angefangen? Ich muss es nochmals lesen, später. Und mit Yaur-Zcek-Uur darüber reden. Es ist so verwirrend.* Dann kippte ihr Kopf nach hinten und das Buch glitt ihr vom Schoß.

Danksagung

Ich möchte mich hiermit besonders bei Doris Junghuber bedanken, denn ohne ihre Hilfe und ihre Ratschläge hätte ich den Anfang nicht geschafft und sicherlich den Roman auch nicht zum Abschluss gebracht. Ich möchte aber betonen, dass die ersten Todesfälle alle auf ihr Konto gehen. Der Satz „Christian, deine Gruppe der Gefährten wird viel zu groß, du musst endlich wen sterben lassen", liegt mir noch immer schmerzlich im Ohr. Aber natürlich hatte sie Recht.
Weiters möchte ich mich bei Lynn, Hokrim, Gabalrik, Horangar und Farun bedanken, dass sie mich beim Kampf gegen das Böse unterstützt haben. Vielen Dank, auch an alle, die ich vergessen habe.
Und danke Sabine.

Christian Panosch

Anhang

Geographie:

Andur: Fluss aus Norden.
Andura: Hügeliges Grasland zwischen dem Andur und dem Nevrim-Wald.
Bedugal: Küstenstadt am Golf des Ostens.
Blaue Berge: Bergrücken im Norden.
Burgos: Hafenstadt an der Ostküste.
Cuoz: Bergrücken im Nord-Osten.
Die Ebene von Saan
Die See von Saandara: Meer im Osten.
Die Zinnen von Ziish
Dunia-Undara: Name der Welt.
Dunkler Jaal: Durchgang unter die Blauen Berge.
Foramar: Berg der Kleinen Sichel, Schmiede des Vaters.
Gara: Stadt an der Ostküste.
Garam: Insel zugehörig zu Gara.
Goron: Stadt am Andur und Kor.
Gron-Seen.
Hayad: Versteck Kiranas (anderer Name ist **Xaaley**).
Ica: Stadt am Golf der Stillen See.
Icazul: verschollene Hauptstadt der Yau-Xuok.
Kasuso: Südlich von Bedugal.
Khalso: Dorf an der Einmündung von Kor in die Saanda.
Khartan: Pfahlstadt im Delta vom Andur.
Khem: Schwesterstadt von Gara, südlicher.
Khemal: Schwesterinsel zu Garam, Khem zugehörig.
Kleine Sichel: Lardans Heimat
Kor: Fluss westlich von KorSaan.
KorSaan: Der Heilige Berg, Heimat der DanSaan.
Lanur: Mond.
Makale: Ort am Ostrand der Wüste.
Medurim: Stadt im Nordwesten.
Niz: Heilige Stätte der Ycotis.

Nol: Stadt an der Westküste.
Phi-Mai: Dschungel im Süden.
RonDor: Stadt bei den Gron-Seen.
Saanda: Fluss der die Ebene von Saan im Westen begrenzt.
Say-Yok: Stadt im Südwesten
Schlund von Aszú: Eingang zu den Zinnen von Ziish.
Sharat: Oase in Shira.
Tempel von Tanalot
Thalot: Dschungelstadt
Titoze: Mythischer Ort auf der Spitze das Berges bei Tanalot.
Varal: Stadt an der Westküste
Wald von Nevrim: Südlich der Blauen Berge.
Wüste von Shira-al-Shaddad
Xeyaar-Rakalh: Stadt des Alten Volkes, beim KorSaan.
Xuuk: Dorf der Ycoti
Yokpui: Insel in der Stillen See von Nbun.

Namen:

Alin: Norogai des verstoßenen Stammes.
Amsu: Priesterin im Beduguul Tempel in Ica.
Awasari: Steppenstamm Surats.
Baruk: Norogai des 7. Stammes.
Beotun: Oberster des Weisenrates des 6. Stammes.
Cadar: Lardans Vater, Schmied.
Caval: Schmied, Lehrling Cadars.
Cayza-Cor: König von Gara.
Cersu: Offizier in RonDor.
Corah und Dorah: Stiefschwestern von UrSai
Cubaco: Fürst von Goron.
Cucur: lebt in Say-Yok, ehemaliger DanSaan.
Curdef: Diebesgildenmeister in Kehm.
Dadar: Gärtner von Gara, Vater von Yantu.
Dana: Lardans Mutter.
Dauc: König des 1. Stammes der Norogai
Diariatha: die Herrscherin von Saandara.

Dyak: Führer des Bergclans.
Elessa: Heilerin der DanSaan.
Farun: König von RonDor.
Fayho: Bogenschütze aus Medurim.
Gabalrik: Norogai, half beim Schmieden von Flammar.
Gautan: Gildenmeister des Schwarzen Sterns.
Gelah: Medurimer Bogenschützin.
Gorbal: Gebieter des 5. Stammes.
Harkan: Anführer der Norogai am KorSaan.
Hokara: Herrscherin des 3. Stammes.
Hokrim: Norogai, Gorai-Nor.
Horangar: Norogai.
Hutuze: Vater von Xeelra und Xeedra.
Huxuf: Diebesgildenmeister von Say-Yok.
Ikan Temarin: Erster in Khartan, Vater Sileahs.
Imlay-Kyun-Kho: Alte Frau im Thalot Tempel.
Imquah: spiritueller Führer der Gothas in Tanalot.
Jaal: Gotha-Anführer.
Jala: Priesterin, Prophezeiung.
Kamar: Nordländer.
Karah: Meisterin der Schlachten.
Kassar: Nordländer.
Keelah: Kriegerin der DanSaan.
Kehed: Sohn von **Cayza-Cor**.
Kejmo: Stallbursche beim Mondfischer, Mitglied beim Schwarzen Stern
Kepaga: Krieger, der gegen Astaroth gekämpft hat.
Kiogúl: Krieger UrSais.
Kirana: Lardans Schwester.
Kriegerinnen der DanSaan: Haajana, Chedi, Xuura, Osri, Nareba, Keelah, Yantu, Iseh, Sakya.
Kucco: Sohn von Caval.
Lardan: Sohn von Cadar und Dana.
Lelra: ältere Schwester Keheds.
Lirah: DanSaan.
Lynn: Meisterin der Schlachten.
Mara: Jalas jüngere Schwester.

Nador: Fürst von Varal.
Nahrim: Herzog von Medurim.
Nalho Hekuam: Knorriger Baum, Herrscher von Medurim.
Norogai: Name für das Alte Volk.
Nuyuki: Eine Ycoti.
Ohjiri: Stamm von Xiyoté.
Ojomo: Kapitän der Windjäger.
Orgon: Fürst von Nol.
Ortan: Lotse in Khartan
Oryul: Anführer der Rebellen von Nbun.
Quigan: Schmied in RonDor.
Rakor: Bruder Cadars.
Raoc: Gotha.
Saitu: Mutter von Nuyuki.
SanSaar: Gebieterin der DanSaan.
Sileah: DanSaan.
Surah: Sileahs Mutter.
Suuna: Küchenmeisterin.
Talsa: Verwalter von Gara.
Tamic: Doppelgänger Faruns.
Tangis: lebt in Kehm.
Teutil: Stammesältester des 2. Stammes.
Tivona: Fürstin von Khem.
Tondrak: Offizier in RonDor.
Uldar: Fürst von Ruuz.
UrSai: männlicher DanSaan.
Uxyu: Hohepriesterin von Yokpui.
Uybe: Militärische Befehlshaberin von Ica.
Xaaros: Diebesgildenmeister vom schwarzen Dolch.
Xeedra: Schwester von Xeelra.
Xeelra: Frau von König Farun.
Xerho: Ycoti Kundschafter
Xiyoté: Mutter von Xeelra und. Xeedra.
Yaur-Zcek-Uur: Führer der Yau-Xuok.
Yaxne: Haushälterin von Ikan Temarin.
Ycotis: Yijas, Yoteto, Suao, Xacco.
Yedic: Kartenmeister und Bibliothekar von RonDor.

Yeoreh: Sprecherin der Ycotistämme.
Yiroce: Mutter von Saitu.
Youdok, Luan, Xanaok: Anführer der Stämme der Ebene von Saan.
Yugan: Wirt vom Mondfischer.
Zasso: Katapultmeister in RonDor.

Sonstiges:

Ayko: gegabelte Flöte.
Bayku: Hochlandrind.
Beduguul: vierte Inkarnation von Tujuh (Riesenechse)
Cuyuut-Blätter: Tee
Dagaal: Name Astaroths im Dschungel.
Danaer: Reittiere der DanSaan
Der braune Schleimschleicher
Doak: religiöse Führer bei den Ycotis.
Geleem: Schneeweiße Bergjäger
Ghok: kleines Schwein
Gotha: vierbeiniger schwarzer Lindwurm.
Hiche: Speise bei Ycotis
Inthanon: dritte Inkarnation Tujuhs (Bär).
Je-Uul: Weißer Lindwurm.
Je-Uul-Tar: Astaroths Name bei den Ycotis.
Kar: Vögel, Aasfresser.
Khor Jumat: legendärer Führer der Bergclanstämme.
Larku: Rentier
Meistermeragh: Eine der vier Waffen, die Astaroth besiegten.
Meragh: Boomerang.
Narka: Lardans Pferd.
Necas: Lardans Amulett
Rokhi: Nuyukis Wokuna.
Sarianas: Feuervogel, eine der vier Inkarnationen von **Tujuh**
Sey-Uce: Inthanon bei den Ycoti
Sh'Shuriin: Pferdegott der DanSaan.
Shakar: großes Rind

Sh'Uam-tar: Name Astaroths bei den Yauborg.
Taaqik: Speer, eine der 4 Waffen, die Astaroth besiegten.
Varag: große Wölfe.
Wokuna: Rudelführer der Varags.
Xukas: Axt, eine der 4 Waffen, die Astaroth besiegten.
Yauborg: alte geflügelte Wesen. Mutiert.
Yau-Xuok: wahrer Name der alten Yauborg.
Ycoti: Volk in der Eiswüste.

Sprache

Ana-to: Werfen der Meraghs.
Andarra anadar: Kriegerinnen treten in Kampfstellung vor, Vorbereitung zum Kampf.
Cai-hedrun-sha-tak: Beginn der Zeremonie
Hak-tar-ata-ra: langsamer, geordneter Rückzug.
Shak –ata-ra: schneller Rückzug.
Han-loor: Schuss mit dem Bogen.
Oran-ta: Absolute Stille und größte Aufmerksamkeit.
Shan-tar: Bitte um Gnadentod.
Taran-ta: Angriffsbefehl
Tar-mer-ana-to: spezieller Angriff mit dem Meragh.
Tar-on-tar-tai: Angriff von vorne erwarten.
Nar-taran-ota: kampfbereites Warten
Kesh-yau-zhong: Beschwörung Yau-Zcek-Uurs.
Yankan: Prost

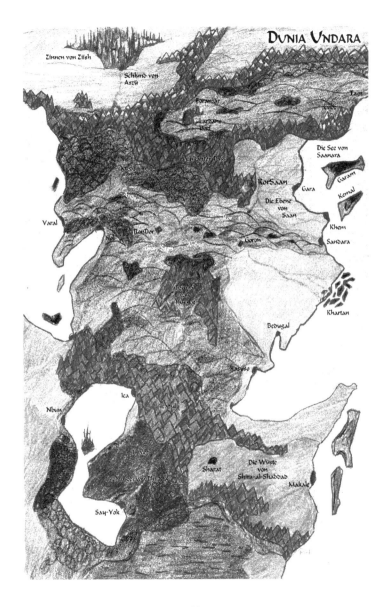

Christian Panosch
Geboren wurde ich am 29.03.1960 in Schwarzach im Pongau, Salzburg. Nach der Matura habe ich Anglistik und Geschichte an der Universität Salzburg studiert und mich in meiner Abschlussarbeit „An Introduction to Middle-Earth" mit J.R.R Tolkien und seiner Welt beschäftigt. Mein Geld verdiene ich mit meiner Arbeit als Lehrer. Aber ich halte mich weiter im Fantasygenre auf, lese Bücher, male Bilder, radiere Grafiken, spiele Computerspiele und sehe Filme.

Vor über dreißig Jahren erhielt ich, inspiriert von Marion Zimmer Bradley, den Impuls, ebenfalls eine Fantasygeschichte zu schreiben. Die Handlung gewann mehr und mehr an Umfang, der Schreibprozess allerdings wurde immer wieder durch Arbeit, Heirat, Geburt und das Heranwachsen meiner zwei Kinder unterbrochen. Außerdem war es gar nicht so einfach, immer wieder in die Geschichte hineinzufinden. So hatte plötzlich jemand blonde Haare, der fünfzig Seiten davor noch schwarzhaarig war. Dann wurden meine Kinder größer, ich in der Arbeit routinierter und es gab wieder Zeit und Freiraum, mich meiner Geschichte zu widmen. So dauerte es nur mehr wenige Urlaube und mein Roman war vollendet.